Deseo

Virginia Camacho

Virginia Camacho

Tu Deseo

Creo firmemente que los deseos se pueden cumplir
Y que todo depende
De qué tan puro es el corazón de quien desea...

Virginia Camacho

Copyright © 2019 Virginia Camacho
Twitter e Instagram: @virginia_sinfin
Blog: www.virginiacamachoonline.wordpress.com
Primera Edición para Amazon.com
ISBN: 9781704621685
Todos los derechos reservados. Bajo las sanciones establecidas en el ordenamiento jurídico, queda rigurosamente prohibida, sin autorización escrita de los titulares del copyright, la reproducción total o parcial de esta obra por cualquier medio o procedimiento, comprendidos la reprografía y el tratamiento informático, así como la distribución de ejemplares mediante alquiler o préstamo públicos.

...Introducción...

2013, Colombia.

Sophie se sentó en un banco frío y duro del parque donde estaba y miró en derredor la poca actividad. No había muchos niños ni transeúntes a pesar de que era diciembre, pues la tarde parecía más bien lóbrega y con amenaza de lluvia. Nadie querría aventurarse a salir con un clima así.

Pero ella estaba aquí, cubierta por su abrigo de lana, hundiendo cada vez más sus manos en los hondos bolsillos y suspirando.

En el fondo de uno de esos bolsillos tenía dos mil pesos colombianos. Ni siquiera un euro, y era todo el dinero que tenía en este mundo; el pasaje para volver a casa y una moneda extra que no le alcanzaba siquiera para un pedazo de pan con el que pasar la noche.

Pestañeó a la vez que respiraba profundo en un intento de no entrar en pánico. Tenía hambre, tenía frío. La suela de sus zapatos necesitaba ser reparada, y eran los únicos abrigados que tenía. Si volvía a casa ahora, sólo le restaría acostarse a dormir y esperar, aunque no sabía si podría seguir esperando, o qué exactamente debía esperar.

Volvió a respirar profundo, esta vez, tragando saliva.

Hacía unos minutos había sido despedida de su último empleo. Ayer en la tarde la habían llamado de una panadería en la que había dejado su hoja de vida a través de un portal en internet, y había empezado esta mañana. El olor del pan la había enfermado, y no porque estuviera malo, o descompuesto, sino porque, diablos, cuando llevabas casi dos días sin comer un bocado decente, cuando hacía meses que no comías hasta saciarte, esto de verdad enfermaba.

Hacia las diez de la mañana había sufrido un vahído; se le habían ido las luces, y mareada, casi había caído al suelo. Suerte que una compañera la había alcanzado a sostener. Esto puso de malas pulgas a la dueña del lugar, y luego, cuando la pilló robándose el extremo de una galleta que se había partido, en vez de tirarla a la basura, simplemente la había despedido.

—No me sirves —le había dicho—. Eres una debilucha, ¿estás embarazada? —Sophie la había mirado con terror. No podía perder este empleo.

—No. Claro que no.

—Entonces tienes cáncer —Sophie abrió grandes sus ojos ante semejante declaración.
—¡Por Dios, no!
—Pero te desmayaste. Y luego te robas mi mercancía. Podría demandarte por eso.
— ¡Sólo fue una galleta! A-además, estaba partida. La iban a tirar, ¿qué importancia tenía si...?
—No me sirves —insistió la mujer, tajante—. Este es un trabajo fuerte, muchas horas de pie, mucha actividad, así que ve a la oficina o a la pasarela de donde sea que te saliste, que este no es el lugar para ti.
—¿Pasarela? —preguntó Sophie sumamente confundida. La mujer la señaló de arriba abajo con un movimiento de su mano.
—Eres flaca como esas modelos y seguro que esas manitos no han hecho nada en esta vida—. Sophie se había mirado las manos como si fuera a encontrar algo nuevo en ellas, y sin poder ganarle en la discusión a esta mujer, pues era la dueña y jefe, había tenido que salir luego de sólo haber trabajado unas pocas horas.

No se las pagó. Dijo que, por el contrario, Sophie le debía a ella por las horas que había invertido entrenándola. Podía demandarla, podía ir a la oficina de trabajo y quejarse, pero no tenía para pagar un pasaje y llegar allí, y seguro que sería una pérdida de tiempo.

Y aquí estaba, dando vueltas en este parque, con más hambre que antes de robarse el pedazo de galleta.

No debía llorar, llorar desgastaba, le quitaba energías, y las necesitaba. Estaba en un gran dilema: comprarse algo de comer y tener que caminar más de cincuenta cuadras para llegar a donde vivía, o irse en bus, y aguantar el hambre hasta otra oportunidad.

¿Qué otra oportunidad?, se preguntó. ¿Oportunidad de qué?

Su vida no era un cuento de hadas, era más bien la más triste de las realidades. Aquí no había hadas madrinas que de repente la fueran a transformar en una hermosa princesa, ni príncipes que la sacaran de su miseria en una carroza de caballos blancos. Aquí no había nada, sólo un cielo nublado, unas ganas terribles de gritar, un nudo en la garganta, y un estómago muy vacío y adolorido.

Se puso en pie y siguió caminando. Cada vez el monstruo de la derrota estaba más cerca, y cada vez, ella tenía menos fuerza para seguir huyendo. No podía decir exactamente cuándo había empezado todo esto, si luego de la muerte de sus padres, lo que la había obligado a venirse a vivir a casa de su tío, hermano de su madre, o después, cuando permitió que el mismo demonio se metiera en su vida para dejarla tal y como estaba ahora...

Ah, no tenía caso seguir preguntándose. Todo había sido un desastre. Su suerte se había torcido en un punto de su vida y ya no encontraba la manera de enderezar las cosas. Recoger los pedazos y rearmarte costaba, y si no tenías a alguien que te echara una mano, y más que una mano, que de verdad te ayudara luego a dar unos cuantos pasos hacia adelante, aunque fueras un super héroe, jamás conseguirías volver al camino.

Era aquí donde los amigos y la familia eran una auténtica bendición, pero Sophie Alvarado no tenía nada de eso. Estaba sola, y sus escasos amigos ya la habían ayudado todo lo que podían, o la ayudaban sólo de palabra; algunos le habían hecho pequeños préstamos de dinero, pero ella necesitaba algo más, necesitaba ayuda verdadera.

Se detuvo frente a una pequeña fuente en medio del parque, rodeada de palmeras pequeñas, y se acercó.

Había monedas en el fondo del agua, y ésta soltaba un débil chorro que no alcanzaba a elevarse, sino que caía sin fuerza ni entusiasmo, desalentando la idea de que por aquí hubiera hadas o duendes que escucharan los deseos de nadie.

Recordó que, en vida de sus padres, los tres visitaron muchos parques con muchas fuentes. A su padre le encantaba contarle historias acerca de ninfas que concedían deseos, y siempre dejaban una moneda luego de haber formulado una oración.

De niña, había deseado primero un hermanito. Cuando éste no vino, deseó juguetes caros que sus padres no podían comprarle, luego, había deseado ser más alta, no tener acné, que cierto chico se fijara en ella, etc. Todos habían sido deseos tontos y superfluos, e, inexplicablemente, se le habían concedido la mayoría; medía un metro setenta, no había sufrido de acné en la adolescencia, lo que le había dado el cutis del que ahora se sentía orgullosa, y, en aquella época al menos, no había tenido mala suerte en el ámbito del amor.

Pero había sido como si toda la magia hubiera muerto con sus padres, y ahora estaba sola, apagada y en el fondo de un pozo de desesperación.

Tenía tantas cosas que pedir y le quedaba ya tan poca fe.

Cerró sus ojos y, como si su mano tuviera vida propia, sacó del bolsillo la moneda que le sobraría luego de pagar el pasaje de autobús y se acercó más a la pequeña fuente. Apretó sus dientes como encarando a la ninfa de esta fuente en especial, y en voz baja, dijo:

—Tú, por una vez, ponte de mi lado. Lo que era mío y que mi peor enemigo deseó con tanta fuerza para sí, arrebátaselo y regrésamelo a mí —cerró sus ojos—. Sácame del rincón donde me tienes, regálame un poco de luz, que me ahogo en esta oscuridad—.

Cuando escuchó el suave chapoteo de la moneda al caer en el agua, se quedó allí, mirando la fuente, con la mente en blanco.

Acababa de perder la posibilidad de comprarse un dulce. Había perdido doscientos miserables pesos. Miró al fondo de la fuente con ganas de buscar su moneda de vuelta, y luego pensó que, si además se quedaba con unas cuantas que había allí, podría comprarse algo de comer. Tenía hambre, joder, y había un dicho muy colombiano que decía que la necesidad tenía cara de perro; pero cuando sacó la mano del bolsillo y empezó a arremangarse para meterla en el agua helada y robarse unas cuantas monedas, una pareja pasó cerca y se la quedó mirando como si fuera una loca indigente.

Ay, ay, ay. Todavía le quedaba un poquito de vergüenza. Sonrió disimulando, acomodándose el cabello, y volvió a la banqueta dura en la que había estado sentada antes mientras la pareja seguía de largo girándose de vez en cuando para mirarla. Tonta, idiota. Doscientos pesos del alma. Eso ni siquiera hacía un centavo de dólar, pero le estaban doliendo. Había sido todo lo que tenía.

Le bajaron las lágrimas por las mejillas. No era sólo la moneda, era la desesperanza. No tenía a dónde ir, no había un familiar que le echara una mano; las pocas personas que tenían con ella un lazo de sangre estaban en peor situación, o la odiaban a muerte; jamás le tenderían una mano. Estaba prácticamente sola en una enorme ciudad llena de indolentes y desconocidos, en quince días tendría que dejar el lugar donde dormía, hacía dos meses no tenía sus tres comidas al día, hacía un año que su vida normal, llena de prisas y trabajo, pero con sueños y planes, había cambiado drásticamente. Y estaba segurísima de que no se había merecido todo lo que le había pasado, todo lo que había tenido que vivir hasta llegar a este momento tan negro, tan horrible, tan vacío.

Era su fin, concluyó. No tenía a dónde ir, o a quién acudir. Era el momento de admitir la derrota.

Su teléfono timbró en el pequeño bolso que le colgaba del hombro. No era un teléfono inteligente, pero al menos recibía llamadas y había recobrado el número que había tenido antes. En la pantalla no aparecía un nombre, sino el número desde el que le marcaban. De igual manera, contestó; había perdido todos sus contactos, así que no tenía modo de saber quién le hablaba.

—¿Hola?

—¿En español? —preguntó una voz femenina en inglés al otro

lado. Sophie abrió su boca sorprendida. Muy pocas personas le hablaban en su idioma nativo, y escucharlo fue agradable—. ¿Tú, la que siempre me dice que no desaproveche las oportunidades para practicar el idioma? —Sophie sonrió.
—¿Ana? —preguntó. Ana Velásquez había sido una alumna suya. En el pasado, antes de que su vida fuera el desastre que ahora era, ella había dado clases de inglés en su tiempo libre. Lo hacía para ganarse un dinero extra, y le había venido bien. Pero luego había llegado el diablo y todo había cambiado.
—Sí. Soy yo —contestó Ana con voz suave, como si de verdad le alegrara saber de ella. A ella también le alegraba, Ana había sido una alumna aventajada, ansiosa por aprender, por mejorar. Dios, Dios, pidió. Que sea para una clase, por favor, por favor, por favor—. ¿Ti... tienes tiempo... para vernos? Quisiera...
—¿Necesitas una clase? —preguntó casi con desesperación.
—Sí, más o menos. Una clase estaría bien. Aunque... ahora que lo mencionas... mi hermana se irá en unas pocas semanas a Australia, así que también podrías ayudarla a practicar.
—¿Silvia? —preguntó Sophie recordando que Ana tenía hermanos a los que también les había dado clases—¿De verdad? Parece que... ¡Wow! Han pasado muchas cosas, veo.
—Sí, realmente, muchas. Me tenías preocupada, ¿sabes? —Sophie cerró sus ojos al oír aquello, y apretó el teléfono contra su oreja—. Tu teléfono parecía fuera de línea, he estado intentando contactarte desde hace meses... —Suspiró, tragó saliva, y, aun así, la voz le salió un poco estrangulada.
—Tal como dices —contestó—, han pasado muchas cosas.
—¿Cuándo puedes venir?
—Bueno... Hoy tengo la tarde disponible —propuso. Una clase con Ana, aunque fuera de una hora, equivaldría a tres días de comida. En cuanto saliera de su clase, iría a una tienda, compraría víveres, iría a casa y cocinaría, porque debía hacer rendir el dinero, y por fin llenaría su estómago. Ohhh, sí... Y, recordó, Ana siempre la invitaba a tomar una merienda. A veces era café con galletas, pero a veces también era sándwich y algún jugo de fruta.
Ya estaba salivando.
—¿Hoy mismo? —preguntó Ana sonando un poco escéptica, y a Sophie la atravesó un corrientazo de aprensión. No, no. Di que hoy, por favor.
—¿Te parece mal?
—No, no. Es sólo que... luego de tanto tiempo sin poder

localizarte, de repente incluso puedo verte. Me toma un poco por sorpresa, solamente—. Sophie se quedó en silencio por un momento. Luego de pensar que estaba completamente sola, resultaba que había alguien muy remoto, que no era familia, y que apenas podía entrar en la categoría de amiga, que se había preocupado por ella.

Aquello era hermoso, luminoso, y por un momento, la hizo reconciliarse con el mundo y la raza humana.

—Parece que te he preocupado. Lo siento.

—Aceptaré esas disculpas si me las das personalmente —dijo Ana con voz sonriente—. Aquí te espero, entonces—. Sophie miró las monedas en su bolsillo, recordando que Ana vivía lejos. En el norte, en los barrios de los ricos.

—Me tomará más o menos una hora y media llegar.

—¿Tanto?

—Estoy algo lejos, y es lo que tomaría el bus en llegar.

—Bueno, por favor, toma un taxi… —Eso la hizo reír. Un taxi. Sí, claro.

—Los taxis son caros.

— Sólo pídelo, yo pagaré aquí.

—¿Puedes hacer eso?

—Déjate consentir —le contestó Ana—, y déjame a mí ser un poco malcriada. Apunta mi nueva dirección; hace tiempo que me cambié de casa—. Por un momento, Sophie no dijo nada; el nudo en la garganta le impedía hablar. Miró hacia la fuente y frunció el ceño. ¿Era esto producto de su petición? ¿Obraba así la magia? —¿Sophie? —volvió a llamarla Ana.

—Ah… No. Nada —Ana le dictó su dirección, y Sophie la memorizó, pues no tenía donde apuntarla. Animada por la expectativa de ganar un poco de dinero, comer, y seguramente tener una buena conversación con alguien conocido, se sintió llena de energía.

—Por favor, no vuelvas a apagar tu teléfono —le pidió Ana antes de cortar la llamada, y Sophie sonrió mirando al cielo. Ana debía ser un ángel, o algo así.

—Dios te bendiga, Ana —fue lo que dijo, y cortó al fin la llamada.

...1...

Ana caminaba inquieta por el vestíbulo de la casa Soler. Se estiraba los dedos y miraba impaciente la puerta. Sebastián pasó cerca llevando una bandeja con comida como para tres personas, pero Ana sabía que era sólo para él. Con catorce años, era un peligro para la despensa; comía casi seis veces al día, y, aun así, siempre tenía hambre.

—¿Esperas a alguien? —le preguntó. Ana asintió.

—A Sophie—. Él la miró sin expresión alguna—. A propósito. Tú también deberías tomar clases de inglés. Haré que todos tengan un repaso.

—Estoy bien en inglés —dijo él escabulléndose por las escaleras. Si se quedaba un minuto más, Ana insistiría en mandarlo a la misma Inglaterra para que aprendiera el idioma. A veces era un poco intensa con esas cosas.

Ana volvió a centrarse en la puerta, y a través de las ventanas vio que al fin llegaba el taxi. Abrió para recibirla y sonrió nerviosa. Hacía mucho que no veía a Sophie, más de un año.

Pero nada la preparó para lo que se encontró, y como en aquel sueño, Ana sintió que toda la sangre se le iba a los pies.

No la había encontrado lo suficientemente pronto.

Sophie bajó del asiento trasero del auto y la miró con una sonrisa tímida, y Ana casi corrió a ella y la abrazó. Por Dios, estaba tan delgada, que al rodearla casi podía sentirle los huesos aun a través de sus capas de ropa.

En el sueño, ella había estado así. Recordaba perfectamente la escena, porque no había dejado de darle vueltas. Fabián estaba con ella, le sonreía, la abrazaba e incluso la besaba, pero Sophie tenía el semblante de un cadáver, uno que ya lleva varios días. La había visto delgada, tal como ahora; con la piel grisácea y los ojos casi sin vida. La única diferencia ahora con el sueño, es que en él también la había visto golpeada; un moretón en el ojo, un corte en el pómulo y el labio. Ahora no estaba golpeada, pero sí que estaba en los huesos.

Todo el sueño había transcurrido casi normal hasta ese momento, que sintió que se volvía una pesadilla, y en cuanto la vio, supo que debía intervenir, que debía hacer algo por ella, por Sophie. Si llegaba tarde, la perdería, sabía. Si no insistía en llamarla cada día, en buscarla por internet, en dejarle mensajes por cada red social, algo muy grave, irreversible, le sucedería.

Ella había perdido mucho peso, se había cortado el cabello hasta el cuello y lucía enferma, caminaba despacio como si requiriera de mucha energía para andar, pero podía ayudarla.

Debía indagar con suavidad para averiguar de qué manera podía hacerlo. Era preciso, era vital.

Recompuso su expresión y en inglés, la saludó:

—Estás preciosa —mintió. Sophie había sido preciosa en el pasado. Había tenido el cabello del color de la miel, largo hasta la cintura, y unos labios rosados, llenos, con la forma perfecta. Sus ojos ámbar habían sido luminosos, vivarachos, llenos de humor. Ahora las mejillas enjutas se pegaban a los huesos de su cara, los ojos se le veían sin brillo y hundidos, y su cabello... Oh, Dios, su hermoso cabello ya no estaba. Se le veía escaso, y se lo había cortado, lo cual debía ser un crimen.

—Tú sí que estás hermosa —contestó ella—. Y ahora vives aquí.

—Sí, permanentemente —le contestó Ana con una sonrisa y señalando al interior de la casa. La tarde estaba helada, y el cielo se había cerrado en nubes grises, haciendo que la caída de la noche se acelerara—. Me casé —le informó.

—Felicitaciones.

—Gracias. ¿Te apetece algo de tomar? —antes de que Sophie contestara, Ana siguió—. Algo caliente, me imagino —dijo, pues le había sentido las manos heladas.

—Te lo agradezco mucho.

Ella tiene hambre, se dijo Ana.

La condujo hacia la sala del invernadero haciéndola sentarse en el fino sofá y llamó a Leti, que apareció casi de inmediato. Miró a Sophie y la estudió. ¿Cuánto tiempo llevaba con hambre?, se preguntó. Por experiencia propia, sabía que cuando llevas mucho rato sin comer, el hambre dejaba de ser hambre y se transformaba en dolor, en agonía. Los jugos gástricos parecían empezar a devorar el propio estómago y cuando por fin le echabas un bocado, ardía.

Si Sophie estaba en este estado, era porque algo grave había sucedido en su vida, y debía llevar mucho rato en una muy mala situación económica para llegar a este extremo, así que debía tener cuidado.

—Un té verde para las dos, Leti, por favor.

Sophie intentó disimular su profunda decepción. ¿Té? ¿De verdad? ¿Sólo té?

¿Y cómo iba a saber Ana que te mueres de hambre, que los dientes te duelen porque hace rato que no masticas nada?, se

reprendió a sí misma, así que sonrió y suspiró.
Un té estaba bien.
Ana apretó sus labios.
—Creo que he olvidado un poco el inglés —le sonrió—. Carlos me complace a veces y practicamos, pero no hay como hacerlo con la profe.
—Seguro que él es un excelente maestro.
—Sí, he aprendido muchas palabras nuevas, pero...
—Y también con tus hermanos. Recuerdo que tenían un nivel aceptable.
—Oh, ellos son unos perezosos. Se limitan al nivel que llevan en la escuela.
—Pero tú no —Ana sonrió. No podía decir que ya era capaz de mantener una fluida conversación en el idioma. Muchas veces tenía que detenerse a buscar la palabra adecuada y en casos desesperados mezclaba el inglés con el español, lo que Sophie odiaba.
No podía dejar de mirarla. Dios, ella no estaba bien, pero sería tan impertinente preguntarle directamente, y tan grosero.
—¿Y cómo te han ido las cosas? —Sophie ladeó su cabeza sonriendo, o eso pretendió.
—Normal, creo. Sigo... trabajando, estudiando...
—Te cortaste el cabello —señaló Ana. Sophie cambió su expresión, y lentamente, se pasó la mano por el cabello. No había estado feliz de cortárselo, supo Ana.
—Un cambio de look —contestó Sophie con un extraño brillo en los ojos.
—Afortunadamente, todo lo que te hagas te queda bien.
—Gracias—. Leti llegó con la bandeja del té, que también traía galletas, y Sophie extendió su mano hacia la taza; parsimoniosamente, le aplicó una cucharada de azúcar y luego tomó una galleta. Eran galletas integrales, de fácil digestión. Y sabían bien.
—En fin, Sophie —siguió Ana acomodándose en su sillón—. Te dije que quiero retomar las clases de inglés. ¿Cuánto... cuántas horas al día puedes dedicarnos?
Todo el día si quieres, quiso decir Sophie dándole un sorbo a su té. Resultó que la bebida le estaba sentando de maravilla a su dolorido estómago, si ella le hubiese dado chocolate con leche, que era lo que realmente le habría apetecido, no habría sentido este efecto. Devoró otra galleta y sonrió.
—Mi horario ahora es más flexible. Puedo volver a darle lecciones a todos tus hermanos, si quieres.

—Claro. Estás de vacaciones de la universidad —Sophie bajó la mirada. No estaba de vacaciones de la universidad, simplemente había tenido que abandonarla.

—Sí —volvió a mentir.

—Bien, eso es genial. ¿Dos horas diarias te parece bien?

—Estupendo.

—Silvia me va a odiar, porque le estoy apretando aún más la agenda, pero esto es súper importante… —la pantalla de su teléfono se iluminó con un mensaje, y Ana tomó su teléfono disculpándose. Simplemente era el mensaje de alguna tienda recordándole algún descuento, pero ella aprovechó para enviarle un texto a Sebastián: "baja diciendo que tienes hambre".

En su habitación, menos ordenada que cuando llegó del colegio, Sebastián recibió el mensaje llevándose a la boca un sándwich de tres pisos que contenía jamón, pavo y pechuga de pollo. Como respuesta, se tomó una fotografía en el acto de morderlo.

"Hazlo de inmediato" insistió Ana, y el adolescente hizo una mueca. ¿Qué le pasaba a su hermana?

De todos modos, bajó. Raras veces su hermana se portaba así, y le picó la curiosidad. Salió de la habitación y bajó por las escaleras buscando a su hermana.

—Ana, muero de hambre —dijo entrando a la sala, sin mucha convicción.

—Ah, es cierto. Es hora de tu merienda —eso lo extrañó aún más. Ana los había educado para ser autosuficientes; si tenían hambre, ella no se levantaba para ir a prepararles nada; su dicho era: mata y come. Así que, por lo general, él sólo se metía en la cocina y se preparaba lo que le diera la gana. Lo acababa de hacer, de hecho. Pero entonces vio a Sophie, y no pudo disimular su sorpresa. Si no hubiese sido porque Ana ya había anunciado que vendría a visitarlos, no habría sabido que era ella. Estaba muy cambiada.

Antes, él había estado medio enamorado de ella, y es que era muy bonita, una preciosura. Adoraba las clases de inglés con ella. Por supuesto que eso se le había pasado, había muchas más chicas lindas y más cercanas a su edad por las que babear, pero ni de lejos imaginó que Sophie se iba a encontrar tan… tan así.

—¡¡Wow!! Sophie sensei —sonrió Sebastián acercándose a ella y besando su mejilla. Siempre la había llamado sensei y no teacher.

—¡Qué alto estás! —se admiró Sophie. Sebastián sonrió orgulloso.

—Y sólo tengo catorce años —se ufanó Sebastián—. Así que me

falta por crecer.
—¡Vas a llegar a los dos metros! —eso lo hizo reír. Por el rabillo del ojo vio que Ana se ponía en pie y caminaba en dirección a la cocina.
—¿Me acompañas? —le pidió a Sophie, y ésta, extrañada, la siguió—. Como el propósito es hablar en inglés, no importa dónde lo hagamos, ¿verdad?
—Bueno, no.
—A mediodía el almuerzo fue sopa—. Sophie vio que Ana destapaba algunas ollas y las ponía al fuego. Afortunadamente nos quedó un poco. Sebastián, ¿quieres sopa?
No, él no quería. Por eso se había construido una torre comestible de pan y varios tipos de carne. Pero la mirada de su hermana le ordenaba que le siguiera el juego.
—Eh... vale—. Ana siguió su charla; habló de los planes de Silvia de irse a Australia en enero, de todos los preparativos que habían tenido que hacer, de cómo Paula había decidido estudiar culinaria y mil cosas más. Cuando la sopa se hubo calentado, Sophie la vio sacar tres platos hondos y servir en ellos suficiente sopa. Le entregó a Sebastián el suyo y él lo recibió perdiéndose de la cocina casi de inmediato. Luego, preparó dos lugares en la mesa de la cocina y convidó a Sophie a sentarse. Ella miró el plato como si no se pudiese creer lo que estaba pasando, pero disimulando, se sentó.
—Qué pena contigo, Ana. No quisiera...
—Vamos, yo también tengo hambre —dijo ella quitándole importancia—, y me daría vergüenza de la buena comer delante de ti y no ofrecerte, así que no seas mala y acéptalo—. Sophie sonrió, y metió la cuchara en el plato. Olía muy bien. Era sopa de costilla de res, había carne, y Dios, tenía tan buen aspecto.
Se llevó la primera cucharada de sopa caliente a la boca, y todo su cuerpo pareció agradecido, celebrando la entrada de este bocado.
Una segunda cucharada le humedeció los ojos. Había tenido tanta hambre, Señor. No recordaba la última vez que había tomado una sopa. ¿Cuándo? Hacía dos meses su dieta se componía de pan, agua, algún queso rancio olvidado en la nevera, o cualquier otro alimento que estuviera ya caducado, pero no descompuesto. Con suerte, su tía le insistía en que fuera a visitarla y allí podía cenar, pero eso no había sucedido la última semana.
No lo pudo evitar, y empezó a llorar. Los hombros le temblaron. Todas las lágrimas que aguantó durante este tiempo, toda la angustia que había conseguido represar dentro de su alma se desbordó al fin

en una fuente por sus ojos, y lloró sin poder dejar de comer. Una cucharada, un sollozo, un pedacito de carne, una lágrima más. Sintió la mano de Ana rodearle los hombros, y la compasión en aquel gesto le hizo llorar más.

Había estado tan sola, siempre, desde que murieron sus padres, tan sola… y ahora sentía tanto alivio, a la vez que tanta vergüenza, que no podía evitar desnudarse de esta manera, ponerse tan en evidencia.

—Todo estará bien —le decía Ana con voz suave, barriéndole las lágrimas con sus dedos con gentileza—. No me imagino por lo que has tenido que pasar, pero todo estará bien.

—Gracias —le dijo Sophie terminando su sopa—. Muchas, muchas gracias. Ana… me has salvado la vida. Siento tanto… tengo tanta vergüenza ahora mismo, pero te agradezco tanto.

—No te preocupes por mí. Si te contara mi historia, no tendrías que estar para nada avergonzada.

—¿Cómo… cómo supiste…?

—Yo también he sufrido el hambre, Sophie —ella rio llorando, y sacudió su cabeza observándola. Viendo la casa tan hermosa en la que ahora vivía, nadie podría decir eso de Ana—. La reconozco cuando la veo —siguió Ana—. Perdóname si te ofendí con este acto, pero te juro que no pude soportar ver…

—No, no —Sophie la abrazó, y volvió a llorar. Ana la sostuvo por un rato más, tan frágil, que parecía que si la abrazaba muy fuerte la rompería.

—Si no me quieres contar, no importa —le dijo Ana retirando los platos, y con vergonzosa alegría, Sophie vio que Ana le volvía a llenar el suyo—. Sólo quiero que sepas que te puedo ayudar. Lo que necesites, Sophie. Por favor, sé honesta—. Ella se mordió los labios. Ser completamente honesta indicaba contarle que no había mujer más estúpida en el mundo que Sophie Alvarado, y le daba más vergüenza mostrar eso a que moría de hambre.

—Perdí mi empleo —le dijo—. Perdí todo lo que tenía. Perdí mi teléfono, el lugar donde vivía… mis cosas, todo.

—¿Qué pasó?

—Malas decisiones.

—¿Financieras? —Sophie sonrió.

—Sí. Sobre todo, de ese tipo. Me robaron, me… Me quedé sólo con la ropa, y no toda. Tuve que abandonar la universidad…

—¿Te robaron? ¿Denunciaste al culpable? —Sophie apretó sus

labios, y pasados unos segundos en silencio, suspiró.
—Aún no he podido hacerlo.
—En eso también puedo ayudarte. Esto no puede quedarse así, ¿Me entiendes? La peor injusticia es la que uno comete contra sí mismo. ¿Dónde estás viviendo ahora?
—En el apartamento de una prima.
—Al menos... pero...
—Ella no permanece allí. Ahora mismo, está de vacaciones, así que quedé a mi merced... digamos que... ella ya hace bastante por mí.
—Entonces estás urgida de un empleo.
—Sí. La verdad, sí.
—¿En qué trabajabas antes? —Sophie volvió a terminarse el segundo plato de sopa, sintiendo su estómago hinchado. ¡Estaba llena! Ana volvió a ponerse en pie y sirvió más té. Había tenido que calentarlo, ¡pero estaba tan rico!
—En una tienda de ropa —contestó Sophie—. Yo era asesora y me iba bien. Ganaba un sueldo fijo más comisiones por venta. Estaba estudiando diseño, porque me encanta, y además daba las clases de inglés.
—¿Diseño gráfico?
—No. Diseño de modas.
—¿De verdad? —Sophie asintió con una sonrisa, una auténtica, notó Ana.
—Mi sueño, de pequeña, era estudiar en Italia, o Francia, y especializarme en diseño de calzado. Soy loca por los zapatos—. Ana sonrió apoyando su barbilla en la palma de su mano.
—¿Lo retomarás?
—En cuanto tenga la oportunidad.
—Si necesitas un préstamo, Sophie, por favor no dudes en pedirlo—. Sophie pestañeó para ahuyentar el nuevo caudal de lágrimas. Aspiró hondo y la miró a los ojos.
—Tu llamada fue un milagro —le dijo—. Ya no tenía salidas. Le debo a todos mis amigos, Ana. No quiero deberte también a ti. Seguro que tardaré mucho en pagarte, pero... Me temo que te voy a tener que tomar la palabra.
—Hecho, entonces. Y no te preocupes por los plazos. Y ahora que lo dices... Vaya, mi marido trabaja en la industria de la moda. Yo misma puedo ayudarte a conseguir un empleo de nuevo.
—¿De verdad?
—Envíame tu hoja de vida y... Tal vez no sea tan pronto, pero...

—Eres un ángel, seguro que sí —Ana se echó a reír.
—No, no, no. No lo soy. Por lo pronto, y mientras surge algo, ven a darnos clases. Sé que eso no es suficiente, pero…
—Eso está bien para mí por ahora. He dejado cientos de hojas de vida en todas partes, pero es como si... por alguna razón, se hiciera invisible ante los ojos de los empleadores. No me han llamado ni una sola vez.
—Así pasa a veces. Viví la misma experiencia hace un tiempo —pero, recordó Ana, en aquella época sí que había alguien interesado en que ella no consiguiera un empleo. Orlando Riveros había presionado tanto para llevarla al borde del abismo que no había escatimado en molestias.

Ella había tenido un hada madrina: Ángela. Parecía que la vida la obligaba a hacerle el mismo favor a otra persona.

En las mejillas de Sophie había color otra vez. Un poco. Y sus ojos otra vez brillaban.

—Qué edad tienes, ¿Sophie?
—Veintiséis—. Hubo un silencio. Tal vez Ana se estaba preguntando por qué alguien de su edad no era profesional ya, pensó Sophie—. Me estaba pagando yo misma la universidad —explicó—. Tuve que ahorrar mucho para pagar los primeros semestres, y con mi salario, y el dinero extra que pagaba, pude continuar, pero… ya ves, todo se echó a perder.
—Tus padres no están aquí, ¿verdad?
—No, ellos murieron hace más de diez años.
—Lo siento.
—No importa.
—Y no tienes hermanos.
—Hija única —sonrió Sophie—. Pero tengo un tío, y su familia, que fueron los que me acogieron hasta que me hice mayor de edad— Ana asintió, preguntándose qué clase de familia permitía que uno de sus miembros llegara a esta situación tan extrema—. Pero parece que la que está practicando el idioma aquí soy yo y no tú —sonrió Sophie cambiando el tema—. ¿Qué hay de ti? ¿Hace cuánto te casaste?
—Hace un año y cuatro meses.
—Y… ¿no hay bebés a la vista? —Ana se iluminó como una bombilla.
—Ya estamos en la búsqueda. Habrá que esperar un poco, como es lo normal, pero… estamos muy ocupados buscando al bebé —Sophie sonrió al escucharla—. ¿Sabes, Sophie? Se acerca navidad. ¿Qué planes tienes? —ella meneó su cabeza negando—. ¿Qué te

Tu Deseo

parece si te invito a la celebración que hacemos siempre?
—Ana, esa es una fecha tan familiar...
—Sí, lo es. Pero no nos importará. Vendrán unos amigos, los de siempre. Mis hermanos estarán aquí y... ¿O prefieres pasarlo... donde sea que lo vayas a pasar? —Sophie la miró con seriedad. No, no quería pasarlo donde antes había pensado que lo haría, es decir, sola en el apartamento de su prima, sin siquiera poder ver la televisión porque éste estaba bajo llave en su habitación. Tampoco tenía un vestido que lucir, pero, diantres. Ya le habían calmado el hambre, no podía ahora empezar a quejarse de que no tenía ropa.
—Está bien. Gracias. ¿Dónde será?
—Aquí. Casi siempre celebramos la navidad aquí, por ser la casa más grande.
—Bien—. En el momento entraron a la cocina Paula, Silvia y Judith con algunos paquetes que dejaron sobre la encimera de la cocina. Saludaron a Sophie con besos y abrazos, y también tuvieron que disimular el cambio tan evidente que se había producido en su físico. Como era regla delante de ella, intentaron hablar en inglés, y se hizo evidente que Silvia necesitaba un repaso intensivo.

Los minutos se pasaron volando, y pronto se hizo la hora de irse. En la puerta, Ana puso en su mano tres billetes grandes, los más grandes de la moneda colombiana, y ella la miró un poco sorprendida.
—Aquí está el pago por la clase.
—Pero no es...
—Y como mañana vas a volver —insistió Ana—, hablaremos entonces del préstamo. ¿Te parece?
—Ana... Dios... ¿Cómo podré agradecerte?
—Siendo buena y viniendo bien guapa a la fiesta —Sophie se echó a reír.
—Gracias. De verdad.
—La vida te va a cambiar, lo sé.
—Dios te oiga.
—Ya me oyó.
Luego de un abrazo sentido, Sophie entró en un auto de la familia, y en el camino al apartamento de su prima, incluso dormitó un poco. Barriga llena, corazón contento, decían; parte de los pesos que agobiaban a su alma se habían desvanecido un poco.

Miró el dinero en su mano y sonrió.
—De pasada —le dijo al conductor— ¿podría dejarme en un

19

supermercado?

—Claro, señorita.

—No tienes que esperarme.

—La señora Ana me pidió que la dejara en su casa, y ahí la voy a dejar.

—Está bien —sonrió ella nuevamente. Con los ricos no había caso, se recordó; por lo general, ellos se salían con la suya.

...2...

—Y esto es todo, hijo mío. ¡Este pechito se va para su casa! —canturreó Juan José recogiendo de una mesa de dibujo unos planos que junto a Fabián habían estado estudiando. Era un proyecto grande, uno bueno. Uno de esos que podían catapultarte a la fama y el éxito si salía bien.

Fabián Magliani sonrió y cruzó sus manos tras su nuca estirándose como un gato, lo que hizo que su camisa se tensara sobre su amplio pecho.

—No hemos comprado todos los regalos de navidad —siguió Juan José sin que él le hubiese preguntado nada—, y Ángela ya está muy ocupada preparando lo que necesitamos para pasar navidad en la casa de Carlos. Así que me toca a mí.

—Ardua labor —lo compadeció Fabián con una sonrisa.

—Deberías acompañarme.

—Yo ya compré los míos.

—Traidor —Fabián se echó a reír y se puso en pie buscando su chaqueta para salir también. Podía quedarse otro par de horas aquí trabajando, pero prefirió salir junto a su amigo y socio. Se dedicaría a deambular un poco por allí, aunque con este clima todas las ganas se iban solas... o podía aprovechar la tarde e ir a visitar a su querida abuela. Era víspera de navidad, después de todo; época de paz y reconciliación.

Juan José no perdió el tiempo, y luego de abrigarse también, pues afuera hacía un frío que te mordía el trasero, salió del edificio donde tenían sus oficinas. Desde que era un hombre de familia, Juan José no se quedaba por allí perdiendo el tiempo; siempre se iba directo a su casa. Era raro, porque su casa era un caos, y era que había tres niños ahora. ¡Tres! Eliana, la última, había nacido hacía sólo unas semanas. Había imaginado que querría un escape de tanta locura, un poco de silencio, pero no, Juanjo salía del trabajo y se iba enseguida a su hogar. Era admirable.

Su teléfono sonó cuando ya iba entrando a su auto, y al ver que era Ana, se lo pegó a la oreja.

—Dime, cariño —ella soltó un bufido. Aun cuando estaba casada, él insistía en ponerle motes cariñosos.

—Hola, Fabián —le contestó ella—. ¿Estarás ocupado en la tarde?

—No mucho. ¿Por qué?

—Te necesito.
—Tú siempre me necesitarás.
—Calma esos frijoles —lo reprendió Ana, y Fabián se echó a reír—. Se trata de la cena de navidad.
—¿La estás cancelando?
—Claro que no.
—Ah, me asustaste.
—Es un favor que necesito pedirte.
—Por favor no me digas que necesitas que vaya por tus regalos de navidad —Ana se echó a reír.
—No, tampoco es eso. Se trata de... algo más. Invité a una amiga a la cena, y...
—Oh, Dios. Oooh, Dios. Espera, espera, espera. ¿Me estás emparejando con alguien otra vez?
—¿Otra vez? ¿Cómo que otra vez? Nunca te he emparejado con nadie.
—Bueno, hace tiempo me habías dicho algo acerca de la chica perfecta para mí y no sé qué más.
—¡Pues es perfecta para ti!
—Ana, por favor... —Ana casi se echa a reír; Fabián había sonado como sus hermanos cuando no querían lavar los platos o limpiar el jardín.
—Sólo te estoy pidiendo que vayas a recogerla a su casa. Sólo eso. Ve por ella, la traes a la fiesta... y listo. No tienes que hacer nada más.
—Excepto porque ella creerá que soy su pareja; y no sólo ella, todos los demás lo pensarán cuando llegue con ella.
—No tiene nada de malo, ¡y estás hablando de Mateo, Juan José y Carlos!
—Si por eso es que lo digo, porque se trata de Mateo, Juan José y Carlos—. Ana volvió a reír.
—Si te sientes demasiado incómodo con ella, y lo odias, y te sientes con ganas de retirarme tu amistad para siempre... te prometo que jamás volveré a intentar emparejarte con alguien.
—¿Lo juras? —la prisa con la que él hizo esa pregunta hizo que Ana gruñera.
—Por mi santa madre —Fabián bufó. La madre de Ana no era santa para nada, y un juramento así perdía todo valor. Ana se echó a reír, pero al notarlo en silencio se puso seria—. Ella no es el tipo de chica que detestas —le aseguró—. No te atosigará, no se interesará en el dinero de tus abuelos, no será impertinente...

— ¿Cómo estás tan segura?
—Mi corazón me lo dice. Sólo ve por ella, te lo ruego.
— Ella... ¿ella sabe de este jueguecito?
—No. No sabe nada. Y por favor... sé discreto.
—Qué maravilla. De verdad, Ana.
—Sólo esta vez. Te prometo que valdrá la pena.
—Me deberás un favor —Ana sonrió. Hubiese querido decirle que sería él quien tendría una deuda eterna con ella, pero prefirió callar.
—Te enviaré por mensaje su dirección para que pases por ella.
—De acuerdo.
—Pasa a las siete. Y gracias por hacerme caso, aunque estoy segura de que en menos de un año serás tú el que me agradezca — Fabián entrecerró sus ojos mirando a ningún lugar en particular.
—Dime una cosa. ¿Es esto cosa de... tus sueños?
—¿Por qué piensas eso?
—Siempre te pones misteriosa con esas cosas. Dime. ¿Es a causa de un sueño que tuviste o no? —Ana suspiró.
—Sólo ve por ella, conócela... y luego tú sabrás. Sabrás qué hacer, te lo aseguro.
—Enigmática como siempre. Me ahorrarías un montón de trabajo si tan sólo me contaras qué sucede, o qué sucederá.
—No puedo —rio Ana.
—Qué mala eres—. Ana volvió a reír y cortó la llamada.

Fabián guardó su teléfono haciendo una mueca. Ahora tenía el tiempo justo para ir con sus abuelos. Con suerte, lo invitarían a almorzar y luego iría a su casa para vestirse e ir por la misteriosa chica de los sueños de Ana.

Encendió el auto y salió a la carretera rumbo a la casa donde se había criado.

Sophie estaba al frente de su máquina de coser. Ayer en la mañana, luego de salir de la casa de Ana y de darle su clase a Silvia, le había entregado el dinero del préstamo acordado, y Sophie no había perdido el tiempo. Había pagado un par de deudas importantes, como la universidad, un abono al dueño del apartamento donde antes vivía y otro abono al seguro médico, del que ya estaba desafiliada. Dios no quisiera que algo le pasara en estos días, pues en ninguna clínica u hospital la atenderían. No le había alcanzado para la deuda del teléfono, y ni qué decir de las deudas del banco.

Y había comprado comida. Comida, comida. Esta mañana había

desayunado bien, y ahora mismo, en la estufa se cocía su almuerzo. Olía bien. No tenía hambre, no como antes, y en el refrigerador, había algo más que agua y un limón seco que evitaría que oliera mal. Ahora había un poco de fruta, verduras, leche, huevos. Aaah. A veces era muy simple volver a tener tranquilidad.

Pero era un préstamo que debía pagar; no eran regalos, ella no podía, ni debía, tomarlos de esa manera. Debía encontrar pronto un empleo, y según lo que Ana le había dicho, estaban gestionando para que entrara a trabajar en alguna tienda de ropa otra vez como vendedora. Con la experiencia que tenía, más sus estudios en diseño, no tardaría... sin hablar de la influencia de personas como ellos. En una semana estaría laborando otra vez, estaba segura. Volvería a su vida, pagaría sus deudas, tendría de nuevo privacidad, una cama con su colchón en la que dormir tranquila y comida en la alacena.

Otras cosas no las tendría, pero no eran de vida o muerte.

Con el pago que había hecho ayer volvería a la universidad. Sí, ¡la universidad! ¡Terminaría su carrera! Esa era la mejor parte de todo, porque siendo profesional, aumentaría sus expectativas de obtener un buen empleo.

Levantó los retazos tela que sostenía en sus manos, ubicándolos en el pie de la máquina de coser, que se había traído consigo cuando se vino a vivir aquí. No había traído ningún otro objeto, excepto la máquina de coser y el retrato de sus papás que aún conservaba.

Y había hecho bien; gracias a su máquina, esta noche estrenaría un vestido diseñado y confeccionado por ella misma. Y un abrigo nuevo también.

Se había comprado un poco de tela para la ocasión. No avergonzaría a su benefactora llevando los trapos que tenía. Hubiese preferido no gastar su precioso dinero en frivolidades como esta, pensó por un momento; habría podido tomar prestado uno de los vestidos de su prima, ella, sin duda, tenía muchísima ropa y de la mejor calidad. Un vestido negro que permanecía en la bolsa de la tintorería le habría servido. Habría tenido que ajustarle un poco en la cintura, pero le habría venido bien... Sólo que al bajarlo de la percha y ponerlo delante de su cuerpo en el espejo había desechado la idea por completo. No quería nada prestado de ella. Quería su propio vestido.

Conocía los sitios donde podía conseguir tela de buena calidad y económica, así que allí fue, compró un delicioso raso azul marino y luego de unos pocos trazos en el papel, obtuvo lo que quería: un vestido largo hasta el suelo, con los hombros al descubierto por el escote tipo reina Ana, y una pequeña aplicación de brillantes de fantasía justo debajo del busto. Como sabía que quedaría corta de tiempo para elaborarse también un abrigo acorde, simplemente había diseñado una capa en un grueso paño gris claro, que le serviría para muchas ocasiones, y con un simple par de botones y un corte acampanado, tomaría la forma adecuada sobre su cuerpo.

Estaba entusiasmada, sonreía mientras cosía centímetro a centímetro su vestido. Siempre le había fascinado el tener una idea en su mente, y luego de un poco de trabajo, traerlo a la realidad, poder tocarlo y lucirlo. Tomarse las medidas ella misma era un poco complicado, pero había tomado experiencia en eso.

La mejor parte eran los zapatos.

Había tomado uno de sus zapatos viejos y los había reformado. Seguían siendo altos y elegantes, pero ahora eran plateados, con un poco de pedrería en la capellada sin llegar a parecer chabacanos u ordinarios.

Ana le había prometido enviar de nuevo el auto por ella, así que podía dedicarse por completo a esto; tenía hasta las siete para acabar su ajuar de esta noche.

Lástima que sus medidas hubieran cambiado tanto. Esta mañana se había mirado desnuda frente al espejo y lo que vio casi la asustó. Se le notaban todos sus huesos, demasiado. Las costillas, la pelvis, las clavículas... era como una película de terror sin ropa, y estuvo a punto de echarse a llorar por su cuerpo.

A pesar de que desde hacía unos días comía otra vez tres veces al día, su cuerpo no había aumentado de peso, al menos, no de manera notable. Debía comer más, debía recuperar su peso, su cuerpo. Los amigos de Ana pensarían que no era más que una mujer que llevaba al extremo las dietas, o que de plano estaba enferma. Nunca le había importado demasiado lo que pensaran los demás, pero sentía que esta vez era diferente; de la impresión que se llevaran de ella esta noche dependía encontrar un empleo, dependía sobrevivir.

Esperaba que todos fueran como Ana, o parecido. Si no, la noche sería un infierno.

Suspiró apretando sus labios. El diseño del vestido ayudaba a disimular un poco el estado de su cuerpo. Sólo se le verían los huesos de los hombros y la clavícula, pero no mucho. Y podía ser que luego de verlo, le preguntaran dónde lo había comprado o quién se lo había hecho, y allí ella daría a conocer su trabajo. No le importaba coser por encargo si eso reportaba un dinero extra.

Miró el reloj, y se levantó para revisar lo que tenía en la hornilla.

Hora de comer.

Fabián miró la hermosa y antigua casa de los Magliani. No había sido invitado a venir, pero oficialmente, él era un miembro de la familia, y a pesar de la mala relación que tenía con el jefe de este hogar, el personal no se atrevía a cortarle la entrada. Sin embargo, él prefirió quedarse en el vestíbulo mirando las escaleras que conducían al segundo piso, anchas, curvadas y antiguas, como todo lo que había en esta casa.

Su abuelo adoraba contar la historia de cómo sus padres habían llegado de Italia en barco para empezar aquí una nueva empresa, y habían prosperado, y ahora todo lo dirigía él. Y aquí terminaba su historia, porque también aquí terminaba su linaje. Bernardino Magliani, su abuelo, había tenido sólo dos hijos: Gerónimo, su tío, y Carlota, su madre.

Gerónimo era un hombre sin mucha suerte en la vida. Se había ido a Europa a estudiar, pero allá tuvo problemas y dejó la carrera, y al regresar, contrajo paperas, lo que lo dejó irremediablemente estéril cuando la enfermedad se agravó.

Sabiendo que no podría tener hijos, se había casado y había adoptado a dos niños, pero el abuelo no los veía como su descendencia. Detestaba la idea de tener que heredarles. Y Carlota no le había dado mejor opción; había sido una loca casquivana que se había embarazado con sólo dieciséis años, y había muerto en medio de su labor de parto dejando a sus padres con un pequeño problema: él.

Fabián había nacido vivo gracias a la rápida acción de los médicos. Y el nombre de su padre, al parecer, había sido sepultado con ella.

Respiró profundo mirando los finísimos y costosos cuadros colgados en las paredes. Ellos eran testigos del infierno que se había vivido en esta casa; su tío Gerónimo, al casarse, no se había ido a vivir en otra casa con su mujer, no. Tal vez con la esperanza de que el abuelo les tomara cariño a sus hijos adoptivos, se había quedado aquí para que conviviesen. No había dado resultado, el abuelo no los quería porque no eran de su sangre, y a él, que sí lo era, no lo quería por ser fruto de la vergüenza que había tenido que sufrir su familia treinta años atrás. La verdad es que Bernardino no quería a nadie, excepto, tal vez, a su abuela.

Juana, una mujer de setenta y tres años, con su cabello blanco recogido en un discreto moño en su nuca y una sonrisa luminosa en sus ojos, bajó las escaleras extendiéndole la mano a su nieto, su único

Tu Deseo

nieto, y Fabián estuvo de inmediato a su lado para abrazarla y besarla.

—¡Estás divina! —le dijo Fabián mirándola con adoración. Juana sonrió negando. Fabián se parecía a ella, lo sabía. No se parecía al abuelo, ni a su madre, ni a su tío, sino a Juana, que de joven debió ser pelirroja. Era una mujer de fuego, la única capaz de soportar a alguien como Bernardino, la única que lo ponía en su lugar cuando era impertinente. Los años, y sus achaques la habían disminuido un poco. Sabía que había estado yendo al médico por sus problemas de presión, problemas que tal vez eran ocasionados por el cascarrabias de su abuelo, o los disolutos de sus primos.

—Pensé que no te vería esta navidad —suspiró Juana con una sonrisa encantada.

—Yo pisaría brasas encendidas por verte.

—Mentiroso —lo regañó ella pegándole suavemente en el hombro, y caminó delante de él hasta llevarlo a la sala principal, hermosa y enorme—. Hace cinco semanas no venías a verme.

—¡Tomamos un café hace tres!

—Eso no cuenta. Fue casualidad, te vi en la calle y te llamé.

—¿Por qué no cuenta? ¡Nos vimos!

—¡No cuenta, no cuenta! —Fabián hizo rodar sus ojos y se sentó a su lado. Ella no tardó en ponerle la mano en el rostro y lo examinó—. Te ves bien.

—Gracias.

—¿Ya conociste a alguien para que me la presentes?

—Abuela...

—Voy a morir y no conoceré a mis nietos. Para cuando te cases y tengas hijos, yo sólo seré una pila de huesos en una urna. ¿Sabes lo triste que es para mí pensar eso? —Fabián hizo una mueca.

—Yo soy tu nieto.

—No, tú eres mi hijo. Tus nietos serán los que tengas con tu mujer. ¿Cuándo, Fabián? —él sólo pudo sonreír.

—Estoy en la búsqueda —cuando ella hizo un gesto que mostraba su escepticismo, insistió—: ¡créeme! Sólo pienso que... mi suerte es esquiva. Ninguna mujer se fija en mí —y aquello sonó tan lastimero, que Juana no pudo evitar reír.

—Eso es una tontería —dijo—. Mírate nada más. Eres tan apuesto, y tan inteligente; emprendedor, ¡y heredero!

—Ay, abuela, por favor... ¿Heredero yo? Todo lo heredarán los hijos de tío Gerónimo.

—¡Sobre mi cadáver! Si acaso, les tocará la parte que le corresponde a Gerónimo, y eso, por ley. A ti te tocará la parte de

27

Carlota… y no es nada despreciable.

—No necesito eso. Trabajo duro, y lo sabes.

—Lo sé, lo sé —sonrió ella brillando de orgullo—. Ya sabes que tengo mis amigos y hago preguntas. Sé que tu negocio con ese chico Soler te está yendo muy bien. Han hecho inversiones un poco arriesgadas, pero han cosechado buenos frutos.

—¿Andas por ahí preguntando por mis asuntos?

—Claro que sí.

—Lo peor es que no lo niegas —Juana se echó a reír.

Minutos después de estar hablando con ella, llegó Bernardino, que al verlo se detuvo en medio de la sala y miró su reloj, como si se estuviera preguntando cuánto tiempo podía quedarle de su visita. Fabián lo miró de arriba abajo notando un poco los cambios en él. Siempre le había parecido que su abuelo era inmutable, con su cabeza cana y de cabellos ralos en la coronilla. Alto y delgado, de nariz aguileña y cejas pobladas. Debió ser atractivo en su juventud, pensó ahora. Su abuela le había mostrado fotografías en blanco y negro de los dos y lo que había concluido en su momento es que la abuela sí que había sido preciosa, y él no tanto en comparación.

De él había heredado tal vez la estatura, y Juana decía que hacían la misma mirada cuando estaban molestos. Odiaba eso.

—Es hora de irme —dijo Fabián poniéndose en pie.

—Claro que no —lo contradijo Juana imitándolo y tomándole el brazo—. Quiero que cenes con nosotros esta noche.

—No, abuela, ya tengo planes para esta ocasión. Vine sólo a verte…

—Pero… ni siquiera te has tomado un té, o un café.

—Déjalo, Juana —la interrumpió Bernardino quitándose el abrigo y poniéndolo en manos de una mujer del servicio que lo esperaba presta—. Ni que fuera la primera navidad que pasamos sin él— Fabián entreabrió sus labios, atónito por el comentario de su abuelo. Podía contar con los dedos de una mano las navidades que había pasado aquí, y todas eran antes de que pudiera entrar al colegio, hacer amigos y escapar. Y ellos no habían puesto objeción a eso, sobre todo el abuelo, que parecía preferir que se lo llevaran lejos en estas fechas para no tener que verlo.

—Fabián —le pidió su abuela con voz suave—. De verdad, ¿no puedes hacer una excepción este año y quedarte con nosotros? Intentemos llevarnos bien. Bernardino, por favor… —Fabián apretó sus dientes y un músculo latió en su mejilla. Si su abuela de verdad se empeñaba, Bernardino daría su brazo a torcer y cedería. Antes no había sido así, en la adolescencia, su abuela había llorado por él, pero al anciano le había dado igual y nunca dio su brazo a torcer, pero ahora las cosas eran diferentes, pues su abuela estaba enferma y los disgustos no le sentaban bien.

Hizo una mueca. Él no quería estar aquí, así que se acercó a su abuela y le besó la frente.

—Tal vez la otra navidad —le dijo.

—No es justo, Fabián.

—Pero no es mi culpa, ¿verdad? —sonrió él con un poco de tristeza, y luego de besarle el dorso de sus manos, y echarle una mirada adusta a su abuelo a modo de despedida, Fabián salió de la casa.

Bernardino miró a Juana secarse una lágrima.

—No me digas nada. Sabes que siempre se ha comportado así.

—Porque fue lo que aprendió de ti. Siempre tuvo que ponerse a la defensiva cuando estabas presente.

—No es así.

—¡Sí lo es! —ella le echó malos ojos y se dirigió a las escaleras para irse a su habitación. Bernardino le fue detrás haciendo una mueca. Ya podía dar por echada a perder la cena de navidad, todo, gracias otra vez a su ilustre nieto.

Fabián volvió a su auto y, con los dientes apretados, volvió a sentarse frente al volante. Ese anciano se atrevía a insinuar que si él no quería pasar la navidad aquí era culpa suya.

Indignado, puso el auto en marcha y salió del jardín de la casa de su abuelo. No había almorzado, así que ahora debía buscar un restaurante. Debió hacerle caso a Juan José e irse con él, la tarde habría sido mejor.

No, se reprendió a sí mismo. Aunque había sido sólo por un momento, había pasado tiempo con su abuela. Una lástima que el anciano también viviera aquí.

...3...

Sophie se miró al espejo y dio media vuelta hacia un lado y hacia el otro admirando su creación. Gracias a Dios conservaba sus senos, que le ayudaban a darle al vestido la forma que había querido. Estaba mejor de lo que esperó. Bajo su busto, la pequeña aplicación de piedras plateadas brillaba con las luces de la habitación, y la falda caía larga, ancha y hermosa hasta los pies. Estaba satisfecha también con sus zapatos.

Sonrió. Había hecho casi todo lo que llevaba puesto con sus propias manos. Sí que debía sentirse orgullosa.

Pero su cabello era otra cosa. A pesar de que le había dado forma con su vieja plancha para el cabello, no estaba del todo satisfecha. Este vestido lucía mejor con el cabello recogido, un moño alto, pero el suyo estaba tan corto que no se dejaba recoger así a menos que tuviera las pinzas adecuadas, y suelto le quitaba un poco la elegancia, pues no era lo suficientemente largo.

Se resignó buscando su estuche de maquillaje, que estaba agotado casi por completo, y empezó a aplicarse una ligera base. Era consciente de que estaba muy pálida, y debía darle un poco de color a esas mejillas.

El timbre del interfono sonó, y Sophie miró su reloj. Faltaban quince minutos para las siete. ¿No era muy pronto para que llegara el chofer de la casa de Ana? Diablos, ¡le faltaba maquillarse!

—¿Diga? —saludó por el interfono.

—Señorita, un caballero viene a buscarla.

—Ah, sí, sí. Lo estoy esperando, gracias—. Cortó el interfono y se dedicó de nuevo a su maquillaje. Que la esperara en el lobby del edificio, pensó. No estaba mal que una mujer se hiciera esperar unos pocos minutos.

Cinco minutos después, lo que sonó fue el timbre de entrada, y eso la extrañó.

¿Qué había pasado? ¿Había dado ella la orden de dejar al hombre subir hasta aquí?

¡Ah, no, esto no podía ser!, se regañó a sí misma, pues recordó que sus palabras habían sido muy ambiguas y el conserje las había malinterpretado.

Se apresuró a terminar de aplicarse los polvos y corrió a atender. Ahora tendría que pedirle al pobre hombre que la esperara afuera, en el pasillo, con lo cortés que había sido antes con ella.

Abrió la puerta con rapidez, con un par de palabras listas para disculparse, pero lo que vio la dejó de piedra en el umbral.

Era un hombre, sí, pero no era para nada el chofer de Ana.

Dios, ¿este hombre era real?

Lo miró a los ojos largamente, unos ojos claros, bonitos, expresivos; un rostro bastante simétrico, de facciones algo marcadas como su mentón cuadrado y la frente amplia... el cabello castaño claro y abundante, peinado hacia un lado y con libre movimiento, hermoso; de nariz recta preciosa, con el tamaño adecuado sobre su rostro; cejas pobladas con una ligera curvatura, boca grande y de labios carnosos... Era tan bello que no podía dejar de mirarlo. Y seguro que llevaba una hora allí como tonta mirándolo boquiabierta, pero no podía parar. Jamás había visto un hombre así.

En su antiguo trabajo, ella había tenido que ver hombres guapos. Estaba en la industria de la moda, había logrado ver modelos en vivo y en directo, pero este hombre en el umbral de la puerta no parecía un modelo... parecía un dios pagano, hermoso e igualmente pecaminoso.

Él era alto, grande, de hombros y pecho ancho, y, Padre celestial... olía tan bien... De él se desprendía un aroma masculino, seductor, y la estaba haciendo desfallecer.

No; sin duda alguna, ella nunca había visto un hombre así, del mismo modo que nunca había sido "mirada" por un hombre así.

Él la estaba mirando.

—Ah... yo... eh... Lo siento —logró articular ella al fin—. Lo... lo siento.

—¿Por qué te disculpas? —preguntó él, y Sophie sintió que alguna cuerda en su interior se tensó y le hizo soltar un quejido, uno muy quedo y que sólo pudo escuchar ella. Hasta su voz era sexy. Esa voz, grave, articulada, tan... — ¿Eres Sophie Alvarado? — ¡Jesucristo! ¡Su nombre nunca le había parecido tan sugestivo como ahora que salía de esos labios!

—Sí, soy yo —contestó. Nunca había estado tan feliz de ser Sophie Alvarado.

—Vine a... buscarte.

—¿Eres el chofer? —él sonrió, una auténtica sonrisa que involucraba sus ojos, todas sus hermosas facciones... y Sophie se vio tirada en el suelo, convertida en un charquito de babas y orines. No, tonta. Cálmate. Sólo es un hombre guapo, vamos. El más guapo del mundo, eso sí; guapo, comestible, mordisqueable...

—No... —contestó él al comentario de ella—. Soy un amigo de

Ana. El chofer tuvo un... pequeño inconveniente y... a última hora Ana me pidió el favor a mí.
—Oh... lo siento tanto.
—No te preocupes. Mi nombre es Fabián Magliani —dijo él extendiendo su mano, y ella vaciló un poco. En su mente loca, ya estaba pensando en que, si lo tocaba, de verdad que se iba a convertir en un charquito en el suelo.
Reprendiéndose, extendió la suya y se la estrechó.
—Un... un placer.
—¿Ya estás lista? —Sophie se quedó allí, quieta y de pie, por otros tres, o cuatro o cinco segundos más—. ¿Sophie? —la llamó él.
Sí, sí. Qué nombre tan bonito es el mío. Joder. Estaba embrujada.
—Sí... Quiero decir... No. Dame unos minutos más. Mientras... por favor, entra... Te ofrecería algo, pero...
—No te preocupes.
—Toma asiento, por favor.
—Estoy bien.
—Bien... —ella fue dando pasos hacia atrás hasta internarse de nuevo en su habitación. Le dolieron los ojos cuando tuvo que dejar de mirarlo, y, frente al espejo, se dio una bofetada a sí misma.
Patético. Había estado patética. Había tartamudeado, se había quedado con la mirada en blanco, ¡y había caminado hacia atrás!
Cerró sus ojos sintiendo su respiración agitada. Algo le dolía dentro; su alma o su corazón, no lo sabía, y sólo pudo controlar esta extraña ansiedad diciéndose a sí misma que, por lo general, tras esas hermosas caras y esas voces seductoras, se escondían hombres crueles, egocéntricos, amantes de sí mismos, indolentes...
No sabía cómo era este hombre, no sabía de qué familia provenía, si era trabajador o vividor, si madrugaba o dormía hasta el mediodía, así que no podía fiarse sólo por la apariencia. Había especímenes que no debías tenerlos ni de amigos.
Tomó el labial para aplicárselo, pero cuando notó su mano temblorosa, cerró sus ojos y respiró profundo varias veces. Nunca se había considerado tan vulnerable a los encantos físicos de un hombre. En su trabajo anterior había estado rodeada de ellos sin que le afectaran demasiado, y vaya que eran guapos, pues en las tiendas no aceptaban feos para atender a las clientas, una norma no escrita y silenciosa que, sin embargo, se cumplía.
Entonces no era por su físico, pero sólo lo había mirado por un minuto, o poco más, así que no podía atribuirle su estado a nada, más

que a los nervios por la velada, una velada que, esperaba, ayudaría a cambiar su vida para bien.

Fabián anduvo unos pasos en la sala del apartamento sobándose el pecho como si hubiese recibido un golpe certero justo en el centro.
¿Qué había pasado aquí?
Un flechazo, se contestó a sí mismo. Acababa de experimentar un auténtico flechazo.
Esto nunca le había sucedido en el pasado.
Tal como los flechazos en la vida real y en la imaginaria, éste lo había tomado por sorpresa. Lo irónico es que ya antes había expresado que quería saber lo que se sentía.
Bueno, pues ya sabía, y no era del todo agradable. En parte porque el que lo tomara tan desprevenido sólo había conseguido que fuera más fuerte.
Se pasó la mano por los ojos, sobándolos, masajeándolos, y miró luego la puerta tras la cual ella se había ocultado. Quería verla más, oírla más, saber más de ella. Le urgía, era de vida o muerte.
¿Qué le estaba pasando?
Se rascó la coronilla de la cabeza y dio varios pasos por la sala. Una sala bonita, por cierto, se dijo mirando las pinturas, los accesorios en acero sobre las mesas y otras superficies, y los muebles forrados en lo que parecía ser cuero blanco.
¿Quién era ella? ¿De qué la conocía Ana?
Era guapísima, de piel clara, alta; tal vez demasiado delgada para su gusto, pero definitivamente tenía encanto. Su cabello rubio oscuro le llegaba al cuello, liso y suave. Sus ojos enormes y claros lo habían mirado al principio con sorpresa, luego con... no sabía decirlo, pero no le había sido indiferente. Ella también se había quedado en silencio por un vergonzoso minuto. Habían sido sesenta segundos de gloria, de admiración, de reverencia. Sesenta segundos en los que no pudo más que mirarla, admirar sus ojos claros y abiertos de par en par por la sorpresa, admirar esos labios jugosos, entreabiertos por alguna palabra que no quiso salir.
Le picaban las manos; quería tocarla. Sus ojos dolían; quería verla más. Todo él estaba tenso.
Sonrió nervioso. Nunca había vivido algo así, era cierto, pero sí que lo había visto antes. Lo había visto en sus amigos, más que todo, en Juan José, que al ver a Ángela por primera vez se obsesionó con ella de tal manera que a punto estuvo de destruir su propia vida y la de ella.

Era genial sentirse así, comprobaba, pero daba terror al mismo tiempo.

¿Era esto?, quiso preguntar. ¿Había encontrado a su chica? Esto que había sentido ahora no lo había experimentado jamás, y no podía ponerlo en palabras, no se sentía capaz. ¿Qué era? Un deseo de poder seguir mirándola hasta el final de los tiempos, de hablarle, y hacer que hablara para saber de ella a la vez que escuchaba su voz, y se llenaban uno a uno los espacios vacíos, fríos y oscuros de su corazón.

¿Era esto?

Fuere lo que fuere, quería más. Y era algo que sólo había experimentado con ella.

Siempre había sabido que reconocería a su alma gemela en cuanto la viera. En el pasado, había conocido muchas mujeres; primero, las buscó él, y se rodeó con ellas reafirmando su magullada masculinidad adolescente. Luego, fueron ellas las que lo buscaron a él, y él no huyó; disfrutó de su compañía, de sus cuerpos, de sus encantos.

Pero después vino el tedio. Ya las mujeres eran indistintas para él, el sexo había perdido su gracia, y no había magia, ni siquiera mucha anticipación. Todo se había echado a perder, los encuentros íntimos le eran insípidos, sin color. Esto, según palabras de sus amigos, era la "madurez de un soltero".

Volvió a pasarse la mano por el pecho. Tal vez le estaba dando demasiada importancia a una desconocida. Tal vez al hablar un poco más, descubriera que ella era egoísta, tonta a más no poder, interesada o superflua, y relegaría esta experiencia al olvido.

Le dolió pensar así, pero tenía que ir prevenido. Ya le había ocurrido en el pasado, y no podía fiarse sólo de lo que había sentido ahora, que era fuerte y perduraba en él como un encantamiento muy bien hecho. Debía ser cauteloso. Por lo que él sabía, ella incluso podía ser una jefa de la mafia.

No, Ana no lo habría vinculado con alguien así. Y luego admitió que estaba exagerando.

Sophie salió de la habitación por fin llevando un pequeño clutch decorado con pedrería. Lo había hecho ella misma, por supuesto; con cartón y un pedazo de raso azul que le había quedado, y la misma pedrería de sus zapatos. Parecía un bolso fino, y estaba muy bien elaborado, así que no se notaría el material con el que estaba hecho. El día le había alcanzado para todo.

Levantó su mirada hacia el hombre que parecía llenar toda la sala, todo el apartamento, con su sola presencia. Había estado dentro más

Tu Deseo

de quince minutos, aplicando un poco de rímel en sus pestañas y color en sus labios, terminando algunos detalles del pequeño bolso y del abrigo.

No llevaba joyas, porque simplemente no las tenía; había tenido que vender todo lo de valor para sobrevivir los últimos meses, y aunque tenía alguna baratija por allí guardada, desluciría con su atuendo.

Sin embargo, presintió que él la aprobaba; los ojos de él brillaban, y le sonreía como diciéndole que estaba guapa.

No lo dijo en palabras, así que, ¿cómo era que estaba tan segura de que eso exactamente era lo que él estaba pensando?

Su pulso otra vez se aceleró.

—¿Va... vamos? —él asintió, y le ofreció su brazo. Salieron del apartamento, y Fabián vio que ella le ponía doble llave a la puerta, luego caminaron en silencio hacia el ascensor. Él iba vestido con un traje negro, sin corbata ni corbatín, lo que le hacía pensar que tal vez la fiesta no era tan formal. ¿Y si todas las demás mujeres iban con vestidos de cóctel, mientras ella llevaba uno de gala? O peor, ¿y si iban en jeans?

—¿Estoy... adecuada para la fiesta? —preguntó, y de inmediato se arrepintió. Pero él la miró de arriba abajo asintiendo en un gesto tranquilizador mientras se internaban en el ascensor.

—Estás perfecta.

—Gracias. Siento que... hayas tenido que hacer de chofer para mí.

—No es para tanto —dijo. Él sonrió mostrando toda su dentadura. Oh, había un defecto en este hermoso hombre, se dio cuenta Sophie. Él tenía uno de sus incisivos inferiores torcido. Ya no es perfecto, se dijo fingiendo decepción.

Mentira, mentira, mentira. Saber lo de su dientecito rebelde sólo lo hacía apreciarlo más. Este detalle lo acercaba a ella, lo hacía humano y no dios, lo hacía de carne y hueso.

Lo miró, y encontró que él la miraba a ella.

—Yo... Me temo que no conozco a nadie... de la fiesta. Excepto Ana y sus hermanos, claro.

—Pues ya conoces a la mitad.

— ¿De verdad?

—Sólo es una fiesta familiar. Tenemos una especie de tradición celebrándola en casa de los Soler. Así que sólo estaremos nosotros; no tienes que preocuparte mucho—. La confianza de él le hizo sonreír. Mientras el ascensor bajaba los catorce pisos volvieron al silencio. Fabián tenía muchas cosas que quería preguntar, como, por

35

ejemplo: ¿eres soltera? ¿Tienes novio? ¿cenarías a solas conmigo para conocerte mejor?
Y ninguna pregunta la podía hacer. Al menos, por ahora.
También Sophie tenía su cuota de interrogantes: ¿Eres bueno? ¿Eres real? No he muerto en un callejón por el frío y el hambre y todo esto es fruto de mi imaginación, ¿verdad?
Pero ninguno dijo nada, y bajaron hasta el primer piso en silencio.

Él la condujo hacia su auto, que estaba estacionado afuera, y Sophie se subió a él sin mirar mucho la marca o el modelo. Sólo se concentró en atarse el cinturón de seguridad, y en pensar que le esperaba un largo viaje, una larga velada, al lado de este hombre de belleza imposible. Necesitaba tratar con más seres humanos para hacer la comparación y ponerlo a él en perspectiva. No podía decidir nada ahora, ni siquiera podía decidir si le gustaba o no, porque temía estar siendo presa de una alucinación.

Porque, diablos, era tan bello.

—¿Puedo hacerte una pregunta? —ella se giró a mirarlo. Él maniobraba para salir a la carretera y parecía concentrado en su tarea.

—Claro.

—¿De qué conoces a Ana? —Sophie sonrió.

—Le enseño inglés a ella y sus hermanos.

—Ah, eres profesora de inglés —ella ladeó su cabeza.

—Más o menos—. Él frunció el ceño (de una bella manera), y ella se explicó—: Sólo doy clases particulares, no es mi oficio.

—Ya veo. Es una manera de ganar un dinero extra—. Era todo lo que estaba ganando ahora mismo, podía decir ella, pero se calló.

—¿Y tú? —le preguntó.

—¿De qué conozco a Ana? —no, eso no era lo que iba a preguntar, pero asintió—. Hace unos cinco o seis años, uno de mis amigos se casó con una amiga de ella... y así empezaron a ser parte del grupo, por decir así. La conozco desde entonces y hemos sido buenos amigos.

—Y... me imagino que trabajas —eso le hizo sonreír.

—Por supuesto—. Sophie asintió apretando sus labios. Era realmente extraño que un hombre de su edad no trabajara, y su pregunta podía sonar fuera de lugar, pero había casos y casos—. Soy arquitecto —concluyó él.

—Vaya, qué interesante.

—¿Te parece?

—Es arte.

Tu Deseo

—Sí, lo es. Y me encanta —él volvió a sonreír, la miró de refilón y volvió a concentrarse en la carretera.
Respiró profundo quedándose en silencio. Ella era bonita, pensó. Muy bonita. De perfil, de frente, y...
El camino se le hizo muy corto. Aunque casi no habían hablado, había algo extraño en su presencia en su auto. Como si algo le dijera que todo iba a estar bien, que no debía preocuparse.
Una extraña sensación de bienestar, siendo que apenas habían cruzado unas pocas palabras.
No. Esto era muy poco para decidir algo con respecto a ella y su presencia. Necesitaba más.
Llegaron al fin a la casa Soler y él se ocupó en ayudarla a bajar del auto. Ella parecía algo nerviosa, acomodándose el abrigo y el cabello como si en vez de asistir a una simple cena de navidad, fuera a ser entrevistada para un empleo.
—¿Está todo bien? —le preguntó, y ella lo miró mordiéndose los labios.
—Sí, por supuesto—. Tocó el timbre de llamada y les abrió la misma Ana, que no pudo contener un chillido de admiración al verlos.
—¡Estás preciosa! —casi gritó Ana—. Mírate, por Dios, ¡qué mujer tan espectacular!
—Gracias —contestó Sophie casi con vergüenza—. Tú estás bellísima —Ana sonrió elevando un poco la falda de su vestido como si hiciera una reverencia. Llevaba uno beige, que resaltaba su tono de piel, bronceado por naturaleza, de tiras y con escote en V, largo también hasta los pies. Gracias a Dios, entonces sí había venido acorde a la fiesta. Pero Ana sí llevaba joyas, una delicada cadena de oro blanco con un rubí colgando en su pecho.
Ana miró a Fabián y le dio un beso en la mejilla, y aunque no hizo ningún comentario, su mirada parecía querer decir: ¿No tenía yo razón?
Él no dijo nada. Aunque era verdad y Sophie era preciosa, él odiaba las encerronas, así que simplemente carraspeó.
—Feliz navidad, Ana.
—Feliz navidad, Fabián. Ven, ya todos están aquí —le dijo Ana a Sophie llevándola del brazo hacia la sala. Allí vio lo que parecían ser seis familias... o diez... Antes de que entrara, parecían muy entretenidos hablando entre sí; había niños jugando, una música en bajo volumen, y empleados trayendo bebidas en bandejas tal vez de plata.

37

Cuando entró a la sala, las conversaciones se acallaron un poco y los hombres que estaban sentados se pusieron en pie al verla. Algunos la estaban mirando con curiosidad.

—Y bien, mi querida Sophie Alvarado —dijo Ana haciendo gala de sus buenos modales—. Te presento a mis amigos. Ella es mi suegra, Judith Soler, ya la conoces —Sophie la miró asintiendo, y ella le sonrió entrecerrando un poco sus ojos—. Ángela, y su esposo Juan José Soler —siguió Ana. Ella parecía tener su edad, tenía unos hermosos y enormes ojos grises; le sonrió dando una cabezada, al igual que el joven rubio de ojos claros que estaba tras ella con un bulto de mantas rosadas en sus brazos—. Ellos son Eloísa y Mateo Aguilar.

—Y este es Juan Diego —sonrió Eloísa tocándose la panza; estaba embarazada, aunque no era capaz de calcular de cuántos meses. Él era moreno y guapísimo, y se acercó a ella extendiéndole la mano.

—Mucho gusto, Sophie —la saludó el morenazo. Ella sólo pudo asentir sonriendo como colegiala.

—Ya conoces a mi esposo —avanzó Ana. Carlos también le estrechó la mano dándole su saludo—, y a mis hermanos—. Paula y Silvia se acercaron a ella para besarle la mejilla. Sebastián sólo le agitó una mano desde donde estaba, pues se le veía entretenido con un par de niños.

—Un placer conocerlos a todos —sonrió Sophie. Ellos contestaron a su saludo con sonrisas, lo que le hizo pensar que tal vez era cierto lo que le habían dicho y eran gente sencilla, a pesar del estrato social al que seguro pertenecían.

—Y este es Fabián —sonrió Ana, por último, señalando al hombre que la había traído en su auto. Sophie se mordió los labios sonriendo.

—Gracias —le dijo, pero él sólo meneó su cabeza negando.

—Ven, siéntate aquí —dijo Eloísa palmeando el espacio a su lado en el sofá.

— ¿Te apetece una copa? —preguntó Carlos, y los ojos de ella se iluminaron. Se sentía como si de repente unos ángeles la hubiesen rodeado. Todos aquí parecían sacados de portadas de revistas, o tal vez era que ella los estaba viendo así.

No pudo evitar dirigirle una nueva mirada a Fabián, que le sonrió.

—¡Tu vestido es precioso! —comentó la de ojos grises. Ángela.

—Gracias. Lo hice yo misma.

—¿De verdad? —exclamó Eloísa admirada—. ¿Eres diseñadora?

—No, pero... pronto lo seré.

—Algún día podré volver a lucir un vestido así —suspiró Eloísa.

—También yo —la secundó Ángela, y Sophie sonrió. Podía entender sus comentarios. Eloísa cargaba un bebé en su vientre y Ángela, al parecer, había dado a luz hace poco.

—Yo estaré encantada de diseñar para ustedes... son muy guapas, las dos.

—Exageras, yo parezco una casa. ¡Mira el tamaño de esto!

—Sólo tienes seis meses, deja de quejarte —la reprendió Ángela meneando su cabeza—. Te falta mucho todavía.

—Gracias por recordarme que ya no seré una casa, sino un castillo —eso las hizo reír. Ángela hizo venir a sus niños y los puso delante como si fueran piezas de exhibición en algún museo de arte.

—Ésta es Carolina —dijo, poniendo su mano en el hombro de una niña rubia como su padre y de algunos cinco años. La niña le sonrió apretando sus labios—. Y éste es Alex—. Alex estaba siendo retenido casi a la fuerza, y en cuanto Ángela lo soltó, el chiquillo echó a correr volviendo a donde estaba Sebastián.

—Y esta es Eliana —dijo el esposo de Ángela.

—Está recién nacida —se admiró Sophie al verla. Tenía abundante cabello negro y unos ojitos fuertemente cerrados.

—Tres semanas apenas.

—Ya se durmió —anunció Juan José, y se fue a llevar a la bebé a alguna habitación arriba.

Alguien puso una copa en la mano de Sophie, y ésta sonrió encantada. Había tenido miedo de este momento, y ahora tuvo que regañarse por haber sido tan tonta. Nunca había conocido a un grupo de personas más abiertas y sencillas.

Eran los amigos de Ana, recordó, entre los que se hallaba ese hombre que parecía traído de otro mundo y que la miraba fijamente, casi podía sentir sus ojos sobre ella como una brasa quemarle la piel.

Suspiró y atendió a lo que le decían. Ella no estaba buscando líos románticos. Era lo último, de hecho. Aunque, tuvo que reconocer, le era inevitable que sus ojos se fueran detrás de él de vez en cuando.

...4...

Ana se acercó a Fabián a la vez que le daba un sorbo a su copa de vino. Lo miró por encima de la copa con una sonrisa velada, y él sólo arrugó su frente preguntando:

—¿Qué? —pero con la misma sonrisa pícara, ella negó y volvió a alejarse.

Fabián suspiró. Ahora sí. Si reconocía que la chica era hermosa y le encantaba, Ana empezaría con la canción del "te lo dije". Y si lo negaba, estaría mintiendo.

Caminó unos pasos hacia el ventanal, desde donde podía ver a Sophie interactuar con sus amigos. Ella se había integrado muy bien con todos. Hablaba con Ángela y Eloísa de bebés, aunque era evidente que en eso no tenía mucha experiencia, más que la del nacimiento de un sobrino que ella misma mencionó. Pero allí estaba, siendo encantadora y brillando casi con luz propia.

—Estás muy guapo esta noche —dijo la voz de Silvia ubicándose a su lado también con una copa en su mano. Fabián la miró de hito en hito, como si tuviera miedo de ella.

—Eh... Gracias. Tú también lo estás —Silvia sonrió.

—¿Puedo hablar contigo?

—Bueno...

—Es importante —él se pasó la mano por la cara, como si se estuviera preparando para pasar un muy mal trago, y Silvia dejó salir el aire.

—Me voy a Australia en unas pocas semanas, y...

—Silvia...

—Quería disculparme —él la miró otra vez. Silvia se encogió de hombros—. Esa vez, en mi cumpleaños, luego de mi propuesta loca, dijiste que eras un caballero y lo olvidarías, pero está visto que no ha sido así. Eché a perder la relación que teníamos.

—Por si las dudas, Silvia, siempre te he visto como una hermanita.

—Lo sé —sonrió ella—. Y quiero rescatar eso. Esa noche... —Suspiró mirando a través de las ventanas el jardín— acababa de cumplir dieciocho años, y ya me creía la dueña del mundo. Pensé que era capaz de manejar cualquier situación, y ahora sólo me resta agradecerte que esa noche no me hayas hecho caso, y que me hubieses rechazado de la manera en que lo hiciste —Fabián cambió su semblante poco a poco. Ahora estaba sonriendo.

—Por qué.
—¿Por qué, qué?
—Por qué estás agradecida ahora. ¿Estás enamorada de alguien, Silvia? —ella sonrió sin negar ni asentir.
—No soy correspondida, de todos modos.
—Vaya, qué interesante. Las veces que te oí decir que los hombres éramos todos iguales, llegué a preguntarme si acaso me culpabas a mí de algo.
—Al principio sí te culpé —él elevó sus cejas, y Silvia se echó a reír—. No me acuses, ¡yo era una adolescente que creía que ya estaba lista para la vida afuera! Quería... experimentar, y vivir nuevas emociones... Pero tenías razón —dijo bajando la mirada—, la especialidad de los seres humanos es hacerse daños unos a otros.
—Vaya, recuerdas esas cosas.
—Recuerdo todo. Le di muchas vueltas; al principio, para decir que eras el hombre más tonto sobre la tierra, y luego... para darte la razón. Decir que todos los hombres son iguales es negar la realidad; tú, definitivamente, no eres igual a todos... y ahora me pregunto qué tan mal debiste sentirte esa noche con mi petición. Hace poco me la hicieron a mí... y me sentí horrible. Se sintió fatal—. Fabián la miró preguntándose quién habría sido el malnacido que había osado abordar a una de las hermanas de Ana y de esa manera. Silvia, como si adivinara sus pensamientos, agitó su cabeza negando—. Las cosas no salieron tan mal.
—Bueno, pues es un idiota sin remedio.
—Entonces yo fui una idiota sin remedio en esa ocasión. Nos tienen acostumbradas a que si es una mujer la que hiere al hombre no es la gran cosa, él tiene que ser valiente y apechugar, pero si es el hombre quien hiere a la mujer, es un maldito perro desgraciado. Quiero que sepas que también te quiero como un hermano. Eres guapísimo, y estás buenísimo, pero me habría arrepentido muchísimo si me hubieses hecho caso—. Fabián sonrió de medio lado, para nada incómodo con esas declaraciones—. Habría echado a perder nuestra amistad, habría puesto las cosas muy incómodas en la familia, porque eres como de la familia, y... Bueno, eso quería decirte—. Él siguió mirándola, ahora asintiendo. Respiró profundo y miró hacia los muebles, donde estaba Sophie.
—Si esa propuesta hubiese venido unos años antes —dijo—, no me habría importado. Yo era un granuja.
—Lo sigues siendo —sentenció Silvia arrugando su nariz. Fabián la miró sorprendido.

—¿Disculpa?
—Pero ahora de un modo adorable. Sin duda, esa chica será muy afortunada.
—¿Cuál chica?
—Sophie.
—Apenas la conozco.
—Pero ya te encanta —cuando él intentó negarlo, Silvia se apresuró a añadir—: no le has quitado la mirada de encima en el poco rato que llevan aquí. Vamos, ¡No lo niegues! Encontraste en ella lo que no pudiste en ninguna otra mujer, ¿verdad? Ni siquiera en Sarah.
—¿Cómo sabes lo de Sarah?
—Ella y yo nos escribimos de vez en cuando... y me contó. Se lamenta mucho por lo que hizo—. Fabián se rascó la coronilla de la cabeza, como siempre hacía cuando estaba azorado o nervioso. Silvia siguió mirando a Sophie—. Ella es hermosa —Fabián cambió su peso de un pie a otro y miró a otro lado—. Seguro que el amor te encontró a ti —él la miró confundido—. Esa vez citaste a Shakespeare: "El amor buscado es bueno, pero si se da sin buscarlo, es mejor".
—Andas muy analítica hoy —Silvia volvió a reír, y sin agregar nada más, se alejó.

Él suspiró mirando su espalda. Ciertamente, le había hecho bien que ella se disculpara, o en su defecto, que se retractara. No lo había sabido, pero lo había necesitado.

Recordó aquella noche. Silvia le había pedido que se acostara con él, que le quitara la virginidad, y el impulso de él fue regañarla como regaña un papá a un hijo al que pilló fumando. Como hombre, la había mirado por si en ella encontraba ese algo que en los últimos tiempos venía buscando en las mujeres, pero en Silvia tampoco estaba. Ella tan sólo se había convertido en una mujer más, cuando antes la había tenido como a una hermana pequeña.

Le había dolido, era verdad, pero más que todo, le había dolido el ver que por más que buscaba y buscaba, no era capaz de encender esa chispa misteriosa que una vez encendida jamás se apaga. Era la chispa que había entre Juan José y Ángela, y entre Carlos y Ana... y entre Mateo y Eloísa.

Y esa chispa al fin se había encendido en él. La reconocía, no podía ser otra cosa. Era fuego y anhelo, anhelo por las miradas de Sophie, la aún desconocida Sophie.

La miró, y ella de repente esquivó sus ojos. Esta mujer lo intrigaba; era bella y encantadora, y, a la vez, adivinaba en su mirada

sombras de miedo y aprensión.
Sonrió cuando recordó sus errores del pasado. Había besado a Ana, aunque no podía considerar que eso fuera un error. Había sentido como si besara a su abuela, a falta de otra mujer más cercana en su familia. No había sentido nada. Luego, había salido con Andrea pensando en que a lo mejor algo bueno podía surgir; la chica era guapa, profesional, encantadora, inteligente… y todo terminó en ganas de salir corriendo. Aún todavía se escondía de ella negándose o ignorando sus mensajes y llamadas, porque no dejaba de insistir.

Después de eso fue Sarah, la hermana de Mateo. Con ella había estado muy entusiasmado, sintiendo que sí, que podía ser, que tal vez, tal vez, tal vez… y resultó que no. Su corazón había terminado medio roto y su orgullo algo golpeado, la chica lo había usado para darle celos a su novio, simplemente.

Miró a Sophie preguntándose si acaso ella era su próximo fracaso. Podía romperle también el corazón, podía doler mucho más que las anteriores juntas, podía ser el peor de los traumas… pero algo le insistía dentro: inténtalo, inténtalo.

Sonrió dejándose ganar. Después de todo, como decía la canción, él en el amor era un idiota, así que aceptó que Sophie se iba a convertir en su último intento de volver a creer en el amor.

Lo sentía por ella si tenía miedo, pero no podía dejar las cosas así. Ya que la había conocido, ya que ese fuego en vez de apagarse lo que hacía era arder más, él pretendía ahondar en esta relación, conocerla más, ser parte de su vida. No sería difícil, y aunque tal vez ella pusiera un poco de resistencia al principio, la iba a conquistar.

Pondría todo de su parte, sacaría todo el arsenal, la artillería pesada, jugaría un poco sucio si se hacía necesario, pero la conquistaría, y haría que le correspondiera.

De hecho, sería mejor si ella se resistía un poco. Nunca creyó en las cosas fáciles, y ahora quería, con todas las fibras de su cuerpo, luchar por conquistarla.

Pasado el rato, llamaron a la mesa, una enorme y hermosa mesa de doce puestos, y entre Judith y Ana ayudaron para que cada uno se ubicara de tal manera que pudiese haber buena charla a lo largo de ella. Carlos ocupaba una de las cabeceras y Judith la otra, las parejas no habían sido sentadas juntas, sino frente a frente, y Sophie notó que a ella la habían ubicado en el centro, emparejada con Fabián, y él elevó una copa mirándola en un silencioso brindis.

Sonrió sin poder evitarlo o disimularlo.

—Me dijeron, Sophie, que quieres trabajar conmigo en mis tiendas —dijo Carlos luego de haber dado las gracias por la cena y cuando empezaban a repartir los platos. Sophie le sonrió.

—Tengo experiencia.

—Además, cose divino —apuntó Ana—. Mira nomás ese vestido.

—Estudia diseño —dijo Eloísa, como si eso lo explicara todo. Luego vio que Sophie daba buena cuenta de su plato y sonrió—. Mujer, ¿dónde metes todo lo que te comes?

—Ah... yo...

—Afortunada —suspiró Ángela, interrumpiéndola—. A mí se me va todo a las caderas.

—Y a las tetas —señaló Eloísa.

—No te metas con Dina y Tina —la regañó Juan José mirándola ceñudo—. Son mis invitadas de honor.

—¿Dina y Tina? —preguntó Sophie sintiéndose perdida, pero cuando vio que Ángela le lanzaba a su esposo lo que parecía ser una arveja a la cara, prefirió no insistir.

—Todos aquí están locos —le advirtió Silvia a Sophie—. Creo que el más cuerdo es Alex. Pero está dormido, así que no puede venir a poner el orden.

—Alex está como una cabra —la contradijo Juan José—. Te descuidas cinco minutos y lo encuentras encaramado en los sitios más extraños.

—¡No te metas con mi hijo! —lo regañó Ángela ahora, y Juan José sólo pudo reír.

Sophie sonrió también sintiéndose extrañamente tranquila. Estos juegos, estas bromas... era propio de personas que se sienten muy cómodas unas con otras.

—¿Estás decidiendo si estamos locos o sólo se nos corre el champú? —le preguntó Fabián, y ella se sobresaltó un poco. Su mirada penetrante estaba clavada en ella, y no pudo evitar sentirse algo acalorada. El vino, se dijo.

—No me decido aún —sonrió—. De todos modos, es muy agradable. Y la comida está deliciosa, felicitaciones a quien la haya hecho.

—Yo ayudé con el puré —dijo Sebastián.

—Felicitaciones —rio Sophie.

—Gracias.

—Ah, yo elegí el vino —dijo ahora Carlos, y Ana, que estaba a su izquierda, se sorprendió por esa declaración—. Soy bueno eligiendo el vino, a que sí.

—Eres el mejor, cariño —Ana le besó la mejilla, y él sonrió como un prescolar cuando le dicen que se ganó la carita feliz.

Sonrió y se tropezó con la mirada de Judith, que parecía estudiarla de manera analítica. No pudo evitar empezar a sentirse nerviosa.

Había tratado con Judith esta semana, desde que había vuelto a darle las clases de inglés a Ana y sus hermanos, y hasta ahora, había pensado que le caía bien. ¿Había tomado los cubiertos equivocados? ¿O estaba siendo muy metiche?

Pero toda la mesa era una locura y ella no parecía incomodarse por eso. ¿Por qué la miraba así?

—¿Puedo saber dónde naciste, Sophie? —le preguntó. Y ella la miró un poco boquiabierta. No era esa la pregunta que había esperado que le hiciera.

—En... Londres.

—Ah, ¿qué? —preguntó Silvia sorprendida—. ¿No eres colombiana?

—A medias. Mis papás sí, pero... luego de que se casaron, se fueron y me tuvieron a mí allá.

—Una londinense entre nosotros. Mira tú.

—¿Y por qué te viniste de allá? —volvió a preguntar Judith. Ahora todos en la mesa estaban atentos a su respuesta. Sophie apretó un poco los labios antes de responder.

—Porque mis padres murieron, y antes que enviarme a un orfanato, el estado decidió devolverme con mis parientes más cercanos, y ellos están aquí, en Colombia.

—Claro.

—Siento lo de tus padres —dijo Fabián, y aunque no fue la única frase de consuelo que le dedicaron en ese momento, a ella le pareció que fue la más cálida de todas.

El vino, el vino.

—Gracias. Pero fue hace mucho tiempo.

—Siempre echaremos de menos a los padres —dijo Juan José bebiendo de su copa—. No importa si pasan cien años.

—De hecho —dijo Paula—, creo que los únicos aquí que tienen a todos sus padres vivos son Eloísa y los niños. A los demás nos falta uno, o los dos.

—No nos pongamos melancólicos —pidió Ana, y luego elevó su copa—. Brindemos por los amigos, por los hermanos, por lo que tenemos, y no hagamos cuentas de lo que nos falta.

—Salud —la secundó Eloísa elevando una copa, y de inmediato Mateo se levantó de la mesa, estirándose cuanto pudo y se la quitó.

—Tú no puedes beber.
—Es para el brindis —contestó ella haciendo pucheros, pero Mateo no se dejó convencer.
—Lo echarás de menos por un año más —le dijo Ángela a Eloísa—. Yo, a veces, sí que quiero tomarme una copa.
—O una botella —sonrió Juan José.
—Pero tú sí puedes.
—Yo beberé por ti, amor.
—Qué considerado—. Sophie volvió a reír. Estaba siendo una noche genial, rodeada de gente con sentido del humor, que se hacía bromas y disfrutaban con las puyas. No todos tenían lazos familiares, pero aquí estaban, compartiendo la navidad, y celebrando la amistad.

Hacía tiempo que no vivía esto. Así había sido su familia. Sus padres y ella, solos los tres, habían sido capaces de crear ambientes así en una cena cualquiera, y esto se los recordaba sin llegar a ponerla triste, lo que era admirable.

Al cabo de un rato levantaron la mesa. Mateo sacó a su esposa a bailar, y entre risas, ella aceptó. Cuando por el rabillo del ojo vio que Fabián se le acercaba, se apresuró para pedir un baño.

Frente al espejo, cerró sus ojos. Él no había dejado de mirarla en toda la noche, y, tenía que admitir al menos ante sí misma, que ella tampoco lo había dejado de seguir con la mirada. Pero esto tenía que parar, no podía ponerse a flirtear con nadie, por muy guapo o adorable que fuera el hombre.

Y él era guapérrimo y adorabilísimo.

—No seas tonta, la palabra guapérrimo no existe —se regañó. Se lavó las manos y humedeció un poco sus mejillas.

—Quería hacerte una pregunta —escuchó decir a su espalda, y Sophie miró a través del espejo a Judith. Se giró tomando la toalla para secarse las manos y las mejillas mirándola un poco nerviosa. Ella no había dejado de mirarla durante la cena.

—Sí, señora. Claro.
—Tengo una amiga que...
—Aquí estas —dijo Ana llegando de repente y le sonrió a Sophie—. Vamos a tomarnos unas fotografías, ¿te nos unes?
—Ah... —miró a Judith como pidiéndole permiso, y ésta agitó casi imperceptiblemente su cabeza diciéndole que no había problema—. Claro.
—Suegra, me la llevo.
—Ana, ¿cuándo vas a entender que odio que me digas "suegra"? —reprochó Judith.

—Pero yo adoro decirte así.
—Ya sé que jamás serás capaz de decirme "madre", pero por lo menos, dime Judith.
—Judith es tan informal —dijo Ana, y sin agregar más, tomó a Sophie de la mano y se la llevó. Judith sólo sonrió. Muy propio de Ana llegar como un ventarrón, e irse del mismo modo. Dándose cuenta de que esta noche no aclararía las dudas que se habían suscitado en ella cuando escuchó el apellido de la chica, hizo nota mental de llamar a Rebeca Alvarado, una anciana amiga, cuando se hiciera una hora más prudente. A ella la acusaban de ser misia perfecta, pero Rebeca era mil veces peor.

Se tomaron fotografías; a la familia por completo usando el temporizador, y lo más bonito había sido que la habían incluido. Pasada la media noche, los que se devolvían a sus casas empezaron a despedirse. Ángela, su esposo y los niños, al parecer, iban a pasar la noche allí. Vio que Fabián se tomaba selfies con las hermanas de Ana, y en general, con todas las mujeres.

—Toma —le dijo Ana pasándole una copa de vino. Ya había bebido demasiado, pensó, pero no quiso despreciarla—. Si quieres —siguió Ana —puedes pasar la noche aquí.
—No, no. Tienes la casa llena.
—Aún nos queda una habitación.
—No quiero ser molestia. Llamaré un taxi y… —de repente, sintió que alguien le ponía la mano en el hombro y la giraba. Lo siguiente que supo es que ahora tenía una selfie con Fabián.
—Gracias —dijo él con una sonrisa.
—Ni siquiera me pediste el favor —le reclamó ella, pero no podía fingir que eso le molestaba, no muy bien. Él siguió sonriendo—. ¿Puedes prestarme tu teléfono? —le preguntó a Ana.
—Claro. ¿Qué necesitas?
—Llamar un taxi…
—Me insultas —objetó Fabián mirándola serio—. Yo te llevaré a tu casa.
—Pero…
—Perfecto —sonrió Ana, y se alejó. Sophie se quedó allí con Fabián, que seguía mirándola serio.
—Ya te molesté bastante haciendo que me trajeras aquí —le dijo, y él elevó una ceja.
—¿Yo te dije, o te hice sentir que era una molestia?
—No, claro que no, pero…

—Entonces estás poniendo palabras en mi boca —"ya quisiera yo poner otra cosa en tu boca" se dijo Sophie, y el pensamiento fue tan impúdico e impropio de ella que se sonrojó tremendamente—. ¿Estás bien?

—El vino —dijo ella, y miró la copa preguntándose qué le habría echado Ana.

—¿Te quieres ir ya? —Sophie cerró sus ojos. ¿Otro rato a su lado, en silencio, en su auto? No, no lo creía. Pero rechazarlo habría sido muy grosero. Él estaba siendo amable y, por otro lado, no debía darse el lujo de pagar un taxi que le cobraría el recargo nocturno y por ser día de fiesta. Si tenía la suerte de encontrar uno a esta hora.

—Sí... ya es tarde.

—Bien, bonita. Ve por tu abrigo, te espero afuera —lo vio encaminarse a las hermanas Velásquez y despedirse de ellas con un beso en la mejilla de cada una, también de Judith, y luego, salir de la casa. Ella se encaminó hacia Ana.

—Gracias por la invitación —Ana la abrazó fuertemente.

—No. Gracias a ti por venir. Me alegra mucho que hayas podido compartir con nosotros.

—Te has empeñado en convertirte en mi hada madrina.

—¿Entonces tú eres cenicienta? —Sophie sonrió con tristeza.

—No. No creo que cumpla con los requisitos.

—Yo creo que sí. Ya pronto llegará tu príncipe —ella abrió su boca para rebatirle, pero Ana se apresuró a añadir—: o tal vez ya llegó, sólo ten los ojos abiertos—. Le dio un último abrazo y así se despidieron.

Luego de despedirse de los demás y de ponerse su abrigo, Sophie caminó hacia la salida y miró a Fabián que le tenía la puerta abierta para que entrara. No pudo evitar sonreír, como siempre que él hacía un gesto así, y se detuvo frente a él mirándolo a los ojos. Tragó saliva y habló.

—Gracias —le dijo. Él sonrió, y Sophie pensó que eso era trampa. Siempre que lo hacía, ella sentía que perdería la discusión, cualquiera que fuera.

—Estoy a tus órdenes.

—¿De verdad? —en los ojos de ella brilló la travesura, y eso sólo hizo que a Fabián se le secara la garganta.

—Sólo no abuses de mí —dijo con un gesto de ruego. Ella soltó una risa ahogada.

—Definitivamente...

—Qué—. Sophie cerró sus ojos y suspiró. Sin decir nada más, se

Tu Deseo

sentó en el asiento del copiloto, aunque su sonrisa no se borró. Él le cerró la puerta, dio la vuelta y se sentó frente al volante. Cuando lo vio acercarse a ella, sintió que el corazón se le detenía en el pecho. ¡La iba a besar!

No. Falsa alarma. Sólo le estaba abrochando el cinturón.

—Lo olvidaste —dijo él, y ella no pudo dar una excusa coherente, sólo tartamudeó y se agarró una mano con la otra empeorando la situación.

Él maniobró y salió de nuevo a la carretera sonriendo. No podía parar de sonreír. Avanzaron otro rato más en silencio, y aunque ya tenía las palabras para invitarla a salir, prefirió esperar al final del recorrido.

—¿Y qué te pareció mi familia? —ella se giró a mirarlo con una sonrisa por la forma en que se refería a sus amigos, aunque le hizo preguntarse por la verdadera.

—Son muy especiales.

—Oh, sí que lo son. Pero... ¿de manera positiva o negativa? —ella rio quedamente. Tenía una risa bonita, pensó Fabián.

—De manera positiva, claro. Como dijiste, se les corre un poquito el champú, pero no me incomoda—. Él rio también—. La cena estuvo deliciosa, además —él asintió. Ciertamente, se había fijado en que ella no era del tipo de mujer que elegía sólo las verduras y comía exageradamente poquito. Decidió entonces que si era tan delgada se debía tal vez a su contextura y no a sus hábitos alimenticios.

—Para estas fechas, siempre contratan cocineros de alta talla. Aunque Ana y sus hermanas cocinan muy bien.

—Se ve que les tienes cariño.

—Las adoro. Son como mis hermanas pequeñas —ella sonrió—. Y supongo que no tienes hermanos —siguió él, y ella meneó la cabeza sin mirarlo.

—Siempre quise hermanos, pero... tal vez no se pudo.

—¿Hace cuánto murieron tus padres?

—Hace diez años. Yo era una adolescente.

—Con esa información calcularé tu edad. ¿Veinticinco? —ella volvió a reír.

—Cerca.

—Veintiséis —ella lo miró ahora.

—Sí. ¿Y tú?

—Treinta y uno.

—¿Y ya hiciste la lista de "cosas que hacer antes de los treinta"?

—Fabián hizo una mueca.
—¿Te refieres a plantar un árbol, escribir un libro, y esas cosas?
—Más o menos.
—Pues ya planté el árbol. Está en el jardín de la casa de mis abuelos, fue una tarea de ciencias, y al parecer tengo buena mano, porque ahí está.
—O tal vez tu abuela lo cuidó —Fabián no pudo evitar sonreír con ternura, y a Sophie no se le escapó ese detalle.
—Sí, tal vez fue eso—. Sophie suspiró.
—Fue una hermosa velada.
—Sí que lo fue. En año nuevo haremos otra, si te quieres apuntar —Sophie no contestó, sólo se quedó con su sonrisa lela y satisfecha.
¿Cómo se verá luego de hacer el amor?, se preguntó él, y tuvo que reprenderse por ese tipo de pensamientos que en nada ayudaba ahora.
—Si te invito a salir —dijo él—, ¿dirás que sí? —eso la tomó por sorpresa. Sophie se enderezó en su silla y en general, el ambiente dentro del auto cambió. Ya no era cálido.
—Por qué... por qué...
—¿Por qué te invitaría a salir? ¿No es obvio? Quiero conocerte mejor.
—No. No es buena idea.
—Qué. Salir o conocernos.
—De verdad...
—Es por tu novio —ella rio de manera sarcástica, casi desagradable—. Entonces, ¿por qué? Te llevaré a un bonito sitio, pedirás lo que quieras, y en cuanto decidas que te sientes demasiado incómoda, te devolveré a tu casa, te lo prometo.
—Pero es que yo...
—Sophie, sólo una salida. ¿Necesitas pedirle permiso a alguien para salir con un amigo? —Ella lo miró a los ojos con los labios entreabiertos, como si de verdad se estuviera pensando la respuesta, lo que lo intrigó.
—No. Puedo salir con quien me dé la gana.
—Esa es mi chica. ¿Mañana a las siete, entonces? —ella no dijo nada, y Fabián suspiró—. Ana te puede asegurar que todas las mujeres con las que salí antes, volvieron a casa sanas y salvas.
—Has salido mucho, imagino —él rio.
—Me estás juzgando sin conocerme.
—Lo siento.
—Cuando las chicas me rechazan, yo suelo decirles que lo miren

por el lado bueno: una cena gratis.

—¡Las chicas no te rechazan! —aseguró ella.

—¿Por qué estás tan segura?

—Sólo... —"mírate", quiso decir ella, e incluso llegó a señalarlo con su mano, pero se calló a tiempo. Era muy difícil imaginarse a una mujer con sus cinco sentidos buenos y en plena función rechazando a semejante bombón.

Y ella lo estaba haciendo. Sintió el corazón latir en su garganta. No quería hacerlo, no quería rechazarlo. Quería ir y comer con él, y verlo sonreír con su dientecito rebelde.

Los ojos se le humedecieron, y luego se dio cuenta de que el auto se había detenido y él se bajaba.

¿Qué había pasado? Se preguntó. Ah, habían llegado, y Fabián era un caballero, de los que se bajaba para abrirle la puerta.

Sintiéndose torpe, le tomó la mano para bajar, pero él no se la soltó una vez estuvo afuera.

—Vendré por ti mañana a las siete.

—¿Y dónde vas a encontrar un sitio abierto mañana veinticinco de diciembre y a esa hora?

—Bogotá es fría, pero despierta. Te aseguro que hay sitios buenos—. Él se acercó, y luego de ajustarle el abrigo sobre los hombros, le besó la mejilla. Sophie se quedó allí, con los ojos cerrados y la sensación de sus labios sobre su piel filtrándose al resto de su cuerpo.

Agradable, suave, cálido...

—Fue un placer conocerte—. Ella lo miró a los ojos, centrándose por un momento en los iris verdes que ahora destellaban de manera especial. Bajó su mirada hacia su nariz, y luego sus labios—. No me iré hasta verte atravesar la puerta —sonrió él, y ella volvió a sus ojos, que ahora sonreían traviesos. Ella también sonrió.

—Claro —chico bien criado, se dijo. Tan diferente, tan caballero.

Suspiró y caminó hacia la entrada al edificio.

No habría estado bien, de todos modos, que lo besase, se dijo cuando ya iba en el ascensor hacia el apartamento de su prima. No habría estado bien. Le habría enviado el mensaje equivocado, y tal como decía su tía, uno tenía que hacerse desear un poquito. Así que, si ella hubiese podido, si hubiese tenido la libertad, de todos modos, no habría podido besarlo.

Cerró sus ojos y se mordió los labios dándose cuenta de que esa libertad era otra cosa que había perdido.

Una lágrima bajó por su mejilla cuando se dio cuenta de que hacía tiempo que no tenía esperanzas de amor. Hacía tiempo que no se imaginaba ilusionándose con alguien. Hacía tiempo que ni siquiera recordaba que era mujer.

Y todo esto había vuelto de golpe, y estaba atada de pies y manos y no podía hacer nada.

Al menos, se dijo, su corazón estaba empezando a liberarse, y a latir como si siguiera vivo.

...5...

Sophie se despertó a las nueve de la mañana sintiéndose un poco extraña. El estómago le dolía.

Tal vez había comido demasiado anoche, pensó, y se levantó suavemente, se puso una bata para combatir un poco el frío que sintió apenas salió de sus cobijas, y caminó hasta la cocina para prepararse un té. Mientras el agua se calentaba, se recostó a la encimera preguntándose qué hacer esta noche. No tenía el teléfono de Fabián para cancelar su cita, y le daba un poco de pena escribirle a Ana para pedírselo, o cancelarle a través de ella. Él había sido gentil y agradable invitándola, se merecía, por lo menos, que le cancelara personalmente.

Sin embargo, tendría primero que ducharse, vestirse y salir a la calle. No tenía saldo en su teléfono, así que debía encontrar algún sitio donde hacer una recarga.

Suspiró barajando sus posibilidades con Fabián.

Podía ser una cita de amigos, se dijo. Sólo amigos. No tiene por qué ser algo más.

Hizo una mueca dándose cuenta de que ni ella misma se lo creía. Fabián no era el tipo de hombre que ella vería como amigo. Antes de quedarse dormida anoche, lo había reconocido como lo que era: un auténtico peligro. Le gustaba, al menos físicamente, y aunque apenas si habían hablado unas pocas palabras, había sido lo suficiente como para deducir que tenía sentido del humor, y que era de conversación fácil.

Se puso una mano en la zona del estómago pensando en que, de todos modos, los hombres mostraban su mejor lado cuando querían conquistar a una mujer, y él prácticamente se lo había dicho anoche cuando la invitó a salir. "Conocerse mejor" era un eufemismo. Él ya la había visto como posible presa y estaba montando su cacería. Todo en unas pocas horas.

Pero él no sabía nada de ella, no sabía qué provecho podía sacarle, no conocía su historia, ni su familia; sólo la había visto, y había decidido que la quería conocer mejor. Ni siquiera preguntó mucho por su trabajo, no quiso ahondar cuando habló de sus padres, a pesar de que luego habían estado a solas y había tenido oportunidad.

Bueno, se contestó a sí misma, él es arquitecto, y trabaja. No te necesita, al menos, no en ese sentido. Y si es amigo de Ana, seguro que también vive en una enorme casa con sirvientes...

Su carro decía otra cosa, pero ¿qué sabía ella de las excentricidades de los ricos? Su padre vivía de su trabajo en una revista en Londres. Era fotógrafo y le había enseñado a ella un poco el arte. Su madre trabajaba como dependienta en una librería, y con sus sueldos habían conseguido darle una modesta educación, un modesto estilo de vida. Ella no sabía cómo gastaban los ricos su dinero. Si era verdad que vivían de fiesta en fiesta, que mantenían más en los spas y las tiendas que en su casa, ella no tenía manera de saberlo.

Se preparó su té y se sentó en la mesa comedor de su prima esperando que surtiera efecto y su dolor pasara pronto. Hoy era festivo, no tenía que ir a dar clase, afortunadamente, y luego de salir, hacer la recarga y comprar alguna pastilla para el dolor, podría volver a acostarse y dormir un rato, si quería. El día estaba frío y no le apetecía hacer nada más.

—¿Dora? —saludó Judith por teléfono a su amiga.
—¡Hola! ¡Feliz navidad! —le contestó Dora a Judith.
—Feliz navidad también para ti. ¿Está tu suegra en casa?
—¿La llamas a ella?
—Bueno… sí. Quería preguntarle algo, pero si está ocupada…
—Ya sabes cómo es. Seguro que te dirá que vayas a verla, al cabo que son unos pocos metros los que separan nuestras casas.
—¿No será una molestia que vaya a verla en navidad?
—No si eres tú. Ya sabes que te tiene cariño.
—Nadie lo diría.
—Te aprecia. Más a ti que a mí.
—Estás exagerando.
—Parece que no la conocieras. ¿Vas a venir, entonces?
—Si no hay remedio. Anúnciame, de todos modos. Dile que en una hora estaré allí.
—¿Tan importante es lo que vas a decirle que te tomas la molestia en el día de navidad?
—Tampoco es una molestia tan grande. ¿No acabas de decir que son unos pocos metros los que separan nuestras casas? —Dora suspiró.
—Entonces, aquí te espero.

Cuando Judith entró a la casa de los Alvarado, la encontró demasiado silenciosa. O tal vez era que ella se había acostumbrado al ruido que hacían los hermanos de Ana, y luego, los hijos de Juan

Tu Deseo

José, que hacía sólo unos minutos habían vuelto con sus padres a su casa.

Aquí no había niños, se recordó. Fernando, el hijo de Dora, ya era un hombre, y seguro que ni siquiera había pasado la navidad aquí. Dora se quejaba de que su marido no le prestaba atención, y también de que cada día que pasaba, perdía un poco más a su hijo único. El chico, al parecer, prefería las fiestas, la compañía de sus amigos y los viajes que la compañía de unos padres que mantenían disgustados y una abuela que al parecer nunca aprobaba lo que nadie en esta casa hiciera.

Respiró profundo y caminó hacia la sala que le indicaron. Encontró a Rebeca apilando unos libros sobre una mesa pequeña, y otros en el interior de una caja.

—¿Qué haces en el día de navidad? —le preguntó Judith acercándose con cautela.

—Tengo estos libros viejos y repetidos, o inservibles —contestó Rebeca con su usual voz fuerte—. ¿Qué crees que deba hacer con ellos? —Judith miró a la anciana fijamente. Rebeca tenía los ojos oscuros y el cabello encanecido. En una época había sido alta, pero su problema con la columna le había restado estatura, y ahora tenía que apoyarse en un bastón.

—¿Donarlos a una biblioteca pública, tal vez?

—Demasiado fácil. Y ya les he dado bastantes. ¿No quieres llevarte unos cuantos?

—Yo también tengo una biblioteca abarrotada.

—Claro, y tampoco es que leas mucho —Judith acusó el golpe sin amilanarse. Incluso sonrió interiormente—. ¿Qué querías hablar conmigo?

—Bueno, es un tema algo delicado.

—Habla. Sin rodeos.

—Se trata de tu nieta.

—¿Sofía? ¿Qué pasa con ella?

—¿Se llama Sofía?

—Sí.

—Yo... conozco una chica... que pensé que podría ser ella—. Rebeca la miró a los ojos fijamente, y Judith siguió—. Pero ella se llama... Sophie. Sophie Alvarado.

—¿Dónde la conociste? —preguntó Rebeca, con un tono de voz más suave de lo que acostumbraba usar.

—Es la profesora de inglés de los hermanos de Ana, y...

—Ah, no es ella —descartó Rebeca de inmediato agitando su

mano y dando unos pasos hacia otro anaquel buscando más libros que desechar.

—Pero no te he dicho cómo es.

—Mi Sofía vive en Europa, Judith. Es una profesional que estudió en las mejores universidades del continente, vive en un ático de lujo, da paseos por París e Italia cuando se le antoja, sólo compra en tiendas de diseñador y conduce un mini Cooper. Jamás de los jamases daría clases de inglés a ninguna familia.

—Pero... ¿Estás segura?

—Claro que sí. ¿Qué crees, que soy pendeja?

—No he dicho eso.

—Pues eso me pareció.

—A... ¿A través de quién le envías el dinero?

—A través de mis empleados, claro. Mi hijo se encarga de su mensualidad, y me consta que se la envía, porque siempre veo los comprobantes —Judith asintió como si comprendiera, pero en su rostro aún se expresaba la duda. Rebeca la miró otra vez, ahora con un gesto casi amenazador. Con movimientos enérgicos, aunque desiguales, caminó hasta llegar a una cómoda, y luego de abrir una puertecilla con llave, sacó un álbum de fotografías y se lo pasó a Judith.

—Esta es mi Sofía —Judith recibió el Álbum y lo abrió con lentitud. Había una chica adolescente en las primeras fotos. Una niña rubia de ojos muy claros con una sonrisa luminosa, haciendo la señal de la victoria y sonriendo coqueta a la cámara. No era Sophie Alvarado, la que le daba clases a Ana, era otra joven que, sin embargo, obedecía a su descripción.

Fue pasando las páginas, y vio que, en efecto, esta Sofía se daba la gran vida por Europa. Tenía muchas fotos con la torre Eiffel detrás, o la torre de Pisa, y otros monumentos mundialmente reconocidos del viejo mundo. También había fotos que parecían tomadas a escondidas. Ella saliendo de tiendas llena de paquetes, luciendo lentes de sol exclusivos, guardando cosas en el maletero de un mini Cooper rojo.

Frunció el ceño y cerró el álbum. Se lo devolvió a Rebeca y guardó silencio.

—Seguro que te estás preguntando de dónde obtengo esas fotos.

—Algo así.

—La hago seguir. Una vez al mes me llega un paquete de fotografías. Le envío una mensualidad muy alta, ¿sabes? En ningún momento tendrá necesidad de trabajar.

Tu Deseo

—Es decir, que tú… has pagado su educación, pero ella nunca ha venido a verte, y nunca te ha llamado, ni has hablado con ella de algún modo.
—Ya te dije que me odia.
—Yo maté a sus padres.
—Eso es absurdo. Ellos murieron en ese accidente, ¿Cómo puedes tú ser culpable de eso? —Rebeca la miró con ojos brillantes.
—Recuerdas los detalles de su muerte.
—Fue en Londres, ¿no? —Rebeca asintió, y Judith sentía que su corazón palpitaba más fuerte ahora—. ¿Puedo darte una idea muy loca, y me prometes que no me sacarás de tu casa a escobazos? —Rebeca se echó a reír.
—Viniendo de ti, tal vez deba estar prevenida. Tus ideas no son muy buenas.
—Claro que lo son.
—Hija, todavía recuerdo lo mal que te fue cuando intentaste acusar a Ana de robarse una joya tuya. Salió pésimo.
—Ah… Eso fue una soberana estupidez —admitió Judith tocándose el cabello con incomodidad. Rebeca la miró con una sonrisa ladeada.
—Está bien, escuchemos esa idea.
—Sólo… deja de enviarle dinero.
—¿Qué?
—No le envíes un centavo más. Hasta que venga a verte.
—Me odia, Judith. Ya te lo he dicho. ¿Qué quieres, que me odie más, hasta la muerte, por manipularla con dinero? Te recuerdo que desheredé a mi hijo por casarse con una mujer de baja condición social. Si vuelvo a hacerle una jugada con el dinero, jamás me lo perdonará. ¡Jamás!
—Es que de eso mismo se trata, de dinero. Mándale a decir que se trata de su herencia, pero que no lo discutirás ni por teléfono ni por carta, que se presente. ¿O qué piensa esa chica, vivir a tus costillas eternamente? Además… tú necesitas a alguien que se haga cargo de la parte de tu hijo muerto en las empresas, ¿no? que venga aquí y reclame su herencia. Luego, que haga con ello lo que quiera, pero antes, date el gusto de verla, de conocerla… de mirarla a los ojos—. La respiración de Rebeca se había agitado.
—¿Por qué me haces esto?
—Tengo nietos, Rebeca. Sé lo hermoso que es tener a una nenita sentada en tus rodillas llamándote mamá. Y tú te has perdido todo de ella.
—Tiene veintiséis años. No se va a sentar en mis rodillas ni me

57

dirá mamá.
—Lo que sea. ¿Y si se casa? ¿También te perderás a tus bisnietos?
—Rebeca se mordió los labios y Judith pensó que ya vendría la explosión. La echaría de su casa, le ordenaría que dejara de decir tantas estupideces juntas... pero de la boca de la anciana no salió ningún sonido. La vio renquear hasta sentarse en una silla estilo isabelino y dio golpecitos en su bastón de madera como si se lo estuviera pensando. Su mirada se había suavizado, notó. Hablar de su nieta le estrujaba el corazón, y Judith estaba escarbando en la herida.
—Dejar de enviarle dinero, dices. Dios, no, por más que lo pienso... Me odiará aún más.
—Yo sí me arriesgaría. Si va a venir aquí hecha una furia reclamándote, al menos habrá servido para que la vieras personalmente. Puede ser que en un momento puedas explicarle todo lo que pasó con tu hijo, lo mucho que te arrepentiste después... y tal vez, tal vez, te perdone—. Rebeca cerró sus ojos, y a Judith le dolió el corazón. Había puesto el dedo en la llaga, pero la idea había sido sembrada.
Puede que ahora ella se negara, pero le daría vueltas. Después de todo, no tenía mucho que perder; en cambio, la chica que vivía en Europa, y que se comportaba como una diva por las fotografías que había visto, perdería su estilo de vida en un santiamén.
Ser quien manejaba el dinero a veces debía ser usado a tu favor, pensó, y acercándose, le dio una palmada en el hombro de la anciana despidiéndose.
Había dado ya unos pasos en dirección a la puerta cuando Rebeca le volvió a hablar.
—¿Cómo es la chica que conoces? —Judith se giró y la miró con una sonrisa.
—Parece una mujer sencilla... no de nuestros círculos.
—Eso es obvio, si es profesora de inglés. ¿Qué más sabes de la chica?
—También nació en Londres, sus padres murieron, no sé cómo, y fue enviada de vuelta al país con sus parientes más cercanos—. Rebeca frunció el ceño.
—¿Y dices que se llama Sofía?
—Sophie.
—¿Cuál es la diferencia, de todos modos?
—Sophie es más... inglés.
—Pueden ser meras coincidencias.
—Sí, puede ser.

—Y para que esa chica sea mi nieta gracias al parecido en los nombres, entonces alguien en Europa se está dando la gran vida a expensas mías. No, todo eso suena demasiado rebuscado.

—No pierdes nada con investigar —Rebeca hizo una mueca—. Gracias por atenderme, Rebeca —se despidió Judith, y la anciana suspiró.

—¿No te vas a llevar ningún libro? —Judith miró los ejemplares sobre la mesa, y tomó uno mirándolo por lado y lado—. Ese es bueno. Una novela.

—Se ve larga.

—No seas floja. Lee.

—Vale.

—Te contaré si... decido algo con mi nieta.

—Gracias—. Judith salió al fin de la biblioteca y caminó de prisa por los corredores, en los que se encontró a Dora.

—¿Pasa algo, Judith? —Judith la miró por un momento considerando la idea de contarle todo, y se detuvo en el vestíbulo sin decidirse.

—No era nada importante —le dijo al fin.

—Nada importante, pero viniste en navidad a hablar con ella.

—Nah, no le des muchas vueltas. ¿Cuándo salimos tú, Arelis y yo por ahí? Tenemos rato que no nos damos un gusto.

—Con eso de que tienes una nueva nieta, te has olvidado de que tienes amigas —Judith sonrió casi ruborizada.

—Es divina. Tiene los ojos de Carlos, ¿te imaginas? ¡La adoro!

—Con eso constatas que en realidad sí es hija de tu hijo.

—Nunca lo he dudado! —Dora se encogió de hombros y Judith meneó su cabeza sintiéndose molesta—. Me voy a casa. Deben estar preguntándose a dónde salí a estas horas.

—Me llamas entonces para salir.

—Sí, claro —casi con afán, Judith caminó hasta llegar a los jardines exteriores. Una vez allí, vio un auto detenerse lleno de chicos que gritaban algo y escuchaban música a un alto volumen. De él se bajó un joven rubio que se tambaleaba un poco, y al girarse, casi tropieza con ella.

—¡Tía Judith! —dijo con una sonrisa algo grogui. Judith lo miró ceñuda.

—¿Fernando?

—¡El mismo!

—No te veía desde hace mucho.

—Sí, ya no me reconoces. ¿Viniste a visitarme? —dijo casi

59

tirándose sobre ella y abrazándola. El gesto le recordó tanto a Juan José en sus días de borracheras que le dolió el corazón.

—Ve a darte un baño —Fernando se echó a reír, y sin agregar nada más, se internó en la casa. Una vez entró, Judith pudo escuchar desde afuera los reclamos de Dora, y más discusión.

Esa casa era un infierno; Rebeca se pasaba el día encerrada esperando noticias de su adorada y perdida nieta, y escondiéndose de los demás habitantes de la casa; el marido de Dora, trabajando y siéndole infiel; Fernando, el hijo que llevaba el nombre del tío fallecido, metiéndose en fiestas y líos con mujeres; y Dora, la pobre Dora, siempre estaba en medio incapaz de tomar las riendas de su familia, que se desmoronaba más a cada momento.

Su casa no era así, se dijo agradeciéndole al cielo. Y no por ella. En un tiempo las cosas habían estado tan mal como aquí, pero gracias a Dios ya todo eso había pasado, y ella misma había tenido que aprender una lección, pero todo había cambiado.

Fabián llegó al lobby del edificio de Sophie y se anunció. Cuando el conserje llamó al apartamento, tuvo que decirle, extrañado, que nadie contestaba. Fabián lo miró un poco ceñudo.

—¿No se habrá equivocado de apartamento? La señorita me está esperando.

—Déjeme intentarlo de nuevo —y menos de un minuto después, tuvo que decir—: No, nadie contesta. Tal vez deba llamarla por teléfono —Fabián hizo una mueca alejándose del recibidor, tomó su teléfono y llamó a Ana.

—Hey, ¿vas a venir a cenar? —lo saludó Ana al ver que era él.

—Hola, Ana. No. Sólo llamaba para pedirte un favor.

—Dime.

—Quisiera que me pasaras el número de Sophie.

—Cómo. ¿No se lo pediste anoche?

—Lo iba a hacer hoy.

—Qué descuidado. ¿La invitaste a salir?

—Algo así. Ana...

—Ya, ya. Te lo envío por mensaje de texto, ¿vale?

—Gracias.

—Buena suerte esta noche —dijo ella con voz cantarina, y Fabián no pudo evitar sonreír.

Segundos después, le llegó el mensaje de Ana con los datos de Sophie, y de inmediato guardó el número en sus contactos. Sin pérdida de tiempo, la llamó.

Tu Deseo

Ella no contestó. De todos modos, volvió a marcarle, y cuando estaba a punto de ser enviado a buzón, escuchó al fin su voz.

—¿Sophie?

—Quién... quién...

—¿Estás bien? —se asustó él al escuchar su tono de voz. Demasiado débil, como si no pudiese hablar. Fabián sintió el miedo entrarle al cuerpo—. ¿Qué pasa, Sophie? ¿Está todo bien?

—No —lloró Sophie al otro lado de la línea—. Me siento muy mal. Me... duele mucho. Me duele mucho.

—¡Dios! ¿Estás herida? ¿Enferma? —exclamó Fabián entrando de nuevo al recibidor del edificio.

—Me duele, Fabián. Ayúdame.

—¿Estás en el apartamento?

—Sí.

—Ya voy para allá, no me cuelgues la llamada. Señor —dijo dirigiéndose al vigilante de turno— necesito que me deje subir.

—No puedo, las normas dicen que...

—Ella está dentro, está enferma, acabo de hablar con ella.

—De todos modos...

—¿No me acaba de escuchar? —reclamó Fabián cada vez más molesto—. Si tanto le inquietan mis intenciones, por favor venga conmigo; pero mi novia está enferma, por algo no pudo contestar, y si le paso algo porque usted no me quiso dejar pasar, ¡le juro que lo demandaré! —el hombre miró a una compañera igualmente uniformada y le hizo un gesto con la cabeza.

—Yo lo acompañaré, señor —dijo ella, Fabián la miró asintiendo y prácticamente echó a correr.

El ascensor no fue lo suficientemente rápido, a su parecer. Catorce pisos. ¿Por qué Sophie vivía en un piso tan alto?

—¿Cómo sabe que su novia está enferma?

—Acabo de hablarle por teléfono, se le escuchaba muy mal. Estoy... preocupado. ¿Qué le habrá pasado? ¿Algún accidente? ¡Vive sola! —las puertas del ascensor al fin se abrieron, y Fabián salió raudo hacia la puerta del apartamento de Sophie.

—¿Sophie? —llamó Fabián golpeando fuerte la puerta y el timbre a la vez. Pero no se escuchó nada, y nadie les abrió—. Abra la puerta —le pidió a la vigilante, y luego, con voz más suave, añadió—: por favor.

—Señor, lo acompañé porque no estamos autorizados a dejar pasar a nadie sin consentimiento del inquilino, pero abrir la puerta...

—¡Sophie! —gritó Fabián otra vez, y desde adentro se escuchó un

"Aquí". Al escucharla, la mujer tomó una llave que le colgaba de su cinturón y la introdujo en la cerradura. La puerta se abrió, y sin que pudieran detenerlo, Fabián empezó a buscar por los rincones del apartamento.

Encontró a Sophie en el baño, sentada en el suelo con una bata azul y apoyada en la taza del inodoro, llorando, sudorosa y helada.

—¿Qué tienes? —le preguntó él tomándola delicadamente por los hombros y haciendo que lo mirara, retirando los cabellos de su frente húmeda—. ¿Qué te duele?

—No lo sé —contestó ella con voz trémula, y Fabián vio que se apretaba con fuerza el costado derecho—. Me dolía... el estómago... pero ahora...

—Ella está mal —dijo la vigilante, y Fabián, que no necesitaba que se lo dijeran para saberlo, la alzó fácilmente en sus brazos.

—Te llevaré a una clínica—. Ella no dijo nada. Sólo se aferró a él con las pocas fuerzas que le quedaban. El dolor era absurdo, no podía dejar de apretarse, de quejarse, de llorar.

—Necesitará sus documentos —advirtió la vigilante cuando Fabián se encaminaba a la puerta, y se detuvo dándole la razón.

—¿Dónde está tu bolso? —pero Sophie no fue capaz de contestar, sólo se quejaba. La mujer empezó a mirar en derredor, intentó abrir una puerta, pero estaba con llave, y entonces se dirigió a otra y de ella salió con un bolso que Fabián no pudo identificar. Ella revisó y encontró los documentos de Sophie, y se lo pasó a Fabián.

Él salió con ella del apartamento, y volvió a internarse en el ascensor.

—Vas a estar bien —le decía.

—Duele... mucho —fue lo que ella pudo decir.

—¿Es el estómago? ¿Te duele el estómago? ¿Comiste algo en mal estado?

—¡No he comido nada! —dijo ella casi en un lloro. Sólo he... vomitado y... ahora me duele aquí. Mucho —él miró la zona que ella se señalaba.

—Tranquila —le dijo con voz suave, e incluso le besó la frente—. Ya no estás sola. Vas a estar bien—. Al oírlo, ella volvió a llorar.

Escucharla le partía el corazón, pero no podía hacer más ahora, mientras bajaban. Cuando estuvieron en el primer piso, él prácticamente corrió a la salida. La mujer que los había acompañado todo el camino, le abrió la puerta y le ayudó abrochándole el cinturón a Sophie. Fabián puso el auto en marcha y en menos de un minuto ya se habían perdido en la avenida.

La miraba de reojo. Ella seguía quejándose de dolor. ¿Qué era? ¿Qué era? Que no fuera grave, que no fuera algo sin remedio.

Trató de tomar las calles menos congestionadas, y, sin embargo, ya eran casi las ocho de la noche cuando llegó a una prestigiosa clínica donde atendían a su abuela. No contaba con el otro obstáculo justo en la entrada.

—¿La señorita está afiliada a algún seguro médico? —le preguntó el recepcionista, y Fabián lo miró ceñudo.

—No lo sé. Seguro que sí.

—¿Tiene el documento de identidad?

—Mire, ¿no ve que está muy mal? Por favor, atiéndala y luego miramos eso.

—No puedo, señor, son políticas de la clínica.

—Maldición —masculló Fabián dejando a Sophie en un asiento de la sala de espera y esculcando en el bolso de Sophie en busca de su documento. Se lo pasó al recepcionista y éste, al cabo de casi un minuto, se la devolvió diciéndole que, en efecto, la paciente no estaba afiliada a ningún seguro médico y que, por lo tanto, no podían atenderla—. Llévela a un hospital público —le dijo en tono displicente—. Allí no podrán negarle la atención.

—¿Qué clase de gente son ustedes? —dijo Fabián casi estallando de ira. Sacó su billetera y puso sobre el mostrador varias tarjetas de crédito, una dorada, otra plateada, y otras más de diversos colores—. ¿Esto sirve para que la atiendan?

—Lo hubiera dicho desde el principio, señor. No lo habríamos hecho esperar tanto. Disculpe usted las molestias—. Fue mágico. De inmediato la camilla apareció en el corredor, subieron a Sophie y un médico se hizo cargo, él fue detrás, y en los pocos metros en los que la pudo acompañar, escuchó cómo Sophie se esforzó por darle respuesta a las incisivas preguntas del médico. Luego de que éste la examinara rápidamente, pudo dar el diagnóstico: apendicitis.

—Debemos operar de inmediato.

—Claro, adelante.

—¿Usted es su familiar?

—Soy... su novio. Y estoy pagando la cuenta.

—De acuerdo. Quédese aquí hasta que salga del quirófano.

—Por supuesto—. Se llevaron a Sophie de inmediato, y él no pudo dejar de ver cómo ella seguía retorciéndose de dolor. ¿Por qué no le ponían ya una inyección? ¿Por qué la dejaban sufrir? ¿O ya lo habían hecho, pero aún no surtía efecto? No quería verla así, ¡quería a

Sophie bien!
Apendicitis.

Aunque no era algo especialmente grave, sí que podía haberse convertido en mortal si no hubiese llegado a tiempo, y al pensar en lo que pudo haber pasado si anoche no la hubiera invitado a salir a esta hora, sintió horror. Claramente, ella no había tenido a quien llamar para decirle que estaba enferma, y si él no hubiese llegado, Sophie habría muerto sola en ese apartamento, pues sabía que una apendicitis que se agravaba podía ser mortal.

Cerró sus ojos preguntándose cómo de mal podían estar las cosas en la vida de una persona para no llamar por ayuda. No tenía el teléfono de él, pero sí el de Ana. O el de los tíos que había mencionado anoche, o quien fuera.

Con los dientes apretados, sintiendo que aún le corría adrenalina por todo su sistema, llamó a Ana, informándole dónde estaba y lo que había pasado. Ella prometió llegar cuanto antes.

...6...

Tan sólo cuarenta y cinco minutos después de que Sophie entrara por la puerta de urgencias, el médico salió indicando que todo había salido bien. Le habían practicado la apendicectomía por laparoscopia, lo que le dejaría sólo unos tres puntos como cicatriz.

—Llegó justo a tiempo —le dijo el médico a Fabián, que lo miraba atento—; unos minutos más, y las cosas no habrían sido tan fáciles.

Al oírlo, Ana, que había llegado junto a Paula hacía unos diez minutos, se sentó respirando profundo, como si hubiese estado conteniendo la respiración.

—¿Ella está bien? —le preguntó Fabián al doctor, que asintió.

—La tendremos en recuperación un par de horas...

—¿Podemos verla? —lo interrumpió Ana, y el médico asintió más lentamente esta vez.

—Luego de las dos horas. ¿Cuál de los tres va a pasar la noche con ella?

—Yo —dijo Ana, poniéndose de pie otra vez, y Fabián la miró elevando una ceja.

—Prefiero hacerlo yo.

—Yo creo que no. Sophie va a pasar una noche de perros, y contigo ahí, no va a estar cómoda. Con otra mujer se sentirá mejor.

—Como ustedes digan —dijo el médico sin mostrar mucho interés por eso, y luego de otras indicaciones, simplemente se fue.

Fabián se pasó las manos por la cara, sintiendo que venía de correr una maratón.

—¿Quieren que les traiga algo de tomar? —preguntó Paula, y Fabián negó.

—Sí, tráenos lo que encuentres, también a Fabián.

—No quiero nada.

—Nos esperan dos horas aquí —le advirtió Ana—. Come algo, seguro que no comes nada desde el almuerzo —era verdad, pensó Fabián, y le asintió a Paula dándole el visto bueno para que le trajera algo de comer—. Parece que sigues impresionado —comentó Ana volviéndose a sentar, y Fabián, en vez de imitarla, se puso a dar vueltas por la sala.

—¡Estaba sola! —dijo en voz baja cuando volvió a acercarse a ella—. Completamente sola, en un apartamento, llorando en el baño. Ni siquiera tuvo fuerzas para contestarle al vigilante del edificio. Pudo

haber muerto, ¿te das cuenta?
—Ya no pienses eso.
—¿Por qué no llamó a nadie? ¿Por qué no te llamó a ti? ¡O a su familia! Con decir: me siento mal, por favor, vengan a verme, ¿no iba alguien a ayudarla?
—¿Estás molesto con ella?
—¡Sí! —exclamó Fabián, dándose cuenta de que era verdad—. Sí, porque fue muy arriesgado lo que hizo. ¡Pudo haber muerto!
—No la tomes contra ella.
—Pero, ¡cómo es posible que no haya llamado a nadie!
—Estás acostumbrado a ver el mundo de la misma manera desde siempre —le contestó Ana con voz dura, y Fabián la miró extrañado, pues ella nunca le hablaba así—. No se te ocurre pensar en que tal vez no tenía cómo hacer esa llamada, porque no tenía saldo en su teléfono; no se te ocurre pensar en que el dolor la tomó de repente y no tuvo fuerzas para levantarse de donde estaba; se te hace muy fácil pensar que alguien prefiere sufrir solo o en silencio que llamar por ayuda.
—Yo vi el apartamento donde vive... ¿cómo es posible que viva ahí, en un edificio vigilado, pero que no tenga para pagar un teléfono?
—¡Estás juzgando por las apariencias y ese no es el Fabián que conozco! —contestó Ana enfurecida—. Tú siempre lo has tenido todo, a pesar de los problemas de tu familia, el dinero nunca fue problema para ti. No tener dinero para ti es como tener menos de diez millones en la cuenta o en el cupo de la tarjeta. Para algunos, no tener dinero significa exactamente eso: ¡no tener un solo centavo con el que comer, con el que ir a recargar un miserable teléfono! —Ana le echó una mirada fulminante y se cruzó de brazos.
Fabián se quedó quieto al fin, como analizando las palabras de Ana. Ella tenía razón, y se sentó apoyando sus codos en sus muslos.
—Lo siento. He sonado muy snob.
—Sí, de verdad que sí —dijo Ana entre dientes—. pero no te preocupes, no se lo contaré a Sophie —Fabián sonrió de medio lado y dejó salir el aire.
— ¿Tan mal están las cosas con ella? —Ana hizo una mueca.
—No me corresponde a mí contarte.
—Si espero a que sea ella misma quien me cuente... se va a tardar, Ana.
—No lo creo. Aceptó salir contigo, ¿no?
—Más bien, la acorralé un poquito.

—¿Te dijo que no?
—Algo así.
—Pero... ¿por qué? Tú le gustas.
—¿Te lo dijo?
—No, pero se le notaba mucho anoche —Fabián sonrió sin poder disimularlo.
—Sí, yo también lo pensé, pero... como ya ves, se negó. Pienso que hay muchas cosas en la vida de ella que no entiendo... y que al parecer van a tener que explicarme tres veces, porque soy snob—. Ana le puso una mano en el hombro.
—Es sólo que nunca te habías tropezado con una situación así. Pero aprende rápido, ¿sí? —él rio al fin, y en el momento llegó Paula con botellas de jugo, galletas y papas fritas. Fabián se dio cuenta entonces de que estaba hambriento y le recibió los alimentos—. ¿Ese es el bolso de Sophie? —le preguntó Ana, pues Fabián tenía un bolso de mujer colgado del hombro, y al parecer, él no se había percatado.
—Sí, es de ella —Ana extendió la mano para tomarlo, y sin miramientos, lo revisó. Dentro había un paraguas viejo, un suéter de lana, unas llaves, la cartera con documentos, y un teléfono muy pequeño, de botones. Tomó el teléfono, y empezó a revisar la agenda de números. Uno de ellos decía Tía Martha. Intentó marcarle, pero le salió el mensaje que decía que no contaba con saldo para esa llamada.
De inmediato, lo puso en altavoz para que Fabián lo escuchara.
—Sí, ya entendí —dijo él echándole malos ojos, y Ana tomó su propio teléfono para llamar desde él.
—¿Diga? —contestó la voz de una mujer.
—¿La señora Martha? —preguntó Ana. Y luego de confirmar que en efecto era tía de Sophie, procedió a contarle la situación. La mujer se puso nerviosa de inmediato, haciendo preguntas de si Sophie se encontraba bien y en qué clínica.
—Por hoy no hay mucho que hacer, pero si pudiera venir mañana a primera hora para verla...
—Claro, mañana estaré ahí. ¿Usted es amiga o compañera de ella?
—Soy amiga.
—¿Se va a quedar con ella esta noche?
—Sí. Pasaré la noche a su lado.
—Cuídemela bien, por favor.
—No se preocupe.
—¿Por qué no me llamó a mí? —se preguntó la mujer, y Ana suspiró.
—Al parecer, no tenía saldo, y luego... debió sentirse muy mal.

La apendicitis es un dolor incapacitante.
—Pobrecita, pobrecita—. Ana cortó la llamada luego de indicarle cómo llegar. Fabián la miraba inexpresivo, y Ana sólo se encogió de hombros.
—Parecía preocupada de verdad.
—No sé qué pensar de toda su familia. Esperaré a conocerlos para hacerme un juicio de ellos.
—Sí, mejor. Por lo pronto... seguro que Sophie habrá querido que le avisemos. No veo otro contacto que tenga un título familiar, nada de primos, tíos... ni ningún nombre conocido.
—Sería mucha coincidencia que entre sus contactos haya algún conocido tuyo—. Ana le dio la razón, y simplemente se concentró en comer algo de lo que Paula había traído.

Hacia las once de la noche, una enfermera los llamó preguntándole cuál de todos se quedaría con la paciente. Al parecer, por no ser hora de visitas, sólo uno podía quedarse aquí con ella, y como estaba decidido que sería Ana, Fabián tuvo que resignarse a irse, llevándose con él a Paula y prometiendo estar temprano al día siguiente.

Ana entró en la habitación donde habían trasladado a Sophie, que estaba acostada en su camilla, vistiendo una bata de hospital y con suero intravenoso conectado en el dorso de su mano. Sophie giró su cabeza lentamente hacia ella, y le sonrió al verla.
—Ya no duele —fue lo que dijo, y Ana sonrió sintiendo deseos de llorar.
—Sí. Es una maravilla, ¿no es así? —Sophie quiso reír, pero prefirió cerrar sus ojos y pasar saliva. Oh, no tenía saliva. O eso le parecía. Sentía la cabeza grande y pesada como un yunque, y la habitación parecía girar cuando abría los ojos.
—Fabián... me trajo. ¿Verdad?
—Sí. Se asustó mucho cuando te vio. Él... tuvo que irse, pero mañana vendrá a verte...
—Yo no estoy afiliada a un seguro médico. Cómo...
—No te preocupes por ese tipo de detalles ahora. Céntrate en tu recuperación.
—Tengo que avisarle a mi tía...
—Ya lo hice yo. La llamé y le expliqué la situación. Dijo que mañana vendría a verte —Sophie la miró.
—Muchas gracias, Ana... Otra vez te debo la vida.
—No seas tonta. En todo caso, se la debes a Fabián.

—Seguro.

—Los médicos dicen que mañana a esta hora ya estarás fuera, y he pensado que deberías venirte todos los días de incapacidad que te den en mi casa.

—Ana...

—¿O tienes otro lugar a donde ir y que te puedan atender?

—No... No, la verdad, no. Pero ya... te debo tanto...

—Luego hablaremos de eso. Por lo pronto, descansa y recupérate, ¿vale? —. Sophie asintió con un leve movimiento de su cabeza. Y al momento sintió muchas náuseas. Ana estuvo a su lado al instante, ayudándola en lo que necesitara, diciéndole que todo estaría bien.

Estuvieron despiertas gran parte de la noche, y había momentos en que Sophie sentía vergüenza por tener que poner a Ana en esta situación, pero no se atrevió a decirle nada, porque la necesitaba, y al parecer, tendría que seguir haciendo uso de su ayuda por un tiempo más.

Tal como había predicho Ana, fue una mala noche. Si no era Sophie quien se despertaba, era la enfermera que entraba para hacer alguna revisión. Sin embargo, llegó la mañana, y al parecer, Sophie iba evolucionando bien.

Temprano en la mañana llegó el médico que la había atendido la noche anterior, y Sophie le agradeció el haber elegido el método de cirugía que menos cicatrices le dejaría.

—Imaginé que no querría estropear su piel —sonrió el médico—. Y parece que te estás recuperando bien —dijo mirando su historia clínica—. No has presentado fiebre, y en general has evolucionado satisfactoriamente. Pero hay algo que me preocupa —dijo con voz grave, y Ana lo miró atenta—. Estás muy baja de peso. Tu índice de masa corporal está por debajo de los valores normales, así que... por favor contesta unas cuantas preguntas.

—Claro —contestó Sophie titubeando un poco.

—¿Cuántas veces te alimentas al día?

—¿Ú... últimamente?

—Sí, por favor. Descríbeme los alimentos de un día normal para ti.

—Bueno... —Sophie miró a Ana. Pero no tenía caso que mintiera, se trataba de su vida, de su salud, así que le contó la situación que había estado viviendo últimamente. Ana le apretó una mano tratando de reconfortarla, y todas sus respuestas el médico las apuntó.

—Enviaré a alguien a tomarte unas muestras de sangre —le dijo el médico antes de irse. Ana la miró fijamente, y Sophie sonrió con tristeza.

—No tienes que sentir vergüenza delante de mí —le dijo Ana, y Sophie asintió.

—Lo sé. Pero no puedo evitarlo. Gracias por todo, Ana—. Ella meneó su cabeza negando, y ambas suspiraron.

Luego de que le hicieran los exámenes de sangre, llegó una mujer de cabellos negros y rizados con unas cuantas canas preguntando por Sophie. Se presentó como Martha Lucía Álvarez y al verla, Sophie le extendió las manos para abrazarla. Ana las vio estrecharse la una a la otra, y comprendió que había cariño entre ellas, lo que no se explicaba era por qué Sophie estaba en la situación en la que se hallaba si tenía un familiar así de cercano.

—Te dejo en buenas manos, entonces —le dijo Ana a Sophie.

—Sí, señora —contestó Martha en su lugar—. Yo me hago cargo de ella de aquí en adelante. Usted vaya y descanse, que debe necesitarlo mucho.

—Le mentiría si le digo que no. Sophie —Ana se acercó a ella y le dio un beso en la mejilla—, en unos minutos estará aquí Fabián.

—Ah... bueno...

—Estaba muy preocupado, y ya no debe tardar.

—Gracias, Ana.

—De nada. Recupérate, vendré en la tarde antes de que te den el alta—. Le apretó suavemente la mano y al fin salió. Martha miró la puerta y luego a su sobrina.

—¿Quién es?

—Ella es... una amiga.

—¿De qué la conoces?

—Le daba clases de inglés.

—Ah... pero... ¿es rica? —Sophie sonrió.

—¿Por qué lo dices?

—No lo sé. Parece ser una niña rica, y al tiempo...

—Tiene posibilidades —Martha miró a Sophie y le pasó la mano por la frente despejándosela.

—Adriana no pudo venir —le dijo Martha, refiriéndose a su hija menor—. El niño está enfermito, y no tiene con quién dejarlo, pero te manda saludos. Te manda a decir que te recuperes.

—Gracias —sonrió Sophie imaginándose a Adriana, su prima, con su bebé de apenas un año en casa. Hacía tiempo se había ido a vivir en unión libre con el padre del niño, en una pequeña casa que se ajustaba a sus posibilidades y en la que vivía Martha desde que se había separado de su esposo. Los cuatro vivían allí, algo apretados; Martha compartía la habitación del bebé y le colaboraba mucho a su hija con el niño y algunos quehaceres, mientras Adriana y su marido trabajaban día a día. Si hubiese habido un espacio allí, seguro que le habrían ofrecido su casa para que también Sophie tuviera un techo, pero ya iban muy justos, y Sophie había decidido probar suerte con la otra prima.

Ana le había preguntado si quería que la llamara para avisarle, y Sophie le dijo entonces que no. No tenía caso. Ella volvería en cinco días de sus vacaciones, y para entonces, ella ya debía desocuparle el apartamento, pues ese había sido el convenio entre las dos.

Arrugó su frente al darse cuenta de que ya no tenía a dónde ir, y estando enferma, no podía empezar a trabajar para trasladarse a otro lugar.

Al parecer, iba a tener que aceptar el ofrecimiento de Ana de pasar una temporada en su casa. No podía ser tonta y hacerse la digna, necesitaba la ayuda desesperadamente.

Una hora después de que llegara la tía Martha, llegó Fabián. Traía consigo una cesta de frutas con un globo que decía "recupérate", y Sophie no pudo dejar de sonreír como tonta al verlo. Recibió su regalo y su beso en la mejilla sintiendo que esto era cursi, pero lindo. La tía Martha la miró algo ceñuda cuando la vio sonreír de esa manera, y ella trató de mostrar menos sus emociones.

—Ella es mi tía —la presentó Sophie, y Fabián le extendió una mano. Martha lo miró con aprobación femenina, y ya no miró ceñuda a Sophie—. Tía, él... prácticamente me salvó la vida anoche.

—Entonces debo darle las gracias. Cuando los padres de esta niña murieron, nos encomendaron a mi marido y a mí su cuidado, pero ahora siento que hemos fallado terriblemente.

—No te sientas así, tía.

—Ella estaba sufriendo sola en ese apartamento —dijo Fabián, como si la acusara—. Si hubiese llegado una hora tarde, o si no hubiese llegado, Sophie habría muerto.

—Fabián...

—No estoy exagerando.

—Es verdad —asintió Martha—. Ojalá yo tuviese la posibilidad de ayudarte en este momento que estás pasando, pero... desde que me separé de tu tío...

—Lo sé, tía. Tú también estás pasando un duro momento. Y gracias a Dios que puso a Fabián allí justo en ese momento para que a mí no me pasara nada—. Sophie se recostó a su almohada sintiéndose muy agotada, y cerró sus ojos.

—¿Te sientes bien? ¿Quieres que llame a la enfermera? —le preguntó Fabián de inmediato, y Martha analizó su preocupación. Al sentirla como auténtica, sonrió.

—Yo iré a llamarla. Usted quédese con ella —y silenciosamente, salió dejándolos a solas.

—Tengo mucho que agradecerte —susurró Sophie con sus ojos aún cerrados—. Recuerdo... la manera como me encontraste... casi echas la puerta abajo. Fuiste como el caballero andante que toda damisela en apuros pediría —Fabián sonrió con toda su dentadura.

—¿Te parece? Muchas gracias.

—¿Estás siendo presumido?

—Es el primer cumplido que me haces.

—¿Por qué te interesarían mis cumplidos?

—¿No es bastante obvio? —preguntó él a su vez, y Sophie no pudo menos que sonreírle.

—¿Cómo podré pagar mi deuda?

—Yendo a una cita conmigo.

—Ya lo veía venir —rio Sophie, y sintió que le dolía todo por el esfuerzo.

—Ana me llamó —siguió Fabián—. Me dijo que luego de que te den el alta, pasarás la convalecencia en su casa.

—Sí... Voy a seguir abusando de ella y su ayuda—. Fabián le sonrió. Cada vez que él sonríe, pensó Sophie, mi cuerpo se recupera un poquito más rápido.

—Entonces, tendremos que ir a tu apartamento por tus cosas. Espero que no te opongas.

—Bueno... no puedo ir por mí misma, de todos modos —contestó Sophie mordiéndose los labios. Le daba un poco de vergüenza que Ana tuviera que hacerle la maleta, aunque no era mucho, realmente.

La tía Martha regresó en el momento, y Fabián dijo entonces que tenía cosas que hacer, y se despidió de Sophie con un beso en la mejilla. Sophie se quedó mirando su espalda hasta que salió de la habitación.

—¿Es tu novio? —le preguntó Martha. Y Sophie hizo una mueca.

—Tía, sabes que no puedo tener novio.

—¿Y por qué no? Y yo creo que le gustas a ese muchacho. Es guapísimo.

—Tía...

—Deja las bobadas y dile que sí, si te lo pregunta. El resto del mundo, que se joda—. Sophie la miró atónita. Jamás se imaginó que de la boca de su tía salieran unas palabras así—. Una se cuida y se esfuerza tanto por hacer las cosas de la manera correcta… que no es justo, Sophie. Al final, te quedas sola, y deseando haber hecho las cosas de manera diferente. Mírame a mí. Dime, ¿valió la pena esperar tanto? —Sophie cerró sus ojos.
—¿Crees que… deba aceptarlo?
—Si te gusta, sí. Con los ojos cerrados… O no, mejor no los cierres. Es que está de muy buen ver —Sophie no pudo evitar reír. Estaba sonrojada y el corazón le palpitaba rápido en el pecho. Tenía el visto bueno de su tía, al menos; una de las pocas personas cuya opinión le importaba.

—¿Aquí vive Sophie? —preguntó Paula a nadie en particular entrando al apartamento y mirando en derredor. Había ido con Fabián y Ana para recoger las cosas de Sophie. En realidad, casi había rogado, llevaba todo el día muy aburrida y casi se había metido a la fuerza en el auto, Fabián y Ana no habían tenido más salida que aceptarla.
Ella sabía que se había portado muy malcriada, pero no le importó.
—Sí —le contestó Ana mirando todo también—, pero el apartamento no es de ella, sino de una prima. Me contó que vivía aquí temporalmente, pero que debía desocupar en tres días.
—Pues la prima gana bien —comentó Paula.
Todo aquí estaba decorado en blanco, negro y rojo. Tapete rojo, muebles blancos, decoración de acero, cuadros en los mismos tonos, cocina en mármol negro, butacas rojas…
—Súper —sonrió Paula, y se encaminó a la habitación, pero la encontró cerrada con llave—. Ana, abre esta puerta—. Ana se acercó, pero ninguna de las llaves que tenía la abrió.
—¿Qué contiene esa habitación? —preguntó Fabián poniendo ambas manos en la cintura.
—Las esposas muertas de Barbazul, tal vez —se burló Paula, y Fabián le echó malos ojos.
—Hay que pedir que venga el servicio de limpieza —dijo Ana al entrar al baño—. Pobre Sophie, ella sola aquí mientras sufría…
—Mira aquí —la llamó Paula, abriendo una puerta más de par en par.
Era una habitación amplia, pero todas sus paredes estaban

forradas de estanterías de ropa. Había sido modificada para que, en vez de ser una habitación normal, fuera un guardarropa gigante. Y en el suelo había una colchoneta con un alijo de sábanas y cobijas revueltas. Fabián sintió que se le encogía el estómago.

—No... no me digas que aquí dormía Sophie—. Ana se agachó frente a la colchoneta y examinó las sábanas. Cerca había un pequeño maletín y esculcó en él. Parecía que allí estaba toda la ropa de Sophie.

—Sí. Me parece que aquí dormía ella.

—¿Qué clase de persona...?

—¿Ésta es la prima? —preguntó Paula tomando en su mano un portarretrato, y al verlo, Ana y Fabián no pudieron sino palidecer.

Era el retrato de Andrea Domínguez, y los dos tenían sus razones para quererla muy poco, y con lo que acababa de descubrir, para odiarla.

—Vámonos ya de aquí —dijo Ana apretando los dientes, tomando el pequeño maletín de Sophie y guardando allí la ropa de ella que reconoció y que estaba por fuera.

—¡El vestido azul! —exclamó Paula sacándolo de su perchero. Fabián reconoció los zapatos, el bolso, y luego vio a un costado una máquina de coser.

—Debe ser de ella.

—Sí, lo es —corroboró Ana—. Me la recomendó mucho, así que, saliendo.

—Mira cuánta ropa —se asombró Paula mirando los estantes—. Ni siquiera entre Silvia, Ana y yo juntamos tanta ropa. Se da gusto comprándose cosas de Jakob; casi todo es de ahí.

—Ella es una ejecutiva de Carlos en Texticol —masculló Ana, sintiendo que se le calentaba la sangre—. Y como ejecutiva, sé que gana muy bien. La muy maldita. Tiene su habitación bajo llave... seguro que sabía la situación por la que estaba pasando su prima... y aun así...

—Pero le prestó su apartamento, ¿no? —dijo Paula.

—¿Prestar? —preguntó Ana con irritación—. Esa no da puntada sin dedal. Ve tú a saber qué le pidió a cambio. Es una arpía, es una...

—Ya, cálmate, Ana —le pidió Fabián.

—Tú la conoces. Es una interesada. Mira el sitio en el que vive. Es...

—No toda la gente es como tú, que no puede ver un amigo o un familiar en mala situación que enseguida quiere ayudarlo.

—Ahora sí que siento razones para odiarla en toda regla. ¿Ya tenemos todo?

Tu Deseo

—Yo creo que sí —contestó Paula mirando aún la ropa que colgaba de los percheros, las docenas de pares de zapatos de todo estilo, de abrigos, chalinas, y etc.—. Seguro que aquí tiene lo que no le cabe en su habitación... o sea que allá tiene más.

—Y Sophie prefirió hacerse su propio vestido que tomar uno de ella prestado —dijo Fabián con una sonrisa, sintiendo que a cada hora le gustaba más. Tomó la máquina de coser y la cubrió con su tapa, luego la alzó y se dirigieron a la salida. Ana llevaba la maleta más grande, Paula, una bolsa que contenía el vestido azul y el abrigo que había llevado a la fiesta de anoche.

—No hemos revisado la cocina —dijo Paula—, ni la sala...

—La nevera —dijo de repente Ana—. Todo lo que hay en ella es de Sophie, estoy segura, y no me da la gana de dejarle a la arpía de Andrea siquiera un limón—. Fabián vio a Ana abrir el refrigerador y sacar todo de allí. Paula abrió los estantes de la cocina y sacó los pocos granos que encontró. Tal como había dicho, no le dejó siquiera un limón.

Salieron del edificio despidiéndose de los vigilantes, que esta vez no habían puesto problemas para dejarlos entrar, puesto que Sophie los había llamado con antelación y diciéndoles exactamente qué objetos iban a sacar del apartamento. Uno de ellos había preguntado por su salud, y ellos simplemente le dijeron que se recuperaría, dándoles las gracias por la colaboración. Fabián metió la preciada máquina de coser de Sophie en el maletero de su auto, y luego el maletín. Presintió que se venían grandes cambios, que las cosas, de todos modos, no iban a ser fáciles, pero que iban a salir bien.

Era un extraño presentimiento, y en cierta forma no le gustó. Tal vez porque había estado en el interior del apartamento de Andrea Domínguez, de quien había estado huyendo desde que saliera una sola vez con ella.

El mundo era demasiado pequeño. Jamás se hubiera imaginado que Sophie fuera familiar de esa mujer.

Su teléfono vibró y contestó la llamada. Luego de unos minutos, entró en su auto poniéndose frente al volante.

—Llamaron de la clínica —anunció—, ya podemos pasar por Sophie.

—Qué bien —suspiró Ana, a quien ya no le hervía tanto la sangre—, vamos por ella, saquémosla de... de donde ha estado metida los últimos meses.

—No conozco a la tal Andrea —murmuró Paula—, pero...

—Mejor si no la conoces —comentó Ana con voz cortante—. Es

del tipo de persona que conoces y tus alertas se disparan automáticamente—. Paula no hizo más preguntas, y Fabián conducía silencioso. Se había prometido fiarse de las corazonadas de Ana hacía ya mucho rato. Cuando ella dijo que Andrea era una arpía en el pasado, así había resultado ser, e imaginarse a Sophie bajo su amparo era casi como imaginarla a la intemperie en una tormenta de nieve.

Ya no más, se prometió, y metió el acelerador para ir a buscarla a la clínica.

...7...

Fabián entró a la habitación de Sophie y la encontró vestida, de pie y andando de la mano de la tía Martha. De inmediato corrió a ella y la tomó de los hombros.

—¡Deberías estar en la cama! —exclamó—. ¡Tú... te operaron anoche! —Sophie sonrió al ver el pánico en su mirada.

—¡Pero estoy bien!

—Claro que no!

—El mismo médico me dijo que me moviera un poquito —lo interrumpió ella con voz suave—, ¡yo estoy bien!

—¿Seguro?

—Pregúntale tú mismo —dijo Sophie señalando hacia la puerta, y Fabián vio al doctor entrar con su acostumbrada planilla en la mano.

—Ya se nos va la señorita Alvarado —sonrió el hombre, y Fabián ayudó a Sophie a sentarse de nuevo en la camilla. Martha se dedicó a recoger las cosas de su sobrina que había por la habitación—. ¿Cómo te sientes hoy?

—Mucho mejor... —contestó ella— un poquito cansada, pero...

—No es para menos. Te voy a dar cinco días de incapacidad...

—¿Nada más? —protestó Fabián, y el médico lo miró apretando un poco los labios.

—Sí, fue una cirugía laparoscópica, no requiere mucho tiempo—. Con una sonrisa mal disimulada, Martha salió de la habitación llevándose las cosas de Sophie, y cerró la puerta—. Te voy a recetar algunas vitaminas —siguió el médico—. Ah, y te voy a remitir con una excelente nutricionista que te ayudará a recuperar tu peso y tus nutrientes...

—¿Nutricionista? —preguntó Fabián mirando a Sophie. Ella se sonrojó, a pesar de lo pálida que estaba—. ¿Por qué un nutricionista?

—Bueno, hicimos los estudios y Sophie presenta una desnutrición crónica.

—¿Qué? —preguntó él espantado, y Sophie ahora estaba colorada desde la raíz del pelo hasta el pecho y sin decir nada.

—Es importante que sigas al pie de la letra sus recomendaciones —siguió el médico mirando a Sophie a la vez que escribía algo en su planilla—, mi concepto es que debes recuperar peso y nutrientes lo antes posible, porque ahora es crónico; tu organismo lo ha compensado y ha tenido que arreglárselas con lo que tiene, pero podría volverse agudo, y en ese caso, tu salud correría un grave riesgo—. El médico miró atento a Sophie y a Fabián, y ella asintió en conformidad a lo que decía—. Por otro lado —siguió el médico, como el mensajero que sólo trae malas noticias—, es vital que te recuperes pronto de la anemia. Eso lo irás compensando poco a poco con una buena alimentación, pero sería bueno que además te tomaras unos cuantos suplementos.

—Yo me encargaré de que vea al nutricionista que nos recomienda —dijo Fabián con voz grave, y Sophie lo miró atentamente.

—Por supuesto. Vea también que se tome sus medicamentos y vitaminas.

—Me haré cargo personalmente de eso—. El médico asintió aprobando, y siguió con sus recomendaciones acerca de las curaciones y la visita que debía hacerle en un mes. Fabián asintió tomando nota de todo, pero también pensando en qué tan graves estuvieron las cosas como para que Sophie sufriera desnutrición crónica.

La palabra "crónica" daba pavor, y si se trataba de hambre…

Cuando escuchó al médico hablar del tema, de inmediato recordó a Ana diciéndole que había personas que no tenían un centavo para comer, y mucho menos para recargar un teléfono. ¿Era eso lo que había tenido que pasar Sophie? ¿Al extremo de caer en la desnutrición y la anemia? Por Dios, ¿por cuánto tiempo debía una persona estar pasándolo así de mal para que su organismo empezara a protestar?

El médico le entregó a Fabián un papel con la receta médica y salió. Sophie y Fabián quedaron en silencio. Ella, muerta de vergüenza, no dijo nada, sólo siguió sentada al borde de la camilla preguntándose si acaso él la juzgaría como una bulímica o una anoréxica.

—Debes vestirte para salir —dijo él con voz suave, sin mirarla a los ojos—. Te estaré esperando afuera —él se giró para salir, pero entonces ella lo llamó. Fabián se volvió a mirarla, y encontró que Sophie le sonreía de manera un tanto extraña.

—Gracias… por todo lo que has hecho por mí ayer y hoy.

—No es nada…

—¡Lo es todo! —lo interrumpió ella—. Tal vez para ti… no signifique gran cosa, pero para mí lo es todo—. Fabián se acercó a ella, y tomó con sus dedos su mentón y la miró a los ojos.

—Lo volvería a hacer —Sophie sonrió.

—Me imagino que sí. Y yo tendré que volvértelo a agradecer.

—¿Entonces irás conmigo a una cita? —ella abrió grandes los ojos por un momento. Entonces él no la estaba juzgando; había escuchado algo que a ella la mataba de la vergüenza, pero él parecía no desanimarse. Sonrió apretando sus labios.

—Yo pago mis deudas.

—Ah, entonces espero que la segunda cita a la que vayamos no sea por una deuda, sino porque así lo deseas—. Y lo deseaba, pensó ella mirando sus ojos verdes, que ahora, a la luz del día, se veían mucho más atrayentes.

Deseaba de verdad pasar rato con él, hablar mucho, tenerlo cerca... Todo él, sus ojos, sus miradas, su aroma, eran atractivos, y la hacían sentirse fuerte y débil a la vez. Fuerte, porque le hacía pensar que era capaz de recuperarse de cualquier cosa, de superar cualquier obstáculo; y débil... porque su respiración parecía desacompasarse en su presencia, su corazón latir erráticamente, y todo resultaba en lánguidos suspiros de contemplación...

Él quitó sus dedos de su rostro y volvió a caminar hacia la salida, y Sophie pestañeó ante el abrupto cambio. Por un momento estaban allí, mirándose a los ojos de la manera más bonita, y luego él simplemente se iba.

Echó su aliento sobre la palma de la mano para comprobar que no fuera eso, y luego se pasó la mano por el cabello y los ojos. Tal vez parecía un espantapájaros, con el pelo revuelto y los ojos legañosos, y vaya a saber Dios qué más cosas.

Se cruzó de brazos abrazándose a sí misma de repente sintiéndose desamparada. Y no tenía por qué. Por el contrario, era él quien estaba cuidando de ella, y al parecer, quien seguiría cuidando de ella. Pero no tenerlo así cerquita como hace un rato le dejó un extraño vacío que se notaba tanto en su cuerpo como en su alma.

Fabián salió de la habitación y se sentó en una silla del pasillo. Allí estaban la tía de Sophie, que entró en cuanto él salió, y Ana, pero no dijo nada, sólo se sentó con una expresión en el rostro de quien acababa de ver un fantasma y tratara de asimilarlo.

—¿Ella está bien? —preguntó Ana mirándolo extrañada. Fabián giró su cabeza para mirarla y se mordió los labios.

—Sí. Ya podemos irnos a casa.

Ana atravesó la puerta junto a Martha, y Fabián dejó salir el aire. Si no hubiese salido cuando lo hizo, la habría estrujado un poco por el deseo repentino que le dio de abrazarla y besarla. Ella no tenía ni veinticuatro horas de haber sido operada, y él estaba deseando saltarle encima, justo como un cavernícola. Pero es que esos labios habían estado demasiado cerca, sus enormes ojos ámbar, con pintas más doradas, enormes y fijos en él como si acabara de salvar al mundo de la destrucción masiva; y por el rabillo del ojo había visto que el primer botón de su blusa se había desabrochado y su imaginación había alzado el vuelo como un gavilán hambriento.

Cerró sus ojos con fuerza, pero no funcionó para que la imagen se borrara de su mente, por el contrario, parecía grabada en el lado interno de sus párpados.

Sophie salió andando del hospital. Iba apoyada en Ana y Martha mientras Fabián llevaba un pequeño maletín con sus cosas personales. En el auto estaba Paula, que saludó a Sophie haciéndole preguntas acerca de cómo se sentía. La acomodaron en el asiento delantero y ella lo miró con una sonrisa tímida que él quiso morder, y otra vez él tuvo que invocar el autocontrol. Cielo santo, ¿qué le estaba pasando?

Se concentró en encender el auto y sacarlo del parqueadero de la clínica.

—Silvia manda a decir que la habitación de Sophie está lista —dijo Paula mirando su teléfono. Sophie las miró sin decir nada. Ya no podía seguir diciendo que le daba pena las molestias que les estaba causando, porque definitivamente pasaría media vida haciéndolo.

—Y Carlos ya tiene el contacto de una enfermera para que venga a ver a Sophie una vez al día.

—Tienes que recuperarte rápido, Sophie —le dijo Paula con una sonrisa—. Quiero que me asesores con el vestido que me quiero comprar para la fiesta de fin de año.

—¿No tienes uno ya?

—¿Y qué pasa? Quiero ser materialista y comprarme otro. Si Sophie me asesora, será mucho mejor.

—Haré lo que pueda.

—Nada —la detuvo Ana—. No puedes salir en cinco días, mucho menos ir de tiendas, y Paula no se comprará otro vestido, a menos que quiera usar el dinero de su mesada de enero.

—Qué tacaña te has vuelto.

—Qué lindos se portan con mi Sophie —suspiró Martha, que iba en los asientos de atrás con Ana y Paula—. Se han portado con ella mejor que nosotros, que somos su familia.

—¿Usted es hermana de alguno de sus papás? —preguntó Ana, y Martha meneó la cabeza.

—Mi ex marido. Él era el hermano de la mamá de Sophie.
—Él tuvo mi custodia hasta que cumplí dieciocho —dijo Sophie en voz baja, pero todos dentro del auto estaban silenciosos, así que su voz se escuchó claramente.
—Sophie llegó a nuestra casa cuando sólo tenía dieciséis años —siguió Martha con una sonrisa melancólica—. Era muy bonita... bueno, sigue siendo muy bonita, pero de dieciséis parecía una muñequita. Destacó enseguida en el colegio porque hablaba perfectamente el inglés, y aunque estaba muy triste por la pérdida de sus padres, ella no perdió su espíritu alegre. La verdad... es que nada ha hecho que Sophie pierda su espíritu—. Fabián miró de reojo a Sophie, y la encontró silenciosa, con la mirada fija en su regazo.
—Lo dice como si le hubiesen ocurrido muchas tragedias —comentó Paula, y Ana le hubiese pellizcado por imprudente, pero era exactamente lo que ella quería saber.
—La pérdida de los padres ya es una gran tragedia.
—Díganoslo a nosotros —dijo Ana—. También los perdimos.
—Ah, lo siento.
—Pero tuvimos a Ana —sonrió Paula—. Ella fue mamá y papá para nosotros—. Fabián volvió a mirar a Sophie cada vez que tenía oportunidad mientras conducía y las mujeres de los asientos de atrás seguían charlando, haciéndose confidencias y contándose anécdotas.
A cada momento que pasaba, la intriga que ella le producía crecía más. Ella era un enorme saco de interrogantes, y él se moría por abrirlos y hallarle respuesta a cada uno.

Llegaron a casa, y Carlos estaba allí en la entrada, esperando por ellos. Ana pareció sorprendida al verlo, y Sophie la vio casi que correr a él como si llevara semanas sin verlo, colgarse de su cuello y besarlo.
—Salí temprano —oyó que él decía—. Y me vine a casa. ¿Cómo estás, Sophie? —ella sonrió mientras caminaba a paso lento hacia él. El hombre de ojos aguamarina le sonreía como si ella fuera una familiar a la que le tuviera especial cariño. Definitivamente, no había nadie con mejor suerte que ella, pensó.
—Mejor.
—Eso me alegra. Bienvenida a mi casa.
—Mil gracias. Espero no incomodar demasiado—. Carlos hizo una mueca negando.
—Molesta lo que quieras, ésta también es tu casa —Sophie volvió a sonreír, y vio cómo Martha miraba la fachada de la casa boquiabierta.

La boca no se le cerró cuando entraron, sino al contrario.

—Éstos son de la alta —le susurró a Sophie de manera que nadie pudiera escucharla—, pero de la más alta de todas—. Sophie intentó disimular su risa, pero falló.

—Ven, para que conozcas tu habitación —le dijo Ana tomándola por el brazo—. Te escogimos una de las del primer piso para que salgas y des tus paseos cuando te apetezca.

—Gracias.

Era una habitación amplia, notó Sophie, que daba a un hermoso jardín de rosas afuera, y más allá, una pradera muy verde y bonita. La cama era sencilla, y en el cuarto de baño había un armario que por estos días ocuparía ella, aunque su ropa nunca ocuparía un armario completo.

Vio a Fabián dejar el maletín encima de la cama y ella le sonrió como una colegiala cuando sus miradas hicieron contacto. Esta luz le favorecía, pensó ella. O bueno, estaba a punto de considerar que todas las luces le favorecían. Hasta en la oscuridad él debía ser guapo.

Ana, que había estado ocupada acomodando las almohadas en la cama por si ella quería recostarse, salió de la habitación arguyendo tener algo que hacer afuera, y antes de salir, cerró la puerta dejándolos a solas.

—Ahora tengo que irme —dijo Fabián metiendo un pulgar en la pretina de su pantalón—, pero he recargado tu teléfono celular para que me llames si necesitas algo.

—Gracias. Espero no tener que hacerlo.

—Yo igual, espero que me llames. Tus medicamentos llegarán en cualquier momento, y ya están pagos —siguió él—. Le pregunté a Carlos, y me dijo que la enfermera llegará en las mañanas para atender tus heridas, y ella misma puede retirar los puntos de sutura, así que no tendrás que ir a la clínica para eso.

—Gracias —volvió a decir ella, pero esta vez, sonriendo. Sentía que nunca nadie había cuidado tanto de ella como él. Él dijo algo más, pero se quedó callado cuando ella extendió su mano a él. Como la polilla que se acerca a la bombilla, Fabián estuvo a su lado casi de inmediato. Se sorprendió muchísimo cuando Sophie se acercó a él y lo abrazó. No dijo nada, no volvió a decir gracias, ni habló de deudas, ni nada; sólo lo abrazó con fuerte dulzura, con estremecido agradecimiento.

Fabián correspondió a su abrazo extendiendo sus manos por la delgada espalda de ella, sintiéndola tan frágil a la vez que tan fuerte.

Si era cierto lo que se adivinaba en las palabras de la tía Martha,

Tu Deseo

Sophie había pasado por mucho en esta vida, lo que hacía aún más admirable que ella siguiera siendo este ángel luminoso, que lo atraía y lo desconcertaba.

Ella terminó el abrazo y lo miró a los ojos como si quisiera decir mil cosas, pero fue suficiente con su silencio, con su mirada, y con el suspiro que dejó salir.

Qué ganas de besarte.

Cuando ella lo miró sorprendida y pestañeando, Fabián se dio cuenta de que eso lo había dicho en voz alta, y entonces se sonrojó. Sophie se echó a reír.

—¿Me besarías aun cuando no sabes nada de mí? ¿Nada de mi pasado, nada de la vida que he llevado hasta hoy?

—No besaré tu pasado. Sólo tus labios esta vez—. Ella sintió que el corazón palpitaba fuerte en su pecho, e, involuntariamente, entreabrió sus labios para recibir su beso, invitación que Fabián no despreció, y se acercó a ella atrapando sus labios en los suyos.

Sophie sintió vítores, aplausos, fuegos artificiales estallar y la novena sinfonía de Beethoven en su punto más álgido dentro de su ser. Elevó una de sus manos y la puso sobre la mejilla de él, sintiendo sus labios acariciarla con la misma dulzura que antes había encontrado en su mirada, en sus cuidados, en todo él.

Qué dulce beso, qué hermoso hombre, qué diferente, qué especial…

Pero el beso acabó pronto, y lo miró como si, luego de prometerle una tarta completa, él sólo le hubiese dado una rebanada.

—Estás… debes recuperarte.

—Me operaron el apéndice, no los labios —él sonrió divertido; apoyó sus manos en los delgados brazos de ella, y aunque se le notaba que moría por seguirla besando, dio un paso atrás.

—Me gustas, Sophie—. Ella no dijo nada, y se mordió los labios como para no dejar escapar la sensación de su beso. Fabián cerró sus ojos quejándose internamente. Temía seguirla besando, temía apretarla y que se fuera a quebrar. Temía hacerle daño con la fuerza de su anhelo.

Esto había sido más que un beso, se dio cuenta. Había sido una trampa, y él había caído en ella muerto de la risa, dichoso, y mataría al que intentara liberarlo. Ella volvió a mirarlo, y entonces Fabián decidió ser tonto, y volvió a ella y a sus labios.

Esta vez el beso fue fuerte, agresivo. Se robó sus labios, los apretó, los chupó, los lamió y, tomándola de los hombros, la acercó a él como advirtiéndole que nada con él era a medias, y Sophie comprendió que, por encima de su aspecto de príncipe, este era un hombre, un hombre de verdad, un hombre en toda la extensión de la palabra.

—Oh, Dios, Sophie —susurró él pegando su frente a la de ella, con la respiración agitada y el corazón latiendo acelerado.

—Te... te entiendo —dijo ella, aunque aquello no podía tener mucho sentido ahora. Lo miró aclarando su vista, disipando la niebla que había en ellos, niebla que había caído de repente con su beso—. Tú... tú también me gustas. No voy a negarlo—. Él sonrió pasando el dorso de su dedo por su pálida mejilla.

—Recupérate pronto. Hay muchos lugares a los que quiero llevarte, muchas cenas que quiero compartir contigo; presiento que...
—él se quedó callado, y sólo sonrió alejándose un paso.

—¿Qué presientes? —Fabián negó apretando sus labios.

—Recupérate, y lo iremos sabiendo paso a paso—. Sophie sonrió. Fabián le besó de nuevo los labios y esta vez caminó con decisión hacia la puerta. Cuando la cerraba, le echó un último vistazo, y le pareció ver que ella cerraba sus ojos con una expresión pensativa.

Estar enfermo no era tan malo si te trataban como a una auténtica princesa, pensó Sophie con descaro y vergüenza al tiempo. Todos en esta casa la mimaban; desde Ana y Carlos, pasando por Judith, hasta los chicos y el servicio, y en los últimos días no había hecho más que dormir y comer.

Cuando estaba en la habitación, pasaban para preguntarle si necesitaba algo, si quería alguna bebida, o algo para distraerse. Y cuando estaba en la sala, siempre alguien se sentaba cerca para ponerle conversación. Por lo general, los chicos le hablaban en inglés siguiendo la regla que antes habían impuesto, sobre todo Silvia, que en los primeros días de enero se iría al país de los canguros.

Alguien, Ana o Fabián, se había encargado de que tuviera todos sus elementos personales nuevos, y ahora estaba estrenando hasta cepillo de dientes, tenía un baño para ella sola y una cama muy cómoda. Estaba tomando todos los medicamentos y suplementos que le habían recetado y no eran genéricos, sino de marca. Y comía seis veces al día. ¡Seis! Comía tanto que estaba segura de que recuperaría su peso y engordaría si seguía a ese ritmo.

Lo mejor de todo, eran las visitas de Fabián.

Casi que había aprendido a identificar el ruido de su Chevrolet al llegar al jardín, lo que le daba tiempo para acicalarse un poco antes de verlo.

No entendía bien lo que le pasaba con este hombre, de verdad que no. En el pasado se había enamorado y no había sido así, ya antes había besado a un hombre, y definitivamente no sintió todo lo que con él. Se sentía cayendo, cayendo sin remedio a un sitio al que no terminaba de llegar, pero sin posibilidad de desviar el rumbo.

Cuando era de noche y se encontraba dormida en su cama, bajo unas cobijas tan suaves y con la calefacción que podía graduar a su antojo, se preguntaba si acaso todo esto era producto de su imaginación, de esas noches de frío y hambre en una colchoneta en el suelo, con la vista fija en los cientos de atuendos de su prima colgados frente a su vista. Tal vez ella seguía allí, sola y con miedo, tal vez esto era sólo una fantasía, y cuando llegaba a este punto, se pellizcaba.

Absurdo, si se necesitaba el dolor para despertar, entonces el que había sufrido en el momento en que Fabián entró al apartamento y la alzó en sus brazos, habría sido más que suficiente.

Y si al fin y al cabo era un sueño, ella no quería despertar; sentía que todo en su vida estaba mejorando. Paula le había prestado su laptop y había ingresado a la página de su universidad y había visto que podía volver el próximo semestre luego de una charla con el jefe de la facultad; la había usado también para preparar su currículum, imprimirlo y dárselo a Carlos, quien le dijo que en cuanto se recuperara, podría entrar a trabajar en una de las tiendas Jakob, y eso la emocionó muchísimo. Ahora sólo le quedaba buscar un apartamento o una habitación, terminar de pagar algunas deudas, que ya eran menos, y volver a su vida.

Todo estaba mejorando, se dijo. Luego de haber estado a punto de quedar en la calle, de morir de hambre, o por un apéndice a punto de perforarse, estaba aquí, rodeada de comodidad y de gente que se preocupaba por ella.

Tal vez eran sus padres cuidando de ella desde el más allá.

O tal vez era la vida reivindicándose con ella por todo lo que le habían quitado en el pasado.

Por lo que fuera, ella no podía más que sentirse agradecida, en deuda, inundada de amor por estas personas que, sin tener un vínculo familiar con ella, se estaban portando mejor que aquellos con los que sí. Con humildad, no podía más que pedirle a Dios la oportunidad de algún día devolverles el enorme favor que estaban haciéndole.

...8...

Fabián llegó a la casa de los Soler y vio a Silvia y a Sophie caminar por el jardín. Iban tomadas del brazo y parecían charlar contentas, y él sonrió al verlas, se detuvo y salió del auto.

Ella lo había visto desde antes e interrumpió su deambular para esperar a que se acercara.

—Parece que te recuperas rápidamente —comentó él con una sonrisa y deteniéndose a unos pasos.

Sophie otra vez sintió esa emoción bullirle en el pecho, era tan bonita la sensación, tan vibrante dentro de ella... y casi al tiempo, vino a ella el ineludible pensamiento de que debía hacer las cosas bien con él si no quería lastimarlo. Él no se merecía que le mintieran y le engañaran, por el contrario, merecía que todos a su alrededor obraran con transparencia, pues había comprobado ya que este era un hombre bueno, hecho y derecho, con más pantalones que muchos que había conocido a lo largo de su vida. Pero diablos, ¡costaba tanto decir algo que borraría esa sonrisa y esa mirada de ese hermoso rostro!

—Sí. Pero es porque me están cuidando muy bien —contestó ella a su comentario, y Silvia se echó a reír.

—No puede decir lo contrario, de todos modos —dijo.

—No, es verdad —le contradijo Sophie—. No dejo de pensar que esto es un sueño, y ustedes son como hadas madrinas que enviaron a cuidar de mí. Tengo mucho que agradecerle a cada uno de ustedes—.

Fabián le volvió a sonreír.

—Te dejo con él —dijo Silvia de repente, soltándola y encaminándose al interior de la casa—. Tengo unas cosas que hacer por internet, así que, cuídala, Fabián.

—Claro que sí —contestó él tomando a Sophie del brazo, tal como antes había hecho Silvia. Sophie le sonrió, y bajó la mirada hacia el suelo. Diablos, no era justo. Le gustaba estar aquí, y como todos los deliciosos placeres del mundo, este estaba prohibido.

—El día está perfecto —comentó él mirando al cielo y echando a andar, y pronto establecieron un ritmo; él se ajustaba a sus pasos para que ella no tuviera que ir muy rápido—, luego de unos días tan fríos y lluviosos, el sol se dignó a salir —ella lo miró con una sonrisa boba. Si es que, hasta hablando del clima, ella se emocionaba.

—Sí —contestó—. Parece una primavera.

—Tú sí que has experimentado varias primaveras completas —

sonrió él—. En Londres.
—Algunos dicen que está sobrevalorada —rio ella—. Para la mayoría, sólo es la época de las alergias y las molestas abejas que se meten a tu taza de té—. Él sonrió mirándola, pero en el rostro de ella había una sonrisa más bien melancólica.
—¿Estás recordando a tus papás?
—¿Cómo lo has sabido? —él entrecerró sus ojos.
—Soy psíquico.
—Sí, maravilloso. Ahora adivinarás todos mis pensamientos.
—Soy un psíquico muy bueno —siguió el con la misma mirada—, y ahora deseas besarme —ella ahogó una risa, y mientras se sonrojaba, recordó el primer beso. Tonto. Con hablar del beso, él había provocado que lo deseara. Pero el pensamiento volvió a agriarse.
—¿Te molestó que lo mencionara? —le preguntó él, y ella agitó su cabeza negando.
—No. Claro que no.
—Pero, algo te preocupa —Sophie sonrió.
—Sí. Un poco.
—Qué. Puedes contarme, tal vez pueda ayudarte.
—Ojalá fuera así, pero lo dudo mucho. Yo... —se detuvo y lo miró frente a frente— tengo algo que decirte—. Él guardó silencio, esperando que ella hablara. La vio hacer una mueca y cerrar sus ojos—. La otra vez, en la habitación...
—Ay —la detuvo él—. Te vas a arrepentir de haberme besado.
—Fabián...
—Sé lo que sentiste, así que, si me vas a decir que no te gusto, o que...
—No podemos ser nada más que amigos, Fabián —él la miró serio, y Sophie cerró sus ojos sintiendo que le dolía el alma—. Lo siento.
—¿Ya tienes novio? —ella arrugó su frente y negó otra vez—. ¿Estás comprometida? ¿Alguien tiene amenazado a un familiar en caso de que entres a una relación?
—Estoy casada —lo detuvo ella abruptamente. Fabián quedó lívido en su lugar. Ella lo sintió distanciarse de inmediato a pesar de que seguía viéndolo frente a ella, irse a kilómetros, y los ojos empezaron a picarle por las lágrimas—. Lo siento. Te lo hubiera dicho en cuanto te conocí... tal vez debí hacerlo, o ponerme un letrero...
—O llevar un anillo —la acusó él, y ella se tocó el dedo anular,

tan desnudo.

—Tuve que venderlo —explicó ella—. Vendí todo lo de valor, y aunque ese no valía mucho... tuve que aprovechar el dinero—. Fabián le soltó el brazo y caminó varios pasos hacia atrás, alejándose de ella—. Sé que debí decírtelo, pero... —el silencio de él era cruel, pensó ella. Le estaba doliendo mucho esta distancia, su actitud... pero no podía esperar menos.

Anoche había decidido contarle la verdad. En los últimos cuatro días, desde que lo conociera, se había estado mintiendo y diciéndose que tenía derecho a ver el rostro hermoso de un hombre y suspirar con él. No era así, y aunque sus circunstancias no eran como la de cualquier mujer casada, debía pensar en él, en lo traicionado, en lo engañado y embaucado que se sentiría si lo descubría por su cuenta.

Debía ser ella quien le dijera la verdad antes de que esto se volviera serio, antes de que avanzara, porque esta amistad naciente tenía todas las características para volverse algo más, algo mucho más fuerte y extraordinario.

Pero se sentía como aplastar una pequeña flor que apenas estaba germinando.

Una lágrima rodó por sus mejillas, y miró en dirección a la casa pensando en volver allí. Al parecer, él había dado por terminada esta conversación, pues no decía nada, y ni siquiera la miraba ya.

—¿Y dónde está él? —preguntó Fabián de repente, y Sophie se volvió a mirarlo.

—No... No lo sé —contestó ella barriendo sus lágrimas con el dorso de su mano.

—¿No lo sabes? —ella tragó saliva negando.

—Hace ocho meses que no lo veo.

—¿Tanto?

—Es... una historia larga.

Fabián tenía la respiración agitada, y un enorme hoyo oscuro se había abierto en su pecho, tragándose todos los bonitos pensamientos que antes había tenido. Quería gritarla, reclamarle, pero, ¿debía? Sólo hacía unos días que la había visto por primera vez, y había pensado que ella había sentido lo mismo que él. Pero no, resultaba que ella estaba casada.

Esta era una jugada muy cruel del destino, pensó mordiéndose los labios. Sólo esto le faltaba; la vez pasada había sido una mujer que lo había usado para darle celos a su novio, que se estaba tardando en comprometerse, y ahora, una mujer casada.

Tu Deseo

¿Por qué, Sophie?, quiso preguntar. ¿Por qué tú? Parecías perfecta desde afuera, parecías la indicada. Entonces, ¿lo que sentí es sólo producto de mi propio anhelo? ¿Es mentira lo del destino? Pero no podía acusarla a ella de nada, más que de haber correspondido a su beso esa vez. Ella había sido distante en la cena de navidad, evasiva cuando la invitó a salir, y luego todo fue supervivencia: lo había necesitado en la enfermedad, y eso no se lo podía reprochar.

Pero fuera como fuera, estaba casada. Contra eso no podía.

—Entonces...

—Lo siento, Fabián —volvió a decirle ella con voz trémula—. Debí decírtelo antes. Y no debí besarte, pero... —agitó su cabeza negando—. Lo siento. Mi intención no fue hacerte daño—. Fabián endureció su expresión. Por alguna razón, las mujeres a las que se acercaba, siempre terminaban diciéndole lo mismo, y él, de todos modos, salía lastimado.

Asintió, como había hecho antes también, fingiendo que lo aceptaba, que no importaba, pero no era así, la verdad es que estaba hastiado de esto, y ésta había sido la gota que colmara el vaso, porque había presentido que de ella podía enamorarse, fuerte y profundamente... había estado en el borde del abismo, a punto de lanzarse, de entregar su corazón...

—No te preocupes. No fue nada, de todos modos—. Los labios de ella temblaban, y las lágrimas no dejaban de salir por sus ojos—. Me voy, entonces...

—Fabián...

—Como te dije esa vez... fue un placer conocerte—. Él dio la vuelta, y Sophie estuvo a punto de llamarlo, de pedirle otra vez que la perdonara, que le dejara contarle todo. Pero, ¿qué derecho tenía ella de hacerle entender?

Sin embargo, sentía que se estaba muriendo; el dolor de la apendicitis parecía soportable frente a esto, pues, en esta ocasión, ella era quien le estaba haciendo daño a una persona que no lo merecía. Alguien bueno, alguien que había sido como un ángel para ella.

No pudo más, y volvió a llamarlo, incluso corrió unos pasos a él, pero su costado le dolió en protesta.

Él se giró antes de entrar a su auto, y la mirada de él la detuvo allí en su sitio.

—Lo siento —dijo ella. Las lágrimas seguían corriendo libres por sus mejillas—. Debí hablar contigo antes, pero no encontraba el momento para decírtelo.

—Entiendo.

—De verdad, Fabián...

—Lo entiendo, Sophie... Te presioné para que salieras conmigo, y luego te besé porque pensé que querías ser besada, pero...

—Sí, quería, pero fue un arrebato. Ahora sabes que no podemos... ser más que amigos—. Fabián asintió apretando sus dientes, y abrió la puerta del auto para entrar al fin.

—Claro.

—Si fuera una mujer libre...

—Pero no lo eres.

—No... No lo soy.

—Es una lástima, ¿verdad? —dijo él con sorna, y Sophie quiso gritar por el dolor que estaba sintiendo dentro de su ser—. Tengo... cosas que hacer—. Ella asintió como si aquella fuera una conversación normal, como si los ojos de ella no estuvieran anegados en lágrimas, y el corazón de él roto—. Nos estaremos... viendo, Sophie —ella sintió cómo algo se desgarraba dentro de su corazón. ¿Cómo era posible que, luego de llevar sólo unos pocos días de conocerlo, la separación le estuviera doliendo tanto?

Separación. En cierta manera, ella se había unido a él.

Pero no podían estar juntos. Un papel los separaba.

Él encendió el auto y maniobró para salir del lobby car de la enorme casa Soler, y Sophie lo vio perderse en el camino. Puso una mano en el centro de su pecho, sintiendo el fuerte dolor paralizarla... pero era un dolor emocional, le estaba doliendo el alma.

Qué fuerza tan poderosa es esta, reconoció. Quiere pasar por encima de la realidad e imponerse. Quiere echar todo por la borda, acabar con todas las amenazas y sobrevivir.

Cuando ya pasó más o menos un minuto desde que se fue, ella ya tenía los nudillos de sus dedos blancos por la fuerza que estaba usando al empuñar su mano, y al fin, dejó salir un quejido del fondo de su corazón. Todo el dolor que había contenido salió por fin, y doblándose en el piso, empezó a llorar.

Ana, desde una de las ventanas de la casa, la vio y prácticamente corrió para preguntarle qué le sucedía. No había visto a Fabián irse, ni que habían estado hablando. Cuando estuvo a su lado, y creyendo que tal vez algo le había pasado, presionó preguntándole qué le dolía.

—Me duele el alma, Ana —le contestó ella al fin—. Me duele Fabián.

—¿Qué pasó? —le preguntó Ana a Sophie mientras le quitaba los

Tu Deseo

cabellos de su frente. Ella estaba recostada en su cama, mirando hacia la ventana con ojos inexpresivos. Había insistido en preguntarle qué había pasado, pero hasta ahora, ella sólo había sido capaz de llorar y llorar, así que la había llevado de vuelta a su habitación esperando a que se calmara. Ella ahora estaba en silencio, y sólo se escuchaban suspiros entrecortados—. ¿Te peleaste con Fabián?

—Fabián no tiene la culpa de nada —dijo Sophie con voz gangosa—. Soy yo. Le hice mucho daño, Ana.

—¿Por qué lo dices?

—Hoy... tuve que decirle que... estoy casada—. Ana detuvo la mano con que le había estado acariciando el cabello.

—¿Qué?

—Ni siquiera a ti te lo conté. ¿Ves? —Sophie se puso en pie, y caminó hacia el cuarto de baño, pensando en que no merecía estar más en esta casa. Debía irse. Les había mentido a todos y hecho daño a uno de sus más preciados amigos.

—Espera —la detuvo Ana—. ¿Qué haces? —Sophie la miró pestañeando, como saliendo de un trance. Era verdad que no merecía seguir aquí, pero no tenía a dónde ir, y esa realidad terminó de aplastar la débil determinación de irse, la débil autoconfianza que en estos días había ganado.

—No tengo a dónde ir —susurró.

—Yo no te estoy echando, Sophie.

—Pero engañé a Fabián.

—¿Le dijiste que eras soltera, y luego él descubrió la verdad? —ella meneó la cabeza negando, y volvió sobre sus pasos hasta la cama.

—No. Le dije todo. Le dije que no podemos ser más que amigos porque estoy casada.

—¿De verdad estás casada? —ella frunció el ceño.

—Me casé ante un notario y dos testigos.

—¿Con quién te casaste?

—Se llama Alfonso Díaz.

—¿Y dónde está? —ella se rascó la frente, sintiendo que le palpitaba la cabeza.

—Desapareció.

—¿Está muerto?

—No. Sólo... se fue.

—Sophie... A mí todo esto me parece muy raro. Te encontramos en una situación deplorable, sola, ¿y ahora nos dices que estás casada? A mí me parece que, si eso es verdad, ese maldito no merece seguir siendo tu esposo, si es que lo es.

91

—¿Por qué dudas de que en verdad esté casada?
—¡No lo sé! —exclamó Ana—. Realmente no lo sé. Pero no... no es coherente. No corresponde con el...
—Todos estos últimos meses sólo he deseado nunca haber firmado esos papeles, Ana —dijo Sophie con amargura—. Me he lamentado hasta el ardor por lo estúpida que fui... y fue por eso que no te lo dije, porque me daba más vergüenza que supieras lo idiota que llegué a ser, a que todos se dieran cuenta de que, literalmente, me estaba muriendo de hambre. Y ahora le hice daño a Fabián —se lamentó ella sentándose en la cama con los hombros caídos y llorando otra vez—. ¿Cómo hago, Ana? ¿qué hago para reparar su corazón? Vi cómo se rompía. No quiero, no quiero que esté mal, que sienta que fue tonto, que lo engañaron, ¿qué hago?
—Contarle todo.
—Pero...
—Si te gusta Fabián... pídele que te escuche.
—No tengo valor. Se necesita mucho descaro, y no tengo el suficiente...
—Si no tienes el valor, entonces no lo mereces —dijo Ana caminando hacia la salida de la habitación—. Estar casada... o en proceso de divorcio... Se ve mal desde afuera, pero quien te juzgue y te deseche sin saber qué realmente te sucedió, no es digno; además que es fácil de reparar, se firman otros papeles y listo. Pero una mujer cobarde y sin pantalones... No, eso no tiene solución—. Ana cerró la puerta tras de sí, y Sophie quedó allí con los ojos como platos al comprender lo que ella le quería decir.

Fabián no estaba bien.
Conducía hacia su apartamento pensando en lo injusta que era la vida, en la mala suerte que tenía, en lo patética que se estaba volviendo su situación. No le gustaba, no le gustaba nada sentirse así. ¿Por qué, si él ya se había resignado a que no encontraría el amor, le volvía a pasar esto?
Ah, pero la sensación que tuvo cuando la conoció... ¿fue un engaño de sus tripas?
Había creído que era real, que esta vez era la buena, la vencida.
Suspiró y pisó el acelerador, aunque no tenía a dónde ir. Se había tomado el día libre porque pensaba pasarlo en casa de Ana con Sophie. Era treinta de diciembre, y él y Juan José se habían tomado unas mini vacaciones de fin de año, y cuando antes él había sido de los que prefería quedarse trabajando, pues no tenía nada más que

hacer, en esta ocasión había estado alegremente de acuerdo por la pausa en el trabajo. Tal vez debía ir allí y seguir trazando líneas.

Su teléfono timbró. Miró en la pantalla y vio que era Ana. No, no quería hablar con ella. En cierta forma, estaba en esta situación por su culpa. Se detuvo en un semáforo y miró frente a sí. Era verdad que estos días no había dejado de pensar en ella, y no sólo porque estaba encandilado con su belleza; desnutrición crónica, anemia, ni un centavo para llamar o comer, eso también había estado dando vueltas en su cabeza. No había dejado de pensar en ese asunto, y en su mente había elucubrado un montón de teorías al respecto, empezando por algún fraude del que había sido víctima, o algún tipo de acoso.

Ella había estado incluso al borde de la muerte, pero no debió ser así, porque un certificado decía que alguien había jurado estar con ella en la salud y en la enfermedad, en las buenas y en las malas. ¿Dónde estaba ese marido? ¿Dónde había estado cuando ella más lo había necesitado? ¿Qué había sido de él?

No había cumplido sus votos, eso era claro.

El semáforo pasó a verde, y Fabián puso de nuevo el auto en marcha. Tuvo que recordar que también ella había jurado estar para siempre con otro hombre, y también había jurado amarlo. El matrimonio no era cualquier cosa. Él, a pesar de que su abuelo era católico a morir, no se consideraba demasiado religioso, pero había principios de vida que le eran inmutables, y uno de esos era el matrimonio. Según él, éste era para toda la vida.

Por eso le estaba costando un poquito asimilar que Sophie le hubiese jurado sus votos a otro primero, y que hubiese tenido que enterarse cuando él ya estaba considerando intentar algo con ella.

Cuando entró a su edificio de apartamentos, su teléfono volvió a timbrar. Otra vez Ana. Esta vez, sí contestó.

—¿Estás bien? —le preguntó ella, y él hizo una mueca, feliz de que ella no pudiera verlo.

—Sí. Estoy bien.

—No. Estás fatal. Hablé con Sophie, Fabián...

—Ana, Ana... —la detuvo él con voz cortante—. Dime una cosa, por favor. Dime una sola cosa —él se desvió de los ascensores y empezó a subir las escaleras—. Dime por qué rayos quisiste juntarme con ella. ¿Sabías algo de esto?

—Claro que no lo sabía.

—Dime entonces qué te motivó a enviarme a su casa, a que nos

conociéramos. Hiciste de celestina entre los dos y mira los resultados. Creo que, por lo menos, merezco saber las razones por las que hiciste esto—. Ana suspiró.
—Soñé con ella —contestó al fin.
—Me lo imaginé —masculló él—. ¿Y qué viste en ese sueño?
—Te vi con ella. Tú jugueteabas con ella, reían, se abrazaban, se besaban... Todo parecía ir perfecto entre los dos.
—¿Sólo viste eso, y sentiste el impulso de juntarnos?
—Sí. La verdad, sí.
—Pues no resultó, Ana. Ella está casada.
—Eso me dijo —él se detuvo con un pie en cada escalón.
—¿Y? ¿Sólo eso vas a decir?
—Existe el divorcio —Fabián se echó a reír con sarcasmo.
—¿Sólo para que se cumpla tu sueño, Ana?
—No. Mi sueño se cumplirá quiera o no, ¿lo olvidas? Haga lo que haga, se cumplirá. Por eso creo que algo no está bien con eso de que Sophie está casada. Para eso te llamo, para que me contactes con los mejores abogados que conozcas...
—No quiero meterme en eso.
—¿Ella te contó su historia? ¿De por qué se casó, y cómo es que está sola?
—No, pero...
—Entonces, ¿vas a dejarla ir porque un papel dice que está unida a un maldito que no cuida de ella? ¿O no recuerdas que estuvo a punto de morir, pero ese personaje ni siquiera se enteró?
—¡Ella lo eligió a él! —exclamó Fabián—. Por encima de todos los demás hombres en el mundo, lo eligió, Ana—. Ana se quedó en silencio, incapaz de refutarle esa verdad.
—Bien, afortunadamente, yo no me enamoré de ella, y eso no me impide ayudarla.
—Yo no...
—Nos vemos en la fiesta de fin de año, si es que vienes—. Ana cortó la llamada, y Fabián se quedó mirando el teléfono con el ceño fruncido.
¿Era verdad? ¿Estaba siendo demasiado subjetivo en esto?
Cerró sus ojos y siguió subiendo las escaleras apoyándose en el pasamanos. Necesitaba enfriar su cabeza.

Ana pasó frente a la puerta del despacho de su marido y escuchó voces dentro. Carlos había estado ocupado, pues se había traído trabajo a casa; fin de mes era algo pesado para sus negocios, y fin de

año, peor.
La puerta estaba entreabierta y se decidió a entrar, encontrando a Sophie sentada en uno de los muebles y a Carlos de pie a unos metros. Cuando entró, él le extendió una mano invitándola a entrar. Sophie se mordió los labios al verla.

—Estoy aquí abusando un poco más de la confianza y la ayuda que me han brindado hasta ahora —dijo ella mirando cómo Ana se encaminaba hacia su marido. Los había estudiado en los días que llevaba aquí, y cada vez le recordaban más a su papá y a su mamá; así era como un matrimonio de verdad debía ser, pensaba; siempre unidos, siempre cerca, incapaces de soportar la distancia y la lejanía— Necesito un abogado.

—Le estaba preguntando a Sophie si acaso está en un lío legal —comentó Carlos pasando su brazo por los hombros de su mujer—, y en ese momento llegaste.

—No sé si pueda llamarlo un lío legal —contestó Sophie—, se trata, más bien, de un divorcio—. Carlos elevó sus cejas y Ana lo miró apretando sus labios preguntándose si él querría ayudarla.

Ya había pensado en acudir a él, pero decidió primero hablar con Fabián. Después de todo, no le correspondía a ella estar contándole a los demás su situación. Afortunadamente, ella misma lo había hecho.

Ana caminó hasta el sofá en el que estaba Sophie y se sentó a su lado.

—Te ayudaremos —dijo, y miró a Carlos como pidiéndole que se pusiera de su lado, él encogió un hombro.

—Tengo un par de amigos que te pueden ayudar, pero estamos a fin de año, y uno de ellos está fuera del país y el otro no te aceptará una cita de trabajo sino hasta después del seis de enero.

—Entiendo.

—De todos modos —insistió Ana—, no se pierde nada con contactarlos.

—Claro que no—. Eso era diciendo y haciendo, se dio cuenta Sophie, pues Carlos de inmediato tomó su teléfono y habló con alguien comentándole que le tenía un caso interesante. Miró a Ana un poco admirada y ella le sonrió. Eran ángeles, pensó Sophie. Definitivamente no podían ser humanos ordinarios.

...9...

El treinta y uno de diciembre de dos mil trece, toda la familia volvió a reunirse en casa de los Soler. Juan José había protestado porque las dos fiestas se habían celebrado allí ese año, y prometió que el año que seguía lo celebrarían en la suya como venganza.

—O en la mía —dijo Mateo meneando su bebida en su vaso, bien apoltronado en un sillón—. Me compraré una casa más grande que esta, ya verás, porque pienso tener cuatro hijos más.

—¿Con quién? —le preguntó Eloísa girándose a mirarlo espantada, y él se acercó a ella estirando sus labios señalándola—. Sólo pienso tener uno más, para que lo vayas sabiendo —le advirtió ella, pero lo dijo sonriendo, así que sonó sin mucha convicción.

Esta noche no habría una cena como en navidad. Los hombres de la familia habían organizado una parrillada en el jardín, y algunos estaban afuera alrededor del calor, y otros al interior de la casa disfrutando de los bocadillos que se habían dispuesto a lo largo de una mesa. La música estaba alta, había invitados amigos de Paula, Silvia y Sebastián. Algunos bailaban, y otros más preparaban fuegos artificiales en el jardín. Alex lloraba porque no le dejaban tener una chispita, y Ángela intentaba consolarlo alzándolo en sus brazos a la vez que le explicaba que eso quemaba y dolía.

Sophie sonreía por la algarabía. Habían invitado a su tía Martha y ella había venido contentísima, diciendo lo mucho que presumiría después por haber pasado fin de año en una casa de ricos.

Se dio cuenta de que, además de los que ya estaban invitados, muchas personas entraban y salían. Llegaban, les daban su saludo de año nuevo y volvían a irse. Dejaban una bandeja de comida y se llevaban otra. Entre tanto llevar y traer, algunos se habían ido con bandejas que ya antes otros habían traído. Sophie veía la cantidad de comida recordando las veces que abrió la nevera de Andrea, su prima, esperando que se hubiese producido un milagro en su interior, pero nunca fue así, y sólo una jarra de agua la esperaba dentro. La abundancia de la que podía disfrutar ahora era casi ofensiva.

Vio que Fabián se acercaba a una de las bandejas, pinchaba algo de comer y se iba sin mirarla.

Estaba tan guapo, suspiró. Como todos, vestía informal, y su atuendo constaba de una chaqueta de lana verde muy oscuro, suéter gris, una camisa de cuadros debajo, y pantalones jeans. También llevaba un gorro de lana que le cubría todo el cabello, y ella simplemente lo encontraba divino.

No le había hablado en toda la noche. No lo había vuelto a ver desde ayer que le había confesado la verdad, y al parecer hoy tendría que limitarse a mirarlo de lejos. Diablos, nunca imaginó que una persona que apenas conocía, le fuera a doler tanto cuando se alejara.

—¿Quieres ir conmigo a la casa de una amiga para darle el feliz año nuevo? —le preguntó Judith a Sophie, y ella la miró un tanto confundida.

—Bueno... sí, está bien.

—Esperemos que el reloj marque las doce —le sonrió Judith—. Cuando todos estos tortolitos dejen de besarse y todo eso, tú y yo nos subiremos a un auto e iremos a la casa de Rebeca.

—¿Rebeca?

—Sí, es el nombre de mi amiga. Es una anciana un poquito amargada, pero la quiero mucho. Seguro que te va a caer bien—. Sophie sonrió.

—Así se llamaba mi abuela —dijo, y Judith la miró fijamente.

—¿Se "llamaba"?

—Me dijeron que murió hace poco. No pude ir a su funeral.

—No entiendo. ¿No tenías mucha relación con tu abuela? ¿Cómo es que muere y no vas a su funeral? —Sophie hizo una mueca.

—Como usted dice, no tenía buena relación con ella. O ella no tenía buena relación conmigo. Me odiaba.

—¿A ti? —preguntó Judith casi con sorpresa— ¿Por qué?

—Porque soy el fruto de la desobediencia de su hijo. Ella no quería que él se casara con mi mamá, y nunca más lo volvió a ver desde que se casaron, imagínese. Murió y no pude decirle que es una vieja de lo más egoísta.

—¿Quién te dijo que murió?

—Bueno...

—Dios... esto es demasiado —sonrió Judith meneando su cabeza cuando ella no contestó. Sophie la miró un tanto preocupada.

—¿Pasa algo?

—No, no, no... — ¿estarías dispuesta a hacerte una prueba de ADN?, quiso preguntarle, pero no era apropiado, debía hacer las cosas bien. Y tampoco quería provocarle un infarto a la pobre Rebeca. Cada vez que hablaba con esta niña y le sacaba un poco más de información acerca de su familia, se hallaba más segura de que esta era la nieta de Rebeca Alvarado. Pero entonces había un enorme complot detrás de todo este engaño, gente poderosa que había conseguido muy bien mantener a alguien como Rebeca alejada de su

nieta, y a esta pobre niña, casi en la miseria.
Se mordió los labios preguntándose qué debía hacer.

—Estás muy serio hoy —dijo Mateo pinchando un trozo grande y jugoso de carne y sacándolo de la parrilla para llevarlo a una bandeja que de inmediato sería llevado al interior de la casa. Fabián ensartaba papas y cebollas en un pincho y los acomodaba en la pequeña mesa que estaba al lado de la barbacoa.

—Estoy bien.

—¿Tiene algo que ver con tu cara larga la chica rubia? —Fabián lo miró de reojo.

—¿Qué pasa con la chica rubia?

—No ha dejado de mirarte en toooda la noche —Fabián sonrió de medio lado—. ¿Te estás haciendo de rogar un poquito? —insistió Mateo—, ¿Como las princesas?

—No seas tonto—. Mateo se encogió de hombros y se ocupó de poner otra pieza de carne al fuego.

Por casi un minuto se estuvieron allí en silencio, ocupados en su trabajo.

—Si te gusta, haz algo —siguió Mateo, y Fabián suspiró. Ni por un segundo había pensado que su amigo dejaría de lado el tema—. O ¿mi hermana te dejó con traumas?

—Estás loco.

—¡Estás traumatizado con las mujeres! —se burló Mateo señalándolo con el trinche de la carne.

—Idiota —masculló Fabián, y se alejó de él.

Entró a la casa y vio a Sophie charlar en uno de los muebles con las hermanas de Ana y su tía. Ella sonreía con ellas, y rechazaba las bebidas con alcohol que los demás le ofrecían, y bastante seguido se giraba para buscarlo con la mirada, y cuando lo hallaba, su sonrisa se borraba e intentaba seguir el hilo de la conversación en la que estaba.

Fabián suspiró comprendiendo lo que estaba pasando, lo que les estaba pasando. Ella se había visto atrapada en esta situación, y él traía a cuestas miedos que no sabía que tenía. Tal vez el tonto de Mateo tenía razón, y estaba desarrollando un miedo o un trauma hacia las mujeres.

Pero ella estaba casada, se recordó.

Y había una historia detrás de eso, seguramente. Y como a pesar de saberla de otro no había evitado que siguiera pensando en ella, tendría que pedirle que por favor le contara su versión. Si ella aún amaba a su esposo, o tenía la esperanza de que volviera, él tendría que hacerse a un lado con dignidad.

Y si no...

Si Sophie le decía que aquello se había acabado, y que sólo quedaba tramitar el divorcio, esperaría. Sabía que ella lo valía, y merecía un nuevo comienzo.

—¡Cinco minutos para las doce! —exclamó Juan José—. ¿Dónde está mi mujer? ¡Tendré mala suerte todo el año si no le doy un beso cuando suenen las doce campanadas! —Sophie se echó a reír, y, sintiendo que alguien la miraba, vio otra vez a Fabián.

Todos entraron en la casa, charlando entre risas y abrazándose unos a otros.

Cuando se hicieron las doce en punto, las parejas se besaron, los amigos se abrazaron y en general, todos se desearon unos a otros un feliz año nuevo, mucha felicidad, cambios positivos y alegría. Todos la abrazaron a ella, conocidos o desconocidos, y ella abrazó a todos. Cuando se hizo demasiado evidente que Fabián no la abrazaría, Sophie sintió deseos de llorar, pero entonces él se encaminó a ella.

—Dijiste que sólo podemos ser amigos —le susurró él al oído cuando la abrazó, rodeándola con sus brazos tan tiernamente como lo había hecho ya una vez, y el corazón de Sophie volvió a latir con fuerza—. ¿Era verdad? —Ella cerró sus ojos, y como no contestó, él se alejó un poco para mirarla a la cara.

—Yo quisiera... Pero es todo lo que podemos ser por ahora —se interrumpió—. Si estás dispuesto...

—Será horrible ser tu amigo; la verdad, es que no creo que pueda, por mucho que lo intente —ella se lo quedó mirando muy dolida, pero él se echó a reír—. No he dejado de pensar en ti —siguió—. Quiero ser tu amante —ante tal declaración, Sophie quedó boquiabierta. Lo miró de hito en hito tratando de esclarecer si esto era en serio o sólo una broma, y no, no pudo saberlo.

—Pe... pero... —sin más, él se acercó y le besó los labios.

—Tendré mala suerte todo el año si no te beso —dijo, y luego se alejó, dejándola completamente desconcertada, sin saber qué hacer, a dónde ir, o qué pensar.

La tía Martha durmió con ella en su cama. Toda la casa estaba hasta arriba de gente, y algunos habían dormido en los muebles de la sala, o hasta en los tapetes, abrigados con una manta simplemente.

Hacia la madrugada, Judith le había dicho que ya no podrían ir a ver a su amiga, pues de su casa ya habían venido dos personas a saludarlos, por lo que ya no correspondía ir a la suya. Habían llegado una mujer y un chico rubio, que en cuanto la vio, le empezó a decir lo guapa que era. Fabián había llegado y se lo había llevado de la oreja, así tal cual, y el muchacho, que debía tener más de veinte años, no se atrevió a darle pelea a un hombre grande como él y simplemente se sentó al lado de Paula para decirle lo guapa que era ella.

No había vuelto a hablar con Fabián, pero sí que habían intercambiado miradas durante la madrugada. Hacia las cuatro, ella se había sentido muy cansada, y decidió irse a dormir. Ya buscaría el momento para preguntarle qué exactamente había querido decir con eso de ser su amante.

Se sentó en su cama y miró a su lado a su tía dormir con una sonrisa pintada en el rostro. La tía Martha lo había pasado muy bien anoche; había bailado, comido los más exquisitos bocadillos, dado consejos a las mamás y futuras mamás de la familia, y también había caído rendida en la cama. Se alegraba de haber podido compartir esta fecha con ella, hacía tiempo que no era así.

Salió de la habitación luego de ducharse y vestirse. Eran aún las diez de la mañana, y todavía había gente dormida en los sofás. Cuando vio el cabello castaño rojizo de Fabián asomar por debajo de una de las cobijas en el sofá, se acercó con una sonrisa. Sentándose en el borde del sofá, retiró la cobija con cuidado encontrándolo profundamente dormido, con el ceño más o menos fruncido y los labios entreabiertos. Con una sonrisa, se acercó a él y le besó la nariz.

—Hermoso —dijo alguien tras ella, y, sorprendida, Sophie se giró. Era el mismo chico rubio de anoche. Tenía los ojos inyectados en sangre, el cabello parado en todas direcciones, y sostenía su teléfono como si le estuviera haciendo un video—. Una escena digna de una obra de Shakespeare. ¿Por qué no lo dejaste entrar a tu habitación anoche? —Ella se acomodó su pequeño cárdigan por encima de su pecho sintiéndose de repente expuesta y lo miró elevando el mentón.

—No seas metiche —el chico sonrió y guardó su celular.

—Las mujeres se hacen las muy santas, las de rogar, pero al final quieren lo mismo que los hombres.

—Aprecio tu sabiduría producto del alcohol y el trasnocho, pero no me importa lo que pienses.

—¿Con quién peleas? —dijo la voz adormilada de Fabián, que se incorporó y la miró con una sonrisa, pues ella estaba sentada muy cerca de él, olía rico y definitivamente la piel de su cuello estaba demasiado cerca. Ella lo miró embobada. Recién levantado, despeinado y con la mirada desenfocada también estaba lindo.

—Tengo un video de ella besándote mientras duermes —dijo el rubio—. ¿Qué me das a cambio?
—¿Cuánto pides? —le preguntó Fabián, y Sophie dejó salir el aire en un gruñido mirándolo casi indignada. El chico hizo una mueca pensándoselo.
—Déjame dormir en tu casa esta noche.
—Hecho. Pero dormirás en el sofá.
—No me importa. Te estoy enviando el video—. Sophie vio a Fabián buscar su teléfono sonriendo como tonto, y azorada, intentó quitárselo.
—¡No lo veas!
—Qué. ¿Me vas a quitar el derecho a ver mi beso de buenos días?
—No quiero que lo veas. ¡Por favor! —Fabián se giró hasta quedar boca abajo, y vio en la pantalla de su teléfono cómo ella se acercaba a él, se sentaba allí donde la había encontrado y se inclinaba para besarlo.
—Oh, ¡espectacular!
—¿Cierto que sí?
—¡Fabián! —protestó ella, pero él sólo se echó a reír.
—¿Les apetece un café? —preguntó Leti llegando a la sala; Fabián aprovechó la distracción y se escapó del sofá, mirando aún la pantalla de su teléfono con una sonrisa.
—Yo quiero —dijo el chico—. Fuerte, Leti, por favor—. Sophie le echó malos ojos.
—¿A qué te dedicas, a fastidiar a la gente?
—Mi nombre es Fernando —sonrió—, un placer conocerte. Y sí, de eso me acusa mi madre —añadió encogiéndose de hombros.

Para fastidio de Sophie, Fernando se estuvo en la casa casi todo el día. Tía Martha ya se había ido, lo mismo que Fabián, que se fue luego de desayunar, prometiendo venir más tarde para hablar largo y tendido con ella. Sophie simplemente había aceptado sin chistar. Quería contarle que empezaría pronto los trámites del divorcio, y también, quería preguntarle si estaba bromeando cuando habló de ser amantes.

Ella no tenía la suficiente sofisticación como para tener un amante. No era tan mundana, seguro que no soportaría la presión. Aunque su tía Martha le había dicho que el mundo podía joderse, ella sabría que las cosas no estarían bien así. Tal como había pensado una vez, sentía que Fabián merecía las cosas al derecho, a lo legal. Bien.

Ana había anunciado que se irían a Girardot unos días. Al parecer, la familia tenía allí una casa finca, y según las palabras de Paula, tenía piscina, además de un río y arroyos cerca. Sophie estaba invitada, por supuesto, y ella, con una sonrisa casi avergonzada, se preguntó cuánto tiempo estaría abusando de la hospitalidad de estas buenas personas.

Tal vez para ellos no se notaba mucho que era una boca más, pensó con un suspiro.

Fabián llegó a las seis de la tarde, recién duchado y afeitado. Olía a loción cara y a hombre, y Sophie pensó que no importaba la sofisticación, ella se sentía demasiado atraía por él.

—¿Salimos? —le propuso él cuando la saludó.

—A... ¿A dónde? —Fabián se encogió de hombros.

—A comer por ahí—. Estuvo a punto de recordarle que era primero de enero, y que dudaba que hubiese sitios abiertos, pero sólo sonrió y asintió.

—Déjame ir por mi abrigo.

Estuvieron deambulando por la ciudad. Comieron en un sitio de comidas rápidas y luego volvieron al auto, a seguir paseando por las calles.

Otra vez era la magia, pensó Sophie. Con él era muy fácil hablar, reír de tonterías, y parecían tener muchas cosas en común, como su gusto por la mostaza en los perritos calientes, o la fascinación por las tardes de lluvia.

Fabián se detuvo en un mirador, y saliendo del auto, se detuvieron el uno al lado del otro contemplando las luces de la ciudad. Ella se arrebujaba en su abrigo, y Fabián se desenredó la bufanda que tenía alrededor del cuello para ponérsela a ella. Sophie sonrió agradeciéndole, y secretamente, empezó a aspirar el aroma de él en la prenda, su calor, su perfume.

La noche estaba tranquila, otras parejas miraban la ciudad, pero sus voces o risas no se escuchaban mucho, y ella se sentía envuelta en un misterioso halo de tranquilidad.

Estaba segura de que no olvidaría este momento en mucho rato.

—Tuve una perrita, ¿sabes? —comentó ella con una sonrisa que a él se le antojó triste—. Un pug. Era negrita, y muy juguetona—. Él se giró un poco para mirarla.

—¿Qué le pasó? —le preguntó, y ella hizo una mueca.

—Cuando mi situación económica se agravó, tuve que darla en adopción.

—Qué triste.

Tu Deseo

—Sé que está bien. Quien la tiene la cuida bien.
—¿La quieres de vuelta? —Sophie dejó salir una risa triste.
—Aún no puedo cuidar de ella. Dios, aún no puedo cuidar de mí misma como se debe. Estoy en manos de Ana y su familia. Se lo agradezco mucho, de verdad que le agradezco todo lo que está haciendo por mí, pero no es mi estilo depender de otros. Siempre he trabajado y me he sostenido a mí misma. Necesito salir rápido de esta situación—. Él respiró profundo.
—¿Me contarás esa historia? —Ella sonrió arrugando su frente.
—A eso vinimos, ¿no?
—Sí, a eso vinimos—. Ella borró su sonrisa y se miró las manos enguantadas. Fabián señaló una piedra para que se sentaran allí. Puso un pañuelo en el lugar donde ella se sentaría y se estuvieron en silencio por espacio de un minuto. Ella parecía estar controlando sus emociones para empezar su historia, y comprendió que era algo que le afectaba. Sólo pudo darle tiempo para que se sintiera cómoda.

—Iniciaré los trámites del divorcio —empezó a decir ella—. Antes había pensado que en cuanto entrara a trabajar, en cuanto empezara a ganar dinero, contrataría un abogado, pero ya hablé con Carlos y Ana, y ellos están dispuestos a ayudarme también en esto.

—¿Quieres divorciarte? —ella lo miró a los ojos sorprendida por esa pregunta.

—¡Por supuesto que quiero!

—¿Y por qué no lo hiciste antes?

—Fabián, ¡no tenía ni para comer!, mucho menos para contratar un abogado—. Él elevó sus cejas dándole la razón.

—Yo también conozco abogados muy buenos. De hecho...

—No puedo permitir que hagas eso. Este asunto debe correr por mi cuenta, o lo más parecido a eso; y te debo tanto ya...

—Si quieres divorciarte, es que las cosas están muy mal.

—Las cosas estuvieron mal desde el principio —contestó ella cruzándose de brazos y mirando con dientes apretados la ciudad. Pestañeó ahuyentando las lágrimas y respiró profundo.

—Cuéntame —le pidió Fabián—. Y dime por qué, aun estando casada, me has besado de la manera en que lo hiciste—. Eso la hizo sonrojarse un poco y él sonrió; que comprendiera más o menos la situación en la que ella estaba, no significaba que no la iba a puyar de vez en cuando. Ella tomó aire decidiéndose a contarle todo desde el principio.

—Conocí a Alfonso hace más de ocho años—. Sophie dejó perder su mirada en las luces de la ciudad, transportándose, sin poder evitarlo, a aquella época—. Frecuentaba la casa de mi tío, creo que por ese entonces le gustaba un poco Andrea, mi prima.

—La dueña del apartamento donde estabas viviendo —Sophie asintió lentamente.

—Sí, pero ella no le prestó atención; él no cumplía con los requisitos que debe tener un hombre para ella, así que lo rechazó, y él dejó de ir. Recuerdo que por esa época yo estaba por cumplir los dieciocho, y estaba buscando un trabajo para poder irme a vivir sola, así que tratamos muy poco; lo encontraba alguien divertido e inteligente, pero como sólo tenía ojos para Andrea, no pasamos de ser conocidos.

— ¿Te gustaba?

—Bueno, él era varios años mayor que yo, y en una ocasión llegó a decir que era guapa. Pero como te digo, estaba por Andrea, no por mí. Pero tiempo después nos encontramos casualmente, y... bueno, él dijo que se enamoró de mí.

—¿No se enamoró cuando te vio antes? —Sophie sonrió.

—Te dije que en ese entonces le gustaba Andrea.

—Cualquier hombre con dos dedos de frente que la vea a ella y luego a ti, te preferirá a ti.

—No la conoces, ¿cómo puedes decir eso? —Fabián hizo una mueca por su metedura de pata. Afortunadamente ella no lo había notado—. Yo no soy una mujer que salga mucho —siguió ella—, no soy de citas de una noche, ni... la verdad es que no soy demasiado popular entre los hombres —él frunció el ceño como si no le creyera, o no se lo explicara, pero ella siguió—. Siempre he estado más concentrada en mi supervivencia, mi trabajo y mi estudio, que en los amoríos, y él empezó a ser especial, a llamarme, escribirme... Salía con unas cosas que me hacían reír, y era muy tierno... Así que empezamos a salir... Él... era encantador, alegre, y... en cierta forma, supo envolverme. Como dicen ustedes, tenía "labia"; todo un repertorio de palabras bonitas con los que enredar a una incauta. Y yo fui una tonta.

—¿Por qué incauta?

—Porque le creí cada palabra de amor que me dijo, y no eran más que una trampa tendida a mi alrededor en la que caí redondita —susurró ella otra vez con sus ojos cerrados, y Fabián se preguntó si aún le dolía lo que él le había hecho, lo que sería una muestra de que en ella aún había sentimientos por ese hombre, el que había sido su esposo.

Diablos, no podía ser. Se sentía celoso. Tuvo ganas de protestar, de gritar, pero se quedó allí, con todos sus músculos en tensión mientras escuchaba su historia. Los dientes le iban a doler por lo duro que los estaba apretando.

—¿Lo querías? —preguntó. Odió su propia pregunta, pero había salido casi sin poder evitarlo, pues era lo que más lo mortificaba.

Sophie tragó saliva.

—Pensé que sí.

—¿Qué significa eso?

—Que cuando descubrí su traición, me dolió más el sentirme estúpida que el verlo con otra mujer. Me dolió más mi amor propio que el amor que él decía sentir por mí.

—Entonces, no lo querías—. Sophie lo miró a los ojos con mucha seriedad.

—No lo sé. Pero ahora me doy cuenta de que soy capaz de amar aún más, sin reservas—. Él sonrió de manera involuntaria, sintiéndose un poco reivindicado con el mundo. Miró de nuevo hacia la ciudad llenando su pecho de aire.

Ahora sí, pensó; aclarado este punto, estaba dispuesto a escuchar la historia completa.

...10...

—Sobra decir que fui demasiado ingenua —siguió Sophie con su historia, acercando la bufanda que él le había prestado a su nariz, como si fuera la fuente de su tranquilidad—. Él se presentó ante mí como el auténtico príncipe, como el hombre que toda mujer habría elegido para pasar el resto de su vida. Me presentó amigos, incluso mujeres mayores y respetables que decían ser capaces de meter las manos al fuego por él. Hablaban de él como alguien muy serio en sus negocios, como alguien de palabra, y lo felicitaban por haberme encontrado a mí, la mujer de sus sueños—. Fabián la miró un poco confundido y ella sonrió—. Sí, muy raro, ¿verdad?

—Pues... es impresionante. Es evidente que toda esa gente mintió...

—Y es difícil conseguir que tanta gente mienta de esa manera. Y no sólo todos esos desconocidos; me presentó ante toda su familia como la mujer que él más había amado en toda su vida...

—¿Su familia?

—¡Completa! Su mamá, su papá, sus hermanas... Me llevó a conocer una casa que quería comprar para mí y nuestros hijos... ¡¡Incluso llegó a ponerle nombre a los hijos que supuestamente tendríamos!! Me hizo regalos caros, me llamaba constantemente, estaba pendiente de si me dolía la cabeza, los pies, si tenía frío o se me había caído una pestaña... —Ella se volvió para mirarlo, y por la expresión en su rostro, Fabián supo que lo que iba a decirle, le avergonzaba un poco—. Incluso... —titubeó ella—, cuando le dije que no me sentía preparada para tener nuestra primera noche juntos... me dijo que estaba bien, que me tranquilizara; que, si yo así lo deseaba, él me esperaría hasta después del matrimonio.

—Wow —murmuró él entre dientes—. Vaya estrategia se montó.

—Si tu novia te dijera que no se siente preparada...

—Me preguntaría por qué. Y yo no te haría semejante requerimiento si no estuviera completamente seguro de que los dos lo deseamos—. Sophie tragó saliva al escucharlo. Asintió moviendo su cabeza y respiró profundo.

—Ahora lo puedo ver, ahora lo entiendo todo. En ese momento yo... no fui capaz de intuir nada malo. Me abrumaba... toda esa amabilidad, creía que era algo que yo merecía, un príncipe como él. Tú lo ves claro porque... tienes experiencia. Tienes más mundo y sabes lo que hay que esperar... Yo no, Fabián. Él iba a ser mi primer

amor real y correspondido. Yo no sabía de esas... sutilezas en las relaciones.
—Está bien. Y con esa respuesta, te terminó de echar en el bote
—Sophie volvió a sonreír.
—Sí. Terminé pensando que era la mujer más afortunada sobre la tierra, y que sería una auténtica estúpida si lo rechazaba. Además, que parecía un hombre bueno, y pensé que le iba a doler si lo rechazaba, y mis razones no eran lo suficientemente poderosas como para hacerlo, y sólo seguí saliendo con él.
—¿Qué razones?
—Yo... en el fondo, sabía que no estaba enamorada, pero tenía la esperanza de hacerlo en el futuro. Me empeñaba fuertemente en eso.
—Seguías con él por lástima?
—No... por miedo... Te enseñan que los hombres buenos son escasos, y pensé... que había tenido la buena suerte de dar con uno, y me sentía... obligada a valorarlo.
—Tejió toda una red alrededor de ti —comentó él, y ella asintió.
—Una red de mentiras muy bien hecha. Todos en la familia, mis amigas a las que se lo presenté, a todo el que le hablaba de él... sólo me decían: ¡Es tu príncipe! Hombres así ya no hay. ¡Qué afortunada eres, Sophie! ¿Y quién no lo pensaría? Un hombre que te lleva serenata en tu cumpleaños, te pide matrimonio de rodillas delante de todo el mundo, dice que lo que más desea en esta vida es ser dueño de un palacio sólo para ponerlo a tus pies...
—Ah, no tenía un palacio —dijo él con sarcasmo, y Sophie se echó a reír. Luego se quedó en silencio, suspiró y continuó.
—De una u otra manera terminé diciendo que sí, y acepté. Luego, de repente ya él estaba planeando la boda, que se realizó muy sencilla en casa de mis tíos. Y yo, dentro de mí, siempre pensé que habría querido algo más, o mucho más, tal como los cuentos...
—Es decir, te casaste y no te diste cuenta de cómo...
—Sólo me vi arrastrada en un mar de actividad. Todos en la familia parecían estar a favor. Para ese entonces ya mi tía Martha se había separado de mi tío, y mis primas vivían cada una en su casa, pero parecieron mostrarse de acuerdo, incluso felices por mí.
—¿Incluso tu prima Andrea se mostró feliz?
—Ella dijo que se alegraba por él, porque al fin había encontrado a alguien que lo amaba de verdad, o sea, yo. Y llegué a sentirme un poquito vil, porque, ya sabes... Y... me casé y... en las fotografías de la boda él lucía como si hubiese conquistado el mismísimo cielo. Fue después que descubrí que él llevaba otras intenciones—. Fabián tragó

saliva, y ella siguió—: nos casamos en una boda sencilla, un notario vino a casa de mis tíos, tía firmó como mi testigo y un amigo de él como el suyo. Mi vestido ni siquiera fue como los tradicionales, con velo y cola, sólo un vestido blanco... Recuerdo que algunas vecinas me preguntaron si estaba embarazada, por eso de las prisas, y yo, avergonzada, tuve que admitir al menos para mí, que todo había estado demasiado apresurado... Y esa noche, la noche de bodas...
—Sophie se echó a reír y Fabián la miró extrañado—. El resumen es que no hicimos viaje de luna de miel —dijo—. Sólo... nos quedamos en el apartamento y... —Él apretó los dientes y miró a otro lado, notó ella, como odiando que le estuviera contando detalles de su matrimonio.

Claro, pensó ella. Debía ser molesto para él este tipo de detalles, y se apresuró a seguir.

—Yo no sabía, no tenía ni idea de que mis padres, al morir, me habían dejado un fideicomiso que debía cobrar cuando cumpliera veinticinco años —Fabián frunció el ceño. El mismo fideicomiso lo había tenido él, y lo había cobrado a pesar de las tretas de su abuelo para negárselo, y con eso había podido iniciar su negocio en sociedad con Juan José—. Era un fideicomiso grande —sonrió ella de medio lado—. Cincuenta mil euros, y la idea era que lo cobrara cuando fuera lo suficientemente mayor como para administrarlo bien—. Ahora Fabián arrugó su frente. Había imaginado que era mucho más, pero tal vez para alguien con sus posibilidades, aquello era bastante.

Mucho, se corrigió. Y la vio suspirar a la vez que continuaba con su relato.

—Hasta ese momento, no me imaginé que mis padres hubiesen hecho arreglos para mí, para mi bienestar, aunque si hubiesen sabido lo que iba a ser de mí en caso de que ellos murieran, seguro habrían arreglado las cosas de manera diferente. O no sé, eso quiero pensar.

—Los padres hacen lo que creen mejor. A veces se equivocan, pero su intención siempre es buena.

—Sí, lo sé. El caso es que un par de semanas después de la boda, mi tío nos visitó contándonos lo del fideicomiso. Alfonso me preguntó si quería cobrarlo. Yo me emocioné mucho. Pensé que con ese dinero podríamos pagar una buena parte de nuestro apartamento, y entonces él me dijo que no, que debíamos invertirlo bien, en algo que nos reportara ganancias, y me habló de un negocio que hacía tiempo quería iniciar: un restaurante de comidas rápidas —Fabián la miró interrogante.

—¿Era cocinero?

—No, para nada—. Fabián la vio ponerse en pie y dar unos pasos. Él la imitó, sintiéndola tensa, y no la interrumpió más—. Consiguió que le firmara un poder —siguió ella—. Un poder especial con el que cobró mi dinero, luego hizo un préstamo grandísimo usándome como codeudora... y empezamos los trámites para empezar el negocio. Yo no estaba muy segura, pues ni él ni yo teníamos experiencia en eso, pero para que las cosas salieran bien, dejé mi trabajo y me dediqué de lleno a eso, investigando, aprendiendo... pero las cosas cambiaron de repente. Un día simplemente llegué a la casa luego de haber estado cotizando los precios de cocinas y estufas industriales, y no lo encontré en la casa. No llegó esa noche, y a la mañana siguiente, tampoco... Él simplemente desapareció—. Ella rio y lloró al tiempo, Fabián la vio temblar y secarse las lágrimas—. Mi matrimonio sólo duró cuatro semanas, Fabián. Más tardé yo en firmarle ese poder, que él en desaparecer.

—Te robó.

—Y me endeudó.

—Es un maldito canalla.

—Al principio me preocupé mucho —dijo Sophie casi burlándose de sí misma—. Llamé a sus papás, a sus hermanas. Ellos vinieron a mi casa angustiados, y les conté que él no contestaba mis llamadas, que su teléfono aparecía fuera de línea. Él había dejado su ropa, sus cosas, así que pensé que algo muy malo le había sucedido. ¡Incluso llamamos a la policía!

—¿Lo encontraron?

—Ah, claro que lo encontraron. El muy desgraciado... estaba de vacaciones en la playa con otra mujer. U otras mujeres, no lo sé. Me di cuenta de que había utilizado los tiquetes que habían estado destinados para nuestra luna de miel en un viaje con otra mujer. Cuando por fin pude hablar con él, me dijo que no lo molestara, que lo dejara en paz.

—¿Qué?

—Sí, así simplemente. Ni siquiera se disculpó con su madre —dijo ella elevando sus manos al cielo—. Para que entendiéramos que lo estaba pasando muy bien, puso la videollamada, y lo vimos en un jacuzzi, con copas de margaritas tras él, gastándose junto a otra mujer mi dinero. ¡Mi dinero! —Fabián meneó su cabeza negando, sorprendido del descaro de ese hombre—. Fue ahí cuando comprendí que sólo se había casado conmigo para cobrar el fideicomiso.

—Pero, ¿no se enteró de su existencia sino después de casados? ¿No fue tu tío el que les dijo después? —Sophie sonrió con sorna.
—No. Él ya lo sabía desde antes. No sé cómo se enteró, pero urdió todo para cobrar ese dinero. Porque, de otro modo, nada de esto tendría sentido. Si me hubiese querido tan sólo un poco, las cosas no habrían salido así... Me buscó, me enamoró, me hizo mil promesas bonitas... Y yo caí, Dios, me odio tanto por haber caído tan estúpidamente en esa trampa.
—Ya. No te juzgues tan duramente a ti misma.
—Pero es la verdad, Fabián. Yo... ¿te digo la verdad?, es... yo de veras no entiendo cómo puede gustarte esta Sophie —dijo, señalándose a sí misma con sus manos—. Esta Sophie no es la verdadera Sophie. Yo no soy una damisela en apuros que constantemente necesite ser rescatada, yo no soy alguien que si no es ayudada no podrá sobrevivir —la voz de ella se fue elevando poco a poco con cada palabra que decía—. Perdí a mis padres a los dieciséis años y sobreviví a eso. En Londres, ellos tenían amigos de confianza que gustosos se habrían hecho cargo de mí hasta mi mayoría de edad, pero no, el Estado decidió enviarme a Colombia, así que no sólo perdí a mis padres, sino también a mis amigos, mi escuela, la familia que nos habíamos construido allá, el idioma, el país, ¡el continente y la cultura completa! Lloré mucho, no te lo voy a negar. Era una adolescente y me sentía muy sola en este mundo. ¡Pero sobreviví! Apechugué y salí adelante. Llegué siendo una niña a la casa de mi tío, y de inmediato todo fue un infierno, sólo encontré apoyo en tía Martha, una desconocida que no tenía mi sangre, pero que fue la única que me brindó su confianza. ¡Incluso se puso de mi lado cuando mi tío empezó a acosarme!
—¿Qué? —exclamó Fabián espantado.
—¡Sí!, ese monstruo se coló en mi cuarto una noche, y estando yo dormida empezó a tocarme. Me dijo que él era mi tío, de la familia, que no estaba mal lo que hacíamos. ¡Lo que hacíamos! El muy cerdo pretendía crear en mí culpa y complicidad por un acto que era sólo su responsabilidad. ¿Pero qué se creyó, que yo era estúpida? Grité. Grité durísimo. Tía lo escuchó y vino a ver qué pasaba. Y desde entonces durmió conmigo en mi habitación. Él, furioso, dijo que en cuanto yo cumpliera los dieciocho debía dejar la casa, porque él no tenía obligación de darme de comer ni nada más. Que, si me tenía en su casa, era porque el gobierno lo tenía vigilado, pero que él no había mandado a mi madre a casarse con quien se casó ni a tenerme a mí. Para él, yo era una obligación que no quería, y mi tía lo soportó todos

esos años por mí, por no dejarme sola. Y aun con todo eso, no me volví una loca resentida. ¡Salí adelante otra vez!

Fabián meneaba la cabeza cada vez más sorprendido por las cosas que ella le decía, completamente pasmado por todo lo que ella le contaba, por todo lo que había tenido que pasar en su corta vida.

—Tuve que ver a mis primas estrenarse ropa en cada cumpleaños, ir de viaje en vacaciones. Disfrutar de sus fiestas por su mayoría de edad y celebrar el entrar a las universidades que habían querido. Y cuando se hizo evidente que si no me esforzaba no entraría a la universidad —siguió ella con su mismo tono indignado—, entré a trabajar; y de mi cuenta, yo solita, porque nadie me dio un centavo para ayudarme, entré a estudiar. Yo misma me mantenía, yo misma pagaba mi arriendo, me compraba mis cosas, pagaba mis estudios... Tía Martha se vino a vivir conmigo y entre las dos pasamos muchas dificultades al principio, pero allí estuvimos, unidas, porque nos necesitábamos... y no me desmoroné entonces, no necesité de nadie más. Tenía un par de brazos buenos y con ellos podía trabajar y conseguir lo que necesitaba... —Ella se detuvo abruptamente y lo encaró, como si se encontrara ofendida por algo que él dijera o pensara de ella—: Yo no soy una cobarde. No soy una tonta que no pueda hacer las cosas por sí misma. De hecho... por eso odio tanto a esta Sophie, una Sophie que estuvo a punto de morir de hambre, de frío. Una Sophie que necesita tanto la ayuda de los demás. Si te gusta esta Sophie, estás en nada, porque no es la real—. Él sonrió encogiéndose de hombros.

—A mí no me digas nada. Yo sólo estoy siguiendo una corazonada—. Otra vez, él hizo que ella riera, y eso le gustó y la desconcertó al mismo tiempo. Rio y lloró. Se secó de nuevo las lágrimas y lo miró de reojo—. Pero sigue contándome —la instó él— Cuando ese hombre se fue, ¿qué hiciste? —Sophie respiró profundo y tragó saliva, desatando los nudos en su garganta para poder hablar otra vez.

—Llamé de inmediato a mi antiguo trabajo —dijo— para ver si había alguna posibilidad de recuperarlo, pero no me aceptaron de vuelta. Yo sólo conservaba un poco del dinero que tenía en mi cuenta, cosas de la liquidación, y algo que él me dejó conservar de mi propio fideicomiso, y con eso me sostuve por unos meses. Buscaba trabajo, pero no es fácil, aun con experiencia, no es fácil encontrar empleo en esta ciudad. Y luego los bancos empezaron a acosarme —siguió ella volviendo a secar sus mejillas de las lágrimas que no dejaban de fluir—. Cuando les dije que no tenía cómo pagarles, iniciaron un proceso de embargo.

—No es fácil iniciar un proceso de embargo —dijo él con voz grave—. ¿Por qué ese inició tan rápido?

—No tengo idea, pero así fue. Yo no tenía nada de valor que darles, ni siquiera un sueldo que pudieran embargar, así que ahora simplemente estoy reportada en las centrales de riesgo y todas mis tarjetas están bloqueadas—. Sophie soltó una risita histérica—. Ya sé que eso suena demasiado increíble, pero te juro que es lo que me ha sucedido.

—Te creo, Sophie —dijo él, y ella lo miró mordiéndose un labio, agradeciéndole por eso.

—No he hecho sino lamentarme por haberle creído, lamentarme por haber sido tan estúpida. ¿Cómo era posible que algo tan horrible me estuviera pasando a mí? ¿Cómo fue que le firmé ese poder?

—Era tu esposo… —comprendió él—. Confiaste en él.

—Y me traicionó —lloró ella—. Me robó, me estafó, me mintió. Me dejó en la peor situación económica que uno pueda sufrir—. Ella volvió a sentarse en la piedra sintiéndose de repente muy cansada, y Fabián siguió observándola desde su sitio, esperando a que ella terminara su relato—. Sin trabajo —siguió Sophie más calmada—, ya no pude pagar el apartamento en el que vivíamos, porque ah, él había tenido que arrendar uno caro, uno que nos mereciéramos, según sus palabras. La empresa arrendadora advirtió los retrasos, hizo el estudio de la situación y se apresuró a hacer el lanzamiento por el no pago del arriendo. Tuve que dejar perder muebles y electrodomésticos que con tanto esfuerzo conseguí. Sólo pude sacar mi ropa, y si no perdí mi máquina de coser fue porque cuando me amenazaron con el embargo, la escondí en casa de mi prima Adriana. Y estuve trabajando en diferentes sitios, pero de una manera u otra, siempre salía despedida—. Ella alzó su mirada a él—. Tuve que vender mi cabello para poder comer —lloró con amargura—. Me desprendí de todo lo que era valioso, de cosas que eran de mi madre, porque no encontraba dónde trabajar y volver a hacer mi vida, ¡por más que lo intentaba, no podía!

Él se pasó una mano por el rostro incapaz de permanecer calmado ante lo que ella le contaba. Sentía deseos de borrar de alguna manera todos esos miedos.

—Te juro que soy una mujer esforzada, cumplida, trabajadora. Soy puntual, no tengo problemas para reconocer la autoridad de los jefes… pero no era capaz de conservar ningún empleo. ¡Ninguno! Y cuando me di cuenta de que no podía seguir viviendo de mi cuenta…

Tu Deseo

recordé una deuda que mi prima tenía conmigo. En el pasado... yo la saqué de un apuro económico, y ella, a cambio, me permitió vivir tres meses en su apartamento. Tres meses de techo, que caducaron hace unos días. Te juro que... si Ana no se hubiera atravesado otra vez en mi camino... yo habría muerto —la voz de ella tembló, y se hizo más baja por las emociones que la embargaban—. De hambre, o por la enfermedad... habría muerto—. Echó a llorar otra vez, sintiendo vergüenza, dolor por las cosas tan duras que había tenido que vivir.

Tenía más cosas qué decir, qué explicar; necesitaba que él la comprendiera, que le creyera. Tal vez era su culpa, pues había elegido muy mal a su compañero de vida, pero, por esta vez al menos, necesitaba ser eximida.

Las lágrimas salían de sus ojos una tras otra, y los sollozos se escapaban de su garganta. Fabián, que antes se había preguntado cómo una persona había llegado a estar en tan mala situación, ahora lo comprendía. Tenía una idea más o menos clara de lo que había sucedido con ella, pero seguro que Sophie ahora no quería escuchar sus ideas y teorías; ella necesitaba otra cosa de él.

Se sentó otra vez al lado de ella y la atrajo hacia su pecho rodeándola con sus brazos. Ella, en vez de calmarse, lloró más. Se recostó a él y se estuvo allí otro rato, dejando salir el dolor, la frustración, el miedo... sobre todo, el miedo.

—Ya no estás sola.

—Lo sé —contestó ella entre hipos y sollozos.

—Y todo va a mejorar.

—Lo sé —volvió a decir ella—. Pero... tengo tantas ganas de encontrarlo y hacerle pagar.

—Ese día llegará, no te afanes.

—Es fácil decirlo. No tuviste que pasar lo que yo.

—No, por supuesto que no. Pero tengo plena confianza en que ese día llegará—. Le tomó el rostro entre sus manos y le barrió las lágrimas con sus pulgares. Ella tenía sus pestañas húmedas, todavía temblaba, y Fabián besó su frente con ternura—. Gracias por contármelo todo.

—No. Más bien, perdóname por no haberlo hecho antes.

—No te preocupes por eso, ya pasó. Ahora, tenemos que pensar en lo que sigue, no mirar más el pasado. Y lo que sigue, Sophie, es que saques definitivamente a ese malnacido de tu vida, y te vamos a ayudar en eso.

—Confío en ti —sonrió ella—, a pesar de todo lo que me ha pasado, confío en ti, Fabián—. Él sonrió, y sin poder evitarlo, se acercó a ella y le besó la comisura de sus labios.

—Todo saldrá bien —volvió a decirle en un susurro, muy cerca, y Sophie suspiró apoyándose en su hombro, creyéndole, deseándolo con todas sus fuerzas.

En el pasado, ella creyó que había tropezado con un príncipe, y creyendo que estaba en lo correcto, lo aceptó. Fabián, sin conocerla, y, por el contrario, sabiendo que ella no podía ofrecerle nada, ya había hecho más por ella que muchas personas en su pasado. Tenía la plena convicción de que esta vez todo iría bien. Él no necesitaba decírselo, pero a ella sus palabras le sentaban como un delicioso bálsamo sobre una herida ardiente.

Cerró con fuerza sus ojos y enterró su rostro en el pecho de él, abrazándolo y dándole gracias al cielo por estar aquí, en este círculo de tranquilidad, en este pedacito de paz en medio de su tormenta.

Y luego se dio cuenta de que, a pesar del engaño del que había sido víctima en el pasado, ella estaba dispuesta a volver a creer en un hombre otra vez.

...11...

—No te será difícil divorciarte —dijo Fabián cuando ya volvían al interior del auto. Ella seguía llevando su bufanda, y él notó que ella siempre se la ajustaba alrededor de su nariz y su boca, como si le gustara la sensación—. Es una pega legal, solamente —sonrió él—. Se puede solucionar.

—Pero mientras tanto, no puedo estar contigo —se quejó ella—. Es... está mal. Y no te mereces esto. Tú... seguro que soñaste con la mujer perfecta para ti, y sí que te la mereces, Fabián. Yo, definitivamente, estoy muy lejos de serlo —él suspiró.

—No sé si me merezco o no la mujer perfecta —le dijo—. Sea como sea, es mi decisión, ¿no?

—No. No. Yo no lo permitiré.

—Me besaste, Sophie, y de qué manera...

—Pero...

—Eso indica que te gusto, no me mientas —Ella cerró sus ojos y él le tomó la mano deteniendo sus pasos.

—No debí besarte —dijo ella en voz baja—. No debí. No debí conocerte, ni...

—Calla. Si sigues hablando de esa manera, me enfadaré.

—¿Es que no te importa? —le reclamó ella—. Si no tengo el maldito anillo de bodas, es porque tuve que venderlo, ¿no te importa que sea casada? —él la miró a los ojos, y Sophie notó en su mirada desnuda que sí que le importaba, y eso le dolió. Había dado en el clavo, y ahora él le daría la razón, y tendrían que alejarse, y hasta aquí llegaría lo más hermoso que había vivido jamás: muriendo antes de que siquiera pudiera empezar.

—¿Sigues enamorada de él? —le preguntó él con voz suave, y ella lo miró a los ojos sorprendida.

—¡Claro que no! No hay el menor sentimiento en mí hacia él. Te lo aseguro.

—Entonces no lo amas.

—No —contestó ella rotunda.

—Aunque lo amaste en algún momento—. Ella no contestó de inmediato esta vez, lo que llamó la atención de Fabián. Sophie se mordió el labio superior y dejó salir el aire.

—Creí que lo amaba —sonrió con tristeza—. Creí que era lo mejor que viviría en toda mi existencia, y lo acepté más porque pensé que era mi deber hacia la vida agradecerle lo que me ponía delante que por amor. Pero... me he dado cuenta de que eso que viví... comparado a... otras cosas que ya he experimentado, termina siendo como la luz de una vela frente al mismísimo sol. No es nada, Fabián; no era nada—. Él sonrió y acarició su rostro con el dorso de sus dedos, se acercó a ella y le besó la punta de la nariz.

—¿Y ni por eso... quieres tener un lío de adulterio conmigo? —ella se echó a reír. De una manera inaudita, él siempre conseguía que riera hasta en los peores momentos.

—Fabián... hasta ahora he podido callarlo porque, en cierta manera, hace sólo unos días que conozco a tus amigos, hace sólo unos días que entré a tu mundo, pero poco a poco ellos irán enterándose de mi pasado y...

—No te van a juzgar. Los conozco bien. Por el contrario, cada uno de ellos te brindará su ayuda para liberarte de ese maldito, y de paso, hacerle pagar.

—Lo dices tan seguro...

—Tan seguro que lo apostaría. Juan José sería el primero en opinar que hay que encontrar al desgraciado para ir a darle una golpiza; Mateo iría con los mejores abogados no sólo para conseguir un buen juicio, sino también para hacerle devolver tu dinero y meterlo a prisión con un escándalo que le daría la vuelta al mundo; y Carlos seguramente se encargaría de ayudarte a recuperar tu estabilidad económica, mucho mejor de la que tuviste antes.

—Pero tus amigas...

—Oh, no me hagas hablar de ellas. Compruébalo por ti misma y reúnelas para contarles lo que me contaste a mí—. Ella lo miró confundida.

—¿Quieres que lo haga?

—Y quisiera estar allí. Será muy interesante ver a Eloísa despotricar contra el malnacido, y Ana y Ángela propondrán cada una ir a castrarlo—. Sophie se echó a reír.

—Y tú... ¿no me juzgas? —él respiró profundo.

—Si te digo que no me importa, mentiría, Sophie. Pero es tu pasado... Y como te dije ese día, yo no quiero besar tu pasado, yo te quiero besar a ti.

—Permíteme... solucionar esto, ¿sí? por favor. Déjame ser libre primero y...

—Sophie...

—Mientras tanto, seamos amigos.

—¿Qué? ¡No!

—Podemos ser amigos... conocernos más, ¿no fue lo que dijiste esa vez?

—¡Mentía!

—¡Fabián!

—La verdad es que lo que me urgía era meterme de lleno en tu vida, ¡me hechizaste desde el momento en que te conocí! ¡No he dejado de pensar en ti! —viendo que ella no daba su brazo a torcer, él se alejó unos pasos y lanzó una exclamación. Sophie se mordió los labios y tragó saliva, sabiendo que estaba siendo la causante de su frustración—. Es que... Mi Dios, de verdad, Sophie, no podré. ¡Quiero besarte siempre! Ahora mismo quiero besarte; siempre que te veo, siempre que pienso en ti.

—Sólo me conoces de hace unos días.

—¿Y mides los sentimientos por los días que llevas de conocer a la otra persona? —ella hizo una mueca y tuvo que concederle razón. Ella a Alfonso lo conocía desde hacía casi una década y nunca despertó en ella lo que Fabián en unos pocos días.

—Estuve averiguando —dijo ella con voz queda—, y encontré en internet que mi matrimonio se puede anular —él la miró quedándose quieto.

—¿Anularlo? —Sophie se cruzó de brazos y suspiró. Su aliento se hizo visible en la noche, pues la temperatura había bajado.

—Sí. Anularlo. El matrimonio nunca se consumó—. Fabián abrió grandes sus ojos.

—¿Qué? —Ella se echó a reír.

—No sé si la historia es demasiado increíble, pero te juro por lo más sagrado que es la verdad. Mira... la noche de bodas... ¿Recuerdas que te dije que no pudimos hacer el viaje de luna de miel?

—Sí...

—Bueno, resulta que Alfonso tuvo que ser internado en una clínica esa noche.

—¿Le cortaron el pene? —Sophie soltó la carcajada.

—No. Si así fuera, no habría conseguido una amante.

—Con cincuenta mil euros en el bolsillo, habría mujeres a las que eso no les habría importado mucho—. Sophie hizo una mueca.

—Sí, tienes razón. Pero no fue eso, lamentablemente. Él desde siempre sufrió de un extraño dolor que iba y volvía. Iba a los médicos y nunca pudieron hallar la causa, y los días cercanos a la boda se presentó otra vez ese extraño dolor. La noche de bodas... bueno, qué te digo. Me llevó a un hotel... había planeado desflorar a la virgen en un lecho con pétalos de rosa... —Fabián la miró atónito. ¿Aquello era una manera de hablar, o de verdad ella era virgen? —Y

de repente, no pudo hacer nada, porque le dolía mucho.
—Es increíble.
—Lo sé —rio ella—. Tuve que llevarlo a una clínica. Él estaba pálido, sudoroso, sin fuerzas, y resultó ser la vesícula. Esa misma noche lo operaron, y le quedó una enorme cicatriz en la zona del abdomen. Yo hice de enfermera para él en lo que debió ser la luna de miel. La mamá vino a turnarse conmigo mientras yo trabajaba... y luego que pasó la incapacidad médica vino mi tío hablándonos del fideicomiso; él cobró, me robó, huyó, y nunca pasó nada entre los dos—. Fabián seguía mirándola anonadado.
—Entre... entre todos los días del año... —Sophie volvió a reír.
—Sí. El dolor lo atacó justo la noche de bodas.
—Ese hombre es un misterio. Tiene mala suerte, al tiempo que...
—Sí, Extraño. Y quiero usar eso a mi favor en caso de que el abogado diga que mi matrimonio puede ser anulado. De esa manera, ese horrible episodio se cerrará dejando menos evidencias en mi vida. Me... me someteré a los exámenes necesarios para comprobar que él nunca me tocó—. Ahora Fabián estaba pálido. Ella le estaba confirmando que sí, que era virgen.

Se pasó las manos por los cabellos y dio varios pasos dando vueltas, sorprendido por completo, sintiendo que volvían a darle una bofetada, pero esta vez, no por las razones desagradables que antes había pensado.

La miró de arriba abajo. Ella era preciosa, ¿Cómo era posible que ningún hombre la hubiese tocado?

Era preciosa, sí, pero ya ella le había contado buena parte de su vida. Ciertamente, una adolescente que debía cuidarse de su propio tío en su casa, no andaba buscando amoríos. Y luego ella misma le había dicho que estuvo muy ocupada trabajando, estudiando, sobreviviendo.

Se había librado de ese hombre. Ahora no la veía como una víctima, sino como una superviviente.

Como cabía decir en todas las tragedias, pudo ser peor.

Sophie se mordió los labios y suspiró, y Fabián se dio cuenta de que llevaba mucho rato callado. Se aclaró la garganta y volvió a acercarse a ella, que lo miró esperando su respuesta. Pero él no tenía respuestas todavía, sino más preguntas.

—¿Te preocupa que se sepa que tuviste una relación con otro mientras seguías casada? —Ella elevó un hombro.

—En parte. Aunque, por su abandono, y el estado tan crítico en que me dejó, nadie me culparía.

—¿Entonces?
—Son varias cosas. Y quiero ser totalmente libre cuando… cuando decida estar contigo—. Él se mordió los labios deseando ir hasta ella y besarla, morderla, abrazarla con todas sus fuerzas. Deseaba poder meterla en un rinconcito de su alma donde ya nada más la amenazara con hacerle daño, porque ella estaba intacta a pesar de todo lo que le había pasado. Como había dicho su tía Martha cuando salieron del hospital, Sophie no había perdido su espíritu.
—¿Cuánto tiempo será eso?
—¿Qué tan veloces son los abogados?
—Oh, Dios, les meteré toda la prisa del mundo —ella se echó a reír, caminó a él y lo abrazó.
No se dijeron nada, sólo se estuvieron allí, abrazados, ignorando lo bonita que se veía Bogotá desde donde estaban. Ella sólo pensaba en los arrestos que debía tener ahora para para hacerle frente a Alfonso Díaz, y él, en que ella, después de todo, sí estaba siendo el regalo que tanto le pidió a la vida.

Volvieron a la casa Soler bastante entrada la noche. Se les había ido el tiempo volando y ninguno se dio cuenta. Ella caminó hacia la puerta y lo miró recostado en su auto.
—¿Esperarás a que entre para poder irte? —le preguntó ella con una sonrisa recordándole sus palabras de la primera vez que se habían visto, cuando él la dejó en el edificio de apartamentos luego de la fiesta de navidad. Fabián se despegó del auto y se acercó a ella con paso decidido.
—No, no es eso.
—Enton… —no terminó la palabra, porque él le tomó la barbilla, bajó su cabeza y la besó en los labios.
Sophie no huyó de él. No quería. Sólo elevó sus brazos y le rodeó el cuello pegándose a él, agradecida, feliz, plena. Fabián se apropió de toda su boca y la besó con ardor, con fuerza y ternura a la vez. La rodeó con sus brazos con cuidado de no hacerle daño. Aunque ya sus heridas habían cerrado, temía usar demasiada fuerza en ella y que le fuera a doler por su culpa. Pero ella parecía estar buscando eso precisamente, y se pegaba a él con abandono.
Este hombre besaba muy bien, pensaba Sophie mientras sentía los labios de Fabián sobre los suyos y su lengua empujar suavemente dentro de su boca; besaba diferente, y aunque no era lo mejor estar haciendo comparaciones, ella sólo podía pensar en que nadie nunca la había besado así, como si, más allá de acariciar sus labios, él acariciara

su alma.

Sabía bien, olía bien, su tacto era perfecto.

Paseó sus dedos inquietos por el cabello castaño rojizo, sintiéndolo suave entre sus manos. Le encantaba su aroma. No sabía si era su perfume o él mismo, y había momentos en que éste parecía encendido y más cálido, lo cierto es que embelesaba sus sentidos de una manera que nunca nadie logró en el pasado.

Tenía al hombre perfecto entre sus brazos.

Soltó un gemido cuando chocaron contra la puerta, y él de inmediato se separó.

—Te lastimé —dijo con voz preocupada, y ella sonrió al ver su silueta despeinada contra el cielo nocturno.

—No...

—Perdona. Estás... estás muy reciente de tu operación. Debí tener más cuidado—. Sophie sonrió viéndolo preocupado, y elevó su mano a su rostro y se empinó un poco para morderle la piel de la barbilla. Él contuvo un gemido.

—Me encantas, Fabián —susurró ella, y él cerró sus ojos con fuerza, conteniendo el alud de emociones que se vino sobre él—. Gracias por escucharme, por creerme, por tenerme paciencia. Te mereces... te mereces lo mejor—. Ella besó la línea de su mandíbula, y con el otro brazo le rodeó la cintura por dentro de su chaqueta, sintiendo su calidez y la dureza de su cuerpo.

—Sophie...

—Déjame besarte otro poquito.

—¿Luego de decir que sólo podemos ser amigos?

—Déjame también ser tonta de vez en cuando —eso lo hizo reír.

—¿Te sientes a salvo porque crees que estando en la puerta de esta casa no te haré nada? —ella lo miró fijamente.

—¿Lo harías? —él hizo una mueca resignado.

—No. Le tengo miedo a Ana —ella se rio de él abiertamente, y luego de un último beso, entró a la casa, encontrando que la puerta estaba sin seguro, tal vez en espera de que ella llegara. Una vez dentro, Sophie volvió a sonreírle y él por fin dio la vuelta para entrar a su auto.

Una vez cerrada la puerta, Sophie se quedó de pie en medio del vestíbulo, abrazándose a sí misma y sintiéndose como una pluma al viento; liviana, totalmente descargada de sus penas y lamentos. Hacía mucho, mucho tiempo no se sentía así, ya casi había olvidado la sensación de tranquilidad.

Miró la puerta de entrada y se sonrojó. ¿Qué le había pasado? ¿De dónde había salido esa mujer lanzada y besuqueadora? Con Alfonso nunca le pasó, ni siquiera después de casados. Ella nunca quiso despeinarlo, arrancarle la ropa, besar cada centímetro de su piel.

Quería ver a Fabián, suspiró cerrando sus ojos y sintiendo que el aire le faltaba. Quería ver sus hermosos ojos verdes otra vez, besar esos labios rosaditos y saber cómo era su pecho bajo la ropa. ¿Sería velludo? ¿Lampiño? Debía ser musculoso, porque por encima de la ropa él era duro. ¿Cómo se sentiría tocarlo?

Sus pensamientos se estaban volviendo cada vez más vergonzosos, y se tocó las mejillas sintiéndolas calientes. Fabián, con unos pocos besos, había conseguido recordarle que era mujer, que tenía anhelos secretos, que era capaz de darlo todo y dejarlo todo por amor.

Amor.

Es muy pronto para decir que es eso, se reprendió a sí misma y volvió a la realidad.

Miró en derredor la casa silenciosa y en penumbra.

¿Quién se iba a imaginar que, en esta casa, habitada por gente que unos días eran sólo unos alumnos suyos o desconocidos, sería donde encontrara la salida del laberinto en el que se había convertido su vida?

Respiró profundo caminando hacia su habitación, la habitación que Ana le había asignado. Todo iría bien, no sólo porque contaba con amigos, sino porque sentía que, al haber conocido a Fabián, se había recuperado un poco a sí misma, a la Sophie que una vez no le tuvo miedo a nada y sólo siguió adelante.

Esta Sophie, la que había besado con descaro a Fabián en la entrada, le gustaba mucho más.

A la mañana siguiente, la casa bullía de actividad desde muy temprano. Todos se estaban preparando para irse a la finca a vacacionar.

—Mateo y Eloísa se apuntaron anoche —le dijo Carlos a Ana asomándose a la cocina donde ella y el personal preparaban algunas cosas para llevar.

—Ya sabía yo que se decidirían a última hora —dijo Ana, y Carlos sólo sonrió volviendo a salir.

Sophie sostenía a Eliana, la bebé de Ángela y Juan José, para que ella pudiera ocuparse de Alex. Juan José tenía listas las maletas y las sacó de inmediato a la sala.

—No te lleves la de Alex —le pidió Ángela, y él la miró

interrogante—. Parece que no conocieras a tu hijo. En cualquier momento necesitará ropa limpia otra vez.

—Que viaje puerco —sentenció Juan José y metió la maleta en el baúl. Ángela sólo se encogió de hombros.

—¿Qué llevas ahí? —le preguntó Paula a Sebastián, y éste la miró con picardía. En sus manos llevaba lo que parecía ser un set que disparaba globos de agua, y los ojos de Paula se iluminaron al instante. Se unió al adolescente para meter al auto más juegos como ese.

—La casa está hecha una locura —dijo Judith poniendo sus manos en la cintura, pero no parecía molesta por eso. Al ver que Sophie tenía a la recién nacida en sus brazos, se acercó como si la bebé fuera imán y ella hierro. Empezó a mimarla y a hablarle con cariños, y Sophie pensó en que no había abuela más encantada con sus nietos que ella.

Cuando vio a Fabián llegar en su auto, sonrió. Y también fue cierto que el corazón se le desbocó un poco cuando lo vio salir. Por la puerta del otro lado salió el rubio molestoso, Fernando, pero eso no apagó su sonrisa.

—¿Él va a ir? —preguntó Silvia señalando a Fernando con fastidio. Ana miró a través del ventanal de la cocina hacia el jardín, donde los hombres subían el equipaje y las provisiones en los maleteros de los autos y camionetas.

—Parece que sí.

—Pero si nadie lo invitó. ¿Tú lo invitaste? —volvió a preguntar Silvia, y Ana negó.

—¿Qué importa si es invitado o colado? —contestó Judith—. Recuerda que el pobre chico no tiene hermanos, ni primos, y los amigos con los que anda, déjame decirte. Así que, déjalo estar.

—Como se atreva a arruinar mis vacaciones, lo mataré —masculló Silvia desapareciendo de la cocina, y Judith la miró con ojos entrecerrados. Buscó la mirada de Ana, pero ella parecía atareada organizando y preparando cosas.

Se hizo la media mañana, y entre enredos, olvidos y protestas, al fin salieron de la casa.

Una caravana de cuatro autos salió en dirección a la finca en Girardot; ella iba en el de Fabián, junto a Sebastián y Fernando, quien admitió con desenfado que se unía al paseo porque no tenía nada más que hacer en esta vida, y a medida que avanzaban, Sophie fue sintiendo el cambio de temperatura; los viajeros fueron quitándose sus abrigos y quedando en ropa más apropiada.

Llegaron a una hermosa casa finca, los autos dieron la vuelta y desde su ventanilla, Sophie pudo ver una enorme piscina circular con tumbonas y parasoles en todo el borde, y la casa detrás era hermosa, de dos pisos y con corredores y ventanales amplios.

—Qué hermoso —suspiró Sophie, y Fabián la miró con una sonrisa.

—Pertenece a los Soler desde hace mucho tiempo —comentó—. Pero creo que hasta ahora es que la familia la está disfrutando de verdad.

—Carlos me contó que estuvo a punto de perderla cuando estuvieron en crisis —añadió Sebastián, que comía maní salado y le ofrecía a ella de vez en cuando—. Pero la supo conservar porque en vez de tenerla sólo para la familia, la ofreció en arriendo para empresas y particulares que quisieran alquilarla.

—Sebastián admira mucho a Carlos —sonrió Fabián mirando a Sophie.

—Es un genio de las finanzas. ¿Qué tiene de malo que admire su trabajo?

—Mi papá es una bestia de las finanzas —comentó Fernando, que había estado en silencio—. Y no en el sentido admirable—. Sebastián lo miró como si fuera digno de compadecer, y el auto al fin se detuvo.

Todos fueron bajando, ocupándose del equipaje o de los niños. Algunos más ansiosos se tiraron de inmediato a la piscina, y Sophie caminó alrededor de ella con una sonrisa. No podría meterse en ella, pero nada le impediría tomar un poco de sol.

Vio a Ana entrar a la casa y, como siempre, hacerse cargo de los asuntos domésticos. Ángela, atareada con los niños, dejó a Alex a cargo de su padre, mientras ella se llevaba a Carolina y a Eliana a una de las habitaciones. Eloísa simplemente se sentó en una tumbona con sus lentes de sol y sombrero de ala ancha mientras Mateo llevaba la pequeña maleta con la ropa de los dos al interior de la casa.

—¿Te quieres poner ya el traje de baño? —le preguntó Silvia, y Sophie asintió, así que fue tras ella al interior de la casa.

Fabián vio a Sophie irse junto a Silvia y suspiró. No había tenido oportunidad de hablar a solas con ella hoy, pero ya la buscaría. No era capaz de sacarse de la cabeza ese beso que ella le había dado anoche en la puerta de la casa de Ana. Eran promesas sin palabras para alguien que había tenido pocas expectativas.

—¡Tío! —escuchó decir muy cerca, y vio a Alex que le extendía sus bracitos regordetes para que lo alzara. Sin dilación, lo subió a su cintura, y en su media lengua, el niño le explicó que quería tirarse desde el trampolín de la piscina.

—Pero estás muy chiquito —le explicó. Alex no atendió razones, y, preocupado, Fabián buscó a Juan José con la mirada, pero éste lo miraba riéndose. Al parecer, había sido él quien le enviara a Alex metiéndolo en problemas.

Mientras se preguntaba qué hacer con el chiquillo, escuchó silbidos de admiración. Fernando, desde la piscina, piropeaba a las mujeres que se acercaban en traje de baño. Entre ellas estaba Sophie, luciendo un traje de baño enterizo. Fabián se quedó allí como tonto mirándola. Ella tenía bonito cuerpo. Seguía bastante delgada, a pesar de que en los últimos ocho días había comido mejor que bien, pero a pesar de su delgadez, tenía curvas; pechos llenos, cintura delgada, y un bonito derrier.

—Cierra la boca —dijo la voz de Juan José, y Fabián lo hizo. Luego comprobó que sólo se estaba burlando de él.

Ignoró a Juan José y volvió a mirar a Sophie, que se sentó al lado de Eloísa en las tumbonas y empezaron a conversar.

Fabián decidió dejar de mirarla o pronto tendría problemas. Ella era guapísima, tenía piernas hermosas y su piel pálida no lo desanimaba. Por el contrario, justo en este momento estaba imaginándose besando cada centímetro de esa piel.

—¿Quieres jugar en el trampolín? —le preguntó a Alex, y el niño asintió feliz—. Pues vamos allá. Déjame quitarme esta ropa, ¿vale? —y sin pérdida de tiempo, se metió al agua con el niño en sus brazos.

...12...

La piscina fue la protagonista gran parte de la tarde. Al parecer, todos la habían estado ansiando desde que salieron de la fría Bogotá, y ya en la noche, cuando los más jóvenes parecían más llenos de energía que cuando llegaron, y se organizaban en grupos para las diferentes actividades dentro y fuera de la finca, Ángela dejó a sus bebés al cuidado de su suegra y de Juan José mientras organizaba con sus amigas una escapada nocturna.

—Hice encender una fogata —sonrió ella mientras se iba con Ana, Eloísa y Sophie, hacia una hondonada que había detrás de la casona—. Y miren lo que traje —mostró en su mano una botella de piña colada, y Eloísa abrió grandes sus ojos.

—¿Tiene licor?

—Nah. Ninguna puede tomar. Excepto Ana —Se quejó Ángela, y señaló por el camino.

—¿Y... los niños? —preguntó Sophie, pero lo que en realidad quería preguntar, era si los esposos de estas tres mujeres estaban de acuerdo con que se vinieran solas por estos lados.

—Los está cuidando el papá y la abuela.

—Sobrevivirán sin nosotras —sonrió Ana, y le puso una mano en el hombro mientras andaban.

Se sentaron alrededor de una pequeña fogata, que crepitaba alegremente entre trozos de madera y ramitas delgadas y secas. El que se había ocupado de encenderla, había dispuesto también cojines alrededor. Ángela empezó a repartir la piña colada en vasos desechables. Habría sido más glamoroso en copas, pero no más cómodo. Todas iban vestidas de manera cómoda. Eloísa llevaba shorts, tenis, y una camiseta sin mangas muy amplia que abarcaba su enorme panza. Ana sólo llevaba la parte superior de un vestido de baño de dos piezas y unos pantalones cortos debajo de la rodilla, mientras Ángela lucía una falda amplia y corta, con una blusa de tirantes. Sophie sólo se había puesto un pantalón corto encima de su traje de baño de una pieza.

—Está estupenda —suspiró Eloísa dándole un trago a su vaso de piña colada—. Qué buena idea tuviste, Angie, te felicito.

—Un ratico de quietud está bien.

—No vinimos aquí buscando quietud —sonrió Ana—, pero se está bien. ¿Te sientes bien, Sophie? —preguntó Ana al verla callada.

—Estoy perfecta —sonrió ella mirando el contenido de su vaso—

De todo me imaginé menos estar aquí hoy.

—Así es la vida —contestó Ángela volviendo a llenar su vaso—. Da vueltas y vueltas, y nunca sabes dónde vas a aterrizar.

—Pero ustedes tienen una vida tranquila —siguió Sophie—. Tú, con tus tres bebés...

—Con tres bebes, "una vida tranquila" no es posible —rio Ángela—. Pero la disfruto, eso sí.

—Y creo que tienes mi edad.

—Tengo veinticinco —dijo Angie.

—Entonces eres un año menor que yo.

—Es que me casé muy joven. Tuve a Carolina a los veinte. Dije que quería tener mis hijos pronto y eso hice. Ya cerraremos la fábrica.

—¿Convenciste a Juan José de hacerse la vasectomía? —le preguntó Ana.

—Sí, misión cumplida. Lo hará en estos días.

—Sophie, ¿tú quieres tener hijos? —preguntó Ana mirándola de manera significativa. Sophie la miró un poco sorprendida. Tres pares de ojos se centraron en ella, y se dio cuenta de que lo que Ana buscaba era que les contara su historia a sus amigas.

Recordó que Fabián le había recomendado que lo hiciera, y suspiró. Pocas veces había contado con la suerte de tener amigas de su edad, y aunque ellas estaban a años luz en cuanto a experiencia, debía arriesgarse... O tal vez eso las hacía las indicadas, pensó, pues ellas sabían mucho más de la vida y de los hombres y podrían aconsejarla, comprenderla, y ser capaces de ver los diferentes ángulos de una misma historia.

—Algún día los tendré —dijo con una sonrisa que pretendía ser soñadora—. Cuando me divorcie y me vuelva a casar, tendré hijos.

—¿Qué? —se espantó Ángela.

—¿Estás casada?

—¿Te vas a divorciar? —volvió a preguntar Ángela.

—¿Qué te hizo ese maldito? —Sophie se echó a reír. Ni siquiera sabían nada de su historia y ya estaban de su lado.

—Qué no me hizo. Es que tengo que contarles la historia de horror más fuerte de la humanidad.

—¿Superará lo mío con Juan José? —preguntó Ángela de manera inocente mirando a Ana, y ella hizo una mueca como respuesta.

—No lo sé. Yo, hay cosas que todavía no perdono—. Ángela se echó a reír.

—¿Con tu esposo? —preguntó Sophie intrigada— ¿Qué te pasó?

—No eres la única de nosotras que se divorció y se volvió a casar,

o que lo hará —dijo Ángela con voz presumida, y Eloísa se echó a reír.
—Te volviste a casar, sí, ¡pero con el mismo hombre!
—¿Qué? ¿De verdad?
—El Juan José que ves ahora no es ni la sombra del Juan José del pasado —le explicó Ángela—. Me hizo sufrir mucho... Bueno, los dos la vimos negra... Pero superamos las cosas y decidimos volver a casarnos. Para nosotros es como si la primera boda no hubiese existido.
—Pero cuéntanos tu historia —insistió Eloísa mirando a Sophie y extendiendo un pie hacia ella para tocarla—. Me interesa. No es que me interese el chisme, que quede claro—. Sophie sonrió otra vez.
Suspiró y empezó a contarles la manera como lo conoció, la manera como la enamoró, como le hizo creer que era el hombre perfecto, casi sin defectos; el más enamorado, el más agradecido con Dios y la vida por haberla puesto en su camino y cómo llegó a considerarse a sí mismo una bendición para ella. Lo que sucedió la noche de bodas, y aunque no sabían lo que venía después de eso, Eloísa empezó a reírse de la mala suerte del pobre hombre al enfermar en la noche más esperada para ellos.
—O sea... ¿Qué? —preguntaba Ángela mientras Ana y Eloísa reían a carcajadas. Más que divertida, ella parecía en shock—. Esa noche... ¿nada de nada? —Sophie se sonrojó un poco.
—Pues... él lo intentó, pero...
—Le dolía la tripa —reía Eloísa a carcajadas.
—Pero antes ya lo habían hecho, ¿no? —insistió Ángela—. Mientras eran novios.
—No, no. Una noche me lo propuso, pero yo le dije que no me sentía preparada, y él, como un príncipe, me dijo que me esperaría hasta la noche de bodas.
—Ay, ¡no! —exclamó otra vez Eloísa—. ¡Me meo de la risa!
—Eso fue mandado del cielo —rio Ana mirándola casi de manera enigmática—. Parece... casi místico.
—Me alegra que no sientan la menor compasión por él —siguió Sophie—, porque luego demostró ser la peor alimaña que habitara la tierra —eso las intrigó, y Eloísa fue calmando poco a poco su risa. Sophie entonces se explayó explicándoles la red de mentiras que descubrió luego de su desaparición, en la difícil situación económica, emocional y etcétera, que tuvo que soportar, y cómo por fin había podido empezar los trámites de divorcio.
—¡Te admiro! —exclamó Ángela elevando su vaso de piña colada

en un brindis—. Carajo, estás en pie de lucha luego de todo lo que te pasó. ¡Eres una verraca! —Sophie miró a Ana sin saber a qué se refería Ángela con ese término, y ella le explicó:
—Una valiente.
—Yo no lo creo —sonrió Sophie con timidez—. No he hecho más que llorar y tratar de sobrevivir.
—Llorar está bien —contestó Eloísa arrugando su nariz—. Y si es en los hombros de un tipo como Fabián… —Sophie de inmediato la miró con sus ojos como platos— se llora rico—. Ángela soltó la risa, y Sophie se preguntó si de verdad esa piña colada no tenía alcohol.
—Vamos, hemos notado como lo miras —le sonrió Ana.
—Parece que llevaras un radar incorporado —siguió Eloísa, con el ánimo de puyarla un poco más—. Siempre sabes dónde está.
—No es cierto.
—Ay, no lo niegues—. Sophie sonrió y suspiró, admitiendo su derrota. Después de todo, ya sabía que la aventajaban en experiencia.
—Pues… No me pueden culpar, ¿no? Está buenísimo.
—¿Sólo porque está buenísimo? —preguntó Ángela con ojos entrecerrados. Sophie se dio cuenta de que a pesar de que cada una tenía su esposo, los cuales no desmerecían ante ningún otro hombre, Fabián era algo como el consentido de las tres. Meneó la cabeza negando en respuesta.
—También porque, sin haber hecho mucho esfuerzo, me enseñó que hay hombres buenos de verdad en la tierra. Alfonso fue sólo palabras y palabras, en cambio Fabián… sólo llevo una semana de conocerlo y ha demostrado mucha más bondad. Él es hechos y realidad, que al fin y al cabo es lo que importa. Un auténtico príncipe sin capa ni espada.
—¿Sin espada? —preguntó Eloísa con la picardía pintada en la mirada—. Sí tiene, sí tiene —rio moviendo su mano de manera despreocupada, y Ángela volvió a soltar la carcajada. Confundida, Sophie miró a Ana, pero ella sólo le pidió que no les prestara mucha atención.
—¡Por las vesículas atrofiadas! —Exclamó Ángela elevando su vaso.
—¡Por los príncipes de capa y espada!
—¡Por los fideicomisos millonarios! —exclamó Ana, y Sophie, riendo, agregó su brindis.
—¡Por los apéndices inservibles! —y Eloísa y Ángela ahora casi mueren de risa.

—¿Te diviertes? —le preguntó Mateo a su esposa cuando ellas volvieron a la casa. Al parecer, los cuatro habían estado esperándolas en los corredores de la entrada, hablando entre ellos con unas cuantas latas de cerveza vacías en una mesa. Al verlas, se habían puesto en pie.

Ellas seguían riendo como locas, con la botella de piña colada vacía y hablando entre ellas. Cada una sentía que había encontrado tema para reírse durante el siguiente año, por lo menos. Mateo le recibió la botella a Eloísa y la revisó, verificando que no contuviera alcohol.

—Ay, cariño, qué ganas de estar borracha, de verdad. Pero aun sin alcohol, me he reído de lo lindo.

—Eso veo.

—¿Quién fue la víctima esta vez? —preguntó Juan José mirando a las mujeres con ojos entrecerrados, casi esperando que ellas contestaran que él.

—Ni te imaginas el raro espécimen que hoy nos presentaron —sonrió Ángela caminando a él y abrazándolo—. Nos ha dado material para cotorrear como para el resto de la vida.

—¿Cotorrearás conmigo?

—Si te portas bien...

—Me voy a dormir —anunció Eloísa rodeando a su esposo por la cintura con su brazo—. Hace calor y quiero una ducha. Cariño, ¿me lavarás la espalda?

—Te lavaré todo —le susurró él, pero no lo suficientemente bajo como para que no lo oyeran los demás.

—¿Los niños...? —preguntó Ángela a Juan José, y él le sonrió.

—Profundamente dormidos. ¿Quieres darte un baño también? —ella lo miró con picardía y le tomó la mano dejándose llevar por él.

Ana y Carlos también se dieron la vuelta y se internaron en la casona, dejando a Fabián y a Sophie a solas, que le tomó la mano y empezó a caminar con ella hacia el otro lado de la casa.

—¿A dónde vamos?

—Hay un sitio muy bonito que quiero que veas. Ven —ella lo siguió sonriendo.

Cuando dejaban los corredores de la casa, Sophie lo vio recoger una mochila de una silla y siguieron andando por un camino entre el prado, que fue bajando entre los arbustos y árboles hasta que se escuchó el rumor del agua de una quebrada. Sophie no le soltó la mano en ningún momento, y miraba en derredor la naturaleza

129

iluminada por la luz de la luna llena, sintiendo como si cada árbol y cada piedra se fueran abriendo camino para ellos dos con una sonrisa.

—Esto es bellísimo —susurró ella con reverencia, y él sonrió mirando hacia donde ella señalaba. Las flores dormidas no habían perdido su color a pesar de la noche, ni su perfume, y junto al rumor del agua, parecían orquestarse para ofrecer un bello espectáculo.

—La madre naturaleza lo aprueba —dijo Fabián con tono enigmático, y Sophie, sin poder contradecirlo, sólo se quedó en silencio.

Llegaron al arroyo al fin, y aun estando allí, Fabián la condujo por un estrecho camino por un lado del arroyo hasta llegar a una pequeña cascada. No tenía más de tres metros, y el agua caía rápida y abundante. Sophie se cubrió la boca ahogando una exclamación, pues el agua parecía brillar como la misma luna.

—¿Qué te parece? —le preguntó él alzando su voz para que se escuchara por encima del ruido del agua. Ella sonrió y dio varios pasos más acercándose.

—Bellísimo—. Ella se embelesó mirando el lugar, las piedras que formaban la cascada, la pequeña piscina natural que se formaba al pie, y no vio que Fabián se quitaba la ropa sino hasta que quedó sólo en una pantaloneta que no le llegaba a las rodillas—. ¿Qu… qué haces? —preguntó ella sorprendida cuando lo vio al fin. Él se echó a reír.

—¿Qué crees? No voy a desaprovechar esta hermosa oportunidad—. Él se fue internando en el agua hasta que ésta le llegó a la cintura, y una vez allí, se sumergió completamente y volvió a emerger retirando el agua de su rostro y extendiendo una mano a ella para que lo imitara.

El corazón de Sophie empezó a latir aceleradísimo. Incluso tuvo que ponerse una mano en el pecho e invocar la calma. Él parecía un espíritu del bosque emergiendo del agua para llevarla a lugares secretos y prohibidos de los que tal vez nunca regresara. Pero eso no era lo malo, lo malo era que ella quería ir.

—No está fría —la animó él echándose agua en el pecho, aunque eso no era necesario—. Está templada, muy rica. ¿No quieres probar? —Sophie sonrió otra vez.

Sin pensarlo mucho, se quitó los zapatos y el pantalón corto que tenía, y se quedó sólo en el traje de baño. Entró al agua comprobando que lo que él le decía era cierto, el agua estaba templada, deliciosa, y fue entrando poco a poco hasta que también le llegó a la cintura.

—No me puedo sumergir —se excusó ella señalando el costado

donde antes había estado su apéndice, pero él se encogió de hombros.

—No importa, yo te bañaré —ella rio nerviosa cuando él se aproximó.

A la luz de la luna, su piel se veía más blanca, y pudo advertir los suaves y escasos vellitos de su pecho. Se concentraban en sus pectorales y se abrían camino en el centro, volviendo a aparecer debajo de su ombligo. Además, él era grande, sus hombros se veían anchos y con esa forma redondeada de quien va al gimnasio con constancia; su abdomen totalmente plano y de músculos marcados anunciaban que era un hombre que gustaba de la actividad física, todo lo contrario a su ex.

Nah, la imagen de Alfonso ni siquiera alcanzó a solidificarse en su mente, pues toda ella estaba invadida de estas nuevas imágenes que codiciosamente procesaba y almacenaba.

Él era bellísimo; la pantaloneta se había bajado un poco por el peso y el movimiento del agua y podía verse un poco la línea inguinal, y Sophie sintió un leve estremecimiento que nada tenía que ver con el agua o el frío.

Extendió la mano con el deseo de tocarlo, pero antes de hacer contacto, la retiró. No respondería por sus actos si lo tocaba.

Él, como si no se hubiera dado cuenta de sus movimientos y de su mirada ávida, recogió un poco de agua en el hueco de sus manos y la dejó caer suavemente por el rostro de ella, que sonrió cerrando sus ojos.

Él la miró a los ojos con una sonrisa que a ella se le antojó perfecta; esa sonrisa viviría por siempre en su memoria. Pasara lo que pasara, la recordaría por siempre.

—¿Te gusta? —preguntó él. Ella abrió sus labios para contestar, pero, ¿qué exactamente preguntaba él?

—Me gusta todo —contestó ella al fin—. Me gusta el lugar, el momento; me gusta la noche, y me gustas tú. Todo es perfecto —él se acercó otro poquito a ella.

—Entonces, ¿te hace feliz? —Sophie rio con un suave sonido de su garganta.

—Sí. Ahora mismo, me siento muy feliz—. Él puso ambas manos en su cintura, y Sophie ya vio imposible el no tocarlo, así que apoyó sus manos en el pecho de él. La respiración le salió entrecortada, el ruido de su corazón opacaba el del agua en la cascada, y por un momento, hubo un extraño y hermoso silencio en su alma, fue el momento en que él bajó su cabeza a ella para besarla.

No había nada. Ni temores, ni culpas, ni miedos. Sólo él tocando sus labios con los suyos.

Fabián sintió el suave aletear de las pestañas de ella y sonrió. Volvió a buscar sus labios y esta vez no fue un simple toque, sino que hizo un poco de presión sobre su boca. Atrapó el labio superior de ella entre sus dientes y su lengua y la sintió gemir con desmayo, abriendo sus pequeñas manos sobre su pecho, deseando más, esperando que él le diera más.

Oh, él quería darle mucho más, pero también quería juguetear con esa boca que le había robado el sueño desde que la viera por primera vez, así que se deleitó en besarla, explorar su boca con sensualidad, y poco a poco fue introduciendo su lengua, buscando la suya, incitándola, retándola, provocando una cadena de reacciones que lo sorprendieron. Ella se entregó completamente, dejándolo entrar hasta lo más profundo, saboreando a su vez la miel de su beso, acercándose más, sintiendo que dependía de él para respirar. Estaba respondiendo con ardor e inocencia, y Fabián quiso hacer el grito de guerra de Tarzán al saber que había llegado a sitios inexplorados con sólo un beso.

Se apropió de su boca y la besó tan profundamente, tan concienzudamente, que estuvo completamente seguro de que podría tallarla luego con los ojos cerrados.

En un momento ella separó sus labios de los de él y se recostó en su pecho completamente embelesada por todas estas nuevas sensaciones que estaba experimentando, y él siguió besando su mejilla, su cuello, su hombro. Sophie lo abrazó con fuerza, atrayéndolo más, deseando algo más, y él sonrió al saber qué.

—Eres hermosa, Sophie —le dijo, y ella no contestó, sólo seguía allí, sintiendo su cálida piel en su mejilla, la elástica piel de su espalda bajo su mano—. Y me encantas. Me tienes totalmente encandilado —eso le hizo sonreír.

—Nunca sentí algo así.

—Lo sé—. Ella se movió un poco para mirarlo a los ojos, y la sonrisa que antes le pareció hermosa, ahora se había extendido a sus pícaros ojos haciéndola celestial. Él se alejó de repente y caminó dentro del agua hasta llegar a la cascada, poniéndose debajo. El agua golpeaba justo en su cabeza, y ella rio al escucharlo bramar. Cuando salió de allí, empezó a echarle agua con sus manos, y Sophie a gritar huyendo, pero terminó completamente empapada. Él tenía cuidado al abrazarla, o atraparla, recordando constantemente que, aunque sus

Tu Deseo

heridas habían cerrado, debían ser tratadas con delicadeza, y pasado el rato, cuando ella empezó a temblar, la sacó del agua, la sentó en una piedra en la orilla, y la rodeó con una toalla que sacó de la mochila.

—¿Qué es eso? —preguntó ella al ver que él sacaba también un termo—. Chocolate —se respondió a sí misma cuando sintió el aroma.

—Y está caliente —alardeó él.

—Lo tenías todo preparado.

—Claro que sí—. Él le extendió una taza con la bebida que humeaba suavemente y Sophie lo rodeó con sus dedos—. También tengo galletas, si quieres —ella no pudo evitar reír, y en un impulso, se acercó a él y lo besó. Fabián la miró un tanto sorprendido.

—Eres increíble —le dijo antes de alejarse—. Por dentro, por fuera, todo tú eres increíble —él sonrió y agradeció que la luz de la luna no fuese capaz de iluminar su sonrojo, que lo invadió de repente y por completo, y aprovechando que ella se había ofrecido en bandeja de plata, volvió a besarla.

Regresaron a casa empapados y sonrientes. Ella llevaba sus zapatos en sus manos y él la mochila. Cuando llegaron al pasillo de la casa, escucharon voces y se ocultaron.

—¿Qué pasa? —preguntó ella asomándose por detrás de él.

—Alguien discute—. Era la voz de Silvia, que mandaba al demonio a alguien. Fabián se acercó para ver qué sucedía, a ver si estaba en problemas, pero la chica no necesitaba ayuda; discutía con Fernando, al parecer, pero él sonreía detrás de ella como si en vez de estar escuchando insultos, ella le estuviera contando algo muy divertido. De repente, Silvia se giró, le pisó el pie y lo empujó a la piscina, que estaba cerca.

—¡Madura! —le gritó ella con más rabia de la que alguna vez Fabián le escuchó—. Y piérdete de mi vista. Mañana no te quiero ver en todo el día, ¿me escuchaste? —Silvia dio la espalda y se alejó.

—¡Te quiero! —gritó Fernando desde la orilla de la piscina—. No importa lo duro que me trates. Girl, ¡¡¡you really got me bad!!

—¡Que te calles! —volvió a gritarle Silvia, pero Fernando no parecía herido ni triste por eso. Sólo siguió allí en la piscina viendo cómo se alejaba y sonriendo de manera tonta.

Fabián suspiró y salió de las sombras, acercándose a Fernando.

—¿Qué le hiciste? —al verlo, Fernando se alejó de la orilla y nadó de espaldas hacia el centro.

—Le declaré mi amor. Pero me rechazó.

—¿Tú tienes amor? —Fernando volvió a sonreír, y aunque pretendió que esta vez sonara despreocupado, Fabián sintió tensión en su voz.

—Todos tenemos amor dentro, amigo—. Fabián lo miró con ojos entrecerrados, pero como el chico no se detuvo en su nado, le dio la espalda y volvió al sitio donde estaba Sophie.

—Cosas de niños —dijo, y le puso una mano en la espalda conduciéndola al interior de la casa.

Una vez dentro, ella se cubrió un poco más con la toalla y lo detuvo.

—Gracias por lo de esta noche —le dijo con una sonrisa. Se empinó y le besó los labios.

—Cuando te haga el amor, te olvidarás de esta noche, vas a ver —ella hizo un gesto de sorpresa y Fabián se echó a reír por su candidez—. Qué. ¿Me vas a decir que nunca lo haremos? Yo estoy muy seguro de que sí.

—Pero… se supone que…

—¿Que no debo decirlo en voz alta? ¿Que debe ser sorpresa? —Ella sonrió negando, se acercó y lo abrazó.

—Definitivamente, eres único—. Lo besó otra vez, y cuando la mano de él ya empezaba a bajar por su espalda, Sophie se escabulló y corrió a su habitación.

Fabián quedó allí, viéndola escaparse a través de la sala. Y ahora se iría solo a su cama a soñar con ella, porque no había hecho otra cosa desde que la conociera.

...13...

—Hija, al fin contestas ese teléfono, ¡Ya estaba preocupada! —exclamó Martha por teléfono a su hija mayor. Andrea mordisqueó un durazno mirando sin mucho interés su plato, donde tenía otras rodajas de la misma fruta. Su desayuno.

Hasta mañana entraba a trabajar luego de sus vacaciones, así que el día de hoy sólo dormiría, iría a hacer algunas compras y asistiría a su salón de belleza de confianza para que le dejaran el cabello, los pies, las manos y toda ella en perfecto estado para comenzar labores otra vez mañana.

Le esperaba un día ocupado.

Suspiró. A pesar de que en el fondo de su alma lo que deseaba era no tener que trabajar, le sentaba bien estar activa, sobre todo, tener un cargo como el que ostentaba ahora mismo. Le gustaba ser jefa, tener gente a cargo. Puede que algún día consiguiera darse la vida de millonaria que tanto quería, pero mientras, disfrutaría de poder mandar y ver cómo se le obedecía sin chistar.

—Hola, mamá —contestó sin mucho interés a su madre, su cabeza estaba ocupada organizando el itinerario del día.

—Feliz año nuevo —le sonrió Martha con la misma candidez y buen humor de siempre.

—Ajá —contestó Andrea.

—¿Dónde estuviste este fin de año?

—Por ahí.

—¿Por ahí? No viniste a saludarme ayer, ni nada. ¿Vas a venir a casa de tu hermana hoy?

—¿Para qué?

—Para saludar, claro. Estuviste de viaje y no te hemos visto desde…

—Estoy igual, no hay novedades; los veré cuando pueda.

—Andrea, hija…

—Mamá, estoy ocupada ahora, ¿no querrías…?

—Ni siquiera has preguntado por Sophie. Estuvo viviendo en tu casa tres meses, ¿no notaste que ya no está?

—Sí, lo noté; ya no me estorba su colchoneta en la habitación de mi ropa.

—No seas así —se quejó Martha, quien nunca había podido hacer un poco más doliente a su hija—. Pero ella está bien, gracias a Dios —Andrea suspiró y se metió a la boca otro durazno. No haría callar a su madre aunque quisiera. La única manera de evitar esta cantaleta sería cortándole la llamada, y ya lo había hecho antes con nefastas consecuencias; Martha se volvía peor si lo hacía.

—Sí, qué bueno.

—Y está viviendo en una casa grandísima, de esas enormes mansiones que aparecen en las telenovelas, ¡con unas personas tan buenas, ay, Dios mío!

—Mamá, no me interesan tus telenovelas —la interrumpió Andrea con hastío.

—¡No te estoy hablando de una telenovela! —exclamó Martha—, sino de Sophie. Esa familia Soler se ha portado tan bien con ella...

—Para ahí —volvió a detenerla Andrea—. ¿De qué familia Soler estás hablando?

—Yo los conocí —dijo Martha con voz sonriente y orgullosa—. A Carlos y a Ana, y a la suegra de Ana, Judith. ¡Son gente tan especial! Por estos días Sophie está viviendo con ellos. ¿Puedes creer que son amigos?

—¿Sophie está viviendo en la casa de Carlos Eduardo Soler? —preguntó Andrea perdiendo casi todo el aire y levantándose de la butaca en la que antes había estado sentada de manera tan displicente.

—Es lo que te decía. Sophie está bien, gracias a Dios. Yo pasé la fiesta de fin de año con ellos, ¡me invitaron!, ¡son tan queridos! Hubo de toda clase de comida, y hasta me dejaron dormir allí...

—¿Hablas de Carlos Eduardo Soler Ardila, mamá? —volvió a preguntar Andrea, como si no hubiese escuchado nada más.

—Que sí, Carlos y Ana. Son amigos de Sophie—. Andrea cortó la llamada abruptamente y apretó los dientes.

¿Qué diablos?, se preguntó. ¿Qué demonios estaba pasando aquí? ¿Cómo mierda había llegado Sophie a conocer a su jefe, y de paso, conocer a su esposa, meterse en su casa y hacerse amiga de ellos?

Ella, Andrea Domínguez, llevaba trabajando para él cinco años, y ni una sola vez la había invitado a su casa a nada, ¡a nada!, ¿cómo Sophie había entrado en esa casa?

No. Su madre debía estar equivocada.

Era un error, se dijo riéndose, un tonto error. No había manera en que esto pudiera ser real.

Marcó en su teléfono el número de Sophie, y éste timbró varias veces, pero nadie contestó. Sin inmutarse, volvió a llamar.

—¿Hola? —se escuchó al otro lado la voz de una chica. Esta no era la voz de Sophie.

—Necesito a Sophie Alvarado.

—Ella ahora está en el sauna —dijo la voz sonriente.
—No, no está en el sauna —dijo otra voz que Andrea tampoco pudo identificar—. La vi en la piscina con Fabián.
—Sí, ya la vi.
—¿Con...? —Andrea no fue capaz de completar la pregunta. Su corazón empezó a latir de manera desbocada, y empezó a dar vueltas por la sala de su apartamento como león enjaulado. No, no, no. Esto no podía ser. Sophie, sauna, piscina, Fabián...
—Que sea un error, que sea un error —deseó entre dientes.
—¿Hola? —esta vez sí era la voz de Sophie, y se la oía sonriente y despreocupada.
—¿Sophie?
—¿Andrea? —preguntó Sophie un poco extrañada.
Había estado recostada en una de las tumbonas al borde de la piscina, tomando un poco el sol y con un vaso de limonada en su mano. Al revisar el número de quien llamaba y ver que efectivamente era su prima, se enderezó y habló en voz baja—. Ah, dime. ¿Te hace falta algo en el apartamento? Porque sólo salí con mi ropa, y revisé dos veces y no me traje nada por accidente.
—¿Dónde estás? —preguntó Andrea sin hacer caso de lo que decía.
—En... Girardot, con unos amigos.
—¿Qué amigos? —Sophie se extrañó por la pregunta y el tono en que lo hacía. Se mordió un labio mirando a Fabián conversar con Mateo en la tumbona de al lado. No hablaban de nada especial. Al parecer, sólo discutían por un juego en el teléfono.
—Ana, una amiga mía.
—Cuál Ana.
—¿Qué pasa, Andrea?
—¡Cuál Ana! —volvió a insistir Andrea, y Sophie frunció su ceño.
—Ana Velásquez.
—De casualidad, ¿es la esposa de Carlos Eduardo Soler?
—Pues... sí.
—¿Conoces a los Soler?
—Sí.
—¿Desde cuándo?
—Bueno... conozco a Ana desde hace ya tiempo, y ella se casó con Carlos Eduardo hace como un año, o así.
—¿Y no me lo habías dicho?
—¿Y por qué te lo iba a decir? —preguntó Sophie un poco mosqueada ya—. ¿Era obligación hacerlo?

—¡Carlos Soler es mi jefe! —exclamó Andrea—. Es el dueño de la textilera en la que trabajaba antes, y dueño total de las tiendas Jakob, donde ahora soy ejecutiva. ¿Te parece que esa información debías quedártela para ti?

—No sabía que te interesara tanto…

—Claro que sabías. ¡Qué egoísta eres, Sophie!

—¿Disculpa? —preguntó Sophie ya molesta, y al sentir su tono de voz, Mateo y Fabián la miraron extrañados—. ¿Tú me estás acusando a mí de egoísta? ¿Quieres que te haga una lista de las veces que fuiste mezquina conmigo a más no poder?

—Si me hubieras dicho que eres amiga de los Soler, yo habría podido…

—¡Ascender! —volvió a exclamar Sophie, e incluso hizo un gesto amplio con la mano—, que es lo único que te importa. Y pues mira, no se me ocurrió contarte que sí, soy amiga de Ana, de Ángela, y hasta de Eloísa, la esposa de Mateo Aguilar. Y no, no pienso hablarles de ti, ni presentarte, ni recomendarte, ni…

—Yo ya los conozco, tonta… ¡Y mira que llamarme mezquina cuando te dejé vivir tres meses en mi apartamento!

—¡Tres meses de techo que pagué con muchos años de anticipación! —gritó ahora Sophie levantándose de la tumbona—. Cuando, por descocada, te gastaste el dinero de la matrícula de la universidad, y que, si no habría sido por mi ayuda, habrías perdido el semestre. Pagué esos tres meses muy caro, ¡así que no tienes derecho a sacarme nada en cara!

—¿Qué sucede? —preguntó Fabián ya preocupado. Sophie parecía realmente molesta.

Al oír la voz, Andrea sintió que le daban un puñetazo en el estómago y le sacaban todo el aire.

—¿Ese es Fabián Magliani?

—Nena, ¿qué pasa? —preguntó Fabián acercándose más. Sophie sacudió su cabeza negando.

—Sí, es Fabián —le contestó a Andrea por el teléfono y alejándose un poco de él—. Y qué.

—Tú… ¡grandísima zorra! —Andrea cortó la llamada, y no pudo escuchar la exclamación de sorpresa de Sophie.

—¿Qué sucede? —volvió a preguntar Fabián, al ver que Sophie miraba su teléfono como si fuera alguna serpiente especialmente venenosa.

—Esa… esa… ¡estúpida! —dijo Sophie entre dientes—. Se atreve a…

—¿Con quién hablabas? —preguntó Mateo desde su tumbona.
—Con Andrea, mi prima —Fabián elevó sus cejas al escuchar el nombre—. Está ofendidísima porque no le dije que conocía a la familia Soler.
—¿Ofendidísima? —volvió a preguntar Mateo.
—No se podía creer que fuera amiga de ustedes y me lo estuviera guardando para mí sola. ¡Me llamó zorra y todo!
—¿Quién te llamó zorra? —preguntó Juan José llegando y mirándola ceñudo—. ¿A quién hay que tirarle huevos en la ventana?
—Es un catorceavo piso —le explicó Fabián—. No se puede con huevos.
— ¡Vaya! Mi idea parecía estupenda.
—Es la prima —le contestó Mateo—. Está molesta porque Sophie tiene buenas conexiones y no se lo había comunicado.
—¿Tienes Facebook? —preguntó Juan José con una sonrisa algo maquiavélica, y Sophie miró a Fabián interrogante.
—Sí, pero...
—Bien. Tomémonos muchas fotos, súbelas y nos etiquetas. Y luego dices: "con mis *amiguis* los Soler, los Aguilar y los Magliani. Gracias, chicos, por su invitación; lo pasé de maravilla".
—No puedo creer que se te ocurran esas cosas —bufó Fabián, pero Juan José miraba a Sophie con una pose de macho alfa, y subiendo y bajando sus cejas repetidamente. Sophie no pudo evitar echarse a reír, haciendo que su explosión de rabia anterior desapareciera.
—Ustedes sí que están locos.
—Ya que no puedo echar huevos en su ventana... Hey, ¡Alex! —exclamó Juan José, y casi echó a correr tras el niño, que intentaba subirse él solo al trampolín de la piscina.
Sophie sintió el toque de Fabián en su brazo y se giró a mirarlo.
—¿De verdad estaba tan molesta? —le preguntó.
—Les da mucha importancia a las conexiones con gente de dinero. Siempre ha sido del tipo...
—¿Arribista? —sonrió Fabián completando su oración, y Sophie suspiró.
—Apuesto a que daría la vida por estar en mi lugar en este momento.
—Entonces ahora se hace obligación disfrutar, ¿no te parece? — Sophie sonrió mirándolo a los ojos, que, bajo la luz del sol, se veían más verdes que nunca.
—Yo... simplemente no puedo creer que haya despertado la

envidia de Andrea —se echó a reír Sophie—. Toda mi vida ha sido al revés: yo deseando poder tener la mitad de las cosas que ella. Y mira ahora, está ardida porque estoy aquí y ella no.

—Así es la vida. Y quién sabe qué más sorpresas haya para el futuro—. Sophie volvió a sentarse en la tumbona, y volvió a mirar su teléfono imaginando que debió ser su tía Martha quien le contara dónde y con quién estaba ella. Había sido inevitable que se enterara, y ella no había tenido intención de ocultarlo, pero jamás pensó que reaccionaría de esta manera.

—¿Ese es tu teléfono? —le preguntó Fabián mirando el aparato, que no era de alta tecnología, ni mucho menos.

—Sí—. Él no hizo ningún comentario, sólo se recostó en la tumbona y puso sus brazos debajo de su nuca, cerrando sus ojos y sin agregar nada más.

Andrea Domínguez tiró al suelo la decoración que había sobre la mesa de café de su sala. Tomó el sillón y lo tiró también patas arriba y con cada cosa que echaba al suelo gritaba furiosa.

Cómo, ¿cómo había sido posible algo así? ¿Cómo había llegado Sophie hasta la mismísima familia Soler? ¿Y cómo diablos había conseguido estar en una piscina, o en un sauna, cerca de Fabián Magliani?

Dios sabía todo lo que ella había hecho para conquistar a ese hombre. ¡Ella!, que era mucho más guapa y sofisticada que la simplona de su prima y por lo general no tenía que hacer más que pestañear para que los hombres la encontraran encantadora y de una vez se pusieran a sus pies como tapetes. Pero es que no era posible, Sophie ni siquiera se pintaba las uñas de las manos, ¿cómo podía haber llegado tan lejos?

En cambio, ella, tanto esfuerzo, tanta preparación, sacrificios hechos para ser cada día mejor, más bonita, más profesional…

¿Qué le pasaba a esa gente?

Primero Carlos, semejante monumento de hombre, prefería a una india como Ana, una mujer que si acaso había pisado una escuela, que vestía ropa corriente, que no distinguía una roca de un diamante; era casi sacrílego que alguien con tanta clase como Carlos la eligiera como su esposa; ¿le había dado un bebedizo o algo así? Era la única explicación que encontraba.

Su hermano, Juan José, al menos había elegido a una mujer bonita, aunque tenía la misma clase que un chucho de la calle. Andrea consideraba que era más guapa que la tal Ángela, pero no podía hacer nada ante los millones que se decía que ella tenía. Una mujer sumamente rica, y si encima le ponías unos ojos grises que ni ella era capaz de criticar, era hasta comprensible que la eligiera. Además, a Juan José ya lo había conocido casado, y era del tipo de marido enamorado, porque a ella si acaso la miró un par de veces, y en su mirada no hubo ese brillo de interés.

Mateo Aguilar simplemente ni la determinó la ocasión en que estuvo cerca de ellos. Sólo tenía ojos para una mujer que jamás destacaría en ningún salón. Había intercambiado un par de palabras con Eloísa Vega, la que, según, ahora era su esposa. Ella insistía en poner eso en duda, pues no se mostró en las redes ni una sola fotografía de la boda. Si hubiese estado en su lugar, Andrea se habría asegurado de que la noticia de su unión con alguien como él le diera la vuelta al mundo. Alguien como él debió elegir mejor; constantemente aparecía en revistas de chismes y la sección de sociales de los periódicos locales y nacionales. Y esa tal Eloísa lo único que tenía a favor era un padre popular y el codearse con gente de clase, porque de resto...

Y ahora Fabián...

Ah, le estaba doliendo profundamente esta nueva pérdida. Fabián Magliani estaba en su top de herederos. Además de guapo, rico, estar en forma, ser popular y tener clase, era heterosexual. Comprobado. Le gustaban las mujeres, así que era perfecto.

Había salido una vez con él, y no se explicaba por qué las cosas no habían salido bien. Para ella la cita había sido mágica; habría preferido que él sacara alguno de sus autos más caros para pasear, pero por lo demás, había sido perfecto.

Sin embargo, luego de eso, lo llamaba y él a veces no contestaba, le enviaba mensajes y aparecían leídos, pero ni un hola, nada. ¿Qué debía hacer una mujer para llamar su atención? Comprendía que estaba rodeado de mujeres hermosas y que podía elegir a la que quisiera, ¡pero ella era hermosa!

No, no. Esto definitivamente no tenía presentación, y no se iba a quedar así. Ahora, más que nunca, se juraba a sí misma que Fabián sería suyo. Entraría a la élite a como diera lugar, no importaba los sacrificios que tuviera que hacer en el camino para conseguirlo.

Los Soler, y todo el grupo de gente que con ellos viajó de vacaciones, regresaron a la fría Bogotá cuatro días después en horas de la tarde. Las vacaciones de todos habían llegado a su fin, y en cuanto atravesaron la puerta, Carlos le notificó a Sophie que debía presentarse mañana a las diez de la mañana con su currículum al edificio principal de oficinas de las tiendas Jakob, no sólo para hacerle una entrevista más formal, sino para, de una vez, ubicarla laboralmente. Sophie sonrió muy emocionada. Otra vez tendría un empleo, y buscó a Fabián para abrazarlo y celebrar con un beso.

—¡Tendré un empleo en Jakob! —susurró—. ¡Un sueño hecho realidad!

—El primero de muchos —vaticinó él, y ella rio echando atrás su cabeza, exponiendo ante él su cuello, que no perdió el tiempo y depositó un beso sobre esa piel tan suave.

Había sido difícil para él abstenerse de tocarla de manera más íntima en estos cuatro días pasados, pero además de que debía considerar que ella había sido operada recientemente de apendicitis, estaba su promesa de esperar a la revisión médica que se haría en cuanto el abogado le dijera que era posible la anulación. Es decir, que no tenía opciones.

Afortunadamente, ella no era una mojigata remilgada, y no era mezquina con sus besos. Tal vez influía mucho el hecho de que se había sentido segura entre todos los demás, y que confiaba en que él no haría nada que perjudicara sus planes o su salud.

Tonta confianza. Había estado a punto de traicionarla en varias ocasiones.

—¿Quieres que venga por ti para llevarte a tu entrevista?
—No, no. Yo llegaré por mi cuenta, no te preocupes.
—¿Segura?
—Claro que sí.
—¿Me llamarás para contarme cómo te fue? —ella asintió sonriendo con los labios apretados. Se estaba dando cuenta de que, además de tener a alguien que le gustaba, y que gozaba con sus besos y sus atenciones, estaba encontrando en él un amigo al que podía contarle este tipo de cosas. Le podía hablar de todo, pensó.

—Si hay algo que celebrar, ya te estaré avisando —le dijo, y Fabián le dio un beso más antes de despedirse.

Entró a su habitación sonriendo y suspirando. Pronto recuperaría su vida, podría alquilar un pequeño apartamento, iría comprando poco a poco las cosas de primera necesidad que antes perdió, y saldría adelante.

—Gracias, Dios —dijo en voz baja y con los ojos cerrados. No encontraba una explicación lógica para todo lo bueno que le estaba pasando en la vida, y se dio cuenta de que ya se había ido acostumbrando a que sólo le ocurrieran tragedias.

No, se dijo. Esa es una actitud derrotista.
Pero cuando sólo te pasan cosas malas, poco a poco te vas acostumbrando.
Alguien llamó a su puerta y ella dio la voz de entrada. Tras ella apareció Ana con una sonrisa.

—¿Cansada? —le preguntó.

—Sí, un poco, la verdad.

—No es para menos. Se supone que debías estar descansando luego de tu operación, pero en cambio, te arrastramos a un paseo movido.

—Y bien movido —sonrió Sophie recordando que casi cada noche, los adultos habían salido a bares y restaurantes para mover el esqueleto, comer, o simplemente charlar. Eloísa le había confesado que estas eran las vacaciones más económicas que hasta ahora habían hecho, pues su costumbre era irse a las playas de la costa, pero en esta ocasión, habían variado. Sophie no quiso decirle que a ella le habría encantado ir a las ciudades de Cartagena o Santa Marta, pues no las conocía, pero al recordar su noche en la pequeña cascada con Fabián, decidió que Girardot también había estado bien.

Se movió un poco en el colchón de su cama dándole a Ana un espacio para que también se sentara.

—¿Te dijo Carlos lo de mañana?

—Sí. Y estoy muy emocionada. Gracias, Ana —ella agitó su mano quitándole importancia.

—¿Tienes ropa para la cita? —Sophie borró poco a poco su sonrisa. Hizo cuenta de la ropa que tenía en su armario y, aunque tenía un par de prendas que podían servirle, no podía olvidar que iba directamente a Jakob, uno de las tiendas ícono de la moda en el país—. ¿Te parece si salimos y buscamos algo? —propuso Ana casi adivinando sus pensamientos.

—¿Ahora?

—Las tiendas cierran tarde.

—Pero...

—¿Sabías que soy la dueña de Jakob? —soltó Ana como si nada, y Sophie abrió sus labios perpleja. Ana arrugó su nariz—. Literalmente, todo lo que hay en cada tienda me pertenece, así que no es como si me fueras a desplumar si te regalo un par de trapos.

—Pero es que ya me has dado tanto...

—Es decir, ¿que ya nunca más en la vida podré hacerte un regalo? Ni de cumpleaños, ni de navidad... —Sophie se echó a reír.

—No, pero...

—Hazme una promesa, Sophie —dijo Ana extendiendo su mano y tomando la de ella, más blanca, con firmeza—. En el futuro, cuando estés bien, cuando la vida te haya sonreído y veas a alguien en una situación similar a la tuya... no dudes en extenderle toda tu ayuda, en llegar hasta el final para que esa persona pueda andar otra vez por sí misma—. Sophie la miró a los ojos, preguntándose si acaso era por eso que la estaba ayudando a ella, y como si Ana hubiese leído sus pensamientos, asintió con un movimiento de su cabeza—. Mi hada madrina fue Ángela. Si ella no hubiese llegado el día que llegó a nuestra casa... —respiró profundo, como si todavía recordara el sabor amargo de aquella época—. Sólo imagina tu misma situación, pero con tres niños más que dependen de ti.

—Terrible, Ana.

—Pero tuve quién me ayudara, quién me extendiera la mano. Yo era orgullosa a más no poder... bueno, aún lo soy, pero ellos me doblegaron y acepté la ayuda... y me alegro de que lo hayan hecho, porque hoy estamos bien, a salvo del hambre y la desnudez.

—Seguro que te merecías la ayuda.

—Y se trata también de aceptarla, Sophie... y luego de... devolverle el favor a la vida.

—Si te prometo eso...

—Tu deuda conmigo estará saldada—. Sophie tragó saliva, presintiendo que este sería un momento solemne, y elevó su mano derecha.

—Lo prometo.

—Está bien —sonrió Ana otra vez—. Date una ducha, en media hora salimos.

—Vale—. Ana salió de su habitación y Sophie suspiró. Sería incapaz de negarle la ayuda a alguien cuando conocía de primera mano el desamparo.

Cerró sus ojos, y a la oración que antes había iniciado, añadió el deseo de tener la oportunidad de ser ella quien ayudara a otro.

...14...

Sophie llegó casi media hora antes a las oficinas de Jakob. El edificio entero era precioso. En la amplia entrada se anunciaba el nombre del grupo textil y empresarial al que pertenecían las tiendas con letras doradas, y el piso del recibidor, de mármol blanco, parecía más bien un espejo. Varios autos de marcas importadas estaban aparcados afuera, y un vigilante la saludó cordial al traspasar la puerta principal.

Sophie entró con la seguridad que le confería saber que esto no era más que la realización de uno de sus sueños, el apoyo de sus nuevos amigos, y el saberse al dedillo las actividades que desempeñaba la empresa. También ayudaba su ropa nueva, y el mensaje de Fabián que acababa de llegarle. "Acábalos", decía, y ella no pudo más que sonreír.

—¿Señorita Alvarado? —la saludó una amable recepcionista antes de que ella pudiera decir quién era y a qué venía, y Sophie se sorprendió un poco, pues no esperaba siquiera que se supieran su nombre. Asintió y la miró atenta—. El señor Soler está en una reunión ahora mismo, pero me pidió que la condujera a una de las oficinas. ¿Desea tomar algo? —Sophie vio que la chica llevaba un iPad en su mano y la miraba esperando su orden; pero Sophie no tenía nadita de hambre, ni de sed. En casa de Ana le habían servido un desayuno de campeones, tal como había dicho Silvia al verlo, y en general, todos habían hecho alguna oración sobre ella para que le fuera bien hoy. Lo cual era gracioso; ellos mismos eran los que tenían intención de contratarla.

—Sólo un té, si tienes.

—Sí, señorita. Sígame, por favor—. Así lo hizo Sophie, y subió junto a ella al ascensor.

Una vez arriba, la joven la condujo con agilidad hacia una de las oficinas.

Ella no se quedó con las ganas, y echó un vistazo a cada lado. Al parecer, el edificio seguía la línea de decoración de las tiendas, así que muebles, pisos y cuadros seguían la misma gama de colores: blanco, azul aguamarina y violeta. Las mesas, los cubículos, el piso, todo parecía conjuntado y Sophie pudo ver que todo era de primerísima calidad.

—¿Puedo hacerte una pregunta? —dijo Sophie dirigiéndose a la recepcionista.

—Claro —contestó ella.
—¿Qué es lo mejor de trabajar aquí? —la mujer sonrió de inmediato.
—Bueno, aparte de que constantemente estás viendo personalidades de la farándula colombiana...
—¿De verdad?
—Sí, vienen muchos modelos y famosos. Hombres y mujeres.
—Y aparte de eso...
—Te enteras primero que nadie de lo que será tendencia en moda, y tienes descuento en las tiendas.
—Maravilloso —sonrió Sophie.

A través de un ventanal de cristal, vio el interior de una enorme sala de juntas donde al parecer se desarrollaba una reunión importante; un joven exponía ayudándose con un proyector de imágenes y hablaba con cierta desenvoltura. Sophie se fijó en que las imágenes mostraban gráficos, tal vez de ventas. Carlos estaba sentado en la cabecera de la mesa de juntas y observaba la presentación del chico con interés.

De Andrea sólo vio su negra cabellera, pues estaba de espaldas. Y pensó que mejor así, pues ella no habría sido capaz de disimular su sorpresa y desencanto al verla allí.

La introdujeron en una hermosa oficina, aunque esta era un poco más sobria. Se preguntó quién la ocupaba, si Carlos tenía la suya en Texticol, donde permanecía más tiempo.

—En un momento le traerán su té —dijo la joven antes de salir, y Sophie asintió mirando en derredor.

Se sentó y puso sobre su regazo la carpeta que había traído, donde, además de su currículum, tenía varios de sus bocetos, bosquejos de proyectos que había ideado antes, además de todo lo que había investigado de Jakob, y que Ana le había chismeado por debajo de la mesa.

Tenían muchos proyectos en mente. La tienda apenas se estaba recuperando de una crisis que había sufrido hacía algunos años por mala administración, y sólo desde que estaba en manos de Carlos había empezado a recuperarse. Ahora, al fin habían recobrado parte de su capital y obtenido ganancias. También habían cambiado a casi todo el personal que la dirigía, trayendo a gente más joven y con ideas frescas, y entre ellas estaba su prima, que se ocupaba de los diferentes puntos de venta a lo largo del país.

Por eso viajaba tanto, pensó elevando una ceja. Ella no había sabido que su cargo era tan importante.

Tu Deseo

Otro dato que le había compartido Ana, era que al parecer querían expandirse, y todavía no habían encontrado una solución a esto. Y ella pensó en que, si les faltaban ideas y aceptaban la suya, podían crecer juntos. Miró su carpeta como si allí se escondiera la magia, y sonrió llena de orgullo.

Por fin podría ser lo que quería ser. Antes había estado contenta trabajando en la asesoría a las clientas, y ciertamente, esa tarea le había ayudado mucho; la había acercado al destinatario final de todo este trabajo, conociendo sus dudas e incertidumbres.

Su té llegó sin demora y Sophie lo recibió con una sonrisa. Además de la seguridad que traía en sus conocimientos y experiencia, sentía que hoy estaba bonita. Vestía una blusa blanca sin más accesorios que unos pequeños botones semejantes a las perlas, y una falda azul marino que apenas le llegaba a la rodilla. Sin querer, hacía juego con el edificio... O tal vez queriendo, recordó, pues su atuendo lo había elegido Ana.

Su abrigo blanco lo había plegado al lado de su bolso, también nuevo, y sus zapatos eran sencillamente un sueño; unas sandalias altas, muy cómodas a pesar de todo, y discretas para la ocasión.

Sophie estaba estrenando hasta ropa interior, y eso la hacía sonreír.

Ahora recordaba que anoche habían entrado a la más grande de las tiendas de Jakob, la que Ana siempre visitaba, y al reconocerla como la esposa del señor y dueño, todos los asesores que en ella había prácticamente se habían volcado a atenderlas.

Ana tan sólo necesitó conocer sus tallas para empezar a poner sobre sus brazos montones de blusas, faldas, vestidos, pantalones, cinturones, chaquetas y demás cosas. La cuenta había ascendido a varios millones de pesos colombianos, y Sophie sintió que perdía el aire cuando ella, de manera casual, sacó la tarjeta de crédito y pagó con ella.

—¡Es demasiado, Ana! —le dijo—. Dijiste que un par de trapos para ponérmelos en la entrevista mañana.

—Mentí —admitió Ana con descaro—. No seas tonta. No servirá de nada que mañana vayas como una princesa si el resto de días irás como una plebeya. La primera impresión es buena, pero la segunda y la tercera también. Además —agregó mirándola con fijeza—, quedamos en que no refunfuñarías por mis regalos.

—Yo no prometí eso.

—A mí me parece que sí, y estás refunfuñando mucho. Sólo

147

piensa en la cara de tu prima cuando te vea, y verás que se te pasa la vergüenza conmigo.

Ahora, sentada aquí, en estas oficinas, y luciendo estos hermosos y caros trapos, no podía dejar de sonreír. Se sentía viviendo un auténtico cuento de hadas.

Minutos después de estar allí, entró Carlos, con su sonrisa de ojos luminosos, extendiéndole su mano de manera formal. La invitó a tomar asiento, y Sophie se dio cuenta de que no señalaba los asientos frente al escritorio, sino a los muebles.

— ¿Todo bien? —le preguntó Carlos—. Olvidé recordarle a Ana esta mañana que dispusiera un auto para ti. Espero no hayas tenido problemas para llegar.

—No te preocupes; de todos modos, me trajeron desde la casa.

—Qué bien—. Él extendió de nuevo su mano y Sophie le entregó una de las carpetas que llevaba consigo. Carlos empezó a hojearla en silencio, y Sophie respiró profundo—. Tu experiencia está, más que todo, en ventas —señaló él—. Pero estás cursando ya los últimos semestres de diseño de modas en una muy buena universidad, y veo que has hecho diferentes diplomados.

—Sí, bueno... Reconozco que el mercado es competitivo, y necesito un plus.

—¿Y cuál es tu plus?

—Que no sólo sé cortar y coser, también tengo conocimientos en mercadeo, gerencia y administración.

—Claro, así lo dicen estos títulos. Entonces, ¿te consideras capaz para un puesto más allá de la asesoría en las tiendas? —Sophie asintió, y la entrevista fue avanzando de manera muy satisfactoria para ella; incluso, le entregó a Carlos su otra carpeta, donde además de bocetos de diseños ideados por ella, presentaba planes para incluir en la línea de producción de Jakob nuevas propuestas.

Aquello, más que una entrevista, parecía una charla de amigos. Y había sido así desde el principio, admitió. Nunca sintió que él pusiera una barrera cuando hablaban, ni él, ni ninguno de los otros amigos de Ana. De hecho, siempre se habían comportado como si la conocieran de años.

Y ahora, luego de haber compartido unos pocos días de vacaciones junto a todos ellos, sentía que definitivamente los conocía desde hacía mucho tiempo.

Carlos se maravilló un poco al ver en el currículum de Sophie que ella había hecho antes diseño de calzado y de otros accesorios en cuero, y con soltura, ella hablaba de materiales y tendencias, como si llevara mucho tiempo pensando en esto, deseándolo.

—Jakob maneja marroquinería —le comunicó Carlos a Sophie tocándose los labios con la yema de sus dedos—, pero no hemos incursionado en el calzado.

—Te aseguro que, si logras atrapar ese mercado en especial, conseguirás más que un despegue en las ventas. Las mujeres, la gran mayoría de nosotras, somos unas obsesionadas con los zapatos. Puede faltarnos todo, pero que no nos falten los zapatos.

—Dímelo a mí. Tengo cuatro mujeres en casa —Sophie se echó a reír, pues, aunque él había pretendido sonar apesadumbrado por eso, parecía más bien encantado—. Y es evidente que, a ti, definitivamente, sí te hacen feliz los zapatos.

—Oh, si a mí me pones a elegir entre una librería y una tienda de calzado, moriré por la indecisión —Carlos se echó a reír.

Ella tenía una vena ambiciosa y emprendedora, comprendió Carlos. Y esta era la gente que le gustaba tener a su lado.

Minutos después, entró a la oficina Andrea, que prácticamente se quedó de piedra al ver a Sophie charlando tan alegremente con Carlos. Sophie la miró un poco extrañada, preguntándose por qué estaba aquí, si acaso Carlos la había llamado, o su presencia en la oficina era casualidad.

—Sigue, por favor, Andrea —dijo él señalando otro de los muebles. Andrea la miró elevando una de sus cejas muy bien maquilladas, como todo su rostro, y endureció un poco sus facciones. Ella llevaba un discreto vestido de paño charcoal, que le llegaba un poco más arriba de la rodilla y sin mangas. Los hombros de Andrea eran pecosos, y su piel blanca; de alguna manera, conseguía verse atractiva con cualquier cosa que se pusiera, y lo sabía.

Se dirigió al mueble que Carlos le señalaba y se sentó con su usual desenvoltura, aunque seguramente también se estaba preguntando porque la habían llamado aquí.

—Estoy entrevistando a tu prima —Andrea miró a Carlos sorprendida de que él supiera que eran familia.

—Sí... Sophie es mi... prima.

—Prima hermana —agregó Sophie mirándola con una sonrisa—. Vivimos en la misma casa muchos años, porque nos criamos juntas, ¿no es así? Somos, más bien, como hermanitas—. Andrea sonrió sin mucha convicción haciéndole una advertencia con la mirada, pero Sophie siguió sonriendo como si no lo hubiese notado.

—Me sorprende un poco que tú, siendo la vicepresidenta de

puntos de venta, no hayas procurado ubicar a tu prima en las tantas y tantas tiendas que tenemos a lo largo y ancho del país... —Andrea procuró no alterar su tranquilo semblante. Así que para esto había sido llamada, para recibir un reproche.

—Bueno, la verdad es que Sophie no cumple con el perfil...

—Pero trabajaba en las tiendas de la competencia —volvió a decir Carlos mirándola con ojos entrecerrados—. Si era buena para ellos, era buena para nosotros. Y estuviste desempleada... ¿cuántos meses, Sophie?

—Nueve meses.

—Nueve meses en los que pudo haber estado con nosotros, y no nos dijiste nada.

—Ella no me pidió ayuda —Sophie abrió levemente sus labios sin poder disimular la sorpresa por semejante mentira. Más de mil veces la llamó preguntándole si acaso en Jakob podían aceptarla, aunque fuera de cajera. Y cuando llegaron a vivir en el mismo apartamento, casi a diario se lo recordó.

Los labios le temblaron por la indignación, y sintió que palidecía.

Carlos miró a una y a otra. Sophie parecía querer estallar en llamas, mientras que Andrea estaba muy relajada en su asiento, acomodando su brillante cabello con sus dedos y con las piernas cruzadas de manera que él pudiera notarlas muy bien.

—Bueno, en cierta manera me alegra que no la contrataras —sonrió Carlos poniéndose en pie y encaminándose al teléfono—. Porque tal vez la habrías ubicado en alguna tienda de una ciudad remota y me habría perdido la oportunidad de ver sus capacidades. Sophie, ¿te interesaría trabajar en producción? —ella abrió grandes sus ojos.

—Bueno... Producción es un área muy grande, pero estoy segura de que me desempeñaría bien en cualquier lugar.

—Sí, podrías ser operaria —dijo Andrea señalándola como si le estuviese dando más de lo que merecía, y Sophie la miró ceñuda, pero al instante, le sonrió.

—Y lo haría muy bien.

—Nuestro vicepresidente de producción, Valerio Rodríguez, es un hombre con mucha experiencia, y tiene mucha trayectoria en Jakob —siguió Carlos ignorando el comentario de Andrea, que, al oír lo que decía, abrió grandes sus ojos al comprender lo que él pretendía—. Es uno de los pocos ejecutivos que sigue aquí luego de que la empresa pasara a mis manos.

—Claro —asintió Sophie mirándolo muy seria.

—Quiero que seas su asistente.
—Secretaria, es un buen puesto —comentó Andrea casi a la desesperada.
—Asistente —recalcó Carlos mirándola con dureza—. Serás la segunda al mando en esa área, Sophie. Necesito que seas como una esponja y aprendas todo lo que puedas de Valerio. Con tus capacidades, unido a la experiencia de Valerio, y el esfuerzo que todos estamos poniendo en esto, tengo la esperanza de que Jakob repunte otra vez en el mercado de la manera que tanto deseamos.
—Estupendo —sonrió Sophie ya imaginando todo lo que podía aprender y luego aportar.
—Imagino que te gustaría llegar a ser la diseñadora principal de una casa de modas, pero...
—Reconozco que aún no estoy lista para eso —volvió a decir Sophie con soltura—, lamentablemente, no he tenido la oportunidad de laborar en esa línea antes, y he tenido que... invertir mi tiempo en otras cosas, pero producción es una excelente área para empezar, Carlos, y ya sabes que vine dispuesta a laborar donde me ubicaras—.
Andrea se giró a mirarla disimulando su molestia cuando Sophie tuteó a su jefe, y al parecer, a él no le incomodaba, porque simplemente se encogió de hombros y llamó a alguien por teléfono. Segundos después entró una de las secretarias, y Carlos le indicó que guiara a Sophie en todo el proceso de incorporación a la empresa.

Así, tan fácil, notó Andrea. Sophie estaba dentro ya.

Sophie se puso en pie, y salió siguiendo a la secretaria, y fue entonces que Andrea reconoció las prendas que usaba. Eso era de la última colección de Jakob, advirtió. Y no sólo eso, sino que era de la más alta gama, carísima, preciosísima. Ella no había podido adquirirlas ni con el descuento que se le daba por ser parte de la empresa.

¡Maldita sea!

—Andrea —la llamó Carlos, y ella se giró a mirarlo componiendo de nuevo una expresión tranquila—. ¿De verdad sabías que tu prima tiene todas esas capacidades y, aun así, permitiste que siguiera desempleada? —Andrea se puso en pie encogiéndose de hombros y caminó a él sonriendo de manera encantadora.

—De verdad, Carlos... hay miles de chicas como ella en el mercado. Sophie ni siquiera es profesional, y sé de primera mano que tú no contratas peritos, o recomendados.

—No estés tan segura de eso.

—Además... tenemos personas aún más capacitadas que ella

como simples asesores de ventas.

—Nunca has visto un diseño de tu prima, ¿verdad? —volvió a decir Carlos, y Andrea volvió a elevar sus cejas.

—¿Qué tienen de especial sus…?

—Es buena —la interrumpió Carlos—. Te lo digo como alguien que lleva toda su vida en este medio, que sabe de diseño, confección, telas…

—Viste algunos de sus dibujos y ya opinas que…

—Vi su trabajo —volvió a interrumpirla Carlos—. Fue a mi fiesta de navidad con un diseño que nada tiene que envidiarle a los nuestros, y lo diseñó y confeccionó ella misma pieza a pieza—. Andrea no desdibujó su sonrisa al saber que Sophie también había sido invitada a una fiesta tan privada como la de navidad, y lo miró con sus enormes ojos marrones con dulzura.

—Entonces, afortunadamente la has descubierto. Es una gran adquisición.

—Sí. Pero si lo hubiera hecho hace tres años, o al tiempo que te contraté a ti, las cosas serían diferentes por aquí —ella sonrió agitando su cabellera.

—Siento que le das mucho crédito, la verdad, pero, al fin y al cabo, es tu decisión y yo la respeto. Espero no te meta en problemas, porque la conozco bien y puede ser algo conflictiva. No te extrañe si empiezas a escuchar cosas extrañas de ella. ¿Me necesitas para algo más? —Carlos la miraba analítico, y súbitamente, recordó a Ana en aquel bar donde le propuso matrimonio, mirando a Andrea furiosa, y llamándola zorra.

Tuvo el impulso de llamarla y contarle lo que había pasado aquí, pero presintió que ella le echaría la bronca por no haberla despedido antes y se contuvo.

—No. Nada más.

—Entonces, hasta ahorita. Si quieres compañía para el almuerzo, estoy libre—. Él se abstuvo de hacer comentario alguno. Ya le había sucedido antes que ella había malinterpretado sus palabras y le había hecho hasta una reservación en un bar.

Sophie entró a trabajar de inmediato, y ella sólo lamentó haber elegido unas sandalias tan altas para su primer día. Sentía tirones en su costado, y supo que tal vez debía tomarse las cosas con un poco de calma, pues su operación seguía estando reciente.

Sin embargo, estaba feliz, y lo primero que hizo fue enviarle un mensaje de texto a Fabián.

"Contratada", decía el mensaje. "He aquí a la nueva asistente de producción".

"¿Asistente de producción? ¡Woah! Eso suena importante. ¿Celebramos esta noche?". Sophie sintió un cosquilleo muy agradable en su vientre, y mordiendo una sonrisa, le contestó: "Pasa por mí a las seis".

"Hecho", contestó él, y Sophie se sentó en su nueva oficina sonriendo. Ya había hecho todo el paseo por la planta de producción y había sido presentada a Valerio Rodríguez, que resultó ser un hombre bastante quisquilloso con los detalles y exigente, pero no por eso desagradable.

—Ya Carlos me había hablado de ti —le dijo Valerio mientras la conducía entre máquinas de coser y telas señalándole los diferentes departamentos y líneas de producción—. Espero que hayas estudiado un poco acerca de nosotros.

—Por supuesto —le contestó Sophie—. Casi podría hacer una exposición de Jakob, su historia y estilo—. Valerio se detuvo a mirarla muy serio. A pesar de ser un hombre de más de cincuenta años, se le notaba que adoraba la moda y todo lo que tuviera que ver con el estilo, pues no sólo su ropa era exquisita, sino que llevaba el cabello blanco recogido en una coleta en la nuca y un arete de diamante en la oreja izquierda.

—Tú me gustas —le dijo—. Esperemos que siga siendo así—. Sophie sonrió. Estaba más que segura de que así sería.

A la hora de la salida, Andrea salía del edificio sin notar que algunos la saludaban. Iba pensando, preguntándose aún, cómo rayos Sophie, su primita, había podido llegar al sitio en el que estaba. ¡Nada menos que asistenta de producción! Ganaría casi lo mismo que ella, y estaría en primera línea en los lanzamientos y shows. ¿Cómo podía alguien como ella tener tanta suerte? Porque podía jurar que era pura suerte.

Debió haberse encontrado por casualidad con Ana. Pero claro, es que eran de la misma clase, de la misma calaña; ambas traídas quizá del barrio más pobre. Por el contrario, ella no se codeaba con gente así.

"Ellos son blancos, y se entienden", rezaba el dicho. Diablos, qué horror todo esto. Ni siquiera había terminado su carrera, ¿cómo podía Carlos contratarla? ¿Sólo porque se había hecho amiguita de su esposa? Ahora mismo, estaba dudando seriamente de las capacidades de liderazgo de Carlos.

Y entonces su día se arregló completamente. Todas sus penas fueron olvidadas, borradas de su horizonte de un solo plumazo; en la salida estaba nadie menos que Fabián Magliani, recostado a su auto como si estuviera esperando a alguien.

A ella, seguramente.

Oh, ¡había atendido al último mensaje que le había enviado, donde le decía que soñaba con el día en que fuera a recogerla a su trabajo!

Sonrió ampliamente y aceleró el paso hacia él. Ah, él estaba guapísimo, como siempre, luciendo una americana café oscuro, jeans, y una camisa azul turquí de pequeños botones blancos. Todo, todo lo que ese condenado se pusiera le quedaba divino, y por eso era que ella era perfecta para él, la mejor combinación...

Pero entonces todo su mundo se desmoronó otra vez, y en esta ocasión, más horriblemente que al principio. Su primita casi había corrido a él y ahora estaba en sus brazos. Él la abrazaba con fuerza, como si quisiera alzarla, y esa enorme y maravillosa sonrisa se dibujó en su hermoso rostro para ella. ¡Para ella! Se decían cosas, ella parecía estarle compartiendo la mejor noticia de su vida, y él incluso le besó los labios.

No. Esto era demasiado. Ni siquiera ella, que tenía la paciencia del santo Job podía tolerarlo.

Sin poderlo evitar, Andrea giró dándoles la espalda. No podía seguir viendo esto, era demasiado.

Primero, se va de vacaciones con ellos; luego, invade su espacio sagrado: su trabajo; y no conforme con eso, se lleva sin ningún mérito semejante trofeo: a Fabián Magliani.

Sus ojos se humedecieron, y cubriéndose el rostro con el cabello, para que nadie advirtiera lo que le ocurría, se encaminó hacia su auto. Una vez dentro, las lágrimas fluyeron.

Cálmate, se dijo. No todo está perdido. Todavía puedes dar batalla; no estás derrotada.

Jamás, jamás, jamás Sophie Alvarado la derrotaría a ella en nada. Ese había sido el lema de su vida, y hasta ahora, había salido victoriosa en cada aspecto. Ella siempre ganaba, siempre.

Tomó su teléfono y marcó un número.

—¿Alfonso? —saludó con una sonrisa amarga—. Adivina a quién estoy viendo ahora mismo.

...15...

—Hijo, llegaste —saludó Judith a Carlos con su acostumbrado par de besos en la mejilla, y él se quitó el saco quedando en mangas de camisa en cuanto entró.
—Hola, madre. ¿Me estabas esperando?
—Sí... Pero, ¿no viniste con Sophie? —preguntó ella recibiéndole el saco y mirando tras él, como si esperara que la joven lo siguiera.
—No vengo de Jakob. ¿Ana no está?
—Está ocupada en la biblioteca. ¿Puedes venir conmigo un momento? Tal vez deba llamar a Ana...
—¿Pasa algo, madre? —Judith hizo una mueca.
—Sí. La verdad, sí.
—Me estás asustando.
—Vamos a la biblioteca y ahí les comento qué es.
—No irás a decirme que tienes novio, ¿verdad, madre? —Judith se giró a mirarlo espantada, y él, sonriendo, le rodeó los hombros.
—Deja de hablar disparates. Mi único y gran amor fue tu padre.
—Madre, los dos sabemos que papá no te hizo feliz, así que...
—Sí me hizo feliz. No digas tonterías.
—De acuerdo...
—Ana, cariño. ¿Tienes un minuto? —Ana levantó la mirada de un libro que había estado leyendo, pero sus ojos no se fijaron en Judith, que era la que la había saludado, sino en Carlos. Se levantó de su lugar y lo abrazó y besó dándole la bienvenida a casa—. ¿Podrían prestarme un poco de atención? —volvió a preguntar Judith con voz resignada.
—Sí, madre—. Contestó al fin Carlos, y se sentó en un sillón de la biblioteca.
—¿Sucede algo?
—Se trata de un asunto muy serio y delicado —Ana la miró arrugando levemente su entrecejo.
—Le pregunté si se trata de un novio y me dijo que no —sonrió Carlos sentándose en un sillón viejo y forrado en cuero que había sido el favorito de su abuelo. Extendió su mano hacia su esposa y ella se acercó y se sentó en el reposabrazos del mismo.
—Parece que es algo que te preocupa.
—Tiene que ver con Sophie.
—¿Pasa algo con ella? —saltó enseguida Ana, dispuesta a defenderla si se hacía necesario. Judith agitó su cabeza de manera

155

algo ambigua.

—Pasa de todo con ella —suspiró Judith, y corrió una silla para sentarse—. Desde que vino a la fiesta de navidad y la presentaste ante todos... Más bien, desde antes, cuando la vi pensé que se me parecía a alguien conocido, pero cuando esa vez dijiste su apellido, fue como... una alarma que se encendió en mí.

—Sophie es Alvarado —señaló Carlos.

—Al igual que Rebeca, ¿la recuerdas?

—Sé quién es Rebeca —dijo Ana con un movimiento de su cabeza.

—Pues, verás... Tengo la plena certeza de que Sophie es nieta de Rebeca, y que hay un enorme y peligroso complot alrededor de esta situación. Alguien está engañando a mi amiga haciéndole creer que su nieta la odia, y ese mismo alguien, se ha ocupado de que Sophie se mantenga alejada de ella, y casi en la miseria—. Antes de que Judith terminara de hablar, ya Ana había saltado de su lugar. Se puso los dedos sobre sus labios en ademán pensativo y empezó a dar vueltas por la biblioteca.

—Madre, eso que dices es...

—Descabellado, ¿verdad? Pero estoy segura.

—¿Por qué estás tan segura? —volvió a preguntar Carlos.

—Por los apellidos.

—Eso no es prueba suficiente. Hay muchos Alvarado en el país.

—¡Y por el parecido de Sophie con Fernando! ¡Y... el hecho de que sus historias sean tan similares! Sophie perdió a sus padres en un accidente en Londres; Rebeca perdió a su hijo en un accidente en Londres y él iba con su esposa. Sophie me dijo que su abuela se llama Rebeca y que la odiaba, y Rebeca me dijo que su nieta se llamaba Sofía y la odiaba a ella. ¿No te parecen demasiadas coincidencias?

—Demasiadas —contestó Ana con la misma actitud pensativa.

—¿No crees que merezca la pena investigar? —preguntó Judith mirando a Carlos, que apoyaba sus codos en sus muslos y miraba al par de mujeres analizándolas. Nunca Judith se interesaba por la vida de los demás, ni se metía en estos entuertos, y Ana... Ah, ahora que ella sabía que su amiga estaba metida en un lío que desconocía totalmente, ella no descansaría hasta llegar al fondo y dar con la verdad.

Suspiró.

—Sí, creo que valdría la pena. Aunque al final todo quede en nada...

—No. Estoy segura de que hay algo muy feo encerrado en esta

Tu Deseo

mentira —insistió Judith—. Mucho dinero, Carlos. ¿Sabes a cuánto asciende el capital de Rebeca?

—Sí, madre, lo sé.

—¡Son varios miles de millones de dólares! Una herencia descomunal.

—Y debe haber mucha gente interesada en ponerle la mano a esa herencia —caviló Ana sin dejar de pasearse.

—¿Agustín, el hijo menor? —preguntó Carlos, y ambas mujeres asintieron.

—Definitivamente, sería el principal beneficiado.

—Estoy segura de que Dora no sabe nada de lo que está sucediendo —intervino Judith—. Si ese perro instigó todo esto para que Sophie se mantuviera alejada de su abuela y así quedarse él con todo, debe pagar, Carlos.

—Todo lo que ha sufrido Sophie por la falta de dinero... ¿y es heredera de una fortuna?

—Si es así, debemos andarnos con cuidado —suspiró Carlos—. Tal vez debamos comentárselo a Fabián, para que se encargue de ponerla a salvo en caso de que sea cierto.

—¿Crees que esté en peligro? —preguntó Ana en tono preocupado. Carlos sólo se encogió de hombros.

—Yo se lo contaré —dijo Judith—. Quería primero hablar con ustedes.

—Gracias por contarnos, suegra —dijo Ana mirándola a los ojos—. Yo jamás habría podido darme cuenta de algo así.

—Soy amiga de Rebeca —siguió ella—. La he visto llorar a su hijo, y luego lamentarse por su nieta. La considera perdida. Lo peor, es que le envía dinero mensualmente, y a ella le envían fotografías de una mujer que, si bien obedece a la descripción de Sophie, no es ella. Es más, las fotografías que vi me parecieron tan... montadas...

— ¿Una modelo contratada? —preguntó Ana mirando a Carlos, y éste meneó su cabeza y respiró profundo.

—Primero debemos esclarecer si de verdad Sophie es hija de Fernando Alvarado. ¿Tienes alguna fotografía del hijo de Rebeca? Podríamos pedirle a ella que la vea y...

—Sophie tiene una foto de sus padres entre sus cosas —dijo Ana de repente, y salió de inmediato de la biblioteca. Judith y Carlos se miraron el uno al otro en silencio, y menos de un minuto después, Ana volvió con el retrato de los padres de Sophie. Judith extendió la mano hacia él, temblando un poco. Y al ver la fotografía, dejó salir una exclamación.

157

—Sí. Él es Fernando Alvarado, el hijo de Rebeca.

—Siempre me citas en buenos hoteles, ¿qué pasó esta vez? — preguntó Alfonso Díaz poniendo el casco de su moto en un sillón cercano y entrando a la habitación donde lo esperaba Andrea. Ella no estaba bien, notó. Había llorado, y lo sabía porque su maquillaje se había corrido y ahora parecía un panda.

Panda o no, él siempre la encontraba hermosa. No importaban detalles como este cuando una mujer como ella seguía llamándolo para encuentros íntimos.

Definitivamente, ella no era una mujer fácil. Tenía el temperamento muy fuerte, e ideas muy fijas, pero, aun así, a él le encantaba, pues era perfecta; su cara y su cuerpo eran lo más hermoso para él, aunque era muy cierto que jamás la había visto sin maquillaje.

—Cállate y siéntate —le ordenó ella poniéndose en pie y cruzándose de brazos—. Sophie te está siendo infiel—. Alfonso la miró sin mostrar ninguna reacción ante lo que escuchaba.

—¿Cuál Sophie?

—¿Cómo que cuál Sophie? ¡Tu esposa!

—Ajá. ¿Y?

—¿"Y"? ¿no vas a hacer nada?

—Andrea, lo que haga Sophie no me importa.

—¡Anda con otro hombre! ¡La vi besándolo y abrazándolo!

—No es mi problema.

—No seas estúpido, ¡es tu esposa!

—Andrea, tú y yo bien sabemos que eso es mentira. Ella puede dárselo a quien quiera, que eso no me afecta—. Ante esa respuesta tan despreocupada, Andrea no pudo más que mirarlo atónita.

—¿Ves por qué es que siempre estoy peleando contigo? No tienes iniciativa para nada, ¡eres un hombre sin visión, sin espíritu! No se te prende el bombillo para nada bueno. ¡Siempre toca arriarte para que hagas las cosas!

—Hey, para. ¿Por qué me insultas? Dime, ¿en qué me afecta que Sophie tenga novio?

—Y si... ¿y si te pide el divorcio porque quiere casarse con ese otro?

—Se lo doy.

—¡Va a descubrir la verdad! Lo del notario, y todo eso. ¿Sabes cuántos años de cárcel dan por falsedad de documentos?

—Diré que yo también fui una víctima entonces. El notario lo consiguió tu papá, después de todo—. Andrea lo miró apretando sus dientes, furiosa con él.

Qué poco espíritu tenía este hombre. Lo miró de arriba abajo. Lamentablemente, no había mucho que mirar; era bajito, tal vez medía un metro sesenta o un par de centímetros más; moreno, de ojos oscuros y hundidos, y con un cabello que cada vez era más escaso. No habría sido tan malo si encima no tuviera graves complejos de inferioridad; Alfonso detestaba a los hombres altos, detestaba que se elogiara a hombres guapos en su presencia, detestaba que la ropa no le quedara como a los modelos, detestaba tener que mandarle a cortar las botas a los pantalones y las mangas a las camisas. Detestaba que las mujeres fueran en tacones con él, porque las hacía más altas.

Como si eso ya no fuera suficiente, quería ese tipo de poder y dominio sobre el sexo femenino que sólo un enfermo deseaba, y lo que había comprendido Andrea, era que su afán de dominarlas venía del abandono que había sufrido por parte de su madre cuando apenas era un niño de diez años. Ella los había dejado, a él y a sus hermanos, y no para irse con otro hombre, no. Simplemente se había cansado de ser la sirvienta de su marido y siete hijos y se había largado, volviendo quince años después por el ruego de sus hijos menores. Para ese entonces, ya su padre se había juntado con otra mujer y tenido otros hijos más con ella.

Alfonso odiaba secretamente a su madre por haberlo abandonado, a su madrastra por haber remplazado a su mamá, a sus hermanas por haberlas tenido que criar él, y a las demás mujeres del mundo, porque las creía incapaces de amar de verdad, a menos que fueran tentadas con dinero, belleza, o algo de lo que pudieran alardear.

Y se había obsesionado con ella, pensó Andrea apretando sus dientes. ¡Qué suerte la suya! ¡El único hombre que de verdad mostraba interés por ella era un loco neurótico arruinado y lleno de traumas, que encima era bajito, feo y pobre!

Pero gracias a eso, había tenido a Sophie donde había querido un buen tiempo.

Cuando descubrió lo del fideicomiso de Sophie, su padre no había encontrado qué hacer con esa información, y prácticamente se había resignado a decirle a Sophie para que cobrara ella, pues era la única que podía hacerlo, o conceder el poder para ello. A él no se lo habría dado jamás, pues se odiaban el uno al otro, ni a ella, así que habían necesitado a alguien en quien ella confiara al cien por ciento y que ellos pudieran manipular.

Lo habían conseguido a las mil maravillas, y entre los tres se habían repartido el botín, llevándose ella la mejor parte, pues había sido quien ideara el plan. Y así, los había tenido a los dos, pensó, a Sophie y a Alfonso, bailando al son que le había dado la gana durante meses, pues ella le daba órdenes a Alfonso, y él manipulaba a su primita consiguiendo así llevarla hasta el mismo altar.

Bueno, ante un notario falso, pero terminaba siendo lo mismo.

A pesar de su negro corazón, Alfonso podía ser un príncipe cuando se lo proponía, y había conseguido enamorar a la tonta de Sophie. Ella de verdad había sido una presa fácil. Al no haber tenido novios en el pasado, Alfonso tuvo todas las de ganar con ella; no había nadie más hábil con las mentiras y la actuación que él. Habían pasado muchas noches de diversión recontando las mentiras que él le decía y ella se creía. Y también habían tenido sus enfados cuando, una y otra vez, él fracasó en llevársela a la cama.

Se habían lucrado muy bien de esa unión, pero ya el dinero se les había acabado y tocaba volver a idear algo, sólo que, como siempre, tocaba pensarlo todo ella, porque él era un idiota que no pensaba con la cabeza adecuada.

Iba a ser necesario volver a ejercer su control sobre él. Ver a Sophie hoy entre los brazos de Fabián Magliani, el heredero de la fortuna Magliani, la estaba matando de dolor y desamor, y le había infundido una nueva determinación. Empezaría a tocar las teclas sensibles de Alfonso para volver a ponerlo donde lo quería, y por extensión, a Sophie.

—Está andando con un tipo rico —dijo con voz suave, poniendo el dedo en la llaga—. Alto, guapísimo. ¡Con mucho, mucho dinero!

—Alfonso apretó los dientes reconociendo las intenciones de Andrea, y la tomó del brazo y la sentó de golpe en la sucia cama del hotel.

—¿Y? ¿Es que a ti también te gusta?

—Es un hombre de las más altas esferas de Bogotá —insistió ella—. Dios mío, ni siquiera soy capaz de enumerar todas las empresas de las que su familia es dueña.

—¡Eso no me importa! —gritó él.

—De alguna manera, esa estúpida se hizo amiga de gente rica y poderosa.

—¿Qué tratas de conseguir?

—Tal vez debas volver a enamorarla, decirle que te arrepientes de lo que pasó.

—Maldita, sea. ¡Ni muerto volveré con ella!
—¡Lo va a descubrir todo, y así tú y yo estaremos expuestos!
—¿Estás asustada por eso?
—¡No quiero que se dé cuenta de la verdad!
—¿Y en qué puede afectarte a ti? ¿Cómo van a adivinar que tú y yo sabíamos que la abuela de Sophie lleva buscándola años, y que tu papá recibía dinero para que se quedara calladito? Eras una niña cuando eso ocurrió —siguió él quitándose el chaleco y desabrochando los botones de su camisa. En cuanto estuvo desnudo de la cintura para arriba, Andrea fijó su mirada en la enorme cicatriz de su abdomen. Detestaba esa cicatriz, pues a causa de esa operación, él no había podido acostarse con Sophie la noche de bodas y la había dejado indemne. Lo detestaba a él, pues no era para nada el hombre que ella deseaba para su vida, pero de igual manera, se quedó allí quieta mientras lo veía desnudarse—. Tú no sabías nada. Yo no sabía nada. En lo que a mí concierne, el único de todos nosotros que podría ir a la cárcel es tu papá.

—Pero no quiero que Sophie viva con esa gente —lloriqueó Andrea—. No sé qué tan rica sea la abuela de Sophie, pero si se molestan tanto en tenerla lejos, es por algo. No es justo que ella lo tenga todo y yo no. ¡Y el hombre con el que está, sí que es rico, Alfonso! —él se ubicó sobre ella, poniendo sus brazos a cada lado de su cabeza. La cabellera negra de ella estaba desparramada sobre el colchón, y Alfonso le sonrió disfrutando la vista de su escote.

—Es eso lo que te preocupa, ¿no?

—Viviendo como una reina... —volvió a llorar ella— siendo atendida por... sirvientes. ¿Por qué no fui yo la hija de tía Marcela? ¿Por qué tuve que tener unos estúpidos padres pobres? —Alfonso omitió decir que ella se había beneficiado muy bien de los negocios que su padre había hecho con la familia de Sophie para mantenerla apartada de ellos. Gracias a eso, Andrea, al igual que su hermana menor, había podido ir a la universidad, viajar a donde quiso, comprarse todas las cosas que deseó en su momento. Pero como todas las mujeres, Andrea era insaciable. Y él la adoraba, aunque su amor tampoco la saciaba.

Ella lo odiaba, y él encontraba placer en hacerle el amor a pesar de eso. La dominaba, y era un triunfo para él, porque nadie podía decir lo mismo de ella. Él conocía sus más oscuros secretos, y por eso, aunque le produjera asco, ella tenía que someterse a él.

—Ya estás maquinando algo otra vez en contra de tu prima, ¿verdad?

—No dejaré que se quede con todo.

—Pero si tú ya lo tienes todo: un excelente trabajo —dijo dándole un beso en un lado de su cuello—, belleza sin par —añadió dándole un beso al otro lado—, eres lista, profesional, independiente.

—Quiero más. Lo quiero todo.

—Calla —susurró él sobre sus labios, y aunque Andrea mantuvo los suyos cerrados por largo rato, tuvo que ceder ante su apremio.

Tal vez, si ella colaboraba un poquito en la cama esta vez, conseguía que él participara de lo que fuera que se le ocurriera.

—Por la nueva asistenta de producción —brindó Fabián elevando una copa de costosa champaña, y Sophie sonrió chocando la suya contra la de él haciendo tintinear el cristal.

—Gracias —sonrió—. Pero ya sabes que no puedo beber alcohol—. Él gruñó por lo bajo.

—Lo sé, pero brindar con agua da mala suerte—. Ella volvió a reír—. ¿Te gustó la cena? —preguntó él mirándola a los ojos.

—Estuvo deliciosa.

—¿Qué quieres hacer ahora? —ella bajó la mirada un poco sonrojada, lo que le dio esperanzas a Fabián.

—Tal vez deba volver temprano a casa —sonrió ella—. Mañana debo madrugar a trabajar.

—¿Cuándo vendrás a conocer mi apartamento? —Sophie lo miró con ojos entrecerrados—. Sólo a conocerlo. No te estoy proponiendo nada raro.

—Sí, claro. ¿Y qué tiene de especial tu apartamento?

—Nada. Sólo quería tenderte una trampa —ella rio sin poder evitarlo.

—Eres terrible.

—Qué bueno, porque me esfuerzo mucho—. Fabián elevó su mano y pidió la cuenta. Sophie lo vio pagar con su tarjeta y se preguntó si acaso debía preguntarle más cosas acerca de su trabajo. Sí, debía, pensó. Después de todo, él casi sabía ya cuánto ganaría ella en Jakob.

—¿Qué es exactamente lo que tú haces en tu trabajo? —le preguntó—. En la finca escuché decir que trabajas con Juan José, el hermano de Carlos.

—Somos socios —contó Fabián extendiendo una mano hacia la de ella y tomándola con suavidad—. Hace tiempo, cuando cumplí veinticinco, reclamé un fideicomiso.

—Al igual que yo—. Él asintió. No dijo que su fideicomiso era al

menos cuatro veces más grueso que el de ella.
—Ese dinero me sirvió para empezar un negocio junto a Juan José, que también tenía un dinero ahorrado.
—O sea que empezaron juntos.
—Casi de la nada. Y ya hemos tenido muy buenos proyectos que nos han dado el empuje que necesitamos. Actualmente estamos sumergidos en una gran obra que se nos asignó. Somos buenos — añadió con una sonrisa y sin mucha modestia—, y también ayuda que seamos amigos de personas como Mateo, y Carlos, que no sólo son gente importante, sino que tienen conexiones aquí y allí.
—Entonces eres un chico emprendedor.
—Eso parece —sonrió él, y luego la miró con aparente preocupación—. ¿Te gustan los chicos emprendedores?
—Me derrito por ellos.
—Entonces soy muy, muy emprendedor —Sophie no pudo evitar echarse a reír.

Lo miró sintiéndose aliviada. Él hablaba con mucha propiedad de su trabajo, y sonaba apasionado por lo que hacía. Había cobrado un poco de experiencia detectando mentirosos, y se dio cuenta de que en esto Fabián no mentía. Cuando ella dijo de pasada que le gustaría conocer su sitio de trabajo, él no puso evasivas, ni se negó, por el contrario, le pidió que lo hiciera tan pronto pudiera.

Salieron del restaurante y, de camino al auto, él le tomó la mano.
—¿Puedo preguntarte acerca de tus padres? —dijo ella mirándolo casi de reojo, y esta vez, él sí guardó silencio por unos segundos. Sophie sintió un apretón. Recordaba esta misma escena con Alfonso. Él no había contestado ni la primera, ni la segunda vez que ella se lo preguntó. Cuando lo hizo, sólo contó la historia por encima, y Sophie no logró captar la profundidad del daño que el abandono de su madre había causado en él, sino mucho después.

—Mi madre murió cuando yo nací —contestó él en voz baja, y Sophie lo miró sorprendida.
—Oh, Dios. Perdona. No quise...
—No tienes que disculparte. No fue tu culpa —Sophie se detuvo en sus pasos y lo miró fijamente.
—No quería hablar de cosas tristes. Estamos celebrando y...
—Sophie, no te preocupes... De hecho, sí me gustaría contarte la historia, para que sepas lo que hay que saber a través de mí y no lo escuches de terceros.
—¿Estás seguro?
—Claro que sí—. él tiró suavemente de su mano y volvieron a

andar—. Ella se quedó embarazada a los dieciséis años.
—¿Qué? ¡Era una niña!
—Y todo su embarazo fue fatal. Enfermó mucho. Mi abuela dice que fue por la depresión. El chico que la había embarazado había huido, dejándola a ella sola en ese problema, y en cuanto ella se enteró de su estado, no hizo sino llorar.
—Pobre chica.
—Mi abuela aún llora cuando habla de ella. Tengo sus fotografías, y antes de lo sucedido, parecía ser una joven como cualquier otra, despreocupada y llena de sueños.
—¿Cómo se llamaba?
—Carlota.
—Un nombre bonito. Entonces... ¿no conoces a tu padre?
—No. No sé quién es, ni cómo se llama, ni nada. Al parecer, ella se lo calló durante todo el embarazo a pesar de la presión que el abuelo hizo para que confesara.
—Debió pasarlo muy mal, pobrecita.
—Sí. Y como te digo... murió durante el parto. Eclampsia. Murió mientras yo seguía en su vientre, así que nací por cesárea.
—¡Dios mío, Fabián! ¡Lo siento tanto! —exclamó ella abrazándolo, y él, sorprendido, sonrió. Luego comprendió que este abrazo él lo necesitaba, este consuelo nunca nadie se lo había dado, y suspiró estrechándola entre sus brazos.
Se estuvieron varios segundos allí, en silencio, y Fabián cerró sus ojos sintiendo el aroma de ella, y su delgado cuerpo muy cerca al suyo. Definitivamente no era capaz de concentrarse en su tristeza si ella lo abrazaba así.
—Entonces... ¿te crio tu abuela? —preguntó ella alejándose de él, y Fabián lo lamentó un poquito.
—Sí. Me criaron mis abuelos. Mi abuela es la mejor mujer del mundo, yo la adoro. Me enseñó lo bueno y lo malo, y creo que hizo de mí un hombre de bien.
—Yo también lo creo —sonrió ella.
—Algún día te llevaré a conocerla —Sophie lo miró un tanto sorprendida, pero él siguió sin darse cuenta de sus reacciones—. Pero mi abuelo... de él no tengo mucho que decir. Me repudia por ser el fruto de la vergüenza que tuvo que sufrir en aquella época.
—Te odia.
—Es lo que parece. Nunca tuvo una palabra amable conmigo, ni de niño, ni de adolescente... nunca. Nada de lo que yo hacía le parecía bien... Incluso intentó impedir que cobrara el fideicomiso

que entre mi abuela y mi madre habían creado para mí.
—Qué difícil —Fabián la miró y sonrió.
—No fue tan difícil. Tuve amigos —dijo, y volvió a caminar hasta el auto. Se detuvieron allí otra vez, sin entrar—. Conocí a Juan José y a Mateo en la escuela, y ya nunca más estuve solo, o deprimido. Se convirtieron en mis hermanos.
—Son tu verdadera familia.
—Sí. Están un poco locos, tú misma lo viste —Sophie sonrió asintiendo—, pero los quiero.
—Te entiendo tanto. Casi lo mismo sucedió conmigo, excepto que yo... no tuve unos amigos donde refugiarme. Al menos no en ese entonces.
—¿De verdad?
—Ah, es que yo también tengo una historia —sonrió ella con presunción—. No eres el único con tragedias.
—No. Si yo creo que, en cuanto a tragedias, tú te llevas la bandera —ella estiró sus labios de un modo infantil, y Fabián sólo pudo reír. Se acercó a ella y besó sus labios. Allí se estuvieron otros minutos, besándose, abrazándose, hasta que otra vez él recordó que, de todos modos, esta noche no podría saciar esta hambre, y se separó otra vez de ella.

—Vamos, te llevaré a casa —dijo él casi con pesar. Sophie sonrió y entró al auto—. Cuéntame la historia de tus padres —le pidió él cuando estuvo frente al volante, y ella tomó aire. Él ya le había contado su historia, así que le correspondía a ella contar la suya.

—Mis padres eran dos jóvenes de diferentes estratos sociales que se conocieron por casualidades de la vida —empezó ella, y él la escuchó atento mientras la llevaba a la casa de los Soler.

...16...

—Este fin de semana me reuniré con los abogados amigos de Carlos —dijo Sophie cuando ya llegaron a la casa. Él le tomó de nuevo la mano y caminaron juntos hasta la entrada. Dentro había luz, y sabían que perderían su privacidad en cuanto atravesaran la puerta, por eso iban despacio—. También estaré ocupada buscando un apartamento para irme a vivir.

—Pero no te alejarás mucho —dijo él haciéndolo sonar más como una petición, y ella le sonrió.

—Claro que no. Ya todos ustedes son como una familia para mí. Ten por seguro que de aquí en adelante me verán muy seguido. No pretendo perder el contacto, todo lo contrario—. Él tiró de su mano justo cuando llegaban a la puerta y la acercó a él rodeándole los hombros con su brazo.

—Pero no será en estos días.

—No. Si me voy antes de que me revise el médico por segunda vez, y reciba mi primera paga en mi trabajo, Ana me echará la bronca.

—Seguro.

—He tenido que aceptar con mucha humildad todo lo que ella ha hecho por mí. Y también tú. Al principio —siguió ella con un suspiro y deteniéndose justo en la puerta— sentí muchísima vergüenza porque ustedes se dieron cuenta de lo mala que era mi situación. Pero ahora creo que todo esto valió la pena, porque te conocí a ti —él elevó sus cejas y se acercó tanto a ella que sus narices se rozaron.

—Qué cosa tan bonita has dicho.

—Es la verdad —sonrió ella—. Conocerte fue mi bendición de ésta y las otras vidas que me restan—. Él la besó. Sin más ni más, sólo bajó su cabeza a ella y le acaparó los labios. Ella sonrió entre beso y beso, sabiendo que a cada momento en él aumentaban las ansias.

Y también en ella, tuvo que admitir, pero las cosas debían ir a un ritmo más lento, por el bien de los dos.

—¿Cuándo dijiste que era tu reunión con los abogados?

—El sábado en la tarde.

—Bien. Iré a rezar cada día —ella se echó a reír, y entre conversaciones y risas, entraron al fin a la casa.

Encontraron a Judith hablando con Carlos y Ana en la sala principal, y al verlos, les sonrieron y los convidaron a reunirse con ellos. Sophie se excusó y fue directo a su habitación para cambiarse los zapatos. Y mientras Fabián se quedó a solas con ellos, Judith aprovechó para hablarle.

—Tengo un asunto delicado que discutir contigo, Fabián —dijo ella de inmediato y en voz baja.

—¿Delicado? —preguntó Fabián sentándose en un sofá próximo a ella un poco intrigado—. ¿Pasa algo?

—Es largo. ¿Podrías venir mañana durante la tarde o la mañana para conversarlo? —Fabián la miró sin decir nada, y como Judith no agregó nada más, miró a Ana y a Carlos, pero la mirada de ellos lo apremiaba a aceptar la cita que Judith le pedía.

Era extraño que Judith quisiera hablar algo a espaldas de Sophie, y no le gustaba mucho la idea, pero si Ana y Carlos lo aprobaban, tal vez no era tan malo.

—Claro. Mañana vendré.

—Tendré que pedirte que no le comentes nada a...

—Sí. Ya me lo imaginaba.

—Gracias.

—Lo siento —dijo Sophie al volver con unas sandalias más cómodas—. Ya no aguantaba los pies. Esos zapatos son hermosos, pero luego de todo un día...

—La belleza cuesta —sonrió Judith.

—Dígamelo a mí —volvió a decir Sophie.

—¿Y cómo te fue en tu primer día de trabajo?

—Pues... —Sophie miró a Carlos, y él le alzó las cejas animándola a hablar. Ella empezó a contar las experiencias que había vivido en el día, la impresión que se había llevado de Valerio Rodríguez y su nuevo cargo.

Se la veía entusiasmada con su nuevo trabajo, y hablaba con ilusión de los planes que ya tenía.

Judith hizo que les sirvieran un té, y varios minutos después, de hablar y reír un rato, Fabián se despidió de todos. Sophie entró a su habitación suspirando. Ahora, sólo le quedaba divorciarse de Alfonso, y su vida volvería a la normalidad.

A la normalidad no, pensó. Fabián estaba en ella para hacerla especial.

Hoy, más que nunca, se sintió muy bendecida por Dios.

Fabián llegó a la casa Soler al día siguiente en horas de la tarde. Había tenido la tentación de preguntarle a Ana de qué se trataba todo, pero sabía que ella jamás le revelaría algo. Si hubiese tenido la intención, ya lo habría hecho, pero se había pasado el día y no había recibido ni un solo mensaje suyo.

Suspirando, tocó el timbre de la entrada, y una joven del servicio lo condujo hacia la sala favorita de Judith, una llena de muebles que se veían muy delicados, con tapices de flores en tonos pasteles.

—Hola, querido —lo saludó ella al verlo, y Fabián se acercó para darle el par de besos de rigor. Había costumbres que simplemente no se perdían.

—Hola, Judith. Guapa, como siempre —ella agitó su mano como restándole veracidad a su elogio y lo invitó a sentarse.

—Imagino que estás muy intrigado con esta reunión.

—Imaginas bien—. Judith sonrió, y luego de pedirle a la misma joven que lo había traído hasta aquí que les trajera bebidas, extendió su mano hacia su teléfono, que estaba en la mesa de café. Buscó algo en él, y luego se lo ofreció a él. Fabián lo recibió más intrigado aún, y vio la fotografía de dos personas que sonreían abrazados. Le parecían conocidos, pero no lograba recordar de dónde o por qué.

—Son los padres de Sophie —dijo Judith, y Fabián asintió de manera interrogante—. Ella es Marcela Domínguez, y él, Fernando Alvarado.

—Fernando... —Judith lo miró significativamente, como si intentase guiar su pensamiento hacia donde ella quería, y Fabián pareció muy confundido—. Fernando Alvarado es el chico que fue con nosotros a Girardot y...

—Él es Fernando Alvarado Junior. Le pusieron el nombre en honor a su tío, Fernando Alvarado Senior—. Fabián frunció su ceño, e incluso se rascó la frente.

—Judith. Si estás insinuando que...

—No te llamé para insinuarte cosas, Fabián. Sophie es la nieta de Rebeca Alvarado, mi amiga. La hija de Fernando, su hijo mayor, y que murió en un accidente en Londres junto a su esposa—. Fabián frunció el ceño.

—Es la misma historia de los padres de Sophie.

—Qué coincidencia, ¿verdad? ¿Y no encuentras ahora que Sophie y Fernando tienen ciertos rasgos comunes en su físico? —Fabián no dijo nada, sólo siguió mirando la fotografía de los padres de Sophie en el teléfono de Judith. La verdad, es que el parecido de Fernando era más fuerte con el de su tío, el que mostraba un rostro sonriente en la fotografía.

—Sophie te habrá contado que sus padres murieron en un accidente...

—Sí, sí. Conozco la historia. Luego de eso... el estado la envió a

Colombia a sus familiares más cercanos.

—La enviaron con su tío materno —añadió Judith—. Un hombre sin muchas posibilidades económicas, cuando es evidente que tiene otros familiares que pudieron haberle dado lo mejor.

—Pero ella dijo que su abuela la odiaba, por ser el fruto de la rebeldía de su hijo.

—Eso es mentira, Fabián —aclaró Judith con voz casi severa—. Rebeca siempre ha querido que su nieta venga a su lado. Desde antes de que sus padres murieran, ella quiso a su nieta consigo.

—Espera, espera... ¿Estás totalmente segura de que...?

—Sí, Fabián. Sólo una prueba de ADN me haría pensar lo contrario.

—Pero entonces, ¿por qué...? —Judith se puso en pie y respiró audiblemente. Fabián la vio retorcerse un poco los dedos.

—No quieren que Sophie herede su parte —contestó ella—. La fortuna de los Alvarado es grande, y Rebeca y su esposo siempre tuvieron el propósito de dividirla entre sus dos hijos cuando ellos fallecieran. Sus primeros testamentos fueron así. Pero Erasmo, su esposo, murió, dejándole a ella la responsabilidad de repartir los bienes, y luego Fernando eligió a una mujer de diferente estrato social, y tratando de presionarlo para que volviera a la senda, Rebeca lo desheredó. Ya sabes que siempre ha sido una mujer de armas tomar.

—Eso he oído...

—Pero eso no hizo que Fernando volviera, por el contrario, se casó, y, además, se fue del país. Tenía buenos amigos que lo podían ayudar en ese momento de crisis, así que usó esa ayuda. Sophie nació en Londres hace veintiséis años. Cuando pasaron los años, Rebeca se dio cuenta de que había cometido un error; quería a su hijo de vuelta, pero entonces el orgullo no la dejó admitir que se había equivocado. Recibía las cartas de su hijo, los correos con las fotografías de su nieta... lloraba en silencio, y cuando al fin dio su brazo a torcer, y estaba decidida a hablar con su hijo para que volviera a casa, él sufrió un accidente mortal—. Fabián frunció el ceño y la miró fijamente. Judith asintió como si le hubiese leído el pensamiento—. Extraño, ¿verdad?

—Demasiado, sí, pero... ¿Por qué Rebeca, si se arrepintió de todo, no hizo que trajeran a su nieta a su lado? Era sólo papeleo, no le costaba nada.

—Lo intentó, pero le dijeron que Sophie prefirió quedarse en Londres que venirse a vivir con una abuela que la había detestado toda la vida.

—¡Eso... no es verdad!

—No. Y tú y yo sabemos que Sophie, la verdadera Sophie, nunca se quedó en Londres, sino que fue enviada aquí de inmediato con su familia materna.

—Asumiendo que estas dos Sophie son la misma... —la interrumpió Fabián ya queriéndose tirar de los pelos por el montón de información que estaba recibiendo—, ¿quién instigó semejante canallada? —Judith suspiró.

—Tengo un sospechoso —Fabián la miró esperando a que concluyera, y Judith lo hizo—: Agustín Alvarado. El hermano menor de Fernando. Tal vez... ya se había ilusionado mucho con tener todo para él solo, y no soportó la idea de que su madre hubiese cambiado de parecer. Tal vez... intenta mantener a Sophie alejada todo lo posible de su abuela, haciéndoles creer a la una que la otra la odia... para sacar ventaja de todo.

—En algún momento, se sabrá la verdad. En el momento en que Rebeca muera, ella habrá estipulado, de todos modos, en su testamento, que Sophie debe heredar.

—Y es por eso que estoy preocupada, Fabián —dijo Judith acercándose y sentándose a su lado—. Alguien se ha tomado muchas molestias para mantener a Sophie lejos, ignorante de todo esto. Desaparecerla... no le será difícil. Creo que esta persona... o estas personas, son capaces de todo, con tal de seguir evitando que ella herede. Una muerta no puede heredar, ¿no es así? —Fabián sintió que la sangre se le iba a los pies con esa declaración.

Se puso en pie y empezó a pasearse por la sala. Hizo memoria de las cosas que sabía de ella: llegó a la casa de su tío a los dieciséis, a pasar necesidad, a ser acosada. Un hombre con pocas posibilidades como lo era su tío materno, pudo enviar a sus hijas a la universidad, mientras Sophie tuvo que pagársela ella misma. Luego, un fideicomiso, que, según, le habían dejado sus padres, y que perdió por completo a través de Alfonso Díaz, un hombre que apareció de la nada para enamorarla y envolverla.

Todas las tragedias de Sophie estaban cobrando sentido para él; tenían un patrón, y era el dinero. Todo había girado en torno al maldito dinero.

—Sophie corre peligro.

—Es lo que pienso, sí.

—Hay que denunciar esto.

—Estoy de acuerdo, pero toca hacer las cosas bien, ir un paso delante de ellos. Por la seguridad de Sophie, Fabián.

—¿Cómo te enteraste de todo este complot?

—Cuando la vi, aunque pensé que se me parecía a alguien, no le presté mucha atención, fue la vez que Ana la presentó delante de todos y dijo su apellido... definitivamente sentí que había algo allí. Ella... es una Alvarado de los Alvarado. Y se parece mucho a Fernando, ¿no crees?

—No, ella es guapa —Judith no pudo evitar echarse a reír—. Pero tienes razón, todo cobra sentido ahora. Malditos —masculló Fabián empuñando sus manos, queriendo tener el pescuezo de alguien entre ellas para retorcerlo—, mil veces malditos. Todo lo que ella ha pasado...

—Por ahora... esto sólo lo saben Ana, Carlos... tú y yo. La información debe manejarse con mucho cuidado.

—Gracias por contármelo, Judith. Supongo que, si estás confiándome esto, es porque también quieres dejarlo en mis manos.

—Sí. Por supuesto, en lo que pueda ayudar, allí estaré —Fabián le sonrió. Definitivamente, en esta casa había ocurrido un milagro tras otro, pensó él. Casi todos los miembros de esta familia habían sido transformados por el amor.

—Gracias, Judith—. Se acercó a ella y le dio un beso en la mejilla.

Ahora, pensó, tenía mucho que hacer. Necesitaba la ayuda de personas de alta confianza y poder para desentramar este tinglado que alguien se había tomado el trabajo de hacer. Con pinzas, tal vez, pero lo iba a desenmarañar.

—Sophie, él es Tobías Osorio, un amigo y abogado de confianza —dijo Carlos presentando a un hombre de mediana edad y estatura, totalmente calvo, y de ojos vivaces. Sophie recibió su mano y él se la estrechó con firmeza, pero sin llegar a ser muy rudo.

—Un gusto —sonrió ella, y ambos tomaron asiento. Estaban en el despacho de Carlos en su casa. Ella había preferido que la reunión fuera aquí y no en las oficinas de Jakob, o las de él, pues era consciente de que, sobre todo en ésta última, había un par de ojos que ella no quería que se inmiscuyeran. Esto hacía todo más privado.

—Ya le comenté a Tobías un poco de tu situación, Sophie...

—Pero obviamente necesitaré la información completa — intervino Tobías mirando a Sophie con una sonrisa profesional, y ella asintió.

—Por supuesto.

—Entonces, ¿les puedo ofrecer algo de tomar? —preguntó Carlos mirando a ambos. Sophie agitó su cabeza negando, pero Tobías sí pidió agua. Carlos salió y dejó la puerta entreabierta.

—Antes de empezar —dijo el abogado en tono confidencial—, quiero que sepas que he llevado antes casos de divorcios que parecían imposibles de ganar. Soy un abogado de familia con mucha experiencia, Sophie, aunque casi toda ella se trate de... separar familias, lamentablemente.

—Mi caso es un poco... peculiar —dijo Sophie con una sonrisa torcida.

—Cuéntamelo todo —la animó él, y Sophie lo vio sacar una grabadora de voz, una libreta y una pluma fina para tomar nota.

Empezó contándole el modo en que conoció a Alfonso Días. No sabía si esa información a él le servía de algo, pero prefirió no omitir ningún detalle, y ya que él no dijo nada al respecto, sino que, por el contrario, tomaba nota de todo, siguió.

—¿Te casaste por la iglesia? —preguntó Tobías mirando sus apuntes, al tiempo que Erika, una de las chicas del personal de servicio de la casa, le dejaba un vaso de agua sobre el escritorio. Sophie esperó a quedar a solas para contestar.

—No. Por lo civil.

—¿Ante un juez?

—Un notario.

— ¿En su oficina?

—No... en casa de mis tíos.

—¿Tú pediste el servicio del notario? —Sophie unió sus cejas negando.

—No... Lo hizo él, creo.

—No estás segura de quién pidió el servicio del notario —confirmó—. ¿Cómo se llama él? —Sophie se mordió los labios haciendo memoria. Tardó un poco, pero logró recordar el nombre del hombre, y de inmediato Tobías lo apuntó—. ¿Guardas contigo el acta de matrimonio?

—Tenía una copia, pero la perdí en una de las mudanzas. Me mudé varias veces en los meses que siguieron a la desaparición de Alfonso, y... en una ocasión, simplemente advertí que había perdido la carpeta donde lo guardaba.

—Es lamentable oír eso. Pero con el nombre del notario podremos saber en qué oficina se registró la unión, y podremos empezar con todo esto. ¿Por qué se produjo la separación? ¿Cuánto tiempo llevaban casados? —Sophie procedió a contarle con detalle lo de su fideicomiso, y cómo ella le había firmado un poder para que pudiera cobrarlo, luego de lo cual, él había desaparecido.

—¿Quién más vio el video donde él aparece con otra mujer?

—La familia de él —contestó ella—, su mamá... y dos de sus hermanas.

—Esto será más fácil de lo que pensé —sonrió Tobías y suspiró—. Empezaremos buscando la oficina donde fue registrada la boda, e impondremos de inmediato la demanda de divorcio. Si luego también quieres iniciar un proceso por abuso de confianza, estarás en todo tu derecho.

—Gracias...

—Bien, Sophie, si no es más...

—Yo quiero la anulación —dijo Sophie cuando vio que él empezaba a recoger sus pertenencias como si pretendiera dar por terminada la entrevista, pero al oírla, detuvo sus movimientos.

—Obtener una anulación no es fácil —contestó él casi en tono de advertencia.

—Yo sigo virgen —dijo Sophie algo sonrojada—. Él no me tocó, ni antes, ni después de la boda—. Eso dejó a Tobías en su lugar, que volvió a dejar la grabadora sobre el escritorio.

—¿Él se negó a cumplir con sus deberes conyugales? —preguntó— ¿O lo hiciste tú?

—Enfermó la noche de bodas y no pudo consumarse... Y cuando tuvo la oportunidad luego de su recuperación, huyó con otra mujer—. Tobías se recostó de nuevo en su asiento dando suaves golpecitos en sus labios con la yema de sus dedos.

—Vaya. Ahora, podremos alegar, además de mala voluntad, abuso de confianza, e infidelidad, abandono de hogar, y, por ende, de los deberes conyugales... Necesitaremos al juez indicado para que nos conceda la anulación.

—¿Eso será muy difícil?

—No con los amigos que tienes —dijo Tobías como si fuera cualquier cosa—. Pero eso después. Primero, debo encontrar al notario que los casó, y hallar los archivos de registro de su boda. Ya que tú perdiste la copia, deberé buscar en cada notaría de la ciudad.

—No creo que Alfonso haya podido registrar el matrimonio. Estuvo muy enfermo.

—No lo suficiente, si cobró el fideicomiso—. Sophie asintió dándole la razón—. Aunque si fue tan descuidado como para no registrarlo, entonces será más fácil la anulación.

—¿De verdad?

—Todo esto es muy raro —admitió Tobías mirándola

fijamente—. ¿No has considerado la posibilidad de que ese hombre haya fingido todo para cobrar tu dinero y luego irse?

—Por supuesto.

—No. No me expliqué bien. Lo que quiero decir es que tal vez tu esposo... o, mejor dicho, tal vez Alfonso Díaz te hizo creer que te estabas casando con él, que era tu esposo, para que confiaras en él ciegamente y le firmaras el poder para que cobrara por ti el fideicomiso—. Sophie palideció al oír aquello, y sintió de inmediato que el estómago se le revolvía.

—¿Está diciendo que él... que él... que no estamos casados en verdad? ¿Que todo fue un montaje?

—Es muy posible, Sophie —suspiró Tobías haciendo rodar en su dedo su anillo de bodas—. Cincuenta mil euros debieron parecerle una cantidad lo suficientemente buena como para arriesgarse a falsificar documentos, y demás—. Sophie cerró sus ojos empezando a sentirse francamente mal, y Tobías lo notó—. ¿Está todo bien?

—No. No... Estoy algo mareada—. Tobías se puso en pie y caminó a la salida. Llamó por ayuda y Ana lo escuchó. Ella entró a la oficina encontrando a Sophie pálida, con ojos brillantes y respirando desacompasadamente.

—Tal vez me apresuré a lanzar un juicio —se excusó Tobías.

—No, no es su culpa —dijo Sophie de inmediato—. Es algo que... tal vez yo me estaba negando a ver.

—¿Qué pasó? —preguntó Ana preocupada. Sophie elevó su mirada a Tobías.

—Por favor, investigue —le pidió—. Y tan pronto sepa la verdad, cuéntemela. En estos momentos soy una prisionera de unos papeles que dicen que estoy casada... y quiero ser libre.

—Te entiendo. Y no te preocupes, hay cadenas quebradizas, y fáciles de romper—. El abogado recogió sus pertenencias, y luego de volver a asegurarle que su caso estaba en buenas manos, salió.

Sophie sintió el apretón de Ana en sus manos, y sin poder evitarlo, echó a llorar.

—¿Qué pasa, Sophie? —Ella trató de controlar su llanto, pero no le fue posible. Recordaba, hoy más que nunca, el día de su boda; lo nerviosa que estaba, porque sentía que estaba haciendo mal, y esa sensación la acompañó en cada minuto de la ceremonia.

No le había hecho caso a su instinto, y ahora se daba cuenta de que el engaño y la burla habían ido mucho más allá de lo que había imaginado.

—¿Sophie? —la llamó de nuevo Ana, y ella sorbió sus mocos, se secó sus lágrimas y se puso en pie.

—Quiero matar a Alfonso Díaz —dijo entre dientes—. Quiero acabarlo, quiero que sufra, ¡quiero que pague!

—Lo conseguiremos, no lo dudes.

—¿Cuándo terminaré de enterarme de lo malditamente canalla que fue? —volvió a hablar Sophie con indignación—. Su malicia no tiene comparación, malnacido de mierda, hijo de perra, buitre del demonio… —A continuación, Ana escuchó un poco admirada la cantidad de malas palabras que Sophie se sabía, tanto en inglés como en español, porque la indignación le hacía mezclar los idiomas.

No se atrevió a interrumpirla, y sólo la observó asintiendo a cada cosa que dijera. Sentía que, si la contradecía o la interrumpía, lloverían sobre ella maldiciones también.

Minutos después, ella pareció cansarse, y se sentó de nuevo en silencio y con la mirada un poco perdida. Ana movió una silla para sentarse también frente a ella.

—Ojalá sea cierto —dijo Sophie al fin, y sonrió. Ana se preguntó si acaso su amiga había terminado volviéndose loca—. Creo que prefiero que haya sido puto hasta el final, y que lo que dijo Tobías sea cierto, porque entonces, Ana, no tengo necesidad de divorciarme.

—Te entendería si me lo explicaras —se quejó Ana, y Sophie se echó a reír.

—¡Todo fue una mentira! —exclamó—. Tobías apenas va a confirmarlo, pero ya lo sé, lo siento dentro de mí. Todo fue una mentira, un montaje, un complot. No estoy casada con Alfonso Díaz. ¡Nunca lo estuve! Siempre he sido libre, ¡y no lo sabía! —Sophie se recostó al espaldar de su asiento respirando profundo con una mano en su pecho—. Dios mío, qué alivio.

—¿Todo fue un montaje?

—Existe esa posibilidad. El abogado me dijo que todo apuntaba a eso, por la forma en que se dieron las cosas. Dios, mi nombre nunca estuvo unido al de él —sonrió de nuevo—. Nunca fui su esposa. Jesús, gracias, gracias, gracias… —oró uniendo sus manos frente a su rostro y cerrando sus ojos—. No puedo creer que sea tan libre—. Miró a Ana con la sonrisa más luminosa que ésta le había visto jamás—. No soy una adúltera por querer a otro hombre… No tengo por qué sentirme culpable de nada. Eso, Ana… es libertad—. Ana asintió comprendiéndola al fin.

Al oír lo de la mentira, también ella se había indignado, pero Sophie había sido capaz de ver casi de inmediato el lado positivo de esta situación, y era admirable. En este momento, no pudo más que sentir respeto por ella.

...17...

Sophie prefirió esperar a que el abogado le confirmara sus sospechas para poder contárselo a Fabián, y así se lo había pedido a Ana. Sabía que él se alegraría con ella, pero mejor estar seguros. Ese domingo volvieron a pasarlo juntos, Fabián la invitó a cine, y luego a comer. Sophie llevaba tanto tiempo sin ir a cine que prácticamente había olvidado la sensación, aunque no dijo nada al respecto, pues no quería sonar quejumbrosa.

Y la compañía de él era divina. Le tomaba siempre la mano para andar, le preguntaba si se le antojaba cuanta cosa veían en las tiendas de alimentos, y reían y conversaban sin parar.

Ya Sophie se había prohibido a sí misma hacer comparaciones, pero éstas a veces eran involuntarias. Fabián era de un tipo encantador muy diferente al de Alfonso, pensó. Él era natural, nunca llamaba a la compasión, ni contaba historias tristes de sí mismo para que ella aceptara las cosas que él le proponía hacer. Por el contrario, Fabián era más del estilo: "¿Por qué no?" y, "Mientras no te hagas daño a ti misma o a los demás, hazlo". Y así fue como pasaron una tarde maravillosa, paseando, compartiendo anécdotas, y dándose cuenta cada vez más de lo bien que se complementaban.

—Mira, helados de yogurt —dijo él deteniéndose en uno de los pasillos del centro comercial donde estaban para señalarle una pequeña tienda de helados. Sophie sólo elevó sus cejas.

—Fabián, he comido de todo hoy.

—Pero el helado es el mejor postre.

—Estoy llenísima.

—¿Segura?

—¿En serio estás haciendo esa pregunta? —dijo ella mirándolo con sarcasmo—. Al llegar pedimos un cappuccino y tarta; en el cine, palomitas de maíz y Coca-Cola; luego, cenamos; y ahora, ¿me dices que helado? ¡Voy a reventar!

—Eso es una exageración. Seguro tienes un espacio todavía para el helado —Sophie no pudo evitar reír.

—Me da la impresión de que quieres engordarme a como dé lugar —él la miró serio, y eso la intrigó un poco.

—Si eso pasara, me gustarías igual —le dijo—. Pero para engordar, primero tienes que recuperar tu peso. Recuerda lo que te dijo el nutricionista...

—Sí, pero ya hoy comí demasiado. Nada de helados, por favor.

—Lo compraremos para llevar.
—¡Se va a descongelar!
—Vale, vale. En otra oportunidad. Sólo quiero alimentarte.
—Ya lo hiciste —le sonrió ella—. Y me alimentas con más que comida —él elevó sus cejas muy interesado en esas palabras, y se acercó mucho a ella, como si la fuera a besar, pero sólo se quedó a pocos milímetros de ella.
—Ah, ¿sí? Dime cómo es eso.
—Me llenas de muchas otras maneras bonitas —dijo ella rodeándole los hombros con sus brazos—; me satisfaces de la manera más especial—. Él cerró sus ojos y la besó.

Era lo mismo que le pasaba a él, pensó. A pesar de que no se habían acostado, él se sentía más unido a ella que con cualquier otra mujer en el mundo, que con cualquier otro ser humano en el mundo.

Diablos, se estaba enamorando duro, fuerte, profundo.

La sensación era casi como una caída libre.

Cuando era universitario y loco, se había lanzado desde una avioneta junto a Juan José, Mateo y Miguel, y era lo más parecido a lo que estaba sintiendo ahora.

Se estaba enamorando, y la sensación era bonita y aterradora al tiempo. Si terminaba de entregar su corazón, ya no habría vuelta atrás, este era un camino sin retorno.

Que Dios lo ayudara, pero este era justo el lugar donde quería estar: al lado de Sophie.

Al día siguiente, despidieron a Silvia en el aeropuerto. Casi todos habían ido con ella para acompañarla, y la más nerviosa era Ana, que no dejaba de darle recomendaciones acerca de su alimentación y su salud. Silvia la escuchaba estoica; en ningún momento se quejó diciendo que ya era una mujer grandecita y no necesitaba de sus consejos, por el contrario, le prometió llamarla y consultarla siempre.

Silvia miraba a uno y a otro lado, como si esperara a alguien, y Paula sólo la miraba sabedora.

—Fernando no va a venir.

—¿Y quién te dijo que estoy esperando a ese idiota? —espetó Silvia echándole malos ojos a su hermana.

—Y entonces, ¿a quién?

—A nadie, tonta.

—¿Sabías que la propiedad privada más grande de Australia es mayor que todo el país de Bélgica? —preguntó Sebastián con su teléfono en la mano. Se había empeñado en soltar curiosidades acerca

Tu Deseo

de Australia. "Para ilustrar a su hermana", había dicho, y no había parado en todo el camino y ahora.

—¿A quién esperas? —volvió a hablar Paula ignorando a su hermano—. Creí que era a Fernando.

—Fernando es un idiota. Tengo mejor gusto.

—¿Entonces a quién?

—Silvia, ¿recordaste empacar el tarro de vitamina E? —preguntó Ana, y Silvia asintió a la vez que le contestaba a Paula.

—Ay, a nadie, no seas preguntona.

—Y fue el segundo país del mundo que le concedió el voto a las mujeres —volvió a hablar Sebastián, a pesar de que nadie le prestaba atención.

—Los amores de lejos no dan resultado —siguió Paula, mirando a Silvia como si supiera más de la vida y del mundo que ella—. Amor de lejos, felices los cuatro—. Silvia hizo una mueca.

—Tampoco será un amor de lejos. Sólo somos... amigos. Pero le dije que hoy me iba, y entendí que vendría a despedirme... ya veo que no vendrá.

—Las facturas de la luz en Australia son de las más caras en el mundo —volvió a decir Sebastián, y a esto, Ana sí prestó atención.

—Silvia, no dejes las luces encendidas.

—No, no lo haré...

—Hola, familia —saludó Fernando llegando al sitio donde se encontraban todos, y Silvia lo miró como si de repente una cucaracha hubiera sobrevolado su cabeza.

—¿Tú qué haces aquí?

—Vine a despedir a la futura australiana, ¿qué más?

—Hola, Fer —sonrió Paula dándole un beso en la mejilla.

—Hola, Paula. ¿No te da gusto verme? —le preguntó Fernando a Silvia, y ella sólo lo miró como si un perro se hubiera orinado cerca.

—Fernando, gracias por venir —le dijo Judith, y él sonrió como si fuera el caballero más valiente sobre el planeta.

—Silvia es mi amiga, no podía dejar que se fuera sin despedirla y decirle lo mucho que la extrañaré.

—Fer —intervino Sebastián—, ¿sabías que los australianos son unos apostadores?

—Por supuesto —sonrió Fernando, sin dejar de mirar a Silvia—. ¿Tienes un minuto? —ella lo miró molesta, pero ante su insistencia, no pudo evitar ir hacia un lado de la sala de espera. Él se metió la mano al interior la chaqueta que llevaba puesta y sacó un pequeño peluche en forma de gato, y antes de recibirlo, Silvia sólo lo miró con

sospecha.
—¿Qué es eso?
—Mi regalo de despedida.
—¿Un peluche? ¿En serio?
—No es sólo un peluche —dijo él extendiéndoselo, pero ella sólo lo miró con cautela—. Recíbelo, mujer, que estoy pasando vergüenza con esta cosa en la mano —eso hizo reír a Silvia, que se cruzó de brazos y lo miró con burla. Fernando era mucho más alto que ella, y eso que ella era la más alta entre sus hermanas. Era de pelo descolorido, de ojos descoloridos, y nunca entendía por qué sus amigas de la universidad lo encontraban guapo, si además era flacucho.

A ella le gustaba otro tipo de hombres, y había un moreno de ojos café que la traía loca… y que no le prestaba la más mínima atención.

—Vamos, Sil. No seas mala.

—¿Y a ti quién te dio permiso de ponerle diminutivo a mi nombre?

—Lo vas a recibir, o no —casi con fastidio, ella recibió el gatito de peluche, que maulló cuando lo apretó. Silvia lo miró casi con susto, y elevó su mirada a Fernando, pero este sólo sonreía—. Lo vi, y me hizo pensar en ti —dijo—. Pareces ruda, arisca y desconfiada, pero la verdad es que eres tierna y mimosa, justo como los gatitos—. Silvia lo miró elevando sus cejas.

—Ahora sí tienes permiso para sentirte avergonzado, ¿sabes? —él sonrió rascándose la oreja.

Silvia miró su reloj, dándose cuenta de que ya le quedaba el tiempo justo para sellar su pasaporte y llegar a tiempo a la sala. Y él no había venido.

El corazón se le arrugó un poquito.

—¿Te podré llamar? —preguntó Fernando sin notar su tristeza.

—Estaré ocupada.

—No seas mala—. Ella le echó malos ojos—. Igual —se resignó él—, te llamaré.

—No lo hagas.

—Y te escribiré.

—Fer, no seas tonto. En una semana encontrarás a otra chica que capte tu interés y te sentirás ridículo por haberme regalado este tonto gato de peluche. No te preocupes, yo lo entenderé y no te lo recordaré. Ahora, si me permites, tengo que irme.

—Silvia, ni te molestes en tratar de conocer todas las playas de Australia —dijo otra vez Sebastián—. Hay demasiadas.

—Sí, gracias por el dato.
—Silvia, recuerda que por muy agobiada que estés en los estudios —recomendó Ana—, debes alimentarte bien.
—Y échale ojo a los australianos —sonrió Paula mirando a Fernando de reojo—, que los colombianos son tontos.
—Lo tendré en cuenta—. Silvia se despidió de sus hermanos con un fuerte abrazo. Le envió saludos a los que no pudieron estar allí y volvió a abrazarlos. Ana tenía los ojos llorosos, Paula los tenía llenos de picardía, y Sebastián no olvidó soltarle otro dato de Australia luego de darle su beso.

Silvia les echó una última mirada. Judith le agitaba la mano con una sonrisa, Ana intentaba controlar su ansiedad estirándose los deditos, y Paula y Sebastián le decían cosas entre divertidas y locas. Los amaba, pensó. Ellos habían sido todo para ella durante toda su vida. No recordaba un momento de su vida en el que no hubiesen estado allí, y le iba a costar un poco esta separación.

Seis años atrás, ella jamás habría imaginado que este momento llegaría, pues a duras penas asistía al colegio público de Trinidad, sacando notas mediocres, porque la verdad es que estaba más ocupada ideando maneras de ayudar a Ana a sobrevivir, y en el tonto noviecito que tenía en ese entonces, que en los estudios.

La vida les había cambiado muchísimo, y ella no pudo evitar sentirse bendecida. Así que le echó una última mirada a su familia antes de girar.

La figura extraña ahí era Fernando, pensó. Él sólo la miró con sus manos metidas en los bolsillos de su chaqueta, pero ella no le prestó demasiada atención. Él no estaba enamorado de verdad, y ya se le pasaría la bobada.

Mientras atravesaba el pasillo que la llevaría a la sala de migración, pensó en lo irónica que era la vida; la persona que ella tanto había ansiado que viniera, no lo había hecho, y, al contrario, había estado aquí este impresentable.

Dejó salir el aire. Tendría vacaciones en cinco meses, y aunque otros tal vez prefirieran que se quedara a adelantar estudios, ella haría lo posible por volver.

Metió su mano en el bolso para sacar el pasaporte, y al suelo cayó el gatito de peluche. Era un gatito atigrado, tan pequeño que cabía en su mano, y con unos ojos enormes de pupilas redondas; muy tierno, la verdad. Se agachó para recogerlo, y, sin querer, volvió a apretarlo, escuchando el suave maullido.

Fernando estaba loco, pensó, y volvió a meterlo en el bolso.

Andrea introdujo su llave en la puerta de la casa donde se había criado. Era una casa de una sola planta en un barrio al oriente de Bogotá, y no era especialmente peligroso, pero miró a un lado y a otro antes de entrar.

Una vez dentro, sintió el olor acre del cigarrillo y la suciedad. La casa estaba irreconocible, con ropa sobre los muebles, y restos de comida en empaques desechables sobre las mesas.

Cuando ellos habían sido una familia y habían estado todos aquí, esta sala era impecable, de superficies lustrosas, de muebles que invitaban a sentarse. Pero algo horrible había pasado entre sus padres casi desde la llegada de Sophie; Martha parecía despreciar con toda su alma a su esposo, e incluso había abandonado la habitación que compartían. Luego de eso, había parecido ser más la madre de ella que la suya.

Arrugó su nariz deseando poder respirar un poco de aire limpio; el de aquí estaba viciado y las ventanas permanecían cerradas con sus cortinas corridas, lo que aumentaba el aspecto lóbrego de la casa.

—¿Papá? —llamó en voz alta.

Sabía que su padre estaba aquí porque el taxi que conducía estaba estacionado afuera, así que se quedó allí esperando que apareciera en cualquier momento, y no se tardó. Casi un minuto después él apareció en pijama, arrastrando unas chancletas plásticas y rascándose el pecho.

—¿Qué haces aquí? —le preguntó mirándola con ojos desenfocados por el sueño. Él había estado durmiendo hasta ahora, y era casi mediodía.

Andrea sabía que su padre había sido guapo en el pasado. Alto, piel clara, de cabello negro abundante y ojos oscuros y vivaces. Ella se le parecía un poco, pero algo le había ocurrido y ahora no quedaba ni la sombra de aquél hombre. Se veía mucho más viejo de lo que en verdad era, por sus arrugas y canas; había perdido mucho peso, lo que hacía que la piel le colgara por casi todo su cuerpo, y la piyama que llevaba estaba sucia, con manchas bajo las axilas, y olía como si no se hubiese duchado en la última semana.

—Vengo a preguntarte algo—. Ismael la miró sin mucho interés, y caminó con su mismo paso perezoso hasta la cocina.

Aquí estaba peor todo, advirtió Andrea. Los platos sucios cubrían la encimera, la estufa estaba cubierta de líquidos que ya se habían secado y quemado, y le pareció ver una cucaracha que se escondía bajo uno de los trastos.

Con cautela, dio un paso atrás.

—Ya te dije que el dinero lo dan siempre a fin de mes —contestó Ismael abriendo el refrigerador para sacar una cerveza—. Y ya en diciembre te di tu parte, espera hasta el treinta de enero, como siempre.

—No es eso lo que te vengo a preguntar, aunque tiene mucho que ver—. Él la miró de reojo.

—Habla —dijo, dándole un trago largo a su cerveza.

—¿Quién es el hombre que te paga para que Sophie no sepa lo de su familia? —esa pregunta tomó desprevenido a Ismael, que tragó aire y empezó a toser.

—¿Y para qué carajo quieres saber eso? —preguntó cuando el acceso de tos hubo pasado.

—Necesito saberlo.

—No. No soy tan idiota. En el momento en que te lo diga, ese hombre lo sabrá y dejará de enviarme dinero. Fue el trato.

—Yo tampoco soy una idiota, papá —dijo Andrea alzando la voz—. Sé hacer las cosas. Sólo quiero saber. ¿No me lo merezco por haberte ayudado tanto?

—Me vas a meter en problemas con ese tipo, y no es cualquier tipo; es de cuidado.

—Yo sé lo que hago... —al ver a su padre reticente, dejó salir el aire y se puso las manos en la cintura—. A cambio, dejaré de pedirte dinero del que él te manda—. Ismael se echó a reír.

—Recuerdo muy bien el día que descubriste eso —le dijo limpiándose los labios con el dorso de su mano—. Me amenazaste con contarle a Sophie, y para callarte, tuve que prometerte la mitad de esa mensualidad. ¿Y ahora me dices que renuncias a eso, con tal de que te diga quién lo envía?

—Sí. Tú lo has dicho. Sospecho que podemos hacer algo y sacarle más dinero. Sophie ya no está bajo tu ala ni tu protección, y he sabido que ha empezado a codearse con gente de dinero. En cualquier momento puede descubrirlo todo, y a ese hombre seguro que no le conviene. Yo sólo quiero proponerle un trato.

—Lo haré yo, entonces.

—Por favor, no seas ridículo —Ismael miró con dureza a su hija—. Das pena, no infundes ni respeto ni admiración. En cambio, si voy yo, puede que lo convenza de colaborar. Yo le llevaré valiosa información, y a cambio...

—¿Pedirás más dinero?

—No lo sé. Puede ser. Si es muy rico, no le importará sacrificar unos pocos pesos con tal de mantener a salvo lo demás.

—Es muy rico —aseguró Ismael pasándose la lengua por los dientes—; muy, muy rico, créeme—. Ante esa afirmación, Andrea hizo una mueca.

—Entonces, ¿estás de acuerdo? Dame ese nombre, y lo que él te siga enviando, será sólo para ti.

—¿No me ofreces nada más?

—¿Y qué más quieres? Puede que yo no obtenga nada, así que estoy arriesgando mucho ya —Andrea ya estaba pensando que no le diría nada, pero hasta él debía ser consciente de que ella tenía más posibilidades que él.

—¿Dónde está ella?

—¿Hablas de mamá? —Ismael hizo una mueca de desprecio.

—No. Sophie —Andrea hubiese querido tomar aire, pero es que el de aquí estaba rancio, así que sólo apretó sus labios.

—¿Qué te importa?

—Dijiste que está con gente rica.

—Cosas de la suerte. No será así por mucho tiempo —dijo—. Entonces, ¿me dirás el nombre? —Ismael respiró profundo y se recostó a la pared más próxima apoyando un pie en ella.

—Si consigues dinero con esto, quiero una parte —Andrea dejó salir la risa.

—No es dinero lo que busco de esa persona.

—No me engañas, Andrea. El dinero es lo único que a ti te interesa.

—Hay cosas más importantes que el dinero —insistió Andrea, lo que consiguió que Ismael la mirara con sorpresa—. Lo que tú y yo hemos conseguido, siempre se nos ha agotado rápido, y ya que ni tú ni Alfonso tienen la inteligencia para pensar en algo mejor, me toca a mí.

—¿Alfonso está en esto?

—No. Es un imbécil.

—Así que sólo somos los dos. Así me gusta más. Me tocaría más dinero.

—Entonces, me dirás sí o no el nombre—. Ismael se encogió de hombros.

—Te lo diré, pero si llegaras a ser mezquina con lo que sea que consigas, allí estaré yo, hijita, para recordarte mi valiosa ayuda en esto—. Andrea hizo rodar los ojos, pero volvió a mirarlo atenta esperando que dijera el nombre—. Agustín Alvarado —dijo al fin Ismael—. Es dueño de medio país, o su familia lo es, no lo sé —

siguió—. Tiene empresas constructoras, y bancos...
—Con el nombre me es suficiente, ya investigaré acerca de él.
—No es un hombre fácil de manipular, ni fácil de localizar para gente como nosotros. Vive rodeado de guardaespaldas. En mi vida sólo lo vi una vez, y sólo me ha llamado un par de veces. El resto, siempre se hace a través de sus empleados.
—Ya me las arreglaré.
—Eres bonita —se burló su padre—, pero dudo que incluso tú puedas sacarle algo. Como te digo, es un hombre difícil de manipular.
—Es obvio que tú no pudiste —Ismael hizo una mueca negando—. Pero yo tengo mis métodos. No te preocupes; yo a ese le saco hasta la sopa —abrió la puerta y salió. Ismael se quedó dentro con su botella de cerveza y la mugre alrededor.

Empezó a desear que su hija tuviera éxito. Definitivamente, la riqueza estaba muy mal repartida en este país, y mientras esa familia se podría en dinero, él se podría en la pobreza. Su hermana Marcela no logró disfrutar la fortuna de su esposo, y su hija tampoco, pero al parecer, él y su hija sí que lo harían.

Lo sentía por Sophie...

Bueno, la verdad, es que no lo sentía. No tenía el menor remordimiento por ella. Lo único que sentía era deseos de volver a verla. Esa niña tenía una deuda muy grande con él. Por su culpa, él estaba así, tal como estaba ahora, y de verdad que le encantaría terminar lo que empezó aquella vez sólo para vengarse.

...18...

Rebeca Alvarado vio a su hijo llegar del trabajo sin mirar a casi nadie. Dora, su esposa, lo había saludado al llegar, pero él se había limitado a dar una cabezada y seguir hacia el despacho privado a seguir trabajando tal vez.

La anciana se puso en pie apoyándose en su bastón y caminó a paso lento hacia el despacho de su hijo, que estaba en el primer piso de la enorme casa.

Entró sin haber llamado, como era su costumbre, y encontró a Agustín sacando algunos papeles y documentos de su maletín y encendiendo su laptop. Tal como había pensado, él pensaba seguir trabajando.

—Necesito pedirte un favor —dijo con su acostumbrada voz grave. Agustín la miró sin mucho interés, y siguió ocupándose de sus papeles.

—Dime, mamá.

—Quiero hablar con Sofía—. Eso llamó al fin su atención, y su mano, que había estado rebuscando su pluma dentro de su saco, se detuvo y la miró.

—¿Quieres hablar con…?

—Con mi nieta. Necesito que le digas que quiero que venga aquí para hablar seriamente con ella.

—No lo hará. Sabes que te odia—. Al oír esas palabras, la anciana tragó saliva, pero ya había tomado una decisión. Le había costado decidirse, pues estaba arriesgando mucho por una corazonada de Judith, pero siguió adelante.

—Lo siento por ella, pero va a tener que venir—. Agustín se recostó en el sillón en el que estaba y dejó salir el aire con aspecto resignado.

—¿Qué tratas de conseguir? Sólo te insultará y seguirá como hasta ahora.

—No me interesa, Agustín. Dile que… se trata de su herencia —Agustín la miró ceñudo.

—¿Su herencia?

—Sí. He decidido heredar a mis hijos en vida.

—¿Qué? —Rebeca dio la vuelta encaminándose de nuevo a la puerta.

—Dile que, si no viene, perderá su parte en la herencia Alvarado —Agustín sonrió bastante complacido con ese dictamen, y como

Tu Deseo

Rebeca estaba de espaldas, no pudo verlo.

—De acuerdo… se lo diré… Ya sabes que conmigo tampoco se comunica, y todo lo hace a través de su abogado; no he hablado con ella en los últimos siete años, pero haré que me conteste, te lo prometo—. Rebeca suspiró y se detuvo en el pasillo.

—Haz lo que tengas que hacer. Necesito que le quede claro que, si no se presenta, su parte será destinada a la caridad.

—¿QUÉ?

—Tú no te preocupes por lo tuyo —añadió Rebeca con voz queda—, seguirá intacto como hasta ahora.

—¿De qué estás hablando, mamá? ¿A la caridad? ¡Es demasiado dinero! —exclamó, y Rebeca lo miró inexpresiva.

—Ya tomé mi decisión —suspiró ella—. Me costó decidirme, porque amo a mi nieta y la quiero conmigo, pero, si no viene, si en un mes no he hablado con ella, si no se presenta ante mí cara a cara… su parte se irá a la caridad.

—¡No puedes hacer eso!

—Ya lo hice —respondió Rebeca echando a andar por el pasillo con su paso desigual.

—No, no… ¡Espera! —la llamó, y prácticamente corrió a ella. Rebeca volvió a girarse en el pasillo—. ¿Qué quieres decir con que ya lo hiciste?

—Ya reuní a mis abogados.

—¿Cuándo?

—¿Qué importa cuándo? Es mi dinero, y ya lo arreglé así —Agustín empezó a ponerse rojo. ¿Qué importaba que un hombre fuera importante y poderoso, si no podía doblegar a su más formidable enemigo? Y su más formidable enemigo siempre había sido ella, su propia madre.

Tomó a rebeca por los hombros y respiró profundo tratando de calmarse, pues si ella hacía esto, ninguno de sus esfuerzos pasados por conservar esa parte del dinero valdría la pena.

—Eso es una auténtica locura, mamá —dijo en voz baja— ¿Quieres que te diga la cantidad de dinero que se perderá si haces eso? Papá y tú se esforzaron muchísimo por conservar y hacer crecer ese dinero.

—Tienes razón, yo ayudé a reunir y conservar todo ese dinero, así que puedo hacer con él lo que quiera, ¿no?

—Mamá…

—Si tanto te duele que se pierda ese dinero, habla con mi nieta. Dile que me urge que venga, convéncela de algún modo—. Agustín apretó fuerte sus dientes, y casi le rechinaron.

Conocía a su madre mejor que ninguno, era una mujer indómita, terca como una mula, de carácter imposible. Y si era verdad que había tomado esa decisión, no habría poder humano que la convenciera de lo contrario. Tomó con fuerza la manija de la puerta de su despacho queriendo romper algo. Lo peor era que no podría, debía mantener la calma y pensar, pensar rápido en algo.

—Está bien... como te dije antes, lo intentaré.

—Te estaré muy agradecida —sonrió Rebeca con tono afable, y volvió a andar por el pasillo.

Agustín entró de nuevo al despacho y logró no tirar la puerta, sólo recostó su frente a ella cuando estuvo al otro lado.

¿Qué iba a hacer ahora? ¿De dónde diablos se iba a sacar a una Sofía ahora?

Y la verdadera, ¿dónde estaría? Le estaba estorbando hoy más que nunca.

—¿Pasa algo, abuela? —preguntó Fernando al ver a Rebeca caminar a paso lento hacia la sala, y ella sólo lo miró de reojo.

—¿Temprano en casa? —le preguntó Rebeca sin mirarlo fijamente—. Eso es un milagro.

—No tenía ganas de salir por hoy. ¿Discutías con papá?

—¿Cuándo no? —dijo ella en tono agrio—. Todos en esta casa creen que soy estúpida, pero que se atrevan a meterme el dedo en la boca a ver si no se los destrozo—. Fernando miró a su abuela, que siguió renegando ella sola a medida que se alejaba. Se acercó al despacho de su padre y quiso llamar para entrar, pero, ¿para qué?, se preguntó. Él no le contaría nada, y sólo recibiría un insulto y una orden para que lo dejara solo.

Volvió a la sala, y encontró a su madre mirando una revista. A ella tampoco podía preguntarle nada, pues seguro que ni siquiera estaba enterada de lo que estaba pasando. Aunque podía apostar sus ojos a que ella había sentido la discusión, lo más seguro era que afirmara hasta el final que no había escuchado nada.

Suspiró y miró a la puerta. Tal vez sí debía salir, escapar un momento de este infierno que algunos llamaban hogar; como siempre, sus amigos estarían esperándolo para embriagarse, y quizá, hasta consumir algo.

Los oscuros ojos de Silvia aparecieron en su mente mirándolo con desaprobación sólo por pensar en hacerlo, y en vez de salir, se encaminó a su habitación, a ensordecerse un poco escuchando música, o tal vez debiera hojear los libros de la universidad. Sí, hoy ganaban los libros; pronto empezaría un nuevo semestre y quería esta vez no aprobar las asignaturas con la nota mínima. No podía olvidar que, si Silvia se había ido, era para estudiar, y una de las cosas que ella más detestaba de él eran sus notas.

Sophie bajó de la camilla donde el doctor que la había operado la había estado revisando. Al parecer, todo estaba en orden, la cicatrización había sido óptima y no se habían presentado molestias ni anomalías.

—¿Has estado quieta en casa como te recomendé? —le preguntó el médico, y ella se mordió los labios. Dudaba que haberse ido de paseo el siguiente fin de semana de la cirugía fuera estarse quieta, y tener que andar de un lado a otro en su nuevo trabajo contribuyera.

—Mmmm, sí.

—Bien. Has aumentado de peso.

—Un poco.

—Sí, un poco. No descuides tu alimentación, y aunque estás muy bien, tampoco te exijas demasiado; si llegas a abusar con el trabajo, podría complicarse.

—Quería... hacerle una pregunta.

—Claro.

—Mi novio... Es decir... —el médico sonrió.

—Espera una semana más para los encuentros íntimos con él —le recomendó sin miramientos—. Y para las posiciones exigentes... un poco más—. Sophie estaba rojísima, pero, aun así, asintió.

—Gracias por todo, doctor—. Se despidió ella.

Salió del consultorio y se encontró a Fabián afuera, que los había estado esperando. Al verlo, sonrió.

—¿Qué te dijo? —le preguntó él tomándole la mano.

—Parece que todo está perfecto.

—Qué bueno. ¿Quieres que te lleve a algún lugar?

—A casa, por favor. El abogado debe estarme esperando. Aunque, debería tomar un taxi, tú seguro que estás ocupado.

—Nada de taxis —dijo él ceñudo—. Te llevaré.

—Fabián, tu trabajo...

—Soy socio, no un empleado más —volvió a hablar él muy serio—, seguro que haber aportado el cincuenta por ciento del capital me deja escaparme con mi novia de vez en cuando—. Sophie lo miró mordiéndose los labios cuando él dijo "mi novia". Podía decirse que ya lo eran, oficialmente.

—Juan José me va a odiar.

—No, a ti no —se inclinó a ella para besar ligeramente sus labios a medida que avanzaban—. ¿Y qué va a hablar él? Cuando estaba recién casado con Ángela, me dejó solo muchas veces.

—¿A cuál boda te refieres?, a la primera, o a la segunda —él la miró elevando una ceja.

—¿Ya te contaron la historia?

—Por encima, nomás.

—Pues me refiero a la segunda. Prácticamente lo perdimos en el primer año —Sophie se echó a reír, y juntos, salieron de la clínica para encaminarse al auto.

—Cuéntame qué sabes tú de esa historia —le pidió Sophie una vez estuvieron dentro—. Estuviste allí, ¿no?

—¿La historia de Juan José y Ángela? —ella asintió con una sonrisa de expectación, y él suspiró.

—Lo mejor será que la misma Ángela te la cuente. Lo único que yo puedo contarte, es que tuvieron muchos problemas a causa de Miguel, un hombre que fue amigo nuestro y que ahora está preso.

—Vaya... ¿Amigo de ustedes? —Fabián asintió.

—Él y yo éramos bastante cercanos, pero nunca advertí que tenía una rara obsesión con las mujeres, y le hizo mucho daño a Ángela, cuando supuestamente estaba enamorado de ella. Secuestró a Carolina siendo apenas una bebé.

—Qué horrible—. Ella lo miró asentir con una mueca de tristeza—. ¿Lo extrañas? Como amigo—. Fabián sonrió de medio lado y guardó silencio por un momento, ella siguió esperando a que hablara. Cuando por fin lo hizo, su voz sonaba triste.

—Sí, lo echaba de menos. Lo conocimos en la universidad; era un muchacho apenas. Todo lo había conseguido por su propio esfuerzo y quería convertirse en abogado. Entre Mateo, Juan José y yo, conseguimos que una entidad lo becara por completo y por el resto de la carrera, y así fue. Miguel era muy inteligente, y tenía un código moral bastante diferente al nuestro, pero lo aceptamos en el grupo... o, podría decirse, que él aceptó ser parte. Juan José y Mateo siempre han sido muy unidos, así que eso nos dejó a Miguel y a mí para acercarnos más... y conversábamos mucho. A través de él conocí un lado de la vida que no tenía ni idea que existía.

—El lado de los pobres —Fabián sonrió.

—Sí. Yo admiraba el esfuerzo que hacía por salir adelante, y fue su ejemplo el que me impulsó a independizarme económicamente de mi abuelo. Ya te conté que no me llevo muy bien con él.

—Sí.
—Verlo consumirse por el odio fue terrible para mí. Nunca se lo conté a Juan José, pero en una ocasión fui a visitarlo a prisión...
—¿Hablaste con él?
—No. No me recibió, se negó a verme, y no lo volví a intentar.
—¿Qué crees que pase si le cuentas a Juan José que fuiste a visitar al hombre que le hizo daño a su mujer? —Fabián la miró con ojos entrecerrados reconociendo la intención en esa pregunta.
—Tal vez me insulte un poco, pero también comprenderá por qué lo hice, y puede que hasta me pregunte cómo lo vi.
—Lo conoces bien.
—Con el tiempo —suspiró él—, hemos aprendido a no guardarle demasiado rencor a nadie—. Sophie lo miró un tanto sorprendida. Nunca imaginó tanta humildad en él—. El rencor es un veneno que te tomas esperando que el otro muera —añadió. Ella sonrió reconociendo la célebre frase y se recostó a su asiento suspirando. Sólo pudo pensar en que este hombre cada vez le gustaba más.

Cambiaron de tema y ella empezó a hablarle de unos apartamentos pequeños que había estado viendo en internet para mudarse pronto, y le contaba que estaba indecisa entre varios. Fabián condujo hasta la casa pensando en que se aproximaba el día en que ella cobrara su primer sueldo, y ya le había dicho que planeaba irse a un apartamento sola. Antes de que eso sucediera, debía encontrar la manera de convencerla para que se quedara en casa de Ana por más tiempo. Era preciso.

Después de hablar con Judith, había quedado muy preocupado. Afortunadamente, ella no salía si no era con él o Ana. Al trabajo se desplazaba en los autos de la casa conducidos por un chofer, y estando aquí o en las oficinas ella no corría peligro, pero sabía que Sophie se empeñaría en irse, y cuando eso ocurriera, estaría sola, y le preocupaba.

—Estás pensativo —susurró ella al verlo en silencio, y Fabián suspiró.
—Un poco.
—Seguro que el abogado me tiene buenas noticias.
—Sí. Es de los mejores en su campo, y si te dijo que la anulación era posible, tal vez así sea—. Sophie asintió bajando la mirada. Lo que ella en verdad deseaba escuchar era que nunca había estado casada.

Una vez en la casa, les anunciaron que el abogado la esperaba en el despacho de Carlos, y hacia allí se encaminó ella casi a toda prisa.

Lo saludó, pero no pudo esperar demasiado para preguntarle por los resultados de sus pesquisas.

—Salió tal y como lo pensé —le contestó Tobías, y Sophie sintió su corazón golpear duro en su pecho—. El notario que te casó no existe, y, por ende, no hay registro de tu casamiento con él—. Sophie se puso una mano en el pecho y dejó salir el aire—. Ahora, procede una demanda, Sophie —ella asintió.

—Sí. Quiero demandarlo por falsedad de documentos y todo lo demás.

—Entonces, te contactaré con la persona idónea para esto. Ya sabes que mi campo es otro.

—Te lo agradeceré… —ella se mordió los labios, pues seguro que la cuenta de los abogados se estaba yendo al cielo, pero pensó en la cifra que ya estaba ganando en su trabajo y decidió seguir adelante—. En cuanto a tus honorarios…

—¿Qué pasa con mis honorarios?

—Que te pagaré, claro… —Tobías se echó a reír.

—Querida Sophie. ¿Crees que hice todo esto por la esperanza de que pudieras pagar mis honorarios algún día? —Ella lo miró confundida—. No. Vine porque fue con Carlos con quien arreglé ese pequeño asunto de los honorarios. Él me cae bien, y aprecio a toda su familia, pero no trabajo gratis.

—Es decir, que…

—Que tú no me debes nada. Si quieres hacer arreglos, hazlos con ellos—. Tobías se puso en pie y dejó sobre el escritorio algunos documentos para ella. Le indicó lo que debía hacer con ellos y salió de la oficina.

Ana entró un par de minutos después, tal vez un poco intrigada al ver que ella no salía.

—¿Está todo bien? —le preguntó con cautela, pues recordó su explosión de ira de la última vez. Tal vez ella había recibido noticias desafortunadas.

—Le pagaste al abogado su trabajo —susurró Sophie girándose a mirarla. Ana se detuvo en su lugar, preguntándose si ahora ella se enojaría por eso. Vaya, ahora entendía a Ángela y a Carlos en el pasado. Si así de testaruda había sido ella al recibir su ayuda, seguro que se merecía un golpe con una sartén en la cabeza.

Apretó sus labios y se encogió de hombros.

—Por supuesto —Sophie volvió a mirar al frente y respiró profundo—. No me digas que estás molesta por eso. Tobías es un amigo, pero si no hubiese sido de ese modo…

—No habría aceptado el caso, lo sé. Y… no estoy molesta, sólo… un poco…

—Nah, no tienes por qué sentirte incómoda por eso, Sophie —ella sonrió al ver cómo Ana le leía el pensamiento. Iba a decir algo, pero entonces Fabián entró al despacho y en su rostro Sophie vio preocupación. Tal como Ana, él se había preocupado al ver que no salía del despacho.

Ella se puso en pie y caminó a él con una sonrisa. Cuando lo tuvo en frente, extendió su mano y tocó su rostro, él le besó la palma de la mano sin dejar de mirarla.

—¿Pasó algo?

—No me voy a divorciar —contestó ella, y sonrió cuando él abrió grandes sus ojos llenos de sorpresa. Antes de que pudiera preguntar qué estaba pasando, ella agregó—: porque nunca me casé realmente.

—¿Qué? —preguntó él completamente confundido.

—Todo fue una farsa montada por Alfonso… y alguien más, eso seguro. La boda fue falsa, el notario fue falso, y, por ende, nunca estuve casada.

—¿Eso es verdad? —ella rio y lo abrazó.

Fabián miró a Ana, que se había quedado aquí para ver al par de tórtolos darse la noticia, y le asintió confirmándole lo que le contaba Sophie.

Tardó un poco en poner sus emociones en orden. En un principio se sintió feliz, más que feliz, pues ella era y siempre había sido libre, así que la abrazó y la besó con alegría. Y luego, tras el acceso de felicidad que lo inundó, comprendió lo que esto significaba. Ese maldito, maldito Alfonso, era una lacra de la peor calaña.

—Hay que demandar a ese hombre —dijo de inmediato, mirando a Sophie con mucha seriedad. Ella suspiró.

—Sí. Pero de eso se encargarán los abogados, que Ana pagará.

—No, Ana —dijo él mirándola—. Déjame esa satisfacción a mí, ya que no puedo meterlo a la cárcel con mis propias manos, deja que yo pague esta vez los abogados—. Ana elevó sus cejas sonriendo.

—Está bien, te lo concedo. Estás en tu derecho.

—Gracias.

—Yo no seguiré siendo una carga para ustedes —anunció Sophie—. En cuanto reciba mi primer sueldo, me iré a vivir a uno de los apartamentos que ya tengo vistos —Fabián y Ana cruzaron una mirada, y Sophie caminó hacia el pasillo—. Iré a darme una ducha, ¿me esperas, Fabián?

—Claro —ella se regresó para darle un último beso y volvió a salir. Ana miró a Fabián de manera significativa, pues ella casi le estaba reprochando el no haber conseguido que ella cambiara de opinión—. ¿Crees que es fácil de domar? ¡Es casi tan terca como tú!

—¡Pero no puede dejar esta casa y lo sabes! ¡Por su seguridad!

—Tendré que contarle todo para que entienda —susurró Fabián, y Ana lo miró en silencio por un momento, pero al cabo, asintió.

—Sí. Tal vez ya sea tiempo de que se entere de la verdad—. Fabián se rascó la cabeza y salió del despacho. Tocó con sus nudillos en la puerta de Sophie y ella desde adentro le dijo que entrara.

—Creí que eras Ana —contestó ella poniendo su toalla de baño en su pecho, como si la hubiese descubierto desnuda. Fabián sonrió mirando la habitación. Estaba organizada, aunque en el nochero había un libro con un separador en la mitad, unas pantuflas debajo de la cama, y algo que parecía ser una blusa sobre una silla. La miró a ella, que seguía mirándolo un tanto sorprendida.

—Quería comentarte algo.

—Claro. Espera a que me duche y...

—Conozco a tu abuela, ¿sabes? —dijo él poniendo sus manos en su cintura y mirándola. Ella frunció el ceño.

— ¿La conoces?

—Sí. Su nombre es Rebeca Alvarado. ¿No es así? —Sophie asintió—. Tu tío, el hermano de tu papá, se llama Agustín... y tu abuelo fallecido, Erasmo. Yo los conozco a todos.

—Por... ¿por qué?

—¿Tu padre nunca te contó que tu abuela era una mujer de dinero?

—Pues... sí. Ella lo desheredó por casarse con mamá.

—Nunca te dijo qué tan rica es ella, ¿verdad? —Sophie bajó la toalla de su pecho y caminó a él.

—Supongo que... tenía sus negocios. Papá nunca habló mucho de eso.

—Rebeca en realidad es muy rica, Sophie —ella lo miró entrecerrando sus ojos—. Es muy rica —repitió él—. Su familia está entre las diez más ricas del país. Son dueños de... un holding de bancos, y una importante empresa constructora.

—¿Qué? ¡No!

—Sé de lo que te estoy hablando, Sophie...

—Pero es que estás hablando de mi abuela en presente... y ella murió hace muchos años.

—¿Qué?

—Mi abuela murió hace... Dios, ¿hace cuánto me avisaron? Hace unos meses, apenas.
— ¿Quién te dijo que murió?
—Bueno... me lo dijo mi tío Ismael. Poco antes de... creer que me estaba casando con Alfonso. Y no era tan rica. Quiero decir...
—Eso es mentira, Sophie—. Ella sonrió negando. Tal vez pensaba que él estaba confundido, pensó Fabián, pero era importante que ella supiera la verdad, que entendiera—. Te mintieron —dijo él un poco más fuerte, tanto en volumen como actitud—. Te engañaron. Tal vez las mismas personas que dejaron que te casaras con Alfonso para que él robara tu fideicomiso, te han mentido para que no te enteres de que en realidad eres una heredera—. Sophie se echó a reír y dio unos pasos atrás.
—No, no, no. Espera, nene, no. Yo... Yo no soy una especie de Cenicienta que hoy es una pobretona que se muere de hambre y luego descubre que en realidad es una heredera... Tampoco soy... ¿cómo es que se llama esa telenovela mexicana?
—¿Crees que todo es una fantasía? Bien, puedes hablar con Judith, si quieres. Ella fue la que se dio cuenta de todo cuando escuchó tu nombre y apellido.
—¿Qué?
—Te dirá que Rebeca no te odia; por el contrario, te añora, y ha esperado tu regreso desde antes que murieran tus padres.
—Fabián... eso es mentira. ¡Ella desheredó a papá cuando supo que se había enamorado de una mujer pobre!
—¿Entonces los seres humanos no pueden cambiar de opinión? ¡Si hubieses conocido a la Judith de hace unos años, te aterrarías! La que conoces ahora no tiene nada que ver con la antigua. La gente cambia, la gente se arrepiente, y tu abuela se arrepintió de haber desheredado a tu padre.
—¿Y si es así, por qué no me buscó? —preguntó Sophie indignada. Ya empezaba a creerle, pensó Fabián, sólo necesitaba explicaciones—. Si tanto se arrepintió, ¿por qué permitió que viviera en casa de mis tíos, sufriendo abuso y maltrato y necesidad? No. ¡Prefiero creer que me odiaba a que, amándome, dejó que me pasara todo lo que me pasó!
—¿Y si a ella también la engañaron?
—Qué conveniente —exclamó ella con sarcasmo.
—Alfonso Díaz montó todo un teatro haciéndote creer que te casabas con él, y sólo quedarse con cincuenta mil euros.
—¿Sólo?

—¿Qué no haría la gente por millones? —Los ojos de Sophie se abrieron grandes al oír la posible cifra—. ¿Acaso no es el amor al dinero la principal fuente de los males de la humanidad? —Él se acercó de repente a ella, quedando nariz con nariz—. Es verdad lo que te digo, y tengo pruebas. Tienes que creerme.

—Pero es que es todo tan... fantasioso.

—Compruébalo por ti misma —susurró él con sus ojos cerrados—. Habla con Judith, pregúntale lo que ella sabe. Seguro que te ayudará a concertar una cita con Rebeca para que se conozcan la una a la otra. La sangre llama fuerte, dicen; si ella es tu abuela en verdad, la una reconocerá a la otra.

—Y si estás equivocado... —él dejó salir el aire y la miró a los ojos.

—Bueno, si estoy equivocado, dejaré que me conviertas en tu esclavo por una semana—. Ella lo miró al principio con sorpresa, pero enseguida se echó a reír. Rio y rio hasta que el estómago le dolió. Incluso le saltaron lágrimas por la risa.

Su risa se fue apagando poco a poco cuando vio que él no compartía su hilaridad. Fabián, a pesar de la broma de convertirse en su esclavo por una semana, estaba muy serio.

Y eso casi empezó a asustarla. Hubiese preferido que todo fuera una broma.

—¿Tú de veras... crees lo que acabas de decir? —Fabián sonrió elevando una de sus cejas.

—Sí, lo creo. Me parece demasiada casualidad que tu abuela se llame Rebeca Alvarado, que haya tenido dos hijos llamados Fernando y Agustín. Que haya desheredado a su hijo por haberse casado con una mujer de otro estrato social... No, demasiadas casualidades. Creo que tú eres su nieta, y que la vida te puso aquí para devolver, al fin, todo a su lugar.

Sophie cerró sus ojos al escucharlo hablar tan seguro. Tragó saliva y respiró hondo, y volvió a mirarlo.

—Está bien. Haré lo que me dices, y... hablaré con Judith.

—Me parece excelente.

—Si no llega a ser cierto, Fabián, serás mi esclavo por una semana.

—No ganarás esa apuesta —le contestó él con una sonrisa llena de promesas y pecado, y Sophie no pudo evitar sonreír de nuevo.

De todos modos, quien había mencionado eso de ser su esclavo por una semana había sido él, no ella, y no había podido evitar imaginarlo desde ya.

Para ella, aquello sólo podía significar una cosa: sexo. El corazón empezó a latirle acelerado sólo al pensarlo. Y ni siquiera lograba imaginarlo del todo, y ya estaba así. Miró a Fabián mordiéndose el labio inferior.

El doctor le había dicho que podrían hacerlo en una semana más, y aunque había dicho que para las posiciones exigentes debían esperar otro poco, ella pensaba que esas cosas sólo las hacían los pervertidos, o las prostitutas. Seguro que con Fabián las cosas serían muy normales, como debían ser en una pareja.

Y aun así, su corazón enloquecía al pensarlo.

...19...

—Quiero añadir algo a este trato —le dijo Fabián a Sophie mirándola fijamente, y Sophie lo miró pestañeando, como si su mente se hubiera ido lejos y apenas regresara—. Si yo tengo razón —siguió él—, y en verdad eres una heredera como en las telenovelas, y tu abuela está vivita y coleando... será al contrario, y tú serás mi esclava.

—Oh, no contaba con eso —susurró ella en tono meditabundo.

—¿Te echarás para atrás?

—Nunca me echo atrás.

—Entonces... —dijo él acercándose de repente a ella y pegándola a su cuerpo con sus brazos. Caminó con ella hacia atrás, suavemente, como si estuvieran bailando, y en un instante, ella se vio al interior del baño —dúchate—concluyó con esa misma sonrisa, y Sophie tragó saliva.

De repente, el toque de él simplemente había despertado cada centímetro de su adormecida piel. Sentía sus brazos fuertes en su cintura, y su rostro estaba tan cerca, y de él se desprendía un aroma tan delicioso, cautivante...

Él hizo un movimiento, como si se fuera a alejar, pero ella lo atrapó por la camisa y lo acercó para besarlo.

Fue un beso un poco fuerte, notó Fabián, ella lo besaba casi con desesperación, y su ansia enardeció la de él, que la volvió a acercar, tanto, que el uno podía sentir al otro casi desde la cabeza hasta los pies, y esta vez él bajó la mano hasta atrapar y apretar sus nalgas. El gemido de ella quedó ahogado en su beso, y ni por eso lo interrumpió. Él metió la mano tras su delgado cuello y profundizó aún más el beso.

Sophie estaba enloquecida. No entendía bien qué estaba pasando, tal vez era que ya llevaba deseándolo demasiado tiempo, pero sus manos parecían querer gritar: "piel, piel, piel; queremos piel". Así que, como si tuvieran vida propia, empezaron a desabrocharle los botones de la camisa.

Fabián se sorprendió al ver lo que ella hacía, y estuvo a punto de apartarle las manos. "¿Eres idiota?", preguntó una voz dentro de su cabeza, y tomándola en sus brazos, la alzó para subirla a la encimera del lavabo, ella inmediatamente abrió sus muslos para recibirlo entre ellos, y Fabián dejó que ella paseara sus pequeñas manos por todo su pecho mientras la besaba con ardor.

—Sophie... —la llamó él cuando sus labios se separaron, y ella empezó a morder la piel de su cuello. Cuando ella acercó más su cadera a la de él, buscando, anhelando algo, Fabián se rindió. Metió la mano debajo de su blusa y desabrochó su sostén, y casi al tiempo se apoderó de sus senos que, tal como había pensado, llenaban sus manos de la manera más exquisita. Ella lanzó un quedo gemido y eso para él fue la gloria.

—¿Sophie? —llamó alguien entrando a la habitación, y ambos se miraron asustados. Era Ana. Sophie se bajó de inmediato de la encimera y alcanzó a cerrar la puerta del baño antes de que Ana alcanzara a verlos—. Tienes una llamada —siguió Ana—. Tobías ya se comunicó con uno de los abogados, y te piden una cita para entrevistarse.

—Ah... sí... pero ahora estoy en la ducha.

—En la ducha —repitió Ana como si se lo creyera—. Le diré que te llame de nuevo en media hora—. Sophie estaba pegada a la lámina de madera de la puerta, y a su espalda se pegó Fabián, besándole el cuello, paseando sus manos aún por sus senos por debajo de su blusa y de su sostén.

Diablos, ¿cómo podía hablar si él la tocaba así?

—Sí, media hora...

—¿Fabián se fue?

—No lo sé —contestó ella con dificultad.

—Seguro está en algún lado de la casa. Bueno, no te tardes mucho... duchándote.

—Vale, Ana, gracias—. Sophie escuchó la puerta de la habitación cerrarse, y se giró para encarar a Fabián.

—Tienes que irte.

—Sí, en un momento —pero sus actos desmintieron sus palabras, pues él bajó la cabeza y se metió en la boca uno de sus pezones. Sophie bizqueó tratando de no gritar. Qué cálido, qué suave, ¡qué deliciosa sensación!

—Es... es en serio. Tienes que irte—. Él no hizo caso, sólo la alzó en su cintura poniéndola contra la pared, y ella pudo sentir la urgencia en el cuerpo de él. Lloriqueó rodeándole el cuello con sus brazos y la cintura con las piernas, y se restregó contra él como una fulana—. Tienes que irte —repitió. Fabián la besó más, y en un momento, se separó al fin de ella.

Sophie apoyó los pies de nuevo en el suelo sintiendo que las piernas no la sostenían, y lo vio acercarse al grifo del lavabo y mojarse la cabeza con agua helada.

199

Ella le alcanzó la toalla, y él se la recibió sin mirarla siquiera en el espejo.

—Dúchate. Luego hablaremos con Judith—. Ella asintió, y Fabián salió del cuarto de baño sin mirarla otra vez.

Sophie se apoyó en la encimera sintiendo que alguna parte de su cuerpo ardía, y le avergonzó sólo el pensar qué parte era. Se miró al espejo y se vio los ojos más claros que nunca, los labios sonrosados y la piel más luminosa. Jesús, y sólo había sido un beso y unos cuantos toqueteos.

Se quitó la ropa con prisa y al verse los senos en el espejo se los cubrió. Ellos se veían... ¿más grandes? Y rosaditos también, porque él los había chupado.

Sin poder soportar su propio escrutinio un segundo más, se metió a la ducha. Tal vez ella también necesitaba un poco de agua fría.

Fabián salió al jardín con el cabello húmedo aún.

Madre santa, había estado a punto de hacerlo con ella, porque estaba seguro de que, si Ana no hubiese entrado en el momento en que lo hizo, las cosas no habrían quedado en simples besos y caricias.

Miró hacia la casa y suspiró. Haberse echando agua fría encima ayudaba, pero su alma seguía rogando por volver a entrar a ese baño con ella.

En el rosal vio la figura de Judith, y luego de contar hasta treinta, respirar profundo y acomodarse un poco los pantalones, caminó hacia ella.

—Judith —la saludó, y ella casi saltó al oírlo, pues estaba ensimismada en sus rosas.

—Fabián, qué susto me diste.

—Lo siento.

—Viniste a ver a... Oh, tienes el cabello mojado, ¿qué te pasó?

—Eso no importa. Le conté a Sophie la verdad—. Judith lo miró ceñuda.

—La verdad.

—Sí, pero no lo cree del todo. Piensa que me lo estoy inventando. Está fuertemente convencida de que su abuela está muerta... Pero... tal vez prefiere creer eso a la verdad.

—Yo no la culparía.

—Tenemos que hacerle entender.

— ¿Necesitas mi ayuda?

—Tú conoces muchos más detalles que yo. En este momento ella se está duchando, pero en cuanto esté lista, ¿podríamos hablar con

Tu Deseo

ella y hacerle entender la verdad? —Judith lo miró con una sonrisa velada, comprendiendo al fin por qué él tenía el cabello mojado.
—Claro.
—Enviaré a alguien avisándote cuando esté lista.
—Sin duda. Supongo que tendré que mostrarle pruebas, y tarde o temprano, abuela y nieta habrán de reunirse para conversar.
—Sí. Eso estaba pensando.
—Hay que pensar en la salud de Rebeca. Una impresión de esas le costaría la vida.
—Seguro que encontrarás la manera de decirle las cosas sin que le dé el patatús.
—Lo intentaré, pero la pobre mujer lleva tanto tiempo deseándolo...
—Lo dejo en tus manos entonces —dijo Fabián apoyando su mano en el hombro de ella. Judith lo miró alejarse con una sonrisa.
—No te vayas a resfriar —le dijo cuando ya había dado varios pasos, y él se volvió para darle una cabezada—. Como si no hubiese tenido que soportar a un par de recién casados ya —murmuró Judith con una sonrisa.

Sophie salió de su habitación cuando ya estuvo lista y caminó hacia la sala buscando a Judith. La vio entrar desde el jardín y se quedó en su sitio esperándola.
—Hola, hija —la saludó Judith al verla—. ¿Cómo te has sentido? ¿Qué te dijo el médico?
—Parece que estoy muy bien.
—Me alegra escuchar eso. Me dijo Fabián que tenemos que conversar.
—Sí, Judith, pero...
—Yo estaba esperando este momento —dijo ella pidiéndole con un ademán que la siguiera. Por el rabillo de ojo vio a Fabián, que se acercaba desde el otro lado de la casa junto a Ana.
Entró a la sala favorita de Judith y ella le pidió que se sentara. Cuando vio que también Ana y Fabián entraban, se preocupó un poco. Ana le sonrió para tranquilizarla, y Fabián se sentó a su lado.
—Conozco a Rebeca desde hace muchísimo tiempo —empezó a decir Judith tomando aire—. Tu abuela no es una mujer fácil...
—Mi abuela murió...
—Tu abuela está viva —la interrumpió Judith mirándola seria—, y ya vas a entender por qué estoy tan segura—. Sophie tragó saliva y no dijo nada más, así que Judith volvió a tomar la palabra.

Le contó la historia de Rebeca, cómo había desheredado a su hijo porque él prefirió casarse con alguien de otra condición social, y cómo él había decidido irse del país. Sophie la escuchaba atenta, sintiendo que el corazón le latía cada vez más rápido.

—Resultó que Fernando heredó la tozudez de su madre —sonrió Judith mirándola con ojos nostálgicos—. Y prefirió perder su herencia que casarse con la mujer que Rebeca quería para él. Eligió la pobreza a la infelicidad—. Sophie no dijo nada, sólo bajó su mirada recordando que, efectivamente, su padre era terco; Marcela, su madre, siempre le había reprochado eso, pero nunca fue un tema que los hiciera discutir demasiado.

Sin embargo, él mismo había contado esta historia, diciéndole a ella como moraleja que prefiriera siempre seguir el dictado de su corazón. Cosa que, luego, había desoído.

Miró a Fabián y él movió su cabeza en un gesto, y ella volvió a mirar a Judith.

—Fernando sabía que tarde o temprano Rebeca daría su brazo a torcer, y empezó a hacer trampa, o de eso lo acusó la misma Rebeca —sonrió Judith—. Le enviaba fotos tuyas. Te digo por experiencia propia que nada conmueve más un corazón que ver a tus nietos. Cuando vi a Carolina por primera vez, yo... mi corazón se derramó como agua. Aunque la hubiese visto en medio de mil bebés, yo habría sabido que esa niña era mi nieta.

—La sangre llama fuerte —susurró Ana, y Sophie vio que ella también estaba un poco conmovida. Tal vez estaba recordando cosas de su pasado.

—Pero si todo esto es verdad —intervino Sophie con la voz agitada—, por qué...

—La herencia es enorme —dijo Judith elevando su mano para que callara—. Es enorme, Sophie. No quiero lanzar juicios, pero sospecho de alguien, alguien que sería el principal beneficiado si tú permanecieras ausente.

—¿Quién?

—Sospechamos de Agustín, tu tío —dijo Fabián con voz grave y entrelazando sus dedos con los de ella. Sophie sabía que tenía un tío llamado Agustín... y un primo, que, recordó, tenía el mismo nombre de su papá. Él le había mostrado una vez la fotografía del chico.

— ¡Mira, Marcela! —había llamado él en una ocasión mirando su portátil. En ese tiempo vivían en una pequeña casa en un barrio aceptable de Londres. Ambos estaban trabajando y su economía era estable. Al oír el llamado emocionado de su esposo, Marcela había acudido a ver qué ocurría.

Fernando le mostró a su esposa unas fotografías que le habían llegado al correo, que mostraban a un niño de algunos ocho años vestido de jugador de fútbol, o disfrazado para Halloween. En ese entonces ella tenía sólo doce años, pero recordaba la imagen, porque su padre la había abrazado y besado señalándole la foto y diciéndole que ese era su primo, y que se parecían.

Sophie no pudo evitar estar más tiempo quieta y se puso en pie. Los ojos se le humedecieron de inmediato. Ella ya conocía en persona a su primo, y si era honesta, sí que tenía rasgos de su padre, se parecían en el color de piel, de cabello y hasta de los ojos. Su primo los tenía mucho más claros, de un tono que cambiaba con la luz, pero en lo demás, eran bastante parecidos, hasta a ella se parecía un poco.

—Rebeca se arrepintió de su decisión —siguió Judith, dándose cuenta de que Sophie lucía lago agitada—. Quiso que su hijo volviera. Me contó que le había enviado un correo donde le pedía que volviera a casa y a la familia, y que esperaba su contestación.

—¿Un e-mail? —Judith sonrió.

—No, tu abuela no es de usar computadores. Lo hizo por el medio tradicional, carta. Pero él nunca respondió.

—Él no recibió esa carta —lloró Sophie—. Se habría emocionado mucho, se habría puesto muy feliz.

—Tal vez fue interceptada. Tal vez... llegó después del siniestro, y no alcanzó a leerla—. Sophie se apretó una mano con la otra y siguió caminando alrededor de la sala.

—Creen que fue mi tío, ¿verdad? Su propio hermano —Ana, Fabián y Judith asintieron al tiempo—. ¿Caín y Abel? ¿Eso es lo que piensan que pasó? ¿Por dinero?

—No tenemos pruebas concluyentes de eso, o ya lo habríamos demandado. Pero sí que es seguro que él se encargó de mantener a Rebeca en el error. Le dijo que tú odiabas a tu abuela, que la detestabas, porque por su culpa tú habías perdido a tus padres.

—¡Eso no es cierto! Papá me enseñó que, a pesar de sus errores, era su madre y él la amaba, y yo debía hacerlo también. ¡Era ella la que me odiaba a mí!

—¿Quién te dijo que te odiaba? —preguntó Ana con voz dura, y antes de que ella pudiera contestar, añadió—: no me digas, tu tío, el papá de esa Andrea —Sophie la miró asintiendo.

—Y luego de todo lo que ese hombre te ha hecho —dijo ahora Fabián—, ¿crees que debas seguir confiando en una sola cosa que él haya dicho en su vida?

—La sospecha que tenemos es que él, tu tío, recibía dinero para permanecer callado. Un pago por tu manutención, o algo así.

—No. Él siempre se quejó de que me mantenía y que era una carga para él...

—¿Y por qué no te envió con tu abuela? —inquirió Ana—. Así te odiara, habría sido una manera de deshacerse de ti, ¿no? ¿Qué le iba a importar si te trataban bien o mal en su casa? Sería una boca menos que alimentar.

—¿Y por qué —habló ahora Fabián—, viviendo en la misma ciudad, nunca te dejaron ir a ver a tu abuela? Ni en vacaciones, ni en un día de las madres, ni navidad...

—Rebeca cree que todos estos años has vivido en Europa —volvió a hablar Judith con voz calmada. Sophie cerró sus ojos, como si le costara asimilar todo el torrente de información que de golpe le estaba llegando—. Que recibes una alta mensualidad en euros, que vives en un ático de lujo, que hiciste una carrera profesional, conduces un mini Cooper y vives de tienda en tienda.

—A lo mejor...

—Le dijeron que su nieta se llama Sofía —dijo Judith en voz más alta—. ¿No te son ya demasiadas coincidencias, Sophie? —ella se puso en pie y caminó a la joven, cuando la tuvo al frente, le tomó las manos—. Por Dios, niña, abre ya los ojos y mira la verdad, enfréntala. Es horrible de asimilar, es horrible darse cuenta de todo, pero... te han engañado. ¡A las dos las han engañado! Las han robado, estafado, es una burla que no puede seguir más.

—Una prueba de ADN —dijo Ana poniéndose en pie también—. Sólo eso te hará creer, ¿no es así?

—Eso no es tan fácil —se lamentó Fabián—. Podríamos contar con Fernando para conseguirla de alguna manera, pero, para un juez, el proceso es diferente. Y, además, estando tu padre muerto, a quien podríamos pedirle la muestra sería a tu tío Agustín.

—Ese no colaborará.

—¿Fernando sabe la verdad? —preguntó Ana.

—No —contestó Judith—. Pero no será difícil ponerlo de nuestro lado... Su padre no ha sido uno verdadero... y no le costará entender lo que ha estado sucediendo.

—Él puede ayudarnos a conseguir una muestra de Agustín —dijo Ana con determinación—. Lo que nos interesa por ahora es que Sophie crea que es la nieta de Rebeca, ya nos ocuparemos luego de los jueces y todo lo legal.

—Y luego de eso —dijo Judith apretando suavemente sus manos y mirando a Sophie con un ruego en sus ojos—, entrevístate con Rebeca. Dale un poco de esperanza a esa mujer, un poco de paz. Le carcome el alma pensar que la odias. Ella, a pesar de sus errores pasados, merece un poco de alivio. Sé de lo que te hablo—. Por la mejilla de Sophie corrió una lágrima. No estaba llorando sólo por ella, sino por su padre, que murió antes de enterarse de que su madre lo quería de vuelta.

Si todo esto era verdad, entonces su tío… No, sus tíos, eran un par de alimañas que merecían el peor de los castigos.

Dios, todo lo que ella había tenido que pasar tuvo un mismo origen.

No se dio cuenta de que Fabián se había levantado, y ahora la rodeaba con sus potentes brazos dándole un apoyo formidable y un divino consuelo. Sintió las manos de él pasearse por su espalda como infundiéndole calor, valor, ánimo.

—¿Nos crees, Sophie? —preguntó Ana—. Sabes que jamás te haríamos daño. Jamás te diríamos algo como esto si no estuviéramos plenamente convencidos —ella no dijo nada por un momento, sólo recostó su cabeza en el pecho de Fabián y cerró sus ojos con fuerza.

Pero no podía seguir así. Tenía que abrir sus ojos a la verdad, y, tal como decía Judith, enfrentarla.

Absorbió un poco de la seguridad que le infundía el abrazo de Fabián y agitó su cabeza asintiendo.

—Me haré esa prueba de ADN —dijo—. Si nos vamos a enfrentar a ese par de tíos traicioneros, necesitamos pruebas contundentes.

—Así se habla —celebró Ana.

—Llamaré a Fernando —dijo Fabián sacando su teléfono—. Le diré que necesito un favor de él.

—¿No te lo cobrará, así como te cobró el video? —Fabián sonrió.

—Es lo más seguro, pero no me importará pagar el precio.

—Señor, una mujer llamada Andrea Domínguez pide verlo —dijo la secretaria de Agustín Alvarado a través del teléfono con su usual voz monótona. Agustín frunció el ceño.

—¿Tengo cita con ella? —preguntó, pues el nombre no le sonaba mucho.

—No, señor.

—Entonces no me hagas perder el tiempo.

—Ella insiste —volvió a hablar la secretaria—. Y le dice que es la prima de la señorita Sophie Alvarado —ante esas palabras, Agustín se detuvo, pues había estado a punto de mandar a la porra a su secretaria otra vez. Respiró profundo y contestó:

—Dile que siga—. Se puso en pie y recogió los diferentes documentos que tenía extendidos sobre su escritorio, un proyecto en el que estaba trabajando.

Cuando tuvo su escritorio despejado, Agustín vio entrar a su oficina una mujer alta y hermosa, vestida de manera exquisita y que lo miraba no como si fuera una mujer de baja condición social, como debía serlo si era de la familia de Marcela, su difunta cuñada. No, esta mujer tal vez se creía dueña de algún imperio.

Sonrió con desdén al pensarlo. No podía negar que la mujer era muy guapa, pero no importaba cuánto dinero se gastara en ropa y maquillajes, seguía siendo una donnadie.

—¿A qué debo este inesperado honor? —saludó él saliendo de detrás de su escritorio y mirándola fijamente sin sonreír. Ella movió su cabeza y su hombro de una manera encantadora y le sonrió.

—Ya escuchó mi nombre, y sabe quién soy. No creo que se esté haciendo demasiadas preguntas.

—¿Te envió tu avaricioso padre?

—Ah, tuve que coaccionarlo un poco para que al fin me diera su nombre, pero no vengo a nada tan superficial como pedirle dinero, ni nada parecido. ¿Me invitará a sentarme, o estaré todo el rato de pie? —con una sonrisa, él le señaló los muebles. Una donnadie que creía que el plebeyo aquí era él, pensó—. Parece que lo que él dijo es cierto, y usted en verdad es rico y poderoso —dijo ella mirando en derredor, sin perderse detalle de la fineza de cada uno de los muebles del despacho. Agustín se sentó frente a ella alzándose un poco de hombros.

—Generaciones de duro trabajo… que no pienso echar a perder o regalar.

—Seguro que no —dijo ella cruzándose de piernas—. Sería una pena que todo esto pase a manos de mi prima.

—¿"Todo esto"? —preguntó él con énfasis.

—Claro que sí. Cuando la familia, las autoridades y la alta sociedad al completo se enteren de todo lo que usted hizo para mantenerla a ella al margen y separada de la familia, lo perderá todo, querido señor.

—¿De qué está hablando? Me está acusando de algo, señorita Domínguez —Andrea se echó a reír echando su cabeza atrás.

—Conmigo no tiene que fingir, señor Alvarado. Basta con la

evidencia de que Sophie estuvo viviendo en mi casa desde hace más de diez años para que usted se vea en problemas.

—Puede ser que yo haya estado siendo engañado —ella entrecerró sus ojos.

—Ah, ¿sí? ¿Cómo sería posible eso?

—Todo lo que yo sé es que mi sobrina está en Europa, perfectamente bien. Tengo registros del dinero que se le envía, y las firmas de ella donde lo acepta.

—Tiene sus espaldas cubiertas —se admiró Andrea—. Vaya coartada debe haberse inventado durante todos estos años. Espero que también tenga un chivo expiatorio, porque ella ahora tiene amigos poderosos que fácilmente podrán llegar al fondo de todo esto y descubrir la verdad.

—¿Amigos poderosos? Si lo que usted insinúa fuera cierto, esa mujer no sería más que una pobretona ahora mismo. No representaría ninguna amenaza—. Andrea suspiró como exasperada por la ignorancia del otro.

—Lo que le voy a brindar es información valiosísima, señor Alvarado.

—¿Y pretende cobrarme por ella?

—No me trate como a una fulana barata.

—Seguro. ¿Eres una fulana cara, entonces? —ella sonrió sin molestarse por la pregunta.

—Si lo quiere ver de esa manera... Vengo a pedirle algo a cambio, sí. Usted cree que Sophie sigue siendo la niña indefensa que dejó en casa de mi papá hace mucho tiempo. Le aviso que no; ahora ella tiene amigos poderosos, formidables. Lo enfrentarán y lo vencerán si se unen con ese propósito.

—Me trae sin cuidado...

—La familia Soler —espetó Andrea en tono retador—, la familia Aguilar, y la familia Magliani. Sumados, son mucho, mucho más poderosos que usted. Lo enfrentarán y lo vencerán—. Agustín la miró con ojos entrecerrados, recostándose en su asiento y tocándose los labios con su dedo índice en ademán pensativo.

—¿Cómo alguien como ella podría estar entre gente así?

—No sólo está entre ellos; parece como si... la hubiesen adoptado —añadió Andrea con tono indignado—. Posiblemente porque se acuesta con uno de ellos. O con todos, yo que sé.

—¿Y por qué querría usted ayudarme? —Andrea le sonrió y apoyó su barbilla en su mano, y el codo en la rodilla doblada.

—No me voy a andar con rodeos, usted desconfía de mí, pero no tiene por qué, ya que tenemos el mismo propósito—. Ella endureció su voz—. Porque quiero deshacerme de ella. Quiero que deje de ser un obstáculo para mí.

—La odias.

—No más que usted. O tal vez sí, no lo sé—. Agustín sonrió al fin. Respiró profundo y se puso en pie.

—Bien. Supongo que antes de aceptar cualquier trato contigo, debo verificar por mi cuenta la información que me has traído. Según lo que sé, mi sobrina vive en Europa, y gasta todo el dinero que mi madre le envía.

—Seguro. Pero, para un hombre como usted —sonrió ella—, una llamada bastará.

—Sin duda. En caso de que sea cierto… Parece que no me conviene que se descubra todo eso.

—Sabía que trataba con un hombre inteligente —dijo ella imitándolo al ponerse en pie—. Y ahora… ¿por dónde podemos empezar?

...20...

Fernando escuchó a Fabián y quedó lívido con la historia. Él y Sophie, su presunta prima, lo habían llevado a comer a un restaurante bar, y allí, en un reservado donde de todos modos podía escucharse claramente la música y el bullicio de los demás, le habían explicado la situación.

Lo peor, es que no le era increíble la historia; creía a su papá capaz de eso y más, todo por el dinero.

Cerró sus ojos cubriéndose el rostro cuando él le dijo de la intención que tenían de hacer una demanda, y que para ello debían realizarse unas pruebas de ADN. ¿Iría su padre a la cárcel por esto?, se preguntó. ¿No era ésta acaso la peor traición que un padre podía esperar de su hijo?

—Supongo que tienes tus reservas —dijo la suave voz de Sophie, imaginándose cómo se sentía él, pues ella también había tenido un padre al que hubiese querido proteger—. Pero para esto es la prueba, Fernando. Si es mentira, de lo único que serás culpable es de haber dudado, pero si es verdad...

—Si es verdad, mi padre ha sido un canalla mentiroso por mucho, mucho tiempo. Si es verdad —dijo él mirándola a los ojos—, no le ha importado ver a la abuela lamentarse por años y años... y definitivamente eso merece un castigo.

—Un hombre como él, seguramente, se librará de la cárcel —dijo Fabián sacudiendo su cabeza—. Tiene jueces y abogados como amigos, pero más que castigar a tu padre, Fernando, lo que queremos es justicia para Sophie. Piensa en todos los privilegios que tú tuviste por ser un Alvarado... y ahora, piensa en todo lo que le arrebataron a ella—. Fernando asintió, pues pudo hacer una lista de sus privilegios sin mucho esfuerzo, ya que su madre se los estaba recordando todo el tiempo: las mejores escuelas, la mejor ropa, los mejores juguetes electrónicos, la mejor universidad, lo mejor en todo...

Y Sophie...

La miró fijamente. No sabía nada de la vida de ella, no sabía por qué vivía en casa de Ana. en el paseo a Girardot había escuchado a Silvia y a Paula decir que había sido operada de apendicitis y se recuperaba en casa de los Soler, pero imaginaba que el tiempo de recuperación había pasado y ella seguía allí. ¿Acaso era una persona tan necesitada que estaba allí, como dirían, arrimada?

No podía hacer la pregunta, pero si fuera en verdad su prima, él podía tener el derecho a saber.

Entonces, necesitaba esa prueba.

—No tienes que hacer nada más, Fernando —volvió a hablar Fabián.

—Y yo te lo agradeceré eternamente —dijo ella. Fernando asintió, y suspiró.

—Está bien. ¿Qué tengo que hacer? Dudo mucho que un test entre primos sea concluyente.

—No lo es, ya he investigado.

—¿Quieres que traiga saliva de papá? ¿O un pelo suyo?

—Ya te las ingeniarás. Has visto suficientes películas. Ojalá puedas tenerla la otra semana. Ya acordamos una cita en un laboratorio.

—¿Qué? Pero no sabías que aceptaría.

—Que te hagas el tonto no significa que lo seas —bromeó Fabián mirándolo de reojo—. A pesar de lo que aparentas, tienes un alto sentido de justicia. Yo sabía que esto tocaría tu fibra honesta.

—No tengo una fibra honesta.

—Lo que digas —Sophie sonrió y se puso en pie con el par de hombres que estaban con ella. Fabián de inmediato le tomó la mano y caminaron hacia la salida.

—Sería genial tener una prima, de todos modos —sonrió Fernando, y a Sophie se le encogió el corazón. Una vez había escuchado decir a Judith que este chico había sido muy solitario.

—Bueno, yo habría elegido algo mejor, pero así es la vida —él se echó a reír, y Sophie sonrió con él. Cada vez se le parecía más a su papá.

Se despidieron de Fernando a la salida del bar, y juntos se dirigieron al auto de él que había estado aparcado en la acera. La noche invitaba a hacer algo más que salir a comer, pensó Sophie. En este momento le hubiese gustado ir a bailar, a hacer cosas locas... ella nunca lo había hecho, después de todo, y suponía que con Fabián podría experimentarlo sin salir dañada.

Entraron al auto, y Sophie sonrió recostándose en el asiento y suspiró. Vio a Fabián conducir también en silencio y sintió un apretón en su estómago.

Hoy quería pasar la noche con él, pero, ¿cómo decirlo? Él, luego de lo sucedido en la ducha, casi no había vuelto a tocarla. La besaba, sí, pero nada como esa vez, y las sensaciones habían sido tan fuertes y profundas que moría por vivirlas otra vez.

¿Debía ella decirle que ya estaba lista? ¿Que el médico daba el aval? Se mordió los labios con un poco de preocupación. Tal vez debía decirlo sin más ni más, pero le aterraba. "Llévame a tu apartamento", podía ser, o "Llévame a un lugar bonito donde podamos estar a solas". No, demasiado atrevido.

Se tocó las mejillas sintiéndolas calientes, y debía estar muy roja por los pensamientos impúdicos que atravesaban su mente ahora mismo, pero él no leía las mentes y no tenía manera de saber que lo estaba deseando, porque sí, lo estaba deseando mucho ahora mismo.

Fabián conducía despacio. No quería dejarla en casa aún, quería seguir conversando con ella otro poco más. Seguir a su lado otro ratito. Y sabiendo que al llegar a la casa de Ana eso no sería posible, al menos, no a solas, estaba retrasando la llegada. Mañana sería domingo otra vez y podía volver a invitarla por allí, tal vez a cine, como la vez pasada, o a otra cosa, pero él deseaba mucho más.

¿Cuánto más debía esperar?, se preguntó. Rayos, debió haberle consultado al médico la vez que la llevó a revisión.

Aunque entre los dos ya estaba más que claro que se deseaban el uno al otro, él debía ser cuidadoso son su salud, pues no quería que por su culpa sufriera una recaída, no se lo perdonaría. Se temía que ella tendría que decirle abiertamente que ya podían hacerlo, y lo veía difícil; ella era virgen, y por lo general, las chicas sin experiencia no eran muy abiertas en ese sentido. O eso le habían dicho, porque él jamás en su vida había estado con una virgen.

La escuchó suspirar y sonrió.

También era cierto que ella había tenido una semana difícil. Enterarse de que su abuela estaba viva, de que la habían engañado, otra vez, y de la peor manera, otra vez también; que todas las necesidades que pasó por su situación económica nunca debieron suceder, y que había alguien que podía estar deseando desaparecerla, y que era de su familia, definitivamente, era demasiado.

Sophie estaba mostrando una entereza sin par, y la admiraba por eso. Otra habría entrado en pánico, o habría enloquecido con la idea de ser millonaria, pretendiendo entrar de una vez a la familia Alvarado aun sin pruebas ni medir riesgos ni consecuencias.

Ella, a pesar de haber sufrido mucha necesidad en el pasado, no estaba haciendo cuentas alegres con sus nuevos millones, ni había caído en lamentaciones por haber vivido en la pobreza siendo rica; estaba siendo comedida y prefería hacer las cosas paso a paso, y era lo mejor, pues estaba a punto de destapar una olla que llevaba años podrida.

—Parece que empiezas a asimilarlo —ella lo miró un poco confundida—. Lo de tu abuela —se explicó él—, tu tío, tu primo…

—Ah, sí… Bueno, un poco —contestó ella en voz baja y mirando por la ventanilla—. Cada vez todo lo que me dijiste cobra más sentido. Concuerda con lo que papá nos contaba de su antigua vida. Lo que me sorprende es no haber caído en cuenta yo misma de tantas cosas con anterioridad.

—Dicen por ahí, que el que no sabe es como el que no ve.

—Y tienen mucha razón—. En el momento, el teléfono de Fabián timbró y al ver el número, él no ignoró la llamada, sino que se disculpó con ella y la tomó de inmediato.

—¿Hola?

—Niño Fabián —dijo la voz de Margo. Margo era una empleada de la casa de sus abuelos, pero que era más como de la familia. Le hacía compañía a su abuela desde que él tenía memoria, y era la única persona en el mundo que lo llamaba así—. Tiene que venir a la casa de sus abuelos —siguió Margo—. La señora Juana no se encuentra bien.

—¿Cómo? ¿Qué tiene?

—Todo el día estuvo muy delicada y…

—¿Está en casa? ¿O en la clínica? —preguntó él, al tiempo que analizaba el camino más corto a la clínica donde ella siempre hacía sus consultas.

—No, ella está en casa. El doctor vino y la examinó… Pero ella no está bien. Venga a verla, niño Fabián—. Él apretó los labios y miró a Sophie, que lo miraba preocupada.

—Ya voy para allá —dijo, y cortó la llamada.

—¿Es tu abuela?

—Sí. Al parecer, está mal de salud. Te dejaré en casa de Ana y…

—Claro que no. Llévame contigo.

—Pero seguro que ahí estará mi abuelo, y no será amable contigo. No quiero que…

—No me importa tu abuelo. Quiero conocer a tu madre, a la mujer que te crio. Y, además, perderás tiempo si me llevas a casa de Ana y luego tienes que regresarte. Mejor vamos ya y así llegamos más rápido —él le tomó una mano y la llevó a sus labios para besársela.

—Cada día me gustas más, ¿sabías?

—Ya, vamos a donde tu abuela —sonrió ella.

En pocos minutos estuvieron ante la enorme casa. Eran ya casi las diez de la noche cuando se bajaron del auto y llamaron a la puerta. Contrario a lo que Sophie pensó, la casa Magliani no era opulenta, ni intentaba mostrar los millones que la familia poseía. Era más bien sencilla, de dos pisos y una estructura principal a dos aguas. El jardín, sin embargo, a pesar de estar oscuro y escasamente iluminado por las lámparas exteriores, le pareció hermoso; evidenciaba el cuidado de una mano amorosa y atenta. Tal vez la abuela se encargaba de ellos, pensó Sophie, y sonrió.

En el camino hasta aquí, Fabián le había explicado que sus abuelos vivían con su tío y la esposa de éste en la enorme casa, y que los primos vivían cada uno en su apartamento. Ella había querido preguntarle si se llevaban bien, pero no quiso indagar demasiado en su vida familiar; ya se iría enterando poco a poco.

Una mujer de piel trigueña y baja estatura les abrió la puerta y saludó a Fabián con un corto abrazo. Al verla a ella se asombró un poco y le fue inevitable mostrar una sonrisa complacida, y de inmediato los hizo entrar, les ofreció bebidas y comida, y cuando ellos le contestaron que ya habían cenado, pareció bastante decepcionada.

—¿Está el anciano? —le preguntó Fabián, y ella asintió.

—El señor está con ella en su habitación.

—¿Qué fue lo que le pasó?

—Su tensión arterial se disparó de repente. Tuvimos que llamar al médico y ahora está recostada.

—Subiré a la habitación y...

—Iré contigo —dijo Sophie tomando su mano. Él la miró un poco aprensivo, pero le apretó suavemente la mano y se dirigió con ella a la segunda planta.

—Si el abuelo está allí con ella —dijo él cuando estuvieron arriba—, me temo que vas a presenciar una escena desagradable.

—No vine por tu abuelo, sino por ella, y por ti—. Él le sonrió, se acercó y le besó los labios.

—¿Por qué eres tan linda? ¿Tu propósito es que me enamore de ti?

—¿Funciona?

—Diablos, demasiado bien —murmuró él, y ella hubiese querido indagar más acerca del tema, pero entonces él llamó a una puerta y abrió sin esperar respuesta.

Entraron a la habitación de la anciana y la encontraron recostada en la cabecera de la cama y con las piernas cubiertas por una frazada. En una silla se encontraba el abuelo, que al verlos dejó a un lado los papeles que había estado mirando y los observó con atención.

—¡Hijo mío! —exclamó Juana al verlo, con una ancha sonrisa y extendiéndole sus brazos. Él se acercó, la besó y abrazó—. Qué felicidad que estés aquí.

—Me dijeron que te habías puesto mal.

—Ah, una bobada, pero todos se asustan demasiado.

—Su presión subió muchísimo —dijo el abuelo—. Margo me contó que durante la tarde tuvo dolor de cabeza intenso, náuseas y sofocación. Según el médico, tal vez haya que cambiarle la medicación.

—Tonterías, no fue gran cosa —sonrió Juana en tono afable—. Pero me alegra tanto que estés aquí... Oh, ¿y quién es esta hermosa jovencita?

—Ella es Sophie —dijo Fabián tomándola por la cintura y acercándola a la cama de la anciana—, mi novia.

—Mucho gusto, señora. Me han hablado mucho de usted.

—¿Mi nieto te dijo que soy adorable y la mejor mujer del mundo? —bromeó la anciana, y Sophie no pudo evitar reír.

—Algo así.

—Siempre dice eso de mí. Es tan lindo.

—Lo es.

—¿Tu novia? —preguntó Bernardino con ojos entrecerrados—. ¿Desde cuándo?

—Eso no interesa.

—Me interesa, si pretendes unir a la familia a un desconocido.

—Sophie no es una desconocida —lo regañó Juana—. Es la novia de mi nieto. Oh, Dios, pero eres hermosa, mira que ojos más hermosos tienes.

—Gracias, señora.

—No, no, no. Dime abuela. No señora.

—Está bien, abuela.

—No escuché tu apellido —dijo Bernardino en tono seco.

—Es porque no lo dije —contestó Fabián.

—Puedes hacer tu inspección después —volvió a hablar Juana, esta vez mirando a su marido duramente—. Vete de aquí, déjame a solas con mis nietos—. El hombre hizo una mueca, pero hizo caso y salió de la habitación.

En cuanto quedaron a solas, Juana volvió a sonreír con afabilidad.

—Ven, ven —le pidió a Sophie extendiendo a ella su mano para tomar la suya—, siéntate aquí, cerquita de mí. ¿Y desde cuándo son novios? —dijo, haciendo la misma pregunta que el abuelo, pero que, al salir de su boca, no parecía ser una inquisición.

—Hace muy poco, abuela —contestó Fabián sentándose en el sillón que antes había ocupado su abuelo—. Por eso no te había contado. ¿Seguro que te sientes bien? ¿No crees que debamos llevarte a la clínica?

—Ya el doctor me revisó, ¿no te dijeron? Pero contéstame, ¿cuánto tiempo llevan juntos? —le preguntó volviéndose de nuevo a Sophie y evadiendo las preguntas preocupadas de su nieto. Fabián suspiró.

—Hace una semana, más o menos.

—¿Una semana y hasta ahora la traes a casa?

—Lo siento —masculló Fabián sin mucha convicción.

—¿Y cómo te trata mi nieto? —volvió a preguntar Juana—. Los hombres Magliani a veces son un poco tacaños con sus demostraciones de afecto, pero son bastante apasionados—. Sophie se sonrojó, y miró de reojo a Fabián que ahora sonreía.

—Él... no es tacaño...

—Ah, ¿no? ¡Qué bello! Estoy muy orgullosa de ti, hijo.

—Gracias.

—Pero háblame de ti, querida; trabajas, estudias...

—Las dos cosas.

—¿De verdad? —Sophie sonrió ante la aprobación que estaba demostrando la mujer.

Fabián las escuchó conversar, y le pareció hermoso ver que se llevaban bien. Si bien era cierto que ella sentiría curiosidad por la mujer que él eligiera, si hubiese encontrado algo en ella que no le gustara, no habría seguido mostrándose tan amorosa.

Miró con sospecha a su abuela. Ella parecía haberse recuperado mágicamente de su malestar, cuando, minutos antes, Margo lo había llamado al borde del pánico.

Esta mujer hacía lo que sea con tal de atraerlo a la casa. Dudaba que hubiese fingido su malestar, pero seguro que le susurró a Margo que lo llamara con un poquito de urgencia, y había conseguido lo que quería.

Cuando pasó casi una hora y Sophie y Juana seguían hablando, básicamente de él, como si no estuviera allí presente, Fabián miró su reloj y se puso en pie.

—Ya te veo las intenciones —dijo Juana, poniéndose de inmediato en estado de alerta.

—Ya es un poco tarde —explicó Fabián.

—Casi nunca vienes —se quejó ella—, y cuando vienes, no te

quedas sino unos pocos minutos...

—Abuela...

—Podrían quedarse a pasar la noche aquí —propuso Juana súbitamente, y su rostro se iluminó con la idea. De repente, muy enérgica, se levantó de la cama y caminó hacia la puerta de su habitación. Fabián y Sophie la miraron atónitos—. ¡Margo! —llamó Juana.

—¿Qué estás planeando? —inquirió Fabián mirándola con sospecha.

—Pueden quedarse los dos a pasar la noche —aseguró—. Mañana es domingo, y ninguno de los dos trabajará. ¡Y hay tantas habitaciones en esta casa!

—Abuela, no puedes decidir eso por nosotros. Sophie va a pensar que...

—A mí me parece una idea estupenda —lo interrumpió ella.

—¿Ves? ¡Es perfecto! ¡Margo!

—Señora, aquí estoy —contestó Margo llegando agitada.

—Prepara una habitación para mis chicos, porque se quedan a pasar la noche.

—¿Una habitación? —preguntó Fabián sin aire.

—Hijo, no sientas vergüenza conmigo. Ya yo sé que los jóvenes de hoy en día no esperan a la boda. O... ¿te incomoda demasiado, cariño? —preguntó mirando a Sophie. Ella tenía las mejillas coloradas, pero no miró a Fabián.

—No me incomoda, abuela—. Fabián hizo un ruidito como si se hubiese atragantado con su propio aire, y Juana, feliz, salió de la habitación para elegir una para los jóvenes.

Sophie se giró lentamente para mirar a Fabián, que seguía con la boca abierta y una expresión de sorpresa.

—Yo le avisaré a Ana —dijo ella, y simplemente sonrió y salió también, dejándolo allí con mil preguntas, con mil ideas en su cabeza.

Rato después, Juana parecía no haber sufrido jamás en su vida de presión arterial alta, y sonreía, bromeaba y conversaba sintiéndose muy feliz. Su nieto, su hijo, estaba en casa, y no sólo eso, había traído a una chica.

Sabía perfectamente que su nieto no era un santo, y que debió haber estado con múltiples mujeres en el pasado, pero jamás había traído ninguna para presentársela, así que esta Sophie debía ser especial.

En medio de las caras agrias de Bernardino, que ocasionalmente

Tu Deseo

hacía preguntas puntillosas acerca de la familia de Sophie o su vida, y del azoramiento que Fabián había mostrado porque compartiría habitación con su novia en la casa de su abuela, Juana fue conociendo a su nueva nieta.

No sólo era linda, pensó; tenía una buena conversación, buen sentido del humor, y parecía sentirse muy cómoda con Fabián.

—¿Quieres ver las fotografías de Fabián de cuando era niño? — preguntó Juana con entusiasmo, y se escuchó el quejido de Fabián.

—No, abuela, por favor…

—Claro que quiero verlas —contestó Sophie.

—No, no quieres, di que no.

—Ah, ¡mi Fabián era un niño adorable! ¡Margo!

—Aquí está el álbum, señora —contestó Margo acercándose con un libro enorme en las manos.

—¿Tenías todo esto planeado, acaso? —preguntó Fabián sin ocultar su incomodidad.

—¡Claro que no! ¿Tenía yo modo de saber que ibas a traer a tu novia? ¡Ni siquiera sabía que tenías! Ah, Sophie, prepárate, porque vas a sufrir una sobredosis de ternura.

—Es mentira —volvió a quejarse Fabián tapándose el rostro—. Abuela, si Sophie me deja, ¡será tu culpa!

—Tonterías.

—No te dejaré. No seas tonto.

—Así se habla. Ven, siéntate a mi lado. Mira, aquí tenía tres meses de nacido.

—¡Pelirrojo! —exclamó Sophie al ver la fotografía de un bebé regordete y blanco con pelusas rojas en la coronilla—. ¡Qué adorable!

—Te lo dije.

—Tranquila, abuela, no soy diabética. Y ésta… Oh, Dios mío. Fabián, ¡eras gordito!

—Gordito, rellenito, adorable, como un bombón de chocolate.

—¡Yo me lo como!

—Sí, sí. Ya lo sé—. Fabián se puso en pie, y sospechando que su intención era arrebatarles el álbum de fotos, Sophie lo pegó a su cuerpo protegiéndolo.

—¡Déjame verlo!

—No hay nada que mirar ahí. Sólo retratos de una bola de grasa amorfa.

—¿Te avergüenzas de haber sido un niño gordito?

—¡Claro que no!

—A mí me parece que sí.

—Bueno, ¡sí! ¡era gordo! Me saltaban los rollitos cuando corría o caminaba, era el último en los deportes, y mi sobrepeso no desapareció sino hasta que pisé la universidad.

—Pero tienes un excelente cuerpo ahora —dijo ella lanzándole una mirada de arriba abajo que casi lo sonrojó.

—Pues... porque la naturaleza se compadeció de mí... y voy al gimnasio constantemente, por si las moscas—. Sophie se echó a reír—. ¡No te burles!

—No me burlo, amor. Pero es que... eras tan lindo gordito.

—No lo era.

—Mira esos cachetes. Debiste tener mil novias.

—¡No tuve ni una!

—Sí tuvo —lo contradijo Juana—. A pesar de ser gordito, las niñas lo buscaban.

—¡No tuve! Y no me buscaban a mí, buscaban a Juan José, o a Mateo. Yo era el mejor amigo de ambos, ¡y a través de mí les hacían llegar sus mensajes! —Sophie lo miró atentamente ahora y tragó saliva. Sospechaba que Fabián estaba dejando salir un poco de toda la frustración que debió ser su adolescencia, exponiendo un poco las heridas que se había ocupado muy bien en ocultar.

Por un momento se preocupó, pues ella ya había visto que los rechazos sufridos en la juventud, acarreaban serios traumas en la adultez.

—¿Odias a las mujeres por eso? —le preguntó, y él arrugó su nariz.

—Claro que no.

—¿Te quieres desquitar con ellas por el rechazo de antes? —él sonrió.

—¿Me estás psicoanalizando?

—Te has molestado mucho porque estoy viendo tus fotos.

—Eso no significa que odio a las mujeres, ni que quiero vengarme de ellas. Sólo no quería que precisamente tú...

—¿Y planeabas ocultarme toda la vida esta parte de ti? —dijo, y él la miró fijamente—. ¿O sólo pretendías fingir que nunca existió? —Juana miró a uno y a otro con una sonrisa fascinada. Definitivamente, esta chica le gustaba.

—Te burlas de mí sólo porque no tengo fotografías de tu infancia —capituló él al fin bajando la mirada, y Sophie volvió a reír.

—¿Qué quieres, que me ponga a llorar por eso?

—Qué mala eres.

—Ay, Dios. ¿Qué hace aquí? —preguntó Sophie volviéndose a

concentrar en el álbum, y Juana no perdió el tiempo en contestar su pregunta.

—Calentaba para una carrera de atletismo.

—¿Y ganaste?

—Para nada —se quejó Fabián—. Participé obligado—. Sophie volvió a reír.

Él la miraba de hito en hito, pero la risa de ella no era burlona, ni ofensiva. Se divertía un poco a costa de él, pero era sincera cuando decía que le parecía un gordito adorable.

Se pasó las manos por el cabello, y las vigiló otros minutos más, pero Sophie no paraba de decir cosas como: "¡Ternurita!", o "¡Me lo como!", así que poco a poco fue bajando la guardia.

Cuando a Fabián al fin le pasó el susto y el enfado, Sophie lo vio meterse a la cocina y las dos mujeres aprovecharon para hacerse confidencias... o más bien, Juana aprovechó para hacerle preguntas privadas a Sophie.

—¿Te ha hablado de matrimonio? —le preguntó la anciana casi de sopetón. Sophie abrió sus ojos grandes de sorpresa, y olvidó por completo el álbum.

—Abuela... sólo llevamos una semana.

—Ah, cierto. Pero si medio te lo insinúa, tú agarra ese anillo con fuerza —Sophie se echó a reír—. Agárralo a él también con fuerza. Es un escurridizo.

—Si aprieto mucho, se me escapará —sonrió Sophie.

—Si aprietas, a él le encantará, yo sé lo que te digo —Sophie tuvo un acceso de tos. No sabía exactamente de qué estaba hablando ella, pero podía imaginarlo por el tono pícaro que había usado—. Ah, tendré unos bisnietos guapísimos.

Sophie sonrió otra vez sonrojada, pero no pudo evitarse imaginar a los hijos que podría tener con Fabián. En su bolso tenía un par de preservativos, recordó; ella ahora no podía embarazarse, no debía. No sólo complicaría las cosas entre los dos, sino que también atentaría contra su salud y la del posible bebé.

Se detuvo en sus pensamientos.

Para pensar en bebés, primero debía pensar en matrimonio, y era demasiado pronto para hablar de eso; sin embargo, tal vez por culpa de Juana, ya se lo estaba imaginando y sospechaba que de su cabeza estaban brotando corazones rojos e invadían la sala en la que estaban.

...21...

Fabián regresó de la cocina con un banano en una mano y varias fresas en la otra y con la boca ocupada masticando. Vio a Sophie y su abuela hablando y suspiró. Prácticamente lo habían dejado solo.

—Ven conmigo —le dijo Bernardino.

Resignado, Fabián lo siguió; imaginaba de qué quería hablar el anciano. Entraron al despacho privado del viejo, una habitación cuyas paredes estaban cubiertas con paneles de madera y estanterías de libros viejos y con la misma portada verde en casi todos. Esos libros eran más viejos que él mismo, recordó, y en una ocasión había extendido su manito para tomar uno y de inmediato había recibido un manotazo del abuelo apartándosela.

Definitivamente, no tenía ningún recuerdo bonito con el abuelo.

Siguió comiéndose sus fresas y no se sentó, aunque él se lo pidió.

—¿Vas a casarte con esa muchacha?

—Puede ser —contestó Fabián en tono evasivo y con la boca llena, sabiendo que el viejo detestaba eso.

—Sabes que debes mantener el honor de la familia Magliani, debes elegir bien.

—Sophie es perfecta.

—Ah, ¿sí? ¿quiénes son sus padres? —preguntó el viejo—. ¿Dónde estudió? ¿Cuál es su familia? ¿Poseen algo medianamente aceptable, siquiera?

—¿Y eso qué te importa a ti? Yo puedo mantenerla, no necesitaría su dinero o su influencia.

—Pero necesitas la mía —dijo el anciano en tono ominoso.

—He vivido sin tu dinero y sin tu influencia los últimos años y me ha ido bien. No los necesito ahora.

—Eso son estupideces. Eres quien eres por el apellido que llevas—. Fabián se echó a reír.

—Sí, sí. Lo que digas.

—No seas insolente.

—Sabes, abuelo, hubo una época en la que, para mí, todo lo que tú decías iba a misa, pero hace mucho, mucho tiempo que dejaste de ser mi héroe. Actualmente tú y yo apenas si nos soportamos, así que, mantengamos la paz, ¿no te parece? —borró su sonrisa de repente y lo miró casi amenazador—. No te metas con mi novia —dijo, y salió del despacho sin esperar a que el viejo agregara algo, y entonces vio a Juana y a Sophie que se disponían a irse a sus habitaciones.

—Ven, hijo. Les enseñaré dónde dormirán—. Él asintió suspirando. Le esperaba una larga, larga noche.

Al interior de la habitación, Juana les indicó dónde estaban las toallas limpias y más sábanas o almohadas por si las necesitaban.

Fabián permanecía a un lado sin decir nada, y fue Sophie quien le agradeció a la abuela por las atenciones. Cuando ella por fin se fue, Sophie se sentó en la cama suspirando y miró a Fabián cerrar la puerta de la habitación y quedarse allí de pie por varios segundos. Parecía tener miedo de algo, y ella sonrió.

—Tu abuela es muy linda —comentó ella—. Me dio un camisón para dormir.

—Ajá.

—Parece que le he caído bien. Dijo que soy la primera novia que le presentas. ¿Es verdad? —él asintió y se giró al fin.

Sophie estaba al borde de la cama, apoyada en sus codos y mirándolo sonriente, y él se mordió los labios.

—Dormiré en el sofá —dijo señalando un pequeño sofá de dos plazas que había al lado de la ventana—. No quiero que te sientas incómoda.

— ¿Y por qué vas a dormir incómodo tú?

—Pues, porque... Sophie... Estás delicada todavía. Si acaso en la noche me muevo y...

—No soy de papel —sonrió ella parándose de la cama y caminando despacio a él.

—Ya sé que no, pero... Diablos, no debiste aceptar quedarnos a pasar la noche aquí —ella había extendido su mano a él para tocarlo, pero al escucharlo, volvió a bajarla.

Tal vez había interpretado mal las cosas, pensó, tal vez él no quería estar con ella.

Confundida, bajó la mirada. No, no. Todas esas señales que él envió, sus comentarios, el beso en el baño...

Pero entonces, ¿por qué se estaba quejando ahora?

—¿No quieres estar conmigo? —preguntó ella en un hilo de voz, con las mejillas coloradas y la mirada baja. Lo escuchó gruñir.

—¿De qué estás hablando?

—Pareciera que...

—Dios mío, no. Me muero por estar contigo, Sophie.

—Yo también —dijo ella elevando su mirada a él. Fabián se quedó callado escuchándola, y su sonrojo, el brillo en su mirada, su nerviosismo, se le antojó la cosa más sexy en este mundo—.

Quería... decírtelo, pero no hallaba cómo—. Él la tomó de los brazos y la acercó a él para besarla suavemente sobre los labios.

—Sophie, Sophie...

—No te preocupes por mi salud —añadió ella—. Todo estará bien.

—Mi Dios... sólo haces que me enamore más de ti —ella se sorprendió ante esa frase. Y Fabián la miró a los ojos con una sonrisa.

— ¿Tú...?

—Cada día me gustas más, y... sí, me he enamorado de ti, Sophie—. Los ojos de ella se humedecieron, y empezó a pestañear para que las lágrimas no salieran.

—¿Estás seguro? —él frunció el ceño y agitó su cabeza como si no se pudiera creer que ella estuviera haciendo esa pregunta.

—Claro que estoy seguro.

—Pero es... es algo como...

—Es algo como que te amo. Más o menos—. Ella soltó una risita nerviosa, y Fabián la abrazó pegándola completamente a su cuerpo— Me gusta tu risa, me gusta tu voz. Me gusta cuando me miras, de todas las maneras en que sueles mirarme—. A Sophie se le aceleró el corazón, y cerró sus ojos escuchándolo, interiorizando esas palabras—. Sé que te amo porque te miro y siento afán de cuidar de ti, de que sonrías y te sientas querida. Porque eres una mujer increíble, valiente, buena... te admiro más de lo que admiro a cualquier otro ser humano—. Él le dio un beso en los labios, y casi sobre ellos, siguió hablando—. Porque eres la mejor amiga que he tenido, y siento que te conozco desde hace años, y al verte, fue más bien como reencontrarte; mi alma ya te esperaba, sabía que eras tú—. Sophie sintió enternecida. Esas palabras ella podía dedicárselas a él también, pensó.

Ya antes, ella había escuchado decir a un hombre que la amaba, pero jamás, jamás, jamás esas palabras que te emocionaban al decirlas, la habían emocionado tanto a ella al escucharlas.

Era maravilloso, ser amada era maravilloso, y si eras amada por Fabián, era simplemente sublime.

—Yo también te amo —dijo, y abrió los ojos para mirarlo, para no perderse ningún detalle de sus reacciones, y eran hermosas, pensó; los ojos de él se habían iluminado, y parecían más verdes que nunca; traspasaban los suyos, llegando hasta su alma y su corazón—. Estoy diciendo estas palabras por primera vez, Fabián, pero sé que puedo sostenerlas hasta siempre. Te amo. Eres lo primero en lo que pienso

en la mañana, y lo último en la noche. Pensar en ti es sonreír, y tu amor es el cumplimiento de todos mis deseos—. Él sonrió.
—Entonces —susurró él bajando su cabeza para besar suavemente su cuello—, Nos amamos—. Ella sonrió y absorbió todas las sensaciones de los labios de él sobre su cuello, su delicadeza, su calor.
Los brazos de él la rodeaban y la pegaban a su duro cuerpo, y ella empezó a sentirse un poco desfallecida.
Fabián besó su cuello, su mejilla, su nariz, y otra vez llegó a su boca. La de él sabía a fresas, y sus labios acariciaron los de ella con ternura. Esto era lo que más le gustaba de él, o una de las cosas que más le gustaban; él siempre la trataba con ternura, como si ella fuera algo muy precioso para él.
Cuando sintió las manos de él meterse bajo su blusa, se tensó, lo que hizo que él se detuviera.
—Dame unos minutos —pidió ella separándose y encaminándose al baño.
—¿Qué? ¿Por qué?
—Necesito... Sólo serán unos minutos.
—Pero así estás perfecta —ella sonrió. No para ella. Esta sería su primera vez y necesitaba que fuera especial, así que tomó su bolso y se encerró en el baño lamentando la carita triste de él.
Fabián se quedó solo en medio de la habitación aún con la mano extendida hacia ella. Por qué, por qué, por qué...
Pero no podía reprochar nada, ni mostrarse demasiado ansioso.
Vamos, cálmate, se dijo. Ya esperaste lo mucho, ahora espera lo poco.
Se quitó la chaqueta y los zapatos, y luego pensó en que si se aligeraba demasiado de ropa la asustaría, así que se quedó con una simple camiseta y los pantalones. Empezó a dar vueltas por la habitación sintiéndose enjaulado, y al fin, al cabo de algo más que dos minutos, salió ella.
Llevaba puesto un fino camisón de seda largo, con un escote profundo, de tiras muy delgadas en sus hombros, y un corte debajo del busto que le hacía resaltar su fina cintura. Ella se mordió los labios sonriéndole tal vez algo nerviosa, y él sólo pudo mirarla con la boca abierta. En lo primero en lo que pensó en cuanto la vio fue en que ella debía ser una especie de divinidad, pues además de bellísima, estaba demasiado provocativa, y cuando su cerebro ya empezaba a fundirse, un poco de sensatez se coló, lo que le hizo preguntarse, de dónde había sacado ella una prenda así.

Su abuela, se contestó de inmediato. Sophie había dicho que le habían prestado un camisón, y ya veía que no era para dormir.

Ella caminó hacia él y juntó sus manos detrás de su cuerpo, y Fabián pudo admirar la redondez de sus senos, que se perfilaban de manera incitante por encima de la seda. Las manos le volvían a picar por el deseo de tocarla.

Caminó a su encuentro, y antes de tocarla, simplemente la adoró con la mirada, disfrutando esta visión, reverenciando su elegante sensualidad.

Extendió al fin una mano a ella y sólo tocó su rostro, acariciándola apenas con la yema de sus dedos, y ella cerró sus ojos sonriendo. Los dedos de él bajaron por su barbilla y su cuello hasta sus hombros y sus brazos.

—¿Te... gusta? —preguntó ella en un susurro. Fabián abrió su mano sobre el pecho de ella y pudo sentir los acelerados latidos de su corazón.

—Me fascinas.

—Me refería a...

—Toda tú me fascina. Tu carácter, tu valentía... y Dios, tu cuerpo también me fascina. Eres perfecta, Sophie—. No, ella no era perfecta, pensó ella, pero no lo iba a contradecir justo ahora.

Y entonces, como si hubiesen ensayado para este momento, como dos plumas que se ven atrapadas y unidas por el viento, ambos se movieron para buscar sus bocas y besarse. Ella no lo tocaba con sus manos, las tenía elevadas con esa intención, pero no lo hacía, y él la fue rodeando con sus brazos hasta tenerla pegada completamente a su cuerpo.

Siguió besándola con sus ojos cerrados, deseando poder también mirarla mientras la besaba. Entre sus brazos ella se sentía tan pequeña, tan suave y tan frágil que casi tuvo miedo de romperla, y al mismo tiempo, ella respondía a sus besos con tanta pasión y entrega, que poco a poco fue aplicando un poquito más de fuerza en su abrazo.

—Te amo, Fabián —susurró ella, consiguiendo sacar la poca cordura que ya le quedaba.

La alzó en sus brazos y casi corrió con ella a la cama, la depositó en el colchón con cierto cuidado y se ubicó encima de ella sacándose la camiseta. Sophie se mordió los labios al mirar otra vez su pecho, tan amplio y tan duro, y ahogando un sofoco, extendió su mano hacia la lámpara del nochero.

—¿Qué haces? —le preguntó él ceñudo.

—La... la luz.
—¿Qué tienes contra la luz?
—Pero...
—La luz está perfecta. Quiero mirarte—. Ella estaba rojísima, y Fabián sonrió—. Eres bellísima, Sophie, quiero mirar cada centímetro de ti.
—¿Cada centímetro?
—Oh, no lo dudes.
Él se inclinó a ella y volvió a besarla, y aunque ella respondía a sus besos, sus manos seguían quietas. Se sentó a su lado e hizo que ella lo imitara quedando frente a frente, pero él no perdió tiempo y siguió besándola con delicadeza, mordisqueando suavemente sus labios, la piel de su mandíbula y su cuello. Con una de sus manos, tomó la de ella y la guio hasta su pecho, la miró a los ojos diciéndole sin palabras que lo tocara también, que lo mimara un poco, y ella lo hizo. Abrió ambas manos sobre el pecho masculino y empezó a explorar.

Ahora se alegraba de que él hubiese dejado la luz encendida, porque él era bello. Sus dos manos juntas y extendidas no alcanzaban a cubrir todo el ancho de su pecho, y pudo sentir bajo la palma los suaves vellitos rubios de él. Las tetillas rosadas le hicieron sonreír, y bajó su cabeza hasta besar una de ellas.

Sintió inmediatamente cómo la respiración de él empezaba a agitarse sólo por este toque, así que, sintiéndose atrevida y sensual, sacó la lengua y lamió.

Fabián boqueó un poco, sorprendido por su audacia, pero entonces ella volvió a besarlo, poniéndose de rodillas y alzándose sobre él, Fabián la tomó de la cintura y la sentó en su regazo, sin dejar de besarla, y con destreza, la fue atrayendo hasta que quedó sobre él, separados sólo por la ropa.

Tomó una de las tiras del camisón y la bajó hasta dejar su pecho desnudo, para admirarlo, besarlo, apretarlo suavemente en su mano y chuparlo. A ella le encantaba, se dijo él recordando la escena del baño, y empezó a dedicarse a él chupando con fuerza, amasando el otro pecho por encima de la tela de satín, sintiendo en su boca como la rosada punta se entumecía y de la boca de ella se escapaba uno que otro gemido.

—Sophie, Sophie... —susurró él, y metió las manos debajo de su camisón, subiéndolas por los muslos y llegando a sus nalgas, metiendo los dedos por debajo de su ropa interior, que, en su candidez, se había dejado puesta.

La apretó aún más contra él, y ella, inconscientemente, empezó a

frotarse contra el bulto de sus pantalones.
Él le susurraba cosas y ella respondía. Llegó a hacer alguna pregunta, y tal vez ella respondió. Las manos de ella ya no estaban quietas, sino que se paseaban por toda la piel que de él estaba expuesta, y cuando él metió la mano en medio de los dos para desabrocharse el pantalón, ella se alarmó un poco.

Se acercaba el momento de la verdad.

—¿Has visto a un hombre desnudo alguna vez? —preguntó él mirándolo con sus ojos verdes llenos de picardía.

Sophie se mordió los labios. No sabía si debía responder a esa pregunta, pues, cuando Alfonso estuvo convaleciente de su enfermedad, ella había tenido que ayudarlo en muchas ocasiones y varias veces lo vio sin prenda alguna.

Pero él no se parecía en nada a Fabián. Alfonso tenía curvas donde Fabián tenía ángulos, Alfonso era casi tan suave como una mujer, y Fabián no, él era duro, fuerte, y grande.

Como ella se tardó un poco en responder, él pudo deducir su respuesta; sin embargo, no pareció molesto ni desilusionado, sino que sonrió.

—Mejor, —dijo— así no estarás tan asustada.

—No me voy a asustar.

—Me encanta que seas tan lanzada —sonrió él volviéndola a besar, y la movió hasta ponerla otra vez boca arriba en el colchón.

Ella lo vio sacarse el pantalón junto con la ropa interior en un solo movimiento, y esa cosa entre sus piernas llamó fuertemente su atención. Los ojos se le agrandaron al verlo, pues era muy diferente a todo lo que ella sabía de los hombres. Sin embargo, él no dejó que lo mirara por más de dos segundos, pues de inmediato se puso sobre ella y volvió a besarla.

—No estás asustada, ¿verdad? —ella cerró con fuerza sus ojos y sacudió su cabeza. Al escuchar la risita de él abrió sus ojos.

—Te burlas de mí.

—Siempre quise conocer tu reacción.

—Bueno, es que... eres... Yo... nunca había visto algo así.

—Ya entiendo —dijo él, comprendiendo que ella sí había visto antes a un hombre desnudo, pero no uno excitado. Y vaya que él sí lo estaba, y casi estaba temiendo por ella, porque su cuerpo clamaba por liberación, rugiendo y suspirando al tiempo por la unión. Le tomó la mano y depositó un beso en la palma diciéndole—: tócame, Sophie.

Ella abrió grandes sus ojos por un momento. ¿Dónde quería él que lo tocara?, se preguntó, pero como él sólo la seguía mirando, puso la mano en la áspera mejilla, y él cerró sus ojos. Las de él no estaban quietas, sino que seguían sobre su muslo, moviéndose de arriba abajo en un movimiento hipnótico, apretando suavemente sus nalgas, y pasando por su vientre en un recorrido suave y tranquilizante.

Sophie movió su mano hasta su hombro, su espalda, y llegó al fin a sus nalgas, las dejó allí tal como él había hecho con ella, masajeando y acariciando.

—Quisiera estar siempre así contigo —susurró él con sus ojos cerrados y el ceño levemente fruncido, como si el toque de ella le doliera y le causara placer al tiempo.

—¿Siempre?

—Y no tener que salir afuera para nada en esta vida —eso le hizo sonreír.

—¿Por qué?

—Porque te amo, y en ti encuentro todo lo que necesito—. Sophie se mordió los labios al oír aquello, y dejó quieta su mano. Fabián la tomó y entrelazó sus dedos con los de ella, besando sus uñas—. Voy a hacerte el amor, Sophie —dijo—. Te voy a hacer mi mujer—. Y dicho esto, se puso de rodillas en el colchón, y le sacó suavemente la ropa interior, dejándola desnuda debajo del camisón, que se había subido hasta sus caderas. Ella tuvo el impulso de cubrirse otra vez con la tela, pero se detuvo a tiempo, y la mirada de él bajó de inmediato a ese punto de su cuerpo.

Sophie sintió su respiración acelerarse, un cosquilleo en su piel como si llevara mucho rato adormecida y él por fin la estuviera despertando.

Sí, la estaba despertando, decidió, y pensó que, ya que él la estaba mirando a ella, ella lo miraría a él.

No tuvo mucho tiempo, él bajó su cabeza y fue besándola por encima de la tela hasta llegar a su centro, y una vez allí, se detuvo. Sophie estuvo a punto de entrar en pánico. Algo estaba mal. ¿Qué estaba mal? Había tenido cuidado de asearse, de perfumarse. La semana pasada, luego de que el médico le dijera lo que podía y no podía hacer, se había ido con Ana, Eloísa y Ángela a un spa, donde a todas las habían consentido mucho, y también torturado un poco con la depilación con cera.

Tal vez a él no le gustaban depiladas, se angustió. Tal vez él...

—¡My God! —exclamó cuando sintió la boca de él justo en su piel, la calidez de su lengua la envolvió y la acarició.

Era increíble cómo podía hasta sentir sus papilas gustativas sobre ella, su suave aspereza, y su húmeda calidez.

—Oh, my God, I can't believe it —lloró Sophie, y Fabián sólo pudo sonreír, y siguió lamiéndola y chupándola.

Cada vez que tocaba y torturaba el pequeño botoncito, Sophie soltaba una parrafada en inglés. Suerte que esta habitación estaba alejada, porque ya estaba intuyendo que ella iba a ser ruidosa.

Sophie no soportó la agonía. Ya no pensó con cordura, y sabía que hablaba, pero no tenía ni idea de qué decía. Sabía que lloraba, pero no entendía por qué, si esto era sublime. Cuando sintió la lengua de él penetrarla, sólo pudo poner sus manos sobre la cabeza de él y tensionarse, dejando salir eso que quería salir; una explosión, un estallido, algo que la dejó desfallecida sobre la cama, sin respiración, viendo lucecitas.

Oh, esto era maravilloso. Quería otro. ¡Otro, otro!

Él volvió a ubicarse sobre ella, y con esa misma boca con que la había besado en su zona íntima, le besó la boca. Fue lo más erótico que ella hizo jamás, y sintió su propio sabor en la boca de él, y lo abrazó con fuerza, anhelándolo, muriéndose por él. Antes había dicho que lo amaba y no había tenido ni idea de que podía hacer esto por ella, conseguir que se sintiera así. Dios, ahora sentía que la palabra "amar" era inexpresiva, hueca, incompleta. Ahora mismo, ella simplemente se moría por él.

Ella volvió a decirle cosas, español revuelto con inglés, pero él entendió que lo amaba, que estaba maravillada, que lo adoraba. La única manera de callarla era besándola, pero no quiso, quería escucharla expresar su amor, y mientras, buscó con su mano el pantalón, sacó de ella la billetera, donde desde hacía unos días tenía un preservativo en espera de este momento y se lo puso; poco a poco se fue ubicando entre sus piernas y se puso en su entrada, quieto, en silencio.

Ella hizo silencio también, y lo miró a los ojos.

—Te va a doler un poco.

—No me importa.

—Sólo será un momento —Sophie movió levemente su cadera, como invitándolo a entrar. Lo miró desde abajo casi con reverencia. Él era hermoso, simplemente hermoso, y se cernía sobre ella poderoso y tierno a la vez. Tenía el cabello alborotado por el toqueteo de sus manos, con sus ojos cerrados como si tratara de concentrarse, y por fin, poco a poco, fue empujando dentro de ella.

Sophie se mordió los labios preparándose. Había oído que sí que dolía, y en ella no fue diferente. Los dos sintieron la barrera que su cuerpo imponía, y ella se aferró a sus brazos al sentir la tensión, el extraño dolor, tan diferente a todo lo que había sentido en su vida.

—Po… por qué te detienes —preguntó ella cuando él se quedó quieto, pero él sólo sonreía. Era una sonrisa tensa, como si algo le doliera y aun así tuviera que sonreír.

—Porque… —dijo—, una vez pierdes tu virginidad, ya no hay vuelta atrás —ella frunció el ceño.

—Yo nunca me echo atrás—. La miró otra vez, sonrosada y con sus ojos brillantes. Sí pudo recordar que una vez se preguntó cómo se vería ella luego de hacer el amor, y aquí la tenía, hermosa, sensual, brillando casi con luz propia…

De un solo movimiento, entró en ella, y la sintió tensarse y tragarse el gemido de dolor.

Ya estaba marcada, se dijo él sintiendo una extraña posesión sobre ella. Ya era suya, y quería que esto siguiera siendo así por siempre.

Él también gimió, apoyado en sus codos y con la mitad de su miembro en el interior de ella, temblando, porque intuía que debía esperar a que su dolor remitiera un poco para poder moverse. Oh, qué tortura más hermosa, qué agonía tan placentera. Estar en el cuerpo de su mujer amada, de su compañera del alma, de su cielo en la tierra.

—Te amo Sophie —susurró besando sus sienes humedecidas por el sudor y las lágrimas que habían brotado de sus ojos—. Acepta ser mi mujer, por favor—. La sintió sonreír.

—Con esto, ya lo soy.

—Te amo tanto —volvió a decir, esta vez en un gemido, y su cuerpo pareció moverse por sí mismo. Le besó la mejilla, el cuello, todo con dulce urgencia, y poco a poco, terminó de entrar en ella.

Sophie lo sintió centímetro a centímetro, y el dolor inicial fue remitiendo poco a poco. Era una extraña mezcla de dolor y placer, y se sintió capaz de soportarlo.

Listo, ya habían hecho el amor, se dijo. Había sido maravilloso, aunque dentro sentía un burbujear que le hacía desear estarse más tiempo así, con él dentro de su cuerpo. Lo miró preguntándose si acaso podía quedarse así un ratico más, pero entonces él se movió saliendo de ella.

—¡No, espera! —dijo, y él se quedó quieto mirándola preocupado. El rostro de ella se había contraído.

—Cariño… No puedo esperar más… —se quejó él— Si no hago algo voy a morir, en serio—. Sophie lo miró con su pecho agitado.

¿Ya iba a acabar?, se preguntó con mucho pesar. Pero bueno,

todo lo vivido hasta ahora había sido maravilloso, y él estaba temblando en sus brazos; se notaba que le costaba estar allí, en esa posición sobre ella. Está bien, se dijo, si era tan duro para él, ella tenía que dejar que se acabara.

—Lo... lo siento—. En cuanto dijo esas palabras, él volvió a moverse dentro de ella, pero no para salir, sino para volver a entrar, y Sophie vio estrellitas y dejó salir un quejido lleno de sorpresa y placer.

Fabián se quedó quieto otra vez, un poco sorprendido por la reacción de ella, y la miró desde arriba preguntándose si acaso le había hecho daño.

La piel de ella, tan blanca y suave, satinada por el sudor, se había sonrojado en ciertas partes, sus senos redondos y de pezones de coral estaban tan cerca de él que lo enloquecían, y sentía que su miembro se endurecía más y más dentro de ella, temblaba, rogaba.

Pero es virgen, se repitió. Debo tener cuidado.

Casi gimió, porque no quería tener cuidado, quería empujar duro dentro de ella una y otra vez hasta llegar al orgasmo, dos, tres veces, siete veces. Se desgastaría haciéndole el amor, pero diablos, diablos, ella era virgen.

—Fabian... —lo llamó ella, y él cerró sus ojos, moviéndose suavemente, volviendo a llegar al fondo de su cuerpo un milímetro a la vez.

Ella era tan cálida, tan suave, tan resbaladiza...

—Mi amor...

—Shhht... —la calló él, y se acomodó suavemente sobre ella, la escuchó soltar pequeños gemidos por el placer que el movimiento de él provocaba—. Va a ser... algo violento —le advirtió él con voz ronca—. Te va a doler... otro poco... pero te juro que... Mi Dios, Sophie, no hagas eso, ah... —gimió él, porque ella lo había apretado en su interior, y él cerró sus ojos con fuerza y apretó los dientes. Las manos de ella se movieron por su espalda, y volvieron a apretarle las nalgas.

No, no, quiso llorar él. Quiero ser un caballero, quiero ser suave contigo.

Hundió su cabeza en el cuello de ella, absorbiendo su aroma, sintiendo su piel, y, como si su cuerpo se mandara solo, se hundió más en ella, llegando hasta el fondo, sin dejar nada afuera.

Se iba a correr y sólo iban dos empujones. Diablos, se tenía por mejor amante.

—Oh, Sophie...

Se movió otra vez y tomó una de sus nalgas en sus manos, y

movió su cadera no para alejarse, sino para sentir dentro de ella todos los lados de su cavidad.

Ella gimió, y en su rostro pudo ver que no sólo era placer, sino también dolor, y quiso morirse.

—No —lo detuvo ella cuando vio que él se alejaba, casi lo arañó por intentar retenerlo, y elevó sus piernas rodeándole la cintura para impedirle todo intento de escape—. Es sólo porque es mi primera vez. Así que no sólo es tu privilegio, sino tu deber—. Se miraron a los ojos fijamente, él sorprendido por sus palabras, ella, decidida.

Fabián cerró sus ojos, y agitó su cabeza asintiendo, aceptando esas palabras, volvió a inclinarse sobre ella y empujó en su interior.

Suave al principio, delicado, pero abrió sus ojos, y la visión de todo su cuerpo desnudo y abierto para él volvió a enloquecerlo, así que empezó a acelerar.

Sus miradas se conectaron en un largo momento, mientras él se movía con creciente celeridad dentro de ella, y sentía que podía trasmitirle sus pensamientos, que estaba abriendo su alma de par en par para que ella entrara, para que se quedara allí por siempre, para no volver a separarse jamás.

Llegó un momento en que no pudo más, se olvidó de ser suave, de ser gentil, y simplemente la bestia se apoderó de él y sus caderas se movieron por sí solas para empujar con fuerza dentro de ella, para tocar su fondo, su corazón, y marcar su pureza con una bandera.

Cuánto tiempo deseando esto. No sabía con qué tanta fuerza lo había anhelado, nunca imaginó que pudiera ser así, tan grande y tan fuerte que no era capaz de describirlo.

Tomó su rodilla y la dobló sobre ella hundiéndose totalmente, enloquecido, enfebrecido, arrebatado, y pronto la habitación se llenó del sonido de sus gemidos, del suave entrechocar de sus cuerpos, del aroma a sexo y placer.

El orgasmo llegó sobre ambos como una furiosa tormenta, y sin dejar de moverse sobre ella, Fabián rugió y tembló. La visión fue preciosa para Sophie, él era tan hermoso, y dentro de ella, desnudo, sonrojado y sudoroso, con sus cabellos despeinados y el rostro contraído de placer, fue simplemente sublime.

Cerró sus ojos y recibió su fuerza, su amor, a todo él. El duro cuerpo de Fabián ahora temblaba en fuertes espasmos que parecían no terminar, que se alargaban junto con las sensaciones, y al fin, poco a poco, la tormenta pasó.

...22...

Sophie abrió sus ojos luego de lo que le pareció una eternidad. Él seguía sobre ella, desnudo y fiero, hermoso y fuerte. El brazo de él estaba bajo la rodilla de ella, que estaba elevada y doblada sobre la espalda de él. Seguían unidos en aquel punto de su cuerpo, y el peso de él caía a medias sobre ella.

Todavía sentía espasmos de lo que, reconocía, había sido un brutal orgasmo. Aún él se movía en su interior como si lo recorrieran pequeñas descargas eléctricas, y al fin, el ritmo de sus respiraciones se fue ralentizando. Él se movió con ella hasta ponerla sobre él, la acunó en sus brazos acariciando su cabello y su piel, besando su frente. Ella hervía de calor, pero no por eso la alejó.

Admirada, Sophie sólo pudo guardar silencio.

Y ella que pensó que todo se limitaba a una penetración, unos minutos más así y ya. Sabía cómo eran los encuentros íntimos. Antes de casarse, o de creer que se casaba con Alfonso, Martha, entre sonrojos y vergüenzas, le había hablado de estos temas para que no fuera tan inocente a la cama de su marido; lo había escuchado en conversaciones de sus amigas y compañeras de trabajo y ella había captado lo esencial, pero todo lo demás no se lo había alcanzado a imaginar.

Acababa de experimentar algo maravilloso, se dijo ahora; una primera vez excepcional. Fue algo que estuvo a punto de no vivir por tantas cosas que le habían sucedido en el pasado, pero estaba aquí, lo estaba viviendo, y sintió deseos de llorar porque este momento no le había sido arrebatado como tantas otras cosas.

Las lágrimas se escurrieron de sus ojos, y trató de ocultarlas sintiéndose un poco tonta. Debía estar feliz, no lloriqueando. Pero tal vez lloraba de felicidad, se dijo.

—¿Estás bien? —preguntó Fabián con voz suave. Ella movió su cabeza asintiendo, y él suspiró.

Su mano no dejó de pasearse por su piel, y cuando pensó que él se dormiría, lo sintió moverse y caminar hasta el baño. De él salió con una toalla humedecida con agua caliente, la tomó a ella abriéndole suavemente los muslos, y la puso sobre su entrepierna. Ella dejó salir el aire al sentir que el leve ardor que había estado sintiendo se aliviaba. Él le sonrió, y Sophie sólo quiso morder esa sonrisa.

—¿Así está mejor? —ella sonrió también, metiendo el brazo debajo de su cabeza y suspirando. Seguía con el camisón de seda de la abuela, pero estaba prácticamente desnuda, pues se le había subido hasta la cintura y debajo no tenía nada de nada.

—Mucho mejor —le contestó al fin.

—No creas que estoy siendo un caballero —dijo él con voz traviesa y enarcando sus cejas—. Sólo quiero que te recuperes pronto para volver a hacerlo —ella lo miró sorprendida.

—¿Otra vez? —él la miró serio.

—Pero si no quieres…

—Claro que quiero —eso lo hizo sonreír.

—Me gusta que eres franca —ella se sonrojó—. Por favor, sé siempre así. Lo que te gusta, lo que no te gusta, dilo siempre.

—¿Aunque llegue a parecer… salvaje?

—¿Salvaje? —preguntó él, y ella notó en su mirada que la idea no le espantaba para nada, por el contrario, le encantaba. Se echó a reír, y él retiró la toalla volviendo al baño tan desnudo como estaba. Sophie se sentó para admirarlo mejor, y cuando volvió, no retiró la mirada de su miembro, que ahora notó un poco diferente.

Fabián gateó en la cama acercándose a ella y le besó los labios.

—Mi chica curiosa.

—Bueno, es que… eres diferente.

—No soy diferente, sólo soy un hombre —ella lo miró sonriente.

—Sí lo eres —insistió mirándolo de reojo—. Eres más grande —él elevó sus cejas con el asomo de una sonrisa. Cuando Sophie incluso elevó sus manos para señalar el tamaño, él casi se espantó—. Mucho más grande. Pensé… que todos los hombres eran iguales en ese sentido—. Él no pudo evitar echarse a reír.

—Estoy sintiendo compasión por ese pobre hombre, Sophie.

—¿De verdad? Yo no. Jesús, de lo que me libré. Las cosas con él jamás habrían sido tan hermosas —dijo ella acariciándolo con el dorso de sus dedos y echándole una mirada tan ardorosa a la vez que dulce, que él casi sintió la miel rozarlo—. Habría estado asustada, y luego, tal vez arrepentida.

—Susto y arrepentimiento. Una mujer nunca debería sentir eso luego de hacer el amor.

—Yo, definitivamente, no estoy nada arrepentida ahora —rio ella—. Y no estuve asustada en ningún momento.

—Mientes. Vi cómo casi se te salen los ojos cuando me viste.

—Ah, bueno, pero es diferente. El tamaño…

—¡Te asustó la anaconda! —rio él, y ella lanzó un chillido de sorpresa al sentir sus cosquillas.

—Tanto como una anaconda, ¡tampoco!

—¡El caimán que se va a comer a las jovencitas! —Sophie soltó la carcajada.
—¡El caimán musculoso! —de inmediato, él flexionó sus bíceps y mirándola con picardía, le preguntó:
—¿Te gusta?
—En esto no eres diferente a los demás hombres —se burló ella—. Te gusta presumir de tu cuerpo.
—Pero es que... toca aquí —dijo él señalándose el músculo del brazo; ella, negando y sonriendo, lo tocó. Sí que era fuerte—. Duro, ¿verdad? —ella siguió riendo.
A continuación, empezó a hundir su dedo en diferentes partes de su cuerpo, y él empezó a proponer sitios cada vez más atrevidos.
—Presumes ahora, porque antes no podías, admítelo —él estiró sus labios, pero seguía con sus brazos flexionados para que ella siguiera admirando su dureza—. Si fueras gordito, también te amaría.
—¿Estás segura?
—Déjate engordar y lo comprobarás —él hizo una mueca de espanto.
—Gordo no podré hacer las posiciones que tanto quiero contigo —ella hizo una expresión de sorpresa—. Y no tendré el aguante para durar horas y horas...
—Está bien, mi gordito.
—¿Qué?
—Gordito.
—¿Vas a dejarme ese mote? ¿En serio? ¿"Fabi" no te gusta?
—Gordito, gordito, gordito.
—Dios, di con la mujer más mala del mundo —Sophie soltó la carcajada otra vez. Y molestándolo, siguió llamándolo gordito.
Rato después, el jugueteo había conseguido que ella se familiarizara más con su cuerpo, y que no sintiera vergüenza de tocarlo donde quisiera. Las manos de ella, que habían empezado siendo tímidas, ahora se estaban volviendo más audaces, y él estaba fascinado de ver esta evolución, y más, por saber que había sido con él que se diera.
Ah, hombres estúpidos de su pasado que no lograron enamorarla lo suficiente como para llevarla a este momento... Les agradecía eternamente su imbecilidad por haberla dejado intacta para él. Su hermosa Sophie estaba aprendiendo todo lo que había que saber de la intimidad a su lado, y él estaba dichoso de poder enseñarle. Esta Sophie inocente ya nunca más volvería, y estaba viviendo estos minutos con felicidad.

Poco después, se puso de espaldas en la cama cuan largo era para que ella pudiera explorarlo. Le tomó una mano y se la besó enviándole un mensaje, diciéndole así que podía ver y tocar cuanto quisiera. Ella, otra vez sonrojada, echó su cabello claro y corto tras su oreja y paseó su mirada por su cuerpo.

Estaba sentada a su lado, aún con el camisón de seda. No se lo había quitado, tal vez por timidez, y él no había hecho ademán de hacerlo tampoco. Ya lo haría en unos minutos.

Sophie paseó su mano por su pecho y la fue bajando por su vientre, su costado, sus piernas. Notó que el vello corporal de él era más bien escaso, se concentraba un poco en el pecho y en su entrepierna, pero aún allí era suave.

Le encantaba su olor. Ahora sabía que recordaría el aroma de él por siempre, que lo reconocería a kilómetros, y no era sólo por su loción. Él expelía un aroma delicioso, sugerente.

Sus ojos se concentraron por fin en el miembro que descansaba entre sus piernas. Sus manos, a pesar de que querían tocarlo, se desviaron por los muslos, pero sus ojos siguieron fijos allí. No podía decir cómo era él en comparación a los demás hombres, pero sí que le parecía grande, al menos, más que... ¿cómo se llamaba él?, su mente no logró invocar el nombre del otro hombre al que había visto desnudo.

Qué bello era, qué intimidante y seductor. Lo sintió respirar profundo y miró sus ojos. Él le sostuvo la mirada, como si adivinara sus pensamientos, y eso hizo que le entrara un poco la timidez.

Fabián extendió su mano a su rostro, y acarició suavemente su cabello corto, como recordándole que podía mirarlo, tocarlo, besarlo todo lo que quisiera, pero ella se inclinó a él y le besó los labios. Fabián sonrió.

—¿Te asustaste otra vez?
—Claro que no.
—Todo es mientras te familiarizas. Ahora mismo parece que no sabes qué hacer—. Ella sonrió.
—Las anacondas son peligrosas, después de todo —él se echó a reír. Quería que ella lo tocara, pero si no se sentía preparada, no iba a insistir.

Por eso se sorprendió mucho cuando ella lo tomó de repente en su mano.

—Hace un momento no estaba así —dijo ella con las mejillas rojas, atreviéndose a mirarlo al fin. Cuando él se endureció en su mano, la escuchó soltar un "Oh", y sólo pudo reír.

235

—Realmente, excitar a un hombre es muy fácil.

—Ya veo—. Ella lo apretó en su mano, y sintió que el cuerpo de él se tensionaba. Qué maravilla, pensó con una sonrisa, y volvió a apretar.

—Te aviso que estás jugando con fuego —le advirtió él con ojos brillantes.

—Ah, ¿sí? —él se movió de repente, y sin ella explicárselo, terminó bajo su cuerpo y con las manos de él debajo de su camisón. Soltó un chillido de sorpresa, y luego rio cuando sintió que él gruñía y la besaba al tiempo.

Se besaron, se mimaron, y poco a poco ya no hubo risas, sino algo de prisa. Él le sacó al fin el camisón y observó su desnudez, sus senos tan hermosos, y volvió a besarlos y a chuparlos como aquella vez en el baño. Ella metió su mano entre los dos y volvió a asirlo, y así se estuvieron, hasta que Sophie aprendió a reconocer su propia excitación, a identificar las diferentes señales que su cuerpo le enviaba.

Él se volvió a mover en la cama, y ahora quedó debajo de ella, que abrió sus muslos para sentarse en su regazo. Se frotó contra él, sintiendo otra vez su respiración agitada. Era la anticipación, se dijo; como ya sabía lo que iba a sentir, su cuerpo se preparaba y empezaba a disfrutar desde ya.

Esta vez, ella misma le puso el preservativo, aunque con la guía de él; lo ubicó en la entrada de su cuerpo y poco a poco se fue resbalando hasta tenerlo completamente dentro sin sentir más que placer y una muy ligera molestia que luego se desvaneció. Él gimió suavemente, y Sophie comprendió lo que la abuela había querido decir antes. Cuando ella apretaba sus músculos interiores, él parecía disfrutarlo más, así que lo practicó.

—Dios, Sophie. Vas a acabar conmigo —dijo él, y ella sonrió. Balanceó suavemente su cadera al tiempo que apretaba, y él ahora elevó la suya.

Maravilloso, se dijo, y siguió haciéndolo en un ritmo cadencioso, suave al principio, y su cuerpo otra vez fue elevando su temperatura. Fabián elevó su torso para besarla, lamerla, abrazarla, pero ella no dejó de moverse, de cabalgarlo. Se apoyó en él, en su pecho, y siguió moviendo sus caderas con un ritmo cadencioso, bajó su cabeza y pudo mirar sus dos cuerpos unidos, y cómo la humedad de su cuerpo empapaba el de él.

Soltó un gemido, y aunque trató de ahogarlo en su garganta, éste de todos modos salió.

—Sí, mi amor —susurró él—. Córrete.

Y ella lo hizo. Apretó fuerte su hombro y se dejó ir, y su cuerpo se tensionó hasta que todas las sensaciones la invadieron.

Sintió el abrazo de él que la sostenía mientras ella seguía temblando por su orgasmo.

—Preciosa —susurró él—. Mi Sophie.

Fabián volvió a apoyarla en el colchón mientras ella boqueaba por aire, sudorosa y lánguida, sin energía siquiera para levantar un brazo. Por eso, cuando se vio de cara contra el colchón, y con él entrando desde atrás, se alarmó un poco. No tuvo tiempo de preguntar qué estaba pasando, o el porqué de esta pose tan rara, pues volverlo a sentir dentro, con esa fuerza y esa intensidad volvieron a dejarle la cabeza vacía de pensamientos racionales.

La mañana llegó demasiado pronto para ambos. Fabián estaba a su espalda, rodeándola con su brazo y las piernas metidas entre las de ella; la luz le estaba dando casi en la cara, y eso le hizo abrir los ojos.

Hubiese querido tener poderes para cerrar la cortina sin tener que levantarse, pero no era así, de modo que se resignó a levantarse. Al hacerlo la vio, dormida y desnuda en la cama. Dios, qué bella era, pensó, tan dormida como una gata satisfecha.

Sí que lo era, sonrió. Anoche se la habían pasado haciendo el amor una y otra vez, e intuía que se había aprendido el cuerpo de ella de memoria. Cada pequita, cada curva y cada hoyuelo. Incluso las casi invisibles cicatrices que le habían quedado luego de la cirugía. Todo de ella lo conocía y lo adoraba.

Salió de la cama para cerrar la cortina y advirtió que de sólo pensar en ella ya se había excitado. Diablos, en parte era culpa de la larga abstinencia, y, por otro lado, definitivamente esta era la mujer más sensual del mundo; la mera visión de su cuerpo desnudo ya lo aceleraba.

Pensando en que debía dejarla descansar, se acostó al otro lado de la cama, pretendiendo dejarla tranquila, pero ella sintió el frío y el vacío y se movió en la cama para buscarlo.

—Abrázame —le pidió entredormida y tomando su brazo para que la rodeara. Él lo hizo con una sonrisa en sus labios. Ella no tardaría en sentir su erección, y así fue, pues empezó a buscarlo con su cuerpo.

—Yo estaba pensando en dejarte dormir.

—Oh, no me interesa dormir ya —susurró ella acercándose más a él. Cuando él no hizo nada, ella gimió—. Vamos, amor. Por favor.

—¿Qué, mi cielo? —ella tuvo que tomarlo en su mano y apretarlo. Fabián gimió—. Creo... que aún nos queda un preservativo—. Ella no dijo nada, sólo siguió acariciándolo, y Fabián apretó sus dientes, acercó más la delgada espalda a su pecho y la penetró suavemente con sus dedos. Al notar que ella se humedecía rápidamente, sonrió, estiró la mano hacia el nochero donde estaban los preservativos y tomó uno, se lo puso con prisa y al fin se puso en su entrada y la penetró con fuerza.

Sophie dejó salir un quejido que fue ahogado por la almohada. Se abrió para él recibiéndolo, sujetándolo al interior de su cuerpo, disfrutando cuando él apretó sus pechos, le besó y mordió el cuello y los hombros.

Fabián la apretaba contra él y empujaba en su interior, escalando cada vez más alto en su placer, feliz por poder estar otra vez dentro de ella, así, tan desnudos y entregados.

Tan sólo unos minutos después

Cuando al fin se quedaron quietos, Fabián notó que Sophie se había vuelto a quedar dormida, y riendo, salió al fin de su cuerpo, y cuando ya su respiración volvió a la normalidad, salió también de la cama.

Le había entrado un hambre voraz, y pretendía saquear la nevera de la cocina de su abuela.

Su intención era ir, comer algo y volver en puntillas de pie de nuevo hasta la habitación, pero se encontró con que su abuelo estaba por allí preparándose un café. Por ser domingo, el personal aún no estaba activo, así que él mismo estaba midiendo el azúcar que debía ponerle.

—No deberías ponerle azúcar —dijo Fabián abriendo la nevera y sin dar los buenos días.

Bernardino lo miró fijamente. Él lucía sus pantalones, unas pantuflas de mujer y una simple camiseta. No dijo nada al ver que sacaba pan, jamón y otras cosas más para prepararse un sándwich. Recordó entonces que su nieto debía saber más de cocina de lo que él podía imaginar, pues llevaba años viviendo solo.

—Aún comes como un adolescente —dijo. Fabián sólo sonrió. Si lo había dicho para ofenderlo, no le iba a dar el gusto.

—Como cuando tengo hambre.

—Tal vez debas darle un poco a tu novia, está muy delgada —eso sí lo molestó. De él podían decir lo que les diera la gana, pero ella era intocable. Dejó sus manos quietas y lo miró de manera ominosa, pero

Bernardino seguía mirando el azúcar como si fuera un terrible enigma.

—Ella está bien tal como está —dijo, pasando por alto que él mismo había intentado atiborrarla de comida.

—Esa chica me intriga —siguió él, decidiendo al fin ponerle sólo media cucharada de azúcar a su café—. No es de una familia adinerada en particular, pero al tiempo...

—¿Y por qué concluyes que no es de una familia adinerada?

—Porque lo habría dicho en cuanto lo pregunté. Nadie calla ese tipo de cosas; por lo general, todos quieren que se sepa de dónde vienen y qué tan azul es su sangre.

—Te dije que la dejaras en paz. A mí no me importan sus conexiones sociales, sólo me interesa ella.

—¿Qué tanto?

—Hasta el final.

—¿El final es el matrimonio mismo?

—¿Por qué no?

—Yo pienso que sólo es otra más de tus noviecitas —dijo el anciano—. No te doy un mes con ella —Fabián apretó sus dientes.

—Hablaremos cuando te traiga a tus bisnietos, si es que vives para entonces—. Bernardino sonrió de medio lado, pero en esa sonrisa no había humor ni alegría.

—Todos parecen estar esperando mi muerte; tú, Gerónimo, los hijos esos que recogió...

—Eso debería enviarte una señal, ¿no?

—Sólo quieren que les deje libre el camino hacia el dinero.

—Por mi parte, puedes enterrarte con ellos. Yo ya tengo mi propio dinero.

—Por favor —se burló Bernardino—. Alguien como yo podría aplastarte como a una mosca.

—¿Eso harás? —preguntó Fabián en tono retador—. ¿Me aplastarás para que así haga lo que tú quieres? —El anciano lo estudió con ojos entrecerrados. Sabía que cada palabra que dijera sería medida y pesada, así que habló despacio y con cuidado.

—Siempre has tenido la idea de que lo que quiero es dañarte y perjudicarte, pero, ¿qué ganaría yo con eso? Estás donde quiero que estés, por el momento. No me interesa aplastarte, duerme tranquilo—. Tomó su taza de café y salió de la cocina, dejando a Fabián con mil preguntas en su mente, deseando ir tras él para preguntarle qué exactamente significaban sus palabras.

Terminó de preparar su sándwich y se sentó a comerlo en la mesa de desayuno de la cocina sin parar de darle vueltas a las palabras de su abuelo. Tal vez significaba que podía seguir su vida en paz, pero ese "por el momento" lo inquietaba, encerraban un motivo, un propósito oculto, y lo peor, es que era verdad lo que había dicho; si se lo proponía, el viejo podía acabar con el negocio que tanto le había costado iniciar y acreditar junto a Juan José.

Volvió a la habitación junto a Sophie, que seguía profundamente dormida, y con una sonrisa, se volvió a acostar a su lado abrazándola y disfrutando la calidez de su cuerpo. Fuera de este círculo, todo el mundo era demasiado frío.

Eran las diez de la mañana cuando al fin Sophie se despertó, encontrándose sola en la cama. Avergonzada de su propia pereza, se levantó y caminó al baño dándose una ducha, y al volver, descubrió que el forro del colchón tenía una pequeña mancha de sangre, y corrió a quitarlo y a lavarlo en el lavabo del baño. Afortunadamente, la mancha no había traspasado; su dignidad estaba a salvo.

Bajó al primer piso y encontró a Fabián sentado en el mismo sofá que su abuela, consintiéndola con un masaje en sus manos; le aplicaba crema y estiraba sus arrugados dedos, mientras ella sonreía como una colegiala.

—¡Cariño! —la saludó al verla. Sophie sonrió un poco avergonzada; con Juana por su pereza al levantarse a esta hora, y con Fabián... bueno, con él era más que obvio; anoche ella se había portado casi como una fulana con él.

—Siento la hora.

—Ah, no te preocupes. Fabián me contó que hace un mes te operaron por apendicitis, y que luego, en vez de reposar, habías entrado a un nuevo trabajo sin descanso de lunes a sábado, así que lo que mereces es dormir.

—Además —dijo Fabián, y el corazón de Sophie saltó al escuchar el timbre de su voz—, trabaja duro en la fábrica, porque tiene un montón de nuevos proyectos—. Él le extendió la mano a ella para que se acercara y le diera su beso de buenos días, cosa que ella no desatendió.

—Ya ves. Nadie te acusa por levantarte tarde. ¡Margo!

—Señora —dijo la mujer que sólo había estado a unos metros de ella.

—Haz por favor que le traigan el desayuno a Sophie. Cariño —dijo dirigiéndose a ella—. ¿Lo tomarás aquí? —Sophie se mordió los labios ocultando una sonrisa.

—Si a usted no le incomoda.

—Claro que no—. Margo se fue, y Sophie se sentó en un sillón cercano al sofá donde estaban los dos—. ¿Y cómo durmieron anoche? —preguntó la anciana—, ¿sí lograron descansar? —Fabián la miró delegándole a ella la responsabilidad de responder, y Sophie de inmediato se fue poniendo roja.

—Sí, muy bien, abuela. Gracias.

—De nada. Aquí siempre serán bienvenidos. No habrás fastidiado a Sophie con el termostato, ¿verdad? Recuerda que las mujeres somos un poco friolentas.

—La temperatura anoche estuvo perfecta, abuela —dijo él mirándola a ella de reojo—. Ninguna queja por parte de la dama.

—Me alegra—. Sophie tosió sintiendo sus mejillas arder. Mataría a Fabián en cuanto estuvieran otra vez a solas—. Pasarán el día aquí, ¿verdad?

—No, abuela. Ya nos demoraste bastante.

—¿Cuándo vuelven?

—Yo estaré encantada de volver —dijo Sophie—. Le insistiré a Fabián para volver a hacerlo. Quiero decir...

—Eso es, hija. Hazlo. Este niño a veces necesita ser coaccionado para que venga a ver a su abuela.

—Lo siento —dijo él disimulando la sonrisa que antes había provocado en él las palabras de Sophie—. Vendré más seguido, te lo prometo.

Sophie desayunó allí con ellos y ya Fabián no volvió a lanzarle puyas de ningún tipo. Estuvieron hablando un rato acerca del tío Gerónimo y su esposa, que habían ido de viaje y por lo tanto no se hallaban en la casa.

Casi al medio día, la pareja de jóvenes salió al fin, y Juana sólo pudo suspirar al verlos irse en el auto. Pronto tendría un bisnieto, y habría boda. Eso seguro.

—¿Ya dejaste de suspirar? —preguntó Bernardino observándola mirar en la dirección en la que se habían ido los chicos. Juana sólo lo miró con una sonrisa luminosa.

—Ella es una buena chica... y se quieren tanto.

—Eso habrá que verlo.

—Berni, a veces las cosas no hay que comprobarlas, sólo... sentirlas.

—Si va a ser la madre de la siguiente generación Magliani, prefiero estar seguro de algunas cosas.

—La siguiente generación Magliani... La que yo te di te

decepcionó mucho.

—No fue tu culpa —dijo él con voz suave—. Y tú has sido la luz de mi vida, no ellos; si me hubieses fallado tú, ya estaría muerto — Juana volvió a sonreír. Estaba de acuerdo en eso, y era recíproco; en los momentos de mayor depresión por lo que le había sucedido a Carlota, el uno había encontrado el apoyo y la fuerza para salir adelante en el otro, y luego, con lo de Gerónimo, habían tenido que cerrar filas otra vez.

Fabián no lo sabía, pero Bernardino estaba centrando todas sus esperanzas en él.

...23...

Fabián condujo hasta la casa de Ana casi en silencio, sólo una sonrisa boba se le dibujaba en el rostro. Era una sonrisa de felicidad y satisfacción, aunque esa satisfacción parecía mermar cuando la miraba, porque entonces volvía a querer más de ella.

Sophie iba pensando en el camisón de seda que llevaba en su bolso; la abuela se lo había dado de regalo, pidiéndole, en voz baja, que lo usara cuando fuera a hacer sus bisnietos, y entonces cayó en cuenta de que, aunque anoche habían usado protección, lo habían hecho tantas veces y de tantas maneras que dudaba que el par de preservativos que ella había traído y aportado hubiesen alcanzado.

Quería preguntarle si acaso él había tomado medidas entonces, pero volvió a sentir vergüenza; una cosa era hablar del tema cuando estaban los dos desnudos en una cama, y otra, vestidos y al interior de su auto.

—¿Quieres hacer algo en la tarde? —preguntó él de repente—. ¿O sólo quieres dormir hasta mañana? —ella se sentía un poco amodorrada, pero dormir habría sido un desperdicio de tiempo, puesto que toda la semana estaría trabajando.

—Si quieres que salgamos, hagámoslo.

—Qué fácil eres —rio él, y ella lo miró gruñendo—. Vale, entonces esperaré a que te cambies de ropa en casa de Ana y luego iremos a mi apartamento.

—A tu...

—Para que yo también pueda ducharme y cambiarme —añadió él mirándola de reojo—. Y luego podamos salir por ahí. Por qué, ¿pensabas que te iba a proponer pasar la tarde haciendo el amor una y otra vez? —ella volvió a sonrojarse.

—No, claro que no...

—Vamos, di la verdad —la puyó él en tono pícaro, y Sophie le echó malos ojos y se cruzó de brazos, lo que hizo que él se echara a reír—. Si ese es tu plan, déjame ir a abastecerme de preservativos.

—¿Mi plan? —preguntó ella casi indignada—. Fuiste tú el que habló de...

—Sí, claro, yo. Pero debo hacerte una pregunta algo vergonzosa —dijo él poniéndose serio—. ¿Has empezado algún método para prevenir los embarazos? —ella, sonrojada, volvió a asentir—. Me alegra —sonrió él.

—Pero está muy reciente, y me dijeron que mientras tanto

243

debía...

—Sí, comprendo. No te preocupes, yo cuidaré de ti. Me encantaría ver cómo es un bebé con nuestros genes, pero debemos hacer las cosas bien, ¿verdad? —ella sonrió asintiendo. Eso, casi, casi, era una propuesta—. Supongo que tienes planes para tu propia vida más allá de casarte y ser madre —siguió él—, y yo quiero acompañarte—. Ella extendió su mano a la de él, que estaba sobre la palanca de cambios y la apretó.

—Te amo tanto —susurró, y él la miró sonriendo.

—Yo también. Pero a pesar de lo que dije hace un momento, debo serte sincero; ahora mismo, sólo te quiero para mí, desnuda en una cama y sin pensar en nada más—. Sophie sonrió abriendo grandes sus ojos—. Pero la vida real nos reclama; debemos esclarecer lo de tus tíos y tu abuela, todo ese asunto legal que conllevará el volver a incluirte en la familia Alvarado como una legítima nieta; has iniciado un nuevo empleo, a la vez que deseas terminar tu carrera, y todo eso nos obliga a ir despacio en nuestra relación. Sólo hay algo que quiero pedirte en medio de todo esto, Sophie, y es que permanezcas en la casa de Ana hasta que todo haya pasado—. ella miró al frente considerando esa petición. Sospechaba que lo hacía más por su seguridad, y tal vez exageraba un poco, pero decidió hacerle caso.

—Hasta que todo pase —le prometió—, me quedaré en casa de Ana.

—Yo estoy seguro de que Rebeca querrá que te vayas a vivir con ella, pero prométeme que al menos me lo contarás antes de tomar una decisión.

—Si es verdad que Agustín Alvarado hizo todo lo que hizo para mantenerme alejada... no será muy sensato de mi parte irme a vivir a la misma casa que él.

—No lo sé. Ahora lo dices, pero una vez tengas contacto con tu abuela, las cosas pueden cambiar, recuerda que las abuelas son cosa seria —ella no pudo evitar sonreír ante esas palabras.

Llegaron a la casa Soler, y ambos bajaron al tiempo. Fabián le tomó la mano y caminaron hacia la entrada.

—Esperemos primero a ver qué pasa —propuso ella—. Todavía puedo no ser la nieta de esa Rebeca Alvarado —él la miró de reojo, y Sophie se echó a reír—. Está bien, ya es casi seguro que lo soy.

—Lo que me recuerda: prometiste ser mi esclava sexual.

—¡No prometí eso!

—¿Ya lo olvidaste? ¡Qué tramposa!

—Sólo dije esclava, no "esclava sexual".
—Ah, ¿así fue?
—Y el tramposo eres tú, apostaste con todas las cartas marcadas; sabías que ibas a ganar. Eres un bribón.
—Hieres mis sentimientos.
—No te creas que soy tonta, Fabián Magliani —él la tomó de la cintura y le besó los labios.
—Qué sexy se oye mi nombre en tus labios —ella se echó a reír, y la puerta de entrada se abrió antes de que Sophie pudiese sacar sus llaves. Ana los miró con ambas manos en su cintura.
—¡Espero que al menos le hayas dado de comer! —dijo mirando ceñuda a Fabián.
—No hemos almorzado —dijo él tomando a Sophie de la mano y pasando por un lado de Ana para entrar a la casa.
—Ana, si me salto una comida, no moriré —sonrió Sophie.
—Hay que ver que son un buen par ustedes dos—. Riendo, Sophie se adelantó a su habitación, dejando solo a Fabián con la fiera. En el momento llegó Carlos al vestíbulo, luciendo ropa casual y mirando su reloj de pulso.
—¿Van a salir? —preguntó Fabián.
—Solo por ahí, a comer —contestó Carlos.
—Paula salió con Judith —le informó Ana—, y Sebastián está haciendo una tarea en casa de unos compañeros... Y le dimos la tarde libre al personal de la casa.
—Tengo la casa para mí solo, entonces —sonrió Fabián mostrando toda su dentadura tal como el gato de Cheshire.
—Sólo no la tires abajo —murmuró Carlos en tono sabedor, y tomó a su mujer de la cintura saliendo junto a ella.

Silbando, Fabián fue hasta la habitación de Sophie. Se escuchaba el agua correr en la ducha, y en silencio, se quitó toda su ropa. Cuando abrió la puerta de cristal, ella lanzó un grito de sorpresa, que ahogó al verlo entrar desnudo en la ducha.
—¡Fabián! —exclamó—. ¿Qué... qué haces?
—¿No es obvio? Te enjabonaré—. Y acto seguido, él tomó el jabón líquido y lo untó en sus palmas, acercándose a ella con más que malas intenciones.
—Pero... se darán cuenta... Oh, Dios —murmuró ella cuando sintió las masculinas manos en su piel, y ya no protestó más. Fabián la acariciaba suavemente, y pudo sentir su deseo. Nunca se había imaginado a sí misma haciendo esto en la ducha, pero con Fabián

estaba descubriendo todo un catálogo de posibilidades.
—Tenemos la casa para nosotros solos —le susurró él al oído—. Puedes gritar todo lo que quieras.
—De… ¿de verdad?
—De verdad, verdad.
La piel de ella estaba resbalosa, pero él la sostenía con suavidad y firmeza, la apoyó contra la pared disponiéndose a hacerle el amor de manera exquisita.
—Esto era lo que tenía en mente la primera vez que te besé aquí —dijo él acariciándola con sus dedos, sobándose contra ella sin llegar a entrar mientras ella apoyaba las palmas en la baldosa, gimiendo a cada movimiento—. Aunque no era lo adecuado para tu primera vez, era lo que quería hacer.
—Si lo hubiese sabido… —respondió ella entre gemidos— no te habría pedido que te fueras —él sonrió, y por fin empujó duro y entró en ella. Sophie dejó salir un bramido al sentirlo duro y enorme en su interior.
—Oh, lo sé —susurró él tras su oreja, con la respiración agitada—. Fue una fortuna entonces que lo ignoraras—. Y volvió a empujar, provocando el orgasmo en ella, y buscando el suyo propio.

Fernando vio a su padre llegar como siempre, dando una simple cabezada como saludo y siguiendo hasta su despacho.
Eran casi las diez de la noche, y él apenas llegaba a casa, y así había sido toda esta semana. Comprendía perfectamente la paranoia de su madre cuando decía que él le era infiel; un hombre que a ninguna hora estaba en su casa, y que no era nada cariñoso con su mujer, ciertamente despertaría las sospechas de cualquiera.
Su pobre madre estaba al borde de la locura, incluso había vuelto a su mal hábito de fumar. Y a él sólo le parecía injusto que ella sufriera de esa manera por alguien que definitivamente no la valoraba.
—Papá, necesito hablar contigo —dijo poniéndose en pie y siguiéndolo. Agustín no dijo nada, sólo entró al despacho y encendió su portátil.
—¿Cuánto quieres? —preguntó. Fernando se detuvo en el umbral de la puerta, y sólo lo miró por un momento.
—No te he pedido dinero —dijo.
—Y entonces para qué me buscas—. Fernando tragó saliva. Había tenido la intención de preguntarle un poco acerca de su hermano, el papá de Sophie, pero este, definitivamente no era el

clima para una conversación así.

Nunca habría ese clima, pensó.

Suspiró resignado y caminó otro par de pasos hacia el interior del despacho.

—Mamá ha estado preocupada por ti.

—Ah, ¿sí? debe habérsele olvidado despreocuparse en alguna tienda de ropa carísima, o algún spa —dijo él con sorna. Al ver la mirada reprobatoria de su hijo, sacudió su cabeza—. Soy yo quien paga sus tarjetas de crédito —explicó—. Conozco sus hábitos mejor que nadie.

—¿Te vas a divorciar de ella? —preguntó de repente, y Agustín lo miró entrecerrando sus ojos.

—¿Por qué preguntas eso?

—Estabas casado con ella sólo por mí, ¿no? porque yo estaba muy pequeño. Ya soy adulto...

—¿De dónde sacaste eso?

—Hace mucho tiempo los escuché hablar del tema. Estaban discutiendo y tú dijiste que querías divorciarte, pero que no podías porque yo estaba muy pequeño. Pero ya no lo estoy, y por eso te pregunto si te vas a divorciar de ella ahora.

—¿Y para qué divorciarme a estas alturas de la vida? —preguntó Agustín dejándose caer en el sillón tras su escritorio. Él sonreía, pero no era una sonrisa alegre—. Para hacer algo tan escandaloso, se necesita un buen motivo... y no tengo uno, así que no importa.

—¿Un buen motivo para el alegato?

—No, un buen motivo para estar soltero después. ¿Era eso lo que querías preguntar? Estoy algo ocupado ahora —dijo fijando su mirada otra vez en el portátil.

—¿Por qué te casaste con mamá? —preguntó Fernando mirándolo confundido y acercándose más a su escritorio—. Es obvio que no la quieres—. Agustín suspiró y lo miró un poco molesto por la constante interrupción.

Miró a su hijo de arriba abajo. Ciertamente, era todo un Alvarado. Lo cual era un alivio, porque jamás habría perdonado que fuera un bastardo. Había sido un niño llorón y algo dependiente de sus padres, pero afortunadamente había aprendido a valerse por sí mismo.

Demasiado, sonrió internamente. Cuando su hijo cumplió los catorce años, empezó a generar bastantes problemas en todas las escuelas que había pisado. Quejas de indisciplina e irreverencia, quejas de padres que sentían que sus hijas habían sido burladas, quejas de bares y restaurantes a donde él había ido haciendo daños y escándalos. Su trabajo había sido silenciar o calmar a todos con dinero. El chico hacía todo ese ruido tal vez tratando de hacerse notar, y al fin había llegado la madurez para él, pues desde hacía ya un mes que no llegaban a él rumores de lo que Fernando hacía o dejaba de hacer.

Sí, tal vez estaba madurando un poco. O tal vez se estaba dando cuenta de que la vida no era sólo fiestear, y eso lo intrigaba. ¿Dónde había aprendido él esa lección?

Sacó de su bolsillo interno una caja de cigarrillos y lo encendió dándole una profunda calada. El humo subió y Fernando estuvo a punto de espantarlo con su mano. Definitivamente, odiaba este hábito de sus padres, pero esta vez estaba agradecido por ello.

Desde ayer, que había ido al laboratorio para reclamar un kit para recaudar las muestras de ADN que necesitarían para la prueba, había estado a la caza de uno, pero su padre simplemente poco fumaba dentro de casa, pues la abuela lo detestaba, y luego, el servicio era tan eficiente que no había podido encontrar una sola colilla en los ceniceros.

Aunque ya había tomado la cuchilla de la afeitadora eléctrica cambiándola por una nueva, y reemplazado el cepillo de dientes de su padre por otro idéntico, quería asegurarse tomando esta muestra en particular, ya que, según había leído, era más confiable que las demás, y no disponía de una muestra de su sangre que habría sido lo más efectivo.

—¿De verdad quieres saber la respuesta a esa pregunta? —preguntó Agustín mirando a su hijo y sacudiendo la ceniza de su cigarrillo. Fernando asintió tragando saliva. Ante el silencio de su hijo, Agustín sonrió y con un suspiro tomó la fotografía de su familia que descansaba sobre el escritorio—. La familia, hijo, es el principal núcleo de la sociedad. Un hombre poderoso sin esposa e hijos es motivo de murmuraciones aun para las mentes modernas de hoy en día.

—¿Qué quieres decir?

—Yo necesitaba una esposa... y la tuve.

—¿No amabas a mamá cuando te casaste con ella?

—¿Amarla? Por favor, qué términos son esos, ¿eres un hombre realmente? —Fernando sólo lo miró arrugando levemente su frente—. Mis padres la eligieron porque era perfecta, guapa, de excelente familia... —siguió Agustín dándole otra calada a su cigarrillo— y te dio a luz a ti, así que cumplió con el propósito—. Aún más confundido, Fernando se acercó a él.

—Tu matrimonio fue por conveniencia —dijo en voz baja.
—Casi todos los matrimonios en la alta sociedad lo son. También tú te casarás de manera adecuada algún día.
—¿Qué?
—Cuando cumplas treinta años, y aún está lejos. Mientras tanto, disfruta, viaja y haz todas las sinvergüencerías que quieras. Yo no te lo voy a impedir. Sólo ten cuidado de no dejar bastardos en el camino—. Fernando estaba lívido, y no sabía por dónde empezar a preguntar.
—¿No... no se me permitirá elegir?
—Bueno, si te pones exigente, seleccionaré varias para ti, y tú elegirás a una.
—¿Como un reinado de belleza? —preguntó Fernando en un tono sarcástico que su padre no detectó.
—Te garantizo que todas serán guapas.
—¿Y si no quiero a ninguna, papá? ¿Si llego a elegir por mi cuenta?
—No harás eso.
—¿Por qué estás tan seguro?
—El legado Alvarado dependerá de ti. Adquirirás responsabilidades muy grandes, te darás cuenta de que con este tipo de asuntos no se puede jugar. Harás lo que tengas que hacer—. Fernando cerró sus ojos recordando que casi desde que salió del vientre de su madre le habían estado repitiendo una y otra vez estas palabras. Una pesada e importante carga sobre sus hombros, una responsabilidad. Había querido huir de ella, y aún quería hacerlo, pero cada ruta de escape que inició, terminó siendo un callejón sin salida.

No era que odiase trabajar; sabía que algún día lo haría, y se sentía capaz de llevar un negocio. Era toda esa serie de sacrificios y ceremonias que su familia parecía insistir en llevar a cabo con él en preparación para sentarlo en la silla de mando lo que lo abrumaba.

Había visto que herederos como Mateo Aguilar se habían casado con quien les había dado su reverenda gana, e incluso Fabián lo estaba haciendo, siendo que era el único heredero apto para el imperio Magliani. ¿Por qué no podía él ser libre? ¿Por qué sus cadenas y grilletes?

—¿Lo hiciste tú? —le preguntó a su padre— ¿Te casaste sólo porque tenías que hacer lo necesario? —Agustín apretó el cigarrillo entre sus dientes.

—Era la tarea de Fernando, tu tío —dijo—, pero él fue un

desobligado e hizo lo que le vino en gana, así que sí, me tocó a mí cargar con la responsabilidad.

—Suena como si te quejaras, pero la verdad es que has disfrutado del poder que te ha dado el ser el único que maneje todo el dinero.

—No te lo niego. Pero no lo digas como si fuera algo malo; después de todo, ya él tuvo bastante encontrando el amor, ¿no?, y no se puede tener todo en esta vida.

—¿Qué quieres decir con eso?

—No quiero decir nada —dijo Agustín apagando su cigarrillo en el cenicero y volviendo a mirar su portátil—. ¿Ya sacié tu curiosidad? Tengo cosas que hacer—. Del bolsillo de la chaqueta de Fernando salió un pequeño gatito atigrado, y al verlo, Agustín echó su silla atrás espantado.

—¡Qué hace esa cosa aquí! —gritó—. Sácala de mi oficina.

—Oh, lo siento. Olvidaba que eres alérgico—. Antes de terminar la oración, Agustín ya estaba estornudando.

—¿Eres idiota? ¿Todo este tiempo estuvo ese animal allí? —Fernando sólo se encogió de hombros, y tomó al pequeño gato en su mano para volver a guardarlo en su bolsillo. Agustín no paró de estornudar, y molesto, salió de la oficina llamando al servicio para que vinieran a hacer una profunda limpieza, y dándole órdenes a él de deshacerse del animal.

Cuando se quedó a solas en la oficina, Fernando sonrió sacando de su bolsillo unos guantes de látex y tomando entre sus dedos la colilla del cigarrillo de su padre para luego guardarla en una bolsa resellable.

Misión cumplida, se dijo. Y acarició al gato en su bolsillo hablándole como si le hablara a un bebé.

—No entiendo por qué te odian, si eres la cosita más dulce de este mundo —le dijo, y salió de la oficina antes de que las muchachas del servicio entraran con todo un arsenal para borrar de la oficina de su padre toda muestra que el gato hubiese dejado en ella.

Sophie miró el techo de la habitación de Fabián sintiéndose satisfecha, agotada y completamente adorada. Casi debajo de ella estaba él, con la respiración aún acelerada luego de su última sesión de sexo.

Esto no iba a parar, pensó con una sonrisa. Ahora comprendía por qué era mejor que luego de la boda los novios se fueran de luna de miel. Era absolutamente necesario, porque una vez probabas esto, no querías parar.

Tu Deseo

Elevó su mano buscando el rostro de él, y Fabián se la besó, lo que hizo que dejara salir una risita.

—De qué te ríes —preguntó él. Su voz todavía sonaba agitada.

—Cielos, la de ella también.

—No hemos parado... en casi toda la semana.

—Comprensible. Nos deseamos mucho—. Sophie cerró sus ojos sintiendo que ya su cuerpo no daba más. Tal vez había llegado al fin a su límite.

Esta tarde, luego de salir de la casa Soler, habían ido a un restaurante. Caminaron un poco por allí, pero tuvieron que volver a buscar un sitio privado, y habían terminado aquí. Para la cena pidieron pizza y Coca-Cola, y luego habían vuelto a la carga. Sentía que llevaba toda su vida haciendo esto, pero era una cosa extraña, que entre más lo hacía, mejor se volvía. Era adictivo.

Cerró sus ojos sintiendo los rezagos de su último orgasmo, y el tierno abrazo de él que se resistía a separarse de ella. Poco a poco su cuerpo se fue desconectando de su mente, cayendo en un delicioso sueño. Sentía la mano de él por su espalda, acariciarla con languidez, como si también se fuera a quedar dormido.

Había sido una semana fenomenal, buscando espacio en el día para verse, aprovechando las noches en el apartamento de él. A veces ni siquiera eran capaces de quitarse la ropa, y otras, se lo tomaban con mucha calma siendo capaces de durar horas.

Había estado yendo al trabajo con un poco de ojeras, cubiertas por el maquillaje, y caminando un poquito zombi por los pasillos, pero había valido la pena. Incluso la mirada inquisitiva de Andrea valía la pena.

—Tal vez debamos dormir —dijo él. Sophie hizo un último esfuerzo y miró el reloj en el nochero de Fabián. La una de la madrugada—. Debes llevarme a casa —dijo sin mucha convicción.

—Mañana.

—Pero mañana trabajo.

—Te llevaré al trabajo.

—Amor, no tengo ropa aquí.

—Debiste traer —dijo él sentándose con pereza en la cama.

—Prometo quedarme todo el fin de semana contigo —propuso ella con una sonrisa traviesa, y eso definitivamente le interesó, y al cabo de unos instantes de cavilación, salió de la cama. Totalmente desnudo, se puso en pie delante de ella con sus manos apoyadas en las caderas.

—Bien. Vístete—. Sophie lo miró de arriba abajo sintiendo que la pereza se espantaba de su cuerpo.

—¿Por qué eres tan jodidamente bello? —él abrió su boca y sus ojos en señal de sorpresa.

—¡Dijiste una palabrota!

—Tú eres una... palabrota. Señor, si no dejo de mirarte ahora mismo, no saldremos de aquí jamás—. Él sonrió asumiendo una pose de modelo.

—¿Resistirás la tentación?

—No juegues sucio—. Riendo, empezaron a vestirse.

Una vez en la puerta de los Soler, se volvieron a besar, profundamente y con pesar. Parecía que, en vez de quedarse cada cual en su casa, se fueran a países distantes y en guerra.

—Prometo que pensaré en ti lo que queda de la noche —susurró él sosteniéndola en su abrazo. Sophie suspiró sonriendo.

—También yo. Y mañana también.

—Recuerda que te amo.

—No lo olvidaré—. Con un último y lánguido beso resignado, se separaron al fin, y ella entró a la casa. Fabián se quedó en la entrada unos segundos más preguntándose qué tan molesta se pondría Ana si se escabullía al interior de la habitación de Sophie.

Lo mataría, decidió, porque le estaría dando un muy mal ejemplo a sus hermanos pequeños. Suspirando, se rascó la cabeza preguntándose si debía pedirle a Sophie que se mudara con él.

La espantaría, pensó.

Conclusión: debía esperarse y aguantar, todavía no podía tener a su mujer como quería.

Luego de varios minutos allí, el frío hizo al fin presencia y prácticamente corrió al interior del auto.

Sophie se encaminó a su habitación. Cuando ya se acostaba en su cama, recibió un mensaje de texto de Fabián que decía: "Te extraño", lo que le hizo sonreír.

—Yo también —dijo, pero al apoyar su cabeza en la almohada, se quedó profundamente dormida.

...24...

—Ya tengo las muestras —le dijo Fernando a Fabián por teléfono temprano en la mañana—. Y ya las llevé al laboratorio, ahora sólo debe ir Sophie a dar las suyas.

—Veámonos a medio día —le propuso Fabián sintiéndose eufórico. Había sabido que Fernando sería eficaz en su tarea, pero no imaginó que tanto—. Iremos por Sophie a su trabajo, y haremos esto en su hora de almuerzo.

—Está bien.

—Tuviste cuidado al tomarlas, ¿verdad?

—Claro que sí, seguí las instrucciones, y tomé varias.

—Qué chico tan aplicado—. Fernando sonrió. Fabián no tenía modo de saber cómo se sentía él por todo esto que estaba pasando, pero lo cierto era que lo torturaba un poco la idea de que su padre fuera capaz de hacer todo lo que se decía de él.

Deseaba que Sophie no fuera nada suyo para así eximirlo a él de culpas, pero era consciente cada vez más de lo remota que era esa posibilidad.

A pesar de que Silvia una vez le había gritado que era un idiota descerebrado e incapaz de sentir nada por nadie, lo cierto era que le dolía el corazón sólo de pensar en la terrible traición de su padre hacia su propia madre, hacia su difunto hermano, y hacia toda la familia.

Tal como acordaron, se vieron a mediodía, y debido a que Fabián estaba pagando una buena suma de dinero, les prometieron tener los resultados lo antes posible.

Luego del procedimiento, que fue bastante sencillo, se fueron los tres a comer a un restaurante. Sophie tenía permiso médico, así que no tenían demasiada prisa para volver a llevarla al trabajo.

—Gracias por tu ayuda —le dijo Sophie a Fernando dándole un abrazo, y el joven suspiró.

—Sólo espero que las cosas salgan bien para ti. Te mereces que te compensen por todo lo que... lo que sea que hayas tenido que pasar—. Sophie sonrió.

—Gracias. Si sigues por ese camino, tal vez te conviertas en el hombre que Silvia quiere—. Él hizo una mueca.

—No ha contestado a uno solo de mis mensajes.

—No pierdas la fe.

—¿Entonces era en serio eso de que te gustaba? —preguntó Fabián mirándolo ceñudo—. ¿Estás enamorado de ella de verdad?

—No seas tan brusco —lo regañó Sophie—. Las cosas del corazón no se hablan así.

—Si dijera que sólo quiero acostarme con ella, me castrarías con un cuchillo de mesa —rio Fernando, y Sophie dejó caer sus hombros resignada. Él tampoco trataba el tema con mucha delicadeza. Hombres, se dijo.

—Ten por seguro que sí. Quiero a esas niñas como a mis hermanas.

—Aunque intentaste algo con Ana, ¿no? —sonrió Fernando, y no notó que Sophie cambiaba su expresión y miraba a Fabián de manera interrogante.

—Cómo eres de chismoso. ¿Quién te contó eso?

—Te olvidas que soy vecino de los Soler desde que nací... Uno se entera de todo en el barrio.

—Sí, claro.

—Ah... Sophie, ¿no lo sabías?

—No —contestó ella en voz queda.

—Pero no te vas a molestar con él por eso, ¿verdad? —preguntó Fernando sintiéndose apurado—. Estás con él ahora—. Sophie sonrió asintiendo, pero Fabián sintió su agitación. Se mordió los labios y con su mirada le pidió que no le prestara mucha atención a Fernando—. Sea como sea, yo no me rendiré con Silvia. Ella me gusta de verdad. No sé si esto llegue a tener sentido algún día, pero no pierdo nada con intentarlo, ¿verdad?

—Seguro que no —sonrió Fabián, pero seguía sintiendo la mirada de Sophie.

Al salir del restaurante, supo que ella moría por hacerle la pregunta, y él tuvo que respirar profundo.

—Sí, intenté algo con Ana —dijo cuando ya iban en el auto—. Pero eso fue hace mucho tiempo. Ni siquiera salía con Carlos en ese entonces.

—¿Tuvieron algo? —Fabián arrugó su nariz, y le tomó la mano con delicadeza. Idiota Fernando y su lengua floja. Aunque el chico no había tenido manera de adivinar en qué lo había metido.

—Salimos un par de veces... y nos besamos una vez. Pero no pasó nada. Sentí que besaba a mi abuela—. Sophie arrugó su frente bastante sorprendida.

—¿No se enamoraron?

—Sophie, si nos hubiéramos enamorado, ella sería mi esposa, no la de Carlos.

—Pero... ¿por qué no funcionó? Ambos son... buenas personas, guapos, se quieren.

—Sí, nos queremos, pero como hermanos. Se necesita una chispa especial para ser algo más que amigos. Nos dimos cuenta con tan solo darnos un beso, y casi después de eso, ella empezó a salir con Carlos. Así que no fue la gran cosa, y yo ya lo había olvidado; seguro que ella también. ¿O piensas que está enamorada secretamente de mí a pesar de que está casada con Carlos? —aquello sonó tan rebuscado que Sophie rechazó la imagen de inmediato.

—Claro que no. Ella sólo tiene ojos para él.

—Entonces no hay nada que temer, ¿verdad?

—Lo siento, es sólo que... me sentí rara al saberlo—. Fabián le besó la mano y sonrió.

—Te entiendo.

—Y entiendo que no puedo empezar a sentirme celosa de cada novia que tuviste en el pasado.

—No tuve ni una sola novia.

—Ay, por favor...

—Se le llama novia a una mujer con la que hayas salido más de tres veces seguidas —dijo él elevando un poco su voz por encima de la de ella para hacerse escuchar, pues ella seguía protestando incrédula—, y con la que quieres seguir saliendo, o con la que hayas tenido intención de casarte. Una que incluso le haya presentado a mis amigos y a mi familia. Así que, bajo esos términos, tú eres mi primera novia—. Sophie guardó silencio. ¿Él estaba diciendo con eso que tenía intención de casarse con ella?

Quiso darse una cachetada a sí misma por haber sido ese detalle el que se quedara en su mente.

—¿De dónde sacaste esas leyes raras? —preguntó mirándolo de reojo, y él sonrió encogiéndose de hombros.

—Del manual de la vida, cariño.

—Entonces, tú nunca...

—No, nunca. Nunca me sentí enamorado, como contigo; nunca tuve una relación tan intensa con otra mujer. Tuve "amigas", las frecuentaba; las llamaba o ellas me llamaban a mí, pero todas supieron desde el principio a qué iba todo. Ni siquiera las presentaba ante mis amigos.

—Eso es frío y... un poco cínico.

—Llegué a volverme bastante cínico —admitió él—. Empezaba a suponer que jamás me enamoraría. Tuve varios intentos que salieron muy mal, y ya me estaba resignando. Hasta que te conocí —Sophie sonrió ampliamente al oírlo.

—Es el mejor elogio que me has dedicado.

—¿De verdad?

—Oh, sí—. Fabián sonrió volviendo a mirar por la carretera, y ella sólo suspiró. Se alegraba de que las demás mujeres en el mundo no hubiesen encendido en él esa chispa, pues ahora lo tenía todo para ella.

Las muestras les llegaron dos días después en un sobre a la casa de los Soler. Sophie lo recibió de una de las chicas del personal de servicio con un temblor de manos, y prefirió esperar a que todos estuvieran en casa para abrirlo. Aunque la curiosidad la estaba matando, ella casi estaba segura de cuál sería el resultado. Esto era sólo un apoyo científico a los argumentos de sus amigos.

—Qué rápido —se admiró Ana al ver el logo del laboratorio en el sobre que Sophie le enseñaba. También Fabián estaba aquí, Judith, Carlos y Fernando, pues había sido convocado para que supiera de primera fuente la verdad.

—Tuve que desembolsar algo de dinero —explicó Fabián—. De lo contrario, habríamos tenido que esperar hasta quince días.

—Ábrelo ya, niña —apuró Judith, y Sophie hizo caso. Ana y Fabián se inclinaron sobre el documento para observar la prueba, y al verla, Fabián sonrió.

—Fernando, tienes una prima —dijo.

—¿Qué dice ese papel exactamente? —preguntó Judith con una mano en su pecho.

—Se necesitaba un resultado con más del ochenta por ciento para afirmarlo, pero Sophie y Agustín tienen el ochenta y siete por ciento de probabilidades de tener un parentesco—. Fernando tragó saliva, y al sentir la mirada de Sophie, sonrió.

—Bienvenida a la familia, prima —ella arrugó su entrecejo con deseos de llorar; esto era demasiado, todo este tiempo creyendo que su abuela la odiaba, y luego, que había muerto, para al final, ser todo una enorme mentira. Su padre se había ido sin saber que su madre lo quería de vuelta. La habían dejado tal vez con la confianza de que al faltar él, su familia se haría cargo de su hija, pero ambas partes los habían defraudado terriblemente. Sus dos tíos se habían unido para este engaño, y la principal víctima había sido ella.

Ah, lo mal que lo había pasado por la falta de dinero, y resultaba que era una Alvarado.

Tu Deseo

No pudo evitar recordar sus días de hambre, abrir la nevera vacía, dormir en un colchón sobre el frío suelo, llevar unos zapatos que ya pedían cambio, las dificultades para pagar su carrera, los días de cansancio y desesperación. Sonaba todo tan injusto que ahora que sabía la verdad ni siquiera era capaz de sentirse indignada, sólo dolida, defraudada. Pero de inmediato estuvo allí el brazo de Fabián para confortarla.

Sí, habían sido días horribles, y seguramente alguien tenía la culpa de todo, pero ahora estaba bien. No valía la pena pensar en el pasado a menos que quisiera amargarse y envenenar su propio corazón con el rencor.

—Siento todo esto, Sophie —dijo Fernando en voz queda al ver su expresión. Ella lo miró a los ojos viendo cómo el chico tragaba saliva.

—Tú no tienes que disculparte por nada. No eres culpable ni responsable—. Él sonrió de medio lado, tal como hacía su padre, y el corazón de Sophie se contrajo un poquito.

—No lo sé. Soy de esa familia que te hizo todo eso.

—Todavía no sabemos si fue tu papá —susurró Sophie—. Hasta no estar seguros, no podemos lanzar juicios... Y realmente, si fue él, no actuó solo; mi tío debía saberlo todo.

—Eso es más que seguro.

—Bien, ¿cuál es el paso a seguir? —preguntó Fernando respirando profundo y metiendo ambas manos en los bolsillos de su pantalón—. La abuela debe saberlo cuanto antes, ¿no?

—Yo se lo diré —dijo Judith—. Debemos ir juntas y contárselo, Sophie; yo hablaré primero con ella y le contaré la situación, y creo que luego tú podrás verte con ella—. Sophie asintió sintiendo un nudo aún en su garganta.

—Lo más seguro es que estas pruebas se vuelvan a realizar —comentó Fabián todavía rodeando a Sophie con su brazo—. No creo que Agustín acepte las cosas así como así.

—Va a arder Troya —sonrió Fernando—. La abuela se va a enfadar de manera épica, y va a querer llegar hasta el fondo de todo.

—Troya tal vez se lo merezca —dijo Fabián en tono ominoso.

—Sea lo que sea, Sophie —habló Carlos con voz grave—, ésta sigue siendo tu casa.

—Gracias —contestó ella con una sonrisa, miró a Ana y respiró profundo—. La ayuda que me han brindado... es invaluable.

—Lo volveríamos a hacer, Sophie, todas las veces que fuera necesario.

—Lo sé —sonrió ella—. Y nunca olvidaré todo lo que hicieron por mí. Lo prometo.

—Esto suena como una despedida —refunfuñó Fabián—. No te vas a ir a ningún lado.

—Si la abuela se empeña, se la llevará a su casa —sonrió Fernando.

—Es verdad —concordó Ana, y su voz sonó más bien temerosa—. y tendrás pleno derecho a habitar esa casa, no tendrías por qué decir que no.

—¿Creen que papá quiera hacerle algún daño?, ¿quitarla de en medio de manera permanente?

—Sería muy tonto de su parte intentarlo —dijo Fabián—. En caso de que lo intentara, no podría escapar de su castigo—. "Papá no es un asesino", quiso decir Fernando, pero, lamentablemente, ni él tenía la seguridad para afirmar algo así.

Acordaron ir a casa de Rebeca mañana mismo, y Fernando se despidió sintiéndose muy defraudado por su familia. Se subió en el auto en el que había venido, y en vez de irse a su casa, decidió deambular por la ciudad. Recordaba ahora por qué era que causaba tantos problemas en el pasado; hasta una comisaría de policía era más cálida que ese lugar donde vivían sus parientes.

—¿Estás bien? —le preguntó Fabián a Sophie entrando a su habitación.

Luego de leer los resultados, habían estado deliberando acerca de los pasos a seguir, de lo que era conveniente o no hacer de ahora en adelante. Hasta que a Sophie empezó a darle un dolorcillo de cabeza y se excusó para venir un momento al baño.

Sólo que ahora estaba aquí, sentada en su cama, tratando de asimilarlo todo.

—Estoy... en shock, creo.

—No es para menos.

—Espero no haber preocupado a los demás.

—Ellos te entienden. No todos los días recibes noticias como ésta.

—Nunca se reciben. Esto es... tan dramático—. Fabián sonrió y se sentó a su lado. Aunque no la tocó, ella sintió la calidez emanar de él.

—Naciste en una familia rara, admítelo —ella lo miró con ojos entornados—. Aunque no es tu culpa —añadió él de inmediato—. Nadie elige a sus padres. Yo habría elegido algo diferente para mí—.

Sophie suspiró recordando que, si bien ella había perdido a sus padres siendo una adolescente, él ni siquiera los había conocido.

—Creo que lo tuyo es más dramático aún —dijo ella recostándose a él con un suspiro. Él respiró honda y largamente, como si estuviese en el escenario de algún teatro.

—Así es la vida —dijo, y Sophie no pudo evitar reír. Se acercó más a él y lo besó. No mediaron palabras, pero se dijeron muchas cosas. Ella le estaba agradecida por este apoyo que recibía de él, agradecía su amor, que la había salvado en más de una manera, agradecía amarlo también, porque eso hacía que lo disfrutara y lo valorara aún más. Él le rodeó la cintura con su abrazo sintiendo cada vez más fuerte el deseo de crear un inicio junto a ella en su vida, una historia sin momentos tristes, una buena base para el resto de la vida.

—Te amo —se dijeron al tiempo, resumiendo en esas dos palabras todo lo que hubiesen querido expresar.

Agustín llegó a su casa antes de la hora, y Dora, su esposa, abrió grandes los ojos al verlo. Esto nunca pasaba; debía estar sucediendo algo terrible como para que él dejara el trabajo temprano.

Se puso en pie de inmediato y lo siguió.

—¿Pasa algo? —él no la miró, sólo dejó su maletín en uno de los muebles de la sala y se quitó el abrigo que traía puesto. Afuera llovía, y la temperatura estaba muy baja.

—¿Dónde está mamá?

—En la biblioteca... —él no esperó a que ella terminara de hablar, y fue en busca de su madre—. ¿Está todo bien, Agustín?

—No del todo —fue lo que dijo, y entró a la biblioteca encontrando a su madre mirando otra vez las fotografías de Sofía. Era el momento adecuado para hacer esto, se dijo, y tomó aire antes de dirigirse a ella—. Necesito hablar un momento contigo, mamá —dijo, y la anciana elevó su cabeza para mirar a su hijo. Cerró el álbum y se concentró en él.

—¿Lograste localizar a mi nieta? —preguntó, concluyendo que a eso se debía su seriedad. Agustín respiró profundo.

—Sí.

—¿Qué? ¿Sofía? —preguntó Dora con espanto—. ¿Va a venir? —ambas mujeres miraron a Agustín esperando su respuesta, pero él sólo se mordió los labios y miró en derredor.

—¿Dónde está Fernando? Sería bueno que también estuviese aquí.

—Ya entró a la universidad, ahora mismo está en clase.

—¿Qué pasa, Agustín? —preguntó Rebeca en tono impaciente.
—Acabo de hablar con el hombre a través del cual contactábamos a tu nieta, mamá. Resultó ser un timador de lo peor.
—¿De qué estás hablando?
—Ya tomé acciones legales contra él. Créeme que conseguiré que le caiga todo el peso de la ley.
—¿Por qué? ¿Qué hizo?
—Se estuvo quedando todo este tiempo con el dinero que le enviábamos a Sofía.
—¿Qué? —exclamó Rebeca poniéndose en pie, y Agustín asintió dando vueltas por la biblioteca como si estuviese indignado—. Sofía nunca recibió dinero de nosotros.
—No es posible —exclamó Dora—. Pero... ¿a dónde iba a parar ese dinero?
—A sus bolsillos, claro —contestó Agustín—. Sofía, todo este tiempo, estuvo aquí en Colombia... en casa de unos familiares por parte de su madre—. Rebeca sacudió su cabeza.
—Espera. ¿Qué estás diciendo? ¡Mi nieta ha estado en Europa todo este tiempo!
—Es una mentira, ¡todo ha sido una mentira! —gritó Agustín.
—Pero tengo estas fotografías —volvió a hablar Rebeca señalando el álbum que había estado mirando hasta hacía unos minutos—. Vive una buena vida en Londres...
—¡Nos engañaron! ¡Nos robaron! —vociferó Agustín— Ese hombre se quedó con ese dinero durante todo este tiempo, y mi sobrina vivía en una casa pobre con la familia de su mamá—. Rebeca volvió a sentarse lentamente al oírlo, al imaginarlo. Miró el álbum de fotografías y luego a su hijo.
—Pero entonces, estas fotos...
—No son de ella, mamá —Rebeca cerró sus ojos.
—Esta... ¿no es mi nieta?
—No. Lo siento tanto... Ella, realmente, estuvo aquí. La trajeron luego de la muerte de mi hermano.
—Pero... ¿por qué ellos no me buscaron? ¿Por qué no nos contactaron?
—Vaya a saber qué le dijeron a la pobre muchacha. Tal vez le hicieron creer que no queríamos saber nada de ella.
—¡Pero no es verdad! —aseveró Rebeca, y aunque había querido sonar furiosa, sólo se sintió un poco de dolor en su voz.
—¿Está en Bogotá entonces? —preguntó Dora.
—Sí. Hace casi diez años que está en el país—. Rebeca se puso

una mano en el pecho, y Agustín corrió a ella—. Mamá, cálmate. Por favor... ¿te sientes bien? ¿Quieres que traiga a un doctor?
—Quiero ver a mi nieta —dijo la anciana apartando sus manos de ella—. Tráela a casa.
—Lo haré, mamá.
—Y quiero que metas en la cárcel al maldito que nos hizo esto y nos tuvo engañados todo este tiempo.
—Eso no lo dudes. Ya tiene una demanda, así que no te preocupes. En cuanto me enteré... hice unas cuantas llamadas. Conseguí el nombre de la persona que la tuvo en su casa, es el hermano de Marcela, la esposa de Fernando y madre de Sofía. Hablamos y me dijo que hace un tiempo ella ya no vive en la misma casa con ellos, pero la va a contactar y le va a decir que la estamos buscando...
—Hoy mismo, Agustín —lo interrumpió Rebeca en tono terminante.
—Claro que sí, hoy mismo. Estoy en ello.
—¿Señora Rebeca? —dijo una joven del servicio asomándose con timidez a la biblioteca con el teléfono en la mano—. Es la señora Judith, le pide verse con usted—. Rebeca asintió de inmediato.
—Sí, sí, dile que la espero.
— ¿Le contarás lo que sucede aquí? —preguntó Agustín con tono preocupado.
—¿Quieres que mantenga en secreto que encontré a mi nieta?
—Tarde o temprano todos se enterarán del escándalo —dijo Dora.
—No tiene por qué ser así. Podemos fingir que la chica vivió en Europa hasta ahora.
—¡No va a tener la fineza de una chica bien criada en el viejo continente! —exclamó Dora casi espantada por la idea de su esposo—. Se van a dar cuenta del fraude, ¡y nosotros vamos a quedar en ridículo!
—Mi nieta es una Alvarado —la reprendió Rebeca—. ¡Su fineza viene de cuna!
—Eso no es lo importante ahora —las interrumpió Agustín imponiéndose sobre las dos—. Lo importante es hablar con ella, y...
—Sí, sí... debe volver a casa —aseveró Rebeca—. Oh, Dios, ¿cuántas necesidades pasó mi nieta? Viviendo en la familia de la mamá... esa chica era muy pobre, ¿verdad?
—El tío es taxista.
—Dios mío, no puede ser —se lamentó otra vez la anciana—.

Pobre nieta mía. Mi nieta, mi niña.

—Mamá...

—¿Qué sabes de su vida? ¿Estudió, al menos? ¿Se casó?

—Ha de tener hijos —supuso Dora—, porque esa gente se reproduce como conejos. ¿Y si tiene un marido interesado? ¡Tendremos que recibirlos aquí!

—Si está casada, recibiremos también a su esposo —la regañó otra vez Rebeca mirándola con ceño—, y si tiene hijos, ellos serán mis bisnietos, ¡así que es obvio que vivirán aquí!

—¡No es momento de preocuparse por eso! —volvió a interrumpirlas Agustín.

—Pero, cómo, ¿cómo dejaste que esto pasara, Agustín? —le reclamó Rebeca a su hijo con furia—. Te digo desde ya, que como algo le haya pasado a mi nieta, lo haré tu responsabilidad. ¡Tú pagarás las consecuencias de lo que sea que haya tenido que vivir ella!

—¡No le ha pasado nada! ¡Sólo no vivió en Europa!

—¿Sabes lo que le puede pasar a una chica sola en esta ciudad? Dios, ¿y si le hicieron cosas malas? ¿Y si por la necesidad tuvo que hacer trabajos vergonzosos? Oh, Señor. ¡Mi niña!

—Si es una Alvarado —añadió Agustín entre dientes—, habrá sabido mantener la dignidad—. Rebeca lo miró aún más molesta.

—¡Como se nota que nunca has sido pobre! —le gritó—. ¡Lárgate de aquí que no quiero verte! Sólo háblame cuando hayas encontrado a mi nieta.

— ¡Yo no tengo la culpa de nada de esto, mamá! ¡Te recuerdo que soy tan víctima como tú de este engaño!

—Diez años estuvieron robándote en tus narices ¿y dices que no tienes la culpa de nada? ¡Fuiste un soberano idiota! ¿Y si esto mismo le hubiese sucedido a Fernando?

—¡Dios, no! —exclamó Dora.

—Pues imagínatelo ahora en una muchacha indefensa. Sin dinero, sin ayuda. Te lo juro por la memoria de Erasmo, Agustín, que como algo le haya pasado a mi nieta por tu negligencia, ¡me lo cobraré en tu pellejo multiplicado por diez! —él la miró apretando sus dientes. Ya había sabido que su madre reaccionaría así y había ido más o menos preparado para su explosión de ira y amenazas, pero igual le daba mucha rabia.

—Ya lo sé. Es todo porque yo soy el hijo imperfecto, ¿verdad, mamá? Mi hermano murió y dejó a su hija sola en el mundo de una manera muy descuidada, pero la culpa de todo será mía. Como siempre.

—¡No me vengas con eso ahora! ¡Tuviste muchos más privilegios que él por ser el menor!

—¡Ya, por favor, no peleen! —exclamó Dora elevando sus brazos, y los dos la miraron como si no se pudiesen creer que osara regañarlos—. Peleándose, no podrán ayudar a Sofía en caso de que los necesite. Ella... va a querer encontrar una familia unida... bonita—. Agustín dejó salir una risita burlándose de sus palabras tan cándidas, caminó a la puerta de la biblioteca y antes de salir, dijo:

—Trataré de contactar a Sofía hoy mismo. Esta misma semana la tendrás en casa, mamá—. Y sin agregar nada más, salió. Rebeca volvió a sentarse en su sillón y miró las fotos que antes había estado mirando.

Si Sofía haba estado aquí en Bogotá los últimos diez años, ¿de quién eran estas fotos?

Quiso tomar el álbum y tirarlo al fuego de la chimenea, encendida a esa hora de la mañana, pero se contuvo.

Diez años de engaño y que ninguno se hubiese dado cuenta. Si eso era verdad, Agustín definitivamente no había heredado el olfato de Erasmo para los negocios. No era posible que te robaran durante tanto tiempo.

Pero pensar en otra alternativa era horrible, y le dolía el corazón sólo de imaginarlo.

—Dios mío, jamás me hubiera imaginado algo así —decía Dora caminando de un lado a otro dentro de la biblioteca—. Todos creen que tu nieta ha estado viviendo en Europa llevando una vida digna, pero ahora esto... cualquier cosa puede pasar. Cualquier cosa...

Abrumada, Rebeca se puso en pie, y caminó cojeando saliendo de la biblioteca. A ella no le importaba lo que la alta sociedad fuera a decir del regreso de su nieta. Iba a estar aquí, y eso era lo que a ella le interesaba.

Pero presentía que esto no era todo, algo había debajo de estas aguas turbias. Debía ser más astuta, debía investigar qué en verdad había estado ocurriendo.

...25...

Agustín salió de la casa como una tromba, y sin perder tiempo, sin prestarle demasiada atención a la lluvia, se internó de inmediato en el auto. Una vez allí, respiró profundo una vez, dos veces, hasta que sintió que volvía a ser dueño de sus reacciones. Sólo su madre tenía la habilidad de perturbarlo de esta manera, pero él había aprendido a recuperar la calma siempre.

Bien, se dijo. El primer paso ya estaba dado; sabía que su madre reaccionaría tal cual lo hizo, y eso le daba tiempo, credibilidad, un escape. Había tenido que sacrificar un poco el orgullo en pro de sus planes, y estaban saliendo tal como pensaba. De aquí en adelante, no podía cometer ningún error, pues caminaba sobre cáscaras de huevo. Un paso en falso y todo se iría al diablo.

Ahora debía dejar pasar un par de días y contactar a su sobrina, y actuar como el tío que está feliz de haberla encontrado al fin, e invitarla a casa. Necesitaba ganarse la confianza de la muchacha, que se sintiera a salvo aquí, era vital.

Encendió el auto y se dispuso a volver a su oficina.

Si todo iba bien, en poco tiempo estaría libre de todas estas preocupaciones al fin.

Sophie iba al lado de Judith, que conducía despacio hasta la casa de Rebeca. A pesar de que la distancia podía hacerse caminando, llovía torrencialmente, y no queriendo dejar esta tarea para cuando escampara, Judith había decidido venir en su auto. Sophie la miró mientras la mujer mayor se concentraba en avanzar en medio de la cortina de agua que las cubría. Ella parecía empeñada en esclarecer todo esto, había sido quien sospechara primero quién era ella, la que diera la voz de alarma, la que metiera prisa para que la verdad llegara al fin a oídos de Rebeca, su abuela.

Tal vez, de no ser por Judith, ella seguiría ignorante de lo que había sucedido en el pasado entre su abuela y su padre.

Sophie suspiró sintiendo nerviosismo. Iba a entrevistarse por fin con la madre de su papá, esa mujer recia a la que no le había temblado la mano al desheredar a su hijo, y que, sin embargo, pensó, tuvo el suficiente carácter como para reconocer que se había equivocado luego y tratado de enmendar su error.

Un auto pasó al lado de ellos en el sentido contrario al que iban, y Judith frenó bruscamente.

—Diablos, no veo nada —se quejó, y Sophie sonrió.
—¿Desde cuándo conoces a mi abuela? —le preguntó, y Judith, que miraba fijamente la carretera, dejó salir el aire.
—La conocí personalmente por Dora. Ella y yo somos amigas desde mucho antes de que ambas nos casáramos. No puede decirse que Rebeca y yo seamos grandes amigas —añadió Judith—. Ella siempre nos miraba con desaprobación.
—Se ve que es una mujer bastante difícil —Judith sólo hizo una mueca.
—No te lo voy a negar—contestó con una sonrisa—. Pero una vez te ganas su respeto, es una amiga muy leal. Ella aprobó a Ana más de lo que me aprobó alguna vez a mí.
—¿De verdad?
—Ah, entre Ana y yo hay una larga historia —dijo Judith mirándola con una sonrisa—. Yo no la quería como nuera, y traté de hacer que Carlos la dejara.
—¿En serio? —Judith se echó a reír.
—Pero Ana me ganó, y ya ves que se quedó con Carlos.
—¿Y no le guardas rencor? —Judith suspiró.
—Un poco. Ella prometió darme nietas, y ya ves que no ha cumplido.
—Están en eso —sonrió Sophie.
—Sí, pero no se dan prisa —llegaron al fin a la casa Alvarado, y Judith buscó aparcamiento en el techado al lado de la casa que se destinaba para estas ocasiones. Sophie miró en derredor la luz del día opacada a causa de la lluvia. Esperaba que esta lluvia no fuera una señal de mal augurio para su próximo encuentro. Judith tocó el timbre de llamada y pocos segundos después, les abrieron.

Sophie miró el interior de la casa sintiendo su corazón apretado dentro de su pecho. Aquí se había criado su padre, y cuando les dijeron que podían ir a la sala, ella no pudo evitar echarle un ojo a las fotografías dispuestas en los muebles.

Casi todas eran de Fernando y sus padres, y Sophie reconoció a Agustín antes de que Judith pudiera señalarlo; era muy parecido a su propio padre.

—Los Alvarado son rubios —señaló Judith—. Fernando, Agustín y tú tienen los mismos rasgos heredados de Erasmo, tu abuelo.

—Papá también era rubio. Yo me parezco a él.

—Una fuerte genética —sonrió Judith—. De mis nietos, sólo Carolina se parece a mí.

—La señora la recibirá en su habitación —informó la mujer del servicio que había ido a anunciarlas.

—¿Está enferma? —no obtuvo respuesta, y Judith le pidió a Sophie que se quedara aquí mientras iba a ver a Rebeca. Sophie casi quiso pedirle que no la dejara sola, pero se contuvo.

Judith entró a la habitación de Rebeca, encontrándola sentada y mirando por la ventana hacia el jardín; tenía el álbum de fotos de su supuesta nieta cerrado y sobre una de las cómodas, pero la mirada de ella estaba perdida en el exterior de la casa. No veía nada, después de todo, sólo la lluvia y la luz de los relámpagos que lograban hacerse ver en pleno día.

—El cielo se cae a pedazos hoy —dijo Rebeca antes de que Judith saludara, y se giró a mirarla—. Se siente tal como mi vida en este momento.

—¿Qué pasa, Rebeca? —preguntó Judith acercándose con un poco de aprensión. Nunca había visto a Rebeca tan melancólica—. ¿Estás enferma?

—Sí. Me duele el corazón, me duele por mi nieta—. Judith dejó salir el aire. Al parecer, hoy era uno de esos días en que Rebeca se deprimía por el pasado, por las personas que había perdido y a las que extrañaba. Casi la entendía.

—Yo... vine a hablarte precisamente de eso, Rebeca —la anciana elevó su mirada a ella, y en sus ojos, Judith pudo ver el dolor.

—Agustín acaba de decirme que desde hace mucho tiempo que Sofía vive aquí en Bogotá.

—¿Qué?

—Que nunca estuvo en Europa —siguió Rebeca sin atender a la sorpresa de Judith— luego de la muerte de mi hijo.

—Espera... ¿Agustín?

—Mi nieta vivió con la familia de su mamá todo este tiempo, y ellos son... ya sabes, son pobres. Mi pobre nieta pasando necesidad, siendo que, en mi casa, a mi lado, pudo tenerlo todo.

—¿Agustín te dijo eso?

—Acaba de descubrir el engaño —contestó Rebeca con desánimo—. Estuvimos engañados. La persona que supuestamente se comunicaba con Sofía y le hacía llegar nuestro dinero, era un timador—. Judith frunció su ceño sin saber qué decir.

Nunca se imaginó que Agustín fuera a hacer algo como esto. ¿Había descubierto acaso que su sobrina estaba cerca y pensaba reclamar lo que era suyo?

Y si era así, ¿cómo?

Fernando, pensó. Tal vez Fernando había alertado a su padre, y les había dado las muestras de ADN fingiendo que los ayudaba, pero en realidad, le había dado el chivatazo a su padre para que actuara rápido y se pusiera a salvo.

—¿Hace... cuánto te enteraste?

—Hace un momento. Agustín acaba de estar aquí para decirme todo. Mi nieta está en la ciudad; ahora sólo debemos encontrarla, y traerla aquí, a su casa.

—Ella ya está aquí, Rebeca —dijo Judith sin poder contenerse más.

Eso llamó la atención de la anciana, que la miró de inmediato con mil preguntas en sus ojos. Con bastante agilidad, se apoyó en su bastón poniéndose en pie y caminó a ella mirándola de manera inquisitiva.

—Tú sabes algo —Judith asintió sin dilación—. Desde hace un tiempo estás haciendo muchas preguntas acerca de ella, como si supieras o sospecharas algo. Di de una vez qué es, Judith—. Ella suspiró y se acercó un poco más.

—Hace poco más de un mes, una joven llegó a nuestra casa. Era amiga de Ana desde hacía tiempo, y le había dado clases de inglés en el pasado a ella y a los chicos. Esta chica... su nombre es Sophie Alvarado, y se parece tanto a tus hijos...

—Oh, Dios mío, Judith. Esa niña podría ser mi nieta.

—Apenas la vi, supe que había algo extraño en todo esto. Ella era tan... parecida a los Alvarado, pero al tiempo, no era para nada la joven de la que alguna vez tú me hablaste, dándose la gran vida en Europa.

—Desde luego que, si tuvo que vivir con la familia de su madre, no pudo darse ninguna gran vida, ni siquiera aquí mismo. ¿Quién es esa mujer? ¿Dónde está? ¿Cómo puedo localizarla? Dime todo lo que sepas en este mismo instante. Quiero saberlo todo acerca de ella, su vida, su pasado, lo que tiene planeado para el futuro...

—No soy yo quien te contará todo por lo que ha pasado.

—¡No me hagas esto! —exclamó Rebeca perdiendo la paciencia—. Dime dónde está entonces, para poder ir yo misma a buscarla—. Judith sonrió. Típico de ella reaccionar de esta manera.

—Está en tu sala—. Rebeca la miró con ojos grandes de sorpresa—. La traje conmigo—. Antes de que pudiera completar sus palabras, ya Rebeca caminaba hacia la salida de su habitación. Judith fue detrás, viéndola apoyarse en su bastón con su paso desigual, bajar por las escaleras con prisa, asiéndose con fuerza de la baranda, y luego, casi correr hasta la sala.

Allí la vio. Sophie sostenía su abrigo, aún de pie en medio de la sala, pues nadie la había invitado a sentarse, y cuando sintió los pasos de gente acercarse, se volvió a mirar.

Era ella, sin duda, pensó Rebeca sintiendo cómo los ojos se le humedecían al instante, cómo su alma se derramaba dentro de su ser, cómo todo en el mundo cobraba otra vez sentido para ella.

Esta era su nieta. Era toda una mujer, preciosa, por cierto; delgada, rubia, con los mismos colores de Fernando tanto en su cabello como en su piel, con ese mismo porte y gallardía que ninguna escuela de modelaje te da.

La joven se giró a mirarla y Rebeca pudo admirar sus ojos. Eran también los ojos de su hijo. Su estructura, sus facciones, su estatura, su hermoso hijo perdido en versión femenina. Las hermanas de Erasmo eran así de bellas, recordó. Y las hijas de ellas también.

—S… Sofía —dijo, sintiendo el corazón retumbar en su pecho.

Cálmate, se ordenó a sí misma. Si sufres un paro cardíaco ahora, no podrás disfrutar la dicha de tenerla de vuelta.

Cerró sus ojos y de ellos bajó una lágrima. ¿Cómo iba a disfrutar la dicha de tenerla de vuelta, si por su culpa estuvo a punto de perderla para siempre? Si era verdad y su nieta la odiaba, ella tendría todas las razones. Ella había desheredado a su hijo, ella lo había enviado lejos, le había quitado todo tratando de arrinconarlo para que hiciera lo que ella quería. En su afán de traerlo de vuelta, sólo había conseguido alejarlo más…

—Abuela —dijo la voz de su nieta, y de repente, Rebeca sintió que los grilletes que aprisionaban tortuosamente su corazón, aflojaban un poco. Se atrevió a elevar su mirada de nuevo a ella, y en el rostro de su nieta no había odio, ni reclamos, ni rencor. Sólo cierta sorpresa, un poco de confusión, y algo de recelo.

—¿No… no me odias?

Al oír las palabras, el miedo de la anciana en su voz, Sophie comprendió que ella no era la única con inseguridades en este encuentro. Al parecer, también a ella le habían contado la podrida mentira de que la odiaban, y supo comprender exactamente cómo se sentía.

La miró mordiéndose los labios dándose cuenta de que tenía menos estatura de lo que había imaginado. Tal vez la vejez le había restado centímetros, pero lo que no había perdido era presencia; a pesar de ir apoyada en un bastón, Rebeca imponía con su sola presencia. No se trataba de las perlas que rodeaban su cuello, o los viejos y seguramente costosos anillos en sus dedos. Era su voluntad. Según lo que ella había oído de su padre, esta mujer no había sido una espectadora mientras su marido construía un imperio, sino que había trabajado duro a su lado.

Abuela y nieta se miraron la una a la otra. Rebeca esperaba una respuesta con el corazón expuesto en su mano, ofreciéndoselo a su nieta, y Sophie, sabiendo que tal vez nunca ninguno de sus hijos llegó a verla tan vulnerable, la respetó aún más por ser capaz de mostrar tanta humildad.

Agitó su cabeza negando con una sonrisa que empezaba a florecer en sus labios y se extendió hasta iluminar sus ojos.

—Papá te perdonó —contestó Sophie—. ¿Por qué no lo iba a hacer yo? —eso fue demasiado; los grilletes que aprisionaban el corazón de Rebeca de repente se soltaron, y el corazón de la anciana pudo respirar libre al fin. Al fin, luego de más de veinte años, se sentía absuelta de todos sus cargos, libre de las acusaciones de su propia conciencia.

Sin poder contenerse, la recia mujer de fuerte carácter y de armas tomar echó a llorar como una niña. Sophie tiró a un lado el abrigo y el bolso y corrió a la anciana para abrazarla, jamás la rechazaría; se necesitaban demasiado la una a la otra.

Judith las vio llorar juntas y también se secó una lágrima ante la conmovedora escena. También ella se sentía libre, pues no pudo evitar el escalofrío que le traía la pregunta de qué habría sido de su propia vida si en el pasado ella hubiese rechazado a Ángela por no haber sido Valentina, la mujer con quien ella hubiese querido que se casara Juan José.

Vio a abuela y nieta pedirse perdón, admirarse la una por la otra, hacerse preguntas una tras otra sin dar ocasión a las respuestas. Y estrecharse tan fuertemente como si así pudiera borrar la distancia que por años y años las tuvo separadas de manera cruel. Ella había sabido que Rebeca reconocería a su nieta sin necesidad de pruebas de sangre, sin demasiadas preguntas. La sangre creaba un lazo fuerte, pensó Judith sacando de su bolso un pañuelo. Luego de lo que ella misma había tenido que pasar, le desconcertaba ver que había gente capaz de odiar a los miembros de su propia familia, y lamentablemente, esta atroz realidad era más común de lo que parecía.

Rebeca tomó el rostro de su nieta entre sus manos y le besó las mejillas como si aún no se pudiera creer que de verdad la tenía delante y era real. Era mucho más bella que la impostora de las fotografías que había conservado por años, y ahora sólo pudo sentirse fatal por no haber notado el cambio entre la niña de las fotos que su hijo llegó a enviarle por correo, y la de después, la extraña adolescente que al parecer sólo sabía divertirse y gastar dinero.

Esta de aquí conservaba los rasgos de aquella niña que logró robarle el corazón, eran la misma.

—Hermosa —dijo con la voz aún embargada por la emoción—. Siempre supe que serías hermosa. Toda una Alvarado, tan preciosa— Sophie sonrió; tenía los ojos y las pestañas humedecidas, y la voz un poco quebrada. Para ella, este también había sido un acontecimiento en la historia de su vida, era como si a través de su abrazo, Sophie pudiera comunicarle a la memoria de su padre que ya todo estaba bien, que el mensaje que no logró enviar había llegado al fin a su destino.

—Tú también eres muy guapa —le dijo a su abuela pasando su mano por su oscuro cabello, que no tenía demasiadas canas tal vez por una virtud genética.

Rebeca meneó la cabeza negando.

—Ya estoy tan vieja, tan… No me alcanzará la vida para compensarte todo por lo que seguramente has tenido que pasar — Sophie miró a Judith, que asintió como dándole una señal para que hablara.

—Me dijeron que me odiabas —Rebeca sacudió su cabeza.

—¿Cómo te iba a odiar, si eras todo lo que me quedaba de mi hijo?

—Si hubiera sabido que me querías, nada me habría detenido hasta encontrarte, abuela—. Rebeca volvió a emocionarse, y volvió a abrazarla con fuerza. Sophie cerró sus ojos y lloró, reconociendo que sus palabras eran tan ciertas ahora como antes de expresarlas. También ella era todo lo que le quedaba de su padre, y sabía que en este momento estaba recibiendo los abrazos que esta pobre madre hubiera querido darle a su hijo. Tal vez desde el cielo, él los estaba recibiendo a través de ella.

Se estuvieron allí, de pie, la una en brazos de la otra por largo rato, y nada ni nadie en el mundo se atrevió a interrumpirlas, ni romper el hermoso momento de estas dos pobres mujeres que se habían perdido la una a la otra. Sólo cuando Rebeca notó que mirar hacia arriba a su nieta, porque era mucho más alta que ella, no le sería muy cómodo porque la cantidad de preguntas que tenía que hacerle era grande, recordó que cerca había muebles y que muy bien podían conversar sentadas.

—Ven, sentémonos, sentémonos —pidió Rebeca sin soltarla y caminando hacia el sofá más próximo—. Dios, mírate. Eres tan bella. Tienes el cabello del mismo color de tus primas.

—¿Tengo primas?

—Lejanas —sonrió Rebeca haciendo un ademán con la mano—. Las llamaré a todas, a toda la familia, para que vengan a conocerte. Haremos una fiesta por tu regreso, lo anunciaré a todo el mundo. Mi nieta está de vuelta, mi nieta está al fin en casa.

—¿Estás segura de que no quieres hacer antes una prueba de ADN? —preguntó Judith caminando con ellas hacia los muebles, lo que le acarreó una dura mirada de Rebeca.

—¿Qué te crees, que no soy capaz de reconocer los rasgos de mi familia en cuanto los veo? —la regañó Rebeca—. ¡Esta niña de aquí es de mi sangre! Es mi nieta—. Judith se cubrió la boca para ocultar una sonrisa. Lo mismo le había dicho ella a Juan José cuando éste le trajo a Carolina.

—No lo sé. Antes creíste que la de las fotografías era tu nieta.

—¡Esas fotos! —refunfuñó Rebeca—. No sé quién era esa mujer, porque definitivamente no eras tú.

—¿No pensaste en que, si era hija de Fernando, debió heredarle algún parecido?

—Pensé que simplemente había salido a la familia de la mamá. Los niños cambian al crecer, y recuerdo que tu mamá era guapa, de cabello negro, blanca... pensé que tus rasgos habían salido a su lado de la familia—. Suavizó su voz mirando de nuevo a Sophie—. Lo siento, hija.

—Averiguaremos qué pasó —le prometió Sophie—. Nos engañaron a las dos —suspiró—, me dijeron que me odiabas porque era el fruto de la desobediencia de mi padre—. Rebeca bajó su mirada.

—Al principio, pretendí que no me importabas. Él me enviaba fotografías de ti siendo una bebé. Luego en tus clases de patinaje y piano.

—¿De verdad? —sonrió Sophie. Recordaba a su padre tomándole fotografías tocando el piano, aunque sólo fueron unas pocas clases que se permitió darle, él opinaba que Sophie debía encontrar un talento en las artes. Y no estuvo errado, pues se había declinado por el arte del diseño de modas gracias a las clases de dibujo que después le había pagado.

—Nunca paró de enviarme fotos tuyas —siguió Rebeca—. En la playa en verano, en la nieve en invierno. Era listo, y sólo me enviaba fotos tuyas, nunca de él o de tu mamá... Era como la gota de agua que va abriendo un hueco en la piedra hasta romperla del todo. Así pasó conmigo. Y de repente... ellos murieron... y tú ya no querías saber nada de mí—. Sophie tomó la arrugada mano de su abuela entre las suyas, jóvenes y lozanas.

—A mí me dijeron lo mismo. Cuando el Estado dijo que debía volver con mis familiares, me dijeron que iría con la familia de mamá porque tú no querías nada conmigo. Me enviaron a casa de mi tío y... allí estuve hasta los dieciocho—. Rebeca la miró un poco aprensiva. Estudió su mirada, su piel, sus manos, su ropa, su cuerpo entero en busca de señales de sufrimiento. Sólo le pareció bellísima, saludable, con ropa de calidad, incluso el abrigo que antes había sostenido en sus manos era de excelente material.

Confundida, miró a Judith.

—Ellos son pobres, ¿no? —Judith sonrió.

—Sophie pasó una muy mala situación económica —le contestó ella—, pero que te lo cuente ella misma.

—Tenemos mucho que hablar —dijo Rebeca mirando de nuevo a su nieta. Ella asintió con una media sonrisa—. Judith, puedes devolverte a casa si quieres. Deja que hable con mi nieta a solas—. Sophie miró a Judith un poco apenada, pero, acostumbrada a los desplantes de Rebeca y sus modales bruscos, ella no dijo nada.

—Claro que sí —contestó poniéndose en pie—, para eso la traje aquí, para que conversaran.

—Gracias por todo, Judith —le dijo Sophie muy seria, y Judith le sonrió.

—Ya estás en casa, niña —le dijo ella en tono solemne—. Ya las cosas se van poniendo todas en su lugar—. Sophie le sonrió entonces, y cuando Judith dio la espalda disponiéndose a salir de la casa, Sophie volvió a llamarla, caminó a ella y la abrazó. Judith le respondió el abrazo sintiéndola casi como una niña entre sus brazos, y luego de besarle la mejilla, le dijo:

—La justicia cojea, pero siempre llega, ¿no es así?

—Dile a Ana que estoy bien, que regresaré a casa.

—Hija... tu casa es esta.

—Pero ella no quiere que esté bajo el mismo techo que...

—Luego hablarán ustedes dos —las interrumpió Rebeca—. Judith, no estás acaparando a mi nieta justo el día en que la encuentro al fin, ¿verdad?

—Claro que no, ni Dios lo quiera. Hablamos después —le dijo a Sophie en un susurro, y salió al fin de la sala y de la casa. Sophie se giró a mirar a su abuela y suspiró. Sí que le esperaba una larga conversación con su abuela, y, conociéndola, no dejaría recoveco de su vida sin estudiar con lupa.

...26...

—Ven aquí —dijo Rebeca palmeando el lugar a su lado en el sofá a Sophie, que se había quedado mirando cómo Judith se alejaba hasta la salida—. Tenemos mucho, mucho de qué hablar.

Sophie sonrió. Nunca había tenido una abuela, pero ya Fabián le había advertido que eran cosa seria, así que decidió tratar a Rebeca como él trataba a la suya, con dulzura, pero también con firmeza.

—Judith ha sido una gran ayuda para ti y para mí. Se merece toda la consideración del mundo.

—Sí, sí. Pero yo llevo veintiséis años sin saber de ti y eres mi nieta. Hay prioridades—. Sophie no lo pudo evitar y se echó a reír.

Iba a ser una tarde muy interesante conversando con esta mujer, pensó. Pero estaba feliz, y le tomó las manos apretándolas con suavidad. Había oído de Ana y de Judith que era una mujer admirable, que aun cuando enviudó, siguió al frente de todos los negocios de la familia hasta que uno de sus hijos al fin pudo hacerse cargo. Sólo la vejez había conseguido que se retirara, y la admiraba por eso.

Tenía delante una mujer de la que podía aprender mucho, y que, además, la adoraba. No sabía si su amor era absolutamente incondicional por ser su abuela, pero ella podía sentir que de verdad la quería.

Y ella también la quería a ella, decidió, y estaba segura de que también la admiraría cuando la conociera un poco más.

—Dime dónde viviste todo este tiempo —dijo Rebeca disparando la primera pregunta. ¿Te casaste? Supongo que no tienes hijos aún —Sophie suspiró y volvió a sentarse a su lado.

—He vivido en esta ciudad desde que llegué de Londres —le contó—. Y viví en casa de mi tío hasta que cumplí los dieciocho.

—El hermano de tu mamá —supuso Rebeca, y Sophie asintió. Aunque no dijo una sola palabra, el cambio en su expresión le dijo a Rebeca que su nieta no tenía los mejores recuerdos de esas personas, precisamente.

Tomó nota mental. Había pensado que aun siendo de escasos recursos económicos, la familia de su nuera le había brindado a su nieta cobijo y calor de hogar. No quería precipitarse, pero casi era seguro que no.

—¿Qué hiciste luego? —Sophie se encogió de hombros.

—Trabajar.

—¿Qué? ¡Pero si aún eras una niña!
—Tenía que hacerlo. Pero no estuve sola; la esposa de mi tío me acompañó —Rebeca la miró en silencio un poco confundida. Sophie se preguntó si acaso era porque quería hacerle una pregunta y no se atrevía.
Lo dudaba, pero igual habló.
—No estoy casada y tampoco tengo hijos —dijo. Rebeca sacudió su cabeza como espantando una idea.
—Pero... al menos... debes tener novio. Eres demasiado bella como para andar por ahí sin novio —Sophie sonrió por el cumplido.
—Sí, sí tengo.
—Luego me lo presentarás. Quiero conocerlo y aprobarlo.
—Ya yo lo aprobé —Rebeca la miró con ojos entrecerrados, pero Sophie le sostuvo la mirada.
—Chica lista. No estoy diciendo que si no lo apruebo yo no te casarás con él; ya aprendí mi lección. Sólo quiero...
—Sólo quieres asegurarte, entiendo. Pero creo que ya lo conoces; es Fabián Magliani.
—Oh, por Dios —exclamó Rebeca abriendo grandes sus ojos—, el nieto de Juana y Bernardino. ¡Aprobadísimo! —Sophie se echó a reír—. ¿Y estás enamorada? —Sophie no pudo evitar sonrojarse.
—Sí. Mucho.
—Y él te corresponde —el sonrojo de la joven se acentuó.
—Sí.
—Bellos y jóvenes —suspiró la anciana—. El amor correspondido es la mejor droga de todas. Una vez la pruebas, ya no te importa nada más en el mundo y estás dispuesto a morir de sobredosis... Tengo tantas historias que contarte acerca de tu abuelo Erasmo y yo.
—Me imagino —rio Sophie.
—¿Salen desde hace mucho?
—La verdad es que nos conocimos en la pasada navidad —Rebeca entrecerró sus ojos.
—Cómo van de rápido los jóvenes de hoy en día.
—¿Y por qué hacerlo esperar, si yo también me muero por él?
—Tienes razón. Cuando se llega a mi edad, uno lamenta el tiempo perdido. ¿Y... fuiste a la universidad? —le preguntó Rebeca ahora con un poco de recelo. Sophie suspiró.
—Aún no la he terminado —contestó—. Como he tenido que pagármela yo misma, y no siempre he estado muy solvente económicamente... me he retrasado bastante.

—Comprendo, pero que te la hayas pagado tú misma es realmente admirable. Tengo un nieto que lo tiene todo y no es la mitad de brillante de lo que debería ser.

—Fernando sí me parece inteligente.

—¿Lo conoces? —Sophie asintió con una sonrisa.

—Es bastante amigo de las hermanas de Ana.

—Mira qué pequeño es el mundo. Quiero que también me cuentes cómo terminaste siendo amiga de ellas, y de Judith, que fue quien te trajo.

—Sí, ya sé que nos espera una larga conversación —sonrió Sophie.

—Imagino, entonces, que trabajas.

—Sí. Estoy trabajando para Carlos Soler en sus tiendas.

—Si quieres, ya no tendrás que hacerlo más. Te pondré tu propia marca de ropa si así lo quieres.

—Seguro que lo harías, pero me gusta el sitio donde estoy ahora mismo. Aprendo mucho y me exijo al máximo.

—Eres tan correcta...

—¡Vaya lluvia! —exclamó una mujer entrando a la sala y mirando por las ventanas como si tuviese intención de salir y no pudiese por el aguacero afuera. Sophie notó que era más o menos de la edad de Judith; mayor, pero muy bien cuidada su piel y su cabello, y que se había quedado estática al notar que estaban allí. Se puso en pie, y ella la miró de arriba abajo un poco sorprendida.

—Ella es Dora —la presentó Rebeca sin moverse de su sitio ni señalarla—, la mamá de Fernando, tu primo.

—¿Quién eres tú? —preguntó Dora sin mucho tacto, lo que hizo que Rebeca la mirara con ojos entrecerrados.

—Puedes saberlo con sólo verla —le dijo en tono ominoso y recostándose en el espaldar del sofá en el que había estado hablando con su nieta—. Es Sofía, la hija de Fernando, mi hijo —Sophie la miró con el deseo de corregirla. No era Sofía, era Sophie, pero eso ahora no importaba, la mujer que acababa de llegar la estaba mirando como se mira un bicho en tu sopa.

—¿Te trajo las pruebas de ADN para que estés tan segura? —preguntó Dora, y Sophie casi pudo sentir cómo se agitaba el genio de su abuela.

—No necesito unas tontas pruebas de ADN, pero las haré sólo para cerrarte esa boca.

—Mucho gusto, señora —saludó Sophie quedándose quieta en su lugar y poniendo sus manos en su espalda. Sabía que era importante llevarse bien con esta mujer, pero debía sentar un precedente: ella no le tendría miedo a nadie en esta casa—. Mi nombre es Sophie Alvarado.

—Los nombres no coinciden —dijo Dora mirándola de manera despectiva—. Que seas rubia no dice nada.

—Cállate o te echaré afuera en medio de la lluvia —sentenció Rebeca.

—Estoy dispuesta a hacerme esa prueba de ADN cuando así lo quiera —le contestó Sophie sin rehuir a su mirada—, pero me temo que no saldrán como usted desea. Soy una Alvarado; no se puede cubrir el sol con un dedo—. Escuchó la sonrisa de su abuela aprobando sus palabras, y Dora la miró apretando un poco sus labios.

¿Qué sería esta mujer, amiga o enemiga?, se preguntó Dora con su respiración agitada. Y más importante aún: ¿Del lado de quién debía estar ella?

Miró a Rebeca, la dueña de todo, la que tenía en su mano el poder de en verdad echarla a la lluvia si la contradecía en algo. Se la veía tan contenta con su nieta, que no creía fácil disuadirla.

Pero si Agustín se mostraba en contra de la llegada de esta joven, las cosas en esta casa se pondrían tensas.

Respiró profundo y dio la media vuelta yéndose a su habitación. Estaba cansada de siempre tener que estar tomando partido para todo en esta casa. Sin embargo, al estar a solas, tomó el teléfono y llamó a su marido.

—¿Qué quieres, Dora? —preguntó él desde su auto. Estaba atascado en el tráfico por culpa de la lluvia, y tenía muchas cosas que hacer en su oficina.

—Tu sobrina está aquí —dijo Dora. Agustín frunció el ceño.

—¿Qué?

—Está aquí, Sofía, o Sophie. Está aquí. Está en la sala hablando con Rebeca.

—Eso no puede ser...

—Es ella, Agustín. Es ella sin lugar a dudas. No sé cómo vino a dar a esta casa —habló ella elevando su voz—, pero bajé y estaba en la sala, como si nada. Pensé que debías saberlo.

—¡Maldita sea! —gritó Agustín y cortó la llamada. Dora miró su teléfono dándose cuenta de que su marido ni siquiera le había agradecido por la información.

Agustín apretó tan duro sus dientes que éstos rechinaron.

¿Qué había pasado? Se preguntó. ¿Cómo había sucedido esto? ¿De dónde había salido ella?

Los Soler, se contestó de inmediato. Se habían movido rápido, y la habían presentado a su madre en cuanto habían tenido oportunidad. Tal vez sabían que la vieja era vulnerable en este sentido y que sólo era que la viera para que la identificara como de su familia y la aceptara sin necesidad de una prueba.

Maldición, Andrea Domínguez había tenido razón en esto; eran gente de cuidado, unos metiches de mierda que sabían obrar de manera meticulosa y que seguramente estaban esperando algún beneficio al ayudar a esta aparecida a cobrar su parte en la herencia.

Pero él había obrado a tiempo, se dijo a sí mismo intentando tranquilizarse. Ya él había hablado con Rebeca y le había dejado claro que todo había sido una mentira en la que él también había creído. Esto no era más que un pequeño revés. Aunque habría sido mejor que él mismo la trajera a casa para así sumar puntos delante del ogro de su madre y la misma Sofía, todavía estaba a tiempo de encaminar las cosas por donde quería.

No te angusties, se repitió tratando de calmarse. Esto había estado dentro del plan, sólo que no esperó que sucediera tan pronto ni de esta manera.

Se orilló en la calle y marcó en su teléfono el número de Andrea Domínguez. Ya que parte del plan había sido ideado por ella, debía conocer los eventos que se estaban dando en torno a él. No era como si le rindiera cuentas, pero ya había comprobado que los planes de esta mujer eran buenos, y dos cabezas pensaban mejor que una.

La lluvia amainó al fin y ya empezaba a oscurecer. Fabián llegó frente a la casa de los Alvarado y miró el cielo encapotado en nubes y suspiró. Era hora tanto de sacar a su novia de aquí como de presentarse ante la suegra. No sabía si Rebeca lo aprobaría como novio de Sophie, pero ya tenía claro que eso no lo detendría.

Entró a la casa y las encontró sentadas en la sala principal. Un servicio vacío de té se hallaba en una de las mesillas, y ellas sonreían y cotorreaban como adolescentes que se conocen desde el kínder. Así habían estado toda la tarde, pues Judith le había informado que la había traído aquí temprano en la tarde y que la había dejado con Rebeca para que conversaran tranquilamente. Pero estaban seguros de que habría que ir a buscarla, o Rebeca se empeñaría en que se quedara a pasar la noche, y luego la vida.

—¡Fabián! —exclamó Sophie al verlo, con una sonrisa y

poniéndose en pie. Caminó a él con el rostro radiante de felicidad y lo besó en los labios. Él le rodeó la cintura con su brazo y desvió la mirada hacia Rebeca, que lo horadaba con los ojos. Él se acercó a ella despacio, con Sophie de la mano, y soportando estoicamente la mirada de los incisivos ojos de la anciana.

—Señora Rebeca —la saludó extendiéndole su mano con la palma hacia arriba. Mirándolo inexpresiva, tal como una reina, Rebeca le extendió la suya para que él le besara el dorso de los dedos.

—Fabián Magliani. De todo me imaginé en esta vida mía, menos que estarías pujando por entrar a mi familia—. Fabián sonrió elevando sus cejas.

—Su nieta es la más hermosa entre las mujeres, ¿no sería yo un tonto si no me enamoro al verla, y luego lucho por conseguirla? —Sophie se echó a reír.

—Esto parece una escena de la corte inglesa —dijo poniéndose ambas manos en su cintura y agitando su melena.

—Él sólo está siendo galante para ganar mi aprobación.

—Mi distinguida señora, aunque su aprobación es importante, el no tenerla no me impedirá estar al lado de su nieta.

—Oh, calla. Ustedes dos son tal para cual —dijo ella desviando la mirada al fin y agitando su mano como si espantara a un pollo. Fabián sonrió—. ¿A qué has venido, Magliani?

—Bueno, aunque me imagino que tienen mucho de qué hablar, he venido a rescatar a mi novia.

—¿Rescatarla? ¿Y te crees que te dejaré llevártela, así como así? —Fabián se encogió de hombros.

—Esta flaca no pesa mucho. Si se hace necesario, la subiré a mi hombro y echaré a correr—. Sophie le pegó suavemente en el pecho al oírlo.

—No será necesario. No es como si mi abuela quisiera retenerme aquí a la fuerza, ¿verdad, abuela? —Rebeca suspiró.

—Te equivocas. Sí quiero —dijo con desparpajo, lo que hizo que Sophie la mirara pasmada—. Pero no lo haré. No te preocupes.

—Ella no quiere correr el riesgo de hacer que la odies.

—Calla —le ordenó Rebeca echándole malos ojos, pero Fabián se echó a reír. Le tomó la mano a Sophie y se encaminó a los muebles, sentándose con ella en el sofá frente a la anciana.

— ¿Ya le contaste que estás viviendo con los Soler? —le preguntó Fabián a Sophie, y ella asintió con una sonrisa.

—Estuvimos hablando de casi todo.

—Entonces ya sabe también que te robaron tu fideicomiso y que por eso estuviste en una mala situación económica —Sophie lo miró seria, e, intuyó Fabián, molesta. No le había gustado la manera como había abordado el tema, pero mejor rápido y al momento que dilatar las cosas, sobre todo, porque necesitaba el apoyo de Rebeca para esto.

—¿Te robaron qué? —preguntó Rebeca mirándola con ojos grandes de sorpresa.

—Al cumplir veinticinco —explicó Sophie con voz queda—, debía cobrar un fideicomiso que me dejaron mis padres.

—No debía ser mucho —dijo Rebeca—, Fernando no debía tener muchos fondos.

—Cincuenta mil euros —informó Fabián.

—No era gran cosa. Yo te enviaba... diablos, todo el dinero que te envié se perdió también.

—¿Me enviabas dinero? —preguntó Sophie, que había soltado la mano de Fabián, y éste la miraba mordiendo una sonrisa.

—Sí. Pero dime, ¿quién te robó?, hay que meter a ese maldito a la cárcel —Sophie cerró sus ojos respirando profundo.

—Fue un hombre con... el que me casé —Rebeca la miró con la boca abierta y en silencio. Sophie hizo una mueca mirándose las manos—. Fui... una tonta, y acepté casarme con un sujeto que me pintó un paraíso de mentiras.

—¿Estás divorciada, o vives en adulterio con Magliani? —Fabián quiso reír, pero lo disimuló con un acceso de tos.

—Ni lo uno, ni lo otro —contestó Sophie muy seria, como si le molestara la insinuación—. Hace poco descubrí que la boda fue falsa. Nunca me casé realmente con él.

—¡Joder! —exclamó Rebeca—. ¿Quién, quién es el maldito hijo de perra que te hizo eso?

—Ya lo estoy buscando yo —dijo Fabián sin inmutarse por las expresiones de la anciana—. Se las cobraré yo.

—Nada de eso. Sophie es mi nieta y yo haré que pague.

—Llegas, tarde, abuela. Ya lo tengo localizado.

—¿Lo tienes localizado? —preguntó Sophie mirándolo sorprendida.

—Es escurridizo, se mueve de ciudad en ciudad, pero tarde o temprano volverá a Bogotá, y ahí lo atraparé. Ya tiene una citación por la demanda que le acabo de poner. Falsificó documentos, abusó de tu confianza, y otros siete u ocho cargos más que mis abogados le están imputando.

—¿Fue él quien se quedó con tu dinero? —preguntó Rebeca

elevando un poco la voz y haciendo que la pareja volviera a mirarla. Sophie asintió en respuesta.

—Montó todo lo del matrimonio para que yo confiara en él y le firmara un poder.

—¿Qué te pasó, hija? —la regañó Rebeca, como si saber esto la decepcionara un poco— ¿Cómo fue que caíste en una trampa así?

—No la juzgue —intervino Fabián—. Ella estaba sola, y siempre pensó que lo estaría, sin más familia que la que ella misma pudiera construir. Con él creyó al fin que tenía un aliado para plantarle cara al mundo. Así se presentó él, y una chica sin experiencia ante un hombre mundano como lo es ese sujeto, no tiene muchas opciones. Cansada de enfrentarse sola al día a día, una joven en su situación es muy vulnerable a ese tipo de ofertas—. Sophie lo miró en silencio. ¿Así había comprendido él lo que había pasado en aquel tiempo? Y eso contestó a sus propias preguntas. Sí. Así había estado ella, sola, cansada de estarlo, dispuesta a creer en cualquiera que le ofreciera compañía para el largo camino de la vida. Y había caído en esa trampa.

Suspiró y se recostó en el sofá sintiendo los ojos húmedos. La Sophie de aquel tiempo había sido bastante patética. Si hubiese tenido la mitad de los amigos que tenía ahora, jamás le habría ocurrido aquello.

La mano de Fabián se extendió a la de ella, y Sophie no lo rechazó, sino que recibió su cálido apretón respirando profundo.

La anciana miró el gesto de ambos con ojos entrecerrados.

—¿Y dices que ya lo tienes localizado? —preguntó con una mirada que casi dio miedo. Fabián suspiró y sonrió.

—¿Está planeando algo, abuela? —Rebeca lo miró queriendo decirle que no le había autorizado para llamarla así, pero lo dejó pasar y sólo apoyó ambas manos en su bastón.

—El infierno le parecerá un patio de recreo frente a lo que le pasará por haberse metido con mi nieta —sentenció—. Y tú me vas a ayudar.

Fernando llegó a la casa de los Soler bajando de su auto y mirando el jardín.

Había dejado de llover, pero el ambiente aquí afuera estaba helado, el cielo estaba opaco, no había viento y no pudo evitar sentirse identificado con esta atmósfera. Desde hacía unos días sentía que caía y caía en un pozo al que no le hallaba fondo, y todos sus escapes se cerraban dejándolo a él sin salida.

Caminó hacia la puerta de los Soler. Definitivamente, se dijo deteniéndose, tampoco sabía a qué venía aquí. Todos ellos tal vez se estaban preparando para la cena, y él sería un intruso, porque, aunque era amigo, no era nada más. Y Silvia, que era la justificación que él mismo se daba para permanecer aquí, no estaba.

Y aunque estuviera, pensó, Silvia sólo lo estaría despreciando o ignorando, como siempre.

"Están pasando muchas cosas por aquí", le había dicho en un mensaje. "Alguien volvió a su familia después de mucho tiempo, la vida se reivindica con ese alguien, y todos son felices... más o menos. A veces desearía que fueras mi amiga para contarte cómo se ve todo desde mi punto de vista".

Pero ni porque en ese mensaje casi le había contado el argumento de una novela, ella le había contestado.

Silvia no quería nada con él, le quedaba más que claro, y su determinación de seguir por este camino empezaba a flaquear.

La verdad, es que todas sus determinaciones estaban flaqueando.

—Fernando —lo llamó Judith cuando él daba la vuelta para meterse de nuevo en su auto. La vio salir de su casa con un grueso abrigo negro y una bufanda. Él se quedó allí esperando a que ella se acercara—. Necesito preguntarte algo.

—Dime.

—¿Le contaste a tu padre que pretendíamos llevar a Sophie con tu abuela? —Fernando frunció el ceño.

—¿Qué? Claro que no.

—Dime la verdad, Fernando. Porque si lo hiciste, pudiste perjudicarla de manera irreversible. Ya sé que es tu papá, Fernando, pero le ha hecho daño a varias personas.

—¿Por qué dices que le conté a papá?

—¡Porque hoy, casualmente, le fue con el cuento a tu abuela de que acaba de enterarse de que Sophie estuvo aquí en Bogotá todo este tiempo! —exclamó Judith—. ¡Le inventó que el hombre a través del cual le enviaban dinero a tu prima, los había tenido engañados con eso de que Sophie vivía en Europa!

—¿Cómo lo sabes?

—¡Hablé con Rebeca hoy! Llevé a Sophie con ella, pero antes, me dijo la mentira de tu padre. Fernando, si lo hiciste...

—¡No lo hice! —exclamó el joven—. Te juro que no le advertí de nada. Tuve dificultades tomando las muestras para las pruebas de ADN, ¡pero no le dije nada!

—Quisiera creerte...

—¡Está bien, no me creas! —volvió a exclamar Fernando, sintiendo que explotaba—. ¿Y no podría eso ser verdad? ¿No podría mi padre ser inocente?

—Entiendo que quieras que lo sea —le dijo Judith en tono grave—. Pero no lo es. Es un mentiroso.

—¡Es mi padre de quien estás hablando!

—¡Un padre avaricioso que sólo quiere todo para él!

—¡Por favor, para! —gritó Fernando Elevando ambas manos, pero Judith no hizo caso.

—¡Le hizo mucho daño a tu prima! —siguió—. Y tú verás si te pones del lado de él, o el de ella, porque esto va a ser un enfrentamiento, y nosotros no la dejaremos sola, así que decide desde ya qué lado vas a tomar. Pero hagas lo que hagas, te prometo que tendré mi ojo sobre ti, Fernando—. Dicho esto, entró de nuevo a su casa, dejando a Fernando mirándola con desesperanza.

Ella le acababa de advertir que debía tomar partido en uno de los dos bandos, como si una guerra se aproximara.

No, él no quería esto, pensó pasándose las manos por los rubios cabellos. Sólo quería un poco de paz, por favor, una vida normal.

¿Cuándo sentiría él al fin que el enorme hoyo de su corazón tenía posibilidad de cerrarse?

Con furia, abrió la puerta del auto y se sentó frente al volante. Otro escape que se cerraba, no sabía por qué había venido aquí, pero seguro que no lo había encontrado.

...27...

—Vente a vivir aquí —le pidió Rebeca a Sophie—. Esta es tu casa... Ya no debes estar más de arrimada en casa de los Soler.
—No es una arrimada —la corrigió Fabián—. Es una invitada.
—Lo que sea. Pero tu lugar está aquí... esta casa te pertenece por legítimo derecho... Quiero que empieces por fin a disfrutar de lo que es tuyo—. Sophie tragó saliva observándola. Aunque Rebeca parecía más estar dando una orden, en su mirada se podía sentir el desespero de tenerla cerca, de recuperar el tiempo perdido.

Se separó de Fabián y caminó para sentarse junto a ella tomándole una de sus manos.

—El tío Agustín...
—¿Qué pasa con Agustín?
—Tal vez a él no le guste la idea de tenerme en esta casa.
—¿Y por qué no le iba a gustar? ¿Acaso es su casa? Si tú no puedes vivir aquí, ¡entonces tampoco Fernando!
—¡Esto es lo que yo llamo una familia feliz! —dijo la voz risueña de Fernando entrando en la sala. Sophie se giró a mirarlo, sintiéndose un poco avergonzada por lo que él había tenido que escuchar. Fernando sonreía, pero Sophie no se dejó engañar, las palabras que acababa de escuchar le habían dolido—. Parece que ya eres oficialmente parte de la familia —dijo Fernando.

Sin poder evitarlo, ella caminó hasta su primo y lo abrazó. En un primer instante, él pareció no tener intención de devolverle el abrazo, pero cuando los segundos pasaron y ella siguió allí, él terminó rodeándola.

Y cuando la rodeó al fin, cerró sus ojos. ¿No era esto lo que él había querido? Calor humano.

—¡Me has ayudado tanto! —exclamó Sophie—. Sin tu ayuda, jamás habría podido llegar a la verdad.

—No es así. Cualquiera...
—Nadie habría tenido los pantalones para contrariar a su propio padre por beneficiar a alguien que hasta el momento fue un desconocido.

—¿Qué estás diciendo? —preguntó Rebeca ceñuda, y Sophie se separó de Fernando para mirarla, deseando poder contarle todo, pero miró a Fabián dándole a él la palabra.

—Le contamos a Fernando las sospechas que teníamos de que Sophie era su prima —contestó Fabián en su lugar, reconociendo la intención de ella con esta muestra de afecto delante de su abuela—. Él nos ayudó recaudando las muestras necesarias para una prueba de ADN que le practicamos a ella y a Agustín a escondidas.

—Dio positivo, por supuesto —sonrió Sophie, y miró a Fernando, que miraba el suelo en silencio.

—¿Hiciste eso, Fernando? —Él sonrió de medio lado.

—Sí. Parece que soy un traidor a la sangre, como dicen...

—Nunca me imaginé que tuvieras los suficientes pantalones como para hacer algo así de tu cuenta, y, además, llevándole la contraria a tu propio padre —Todos en la sala miraron a la anciana conteniendo el aliento. Las palabras de Rebeca eran duras, a pesar de que lo que hacía era reconocer el carácter de su otro nieto.

—Sólo hice lo que tenía que hacer. No fue la gran cosa.

—¡No te atrevas a quitarle importancia! —exclamó la anciana golpeando el suelo con su bastón—. Lo que hiciste prácticamente trajo a mi nieta de vuelta. ¡Si yo digo que es importante, es importante! —Fernando tuvo el descaro de blanquear sus ojos y suspirar.

—Vale, lo que digas, fue importante. ¿Puedo quedarme en esta casa entonces?

—¿Quieres quedarte? —le preguntó Rebeca elevando una ceja en gesto idéntico al de su nieto—. ¿No tienes ya edad para vivir en tu propio apartamento?

—Sí que la tengo, pero soy un hijito de papá. Él aún controla mis gastos y...

—Decide ahora mismo lo que quieres, vivir aquí, o irte a un apartamento. Tendrás una mesada respetable hasta que termines la universidad, y ya luego trabajarás, porque como sabes, no heredarás sino hasta que yo haya muerto, y me faltan varios años para eso.

—Décadas —propuso Sophie arrugando su nariz. Fabián se echó a reír.

—Acepta la oferta, hijo —le aconsejó—. Ya hubiese yo querido tener una así a tu edad. Vivir solo te hará bien, si quieres crecer y madurar—. Fernando sonrió.

—Sí, supongo que sí. Gracias... abuela.

—Saca ese carácter que tienes más seguido, ¿quieres? —suspiró Rebeca agitando su cabeza—. Odio los hombres pusilánimes.

—Sí, señora—. Apretando sus labios, Fernando se encogió de hombros mirando a Sophie y a Fabián como si les pidiera que comprendieran lo que él se tenía que aguantar.

—¿Te quedarás a vivir aquí, entonces? —le preguntó a Sophie.

Ella miró a Fabián

—Tendré que pensarlo.

—No lo pienses demasiado —volvió a hablar Rebeca—. Si dices que no, será como si me rechazaras a mí.

—No digas eso —Sophie miró a Fabián un poco asustada, y él elevó sus cejas mirándola como queriendo decir: te lo dije.

—Pero mientras lo piensas —apuntó Rebeca casi de inmediato—, quédate esta noche a cenar. Tú también, Magliani.

—Por mí, encantado.

—Será una cena inolvidable —sonrió Fernando—. Ya quiero ver la cara de papá cuando te vea.

Agustín llegó tan sólo unos minutos después de que Fernando dijera esas palabras. Dejó su abrigo y su maletín en manos de la persona que le había abierto la puerta, y prácticamente corrió a la sala. Al ver a Sophie se quedó de pie y quieto como una estatua, y Fabián y Fernando se pusieron en pie como si de repente una grave amenaza hubiese llegado a sus territorios. Pero Agustín no quitó la mirada del rostro de Sophie, y caminó lentamente hacia ella.

—Eres idéntica a él —sonrió el hombre mirándola de arriba abajo—. Cuando Dora me dijo que estabas aquí… no lo podía creer. Yo… ¿Realmente eres la hija de Fernando? —Rebeca miraba a su hijo de manera incisiva, y Sophie se puso en pie también. En un momento, pareció que Fabián quisiese impedirle que él la viera, pues prácticamente la cubría con su cuerpo, pero Sophie le tocó el brazo como recordándole que no estaban solos en la casa, y que, aunque sus intenciones fueran malas, no podía hacerle nada en este momento.

—Lo soy —contestó Sophie con voz firme—. Pero si lo necesitas, nos haremos una prueba de ADN, cuando tú lo digas, y en el laboratorio que elijas—. Agustín sonrió frunciendo levemente su ceño.

—Sólo hay que verte para saber que eres de la familia.

—Es lo que yo digo.

—Mi Dios—. Él se acercó extendiendo su mano, y, aun con un poco de recelo, Sophie se acercó a él para dar la suya—. Nos tuvieron engañados —dijo él estrechando suavemente la mano de Sophie entre las suyas—. Nos dijeron que nos odiabas, que habías preferido quedarte en Europa que venir aquí. Cada mes te depositamos una cantidad de dinero para tus gastos, para que vivieras bien… Incluso recibimos fotografías tuyas que nos mostraban que estabas bien…

—No era yo esa persona —volvió a hablar Sophie—. A mí me

dijeron que ustedes me odiaban, que me detestaban porque era la hija de un desobediente y una pobretona; se me prohibió siquiera hablar de ustedes, de sus identidades... Y nunca recibí un centavo de nadie; todo lo que conseguí fue por mi esfuerzo y mi trabajo.

—¿Nos perdonarás algún día? —preguntó Agustín con voz compungida, y Fabián no pudo evitar mirar a Fernando de manera incrédula, pero él miraba a su padre con admiración, lo cual indicaba que le estaba creyendo cada palabra—. Ya sabemos que el tiempo perdido nadie nos lo regresará... pero yo, por mi parte, procuraré cubrirte de bienestar. Te lo mereces no sólo porque eres una Alvarado... Sino por todos los padecimientos que tal vez por nuestra culpa tuviste que sufrir.

Sophie lo miró casi boquiabierta. No se había esperado este recibimiento por parte de él. Y mucho menos el abrazo que él le dio cuando ella asintió en respuesta a su dolida pregunta. Fabián empuñó sus manos mirando a tío y sobrina abrazarse. Sentía el pecho vibrar, le molestaba profundamente ver a Sophie entre esos brazos, y no se pudo explicar este extraño celo. Tuvo que contenerse fuertemente para no ir y arrancar a Sophie de encima de Agustín, llevarla a cuestas a alguna cueva donde nada ni nadie la pudiera tocar.

Calma, se dijo. Es su tío. No le hará nada al menos mientras tienes el ojo encima de él.

—La cena está lista —anunció el ama de llaves de la casa Alvarado, y Agustín dio un paso atrás alejándose al fin de Sophie.

—Quédate a cenar, por favor.

—Ya la invité yo —dijo Rebeca poniéndose en pie.

—¿Te quedarás? —Sophie asintió. Parecía hipnotizada, incapaz de decir no a todo lo que le proponían en esta casa.

—Iré a... refrescarme un poco. Excúsenme. Estaré con ustedes en pocos minutos.

—Te esperamos, papá —le dijo Fernando, y Agustín lo miró con una sonrisa y se alejó. Ninguno le quitó el ojo de encima mientras se alejaba, cada uno mirándolo con diferentes modos de sorpresa.

Fernando sonrió mirando a su abuela.

—No me esperé... quiero decir...

—Agustín y Fernando eran dos hermanos que se querían mucho —contestó Rebeca—. Agustín admiraba mucho a tu padre —siguió, mirando a Sophie—. Dios los hizo diferentes; el uno era activo, atlético y lleno de energía, mientras el otro era más inclinado a los libros y a la quietud.

—Papá era el activo, ¿verdad? —sonrió Sophie. Rebeca elevó una

comisura de su boca sonriendo también.
—Pero a pesar de sus diferencias, se querían mucho. Les enseñamos que sólo se tenían el uno al otro. Que algún día sus padres fallaríamos. Yo... me alegro de ver que él te acepta como lo que eres: lo único que queda de su precioso hermano. Estoy feliz en este día, Sophie. Es uno de los días más felices de mi vida. Mi familia por fin reunida—. Sophie no pudo evitar caminar a ella y abrazarla con fuerza.

Fabián, en cambio, tenía los dientes apretados. A pesar de la espectacular escena que Agustín había protagonizado, a pesar de las palabras de Rebeca, él no estaba convencido.

Cerró sus ojos intuyendo lo que ahora se venía: Sophie aceptaría venir a vivir aquí, y él perdería la paz cada día que estuviera en este lugar.

—Llegaste —advirtió Dora al ver a su marido entrar en la habitación que compartían. Agustín caminó de inmediato al baño y se aflojó la corbata, echándose agua fría en el rostro—. ¿La viste? ¿A la mujer que dice ser tu sobrina? —Agustín la miró de reojo.

—Ella es mi sobrina.

—¿Qué?

—Es la hija de Fernando, la que creímos que jamás regresaría, porque estaba muy feliz en Europa.

—Pero, ¿cómo puedes decirlo sin...?

—¿Sin pruebas? —dejó salir el aire y la miró a través del enorme espejo del baño—. ¿No viste que casi podría ser hija mía de lo parecida que es? Es una Alvarado. Cualquiera que la vea, lo sabría.

—¿Entonces la aceptas? ¿Vivirá aquí?

—¿Podría rechazarla, acaso?

—¡Eres el señor de esta casa!

—¡No soy el señor de ninguna parte, Dora! —exclamó él—. La señora sigue siendo mamá. Aquí se hace su voluntad. Y es obvio que la invitará a quedarse aquí. Tú haznos un favor —le dijo endureciendo su voz y girándose para mirarla directamente—. Trátala como lo que es, el tesoro de los Alvarado. Hazte su amiga, trátala con la mayor cordialidad posible. Preséntale a tu círculo de amigas, intégrala, llévala de compras, o lo que sea.

—Me estás pidiendo que...

—Entiende, Dora, por favor. Tu posición nunca ha tambaleado tanto en esta casa como ahora. Si no aceptas a mi sobrina, es como si tú misma estuvieras sacando tus maletas de esta casa—. Y dicho esto, salió del baño para buscar entre su ropero una camisa limpia para cambiarse.

Dora siguió mirándolo un poco estupefacta. No se esperó que las cosas tuvieran que ser así, y la actitud de él la sorprendía muchísimo; cuando le había anunciado que su sobrina estaba aquí, él había maldecido como si detestara la noticia, pero ahora actuaba como si fuera el más feliz, como si le conviniera que ella se sintiera agradada en esta casa.

Apretó sus dientes y cerró sus ojos preguntándose qué era lo que en realidad estaba sucediendo. No se tragaba este cuento, debía haber algo más.

—Está bien —dijo—. De ahora en adelante, Sophie será como la hija que no tuve—. Agustín sonrió.

—Tienes edad para ser su madre, ¿sabes? —dijo en tono de burla, y Dora se cruzó de brazos. Él siempre le echaba en cara que era dos años mayor que él.

—¿La hija que no quisiste que tuviera porque Fernando ya era un heredero apropiado? —Agustín se sacó la camisa sucia para ponerse la limpia, y Dora tragó saliva mirando el torso desnudo de su marido. Tranquilízate, se dijo. Quedan dos semanas para tu noche. Ellos sólo tenían sus encuentros íntimos una vez al mes.

—Todavía me reprochas eso, pero si hubieses querido, te habrías embarazado aun a mis espaldas. Sabes que mamá te habría alcahueteado, pero nunca lo hiciste de tu cuenta.

—Tenía miedo.

—Siempre has sido una cobarde —volvió a burlarse Agustín—. Sin mucho carácter. Sólo haces lo que se te pide que hagas. Naciste sin espíritu, Dora—. A ella se le humedecieron los ojos, pero se quedó en silencio mientras escuchaba cómo él se cambiaba de ropa para bajar a la cena.

Era verdad, ella no tenía espíritu. No tenía la personalidad de Rebeca; siempre había sido débil y mantenía con miedo de todo el mundo.

Respiró profundo disponiéndose a retocar de nuevo su maquillaje. A la mesa no podía bajar como si hubiese estado llorando. Ella tenía que lucir impecable.

Andrea miraba en su teléfono unas interesantes fotografías. Eran fotografías originales, nada de retoques digitales, y eran preciosas. En el fondo las odiaba, porque eran de mujeres que habían conseguido mucho más que ella, pero ahora le servían para un propósito muy específico y por eso las amaba.

Estaba más que segura de que su querida prima no sabía que ella y Fabián Magliani habían tenido un romance en el pasado. No creía que él se lo hubiese contado, pues los caballeros no iban por ahí hablando de su pasado, y con seguridad, él aún no sabía que ellas dos eran primas.

El plan que junto a Agustín Alvarado había ideado, había echado a andar ya. Las cartas estaban todas sobre la mesa, sólo era cuestión de irlas destapando de una en una.

Miró una fotografía especialmente hermosa y pasó su dedo índice por la pantalla como si la acariciara. No comprendía esta extraña obsesión, él siempre le había gustado, pero era como que, ahora que sabía que lo tenía su prima, era imperioso rescatarlo. Casi habría perdonado que lo tuviera cualquier mujer en el mundo; la más fea de todas, o la más bella, y a ella no le habría importado. Pero lo tenía Sophie, y ya eso hacía que fuera un sacrilegio para ella.

Suspiró dejando el teléfono en la encimera de su cocina. Acababa de llegar de un duro día de trabajo, un día en el que Sophie no había ido porque había tenido permiso especial directamente de Carlos Soler. Ella estaba aquí, cansada, con los pies doloridos por ir en tacones todo el día, y Sophie seguramente estaba encantada, sentada ante una hermosa mesa de paños y manteles y la más fina cubertería de plata.

Cuando la bilis se le fue revolviendo ante las imágenes que su mente evocaba, tuvo que llamar a la calma.

No sería por mucho tiempo, era su mantra. Perder un poquito ahora para ganarlo todo después. Ceder terreno para luego poder rodear al enemigo. Tu presa no podía caer en tu trampa si primero no le dejabas entrar en el sitio en el que ésta estaba.

—Su teléfono sonó, y al ver en la pantalla que era Alfonso, lo ignoró. Pero él volvió a llamar, y en un mensaje le dijo que no le convenía que lo ignorara.

Resignada, tomó la llamada.

—Qué quieres.

—Estoy en Cartagena —dijo él—. Ven conmigo.

—¿Estás loco?

—Pasa conmigo este fin de semana.

—No.

—No puedo ir a Bogotá, y quiero verte.

—No iré a Cartagena. Tengo mucho trabajo aquí.

—No seas así...

—No molestes—. Hubo un pesado silencio; Alfonso quería seguir insistiendo, pero sólo respiró profundo—. ¿Cómo es eso de que no puedes venir a Bogotá?

—Me llamaron para decirme que hay gente extraña preguntando por mí. Llegaron a casa de mamá y mis hermanas. También donde vivo llegaron a preguntar.

—¿Tienes acreedores peligrosos?

—Los de siempre. Pero por si las moscas, mejor me pierdo un rato. Ven a Cartagena.

—Ya te dije que no. ¿Estás en peligro, Alfonso?

—¿Estás preocupada por mí?

—Si te matan, no quiero que se sepa que tenemos conexiones.

—¿Llamas a tu ropa interior en mi casa "conexiones"?

—Hay que ver lo palurdo que eres. Luego te preguntas por qué no quiero ir a sitios públicos contigo.

—Bueno, ya, ya. No sé quién me anda buscando; sea lo que sea, me conviene estar un rato fuera del radar, por eso quería que vinieras conmigo. Te extraño.

—¿A pasar la noche en un hotel de mala muerte? ¿A tener sexo contigo sin salir de la habitación? No, gracias.

—Pero estaremos cerca del mar, la brisa y…

—Prefiero la fría Bogotá y el exceso de trabajo que tengo.

—¿Por qué siempre eres así conmigo? —Andrea blanqueó los ojos. Alfonso parecía no reconocer el desprecio; por muy mal que lo tratara, él siempre estaba allí, rogando por su atención. Aunque en ocasiones se portaba dominante, esas ocasiones eran demasiado escasas.

—Ya. ¿Para eso me llamabas?

—Si te envío los tiquetes de avión, ¿vendrías?

—¿Disculpa? ¿No era eso lo que tenías pensado desde el principio?

—Ando sin dinero.

—¡Eres una porquería! —exclamó ella y le cortó la llamada. Dejó salir un chillido indignado entre dientes y se tiró suavemente de los cabellos. ¡Lo odiaba, lo odiaba, lo odiaba! ¡Maldito pendejo de mierda!

Respiró profundo, y volvió a tomar el teléfono para mirar las fotografías de antes. Le sirvieron para tranquilizarse, como una terapia.

Con Fabián, las cosas habrían sido totalmente diferentes.

—Estoy en Cartagena —le habría dicho él—. Perdona que te

avise hasta ahora, pero fue un viaje imprevisto. Quisiera que estés aquí conmigo. ¿Puedo enviarte los tiquetes con mi secretaria para que te vengas? En un par de horas estarías aquí.

—Ay, cariño —le habría contestado ella, dolida—. Tengo tanto trabajo... Pero no importa, por ti, haría lo que sea.

—Yo te ayudaría con tu trabajo aquí... mientras no estemos haciendo el amor —al oír esas palabras, ella habría reído tímida—. Estoy en el Hilton, en una suite desde donde se puede admirar un hermoso paisaje. Ya te quiero aquí conmigo.

—Ya mismo estoy haciendo la maleta —le habría contestado ella corriendo hacia el guardarropa, emocionada, feliz.

Andrea Domínguez se vio a sí misma frente al guardarropa, y con las maletas en la mano. ¿Qué estaba haciendo?, se preguntó. Se había metido tanto en su propia ensoñación, que casi se la había creído. Fabián Magliani no estaba en Cartagena, invitándola a pasar el fin de semana con él en una hermosa y costosa suite del hotel Hilton. Nada era verdad.

Volvió a poner la maleta en su lugar y volvió a su pequeña cocina a seguir mirando las fotografías.

—Pronto, pronto —se decía, y allí se estuvo largas horas.

...28...

—Todo estuvo delicioso —sonrió Sophie aplicando suavemente la servilleta sobre la comisura de sus labios y mirando a todos en la mesa.

Esta noche se sentía especial, como si fuera un precioso tesoro. Su abuela la miraba con adoración, su tío con admiración. Fernando celebraba sus chistes, su ingenio, e incluso Dora había cambiado su actitud hacia ella y ahora le sonreía. El único que parecía un poco serio era Fabián, pero no alcanzaba a opacar el resplandor de la aprobación de todos.

No podía evitar sentirse un poco eufórica, esto nunca le había pasado; ella nunca había sido el centro de atención en ninguna parte.

Tuvo que recordarse quién era ella para no caer en el dulce encanto de la autocomplacencia. Podía ser peligroso confiarse demasiado, o acostumbrarse a esto.

Luego de que todos se levantaran de la mesa, fueron conducidos de vuelta a la sala, y allí Agustín tomó la palabra, y empezó a hablar de temas más prácticos, como lo eran las pruebas de ADN que por regla se tendrían que practicar, aunque de antemano se disculpó con ella y con su madre, por si las había ofendido con la sugerencia.

—La prueba es necesaria —contestó Rebeca—. Estoy de acuerdo en que te la practiques, hija —dijo mirando a Sophie.

—Por mí no hay problema.

—Entonces, mañana mismo. ¿Dejarás de trabajar? —Sophie lo miró ceñuda.

—No quiero dejar de trabajar.

—Pero ya no lo necesitas.

—No se trabaja sólo porque necesites el dinero. Tener la mente y las manos ocupadas en algo, es saludable.

—Pero ya estás estudiando, ¿no? —terció Agustín— ¿No deberías primero terminar la universidad? Yo me encargaré de ese tipo de cosas. Si quieres vivir aquí...

—Claro que vivirá aquí —aseveró Rebeca.

—Ella aún no lo ha decidido —intervino Fabián con voz grave, y Sophie le tomó la mano.

—Mi nieta merece vivir aquí, ser atendida y tratada como lo que es: una Alvarado. Ni siquiera tú puedes quitarle ese derecho, Magliani—. Fabián apretó sus dientes, pero la suave mano de su novia volvió a apretar la suya con cariño y él respiró profundo.

—Tal vez ella quiera vivir en un apartamento de lujo.
—¿Sola?
—Sophie es una Alvarado —intervino Agustín mirándolo con ojos entrecerrados—. Pronto se sabrá, pronto todos querrán conocerla. Será invitada a fiestas y soirées, y se preguntarán por qué no vive en la casa principal. Los rumores han dicho que ella odiaba a la familia; si queremos que esas habladurías desaparezcan, y las nuevas, que seguramente vendrán, no le hagan daño, tendrá que vivir aquí.
—No quiero que…
—¿Cuál es tu desconfianza, Magliani? —habló Rebeca ahora—. Es como si pensaras que aquí le puede pasar algo muy malo.
—No he dicho eso.
—¿Qué podría sucederle entre nosotros? —preguntó Dora llevándose una mano al pecho, como si todo esto lastimara sus sentimientos—. Nos estás ofendiendo, querido.
—Lo siento. Es sólo que…
—De todos modos, la última palabra la tengo yo, ¿no? —habló Sophie, zanjando la cuestión y rescatando a Fabián de tener que contestar. Se escuchó el gruñido de Rebeca, que miró a otro lado menos a los dos—. Si me decido, ustedes serán los primeros en saberlo. Entiendo todas sus razones, pero no es una decisión que les corresponda a ustedes; me corresponde a mí. Y no van a pasar por encima de mi voluntad en este sentido—. Agustín sonrió mirándola.
—Tienes el carácter de tu padre. Me gustas.
—Gracias, tío. Pero no intentes camelarme.
—No hago eso.
—Él sólo quiere lo mejor para ti —dijo Dora sonriéndole—. Y yo… aprovecho para disculparme por mi actitud de esta tarde. Es obvio que eres la hija de Fernando. Aunque casi no traté con él, me alegra que estés aquí. Bienvenida a la familia y a esta casa.
—Gracias, Dora.
—Es raro, ¿no? —habló ahora Fernando, que estaba a un lado de Fabián—. Luego de no tener familia, de repente te sale un ejército como este—. Sophie sonrió.
—Sí. Intentan todos malcriarme, pero yo soy fuerte—. Varios se echaron a reír, y ella siguió apretando la mano de Fabián.
Agustín siguió hablando de los derechos que ahora tenía como miembro de la familia, la mensualidad que le correspondía para llevar una vida digna de su apellido, y de los compromisos que seguramente tendría que cumplir.

—Ser una Alvarado tiene sus privilegios, pero también sus responsabilidades.

Fue una velada agradable, pensó ella cuando ya salían de la casa. Fabián parecía tener afán de sacarla de allí, y ella lo comprendió, así que tomó su mano y se despidió de todos.

—¿Vendrás de nuevo mañana? —le pidió Rebeca antes de que salieran, y Sophie asintió.

—Claro que sí.

—No te olvides de mí, por favor. Creo que no tendré paz hasta que estés bajo mi mismo techo—. Sophie sonrió.

—Sólo piensa que donde estoy, también cuidan muy bien de mí.

—Seguro, pero no es tu casa. Ésta sí lo es—. Sophie se inclinó a ella y besó su frente.

—Estoy feliz de haberte conocido al fin.

—También yo, hija mía—. La anciana apretó los brazos de la joven como si quisiera decirle muchas más cosas, pero no encontrara el valor. Sophie sólo la abrazó comprendiéndola, y al fin se separó de ella. Tomó la mano de su novio y salió de la casa.

—La tendrás de vuelta, mamá —le dijo Agustín—. Ya está aquí, cerquita. Pronto la tendrás en casa—. Rebeca suspiró y miró a su hijo.

—Te agradezco lo que estás haciendo. Por un momento pensé que la rechazarías.

—Sería un tonto. Cuando Dora me lo dijo, sí pensé que tal vez alguna impostora quería embaucarnos, pero sólo tuve que verla cara a cara para saber quién era. La sangre llama fuerte.

—Así es —dijo Rebeca caminando hacia su habitación, sintiéndose de repente muy cansada—. Nada más mágico que el llamado de la sangre, esa intuición de que la persona frente a ti te pertenece, y que tú le perteneces. Fue como cuando tuve a Fernando por primera vez entre mis brazos en esa sala de parto; él era mío para siempre, pero yo también sería suya, suya para el resto de mi vida. La conexión de una madre entre sus hijos no se pierde ni con la muerte—. Ella siguió hablando, y Agustín sólo la escuchaba mientras la acompañaba hasta la puerta misma de su habitación. Cuando estuvo a solas en el pasillo, respiró profundo.

Él también estaba agotado. Representar este papel había sido bastante difícil y pesado. Podía quitarse esta máscara de felicidad en unos instantes nada más.

Sin embargo, delante de Dora tenía que seguir usándola, y

también de Fernando, que parecía haber aceptado a su prima muy rápido.

Estaba solo en esto.

Fabián conducía su auto de camino a su apartamento. Pensaba llevársela a pasar la noche allí con ella, lo necesitaba. La miró de reojo mientras hablaba por teléfono con su tía, ese horrible teléfono viejo. Mañana mismo le daría uno nuevo; aunque ella ahora no necesitaba que le hicieran tales regalos, quería dárselo.

—Sí, al fin conocí a mi abuela —decía ella con una enorme sonrisa—. Es una viejita bastante cascarrabias, y de carácter fuerte. Entendí un montón de cosas que papá me contó de ella, pero a la vez, creo que una vez te ganas su corazón, es para siempre—. Fabián suspiró. Ella seguía hablando con Martha, le prometía ir a visitarla.

Cuando ella cortó la llamada, ya prácticamente estaban en el apartamento, y ella lo miró frunciendo el ceño.

—No me llevaste a casa de Ana.

—No —admitió él con tranquilidad, y Sophie sólo sonrió sacudiendo su cabeza. Afortunadamente, tenía ropa aquí, así que no necesitaría madrugar demasiado para poder ir a trabajar mañana.

—Gracias por estar conmigo hoy —dijo ella abrazándolo apenas atravesaron la puerta, y él cerró sus ojos rodeándole la cintura.

—Te irás a vivir a esa casa, ¿verdad? —ella retiró un poco su rostro para observar el de él.

—Aún no lo he decidido.

—Pero siento que es lo que decidirás.

—¿Crees que será muy malo que lo haga? Ya viste que todos parecían felices con mi llegada.

—¿Sientes de corazón que Agustín es un aliado y no un enemigo? —Sophie tuvo que aceptar la verdad en sus palabras, y haciendo una mueca se alejó de él.

El apartamento de Fabián no era demasiado grande, apenas el espacio preciso para vivir con comodidad, y la cocina tenía los utensilios precisos para preparar una comida sencilla. Sophie caminó hacia ella y puso la tetera sobre la hornilla. No le preguntó si también deseaba tomar té, aunque lo más probable era que no, pues Fabián era más de tomar café.

—Mi corazón me dice muchas cosas ahora mismo —dijo ella concentrada en su tarea—. Ha sido un día difícil y me siento un poco abrumada. Por favor no me pidas que tome decisiones importantes ahora mismo—. Escuchó los pasos de Fabián que se acercaban a ella, y luego su voz.

—Entonces, lo pensarás con calma.

—Rebeca es una anciana ya. Utiliza e intenta manipular a los que le rodean, pero al final del día, no es más que una abuela que se siente sola. No te miento si te digo que me da cierto recelo irme a vivir a esa casa, pero al mismo tiempo, pienso que sería egoísta de mi parte no concederle este deseo. De todos modos —dijo ella mirándolo de reojo—, si me voy a vivir allí, no será por mucho tiempo.

—¿Crees que una vez estés allí, ella te dejará ir?

—Tendrá que hacerlo. Algún día me casaré, ¿no? —dijo con una sonrisa que Fabián adoró.

—Ah, ¿planeas casarte? —preguntó él fingiendo sorpresa— Y eso, ¿con quién? —Sophie hizo un gesto de suficiencia.

—Cariño, ahora no sólo soy guapa e inteligente; además, soy rica. Me lloverán los pretendientes.

—Lo que más admiro de ti es tu humildad —se burló él acercándose otro poco.

—Con todos esos ingredientes, tendré que tener cuidado y elegir al mejor candidato. Una vez ya elegí muy mal y a la desesperada. Esta vez, quiero hacerlo bien—. El haber mencionado a Alfonso enfrió un poco el ánimo de Fabián, que hizo una casi imperceptible mueca, pero que a Sophie no le pasó por alto.

—Sí elegiste mal, tal vez porque en esa época sólo eras guapa—. Ella lo miró sintiéndose ultrajada.

—¡Lo inteligente nunca lo he perdido!

—Cielo, tus neuronas se frieron un poco al de decirle que sí a él—. Ella le sacó la lengua, y se dedicó a preparar su té. Fabián se echó a reír.

En el momento, su teléfono sonó, y Sophie lo vio observar la pantalla e ignorarla haciendo un gesto de molestia.

—¿Trabajo? —le preguntó, pero él sólo hizo una mueca y puso el aparato con la pantalla hacia abajo en la encimera de la cocina.

Mientras ella se tomaba su té, se sentaron juntos en las butacas de la cocina y charlaron con tranquilidad acerca de todas las impresiones del día. Sophie se admiraba de poder contarle cada cosa sin temor a ser juzgada, o direccionada. Él no intentaba influenciarla en ningún sentido, y menos en este momento tan crucial de su vida; estaba dejando que tomara sus propias decisiones, dejándose guiar sólo por lo que le dictaba el corazón.

Al terminar el té, él le tomó la mano para conducirla a su cama, y una vez allí, la desnudó lenta y ardorosamente, besándola y acariciando cada centímetro de piel que tenía a la vista. Sophie no sabía si era normal que una pareja hiciera tanto y tan seguido el amor, pero si no era así, ella no se iba a quejar; estaba más que encantada.

—Desde que entraste a trabajar en las oficinas de Jakob, han sido más los días en que has faltado que los que has laborado —dijo Andrea mirando a Sophie de reojo.

Era raro ver a Andrea por los lados de producción, ya que había ruido, prisas, telas y retazos sobre cualquier superficie. La actividad y la apariencia de desorden no combinaban bien con la actitud cuidada y flemática de ella.

El lanzamiento de la próxima colección se avecinaba, y todos estaban atareados. Andrea lucía como si tuviera todo el tiempo del mundo mirando de manera perezosa la actividad en derredor.

Ante sus palabras, Sophie sólo elevó una ceja mirándola de manera interrogante.

—¿Disculpa? ¿Tengo que darte cuentas a ti acerca de mis horas laboradas?

—Es sólo una observación, para que caigas en cuenta de que a lo mejor sólo estás siendo una pérdida para la empresa. Cada hora que un empleado holgazanea es dinero en fuga...

—Gracias por la cátedra, prima. Me pregunto cuánto dinero se pierde por estar en las dependencias que no te corresponden llamando la atención a personal que no está bajo tu cargo.

—Soy tu superior, en cualquier caso. Puedo llamarte la atención si veo que estás obrando mal.

—Deberías hablar directamente con Carlos si tienes alguna inconformidad con mi trabajo. Recuerda que fue él quien me contrató.

—Dime una cosa —siguió Andrea acercándose un paso más a Sophie, que tenía un muestrario de telas en sus manos, y los comparaba con rollos de tela que había sobre una mesa larga y amplia—, ¿qué hiciste para ganarte su favor? —la pregunta dejó a Sophie quieta, preguntándose si acaso su prima estaba insinuando lo que ella creía.

Giró su cabeza para mirarla inquisitiva.

—¿Qué?

—¿Te metiste en su cama? —preguntó Andrea en un susurro.

Sophie la miró sintiéndose indignada; la insinuación no sólo la insultaba a ella, también a Carlos y a Ana, a Fabián y a todos los

demás. La miró apretando sus dientes.
—¿Es la manera como tú has conseguido todo lo que tienes? —preguntó Sophie entre dientes— Porque recuerdo muy bien que no eras tan buena estudiante en la universidad, y, sin embargo, te graduaste con notas altas.
—No seas atrevida.
—Mira, Andrea —siguió Sophie dando un paso hacia ella y en una actitud desafiante—; ya no estoy en tu casa dependiendo de tus padres, así que recuerda que, si lanzas un ataque, a mí no me costará nada devolvértelo, y he tenido mucho tiempo para afilar mis uñas. Si te vas a meter conmigo, ten en cuenta que puedes recibir el golpe de vuelta —y dicho esto, Sophie se alejó.
Andrea la miró con los puños apretados, queriendo decirle algo más. Sin embargo, no fue necesario, pues en ese momento un empleado detuvo a Sophie entregándole un sobre.
Sonrió. Ahí iba una pequeña cuota de su venganza, y suspiró sintiéndose mejor. Pronto, esa sonrisa satisfecha que había en el rostro de su prima se borraría, y sería ella quien riera de satisfacción entonces. Ella, mejor que nadie, sabía que un árbol robusto no podía ser derribado con sólo un hachazo; requería de más. Había venido hasta aquí sólo para ver que el primer paso se cumplía.

Sophie recibió el sobre extrañada; semanas atrás se había dado a la tarea de actualizar su dirección de correspondencia en todos lados y ninguno indicaba las oficinas. Miró en el sobre otra vez y advirtió que desconocía el nombre del remitente, pero era claramente una mujer.
Caminó hasta su pequeña oficina y luego de cerrar la puerta acristalada, lo abrió. Era la fotografía de Fabián en la cama con otra mujer.
Dejó caer la hoja sobre su escritorio sintiendo de inmediato que le faltaba la respiración.
Él aparecía dormido, con el cabello alborotado, y la mujer era quien había tomado la fotografía, teniendo especial cuidado de dejar ver sus senos y el torso desnudo de él.
Respira, se dijo. Respira profundo. Alguien quiere hacerte daño.
Tomó de nuevo la hoja de papel en la que habían impreso esta imagen de tan mal gusto, y la giró. Había una nota a mano que decía: "Es espectacular en la cama, ¿no es así? Lo sé yo y otras más".
—¡Qué idiota! —exclamó Sophie arrugando la hoja y tirándola a la papelera.
Esta era, a todas luces, el ataque de alguien malintencionado.

Tomó el sobre mirando el nombre; Jennifer Suárez. Había un número de teléfono, y marcó de inmediato.

—¿Hola? —dijo la voz de una mujer, y Sophie pasó saliva y respiró profundo para que la voz le saliera calmada.

—¿Qué significa esa fotografía? —preguntó de inmediato, pero sólo se escuchó una risa, luego de la cual, se cortó la llamada—. ¡Estúpida! —exclamó Sophie, y al siguiente al que llamó fue Fabián.

—Si es para invitarme a almorzar, digo sí —dijo su risueña voz, pero Sophie no estaba para chistes.

—Acabo de recibir una foto tuya, desnudo y en la cama con otra mujer en un sobre aquí en las oficinas. ¿Tienes algo que decir? —Fabián miró su teléfono completamente confundido. Esta era Sophie, pero no sonaba como Sophie, ni decía las cosas usuales.

—¿Qué?

—Jennifer Suárez. ¿Te suena de algo?

—No...

—¿Fue una amante tuya del pasado? —Fabián se puso en pie. Había estado frente a una mesa de dibujo concentrado en el nuevo proyecto, al que, debía ser sincero, no le estaba prestando la debida atención. Pero esto que decía Sophie simplemente era increíble, un poco grotesco, también.

—A lo mejor.

—¿A lo mejor?

—Nena... tú no fuiste la primera en mi vida—. Sophie cerró sus ojos recordándose que aquello era verdad y ella lo sabía. Él mismo ya le había contado que había salido con varias, y ella siempre había intuido que ese "varias" encerraba un número desagradable.

—Pues una de esas que estuvieron antes que yo, me envió una fotografía muy gráfica de ustedes dos.

—No estás de broma, ¿verdad?

—Fabián, ¿cómo se te ocurre que bromearía con algo así? —estalló ella de repente, con la voz quebrada, y Fabián tragó saliva.

—No lo sé. ¿Por qué alguien iba a enviar una foto de esas? ¡Es exponerte a ti mismo! Es...

—¡Repulsivo! —completó ella por él—, horriblemente repugnante ver a mi novio en la cama con otra, así sea alguien del pasado, así haya sido algo sin importancia.

—Lo siento, nena —se disculpó él. Sophie se dio cuenta de que sus ojos se habían humedecido.

Se sentó en su sillón y respiró profundo varias veces tratando de calmarse.

—¿Por qué alguien querría enviarme esto?
—No te preocupes, lo averiguaré.
—Pero.... ¿Por qué? Quieren que me disguste contigo, eso es claro. ¿Por qué?
—¿Y estás disgustada? —Sophie cerró sus ojos y apoyó su frente en la palma de su mano libre.
—Un poco. No lo puedo negar. Esta mañana estábamos tú y yo, solos en el mundo... y de repente esta imagen lo corrompe todo.
—Seguimos siendo tú y yo. Tú eres mi presente, y sabes que deseo que estés también en mi futuro. El pasado es para ignorarlo.
—Lo sé. Lo sé.
—¿Paso por ti a la hora del almuerzo?
—Sí... por favor. Necesito verte.
—¿Para borrar la imagen que se quedó en tu mente? —sonrió él y Sophie entrecerró sus ojos.
—Es increíble que puedas bromear en un momento así.
—Me adhiero al pensamiento de que me amas, y no tendrás en cuenta mis fechorías pasadas.
—Fechorías. Le queda perfecta esa palabra.
—A las doce, entonces. No olvides que te amo.
—Vale...
—Hey...
—Qué.
—¿No me amas? —Sophie sonrió.
—Sí, te amo; aunque esa frase sale un poco a regañadientes teniendo esa fotografía en mi oficina.
—Tráela, por favor.
—¿Qué?
—Necesito verla.
—¡Pero yo quiero quemarla! Bajaría al infierno sólo para verla arder —Fabián se echó a reír.
—Y yo quiero saber quién se expone tanto con tal de hacernos daño. ¿La traes, por favor? —Sophie respiró profundo.
—Está bien. Tendré que lavarme las manos luego de tocarla—. Fabián volvió a sonreír, pero al cortar la llamada, su sonrisa se borró de inmediato. ¿Quién era el o la estúpida que osaba hacer una cosa de estas? ¿De verdad era tan temeraria esa persona para jugar con fuego de esa manera?

Miró su reloj. Aún faltaba una hora y media para el almuerzo, y se le haría eterna. Debía agradecer, sin embargo, que Sophie lo hubiese llamado de inmediato y no hubiese decidido simplemente disgustarse con él sin decirle por qué.

De todos modos, cosas como estas no eran agradables y podían ir socavando aun a la relación más fuerte y estable, así que debía averiguar qué estaba pasando y por qué.

...29...

Sophie vio el auto de Fabián a la salida de Jakob y caminó a él apretando su bolso contra su regazo. Fue desacelerando su paso, como si no quisiera llegar a él, pero no era eso; simplemente deseaba que las cosas siguieran como siempre, poder ignorar lo que acababa de suceder. Tal vez debió callarse y fingir que nada había pasado... Pero no, se dijo; había hecho bien al decirle, las cargas debían llevarlas entre los dos. Si se lo hubiera callado, habría terminado inventándose mil historias todas de horror, envenenándose a sí misma hasta car en la locura y la paranoia. En cambio, él podía ayudarla a llegar a la verdad, pues era obvio que alguien quería hacerles daño.

Volvió a acelerar y pronto llegó frente a él.

—Esa carita —dijo Fabián con una sonrisa de medio lado, y cuando estuvo al alcance de su brazo, le tocó el rostro con el dorso de sus dedos.

—Tengo miedo, Fabián —dijo ella mirándolo a los ojos—. ¿Y si alguien está tan furioso porque salimos que se ha propuesto hacernos daño sin importar si se perjudica a sí mismo?

—Dime primero si una cosa así hará tambalear lo que sientes por mí.

—¿Y si hubiese sido yo? —preguntó ella en vez de contestar—. ¿Y si, al haber estado casada con Alfonso, mi vida sexual con él hubiese sido normal, y a ti te llegara una fotografía de eso?

—Lo odiaría.

—Entonces me entiendes.

—Pero recordaría que tu vida reinició al estar conmigo, y no podría juzgarte por algo que hiciste con pleno derecho—. Sophie cerró sus ojos, y Fabián se acercó para besarle los párpados, con suavidad, sintiendo la aprensión de ella como puñetazos en su corazón—. Aunque creo que odiaría más ver las fotografías tuyas vestida de novia y con él, la verdad —dijo, y ella sonrió al fin.

—No queda ninguna, creo. Aunque, no te extrañes si a tu correo llegan esas fotos. Alguien se ha tomado el trabajo de buscar a tu actual novia para pasarle fotografías guarras.

—Ven —dijo él tomándole la mano y abriéndole la puerta del auto para que entrara. Una vez dentro, él tomó una bolsa que había dejado en el asiento de atrás y se la entregó a Sophie—. Tenía pensado dártelo hace días, así que no pienses que es un regalo para hacerte olvidar lo que pasó hoy.

—Un iPhone —se sorprendió ella al abrir el paquete.

Obviamente, ella había pensado en comprarse un teléfono inteligente con su primer sueldo, uno que le permitiera tener las redes básicas, pero nunca uno de tan alta gama.

—Odio tu teléfono —se quejó él—, que no tengas redes, que no te pueda enviar un WhatsApp cuando se me antoje—. Ella sonrió negando.

—Gracias. Aunque…

—Nada de "aunques", ni "peros", ni nada. Acéptalo y ya.

—Señor, sí, señor—. Él la miró con ojos entrecerrados, y puso el auto en marcha.

—¿Trajiste la fotografía? —le preguntó. Ella no contestó, sólo metió la mano en el bolso y sacó una bola de papel poniéndola a su alcance sin siquiera mirarlo, como si estuviera muy concentrada en su teléfono. Sonriendo, él tomó la bola de papel y con una mano, mientras conducía, la desarrugó.

Ella tenía razón, esto era repulsivo.

La reconocía; Jennifer, se llamaba. Al girar la hoja, vio su nombre.

Sin decir nada, tomó su teléfono y buscó su número en sus contactos. Sophie lo vio actuar tan tranquilo, que se preguntó qué estaría tramando. Él puso el altavoz.

—Fabián, guapo. Milenios sin saber de ti —dijo la risueña voz de una mujer. Sophie lo miró ceñuda, preguntándole así qué quería conseguir él con esto.

—Hola, linda. Sólo quería hacerte una pregunta.

—¿Quieres que salgamos?

—Perdona, pero ahora tengo novia, y le estoy siendo muy fiel.

—Oh, diablos. Otro que pierdo. ¿Estás enamorado?

—Sí.

—Afortunada. Entonces, ¿me necesitas como amiga?

—Más o menos. A mi novia, a la que amo mucho…

—Ya basta —rio Jennifer.

—…le enviaron una foto tuya y mía de hace tiempo, desnudos, luego de tener sexo en tu cama. ¿Tienes algo que ver con eso? —la mujer quedó en silencio por varios segundos.

—¿Qué mierda es esa?

—Lo que te digo. A mi novia le mandaron una foto…

—Te juro por mi madre que no tengo nada que ver, Fabián. ¿Cómo diablos obtuvieron esa foto?

—No lo sé. Por eso te llamo.

Tu Deseo

—Joder. Puta mierda. Me hackearon el teléfono, deja y reviso.
—Mientras revisas, ¿por qué tomaste esa fotografía?
—Porque soy estúpida, qué más puede ser.
—Jennifer.
—Dios, esa noche te veías tan lindo, que simplemente tomé la foto. Ya ni siquiera me acordaba de eso—. Hubo un tenso silencio, luego del cual, ella volvió a hablar—. No me crees, ¿verdad? ¿Crees que yo misma mandé esa foto? Diablos, Fabián. Me conoces.
—No lo sé. Tal vez te enteraste de mi relación y...
—¿Crees que me puse celosa, al punto de mandar una foto donde tengo las tetas al aire? ¡Soy estúpida, pero no tanto!
—Entonces, ¿no tienes nada que ver?
—Ya te dije que no. Créeme, por favor.
—Está bien. De todos modos, empezaré a investigar qué es lo que está pasando.
—Yo también. Si salió esa foto a la luz... mierda, tengo otras más que...
—¿Conmigo?
—No eres el único hombre en mi vida.
—De acuerdo.
—Dile a tu novia que lo siento mucho.
—Ya te escuchó, te tengo en altavoz—. Jennifer guardó silencio por unos momentos.
—Vas en serio, entonces.
—Te lo dije.
—Pues que se avispe. Una de las razones por las que no me hice muchas ilusiones contigo, es porque eres demasiado trofeo.
—"Demasiado trofeo" ¿Qué quiere decir eso?
—Guapo, rico, educado... A los hombres así, les llueven las mujeres. Era evidente que cualquiera que se comprometiera contigo tendría que sufrir un poco espantando a las demás mujeres... y no, demasiado trabajo para mí. Mira con lo que tiene que lidiar esa pobre ahora. Alguna obsesionada está haciendo lo indecible por dejarte otra vez soltero. Qué pesadilla.
—Vaya. Eso no es muy halagüeño para mí.
—Lo siento, querido. Ningún hombre vale tanto esfuerzo. ¿Eso era todo o hay alguna otra cosa que quieras de mí?
—Nada. Sólo... borra esas fotografías, ¿sí?
—Créeme, lo haré de inmediato—. Ella cortó la llamada, y Fabián respiró profundo mirando al frente. ¿Qué diablos había significado eso? ¿Demasiado trabajo? ¿Pensaban todas las mujeres así? Miró a

305

Sophie, que también permanecía en silencio y suspiró.

—Ella dice no tener nada que ver —dijo, y ella asintió.

—Pero sí que hay una loca obsesionada por allí. Y si ese es el caso, tu pasado no ayuda mucho.

—Tampoco es tan grave —ella lo miró de reojo y él tuvo que hacer una mueca—. Sophie, esas mujeres no significaron nada para mí. Si así hubiera sido, no me habrías encontrado soltero; desde hace muchos años que mi pensamiento a ese respecto cambió. Cuando vi cómo mis amigos se enamoraban y eso les cambiaba la vida, supe que quería lo mismo. Lo busqué, y aunque mi estilo de vida cambió bastante, sólo era un hombre soltero sin nadie a quien darle cuentas.

—Fabián, no tienes que disculparte por tu pasado.

—No lo sé, Sophie. Ahora mismo me estoy sintiendo bastante… sucio, manchado.

—No, no. Por favor no pienses de esa manera —se apresuró a decir ella extendiendo su mano a la de él y apretándosela un poco, sintiéndose terrible por haber provocado este sentimiento en él—. Tú por lo menos… supiste esperar; no firmaste ningún papel—. Él sonrió, pero luego suspiró con una mueca de preocupación.

—¿Quién, Sophie? ¿Quién quiere que nos peleemos?

—Lo importante aquí es: ¿le daremos el gusto? —Fabián detuvo el auto y se estacionó frente a un restaurante, y antes de bajar le tomó la barbilla haciendo que lo mirara.

—Hazme una promesa, por favor —le pidió, ella asintió mirándolo a los ojos—. Si te vuelven a llegar fotografías así, o cualquier otra cosa igual de desagradable, por favor, dímelo de inmediato… Y si surge algo que amenace con separarnos, así parezca muy real y muy verdadero, por favor, no me lo ocultes. Yo te prometo que no habrá secretos entre los dos. Y si quieres el nombre de todas las mujeres con las que me acosté en el pasado, por si las moscas…

—No quiero saber eso —dijo ella frunciendo el ceño—. Y te prometo que te comentaré todo, así como hice hoy.

—Gracias por eso. Otra se habría enojado y hecho un show sin explicar lo que sucedía—. Ella sólo sonrió y apretó su mano también.

—Sabes, no es demasiado trabajo —dijo ella. Él la miró confundido, así que se explicó—: Estar contigo no es demasiado trabajo, y si lo fuera, seguro que tú lo vales. Parece que voy a tener que lidiar con una loca, pero tú vales el esfuerzo—. Él se echó a reír, y luego de besarla en agradecimiento por esas palabras, bajaron al fin del auto para entrar al restaurante.

Con aquella promesa que se habían hecho, ambos se sentían mucho mejor. Sophie había dado una gran muestra de sensatez hoy, y él sabía que tendrían que andarse con cuidado si querían proteger la relación, que era valiosa para ambos.

Los días empezaron a pasar. Con el lanzamiento de la colección tan cercano, Sophie estuvo demasiado atareada, llegaba tarde a casa, y para poder verse con Fabián, prácticamente había tenido que mudarse con él. Rebeca seguía reclamándole tiempo, y él notaba cómo ella empezaba a ceder. El próximo fin de semana, ella lo pasaría con su abuela, aunque, debía celebrar, Agustín estaría de viaje en ese entonces.

También había ido con ella a la casa de la tía Martha. O más bien, a la casa de la prima Adriana. Adriana era bastante parecida a Martha, notó Fabián. Y era cercana a Sophie; en el tiempo que estuvieron en su casa, no hicieron sino recordar viejos tiempos.

Sophie le comentó después de su deseo de ayudarlos económicamente, después de todo, Martha lo había dejado todo por ayudarla a ella, y Adriana nunca le había negado un plato de comida o unas monedas cuando ella había estado urgida.

—Mi deuda con ellas va más allá de un poco de dinero —dijo ella—. Si hubiesen podido, me habrían ayudado más. Lamentablemente, no fue así; también han tenido que luchar por sobrevivir.

Agustín y Sophie se hicieron las pruebas de ADN, dando como resultado lo que ya se sabía, que eran tío y sobrina.

Sophie empezó a pasar noches en casa de su abuela, noches en el apartamento de Fabián, y poco a poco, se le veía menos en casa de Ana, que era donde oficialmente vivía.

—Esta es la oficial bienvenida a la familia Alvarado —le dijo Agustín. Ella había ido a su oficina en horas de la mañana sólo un día después de haber recibido los resultados de las pruebas de ADN. Él la había citado, y como Fabián insistiera, había venido junto a Ana, que actuaba casi de guardaespaldas para ella. Pero no había servido de mucho, sólo las habían atendido como a princesas, invitándolas a tomar lo que se les antojara, y luego ella había sido conducida a solas a la oficina de Agustín.

Sophie miró con ojos grandes los documentos que tenía delante y que debía firmar. Como Ana le había aconsejado, no debía firmar nada si antes no lo estudiaba un abogado, así que sólo los estaba

leyendo.
Ella era acreedora de una gran fortuna, la parte que en el pasado le había pertenecido a su padre y que ahora le correspondía.
—Encontré que tenías una deuda algo atrasada en un banco —le dijo, y Sophie se mordió los labios un poco avergonzada—. Ya fue cancelada, no te preocupes.
—Gracias.
—De todos modos —dijo Agustín con actitud tranquila y señalando el documento que ella leía—, esto es sólo... dinero de bolsillo —Sophie lo miró a él.
—¿Dinero de bolsillo? ¿Son millones! ¡Con esta cantidad mensual, yo... podría vivir hasta dos años sin trabajar! —Agustín sonrió.
—Sólo para tus gastos personales. Hasta que... —como él no completó la frase, Sophie lo miró—. Luego, si lo deseas, de verdad podrás estar el resto de tu vida sin trabajar. Mientras tanto, tendrás que llevar un estilo de vida diferente. ¿Tienes licencia de conducir? —Sophie se mordió el interior del labio.
—No.
—Haz el trámite. La empresa te cederá uno de los autos... a menos que quieras uno nuevo.
—Uno de la empresa estará bien.
—Parece que estás abrumada —sonrió él, y Sophie encogió un hombro sin dar respuesta—. Debes ir acostumbrándote.
—Cuando dices "mientras tanto", ¿a qué te refieres? —preguntó ella—. ¿Mientras qué? —Él se recostó en el espaldar de su enorme sillón y la miró dándole vueltas a su pluma que al parecer era de oro entre los dedos.
—Mientras viva mamá. Lo que heredarás luego de su muerte, sí que será descomunal—. Sophie sintió un frío recorrerle la espalda. No le había gustado que mencionara la muerte de la abuela Rebeca y de manera tan tranquila. Por lo general, ese tipo de cosas ni se mencionaban, o se tocaba madera luego de eso. Lo miró algo inquisitiva y apretando levemente sus labios—. No le estoy aumentando nada a la realidad —siguió él con naturalidad—. Mamá tiene aún el dominio sobre la fortuna, y sólo lo cederá luego de su fallecimiento.
—Pero tú diriges las empresas.
—Sí, es verdad, pero soy más bien un empleado. Lo mismo que serías tú si decidieras trabajar con nosotros. Será mucho dinero el que heredarás, y si piensas que con tu mensualidad actual podrías vivir dos años sin trabajar, con eso, podrías vivir el resto de tu vida a lo

grande y sin mover un dedo. No por nada ella es una de las mujeres más ricas del país—. Sophie volvió a mirar el papel, muy seria.

—La abuela es una mujer muy saludable y…

—Sí, lo es. Pero no deja de ser una anciana. Es una lástima que haya pasado tanto tiempo estando las dos separadas. Ella ha sufrido mucho por tu ausencia—. Sophie respiró profundo.

—No ha sido mi culpa —dijo mirándolo otra vez a los ojos—. Alguien nos mintió; a ella y a mí. Nos dijeron que la una odiaba a la otra, y hay mucha gente que se hubiera beneficiado si yo jamás regresaba.

—Mamá había mandado llamarte —le dijo él ignorando la acusación velada en sus palabras—. Como creíamos que no querías volver, ella pensaba presionarte. Si no volvías en el lapso de un mes, perderías tu parte de la herencia. Me pareció terriblemente injusto, pero la conozco y sé que habría cumplido, así que me empeñé en encontrarte… y fue cuando descubrí que nos habían estado engañando—. Sophie lo miró fijamente, deseando poder leerle los pensamientos, preguntándose cuánto de cierto había en esa afirmación—. Firma, por favor —la animó él señalando los papeles y Sophie negó con una sonrisa cortés.

—Quiero que alguien lo lea y me explique algunos puntos antes de eso.

—Yo puedo explicarte…

—Tú estás muy ocupado, no te preocupes. Te los traeré pronto, o tal vez te los lleve a casa.

—No los vayas a perder. Son documentos muy importantes.

—Pierde cuidado. Gracias —se puso en pie y salió de la oficina. Agustín se la quedó mirando hasta que desapareció tras la puerta dándose cuenta de que su sobrina desconfiaba de él.

Mierda. Tendría que esmerarse un poco más. Pero ya había cedido mucho; ¿cuánto más necesitaba invertir en esto?

—Está todo limpio —dijo Mateo pasándole a Carlos el documento que Fabián le había pedido que leyera. Estaban en la sala principal de la casa Soler, y Juan José y Mateo habían sido invitados precisamente para estudiar este documento y hablar de la situación. Las mujeres estaban en otra sala y charlaban entre ellas—. La letra menuda es muy clara —siguió Mateo—. Ella recibirá los beneficios de ser una Alvarado. Mensualidad, bienes inmuebles, vehículos… todo muy normal.

—¿Seguro?

—Si quieres, hago que uno de mis abogados lo lea —Fabián titubeó. Tal vez estaba exagerando, se dijo, y lo dejó estar. Miró a Carlos, que le echaba una segunda hojeada y tampoco había sido capaz de encontrar ninguna trampa oculta.

—Desconfío de todo lo que parece tan fácil.

—Haces bien —le dijo Juan José asintiendo—. Así estemos exagerando, mejor tomar las debidas precauciones.

—¿Creen que ese hombre de verdad está dispuesto a renunciar a la mitad de todo el dinero que creyó suyo para dárselo a Sophie sólo porque es su derecho? —Mateo se encogió de hombros.

—No sabría decirte, sólo que... mantengas un ojo abierto.

—Eso hago.

—La vida te sonríe —le dijo Ángela a Sophie sentándose a su lado. Sophie sonrió.

—Eso parece. En un momento, mi vida era una miseria total, y ahora... lo tengo todo.

—Por supuesto —comentó Eloísa mirándola algo seria—. Esa fortuna no es nada despreciable.

—No me refiero al dinero —añadió Sophie casi ceñuda—. Cuando digo todo, es... familia, amigos geniales... un buen empleo, un techo sobre mi cabeza... y Fabián. Aunque sólo tuviera una de esas cosas, ya sería muy afortunada, pero mira... lo tengo todo.

—Y especialmente —dijo Eloísa, mirándola ahora con picardía—, esa última parte es la que más te hace feliz, ¿no?

—¿No la ves? —bromeó Ángela señalándola— Se le sale la dicha por los poros—. Sophie sonrió ampliamente, incapaz de quejarse ante las puyas.

—No debo lucir muy diferente a cualquiera de ustedes. Están casadas y enamoradas.

—Yo sigo de luna de miel —comentó Eloísa sonriendo—. La panza no me impide nada —Sophie se echó a reír. Ya no se sonrojaba tanto cuando hablaban de sexo, y le encantaban las picardías que se comentaban entre ellas.

Mientras hablaban, una de las muchachas del servicio de la casa Soler, se acercó a Sophie en silencio y le entregó un pequeño sobre. Sophie lo recibió confundida en un principio, pero luego empezó a sentirse nerviosa. Era una memoria USB, y apenas la vio, se puso en pie como si fuera algo con intención de picarla.

—¿Qué pasa?

—Un envío anónimo.

—¿Aquí? —preguntó Ana extrañada.
—¿Qué es? —preguntó Ángela, pero Sophie sólo se mordió los labios y caminó hacia la oficina donde estaban reunidos los hombres. Las otras tres la siguieron, intrigadas por su actitud.

Fabián abrió la puerta y antes de poder sonreír, vio su rostro preocupado.

—Acaba de llegarme esto —dijo, mostrándole el pequeño aparato—. No tiene remitente.

—¿Aquí a la casa? —preguntó Carlos, extrañado.

—Voy a preguntar en la portería quién hizo llegar el paquete —dijo Ana saliendo por el pasillo, y Fabián recibió la memoria muy serio. Sophie había palidecido un poco.

—¿Quieres ver lo que hay? —ella sacudió su cabeza, negando.

—¿Qué está pasando? —preguntó Juan José ahora, y Fabián se giró a mirarlo.

—Están enviándole a Sophie fotos comprometedoras mías.

—¿Qué? —preguntó Eloísa mirándolo confundida.

—De mis novias pasadas. Parece que alguien contactó a las mujeres con las que alguna vez tuve relación para mortificar a mi novia —mientras hablaba, Carlos había encendido su computador de escritorio, y le extendió la mano a Fabián para examinar la memoria. Él se la pasó, y luego de verificar que no fuera un virus, abrieron la carpeta.

Mateo y Juan José se acercaron a la pantalla para mirar, y éste último soltó una risita al ver reproducirse un video de los tres borrachos en un yate, con al menos unas cuatro mujeres rodeándolos.

—Eso fue en mi cumpleaños —dijo Mateo mirando molesto la pantalla—. ¡Hace como ocho años!

—Yo estaba borracho como una cuba.

—Oh, diablos, esa vez Fabián vomitó por la borda. Sip —agregó luego—. Ahí lo tienes, devolviendo el estómago.

—Estaba mareado por el movimiento del yate.

—¿Un video de los tres ebrios? —preguntó Eloísa acercándose, pero Mateo le impidió que viera la pantalla alejándola.

—Estábamos… un poco ligeros de ropa —se excusó, pero Eloísa lo miró sabedora.

—Y las mujeres con las que estaban también, ¿no es así?

—Qué pregunta tan odiosa. Sólo nos fuimos los tres a pescar, encontramos una botella y nos pasamos un poco.

—Sí, claro.

—Pepito no discriminaba en esa época —siguió Juan José

mirando a su mujer casi con una súplica en los ojos. Ángela sólo se echó a reír.

—Ni me conocías en esa época. ¿Por qué alguien se tomaría tal molestia?

—¿Quién hizo ese video? —preguntó Sophie, con la voz mucho más calmada que antes.

—Alguna de las… asistentes de navegación con las que fuimos —contestó Mateo, manteniendo su postura.

—Esto es ridículo. ¿Esperan hacerlos pelear con cosas así? —preguntó Eloísa. Ana llegó en el momento con el teléfono en la mano.

—El portero dice que sólo le dejaron el paquete. Alguien en una motocicleta, no una empresa de correos.

—Todo muy anónimo —susurró Sophie—. Igual que la última vez.

—Te doy un consejo —habló Eloísa—. Cierra los ojos, los oídos y el corazón ante todo lo que tenga que ver con el pasado de tu novio. Y me refiero a la parranda de novias que tuvo, porque créeme, fueron bastantes.

—Éramos jóvenes, bellos y ricos. ¿Qué esperabas?

—Y, además, con la testosterona a rebosar —añadió Ángela con desdén. Juan José se apresuró a abrazarla y besarle el cabello.

—Recuerda que eres la única ahora.

—Sí, sí.

—Me pregunto si esto parará algún día —suspiró Sophie, y miró a Fabián—. Quiero que pare. Quiero que nos dejen en paz.

—Habrá que jugar sucio —dijo Mateo con tranquilidad—. Si así lo quieres, me pondré en ello. ¿Lo apruebas, Sophie? —era interesante que Mateo le preguntara a ella y no a Fabián.

—Bueno, ya ves que el que está haciendo esto, no está muy preocupado por el juego limpio—. Mateo sonrió.

—Así se habla.

—Tal vez debamos ir a un sitio bastante público y dejar ver que nada de esto surte efecto en ustedes —sugirió Ana cruzada de brazos con actitud pensativa—. Los periodistas siempre andan buscando chismes. Eso les gustará.

—Además que eres una heredera recién recuperada —añadió Ángela—. Eso le dará chispa.

—Conozco a la periodista perfecta para que lleve la historia —sonrió Eloísa.

—Quien quiera verme deprimida por estas cosas —dijo Sophie

con voz firme—, se va a llevar un fiasco —miró otra vez a Fabián y le rodeó la cintura con sus brazos—. Nuestra mejor venganza será mostrarle que ni nos incomoda lo que está haciendo.

—Por eso es que me gustas tanto —sonrió él, y se inclinó para darle un beso.

...30...

Varios días pasaron, y Eloísa y Mateo, que parecían espías del FBI retirados, constantemente le estaban enviando datos de lo investigado hasta el momento a Sophie y Fabián. Dado que la entrada a la localidad donde estaba ubicada la casa de Ana estaba vigilada con circuito cerrado de televisión, lograron obtener la matrícula de la motocicleta del que había entregado el paquete, y Mateo le había asegurado que el trámite para obtener el nombre del dueño de dicha motocicleta era sencillo, así que estaban a la espera. Carlos, por su parte, había indagado acerca de quién le había entregado el primer sobre, pero al parecer, éste simplemente había aparecido en los cubículos de la recepción, y luego había sido entregado a Sophie, pues era su nombre el que estaba en el destinatario. Todo un misterio.

Habían mirado en las cámaras de seguridad del área de recepción, y toda la actividad del día de la entrega había sido muy normal, así que, al parecer, por ese lado, no iban a obtener mucha información.

Por otro lado, Fabián seguía a la espera de que dieran con Alfonso Díaz. Los días se pasaban y era muy extraño que el hombre prácticamente hubiese abandonado su vivienda. No tenía un lugar de trabajo fijo, así que tenía su casa y la de su familia vigiladas, pero no había vuelto por esos lados. Tal vez estaba viviendo en otro lado, en un hotel, aunque dudaba que alguien como él pudiera permitirse vivir en hoteles.

No había una tarjeta de crédito a su nombre que pudieran rastrear, ni cuenta bancaria. Al parecer, Alfonso se manejaba con efectivo todo el tiempo. Por el contrario, tenía deudas atrasadas en diferentes lugares y de gran cantidad. Todo acerca de él mostraba que era un hombre desordenado, sin paradero, sin ancla en su vida. Era un comerciante del tres al cuarto que cada vez tenía peor reputación. Fabián esperaba que no hubiese decidido irse a vivir a otra ciudad a estafar a otros incautos.

La colección de Jakob se lanzó semanas después. Un éxito en ventas a nivel nacional e internacional. Sophie, aunque no figuró, ni fue aplaudida, ni se le atribuyó ningún mérito especial por su colaboración en este trabajo, se sentía especialmente orgullosa. Ella había ayudado en la organización y consecución de este éxito, y había aprendido muchísimo en el camino. Cuando Carlos la llamó a su oficina para proponerle un nuevo proyecto, casi salta de felicidad.

—Quiero que me presentes tus diseños —le dijo Carlos—. Tú diseñas calzado, y he decidido que es el momento para que Jakob incursione en ese mundo.

—E... ¿estás hablando en serio, Carlos? —preguntó ella sorprendida. Carlos sonrió de medio lado. Había esperado esta reacción.

—Claro que estoy hablando en serio. Tienes dos meses para presentarme una colección y el primer prototipo. ¿Es muy poco tiempo?

—¿Una colección? Serían más o menos doce pares... creo que tengo lista la mitad, llevo mucho tiempo pensando en esto.

—Por eso es que me caes bien. Tienes un presupuesto —le dijo Carlos poniendo delante de ella y sobre el escritorio una carpeta—. Dispones de ese dinero para la compra de todos los materiales que necesites—. Carlos siguió hablando, y Sophie lo escuchaba como en el limbo. Esta era la realización de un sueño, de un deseo que no se había atrevido a formular.

Cuando salió de la oficina de Carlos, los ojos se le humedecieron. A excepción de los molestos anónimos que habían estado llegando para fastidiarla, toda su vida, desde que había lanzado una moneda en aquella fuente, había sido fantástica. Casi como de cuento.

—¿Se siente bien? —le preguntó Mabel, la secretaria de Carlos, al verla quieta en medio del pasillo. Sophie le sonrió.

—Sí, estoy muy bien—. Echó a andar hacia su pequeña oficina, y antes de llegar, tropezó con Andrea, haciéndole caer unos papeles. Ella se quedó de pie mirándola molesta.

—¡Mira por dónde vas! —exclamó, Sophie estuvo a punto de agacharse para recogerle los papeles, pero al ver su actitud se arrepintió.

—Fue un accidente —le dijo—, y ya estaba a punto de disculparme.

—¿No vas a recoger los papeles?

—Lo iba a hacer, pero como eres una gritona, ya se me quitaron las ganas de ser cortés—. Sophie la rodeó y se alejó, dejándola boquiabierta.

¿Qué le pasaba a ésta?, se preguntó Andrea. Vio que uno de los chicos de producción pasaba por allí, y con tono autoritario, le dio la orden de que le recogiera los papeles. No la soportaba, pensó Andrea mirando la espalda de su prima alejarse; odiaba tener que encontrársela en los pasillos. Cada día era más difícil tener paciencia.

Pero ya quedaba poco, se dijo cuando recibió de manos de un empleado los papeles en desorden. Ya quedaba muy poco para quitársela definitivamente de encima, y para que a Fabián no le quedaran muchas ganas de volver a estar a su lado.

—¿Hola? —contestó Sophie por teléfono. Era un número desconocido, pero como su teléfono era nuevo, la gran mayoría lo era ahora.

—Soy Jennifer Suárez —dijo la voz de una mujer. Sophie se enderezó en su asiento. Recordaba el nombre, era el de la mujer que aparecía en la fotografía con Fabián—. Y quiero hablar contigo.

—Habla. ¿Qué tienes que decir?

—No por teléfono. Personalmente.

—No lo creo…

—Es importante.

—Dijiste que te hackearon el teléfono. ¿Ya averiguaste quién fue?

—¿Qué? —preguntó la mujer, extrañada. Sophie frunció el ceño. Algo dentro le dijo que esta no era la misma mujer con la que había hablado Fabián en el auto aquella vez. Una de las dos era la impostora.

—¿Qué quieres? —le preguntó Sophie.

—Ya te dije, que hablemos.

—No sé quién eres ni cuáles son tus intenciones, así que no pienso ir contigo a ningún sitio.

—No tienes que hacerlo. A la salida de tu trabajo estará bien. Si puedes bajar en este momento…

—¿Ahora?

—Es importante. Tengo que explicarte algo. Sólo serán unos minutos. Te espero en la acera—. La mujer cortó la llamada sin darle tiempo a preguntar nada más. Sophie miró su reloj. Eran las cuatro de la tarde, no era su hora de salida, pero seguro que podía ir un momento a la acera. Si era verdad y esto no tomaba mucho tiempo, podría ir y venir en menos de nada.

Bajó a la entrada del edificio, y antes de salir, le pidió al guarda de la puerta principal que no la perdiera de vista. El guarda la miró algo extrañado por su petición, pero salió junto a ella del edificio.

Sophie miró a cada lado. No había nadie.

Puso sus manos en su cintura preguntándose si acaso era alguien haciéndole perder el tiempo, simplemente.

Pero entonces lo vio. No a la tal Jennifer Suárez, sino a Alfonso Díaz.

Estaba recostado a uno de los árboles que adornaban la entrada de Jakob, fumaba un cigarrillo y miraba su reloj como si esperara a alguien. Él la vio entonces, y con una sonrisa, aplastó el cigarro en el suelo y se encaminó a ella.

—Señor —dijo el guarda acercándosele—. Discúlpeme, pero no puede permanecer en esta área.

—No pasa nada. Tengo derecho a hablar con mi esposa —dijo Alfonso mirando a Sophie a los ojos, que había palidecido y permanecía de pie y quieta en el mismo lugar. El guarda miró a Sophie interrogante, pero ésta no dijo nada. Sin embargo, ella le había pedido que no la perdiera de vista, así que se alejó unos pasos sin quitarle el ojo de encima y dándole cierta privacidad.

—¿Qué haces aquí? —Alfonso se encogió de hombros. Miró hacia arriba el edificio y volvió sus ojos a ella.

—Cuánto tiempo. ¿Ahora trabajas aquí? Te va bien —dijo, señalando su ropa y los finos accesorios que llevaba. Cuando estuvo casi a punto de tocarla, Sophie dio un paso atrás.

—Vamos, chiquita. No me digas que me tienes miedo—. Era chistoso que él le dijera chiquita, pues era más alta que él.

—No es miedo. Es asco —Ante eso, Alfonso simplemente hizo una mueca.

—Estás furiosa conmigo, pero no me digas esas cosas tan feas.

—Te mereces cada cosa fea que quiera salir de mi boca. No eres más que una basura, un mentiroso, un ladrón. Lo peor con lo que me he podido tropezar. Una caca de perro en mi zapato me daría menos asco que tú—. Alfonso escuchó cada palabra sin cambiar su expresión, y Sophie se preguntó si es que acaso su insulto había sido muy suave para él, que a lo mejor estaba acostumbrado a escuchar cosas peores—. Dime, ¿qué te hice yo, ah, para que me hicieras algo así? ¿Sabes la situación en la que quedé luego de que te largaste?

—Pero ya estás bien.

—¡No gracias a ti! —exclamó Sophie sintiendo que se iba poniendo roja de furia—. Casi... —se detuvo. Si bien era su culpa que casi estuviera a punto de morir de hambre, no se lo iba a decir—. Te voy a denunciar —dijo en cambio—. Ya que sé que estás aquí en Bogotá, te voy a denunciar.

—¿Fuiste tú la que mandó a preguntar por mí? —preguntó él con tranquilidad—. No me hagas eso.

—¿Esperas que deje las cosas así? ¿Luego de que me robaste una gran cantidad de dinero?

—No te lo robé. Como tu esposo, tenía derecho a él.

—¡No eres mi esposo! ¡Jamás lo fuiste! —Alfonso se pasó la mano por el ralo cabello haciendo una ligera mueca de desenfado, como si no le alterase en lo más mínimo que ella hubiese descubierto la verdad—. ¡Qué clase de hombre eres! —se exasperó Sophie—. ¡Qué tipo de persona inventa un matrimonio falso!

—Sophie…

—¡Un notario falso! ¡Una boda falsa! Y luego te largaste con una amante, dejándome en la peor de las situaciones. ¡Te mereces que te suceda lo peor de este mundo!

—Ahora estás bien —repitió él—. Un buen trabajo, mírate; excelente ropa. No necesitas nada de mí.

—¿Acaso estoy diciendo que necesito algo de ti, estúpido? —se alteró Sophie empuñando sus manos—. ¿No estás escuchando lo que te estoy diciendo?

—Siempre has dicho que eres una mujer inteligente. Pues mira, sal adelante como siempre lo has hecho. Yo ya no siento nada por ti; lo del matrimonio fue un arrebato, amor a primera vista. Me deslumbré un poco, pero luego me di cuenta de la realidad. No eres la mujer que quiero para pasar el resto de mi vida.

—Eres la peor basura…

—Y eso que dices del notario falso… No tengo ni idea, recuerda que no fui yo el que contrató a ese notario. ¿Era falso, de verdad? No sabía. Soy una víctima también.

— ¿De qué estás hablando, maldito? ¿Te vas a lavar las manos?
—Alfonso se encogió de hombros.

—Apenas me estoy enterando —Sophie lo miró a los ojos deseando poder leerle la mente, saber qué tan ciertas o falsas eran esas palabras.

—Eres un experto mentiroso.

—No te estoy mintiendo. No digas que soy un mentiroso. No soy un mentiroso.

—Mentiroso, mentiroso. Maldito, estúpido mentiroso. Toda tu vida es una falsedad. Basura, eres una basura.

—Sophie, no me trates así…

—Te mereces que te escupa, que te maldiga.

—¡Pero si más bien, te hice un favor! —dijo él sin alterarse siquiera, y Sophie se preguntó cómo era capaz de tener tanta sangre fría—. Si hubiese seguido contigo… no sé, piénsalo, imagínalo. Tú no me amabas de verdad. Tuve que irme.

—¿Vas a decir que fue mi culpa?

—Se te notaba cuando me besabas. No lo hacías con pasión—.

Sophie hizo una mueca de asco cuando recordó los pocos besos que le alcanzó a dar. No podía creer ahora que ella hubiese besado esa boca fumadora y mentirosa. Sintió entonces asco de sí misma. Con ojos húmedos, dio un paso atrás. Él casi tenía razón. Le había hecho un favor. Si hubiese insistido en quedarse a su lado, si la hubiese hecho su mujer, como habría sido lo natural luego de creerse casada, su vida ahora sería el peor de los infiernos.

Era horrible tener que agradecerle el haberla dejado en la inopia, pero ahora tenía que reconocer que había sido lo mejor que le sucediera.

Pensó en Fabián, en su amor, en sus besos, y poco a poco se fue sintiendo mejor. Volver a mirar a Alfonso fue una dura prueba después de eso.

—Sea como sea —dijo con una sonrisa amarga—, voy a hacer que pagues. No sabes con quién te metiste, Alfonso—. Él hizo girar sus ojos en sus cuencas, como si le cansase la amenaza—. No estoy jugando.

—Tú no eres así. No eres mala. Te da miedo.

—¿Qué?

—Eres una niña buena, siempre lo has sido. No eres capaz de denunciarme, ya lo habrías hecho—. Sophie, incrédula, se echó a reír.

—Veo que todo lo que te digo cae en saco roto. Tienes tantos trastornos en esa cabeza tuya que nada te entra.

—¿De qué hablas? ¿Qué trastornos?

—Eres la peor desgracia que le pudo haber ocurrido a tu pobre madre. Debe estar muy avergonzada de ti.

—Sophie, no me digas esas cosas...

—Ninguna mujer te va a amar jamás, pues además de ser una basurita minúscula, te faltan pelotas para llegar a ser siquiera un hombre de verdad —Eso lo tocó al fin, pues el rostro tranquilo que había tenido hasta ahora al fin se alteró en una mueca de enfado. Sophie sólo sonrió por su pequeña victoria, y dando media vuelta, volvió a entrar al edificio.

Caminó pisando fuerte por el lobby y se internó en el ascensor respirando profundo. El corazón le martilleaba en el pecho con fuerza, y así fue hasta que volvió a entrar a su oficina. Se sentó y esperó a que volviera a ella la calma. Lo había dicho, al fin le había dicho algo de todo lo que había deseado decirle desde el momento en que descubrió que la había estafado. Oh, muchas otras cosas se habían quedado en el tintero, pero al menos había podido desahogar parte de su rabia.

Cuando su respiración y su ritmo cardíaco volvieron a la normalidad, tomó el teléfono y llamó a Fabián.

—Alfonso Díaz está en la ciudad —le dijo casi de inmediato.

Fabián guardó silencio por un momento, preguntándose en parte cómo lo sabía ella.

—¿Estás segura? —le preguntó.

—Segurísima. Me lo encontré... a la entrada de Jakob.

—¿Qué? ¿Te está acechando? —Sophie frunció el ceño recordando que había salido porque la tal Jennifer así se lo había pedido, pero, en cambio, había tenido ese horrible encuentro con Alfonso.

—No lo sé. No sé qué hacía ahí. Parecía estar esperando a alguien.

—¿A ti? —ella meneó su cabeza negando, pues él había parecido sorprendido de verla, y al enterarse de que trabajaba allí.

—Tampoco lo sé.

—Iré a buscarte en la noche, para que hablemos.

—La abuela Rebeca me espera para cenar con ella.

—Va a tener que esperarte. Esto es más importante.

—Fabián...

—Llámala, y dile que se presentó un imprevisto. Necesito que me cuentes con detalle cómo fue todo, y en este mismo instante estoy avisándole a las autoridades que el maldito ese volvió a la ciudad, para que empiecen a buscarlo.

—Está bien. Me estoy metiendo en problemas con la abuela.

—Dile que, a cambio de la cena, pasarás una noche en su casa. Aceptará encantada—. Sophie respiró profundo.

—Está bien. Nos vemos en la noche entonces—. Luego de despedirse, él cortó la llamada, y entonces ella llamó a su abuela, que tal como lo predijo, no le gustó nada la cancelación.

—Eso fue idea tuya, ¿verdad? —le reclamó Alfonso a Andrea por teléfono, que reía a carcajadas mientras él le contaba que se había encontrado con Sophie en vez de con ella—. Fuiste tú, ¿verdad? ¿Por qué eres así? Me dejaste ahí, solo con esa fiera. ¿Por qué me hiciste eso?

—Pero, ¿qué te dijo? —preguntó Andrea entre risas.

—Me dijo de todo —le contestó Alfonso con tono lastimero—. Me trató muy mal, y tú sabes que no me merezco nada de lo que dijo.

—Ay, por Dios, Alfonso. Deja de fingir conmigo.

—¡Yo no le hice nada! Ahora ella está super bien. Mejor que yo, y hasta que tú.
—Eso no —contestó ella de inmediato—. No está mejor que yo.
—Yo la vi muy bien. Tenía oro encima. Y la piedra de la gargantilla parecía un zafiro. Uno de verdad. Tú no tienes joyas así.
—Cállate, no seas idiota. Cómo se ve que no sabes de cosas de calidad, te deslumbras con nada.
—Yo nomás decía.
—¿Te dijo algo importante?
—Que me va a denunciar. ¿Crees que lo haga?
—No lo sé. Pero como ahora anda con esa gente, a lo mejor, sí.
—Si me agarran, no caeré solo, y lo sabes.
—¿Qué quieres decir?
—Diré que tu papá es el culpable de todo. Tienes que ayudarme.
—No te voy a dar dinero. Ya me debes mucho.
—Pero a ti no te conviene que me agarren.
—Por el contrario, eso no me afecta.
—Andrea...
—Analízalo, cariño —dijo ella suavizando su voz, sabiendo que se cazaban más moscas con miel que con vinagre—, no hay pruebas de que yo siquiera estuviera enterada, o involucrada en ese fraude, y menos lo del matrimonio.
—Tú recibiste dinero.
—¿Tienes prueba de eso? Yo no te firmé ningún recibo, ¿verdad? Ni la prueba de una transferencia o consignación a mis cuentas —Alfonso apretó sus labios. Ella tenía razón—. Entonces no pierdas tu tiempo amenazándome. Más bien, preocúpate por esconderte, cielo. Si Sophie amenazó con denunciarte, tal vez lo haga.
—¿Por qué ella ahora tiene dinero? ¿Por qué luce tan diferente?
—Andrea guardó silencio. No le convenía que él se enterara de que Sophie era una heredera; podía querer inmiscuirse y arruinaría todo.
—Recuerda que ella estudiaba diseño. Trabaja para Jakob y tiene al jefe deslumbrado, gana bien.
—Pues, vaya; debe ganar un sueldazo —Andrea suspiró. No más que ella, pensó, y eso la aliviaba.

Fabián esperó a Sophie a la salida de Jakob, y sin perder tiempo, ella se internó en su auto dándole un beso sobre los labios.
—Cuéntame cada palabra que hablaste con él. ¿Por qué está aquí? ¿Descubrió que trabajas en Jakob? ¿Quiere algo? —ella no dijo nada, y Fabián la miró de reojo.

—Jennifer Suárez me llamó —le dijo ella. Fabián alzó sus cejas mirándola sorprendido—. Me pidió que saliera, porque tenía algo importante que decirme, pero en vez de ella, me encontré con Alfonso.

—¿Desde qué número te llamó? —Sophie sacó su teléfono y se lo mostró, al tiempo que él buscaba el del contacto que tenía guardado en su teléfono.

—No coinciden. Esa no era Jennifer. Tú sabes que yo hablé con ella, y no era ese número.

—Me lo imaginé.

—¿Te lo imaginaste?

—Sí. Cuando le comenté que habían hackeado su teléfono, ella… la que hablaba conmigo, pareció que no sabía de lo que yo hablaba.

—Entonces, alguien se está haciendo pasar por ella, y es la que llama y fastidia. Qué interesante —llamó de inmediato a Mateo, y le dio el número desde donde habían llamado a Sophie, él prometió investigar, aunque bien podía ser un teléfono desechable y sin posibilidad de ser rastreado—. Ahora sí —suspiró Fabián mirando a Sophie, mientras aceleraba—. Cuéntame, qué tal fue tu encuentro con tu ex —Sophie lo miró con ojos entrecerrados, como si le molestara que lo llamara "ex". Él sólo sonrió, y tomó camino hacia un restaurante para llevarla a cenar mientras hablaban.

...31...

—¿Qué pasa aquí? —preguntó Sophie entrando a la casa de Rebeca Alvarado. Había un silencio algo denso, y al pisar la sala, escuchó un sollozo—. ¿Qué sucede? —volvió a preguntar Sophie—. ¿Le pasó algo a mi abuela?

—No, tu abuela está perfecta —contestó Dora bajando las escaleras y mirándola con expresión de hastío—. Es sólo que está furiosa porque le cancelaste, y en su arranque, despidió a una de las chicas del servicio—. Sophie giró su cabeza y vio a la chica que lloraba caminar de un lado a otro. Se le acercó y le tocó el hombro.

—No te preocupes, yo no dejaré que te despidan.

—Ay, señorita. No puedo perder el trabajo. Lo necesito. Sé que soy la más nueva, pero necesito el trabajo. Que me despida es injusto.

—Yo hablaré con ella. ¿Cuál es tu nombre?

—Yuliana.

—Yuliana, no te preocupes, yo la haré entrar en razón... o eso espero —dijo para sí cuando ya había dado unos pasos.

Había pasado las cuatro horas pasadas con Fabián, hablando, comiendo, y luego... bueno, luego se habían metido en su cama. Tuvo que insistirle para que la dejara ir, pues había estado preocupada por su abuela, y con razón. La anciana no se tomaba bien los desaires, y mucho menos, los plantones.

Encontró a Rebeca sentada en un mueble y mirando por la ventana de su habitación con el bastón entre las manos.

—Hola, abuela—. Ella la miró por el rabillo del ojo, pero luego elevó el mentón ignorando su saludo—. Te traje una cosita —siguió Sophie, como si nada, y de su bolso sacó una pequeña caja. Era algo que le habían regalado a ella en el área de producción, una pulsera que era casi una fruslería, pero tenía que hacer algo para calmar su mal genio. Se acercó a la anciana, se arrodilló a su lado, y tomó su mano con suavidad para ponerle la pequeña pulsera alrededor de la muñeca—. ¿No es hermosa?

—¿Intentas camelarme con una baratija?

—Sí —admitió ella con una sonrisa—. Pero si estás demasiado enfadada... Pensaba pasar la noche aquí, pero...

—¿A dónde crees que vas? —tronó la anciana cuando Sophie se puso en pie. Ella disimuló una sonrisa—. ¿Me dejas plantada, me rechazas la cena, y luego vienes, me das una cosa que no vale tres pesos, y te vas?

—Realmente, vale por ahí unos cinco mil pesos...
—¿Es tu novio más importante que yo? —cambió ella el tema de repente, y Sophie dejó salir el aire.
—Estoy aquí, ¿no?
—Eso no contesta mi pregunta.
—No es justo, siquiera, que me hagas esa pregunta. ¿Me vas a poner a escoger entre tú y Fabián? Es terriblemente odioso—. Rebeca cerró sus ojos y giró su cabeza—. Y también es injusto que despidas a Yuliana.
—¿Quién es Yuliana?
—La chica a la que dejaste llorando.
—¿Esa ladina?
—¿Ladina?
—No me gusta. Hace las cosas mal, mira de reojo...
—Es nueva. Deja que se adapte... y ella no tiene por qué pagar los platos rotos de mi desplante.
—Ah. Admites que estuvo mal.
—Fue un asunto de última hora, pero ya estoy aquí. Prometí que pasaría la noche en tu casa y eso haré. Dormiré tres noches seguidas como compensación —más calmada, Rebeca volvió a mirarla, aunque un poco de reojo—. Pero no despidas a Yuliana —le pidió Sophie—. Desquítate conmigo, pero no con el personal.
—¿Tres noches seguidas?
—Y jugaremos parqués, cartas, lo que quieras. Estaré sólo para ti.
—Eso suena razonable.
—No, no lo es, porque te estás portando un poco absorbente. Pero ya que te dejé plantada...
—Y con la cena lista. Si era tan importante lo que tenías que hablar con tu novio, lo hubieses traído. Siempre recibo bien a Magliani...
—Lo sé, pero es que era un asunto privado.
—Ah, está bien. No hagas que me vuelva a enfurecer. ¿Quieres... traerme mi taza de té? Estoy con los nervios alterados.
—Tilo, ¿no?
—Sí.
—Está bien. Quédate aquí.
—Como si fuera a irme corriendo a alguna parte.
—Quién sabe. Puede que sólo estés fingiendo cojera —Rebeca sonrió al fin, y no pudo evitar recordar a su hijo. Sophie tenía su mismo espíritu travieso, y eso la hacía sentir feliz.
Tres noches seguidas, pensó con un suspiro. Había valido la pena

la rabieta entonces.

A pesar de que Fabián instigó un poco a las autoridades para que investigaran el paradero de Alfonso Díaz, aún no daban con él. No lo conocía, pero en su mente, era algo así como una rata que conocía muy bien los escondrijos. Le molestaba que se hubiese presentado ante Sophie; la manera tan mortificada como ella le había relatado la entrevista, daba a entender que ese personaje no sentía ni pizca de remordimiento por lo que le había hecho.

Su teléfono timbró. Fabián lo tomó y miró en la pantalla soltando un bufido de hastío. Era otra vez Andrea Domínguez. ¿Qué pasaba con esa mujer? ¿Por qué no entendía que a él no le interesaba?

Esta vez, contestó la llamada.

—Oh, Dios. ¡Contestaste! —exclamó ella en un chillido de felicidad.

—Sólo para decirte que, si vuelves a llamarme, tendré que cambiar mi número. Intenté decirte sutilmente que no estoy interesado en ti, ni en una relación contigo, ni nada...

—Pero...

—Y si me preguntas por qué, tendré que decirte que no tengo que responder a eso, simplemente no me interesas. Por favor, deja de llamarme, de seguirme, de enviarme mensajes.

—¿Por qué?

—¿No acabas de oír lo que te dije? ¿Estás obsesionada conmigo acaso? Salimos una sola vez, no funcionó. Estaba claro para mí, no entiendo por qué no está claro para ti.

—Me estás ofendiendo —dijo ella con voz quebrada, y eso dejó a Fabián en silencio. ¿Qué había dicho él que fuera ofensivo? —No tienes derecho a lastimar mis sentimientos.

—Jesucristo. Cometí un error al contestar tu llamada.

—¿Es que tienes novia? —y aunque no la tuviera, quiso contestar él, pero eso sí que habría sido ofensivo.

—Sí.

—Ella no te va a amar jamás como te amo yo.

—Esto se está poniendo muy raro —masculló Fabián.

—Nadie te va a amar jamás como te amo yo. ¡Te amo desde que te vi! ¿Por qué no me comprendes? —vieja loca, quiso decir ahora Fabián, pero se mordió la lengua.

—Me arriesgaré. Lo siento, pero de verdad que no quiero que me vuelvas a contactar. Te voy a bloquear.

—¡No! —gritó ella, pero él cortó la llamada. Volvió a llamarle, pero no le contestó, y en sus siguientes intentos, el teléfono de él aparecía simplemente apagado. Miró la pantalla de su celular sin poderse creer que Fabián Magliani la hubiese bloqueado, y tomó los cojines de los muebles de su sala y empezó a golpearlos. Los azotó una y otra vez contra todo lo que encontró, hasta que uno de ellos se descosió y empezó a soltar el relleno. Andrea gritaba y lloraba de rabia. No entendía, simplemente no lo entendía, y, por lo tanto, no lo aceptaba. Nadie la había rechazado de esa manera jamás.

Al final, se sentó en el suelo y lloró, con su cabello negro y abundante cubriéndole el rostro mojado de lágrimas.

Era culpa de Sophie. Si ella no se le hubiera metido por los ojos, habría tenido una oportunidad con él. La odiaba, cuánto odiaba a esa maldita.

¿Por qué todos siempre tenían que encandilarse con ella? Recordaba que cuando había llegado a casa, casi había causado un revuelo en el colegio. Venía de Europa, hablaba perfecto inglés, su color de cabello era natural, era alta, su piel parecía de porcelana, y todo hasta el insulso uniforme le quedaba perfecto. Para completar, se desenvolvía bien hablando en público, era buena estudiante y sobresalía en casi cada cosa que le pusieran a hacer; era insoportablemente perfecta. Incluso sus amigas se habían quedado encantadas con ella, añadiéndola a sus círculos. Había tenido que decirle que tuvieran cuidado con ella, porque no era de fiar, y con unos cuantos comentarios aquí y allí, y otras afortunadas coincidencias, habían terminado odiándola al igual que ella.

Había intentado lo mismo en Jakob, pero era demasiado evidente que ella era amiga de Carlos y Ana, los dueños, y aunque en algunas personas la semilla de la desconfianza había germinado, no la rechazaban abiertamente, pues simplemente, no podían.

Siempre sucedía. A ella le tocaba esforzarse para caerle bien a la gente, y a veces ni así. Su prima lo tenía todo siempre fácil.

Se secó las lágrimas y dejó de llorar. Ahorita sería ella quien riera. Pronto, pronto, se dijo, y ese pensamiento logró tranquilizarla.

—Bienvenida a casa —le sonrió Fernando a Sophie cuando la vio llegar esa noche. Era su segunda noche en casa de los Alvarado, aunque ya casi era como si viviera aquí.

—Hola, primo —le contestó ella dejando su pequeña maleta con las cosas de primera necesidad que se había traído—. No han llamado a cenar aún, ¿verdad? —preguntó mientras se quitaba el abrigo. Fernando guardó su teléfono, en el que había estado concentrado, y la miró negando.

—Ya deberías traer toda tu ropa —le dijo, señalando la pequeña maleta. Sophie sonrió. Lo habría hecho de no ser porque aquí vivía también Agustín, y a nadie le gustaba la idea de que compartiera techo con su tío.

—¿Ya llegó tu papá de la oficina? —le preguntó luego de mirar en derredor. Fernando se encogió de hombros.

—Viajó esta tarde. Va a estar un par de noches fuera.

—Viaja mucho, ¿no?

—No lo sé. Siempre ha sido así—. Sophie soltó un suspiro y sin perder más tiempo, subió a la habitación de su abuela para saludarla.

Cenaron juntos, y Sophie notó que Dora, cuando no estaba Agustín, era más sociable y dicharachera. Era extraño, porque la idea que ella tenía del matrimonio y del amor, era que al lado de esa persona tú brillabas, pero en el caso de Dora era todo lo contrario. Ya el mismo Fernando había dicho que sus padres no se llevaban muy bien, pero este caso era preocupante.

Luego de la cena, como siempre, cada cual se retiró a su habitación, y Sophie se retiró para hablar por teléfono con Fabián en privado.

Si le hubiesen preguntado de qué habló con él, no habría podido ponerlo en palabras. Aparte del tema de Alfonso, donde Fabián le comunicaba que no daban con su paradero, no hablaron de ningún otro tema en concreto. Básicamente, todo fue decirse lo mucho que se habían extrañado en el día, algunos comentarios que al otro lo hacían reír, que pasarían la noche pensando el uno en el otro, y etcétera. Sophie, que estaba viviendo esto por primera vez, se asombraba de aún poder sentir aquello que sintió cuando lo vio por primera vez en la puerta del apartamento de su prima. Lo amaba, todos sus huesitos se derretían por él.

—Que pases una buena noche —le dijo al final de la llamada, con una sonrisa boba en el rostro.

—Lo intentaré. Pero sin ti... sé que no será así.

—Sólo cierra los ojitos y duerme.

—Sin tu beso de buenas noches, no será tan fácil.

—Pero nos veremos mañana.

—Un par de horas nomás —se volvió a quejar él, y Sophie volvió a reír. Cortó al fin la llamada y levantó la mirada, viendo a Yuliana, la joven que ayer había estado a punto de ser despedida, caminar hacia las escaleras con una tambaleante bandeja de té.

—¿Eso es para mi abuela? —le preguntó, y Yuliana asintió.

Sophie se adelantó para recibirle la bandeja—. Yo se la llevaré.

—Pero este es mi trabajo, señorita. Si ella ve que usted...

—Vamos, es mi abuela, y quiero llevarle yo misma la bandeja de té.

—¿Está segura?

—Claro que sí. además, recuerda que ella no te quiere mucho que digamos. No te arriesgues a que te haga mala cara. Ven, dame—. Se la quitó prácticamente de las manos, y caminó con soltura hacia la habitación de Rebeca. Una vez en ella, entró luego de llamar sólo una vez.

—¿Lista para tu té? —le preguntó dejando la bandeja en una mesita. Rebeca sonrió, estaba de pie frente al espejo de su baño, aplicándose crema en las manos.

—¿No me envió saludos Fabián? —Sophie la miró apretando sus labios. Ciertamente, él no había enviado saludos.

—Sí. Manda a decir que pases buena noche —mintió.

—No te ha hablado de matrimonio, ¿verdad? —preguntó Rebeca sentándose en su sillón, viendo cómo Sophie le preparaba una humeante taza de té.

—Abuela, apenas llevamos un par de meses saliendo.

—Si te lo propusiera, ¿qué le responderías?

—Que sí —contestó ella con una sonrisa que enseñaba todos sus dientes. Rebeca se echó a reír recibiéndole la taza y dándole el primer trago.

—Esto está horrible —dijo al instante—. Está amargo, sabe asqueroso.

—Oh, lo siento. ¿Está frío? ¿Le falta azúcar? —preguntó Sophie probando el té con la cucharilla. Lo sintió de verdad amargo.

—Horrible... Lo hizo esa tal Yuliana, ¿verdad? Te dije que es una buena para nada.

—Le tienes ojeriza.

—Con todos los años que tengo, puedo saber cuándo una persona es buena o mala... Bueno, a veces me equivoco, pero la mayoría de veces no.

—¿Con quién te has equivocado? —Rebeca miró al techo como si hiciera cuentas.

—La verdad, es que no lo recuerdo.

—Entonces, olvidas a mi madre.

—Ah. Marcela. Sí. Con ella me equivoqué—. Le iba a dar otro trago a su taza, pero la retiró de nuevo hacia la bandeja—. No quiero ese té.

—Está bien, te prepararé yo misma otro. … —Rebeca se quedó en silencio, y Sophie empezó a recoger la cuchara y la taza para llevarlos de nuevo a la cocina, pero entonces, la expresión de la anciana llamó su atención—. ¿Abuela?

—No puedo… No puedo respirar —dijo mirándola a los ojos y con voz ahogada, como si el oxígeno no pudiese entrar a su sistema.

Sophie soltó la bandeja de cualquier manera en la mesa y la tomó de los hombros—. No puedo respirar —dijo otra vez con menos fuerza.

Acto seguido, se puso la mano en el pecho, y, asustada, Sophie salió al pasillo llamando a Fernando y a Dora a gritos.

Obtuvo respuesta al instante. Fernando salió de su habitación y fue a ver a su abuela, y sin pérdida de tiempo, llamó a una ambulancia.

Rebeca vomitó, se ponía las manos en la garganta como si le ardiera algo dentro, y luego de unos instantes, simplemente perdió el conocimiento.

—Es un paro —vaticinó Dora, que no sabía nada de medicina—. Fer, si no la llevamos ya a una clínica, va a morir.

—¡No! —gritó Sophie, pero negarlo no evitaría que sucediera, así que cuando Fernando propuso llevarla en el auto hasta la clínica, lo ayudó.

Rebeca fue ingresada en cuanto llegó. Y los médicos la atendieron al instante. Sophie tomó su teléfono para avisarle a Fabián y a Ana de lo que estaba ocurriendo, y tan sólo unos minutos después, estuvieron allí con ella para acompañarla.

—¿Qué sucedió? —le preguntó Ana a Sophie, que, al ver a Fabián, prácticamente se echó a sus brazos.

—No lo sé —le contestó ella con el rostro hundido en el pecho de su novio—. Estábamos tan tranquilas hablando, y de repente ella… ya no pudo respirar, y… convulsionó.

—Ella antes ha tenido problemas de circulación —intervino Fernando, uniéndose a la conversación—. Tal vez sea algo relacionado con eso.

—¿Pero y el vómito? —preguntó Sophie mirándolo con terror aún en su mirada—. ¿Y esas convulsiones? —Fernando se pasó la mano por el rubio cabello, despeinándolo un poco.

—No te angusties —le pidió Fabián acercándola de nuevo a su pecho—. Está en manos de médicos experimentados, que además conocen bien su historial.

—No quiero que le pase nada —dijo ella en tono un poco

ahogado, sintiéndose de repente muy cansada, mareada—. Sería injusto perderla ahora que al fin la encontré.

—No la vas a perder —aseguró Fabián—. Tranquila.

Fernando se cruzó de brazos mirando hacia la puerta tras la cual se habían llevado a su abuela, preguntándose también si acaso había llegado la hora de dar cuentas a su abuela.

No era capaz de imaginarse qué seguiría si eso sucedía. En su mente, su abuela era alguien muy fuerte, casi inmortal. Verla en el estado en que la encontró cuando entró a su habitación, le había hecho caer en cuenta de que, después de todo, ella era sólo una anciana, tan vulnerable a las enfermedades como cualquier otro ser humano.

—¿Qué dices? —le preguntó Agustín a Dora cuando ésta le comunicó que Rebeca estaba mal en la clínica.

—Ahora mismo está con los médicos —siguió contándole Dora, y luego miró su reloj—. Estamos aquí hace unos veinte minutos, y no nos han dicho nada. Todavía no sabemos qué le sucede.

—Su corazón, ¿tal vez?

—No lo sé. Puede ser, ¿no?

—Sí, puede ser. Tomaré el primer vuelo de mañana —decidió Agustín.

—Está bien.

—Espero que no sea demasiado tarde para entonces.

—Dios, no digas eso.

—Mantenme informado —le pidió él, y cortó la llamada. Dora asintió, aunque él ya no la escuchaba. Hubo un revuelo en la sala de espera en la que estaban. Al parecer, Sophie había estado a punto de desmayarse. Vio cómo Fabián la ayudaba a andar hasta sentarla en una silla, y ella parecía tener dificultades para respirar. Estaba pálida y sudorosa.

—¿Qué sientes? —le preguntó Fabián, preocupado.

—Náuseas —contestó ella.

—¿Estás embarazada? —preguntó Dora, y Sophie miró a Fabián con ojos grandes.

—No lo creo —contestó ella, pero la posibilidad estaba allí. Su periodo estaba próximo a venir—. Me duele la cabeza —dijo ella—. Siento... —se sobó el pecho, sintiendo el corazón acelerado.

—Tal vez debas hacerte el examen de sangre —sugirió Ana—. Aunque si así fuera, sería muy raro que te den síntomas de ese tipo a esta hora de la noche... no sé.

—¿Los familiares de Rebeca Alvarado? —preguntó un joven médico llegando a la sala de espera. Sophie levantó su mirada, y aunque quiso ponerse en pie, sentía que el aire le faltaba.

—Somos nosotros —contestó Dora adelantándose unos pasos—. ¿Cómo está ella? ¿Se pondrá bien?

—La paciente está en estado crítico, y su pronóstico es reservado. ¿Alguien estaba con ella cuando ocurrió el episodio?

—Yo —contestó Sophie levantando su mano con debilidad. El médico se acercó a ella, arrodillándose en frente y revisándole la pupila.

—¿Siente mareos? ¿Náusea? ¿Dificultad para respirar?

—Sí, sí... ¿cómo sabe...?

—Acompáñeme de inmediato —le pidió el médico poniéndose de nuevo en pie—. Usted también debe ser revisada.

—¿Por qué?

—¿Qué está pasando? —preguntó Fabián, imponiéndose un poco, ya que el médico ignoraba las preguntas. Éste simplemente respiró profundo.

—Las pruebas indican que ambas estuvieron expuestas a un veneno mortal.

—¿Qué? —gritó Dora, llevándose ambas manos al pecho. Los demás sólo miraron al médico boquiabiertos.

—Es imprescindible que le hagamos las revisiones pertinentes.

—Por supuesto —aceptó Fabián, y Sophie lo miró con los ojos húmedos.

—¿Veneno? ¿A mi abuela?

—Vamos —le dijo el médico señalándole el pasillo por donde se habían llevado a Rebeca, y ella, sin obtener respuesta a sus preguntas, lo siguió.

—¿Qué está pasando? —preguntó Dora con voz quebrada. Ana se giró a mirarla, y pudo ver sus pupilas dilatadas por el miedo—. ¿Un veneno? ¿Alguien quiere matar a Rebeca o a Sophie?

—Hay que darle aviso a la policía —dijo Fernando mirando a Fabián, y éste asintió de acuerdo, tomando de inmediato su teléfono, aunque imaginaba que los doctores harían lo propio dando parte a las autoridades, como era su obligación.

...32...

Sophie tuvo que quedarse toda la noche en observación luego de un lavado gástrico que le practicaron los médicos. Las muestras de sangre que les habían practicado, efectivamente habían demostrado que había cianuro en el sistema de ella y Rebeca. Asustada, con mil interrogantes, no dejaba de pensar en que esto debía ser simplemente una pesadilla.

Cuando al fin pudo ver de nuevo a Fabián, lo abrazó con fuerza, sintiendo que era lo único fijo en un mundo que daba vueltas.

—¿Estás bien? ¿Cómo te sientes? —le preguntó él con voz suave, y ella sólo quiso quedarse allí sobre su pecho y seguir llorando.

—Me duele... respirar. Sigo con náuseas. Pero estaré bien, supongo.

—Los médicos dicen que te recuperarás, lo tuyo fue muy leve...

—¿Qué dicen los doctores de mi abuela?

—No han dado ninguna respuesta concreta. Sólo lo que oíste... pronóstico reservado.

—Debe ser que está muy mal.

—Cuéntame qué pasó —le pidió él sentándose en su camilla al lado de ella, tomándole el rostro con suavidad y limpiando sus lágrimas—. ¿Cómo es que las dos terminaron bebiendo cianuro?

—Debió estar en el té —le contestó Sophie.

—¿Y quién lo sirvió?

—Yuliana, una de las empleadas. Te juro que... —antes de terminar de hablar, él tomó su teléfono, repitiendo la información que ella acababa de darle a alguien.

—Pero no creo que haya sido ella —le dijo cuando él cortó la llamada y volvió a mirarla. Él hizo una mueca negando.

—No la defiendas. Tiene a tu abuela en estado crítico, y por poco algo te pasa también a ti.

—No la creo capaz, es una chica tímida que...

—Sophie, ¿entonces quién pudo ser? Intentaron envenenar a tu abuela en su propia casa y debemos hallar al culpable—. Ella bajó la mirada. Aun recordaba a Yuliana llevando la bandeja, diciéndole que ese era su trabajo cuando ella se ofreció a subirla.

—Tendría que ser... una actriz demasiado buena.

—O tal vez tú eres demasiado ingenua, que sigue buscando lo mejor en el corazón de las personas —Fabián besó su frente y suspiró—. Por lo pronto, tú estás bien. Los médicos dicen que tu caso no fue grave.

—Yo sólo probé el té. Mi abuela sí le dio un trago.

—Pues afortunadamente, no lo bebió todo.

—Lo sintió amargo, dijo que no lo bebería porque estaba horrible. Oh, Dios, tal vez sí fue Yuliana. La abuela la detestaba, decía que era una ladina...

—Te he dicho que la intuición de las abuelas es infalible. Pero no te preocupes, Rebeca es fuerte como un roble, saldrá de esta.

—Eso espero. De verdad, eso espero.

—El pronóstico sigue siendo reservado —dijo Manuel Aguirre, médico veterano que había sido quien atendiera a Rebeca a lo largo de su vida. Dora y Fernando, que habían permanecido allí toda la noche, lo miraron atentos—. Aunque hasta ahora, ha respondido bien, en adelante, todo dependerá de su evolución. La hemos trasladado a cuidados intensivos; las cosas podrían complicarse aún, así que debemos tenerla bajo observación.

—Pero está a salvo —conjeturó Fernando.

—Por ahora. Una intoxicación por cianuro como la que sufrió ella, puede dejar graves secuelas, empezando por complicaciones respiratorias, problemas del corazón, hasta parálisis cerebral.

—Dios no lo quiera.

—Y hay que tener en cuenta que Rebeca ya tiene sus años, sus antiguas enfermedades podrían complicar las cosas. Sólo resta esperar.

Fernando asintió. Había tenido la leve esperanza de que todo fuera mentira, pero terminaba siendo rotundamente cierto. Habían intentado envenenar a su abuela.

—Sophie estaba con ella cuando pasó —dijo Dora con voz acusatoria, y Fernando la miró ceñudo.

—No creo que haya sido Sophie.

—¡Si tu abuela muriera, ella heredaría!

—¡Y también yo! —exclamó Fernando entre dientes—. ¡Y también tú y papá! ¿Fuiste tú?

—¡Cómo te atreves!

—Todos podríamos ser sospechosos. ¡No acuses si no estás segura! —Fernando guardó silencio cuando vio a Fabián acercarse. Él se detuvo unos momentos a hablar con el doctor, luego de lo cual, siguió su camino hacia ellos.

—Sophie se quedará a pasar la noche aquí —dijo—. Y la policía ya debe estar en tu casa.

—¿Para qué? —preguntó Dora.
—Para investigar, reunir pruebas, y si acaso, atrapar a los sospechosos.
—¿Quién podría ser?
—La chica que sirvió el té, por ejemplo —contestó Fabián con voz dura—. Moveré unos contactos para que la policía envíe al mejor equipo de investigación; no me gustaría que se les pasara por alto la más pequeña evidencia. Intentaron envenenar a mi suegra, y de paso, a mi novia. Esto no se quedará así—. Fernando lo vio pegarse de nuevo el teléfono en la oreja y moverse inquieto mientras hablaba, y se quedó allí de pie deseando poder hacer algo también. Frunció su ceño pensando en sus amigos. El padre de uno de ellos era fiscal, recordó, y lo llamó.

Un equipo de investigación llegó a la casa Alvarado cuando ya estaba amaneciendo. Encontraron el té en la habitación de Rebeca, tal como lo habían dejado cuando ocurrió la crisis y confirmando que allí se hallaba el cianuro. No encontraron evidencias del veneno en la cocina, y la policía interrogó a Yuliana Molina, que era la empleada que lo había servido.
—Yo… yo sí lo serví —contestó ella con nerviosismo, con los ojos enormes de miedo—. Pero no le puse veneno. Lo juro por lo más sagrado.
—Entonces, ¿cómo es que llegó al té de la señora Alvarado? —preguntó el policía poniéndose las manos en la cintura.
—No lo sé. Lo juro. Yo… se lo entregué a la señorita Sophie. Yo misma se lo iba a llevar, pero ella insistió, me dijo que se lo llevaría ella misma. Insistió mucho y yo le di la bandeja. Es todo. Lo juro—. Un policía miró al otro como si una nueva sospechosa hubiese entrado en escena, y Yuliana volvió a jurar que ella no sabía cómo había llegado el veneno al té de Rebeca.
Con una orden, el equipo de investigación desvió su atención hacia la habitación de Sophie, y hacia la media mañana, encontraron una pequeña botellita de vidrio oscuro entre sus cosas de aseo, muy escondida en lo profundo del mueble del baño. La botella había sido abierta y le faltaba una cantidad. Evidencia suficiente como para llevarla a un interrogatorio.

—¿De qué está hablando? —tronó Fabián cuando le anunciaron que Sophie era una nueva sospechosa, la principal ahora—. ¿Cómo se atreve siquiera a insinuar que mi novia es capaz de hacer algo así?

—Sólo necesitamos hacerle unas cuantas preguntas —dijo el policía a cargo. Fabián miró al médico que estaba con él como suplicándole que les impidiera el paso, y éste, afortunadamente, asintió en respuesta.

—La señorita Alvarado se encuentra en recuperación en este momento. Ella también fue víctima de intoxicación, debemos velar por su salud, que, en todo caso, es primero.

—Necesitamos, entonces, que nos dé indicación de cuándo podremos interrogarla.

—Bueno... esta noche ella saldrá del hospital.

—Consígale un buen abogado a su novia —dijo uno de los policías mirando a Fabián con dureza—. Lo va a necesitar.

Sophie sintió que sus manos temblaban, así que las apretó en su regazo mientras escuchaba a Fabián contarle los pormenores del día.

—No te va a pasar nada —le prometió él apoyando su mano, tan fuerte y firme, en su mejilla pálida—. No voy a dejar que te hagan nada.

—Sospechan de mí —fue lo que pudo decir.

—Ya tienes a tu disposición al mejor de los abogados —le dijo él—. Espinoza es uno de los mejores en su campo, bastante incisivo, parece un halcón en las cortes. Esto ni siquiera llegará a juicio.

—Fabián... —ella lo miró, y en sus ojos, él pudo leer el miedo, el terror.

La abrazó con fuerza, le besó los labios y tomándole los hombros, le dijo.

—Yo no dejaré que nada malo te pase.

—Esto no está en tu mano, Fabián.

—Aun así... —mientras él hablaba, un horrible pensamiento llegó a su mente como un trozo enorme de hormigón sobre una flor silvestre: todo se estaba desmoronando, la magia se estaba acabando. Todo había sido tan bello... demasiado bello como para ser cierto.

Miró a Fabián, que seguía asegurando que Espinoza era un abogado confiable y que ella no debía temer nada malo, que allí estarían todos para protegerla, pero, aun así, ella empezó a sentir cómo la helada mano del miedo la empezaba a tocar.

¿Lo perdería todo?, se preguntó. ¿Todo lo que había obtenido luego de pedir su deseo en aquella fuente, lo perdería?

¿También a él lo perdería? Lo miró fijamente y no pudo evitar sentir un horrible apretón en su vientre. La manera como él movía sus cejas mientras hablaba, o los movimientos de su mano dando firmeza a sus palabras. Su cuerpo, sus labios, sus sonrisas... ¿lo perdería?

No, se dijo al tiempo que lo abrazaba. No, podía vivir sin cualquiera de las otras cosas, pero no sin él. Que le quitaran todo, pero no a él.

—Te amo —dijo, y él correspondió a su abrazo un tanto sorprendido por sus acciones, pero comprendiendo que todo se debía al miedo que debía estar sintiendo por sus circunstancias.

—Yo también te amo. Lucharé hasta el final para que todo se aclare, para que estés tranquila.

—Lo sé. Confío en ti—. Ella le tomó el rostro y lo besó, Fabián correspondió a su beso con una sonrisa; le encantaba cuando ella era así lanzada y posesiva.

—No te vayas de mi lado.

—En ningún instante, nena.

—¿Qué es eso de que fue envenenamiento por cianuro? —preguntó Agustín entrando a la habitación de Sophie, interrumpiendo a la pareja. Sophie casi lanza un grito por la sorpresa y el susto, y Fabián lo miró supremamente molesto, pero Agustín no se dio por enterado—. Acabo de hablar con Aguirre, me lo dijo.

—Alguien puso veneno en su té —contestó Fabián poniéndose en pie y mirándolo desde su estatura, como si le molestara que le hablara en voz alta a Sophie, que estuviera aquí, todo.

—¡Quién pudo hacer una atrocidad de esas! ¡A mi madre!

—La policía está investigando —le contestó Fabián con voz algo dura.

—Claro que está investigando. Tengo amigos en la corte, en lo más alto de la policía y la fiscalía, por supuesto que daremos con el culpable.

—Pues con tus amigos y mis amigos —aseguró Fabián, igualando su tono de voz—, lo encontraremos más pronto aún.

—Caballeros, les recuerdo que este es un centro de salud —dijo un enfermero entrando y mirándolos con hostilidad. Ambos asintieron en silencio, disculpándose por el ruido.

—Mi vuelo se retrasó —se explicó Agustín, bajando un poco el tono de voz y caminando por la habitación de Sophie. Él parecía venir directo del aeropuerto, llevando aún el abrigo y un pequeño maletín—. Hubiese venido anoche mismo, pero ya era muy tarde.

—Ella fue atendida de inmediato, y nosotros, que estamos aquí, no es mucho lo que hemos podido hacer por ella.

—Cianuro —masculló Agustín con ceño fruncido—. Esto es

tan...

—Tío, te juro que no sé cómo pasó... —habló Sophie al fin—. Avisé a Fernando y él me ayudó a traerla lo más pronto posible.

—Por supuesto. Mi hijo es de fiar —dijo. Sacudió su cabeza y se pasó la mano por los cabellos rubios—. No he podido ver a mamá. Dios, no quiero que nada le pase.

—Ella vivirá, es fuerte.

—Sí, pero lamentablemente, también es una mujer mayor. Puede que esto haya tocado el límite de su resistencia —miró a ambos con cierta dureza y salió de la habitación. Sophie miró a Fabián aprensiva.

—¿Crees que sospeche de mí?

—Lo habría dicho abiertamente —le contestó Fabián, que no dejó de mirar la puerta tras la que había salido Agustín con expresión pensativa—. Pero ya sabemos que es muy hábil con las mentiras.

—Tú sospechas de él.

—Cariño, sospecho de todo el mundo. Lamentablemente, sin evidencias, no puedo lanzar ninguna acusación, formal o no. Ven, recuéstate, debes descansar.

—No estoy cansada.

—Anoche no dormiste nada —insistió él, y casi la forzó a recostarse—. Y seguro que eso que te hicieron fue muy desagradable.

—Horrible —dijo ella haciendo una mueca, y cerró sus ojos acomodándose en la camilla de medio lado—. No quiero pasar por algo así otra vez —Fabián sonrió masajeando suavemente su espalda, y como si fuera un hechizo de sueño, ella cerró sus ojos bostezando.

—Yo una vez me tragué unos fríjoles crudos —dijo él—. Mi abuela tuvo que correr conmigo al hospital, y también me hicieron ese lavado, pero no recuerdo cómo fue.

—Eras un niño travieso —sonrió ella con sus ojos cerrados—. Pelirrojo, gordito y travieso—. Él sonrió, y se inclinó para besarle la mejilla. Mientras ella descansaba, él no dejaba de pensar en todo lo que tenía que hacer para asegurarse de que permaneciera a salvo. Tantas llamadas que hacer, puertas que tocar. No sabía si esto era casualidad, conspiración, o simple mala suerte, pero si algo malo quería acercarse a Sophie, él prepararía a todo un ejército para que la defendieran.

El abogado Espinoza consiguió que aplazaran el interrogatorio de Sophie para el día siguiente. Sophie pasó la noche en casa de Ana, como en los viejos tiempos, y esta estuvo a su lado cuidando de ella. El diagnóstico de Rebeca seguía en reserva y no habían podido verla aún, pero al parecer, con cada hora que pasaba aún con vida, era una buena señal.

—Esto es increíble —dijo Juan José cuando Fabián les contó a todos lo que estaba sucediendo, más la acusación que estaban intentando dejar caer sobre Sophie.

Estaban todos reunidos en el despacho de Carlos, y el abogado ocupaba uno de los asientos tomando nota de toda la nueva información que le compartían y manifestando las posibilidades que tenía Sophie de salir ilesa de este entuerto, mientras Fabián permanecía recostado a la pared con las manos en los bolsillos mirando el piso. Ya le habían contado que en el pasado habían sospechado que Agustín se había opuesto a que Sophie se viera con su abuela, y que las habían mantenido separadas, pero no había una prueba fehaciente de ello, pues cuando Sophie al fin había regresado a la familia Alvarado, él se había comportado como el más interesado en que ella gozara de los privilegios del dinero de la familia.

Había muchas posibilidades con los nuevos eventos, pero, aunque todos eran hombres hechos y derechos que ya habían visto cosas bastante feas de la vida; a hombres maltratando hasta la violencia a sus hijas, madres intentando asesinar a sus hijos, y gente llegando hasta las últimas consecuencias y fechorías más bajas por el dinero, simplemente les costaba un poco imaginar a un hombre queriendo deshacerse de su propia madre por las cosas materiales.

—Increíble, pero muy bien planeado —señaló Mateo, moviendo su dedo índice—. ¿Quién sería el beneficiado en caso de que Rebeca muera y Sophie vaya a la cárcel?

—Otra vez —contestó Carlos, que miraba el centro de mesa con sus brazos cruzados—, Agustín.

—Pero, en serio, ¿envenenar a su propia madre? —preguntó espantado Juan José —¡Eso ya es demasiado!

—Estamos hablando de Agustín —le recordó Fabián—. Y la misma Judith sospecha de que lo de su hermano, los padres de Sophie, no fue un accidente.

—¿Capaz de desaparecer a toda su familia por dinero? ¿En serio?

—Como si no hubieses visto a Lucrecia intentando carbonizar a sus propios hijos con tal de no perder su lugar en la sociedad —dijo Carlos con voz grave, y Juan José hizo una mueca.

—Caras vemos, trastornos no sabemos —sentenció Mateo—. Pero, ¿cómo pudo hacer este hombre para que Sophie quedara envuelta?

—Sophie le dio el té a su abuela.

—¿Y quién le dio el té a Sophie?
—Una de las empleadas.
—Entonces, es la empleada.
—Ya contestó dos interrogatorios —dijo entonces el abogado—, y en ambos jura que no sabe cómo llegó el veneno al té. En ella no se halló rastro del veneno, ni en la cocina. Sólo la bandeja de té en la que estaba servido y los cuerpos de Sophie y Rebeca Alvarado. Además, la mujer se mantiene en que Sophie le insistió en que le diera la bandeja para dárselo ella misma a la abuela. Según la evidencia, estaban las dos solas en la habitación de la anciana cuando ella entró en crisis.
—Mierda, ¿por qué Sophie tenía que portarse linda justo esa noche?
—Es su defecto —Señaló Fabián.
—Muy bien, pongamos esto en orden —dijo Carlos elevando un poco la voz—. El veneno aparece en el té, la del servicio lo va llevando y Sophie la intercepta. Rebeca bebe el té envenenado y va a la clínica. ¿Por qué también Sophie resulta intoxicada?
—Porque lo probó. La abuela se quejó de que sabía amargo y ella quiso comprobarlo.
—El botecito de cianuro apareció en el baño de Sophie —siguió el abogado—. Los fiscales alegarán que su intoxicación se debe a que, como manipuló el veneno y no es experta en eso, sin querer inhaló un poco...
—Mierda, esto pinta cada vez peor —se quejó Juan José.
—Debemos ubicarnos en el peor de los escenarios, y lo que yo propongo es no sólo empezar la defensa de Sophie, sino a atacar a los que intentan incriminarla—. El abogado se puso en pie y empezó a recoger sus documentos, mirando uno a uno a los hombres de la sala—. Ya sé que les cuesta ver a un hombre haciendo daño a su madre por dinero, para ustedes eso sería un acto que acarrearía la peor de las maldiciones, y lo comprendo, pero deben despojarse de sus propios prejuicios cuando intenten adentrarse en la mente de un asesino.
—Eso sí que es verdad —dijo Mateo.
—Por lo pronto, con lo que hasta ahora tenemos, no podemos acusar a Agustín Alvarado de nada en concreto; sólo tenemos sospechas, conjeturas, suposiciones, y en una corte, cualquiera de estos argumentos sería desestimado tan rápido como fueran expuestos. Evidencias; necesitamos evidencias de todo. De lo contrario... esto se pondrá peor, en el caso de que alguien se haya

empeñado en quitarla del medio—. Fabián, que lo había estado mirando fijamente durante todo su discurso, movió su cabeza en acuerdo a lo que decía.

El abogado terminó de recoger sus documentos y salió de la sala, y Carlos lo acompañó hasta la salida. Fabián permaneció en su sitio en silencio por un par de minutos más, pensando, pensando. Sospechaba que esta noche no podría dormir, pues su mente no lo dejaría por estar buscando soluciones, planeando estrategias, pensando en todas las personas a las que podía contactar para que lo ayudaran.

—Nada de esto es casualidad —dijo al fin, separándose de la pared en la que había estado recostado—. Nada de esto fue por azar. Alguien quiere quitar de en medio a Sophie, y ha utilizado a Rebeca.

—Dos pájaros de un tiro —dijo Mateo poniéndose en pie también—. Rebeca muere, y Sophie es encarcelada. Toda la fortuna la heredaría Agustín por derecho propio.

—Lo sabemos —dijo Juan José—, estamos seguros de esa verdad... pero sin una prueba, no podremos hacer nada.

—Tal vez sea hora, entonces, de empezar a rezar —dijo Fabián, y salió de la sala hacia la habitación de Sophie. La encontró acostada de medio lado dándole la espalda a la puerta, y a Ana sentada a su lado con una expresión preocupada. Cuando vio a Fabián, se puso en pie y caminó en silencio hacia la puerta.

—Quédate con ella —le dijo cuando iba saliendo—. Tú también la necesitas—. Fabián no dijo nada, sólo respiró profundo y caminó hacia la cama.

Sin decir una palabra, empezó a quitarse la ropa y a prepararse para meterse a la cama con ella dándose cuenta de que, después de todo, estaba muy cansado; anoche no había dormido nada, y en todo el día no había parado de estar de un lado a otro.

Ana tenía razón, no sólo ella lo necesitaba a él, él también la necesitaba a ella, así que se metió en la cama a su lado, y sin mediar palabras, Sophie se volvió a él para abrazarlo con un suspiro. Y así se estuvieron hasta que también él quedó profundamente dormido.

...33...

Sophie despertó y se sentó en la cama viéndose sola en medio de ella. Anoche, Fabián había dormido a su lado... ¿o había sido un sueño? ¿Por qué no estaba aquí?

Miró hacia la mesa de noche y encontró una nota de su puño y letra. La letra de Fabián era bonita, pensó con una sonrisa. Un tanto inclinada hacia la derecha, cursiva en algunos momentos, y de formas altas.

En la nota él le explicaba que estaría ausente un momento y que la llamaría cuando tuviera oportunidad.

Acercó la nota a su rostro y cerró sus ojos inspirando fuertemente por si en el papel quedaba un rastro del perfume de Fabián. Él la cuidaba, y ella le estaba causando problemas, trayéndole trabajo, complicándole la vida, pero se lo agradecía infinitamente. Él era como una roca fuerte en medio de su tormenta en el mar, firme, confiable.

Respiró profundo al imaginar que él se había despertado temprano y no había querido despertarla. Tal vez, al levantarse, él le había dado un beso de buenos días y ella no se había dado cuenta, pero lo sentía en su alma, él le había dado un beso.

Se puso en pie. La esperaba un día largo. Los policías habían dicho que debían interrogarla, y gracias a los contactos de sus amigos, habían podido posponer el asunto para hoy, pero hoy no escaparía, así que se dispuso a empezar su día.

Tan sólo hacía dos días que su vida era normal y bonita, y hoy era sospechosa de intento de asesinato. La botella de veneno había aparecido en su habitación, y ella ni siquiera recordaba haberla visto jamás; todo estaba tomando el cariz de una enorme e intrincada conspiración en su contra, y a pesar de que habían sido cautelosos en casi todo, los había tomado desprevenidos.

Tranquila, se dijo. Eres inocente, jamás tomaste en tus manos esa botella de veneno, no tienes nada que temer. Sin embargo, no podía evitar sentir un poco de miedo, pues sabía que, a veces, la verdad no era suficiente para conseguir la justicia.

Ayer Fabián había dicho que todo podía ser obra de Agustín, y tuvo que empezar a cambiar su modo de pensar, a ser menos cándida, y a ser capaz de poner a todos en el banquillo del acusado. Si el veneno había estado en el té, alguien de la cocina lo había puesto en él. Yuliana no conocía a Rebeca de antes, no podía tener motivos personales para envenenarla, y era extraño que hubiese permanecido en la casa luego de haber puesto el veneno en el té y que la abuela fuera hospitalizada por eso. Si, tal como decía Fabián, era ella, entonces se trataba sólo de una persona contratada para hacer el trabajo sucio. Alguien estaba detrás de esto, y la única persona a la que creía con motivos era Agustín. Sin embargo, imaginar a un hombre mandando a asesinar a su propia madre aún era demasiado para ella.

Pero si no, ¿quién?

Dora o Agustín, uno de los dos. Descartaba a Fer, porque su corazón simplemente se oponía a creerlo culpable; la relación entre él y la anciana había mejorado en las últimas semanas, y ella había estado gestionando todo para que él pudiera irse a vivir a un apartamento solo, viviendo de manera independiente.

Ay, su abuela. Tantos planes que tenía. Le había dicho que quería verla casada con Fabián, que le hacía ilusión conocer a los hijos de ambos. En un comentario había aceptado que él no quisiera que vivieran bajo su techo, pero le había dicho que anhelaba verla a ella realizada y feliz. No era justo que sus planes fueran arrebatados de esta manera; a pesar de que ya estaba mayor, merecía vivir bien los años que le quedasen.

Salió de su habitación lista para lo que le esperase en el día, imaginándose que serían cosas en su mayoría desagradables, pero su espíritu de lucha no se alcanzó a imaginar lo que estaba inmediato a suceder: en el vestíbulo de la casa Soler, Ana discutía con un policía, quien le mostraba un papel que al parecer contenía una muy oficial orden de captura contra ella.

—¡No la moverán de esta casa! —decía Ana en voz alta, ignorando las palabras del policía—. No sin un abogado. ¡Ella es inocente! —Sophie, a paso lento, con los ojos grandes de miedo, pero resuelta a enfrentar las calamidades que la vida otra vez insistía en ponerle delante, caminó lentamente hacia ellos.

—Señora, no se oponga —dijo el policía—, o tendremos que detenerla también a usted por obstrucción a la justicia.

—Si se lleva a mi hermana, ¡tendrá que llevarme también a mí! —gritó Paula entonces, que también estaba allí, junto a Sebastián y Judith, en una especie de barricada contra la policía.

—¡Nadie saldrá de esta casa si no es acompañado del debido abogado!

—La cita para el interrogatorio —intervino Ana mirando con puñales en los ojos al policía— será dentro de dos horas, ustedes no

tienen por qué venir por ella. Nosotros la llevaremos. Se presentará, no tienen que hacer esto.
—Esto no es para un interrogatorio, señora. ¡Es una orden de captura! —Ana miró a Sophie dándose cuenta de su presencia, y caminó a su lado, cubriéndola con su cuerpo, como si alguien estuviese amenazando su vida.
—No te van a llevar, Sophie. No sin un abogado.
—No pueden entrar a esta casa y llevarse a uno de los nuestros y quedarse tan panchos —sentenció Judith—. Somos la familia Soler, y créame que, si se atreve a avanzar un paso más, ¡me encargaré de que le quiten su placa!
—Judith, Ana —habló Sophie al fin, en voz baja, pero firme—. No pasa nada. Yo iré con los señores.
—¡De qué estás hablando! —casi gritó Ana—. No irás a ningún lado. Vienen a capturarte, ¡con qué derecho!
—Seguro que el abogado me aconsejaría que colabore con la justicia —volvió a hablar Sophie con voz calmada, aunque lo cierto era que dentro de ella ya se estaba desatando una tormenta de angustia—. No compliquemos las cosas...
—No, Sophie. ¿Cómo se te ocurre que te voy a dejar ir así?
—No tienes otra opción, Ana —le sonrió Sophie al ver que los ojos de su amiga se humedecían, y Sophie caminó a ella para abrazarla—. Voy a estar bien. No te preocupes.
—Esto no es justo —sollozó Ana apretándola entre sus brazos, como si pretendiera retenerla allí indefinidamente—. Tú no tienes nada que ver con lo que le pasó a tu abuela... Por el contrario, fuiste una víctima más.
—Ayer iban a interrogarla —volvió a hablar Judith mirando a los policías—. Y hoy a detenerla. ¿Qué pasó? —Uno de los oficiales dejó salir el aire, tal vez aliviado de que una de estas locas entrara al fin en razón. Miró a la mayor y contestó:
—Nosotros sólo estamos cumpliendo una orden —dijo—. ¿Es usted la señorita Sophie Alvarado Domínguez? —le preguntó mirándola.
—Sí, soy yo —contestó Sophie con un movimiento de cabeza.
—Por favor, venga con nosotros.
—Iremos tras de ti —le aseguró Ana a Sophie—. Estaremos contigo en un santiamén, no tienes nada que temer.
—Gracias Ana.
—Trátenla bien —les ordenó a los policías caminando con ellos hacia la salida, como si tuviera autoridad para aleccionarlos, y Sophie

sabía que, aunque su tono era amenazador, ya estaba llorando—. Mucho cuidado con lo que le hacen, me enteraré si tan sólo la miran feo—. Sophie no pudo evitar sonreír, pero al ver que ella se limpiaba las lágrimas y le daba órdenes a Paula y a Sebastián, y de inmediato se movilizaba para ir con ella a la comisaría, no pudo evitar sentir un apretón. Ana había sido su hada madrina en el pasado, ayudándola desinteresadamente, y ella sólo le estaba trayendo preocupaciones. ¿Cuándo dejaría ella de ser una carga para los demás? ¿Cuándo dejaría de ser una necesitada? Justo ahora que creyó que al fin lograría la plenitud de su vida estaba siendo internada en una patrulla para ser encerrada por algo de lo cual era inocente.

Sophie fue ingresada en el auto de la policía. En concesión a su ánimo colaborador, no la esposaron, sólo le leyeron sus derechos y le dijeron la razón por la que era capturada.

Inmediatamente, y mientras se preparaba para salir, Ana tomó su teléfono y llamó a Carlos. Ya lo había llamado antes, y ahora sólo le informó que, después de todo, se la habían llevado.

—Oh, Dios mío, ¡ni siquiera desayunó! —exclamó Ana, como si ese detalle hubiera sido lo peor de todo—. No alcanzó siquiera a tomarse un té ni un café—. Al otro lado de la línea, Carlos cerró sus ojos intuyendo lo mucho que estaba sufriendo su mujer por lo que le estaba pasando a su amiga y protegida. Luego de decirle que no estaría en esa comisaría por mucho tiempo y conseguir más o menos tranquilizarla, llamó a Fabián.

Sophie llegó a una estación de policía y allí la esperaba Espinoza con maletín en mano. También Fabián, se dio cuenta.

Al verla, él había dado unos pasos y extendido sus brazos a ella, pero cuando ella quiso encaminarse a él, el oficial de policía hizo fuerza sobre su brazo, y Sophie sólo alcanzó a tocar la punta de los dedos de Fabián, y ese toque fue peor que si no lo hubiese siquiera visto. Fabián, con las manos empuñadas, tuvo que ver cómo los oficiales la llevaban con prisa hacia alguna celda.

A Sophie la revisaron de pies a cabeza dos mujeres oficiales, y le quitaron todas las joyas y elementos personales que llevaba consigo. La estaban tratando como una criminal de lo peor, y ella se sentía como si simplemente lo estuviera viendo a través de una pantalla. Le hicieron preguntas acerca de sus datos y relaciones familiares, y ella contestó como un simple autómata.

La llevaron por fin con su abogado. Estaba él solo, al parecer, era una entrevista en la que no podía participar su novio.

—¿Qué pasó? —le preguntó Sophie al hombre al que le estaban pagando casi una fortuna para que evitara que precisamente esto ocurriera. Lo vio hacer una mueca, y Sophie tragó saliva. Él le señaló una silla metálica que estaba frente a una mesa del mismo material, pero ella prefirió permanecer de pie.

—Encontraron tus huellas en el frasco del veneno —dijo el abogado. Sophie sintió que su pecho se oprimía, y por un momento le faltó el aire—. Todo está colgando de un hilo ahora, Sophie, así que debes ser muy cuidadosa con cada cosa que digas y hagas. Todo, todo será utilizado en tu contra de aquí en adelante. Ante los ojos de todos, ya eres culpable, aunque las leyes dicen que serás inocente hasta que se demuestre lo contrario. Serás interrogada por un fiscal, serás llevada a audiencia y luego a Juicio. Pero como soy tu abogado, puedo aleccionarte acerca de cada cosa que debes decir. Primero, debes ser absolutamente sincera conmigo—. Sophie asintió, y se secó la lágrima que había rodado por su mejilla con el dorso de su mano. Él volvió a señalarle la silla, y esta vez ella le hizo caso y se sentó, con las manos sobre su regazo, tratando de que no se le notara el temblor que le recorría el cuerpo—. ¿Sabes cómo llegaron tus huellas a ese frasco? —Sophie negó.

—No recuerdo haber manipulado una botellita así, ni siquiera recuerdo haberla visto.

—Si estaba entre tus cosas desde antes del envenenamiento, puede que la hayas tocado por accidente. La huella que encontraron es parcial. Tal vez la dejaron allí un largo tiempo para que eso precisamente ocurriera, lo que indicaría que todo esto ha sido planeado con mucha antelación.

—Pero, ¿quién? ¿Dora? ¿Agustín?

—Son nuestros sospechosos. Cuando te pregunten, Sophie, debes declararte inocente, eso nos llevará a juicio.

—Así que estaré aquí un tiempo, ¿verdad?

—Tienes amigos poderosos, así que no te trasladarán. Esta es una comisaría aceptable, créeme. Y durante el juicio, no serás llevada a ninguna penitenciaría con otras presas. Estarás aquí a petición nuestra.

—¿Mi abuela sigue viva?

—Y recemos por que se mantenga así. Si llegara a fallecer, Sophie, los cargos contra ti se complicarían.

—¿Qué dicen los médicos? —el abogado simplemente meneó la cabeza.

—Debes preocuparte por ti.
—Los médicos no dan muchas esperanzas, ¿verdad?
—Sophie...
—¡Dime cómo está, por favor!
—No es momento para pensar en...
—¡Quiero preocuparme por mi abuela! —exclamó—. No puedo empezar a pensar en las calamidades que me están ocurriendo a mí. Entiéndeme—. El abogado la miró en silencio un instante, luego del cual, respiró profundo asintiendo.
—Ella... no está bien. Podría morir.
—Ay, Dios.
—Te necesito concentrada, Sophie. Ahora, contesta mis preguntas—. Ella volvió a secarse las lágrimas, sorbió sus mocos y lo miró atenta. Espinoza le hizo mil preguntas, y todo quedó grabado, además de las notas que él tomaba. Le hizo revivir paso a paso todo lo ocurrido esa noche, y ella se esforzó en darle cada detalle que recordaba y él le pedía. Tuvo especial cuidado de reproducir tal cual la conversación con Yuliana y cómo había procedido a servirle el té a su abuela. Todo.

Rato después, fue enviada a una celda solitaria. Tenía un catre y una taza de baño en una esquina, y era tan estrecha que apenas si podía dar un paso entre el borde de la cama y la pared. Sophie se quedó de pie allí dándose cuenta de que no había traído con ella un abrigo lo suficientemente grueso que la protegiera. El lugar estaba frío, desnudo y gris. Inmediatamente sintió el frío, no sólo del suelo y las paredes de concreto, sino el de su miedo.

Se giró y miró los barrotes de hierro con una pintura blanca que se estaba cayendo y con parches de óxido que le impedían la libertad. Evitando un estremecimiento, se abrazó a sí misma. Fabián debía estar furioso, preocupado, corriendo de un lado a otro, e imaginárselo haciendo lo posible por sacarla de aquí le hizo sentirse en parte tranquila y en parte culpable. Ella estaba trayendo todas estas vicisitudes a su vida, pero se temía que debía ser egoísta y hacer uso de su ayuda por tiempo indefinido.

Fabián la ayudaría. Él, Ana, Carlos, Juan José y Mateo, y las esposas de ellos... todos la ayudarían. Llevaban poco tiempo conociéndose, pero podía confiar en ellos en este aspecto.

Sophie fue interrogada por varias personas. Algunos eran fiscales muy puntillosos, que parecía que ganarían una gran fortuna si la hallaban culpable ante el juez, pues se empeñaban en volver sobre sus preguntas para hacerle cambiar las respuestas. Y a pesar de que Sophie jamás había sido tan maltratada y rebajada en su vida, se mantuvo firme en sus respuestas. En momentos parecía que si les daba la respuesta que ellos querían, la dejarían en paz, pero no se rindió. Por muy tortuosas que fueran sus preguntas, ella sólo tenía una verdad que contar.

—¡No envenené a mi abuela! —gritó ya hacia el final del interrogatorio—. No puse nada sobre su té, sólo tuve la mala fortuna de ser quien lo sirviera. Juro que no lo hice, no lo hice, ¡¡no lo hice!!

—el hombre que la interrogaba hizo rechinar sus dientes al ver que no conseguía nada, y dio por terminado el interrogatorio.

Fue devuelta a su celda y, aunque el catre no dejaba de darle asco, estaba tan agotada física y emocionalmente, que se sentó en él mirando la pared al frente respirando profundo y conteniendo las ganas de seguir gritando como una loca desaforada.

Resiste, se decía. Resiste.

—¡¡Oh, Sophie!! —dijo la voz de Ana llegando al otro lado de las rejas, y Sophie se puso en pie tan rápido como si hubiese sido impulsada por un resorte.

—¡Ana! —exclamó Sophie extendiendo sus manos por fuera de los barrotes de hierro y abrazándola—. Estás aquí.

—Dios mío, qué lugar tan horrible —dijo Ana mirando en derredor, analizando el lugar buscando defectos y repasando rápidamente las cosas que Sophie necesitaría aquí. No importaba si sólo iba a estar encerrada unas horas; ella debía estar cómoda—. Pero sé fuerte, Sophie —le dijo con voz algo agitada—, debes ser muy fuerte, te prometo que todo esto pasará. Te juró que así será.

—Me encanta que estés tan segura con respecto al futuro —Ana se mordió los labios mirándola de manera misteriosa, pero antes de que ella pudiera hacerle una pregunta, puso delante una bolsa que contenía ropa. Como no cabía por en medio de los barrotes, le fue pasando uno a uno los elementos que contenía. Un precioso abrigo de cuero largo que se puso de inmediato, unas botas, ropa interior y algunos elementos de aseo.

—Todo esto lo revisaron y aprobaron. Hubo problemas con dejar pasar las botas, pero como no son de cordones, lo dejaron estar.

—¿Los cordones? —Ana se encogió de hombros.

—Son idiotas todos. Me dijeron que ya fuiste interrogada y...

—Ana... ¿Y Fabián? —ella guardó silencio por un instante, pero sabiendo que no podría eludir su pregunta, dejó salir el aire.

—Vendrá a verte en cuanto pueda. Está ocupado, no ha parado

de ir de un lado a otro. Y no sólo él, Mateo también ha dejado todo de lado para concentrar sus esfuerzos en ti. Eloísa está en mi casa, el día del parto está cerca, y no quieren correr riesgos, así que se va a pasar unos días en mi casa.

—Estoy causando tantos trastornos.

—Ay, nena, algún día te contaré todos los trastornos que causé yo una vez. Pero no te preocupes, esto es temporal. Estoy absolutamente segura de que saldrás de aquí... y que podrás hacer esa vida que tanto sueñas—. Sophie sacó la mano de los barrotes y tomó la de ella.

—Gracias por tus palabras, Ana...

—No son meras palabras. No son meros deseos de alguien que te tiene cariño—. Ana envolvió en las suyas la fría mano de Sophie y la acercó a su pecho—. No dudo que serán días horribles, días en que querrás desistir, pero te juro que pasarán. Sé fuerte.

—Lo dices tan segura... como si lo hubieses visto en una visión, o un ángel te lo hubiese profetizado—. Ana hizo una sonrisa un tanto misteriosa.

—Algo así —le admitió—. Eso fue lo que hizo que te llamara aquella vez, para aquella clase, ¿lo recuerdas? —Sophie negó mirándola algo confundida—. Presentía que me necesitabas, presentía que no lo estabas pasando bien, y tardé meses en encontrarte. Sabía que debía hacer algo por ti, porque... porque sabía que eras la chica para Fabián.

—Qué...

—Le dije que fuera por ti esa vez de la fiesta de navidad, porque sabía que sólo era cuestión de que se conocieran el uno al otro para que se enamoraran y vivieran lo que estoy segura vivirán. Por eso te digo que no tengas miedo, que seas fuerte; que no importa qué tan graves sean las dificultades que te quiera imponer la vida, tú saldrás airosa...

—Sólo lo dices para que no me desmorone.

—En parte. Es verdad que pude decírtelo antes, pero... quiero que me creas lo que te digo, Sophie. No pierdas la fe—. Un oficial de policía le dijo algo a Ana desde la distancia, y ella giró su cabeza para mirarlo haciendo una mueca—. Seguro que Fabián vendrá a verte más tarde —le dijo, y como no podía besar su mejilla por los barrotes, le besó el dorso de la mano, y luego de una corta despedida, se fue.

Sophie se quedó allí, mirando los barrotes sintiendo su corazón agitado.

Tal vez se trataba sólo de palabras de consolación para ella, pero no pudo evitar sonreír por un momento. Ojalá las cosas fueran así, ella tendría la fortaleza de esperar y aguantar lo que fuera que viniese.

Se sentó en el catre a esperar a Fabián. Bien podía tardarse horas en llegar y su visita podía ser aún más corta que la de Ana, pero no importaba, no tenía otra cosa que hacer más que esperar por él.

...34...

Sophie llevaba horas allí en su celda. Le habían traído un insulso almuerzo, y ella había tenido que tragarlo a la fuerza. No podía saltarse las comidas por muy insípidas que fueran, no sólo porque ella en el pasado ya había sufrido por la desnutrición, sino también porque debía estar fuerte y saludable para todo lo que se venía.

Y todo lo que se venía le asustaba un poco, era un camino oscuro y lleno de piedras, o a eso se le parecía cada vez más.

Y Fabián no había venido a verla.

Sabía que estaba ocupado, sabía que estaba haciendo todo lo posible por ayudarla, pero no podía evitar sufrir por no poder hablar con él. Quería verlo, quería que la abrazara, que le dijera que todo saldría bien.

Caminó los pocos pasos que le permitía la celda mirando alrededor. Su vista no podía ir demasiado lejos por lo estrecho del lugar, así que su escrutinio terminó en segundos.

De repente, sintió su perfume. Era inconfundible ¡El aroma de Fabián aquí!

Todo su cuerpo se despertó, alerta, a la expectativa, y caminó a los barrotes intentando asomarse, lo cual era imposible.

—¿Fabián? —llamó, y luego escuchó sus pasos y su sonrisa.

Los ojos se le humedecieron de dicha, de alivio, de paz.

—Amor, estás aquí —dijo con voz inevitablemente quebrada.

—¿Cómo has sabido que soy yo?

—Estás aquí —ella extendió sus manos a él sin responderle desde mucho antes que estuviera a su alcance, y él las tomó al fin apretándolas suavemente, besándoselas, y Sophie lloró abiertamente. No sabía si cabía decir te amo, te extraño, te necesito, pero ella lo dijo.

El abrazo tuvo que ser a través de los barrotes de hierro, pero a ninguno de los dos le importó, ni que el beso tuviera que ser casi superficial.

—No llores, mi niña hermosa.

—No estoy llorando.

—No, claro que no —dijo él limpiando sus lágrimas—. Me duele mucho verte aquí.

—Yo estoy bien, no te preocupes. Sólo que... te extraño. No estoy asustada para nada, sé que tengo un ejército de amigos trabajando duro para sacarme de aquí. Eso me mantiene cuerda y con esperanzas —Fabián sonrió.

—Gracias por esa confianza. No te defraudaremos —ella agitó su cabeza negando.

—Yo sé que no—. Fabián miró su reloj haciendo una mueca.

—No tengo mucho tiempo —dijo—. Por lo pronto, hemos conseguido que la audiencia sea mañana mismo.

—¿Una audiencia con el juez? —Fabián asintió.

—Estamos avanzando mucho en las investigaciones, Sophie, pero necesitamos saber qué se trae entre manos Agustín. Estoy tan seguro de que fue él que me cambiaría el nombre si llegáramos a equivocarnos. Entonces, en esa audiencia pondrán todas las cartas sobre la mesa y así sabremos a qué nos enfrentamos realmente—. Fabián metió la mano para tocar su mejilla con suavidad—. Él no sabe con quién se metió. Le haré pagar duro el que te haya hecho pasar por todo esto. Me las cobraré en su pellejo, en carne viva —el tono duro de su voz desmentía totalmente su toque tierno, y Sophie lo miró fijamente. Él, como enemigo, ciertamente, era formidable.

No dijo nada, sólo movió su cabeza y le besó la palma de la mano con la que la tocaba.

—Fernando te envía saludos —dijo él—. Está seguro de tu inocencia, te apoya.

—Gracias.

—Rebeca sigue en cuidados intensivos —le informó—. No ha despertado, y estamos cruzando los dedos para que lo haga pronto.

— ¿Crees que se salvará?

—Rebeca es un hueso duro de roer. Nada la hará irse de este mundo sin antes haberte visto vestida de blanco en el altar, y luego con hijos—. Sophie rio asintiendo—. Sophie, cuando esto pase, nos casaremos —siguió él, y ella fue deshaciendo poco a poco su sonrisa hasta mirarlo con mucha seriedad—. Ya sé que no es el momento ni el lugar para hacer una propuesta como esta, pero mi amor, en cuanto nos deshagamos del malnacido de Agustín, tú y yo nos casaremos.

—Quiero casarme contigo —afirmó ella agitando su cabeza—. Así que digo sí—. Él sonrió y atrajo su mano para besarle el dorso.

—Te busqué por mucho tiempo, esperé por ti con ansias a veces, con desesperanza otras, pero esperé por ti, mi amor, y llegaste. Nada de esto me importa, si es el precio que debemos pagar por habernos encontrado al fin; si estás dispuesta a esperar conmigo, yo estaré aquí para cuando salgas—. Sophie no pudo reprimir el sollozo de emocionada felicidad que salió de su garganta.

—Te amo tanto —dijo—. Tanto, tanto… —él sonrió.
Y luego les dijeron que la visita había terminado y él tuvo que irse. No sin repetirle cuánto la amaba, prometiéndole sacarla de allí cuanto antes.
Sophie volvió a sentarse en el catre secándose las lágrimas. Ahora sentía que tenía energía para cien días de lucha.

La audiencia fue, tal como Fabián lo dijo, al día siguiente temprano.
Ella entró con ropa escogida por Ana para esta ocasión, y era hermosa, elegante, y muy sencilla. Al parecer, ella no quería que pareciera demasiado ostentosa ante el juez, sino con un aspecto sosegado y con clase.
Pero el Juez pareció no reparar demasiado en ella. Era un hombre de algunos cincuenta años, calvo y con un poco de sobrepeso. Con mirada dura y un martillo rápido para hacerse escuchar.
Luego de declararse inocente, fiscal y defensa procedieron a hacer las declaraciones.
El fiscal presentó las pruebas que tenía en contra de Sophie. Veneno en el té, que venía de una pequeña botella, que a su vez había sido encontrada en la habitación de Sophie con una de sus huellas en ella. Prácticamente había dicho: "Blanco es, gallina lo pone", y Sophie no pudo evitar pensar que, a ojos de cualquiera, ella, ciertamente, parecía muy culpable.
La interrogaron otra vez, en esta ocasión, de manera más insidiosa, y volvió a decir sus respuestas. Y sorprendida, vio cómo también Yuliana pasó al estrado a rendir declaración, diciendo que ella le había insistido mucho para llevar ella misma la bandeja, y que no sabía qué había ocurrido entre que ella la tomaba de sus manos y se la llevaba a la abuela.
Lo peor es que no podía refutar mucho a eso, pues había sido verdad que ella insistiera para llevar ella misma el té a su abuela. La chica sólo estaba diciendo la verdad.
Pero cuando llamaron a Agustín, todos en la sala quedaron en silencio. Sophie se giró para mirar a Fabián, que estaba sentado un par de asientos atrás, y éste le hizo señas para que estuviera tranquila.
Luego de que Agustín diera su identificación y explicara quién era él, empezaron las preguntas. Fue allí que Sophie comprendió que, desde hacía muchísimo tiempo, él venía planeando todo esto.
—Sí, soy su tío. Hermano de su padre.
—¿Notó algún comportamiento extraño en la señorita Alvarado

cuando la conoció? —le preguntó el fiscal, y Agustín hizo una mueca.

—Bueno, no al principio.

—Explíquese.

—Parecía muy feliz de haber encontrado a su abuela, pero luego... luego empezó a hacer preguntas y comentarios algo extraños.

—Puede contarnos con toda libertad—. Sophie frunció el ceño mirándolo, pero él seguía con su vista fija en el fiscal.

—Cuando le entregué sus tarjetas bancarias, explicándole los privilegios de que gozaba ahora que se había demostrado que era una auténtica Alvarado, ella pareció bastante interesada en el monto que heredaría en caso de que mamá muriera—. Sophie no pudo evitar dejar salir una exclamación de asombro, que tanto el juez como el fiscal pasaron por alto—. Me hice cargo de varias deudas bancarias atrasadas, lo que me dijo que era una mala administradora del dinero, y cuando le hablé de la cantidad de la que ahora dispondría mensualmente, se quejó diciendo que había esperado que, al ser una heredera, fuera mucho más.

—¡Qué mentira! —gritó Sophie sin poder contenerse más. El juez pidió silencio, y el abogado le tocó el brazo susurrándole que por favor se comportara.

—También preguntó a cuánto ascendía el dinero de su herencia, se mostró molesta y decepcionada cuando le dije que sólo si mamá moría ella heredaría. Al parecer, había pensado que gozaría de inmediato de su dinero—. El abogado Espinoza hizo una objeción, pues el testigo estaba dando por hecho datos que eran sólo su suposición, y el juez tuvo que pedirle a Agustín que se atuviera a los hechos.

Otro testigo subió al estrado, y esta vez Sophie quedó lívida. Alfonso Díaz caminó a paso lento y Sophie no pudo sino aferrarse a su silla y apretar sus dientes. ¿Qué tenía que hacer él allí? ¿Por qué él? ¿Qué podía agregar a todo este circo?

—¿Conoce a la acusada? —le preguntó el fiscal luego de haberlo presentado y hacerle jurar decir sólo la verdad.

—Por supuesto. Estuvimos casados—. Sophie casi hizo rechinar sus dientes.

—Y, ¿Cómo fue su relación con ella?

—Bastante buena. El matrimonio no duró mucho, pero seguimos siendo amigos—. Sophie cerró sus ojos sin poder creerlo. ¿Hasta dónde pensaban llegar?

Luego frunció el ceño. Si Agustín había planeado todo esto,

353

¿cómo era que se había enterado de la existencia de Alfonso? ¿Cómo lo había contactado?

—Entonces, ¿afirma usted que fue quien le facilitó la pequeña botella con cianuro?

—Sí. Ella me pidió el favor y yo le conseguí el veneno.

—No es cierto —masculló Sophie en voz muy baja—. Es mentira, todo es una mentira.

—Conserva la calma —le pidió el abogado en voz baja.

—¿Está diciendo la verdad? —le preguntó el fiscal a Alfonso.

—Por supuesto. Hace sólo unos días, le entregué la botella de veneno en la entrada de las oficinas donde trabaja.

—¿No le pareció extraña esa petición?

—No le pregunté para qué lo quería —contestó Alfonso—, sólo... se la di. Me imaginé que, ya que trabaja con textiles, lo necesitaría para eso.

—Tengo pruebas que manifiestan que efectivamente Sophie Alvarado y el señor Díaz se encontraron a la salida de las oficinas de Jakob, que es donde labora la acusada. Vídeos de seguridad de la empresa podrán confirmarlo, en caso de que la defensa quiera alegar que esa entrevista jamás se dio—. Sophie se cubrió los ojos con una de sus manos. Sentía deseos de llorar desesperadamente.

La audiencia siguió. Dios, todo, todo parecía en su contra. Tenían pruebas tan fuertes que harían dudar a cualquiera.

Fue turno del abogado Espinoza hacerle preguntas a Alfonso, pero como ella no le había hablado de su pasado con él, era poco lo que podía indagar en ese aspecto. Los habían tomado por sorpresa, llevaban kilómetros de ventaja, y Sophie se recostó en su asiento sintiéndose acabada, vencida.

Si su abuela moría o no, ya no importaba, a ella la encerrarían.

—Sophie Alvarado es culpable —dijo el fiscal en su discurso final, mirando a todos en la sala como si lo hubiese decidido por sí mismo—. No quiso verse implicada en la consecución del veneno... así que, le pidió el favor a un hombre que sabía enamorado de ella y que haría lo que le pidiera sin hacer demasiadas preguntas. Buscó la ocasión perfecta y por eso le quitó la bandeja a la joven del servicio, puso el veneno en el té para que la anciana al beberlo muriera, y así, poder heredar lo que sabía, no podría sino de esa manera. Rebeca Alvarado era un estorbo para ella. ¿Qué afecto podría tenerle a una anciana a la que no vio sino hasta hacía unas semanas? No le importaba, y utilizó el método que la historia ha demostrado es el favorito de las mujeres asesinas: el veneno. Nada sangriento, limpio... Pero cometió pequeños errores, que son los que la han traído aquí. Como no sabía manipular un veneno tan fuerte, inhaló accidentalmente un poco, y sus huellas aparecieron también en la botella. No podemos dejar en libertad a una persona que es capaz de maquinar con tanto detalle la muerte de uno de sus familiares más cercanos, de una persona que por años sufrió por su ausencia, que la lloró, y se sintió feliz por su regreso. Rebeca Alvarado jamás imaginó que encontrar a su nieta sería el fin de sus días.

Sophie secó sus lágrimas.

Dicho de esa manera, ella era un completo monstruo, que maquinó desde el principio la muerte de su abuela, interesada en el dinero.

Malditos, maldito Agustín, maldito Alfonso. ¿Hasta cuándo serían un tropiezo en su vida?

Luego de la audiencia, Sophie apenas si pudo cruzar una palabra con Fabián. Éste le pidió otra vez que no tuviese miedo, pero se le estaba haciendo difícil. Sabía que él y los demás estaban haciendo todo lo posible, pero hoy había quedado más que claro que tenía enemigos fuertes, que la odiaban hasta la muerte misma, y que estaban usando todo su poder para hundirla.

Fabián la miró con un sentimiento de impotencia mientras volvían a llevársela de su lado. Casi podía leerle la mente a su novia, y no le era difícil imaginar lo mucho que estaba sufriendo, el miedo que estaba padeciendo. Lamentablemente, no podía estar a su lado para confortarla, pero sí que podía hacer otras cosas por su bien.

Caminó a la salida de la sala y tomó su teléfono.

—Juan José —le habló con tono firme a su amigo, que lo esperaba fuera del edificio de la corte. Él había estado afuera como una especie de vigía, atento a quién salía o entraba que fuera sospechoso, y habían dado en el clavo—. Alfonso Díaz está aquí —le informó—. Por favor, síguelo.

—Como mande, mi comandante. ¿Tienes una imagen de él?

—¿Recuerdas al tipejo que me buscó la pelea en el baño de un bar? —sonrió Fabián con desdén, y escuchó a Juan José decir algo mientras lo recordaba—. Bajito, piel trigueña, casi calvo...

—Lo recuerdo. ¿Esa cagarruta es el ex de Sophie?

—Nadie menos.

—Pero si es un gremlin. ¿Qué le pasó a Sophie?

—No me había conocido.

—¿Y te pegó esa vez por qué, porque pudo ver que en el futuro le quitarías a su mujer?

—Calla, Sophie nunca fue mujer de él. Y me buscó pelea porque es un trastornado, y lo acabo de comprobar. Declaró contra Sophie en la audiencia; se metió en el baile equivocado.

—Aquí lo estoy viendo —sonrió Juan José—. Parece muy contento consigo mismo, está hablando con alguien por teléfono. ¿Quieres que lo alcance en un sitio solitario y le devuelva los golpes?

—Sólo necesito que sepas dónde localizarlo luego. ¿Has seguido a alguien antes?

—Anda en motocicleta —se quejó Juan José, que de inmediato apuntó la placa—. Pero intentaré no perderlo.

—Gracias—. Fabián cortó la llamada, y miró al abogado con una sonrisa.

—Tengo una pista genial —le dijo—. Y unas ganas de vengarme increíbles.

—Tenemos mucho que hablar, mucho que hacer —le contestó el abogado sin prestarle demasiada atención—. Lo de hoy fue simplemente increíble.

Sophie fue llevada de nuevo a su celda, y una vez allí, se sentó en el catre, desganada, y sin poder evitarlo más, se echó a llorar.
Ya basta, dijo. Ya no más.
Había pasado ya por demasiado en su corta vida.
Primero, la muerte de sus padres, que ah, todavía lo recordaba y le dolía. Había tenido que sufrir el quedarse sola con tan sólo dieciséis años de edad. Luego, cambiar de país, cultura, idioma… para llegar a una casa donde sólo sufrió rechazo. Tan sólo una desconocida fue la que le brindó su apoyo. El tener que vivir con temor de su propio tío, el esconderse, el callarse. Luego, el luchar por salir adelante, estudiar… El engaño de Agustín, el hambre…

¿Cuánto más debía padecer una persona en esta vida? ¿Se alargaría su lista de sufrimientos indefinidamente? ¿La cárcel estaba contemplada para ella?

¿Qué había sido del poder del hada de aquella fuente? ¿Todo había sido una mentira, una ilusión?

—Estás llorando —dijo una voz a su lado, y Sophie se levantó sobresaltada.

Y de todo esperó en esta vida, menos ver a su prima Andrea aquí.

Estaba hermosa, luciendo ropa fina, un fino abrigo, joyas… y su usual maquillaje que le hacía ver los ojos grandes, la piel lozana, y nada de ojeras. Sophie era de las pocas personas en el mundo que alguna vez había visto a su prima sin maquillaje, y sabía que ese cutis no era tan liso, y que debajo de los ojos tenía manchas oscuras que ni la más cara sesión de belleza habían podido borrar.

—Andrea —susurró Sophie sorprendida—. ¿Viniste a... visitarme?

—Por supuesto. Quería... verte.

—Pues... gracias —dijo Sophie con inocencia, secándose las lágrimas—. No la estoy pasando bien, ya ves.

—Pobre niña.

—No he tenido mucha suerte.

—No es cierto. Has tenido mucha suerte en la vida.

—No, Andrea. ¿Cómo vas a decir eso? Desde que perdí a mis padres... mi vida... mi vida no fue un mar de rosas. Ha sido difícil —siguió con voz quebrada—. Tú lo has visto. Has visto todo por lo que he tenido que pasar.

—¿Qué he visto, Sophie?

—Viste que lloré mucho la pérdida de mis papás. Me escuchabas llorar por las noches. Viste que, para estudiar, tuve que trabajar duro. Viste... el engaño de Alfonso, que me dejó en la miseria, que incluso pasé hambre. Estuviste allí, lo viste.

—Yo sólo vi a una niña que con un pestañear se llevaba a todos a su bolsillo —dijo Andrea con expresión confusa—. Todos los chicos se enamoraban de ti, todas las chicas querían ser tus amigas. Mamá te prefería a ti, y eso que no eras su hija.

—No es cierto.

—Y de alguna manera, estudiaste lo que querías y te fue bien. Alfonso se enamoró de ti, el problema allí es que te dejaste deslumbrar por sus palabras. No se le puede decir que sí a todo el mundo, querida.

—Lo hizo a propósito, y lo sabes.

—¿Qué sé? Un día él dijo estar enamorado de mí, y luego se fue tras de ti —Sophie la miró un tanto ceñuda.

—¿Qué?

—Lo mismo pasó con Fabián. Tienes la manía de enamorarte de los hombres que primero pasaron por mis manos—. Sophie abrió su boca para decir algo, pero ningún sonido salió de su boca—. ¿No lo sabías? —le preguntó Andrea con su mismo tono suave—. Fabián Magliani y yo salimos un tiempo. Fuimos... novios, si se puede decir así.

—Fabián no tuvo novias antes de mí.

—¿Eso te dijo? —Andrea se echó a reír—. Pues no sé entonces

qué fui yo para él, pero así dejó que lo interpretara. Salíamos, me presentó a sus amigos… fue allí donde conocí a Mateo y a Juan José. Frecuentábamos un bar en especial porque a Ana, la esposa de Carlos, le gustaba el Jazz, y la poesía, y toda esa tontería.

—Eso es mentira. Estás mintiendo.

—¿Para qué te mentiría? —le preguntó Andrea con voz dulce—. No gano nada con eso, cariño. Yo adoraba a ese hombre… pero… luego de que obtuvo de mí lo que quiso, me dejó. Lo llamé muchas veces, casi le rogué por una explicación, pero es un hombre frío. Ah, mira, aquí tengo la prueba—. Ella sacó su teléfono de su bolso y le mostró unas fotografías. Allí estaba Fabian con ella en un bar, sonriendo a su lado, y detrás, pudo ver a Ángela mirando distraída hacia otro lugar.

Un frío la recorrió de pies a cabeza. Andrea estaba diciendo la verdad, eso no era un montaje. Ella buscó otra fotografía y se la mostró. Ahora estaban en un restaurante, y aunque se veía más a Andrea que a Fabián por el ángulo desde el que había sido tomada, no cabía duda de que quien compartía la mesa era él, y que estaban los dos solos.

—Podría mostrarte nuestras conversaciones por chat —dijo Andrea, como si tal cosa.

—No quiero, gracias.

—No te sientas mal. Ya sabes cómo son los hombres, ven a una mujer bonita, se deslumbran… y montan todo un teatro alrededor de ella para que caiga en su trampa.

—Fabián no es así.

— ¿Vas a decir entonces que es un santo?

—No es un santo, pero no es el villano que quieres hacer ver.

—Como quieras. No vine aquí para hablar de él, sino de… la terrible situación en la que estás, prima. ¿Cómo terminaste aquí? Pobrecita. Creíste que habías tocado el cielo con las manos, pero mírate.

—¿Por qué está durando tanto esta visita? —preguntó ella dándole la espalda y caminando hacia el interior de la celda.

—Mamá quiere verte —le informó Andrea como si no la hubiese escuchado—. ¿Quieres que te vea… así? —Sophie no contestó, y Andrea suspiró—. No tengas en cuenta lo de Fabián. Pensé que te había contado de nuestra relación, sabe que somos primas, después de todo. Los hombres son así.

No Fabián, insistió Sophie en su mente, y la miró apretando los dientes.

—Ya me tengo que ir —suspiró Andrea—. Cuídate. No vayas a enfermarte—. Andrea se fue a paso lento, y Sophie escuchó el resonar de su taconeo por el pasillo.

Habían sido novios. O, por lo menos, habían salido en varias ocasiones.

¿Qué era lo que él había dicho acerca de las novias? Que, si no las había presentado a la familia o a los amigos, no contaba, pero según las pruebas de Andrea, ella había sido presentada.

Y sí, sabían que eran primas. Fabián sabía que Andrea y ella eran primas. Sabía que trabajaban juntas, habían hablado de ella en una que otra ocasión.

Se cruzó de brazos tratando de luchar contra sus propios pensamientos. Fabián había prometido contarle cada cosa importante, no ocultarle nada. Ella había cumplido, pero... ¿y él?

Al parecer no.

No, no, no. No llegues a conclusiones sin antes haberlo escuchado.

Pero le había mentido, le había ocultado información. Tantas ocasiones en las que pudo decirle esto y lo calló. Por qué. ¿Tan importante fue? Si lo ocultaba con tanto celo debía ser por algo, tal vez porque había cosas desagradables que no quería que ella supiera. ¿Por qué otra razón lo habría callado? ¿Esperaba ocultarlo por siempre? Le había propuesto matrimonio, ¿pensaba hacerlo después de casados, acaso?

Pero, encerrada aquí, no podía llamarlo y pedirle una explicación. Al parecer, la duda y la sospecha la carcomerían un largo rato.

...35...

—¿Y Fabián? —le preguntó Sophie al abogado cuando vino a verla después de la audiencia. Él simplemente meneó su cabeza negando.
—No te será posible verlo hoy.
—¿Está muy ocupado?
—Sí, la verdad, sí. Además, tus visitas están restringidas.
—¿Por qué?
—Es la concesión que tuvimos que hacer a cambio de que no te llevaran a una penitenciaría.
—¿Por qué me iban a llevar a una penitenciaría, si aún no me han declarado culpable?
—Alguien está haciendo presión sobre los jueces —dijo el abogado con voz grave—. Hemos tenido que usar todas nuestras influencias para mantenerte aquí—. Sophie tragó saliva.
—¿Cómo está mi abuela? —El abogado respiró profundo.
—Entró en coma, Sophie —Ella cerró sus ojos sintiendo angustia—. Pero sigue viva, que es lo que importa por ahora. La acusación se mantiene en intento de asesinato mientras ella siga respirando.
—¿Qué pasará si pasan los días y no despierta? —él hizo una mueca.
—No lo sabemos, pero debemos estar preparados para lo peor—. Sophie mordió el interior de sus labios y respiró profundo.
—¿Por qué Alfonso pudo presentarse ayer en la audiencia? Fabián me había dicho que tiene una demanda. Había estado huyendo y por eso se escondía.
—Sí, eso es verdad, pero de repente, todo su historial estaba limpio.
—¿Qué?
—Alguien se tomó el trabajo de borrar todos sus antecedentes, demandas, etcétera, para que pudiera declarar contra ti. Alfonso, según los anales de la policía, es un ciudadano ejemplar.
—¡Qué mentira!
—Quedamos muy sorprendidos. Con cada descubrimiento, encontramos que hay alguien muy empeñado en hacer las cosas de manera extremadamente meticulosa.
—Alguien, alguien, ¡alguien! ¿Ese "alguien" no tiene nombre, acaso?

—Sophie —la interrumpió el hombre que la estaba defendiendo, ella lo miró fijamente con ganas de seguir discutiendo—. Sí, ese alguien tiene un nombre, y voy a proponerte una idea, y si estás de acuerdo, se facilitarán mucho las cosas.
—Dime.
—Queremos que denuncies a Agustín Alvarado —Ella lo miró confundida—. Es el momento de que lo acuses de la muerte de tus padres.
—¿Qué?
—Y de planear e instigar todo para quedarse con tu parte de la herencia. Todo lo que hizo para que tu encuentro con tu abuela no se diera, y lo que está haciendo ahora para sacarte del medio.
—¿Tienen pruebas contra eso?
—Más que tener pruebas —siguió Espinoza—, queremos sacarlo de su zona de confort. Será una acusación que los jueces no podrán ignorar cuando vean tantas coincidencias juntas, y conseguiremos que quite todo su esfuerzo en hundirte, por tratar de salvarse a sí mismo.
—Él no está solo.
—Eso está claro. Tiene a alguien dentro de su casa que lo ayudó con el veneno...
—No me refiero sólo a eso —lo interrumpió Sophie con voz suave. Apretó sus dientes y lo miró a los ojos—. Creo que mi prima Andrea está metida en esto—. Espinoza abrió su agenda y escribió el nombre—. Andrea Domínguez —siguió Sophie antes de que él le pidiera el apellido.
—¿Por qué lo crees?
—Porque... Es sólo una corazonada.
—Las corazonadas son bienvenidas —la alentó el abogado.
—Sospecho que ella... fue la que, de alguna manera, involucró a Alfonso Díaz.
—Tu ex —ella hizo una mueca, como cada vez que alguien le recordaba que habían sido pareja en el pasado.
—Agustín no tiene forma de conocer o relacionarse con alguien como él, son de mundos muy diferentes, mundos que jamás coincidirían; tuvo que ser a través de Andrea. Y si fue así... si Andrea y Agustín son cómplices más que amigos, eso explica un montón de cosas.
—Es una conexión muy importante la que acabas de hacer. Ninguno de nosotros habría podido llegar a esa conclusión. Comprobamos las cintas de seguridad, Sophie, y ciertamente, te entrevistaste con él a la salida de Jakob tal como ellos dijeron en la

corte. No me lo dijiste, y eso nos tomó por sorpresa.
—No imaginé que tuviera algo que ver.
—Ya ves que todo está conectado. El ángulo no permite ver si él te entregó o no algo en esa ocasión, pero sabemos que el contacto físico fue muy poco.
—No dejé que me tocara.
—Y eso estuvo muy bien. Hemos mandado analizar la cinta por profesionales.
—Parece que ustedes también están haciendo de todo—. El abogado sonrió.
—Si quieres saberlo, Mateo Aguilar se ha encargado de impedir que este escándalo salga en los medios, además, que es quien hace presión para que no te trasladen a una prisión. Carlos ha reunido a varios testigos, entre ellos, al vigilante del edificio de Jakob, para que atestigüen a tu favor, y también ha estado al pendiente para que el equipo de investigación que dio con el veneno en tu habitación, siga con el trabajo de encontrar más huellas que te eximan de culpa; Juan José se ha encargado de seguirle la pista a Yuliana, Alfonso, y al mismo Agustín, reconstruyendo sus pasos desde el día que pisaste por primera vez la casa Alvarado.
—Dios, han estado ocupados...
—Así es.
—Y... ¿Fabián? —Espinoza sonrió.
—Ha sido el más ocupado de todos, el director de esta orquesta. Creo que lo único que le falta es venderle su alma al diablo a cambio de tu libertad—. Sophie tragó saliva. Esperaba que no tuviera que llegar a tanto—. Y no sólo ellos han estado ocupados; también sus esposas... Por eso debes estar tranquila, porque no estás sola—. Ella asintió agitando su cabeza—. Sólo falta tu parte, Sophie, y por eso te voy a pedir que me cuentes todo, paso a paso, lo que ha ocurrido en tu vida.
—Claro.
—Desde el mismo día en que se accidentaron tus padres —aclaró él, y Sophie lo miró un tanto intrigada—. O desde antes, si eres capaz de recordar. Debes ser más maliciosa y sospechar de todo y de todos. La cosa más pequeña que te ocurrió puede ser definitiva para hundir a tus enemigos, así que haz memoria—. Sophie asintió.
—Por supuesto —dijo, y él empezó a hacerle preguntas.
La entrevista duró horas, y Sophie casi desgastó su voz contándole cada cosa. Las preguntas de él la llevaban por caminos que jamás imaginó, a sospechar de personas que, en su ingenuidad,

había creído simplemente inocentes o ignorantes.

Andrea estaba recostada en una tumbona tomando el sol. Una copa de margarita reposaba en una pequeña mesa a su lado, y la luz brillante del sol de la mañana hacía resplandecer la piscina frente a la cual estaba. Su vestido de baño, de dos piezas, le dejaba ver sus espectaculares curvas a todos, las curvas por las que luchaba en el gimnasio, con dietas y sacrificios.

Pero ella era hermosa, los hombres la admiraban con cierta codicia, y aunque no voltearía jamás a mirar a ninguno de ellos, le encantaba que se quedaran embobados mirándola.

Intentó ponerse en pie para pasearse dándole una vuelta a la piscina, pero algo la detuvo. Sus manos, sus manos estaban atadas a la tumbona.

¿Qué estaba pasando? De repente el cielo se nubló, y ya no estaba el resplandeciente sol y todo alrededor se puso muy frío. Sus manos y sus pies estaban atados, y del cielo bajaron unas aves negras de picos muy fuertes que empezaron a herir su estómago, del que empezaron a salir ratas. ¡¡¡Ratas saliendo de su estómago!!!

Se despertó con un grito. Como si todavía estuviera envuelta en aquella pesadilla. Se llevó las manos al vientre tratando de mantener dentro sus vísceras, espantar las aves y las ratas, y cuando se dio cuenta de que allí no había nada, que estaba cerrado y a salvo como siempre, empezó a llorar.

Otra vez pesadillas.

Salió de su cama y encendió la luz mirando en derredor. Las sábanas estaban revueltas, pero casi podía jurar que veía la sangre en ellas, la sangre que las aves de rapiña habían provocado con sus fuertes picoteos.

Se cubrió el rostro sin poder dejar de llorar, y no pudo dormir el resto de la noche.

Fernando observó a su padre entrar a la casa en silencio. Como siempre, él llegaba con su maletín a encerrarse en su despacho a seguir trabajando, maquinando.

La abuela no había despertado, seguía en coma, y Agustín no había ido a visitarla en ninguna ocasión. Estaba más pendiente de la anciana la misma Dora, que su propio hijo.

Lo siguió hasta el despacho mismo, y una vez allí, él lo miró de reojo.

—Estoy ocupado ahora. Qué quieres.

—Que dejes a Sophie en paz—. Agustín lo miró sorprendido. No se había esperado que su hijo le hablara así.

—Sophie es una asesina.

—Tú muy bien sabes que no es así.

—¿Y cómo es que mamá resultó envenenada? ¡Está entre la vida y la muerte!

—Sophie es inocente —insistió Fernando—. La estás acusando injustamente.

—No puedes defender a una persona que apenas conoces. Que sea tu prima de sangre, no significa que le importe esta familia.

—Sólo quería advertirte que, ya que es inocente, la verdad saldrá a la luz.

—Eso es lo que deseo, que la verdad salga a la luz.

—Ten cuidado con lo que deseas —le advirtió Fernando, y salió del despacho de su padre más furioso que antes.

Fabián entró a la comisaría en la que estaba detenida Sophie. Había tenido que usar influencias, sobornar a unos cuantos, pasar por alto cientos de advertencias para poder estar aquí, pero desde el día de la audiencia no había podido verla, y definitivamente ya no soportaba más esta situación.

Sabía que ella debía estar muy asustada; se la imaginaba y se le arrugaba el corazón.

Llegó hasta la celda esperando encontrarla pegada a la reja, tal como la vez pasada, y le sorprendió mucho ver que ella, en vez de eso, estaba casi en el fondo, cruzada de brazos, y mirándolo como si no hiciese ya cuatro días que no se veían.

—Amor —la saludó él metiendo su mano por la reja para que ella se acercara, pero Sophie no lo hizo—. ¿Estás bien? —preguntó extrañado.

—Todo lo bien que puedo estar aquí—. Él hizo una mueca, y dejó caer la mano. Ella no la tomaría.

—Siento no haber podido venir antes. ¿Estás molesta por eso?

—¿Sabías que Andrea estuvo aquí el día de la audiencia? —él frunció el ceño.

—¿La dejaron pasar? Yo estuve intentándolo y no pude.

—Extraño, ¿verdad? —ella dio al fin unos pasos hacia él, y Fabián la observó cuidadosamente. Su aspecto estaba desmejorado, como si no hubiese dormido bien estos días, y no era para menos. Se preocupó más entonces. Ella todavía debía recuperarse de los problemas de desnutrición que había sufrido en el pasado; su cuerpo

apenas se estaba reponiendo.
—¿Estás comiendo bien? —ella se encogió de hombros. Fabián la vio cerrar sus ojos y respirar profundo—. ¿Pasa algo, cielo? ¿Estás molesta conmigo por algo?
—Sí, Fabián. Estoy furiosa contigo —él guardó silencio por un momento, al cabo del cual dijo:
—Vaya. Cuéntame. Puedo arreglarlo.
—Ese es el problema, que teniendo tanto tiempo para evitar que esto sucediera, tú preferiste callarlo.
—¿Qué hice?
—Saliste con mi prima —sonrió Sophie con amargura—. Y me lo ocultaste—. Fabián la miró lívido de asombro. Empuñó en su mano una de las barras de hierro, pero no dejó de mirarla—. Tuve que enterarme a través de ella misma. Vino aquí y me mostró las fotografías de los dos.
—¿Qué fotografías?
—Unas donde estás con ella, Ángela, Ana, y todos los demás. Y otras de los dos solos.
—¿Esas fotografías existen?
—¿Por qué no me contaste, Fabián?
—No... no era importante.
—¿No era importante? ¡Es mi prima!
—La relación no fue importante. De hecho, ¡no hubo tal relación! Sólo salimos una vez, y... ¿De verdad me estás reprochando algo del pasado? ¿No quedamos en que no importaba? ¿O de verdad ahora quieres que te dé el nombre de cada mujer con la que salí o me acosté?
—Si saliste o te acostaste con cien o con mil no es lo que importa ahora. Importa que te callaste algo como que saliste con una mujer que sabías que era mi prima. Cuando supiste que éramos familia, no se te ocurrió decir: "Vaya, mira, qué coincidencia. Una vez salí con ella".
—Detesto a tu prima. Todo lo que se relaciona con ella me fastidia. No quería...
—¡Pues debiste! ¡Debiste decírmelo!
—¿Y por eso estás molesta conmigo?
—¿Te parece poco? ¡Me mentiste! Prometiste no ocultarme nada, contarme cada cosa importante ¡y te callaste algo tan grave como esto!
—¿Por qué es grave? ¿Sólo porque hay un lazo de sangre?
—¡Porque Andrea me odia! —gritó Sophie—. ¡Porque... no sé

por qué, quiere verme acabada! Fue capaz de unirse a Agustín para hundirme, ahora lo sé ¡¡y te está usando a ti para dañarme!!

—Lo siento, pero aún no veo por qué debí comentarte algo como eso.

—¡Que no lo veas es peor! —dijo Sophie entre dientes—. Debiste imaginar que tarde o temprano me enteraría. Por Dios, me propusiste matrimonio, ¿cuándo pensabas decírmelo? ¿En la misma boda, cuando la vieras en la iglesia? —Fabián apretó sus dientes.

—No pensaba permitir que la invitaras. Y sólo fue una cena, una cena que acabó rápidamente porque me di cuenta al instante que es una loca deschavetada, interesada, superficial y la mujer más materialista que jamás conocí. Ni siquiera hubo un beso. Nada. No fue nada, no fue nadie.

—Para ella no fue así.

—Porque está loca. Y te está enloqueciendo a ti.

—Oh, vaya. ¡Gracias!

—Sophie, estás dejando que te envenene.

—¡Perdona! ¡Es que veo las fotografías de mi novio con otras mujeres y soy de piedra y no siento nada! Estoy cansada de esto, de las mujeres que salen de tu pasado como ratas de una alcantarilla, de las locas que quieren acapararte. ¡Estoy cansada de todo! —gritó al fin. Fabián guardó silencio por un momento. Cerró sus ojos y dio un paso atrás viendo a Sophie con sus manos empuñadas.

—¿Quieres que me disculpe por no haberte contado que salí con una mujer hace más de dos años, cuando ni siquiera te conocía, ni sabía de tu existencia?

—Los hombres tienen esa habilidad de torcer las cosas, de parecer inocentes, y luego, víctimas.

—Me estás comparando con Alfonso.

—Ya fui muy estúpida una vez —dijo ella con voz rota, y Fabián vio que una lágrima bajaba por su mejilla.

—No estás siendo estúpida conmigo.

—Odio las mentiras. Por las cosas que me ocultaron, por las cosas que desconocía, estoy aquí. Eras la persona en la que más confiaba. Creía saberlo todo de ti, cada aspecto importante. Odio saber que hay cosas ocultas en nuestra relación. No puedo confiar en una persona que me oculta que salió con alguien que, para bien o para mal, es importante en mi vida. Odio lo que hiciste, Fabián—. Él hizo una mueca y miró a otro lado—. Y tal parece que, si pudieras volver el tiempo atrás, no cambiarías nada. Pensaste que nunca me enteraría.

—Pensé que lo tomarías mejor si te enterabas. Que lo asumirías con la madurez con la que has actuado casi toda tu vida. Que comprenderías por qué un hombre no va contando cada mujer con la que salió alguna vez.

—Lo que pasa es que la confianza es una cosa muy frágil. Toma años construirla, y una sola acción para acabarla.

—¿Ya no confías en mí? —preguntó él juntando sus cejas, y Sophie se odió a sí misma porque aun en esas circunstancias lo veía guapo.

—Ya no sé qué pensar—. Él respiró profundo.

—Afortunadamente, vas a tener mucho tiempo para meditarlo. Habrá una nueva audiencia en una semana. No podré venir a verte en esos días, tuve que untar demasiadas manos para poder tener estos minutos contigo... y lo estoy lamentando—. Sophie sintió que su estómago se apretaba de dolor. Quiso correr a él y decirle que por favor olvidara todo lo que acababa de decir, pero no pudo, porque casi al tiempo, vio a Andrea allí de pie ufanándose de saber algo que ella no, de haber sido también novia de Fabián y burlarse porque ella, pobre criatura, había sido la última en enterarse.

—No tienes que venir a verme, ni hacer más sacrificios por mí —dijo, endureciendo su corazón y su voz.

—Entonces, nos veremos en el juicio.

—No es que tengas que asistir, tampoco—. Él la miró a los ojos. ¿Le estaba terminando?

Respiró profundo y asintió.

—Como quieras—. Dio la espalda y se fue. Sophie vio sorprendida cómo el daba la vuelta y se iba. Cuando ya no escuchó sus pasos caminó a los barrotes de hierro y se aferró a ellos. ¿No se iba a disculpar? ¿No encontraba grave el haberle ocultado todo eso? ¿Tan arrogante era?

"Lo siento, debí contarte lo de Andrea", sólo eso hubiera necesitado ella para volver dichosa a él, pero se mantenía en que no tenía por qué haberle contado nada.

¿Por qué los hombres eran tan idiotas?

—No estoy celosa de Andrea —dijo apretando con fuerza sus dientes, como si él aún pudiera escucharla—. Sólo odio que me hayas ocultado eso. ¿Por qué no lo entendiste? Si vamos a casarnos, debes hablar siempre con la verdad, en todo, por muy tonto que sea. ¡Idiota, idiota! —lloró—. ¡Por qué eres tan cabeza de mula!

Fabián salió de la comisaría sintiéndose furioso. Lo que podía haber sido un encuentro bonito, donde se dijeran el uno al otro lo mucho que se extrañaban, y comentarse sus esperanzas de que todo saliera bien, había salido terriblemente mal.

Conque Andrea había agrandado las cosas, ¿eh?, pensó apretando sus dientes.

Andrea podía haber dicho que incluso habían estado a las puertas de la iglesia para casarse; estaba loca, después de todo. Pero lo que lo indignaba era que Sophie le creyera. ¿Sería así siempre? ¿Cada deschavetada que viniera a traerle un cuento nuevo la haría dudar de él?

Mierda. ¿Por qué las mujeres eran tan complicadas? ¿Debía estar él enterado acaso de los noviecitos que tuvo Sophie en el pasado y con los que se llegó a dar besos? ¡No era relevante! No venía al caso, no era constructivo, ¡no aportaba nada a la relación!

Pero ella lo estaba tomando como bases de confianza y mil cosas más.

Su teléfono sonó. Era el abogado Espinoza.

—Háblame.

—Adelantaron la audiencia. Dos días a partir de hoy.

—¿Qué? No es posible. Necesitamos más tiempo para terminar de reunir las pruebas y las investigaciones que…

—Nuestro juez está comprado, Fabián —acusó Espinoza—. Lo sospeché desde el principio. Está comprado, está haciendo todo lo posible para que el caso se cierre cuanto antes, sabiendo que no tendremos tiempo suficiente.

—¿Qué podemos hacer?

—¿Tienes un amigo en la Corte Suprema de Justicia?

—Está jodido —se quejó Fabián.

—Si no es así, ve haciéndote amigo de alguien que sí lo tenga. Si el juez dictamina que Sophie es culpable, pasarán meses antes de que podamos apelar y volver a empezar con todo el juicio.

—Maldita sea, ¿cuántos tentáculos tiene Agustín?

—¿Olvidas que es la cabeza visible de una de las familias más poderosas del país?

—¿Y es que nosotros somos pelagatos, o qué? ¡Maldita sea! Los Aguilar y los Soler en pleno están moviendo todas sus influencias para conseguir la libertad de Sophie, ¿cómo él puede más que nosotros?

—Es todo un misterio —dijo Espinoza, y cortó la llamada.

Fabián empuñó sus manos y caminó hacia su auto. Antes de que lograra entrar, su teléfono volvió a timbrar. Era su abuelo.

—Lo que faltaba —masculló antes de contestar—. Hola.
—¿Qué es eso de que tu novia está siendo acusada de asesinato? —preguntó Bernardino nada más escuchar la voz de su nieto.
—No está siendo acusada de asesinato.
—¡Mató a su abuela!
—Ella no tuvo nada qué ver, y Rebeca sigue viva.
—En coma, ¡y tal vez no sobreviva!
—Abuelo. Lo siento, pero no es asunto tuyo.
—¡Te dije que eligieras bien! Una mujer como ella jamás será parte de mi familia. ¡No con semejante escándalo!
—Ese es mi problema, no el tuyo.
—Te advierto que no permitiré que se case contigo en caso de que salga libre.
—Saldrá libre, joder, porque estoy haciendo todo lo posible.
—¿Qué estás haciendo? ¡La van a hallar culpable!!
—¿Cómo estás tan seguro? Demonios, ¿cómo es que siempre te enteras de todo?
—¡Tengo ojos en todas partes! ¡Es la tarea de alguien como yo! En un principio estuve contento de que la chica fuera una heredera, ¡la nieta de los Alvarado! Estuve a punto de pasar por alto el que haya estado casada en el pasado, que fuera divorciada, pero esto es demasiado. No la quiero en mi familia. Ya fue una mancha demasiado grande que tu madre se embarazara a los dieciséis, ¡no permitiré algo como esto! —Fabián tragó saliva.

—Nunca me perdonaste a mí que naciera, ¿verdad? —dijo en voz baja—. Como si yo hubiese pedido nacer, venir del vientre de una adolescente. ¿Por qué simplemente no me entregaste en adopción? Te habría evitado todos estos dolores de cabeza.

—No seas insolente. Eres mi sangre.

—¿Por qué la sangre es tan importante? Tengo amigos sin ningún lazo de sangre conmigo que han hecho más por mí que mi propia familia. He visto a madres intentando matar a sus hijos, gente envenenando a su propia madre, o asesinando a su hermano, dañando a su primo. ¿Dónde quedó allí el lazo de sangre?

—¿Ahora, porque sólo has visto el lado amargo de la vida, todo tiene que ser así? Que hayas crecido sin madre, no significa que todas las demás sean incapaces de amar. Que un hermano o un primo odie a otro, no implica que todos los primos y los hermanos se odien. Si eres capaz de dar la vida por un amigo, por tu hermano das tu propia alma. Si te duele cuando un extraño te lastima, que lo haga tu propia familia duele mil veces más.

—Entonces ya sabes lo que siento por ti, ¿verdad? —Sin querer añadir nada más, Fabián cortó la llamada. Se quedó frente al volante de su auto sintiendo su respiración agitada. ¿Qué podía saber su abuelo de familia? La de él era nefasta; él era una viva prueba de ello. Cerró sus ojos.

¿Qué estaba pasando? ¿A dónde se estaba yendo su vida? Todo lo que antes había parecido estable y firme estaba girando, desmoronándose, yendo al garete.

Metió la llave en el contacto encendiendo el auto. Lo peor de todo, es que ya no sabía por dónde empezar para volver a poner todo en su lugar.

...36...

—¡Por tu culpa, he perdido un montón de dinero! —exclamó Ismael gritando a su hija por teléfono, sentado en el asiento del conductor de su taxi, y rechinando sus dientes—. Me dijiste que, al contrario, si te decía el nombre del tío de Sophie, ganarías dinero. ¿Dónde está ese dinero? Ya no me pasa mi mensualidad. ¡Por tu culpa!

—Es porque se trata de una inversión a largo plazo. ¿Por qué no puedes mirar más allá?

—¡Qué más allá ni qué niño muerto! Quiero mi mensualidad de vuelta.

—No te la va a pasar. Sophie está de vuelta con su familia, ya todos saben quién es ella, ¡ya no le interesa mantener oculto su paradero!

—Seguro que a él no le importa, pero a la policía sí que le va a importar todo lo que estuvo haciendo los años pasados.

—¿Y qué les vas a decir, que te dejaste sobornar por unos pocos pesos? ¡No puedes hacer nada! ¡Te meterían preso también! —Ismael apretó sus dientes dejando salir un gruñido de furia.

—Entonces me lo cobraré en ti.

—¡No puedo mantenerte! ¡Trabajo para vivir!

—¡Y eso es gracias a mí! Te pagué una universidad cara, ahora, ve por mí.

—No lo haré. Pagaste mi universidad porque era tu obligación, ¡y lo hiciste con el dinero que Agustín Alvarado te pasaba!, ¡nunca hiciste ningún esfuerzo!

—¡Te lo advierto, Andrea!

—Tú no me adviertes nada. Si te atreves a acusar a Agustín de algo, me encargaré de que sepan que estuviste metido en la sopa todo el tiempo; que, además, fuiste quien buscó el notario falso que casó a Sophie con Alfonso, y todo lo demás, ¿me entiendes?

—No me gusta que me amenacen.

—¡A mí tampoco! —y sin decir más, Andrea cortó la llamada. Ismael miró el teléfono sorprendido. ¿De verdad creían ellos que se desharían de él? No les sería tan fácil.

. En la clínica, Fernando miraba a su abuela con expresión de impotencia. Quería poder infundirle la salud y el ánimo que se necesitaba para que se levantara de esa cama. Ella parecía dormida, simplemente; daba la impresión de que en cualquier momento iba a abrir los ojos. Requería de la ayuda del oxígeno, aunque ya no estaba entubada; también estaba un poco pálida y su piel se veía opaca y casi marchita, pero ella seguía viva, respirando ya sin la ayuda de los aparatos, y, según los médicos, era una buena señal.

Suspiró. El médico le había dicho que le hablara, que eso podía hacerle bien, así que lo intentó.

—Debes despertar, abuela —le dijo. Se acercó a ella y tomó su mano con suavidad, una mano un poco fría—. Sophie te necesita. Te necesita mucho. La están acusando de... de lo que te pasó. Yo creo que ella es inocente, que ella es incapaz. Fabián y los demás están haciendo lo indecible por sacarla de esa celda, pero... No quiero ni siquiera admitirlo para mí, pero... es papá quien más se ha empeñado en que ella permanezca allí encerrada.

Él guardó silencio por un momento, con la respiración agitada. Sentía que lo que hacía era tan inútil como lanzar una moneda a una fuente, pero, bueno, tampoco perdía nada, ¿no?

—Abuela —volvió a llamarla, y esta vez alzó un poco la mano para besarle el dorso—. Sophie te necesita. ¡Vuelve!

Fabián escuchó de labios de los abogados de Sophie la cruda verdad. Aunque habían hecho todo lo posible, no habían podido posponer la audiencia, y ellos no habían logrado recabar todas las pruebas para sacar libre a Sophie.

Miró al abogado, que se hallaba sentado en la pequeña sala de juntas que él y Juan José tenían en las oficinas de su empresa, mordiéndose los labios queriendo poder levantarse y romper algo. No podía ser que todos ellos juntos no pudieran contra Agustín. ¡No eran cuatro pelagatos, por Dios!

Luego de pedirle al abogado un momento a solas con su amigo y de que éste saliera, Juan José lo miró sonriendo.

—Vas a tener que hacer eso que no quieres hacer —le dijo de manera enigmática, y Fabián apretó sus labios. Sabía a lo que Juan José se refería, y de verdad, prefería hacer un contrato con el demonio tener que hacer esto.

—Sabes que me pedirá algo a cambio —le contestó con voz queda—. No me ayudará gratis. Y sabes qué es lo que me pedirá.

—Fabián —dijo Juan José en tono muy serio—, llega un punto en la vida en que tienes que poner todo en una balanza. ¿Qué es más importante para ti? Si esta empresa, si esta sociedad vale más que la libertad de tu novia, está bien. Has luchado e invertido mucho esfuerzo en esto.

—Nada vale más que la libertad de Sophie —aseveró Fabián poniéndose en pie.

—Entonces, ya sabes lo que tienes que hacer.

—Además —siguió Juan José con voz despreocupada—, yo siempre supe que te irías en algún momento.

—¿Qué? —Fabián se giró para mirar de nuevo a su amigo a la cara, y él sólo se alzó de hombros.

—Hay que ser realistas. Y desde que me casé y tuve tres hijos, soy muy realista. Ahora entiendo a tu abuelo, lo entiendo mucho.

—No lo puedo creer.

—Así que siempre estuve preparado para el momento en que tuvieras que tomar tu lugar en las empresas de la familia Magliani. El anciano jamás pondrá a alguien que no tenga su sangre en el trono, por decirlo así, y si tú vuelves, será para eso, para ponerte a la cabeza. Eres el único que puede hacerlo, el único apto, y el único al que Bernardino aprobará.

—Soy un hijo ilegítimo…

—Pero el único nieto de su sangre, el único que ha mostrado entereza y la suficiente determinación como para enfrentarlo y llevarle la contraria, con lo que demuestras el carácter que se necesita para ser el siguiente jefe de la familia.

—Sería como haber dado mil vueltas para… de todos modos, terminar en la trampa del viejo.

—Por amor a Sophie —Fabián cerró sus ojos.

—Te quedarás sin un socio.

—Al principio será duro —le contestó Juan José—, pero ya después me acomodaré—. Juan José se puso en pie y caminó hacia su amigo. Le palmeó la espalda y le sonrió—. Y te estaré eternamente agradecido por haberme buscado aquella vez para empezar esta sociedad. He aprendido mucho junto a ti, Fabián. Ya sabes que, más que un amigo, eres un hermano para mí.

—Te estás despidiendo —sonrió Fabián con tristeza—, pero aún no sabemos si el anciano aceptará… en caso de que me decida a pedirle ayuda.

—Aceptará, claro que sí —aseguró Juan José—. Yo, en su lugar, no dejaría pasar esta gran oportunidad. Vamos. Ve a buscarlo ya mismo; hemos intentado de todo y no lo conseguimos por nuestra cuenta, es tiempo de involucrar a los titanes en esta pelea. Baja un poco la cabeza y salva a tu novia de la prisión —. Fabián tragó saliva. No le había contado a nadie de la discusión que había tenido con

Sophie, así que, a los ojos de todos, ella seguía siendo su novia.

También a los ojos de él. Ella podía ser terca, tonta y cabeza dura, pero ni ella misma podría alejarlo.

—Te contaré cómo me fue.

—De inmediato, por favor —Fabián sonrió, y sin poder contenerse, abrazó a su amigo con fuerza.

—Gracias por ser mi hermano.

—No seas tonto. No se elige a la familia —Fabián se echó a reír. Ese era un gran consuelo.

Ismael salió de la casa de los Alvarado sumamente consternado. ¿Qué había pasado aquí? ¿Qué significaba todo?

Había preguntado por la anciana Rebeca, la que sabía era la abuela rica de Sophie. Había ido a buscarle porque seguro que la anciana le daría una buena suma de dinero por toda la información que tenía para compartirle, y ella tenía mucho dinero, y él mucha información. Pero, la respuesta que le dieron fue pasmosa. Envenenada, envenenada por Sophie, que estaba en la cárcel por eso.

Si había algo que él sabía, era que Sophie era tonta, crédula y bastante ingenua. Había podido convencerla de que no lo denunciara ante las autoridades de lo que había intentado hacerle una vez, y aunque luego nunca confió en él, siguió llamándolo tío. Sophie jamás envenenaría a nadie, ni a una rata, mucho menos a su abuela.

Comprendió muchas cosas, una de ellas, era que el ambicioso de Agustín Alvarado había seguido con su plan de quitar a su sobrina de en medio para que no se pudiera quedar con su parte de la herencia hasta llevarlo todo al extremo. Otra cosa que había podido entender, era que Sophie había llegado hasta aquí con la ayuda de alguien, ella sola jamás habría podido descubrir a su abuela y meterse en su casa y su familia. Necesitaba encontrar a ese alguien.

—¿Ismael Domínguez? —escuchó una voz a su espalda. Se giró, y se encontró con un joven alto y rubio, muy bien vestido, que de lejos se veía era parte de la familia de esa enorme casa que estaba tras él.

—Soy yo —contestó Ismael, sintiendo de repente que estaba muy mal trajeado.

—Usted es el tío de Sophie.

—Sí, yo —Fernando lo miró de arriba abajo con cierto desagrado.

—Yo fui quien le cedió la entrada a esta propiedad. Necesito hablar con usted... permítame guiarlo a un sitio privado.

—Es... Está bien. Como diga... Mi esposa sabe que vine para acá...

—Tranquilo —sonrió Fernando con malicia—. No le va a pasar nada.

—La audiencia será en dos días —le dijo Espinoza a Sophie, y ella apretó los barrotes de su prisión sintiéndose helada.

—¿Tan pronto? —el abogado asintió. Ella había estado dispuesta a esperar todo lo que hubiese que esperar. Sabía que sus amigos necesitaban tiempo para sacarla de aquí. Dos días no les serían suficientes. Iría a prisión. Sabía que apelarían, que lo volverían a intentar, pero mientras, ella estaría en una cárcel con otras presas, criminales de verdad.

Cerró sus ojos.

—Diles que estoy bien —le pidió—. Que no tengo miedo. Si tengo que pasar un tiempo en la cárcel, lo soportaré. Confío en ellos, sé que... sé que no será mucho tiempo.

—Lo sentimos, Sophie. De parte de todos, te digo que estamos moviendo cielo y tierra con tal de...

—Eso no tienes que decirlo, yo lo sé. Es sólo que mi buena suerte se acabó, es todo. La carroza y los corceles volvieron a convertirse en una calabaza y ratones, creo. Pero no tengo miedo. Diles que no tengo miedo—. Espinoza sonrió.

—Así les diré.

—Gracias—. El abogado dio la vuelta y se alejó, y Sophie quedó allí otra vez sola. Una ventaja de ir a la cárcel era que seguro tendría alguien con quien hablar; estaba cansada del silencio y la soledad de esta celda.

—Sabía que vendrías —le dijo Bernardino a su nieto al verlo traspasar la puerta de su oficina, girando hacia un lado y a otro en su sillón, mirándolo con cierto regocijo.

—Sí —contestó Fabián casi en un susurro—. Parece que me tienes donde querías.

—Vienes a pedir ayuda —dijo. No fue una pregunta, y Fabián suspiró.

—Es más como una negociación.

—Ah, ¿sí? En una negociación, el uno tiene algo que el otro quiere. Yo tengo la posible libertad de tu novia en mis manos. ¿Qué me ofreces tú?

—Volver a... Volver —se interrumpió—. Haré lo que me digas, seré tu heredero, tu empleado, tu lava perros. Seré lo que quieras aquí.

—Mi heredero, mi empleado, mi lava perros —Bernardino se echó a reír. Se puso en pie y sirvió un trago, luego, Fabián descubrió que no era para él, pues se lo estaba ofreciendo.

Lo tomó. Además de que lo necesitaba, no podía despreciarlo.

—Te ha costado, ¿no? He oído que está bien fea la situación en las cortes. Bien horrible. Has esperado a que todo esté casi al borde del abismo para venir a mí a pedir ayuda. Recordaste mis viejas amistades, mis lazos de familia y negocios, y al fin viniste... como el hijo pródigo.

—La diferencia con esa historia —dijo Fabián—, es que yo no estuve desperdiciando mis bienes en este tiempo. La empresa que construí junto a Juan José...

—Es buena —admitió Bernardino—, es sólida, seria, y cada día se acredita más —el anciano sonrió de una manera que le hizo preguntarse a Fabián si acaso el viejo estaba orgulloso—. Lo sé. Los he seguido de cerca. Incluso... me han sugerido que haga negocios con ustedes.

—No lo has hecho, ¿verdad?

—Claro que no. Quería ver lo lejos que llegarías sin mi ayuda. Y excepto por tu noviecita... todo lo has hecho bien.

—Pero a pesar de que no apruebes a Sophie, me ayudarás, ¿No es así?

—Sí, hijo. Te ayudaré.

—Gracias.

—Pero sigo sin aprobarla. Una vez ella esté libre... no la aceptaré en la familia.

—¿Qué? No puedes...

—Sí puedo. Y vas a tener que prometerme que...

—¡No puedo!

—Mira, Fabián...

—No voy a terminar con ella sólo porque a ti se te antoje. Prefiero...

—Prefieres hacer que esa chica pase meses, o quizá años en la cárcel que obedecerme.

—¡Es mi vida! ¡Yo elijo con quién salgo!

—En eso tienes razón. Pero, ¿también eliges en la vida de ella? —Fabián lo miró conteniendo un aluvión de palabrotas. Sólo se mordió los labios y guardó silencio. Bernardino siguió—. Te estás poniendo en mis manos, quieres mi ayuda. Con una llamada, esa audiencia para pasado mañana podrá volver a su fecha original, o simplemente, por qué no, tu novia será hallada inocente así muestren una fotografía de ella poniendo el veneno. Tengo el poder, Fabián... te estoy traspasando ese poder; en un futuro lo tendrás, pero ahora harás lo que yo digo. Dime, qué es más importante: su libertad, o tus caprichos.

—No es un capricho, abuelo. Yo de verdad la amo. ¡Es mi mujer! ¿Dejarías a mi abuela sólo porque alguien te propone obtener el mundo entero? —Bernardino lo miró ceñudo por un momento. No dijo nada, sólo suspiró y volvió a sentarse en su sillón y Fabián lo miró tomar su teléfono. Asombrado, lo escuchó hablar de tú a tú con un reconocido magistrado de la Corte Suprema de Justicia de Colombia, y, luego de hablar de sus esposas, nietos, y el último juego de golf, Bernardino le comentó, como si tal cosa, que cierto juicio, de cierta chica, estaba siendo un poco manipulado.

—Qué —le preguntó el otro hombre, y Fabián fue capaz de escucharlo, ya que Bernardino tenía el altavoz—. ¿Eres amigo de esa chica?

—Es casi como de la familia, y la chica es inocente.

—¿De la familia? ¿Has bajado los estándares, Berni? —el hombre se echó a reír burlonamente con una risa ruidosa que se convirtió en tos.

—Yo no, mis nietos. Pero bueno, el caso es que hay tanto dinero de por medio, que las cosas se han distorsionado un poco.

—Mucho dinero, ¿eh? Dame el nombre de esa chica.

—Sophie Alvarado.

—Vaya, vaya. Esa chica.

—¿Has escuchado el asunto?

—Suena y truena. Los Soler van a hacer un hueco en mi casa de tanto rogarme para que la ayude.

—Los Soler son buena gente, ¿por qué no los has ayudado?

—Porque Carlos Soler fue un hijo de puta. Acuérdate que se acostó con la ex mujer de mi hijo y todo aquello.

—Ah, recuerdo. Ya veo. Pero yo no me he acostado con ninguna de tus mujeres.

—Eres demasiado feo, no te habrían prestado atención —ambos volvieron a reír, y la risa del magistrado volvió a terminar en tos.

—Ve al médico, anciano, esa tos suena fea.

—No te atrevas a decirme anciano, eres mayor que yo dos años.

—Sí, sí. Como digas.

—Cuando tenga noticias, te llamaré.

—Claro—. Contestó Bernardino con una sonrisa. Cortó la llamada y miró a su nieto sin dejar de sonreír.

—Eso fue... muy fácil —murmuró Fabián como para sí, pero Bernardino lo escuchó, y en respuesta, sólo se encogió de hombros.

—Son cosas que obtienes con los años. Seguro que, en treinta o cuarenta años, tendrás amigos a los que, con sólo una llamada, cruzarán el mundo por ti.

—Eso espero.

—Pero mientras, te toca pagar, y mi ayuda tiene un costo.

—Me lo imaginaba.

—Harás cada cosa que yo te diga de aquí en adelante.

—Espera un momento. No haré nada que atente contra mi...

—Cada cosa que yo diga —ratificó Bernardino en voz más alta—. Sin mi ayuda, tu novia habría pasado de seis a ocho meses en la cárcel, donde fácilmente habría sido asesinada por otra presa y todo habría quedado allí, la perderías para siempre —Fabián quedó lívido ante aquella declaración, algo que no se le había ocurrido hasta ahora, y que ciertamente tenía muchas probabilidades de ocurrir—. Ahora, en cuatro días, podría salir libre.

—Qué... qué me pedirás... Además de dejar mi empresa y volver aquí, qué quieres de mí—. Bernardino sonrió.

—Me gusta esa docilidad. Entonces, ¿serás mi lava perros?

—Estas son las cosas que hacen que te odie, ¿sabes?

—Yo esperando tu admiración...

—Ya estoy renunciando a bastante.

—Una empresa casi sin nombre no es bastante.

—Eres increíble —dijo Fabián entre dientes dando la vuelta para irse, pero Bernardino lo volvió a llamar.

—Hay trato, o no —preguntó. Fabián cerró sus ojos. Había imaginado que el precio a pagar sería alto, pero aceptar el trato era como firmar un cheque en blanco; podía salirle realmente muy caro. Era injusto. Pero pensar en Sophie encerrada y en peligro terminó de ayudarlo para tomar al fin una decisión.

—Sí. Haré lo que me digas —le dijo. Bernardino suspiró.

—No hagas esa cara. No eres Jesús yendo a la cruz.

—Así me siento.

—Por lo pronto, quiero que vuelvas a la casa.

—¿Qué?

—Trae tus cosas, Juana estará feliz de tenerte de vuelta, sólo será por un tiempo. Y a partir de mañana, vendrás aquí y te presentaré ante la junta directiva. Estudiaremos entre todos cuál será el mejor cargo para ti, tu salario y beneficios—. Fabián apretó con fuerza sus labios.

—Lo tenías todo planeado, ¿no?
—Por supuesto. En cuanto supe que la chica estaba en problemas.
—Su nombre es Sophie.
—Sí, sí. A partir de ahora, me perteneces, Fabián. Pero no te preocupes, no te pediré cosas descabelladas. Sólo pido que te comportes como lo que eres: mi nieto—. Fabián apretó sus dientes, y luego de unos tres segundos de terco silencio, asintió con un rígido movimiento de su cabeza.
—Bien—. Volvió a dar la vuelta disponiéndose a salir de la oficina de su abuelo.
—¿No me das las gracias? —volvió a detenerlo Bernardino. Fabián lo miró con ojos entrecerrados.
—No me has hecho un favor, sólo ha sido un intercambio comercial —dijo, y luego, salió cerrando la puerta con sequedad.
Bernardino sonrió recostándose en su sillón.
Bendito fuera Agustín que quiso poner a la pobre joven en semejante aprieto, dándole a él la oportunidad que tanto había ansiado en su vida: tener a su nieto de vuelta.
Suspiró. Fabián lo estaba odiando sin saber lo que le pediría a continuación; se temía que ese sentimiento sólo iba a crecer cuando se enterara.

La audiencia volvió a su fecha original, y no sólo eso; Agustín tuvo que enfrentar la demanda de parte de Sophie. Tuvo que contratar otros abogados para que lo defendieran, y maldita sea, estaban atacando duro.

Salieron a relucir cosas del pasado que él había dado por muertas, pero no, aquí estaban sus fantasmas del pasado para atacarlo.

Al enterarse, Andrea le advirtió que no contara con ella para esto; no estaba involucrada, y no quería verse salpicada.

Si esa arribista sin clase ni presentación creía que lo iba a dejar solo en esto, estaba muy equivocada. No temía hundirse, pero en caso de que así fuera, la arrastraría consigo. Y así se lo advirtió en su última conversación.

El día de la audiencia llegó, y Sophie se presentó de nuevo ante el juez. Estaba nerviosa. De esta pelea de hoy dependía si ella iba a casa o a la cárcel.

Se sentó con una imagen dando vueltas en su cabeza, y se trataba de una parte de un sueño que había tenido esta mañana. Ella no era de soñar mucho, y seguro que, por el miedo y la incertidumbre, había terminado teniendo esta pesadilla. Aunque no podía llamarla así.

En ese sueño, ella estaba ante la fuente a la que una vez le pidió su deseo. Estaba otra vez allí, con una moneda en la mano dispuesta a lanzarla. De repente, ya no era la fuente que ella conocía, tan sencilla, sino una donde un ángel de mármol derramaba un cántaro de agua. El ángel de piedra sonreía mirando el agua, y ella, con la moneda en la mano, dio un paso atrás un poco asombrada por la transformación.

—Mal y bien —dijo una voz—. Vida y muerte. Eventos inevitables en la vida del ser humano. De ninguno puedes escapar, ¿en qué orden los vivirás? Elige bien—. Sophie miró a todos lados buscando el origen de la voz, pero no había nadie más con ella, sólo el ángel de mármol dejando caer el agua del cántaro sobre el agua de la fuente.

—Mal y bien —repitió ella con voz trémula, presintiendo que aquellas palabras eran importantes, pero sin saber por qué—. Vida y muerte.

Elegir el orden, había dicho la voz. ¿Cuál era el orden adecuado?

—La muerte y el mal ya vinieron a mí —se dijo—. Sólo me quedan el bien y la vida—. Una llama se encendió dentro de la fuente y eso llamó su atención bajo el agua, una llama de fuego brillaba.

Ahora, en la sala de la audiencia, no podía dejar de pensar en esa flama. El fuego no podía sobrevivir bajo el agua, pero era un sueño, ¿no? ¿qué importaban las leyes de la física en el mundo onírico?

—Todos de pie —dijo una voz ahora, en la realidad, y Sophie vio cómo una mujer vestida con una toga azul tomaba el lugar del juez. Este no era el mismo juez de antes.

Sorprendida, miró a Espinoza, que sólo le sonrió. Buscó a Fabián con la mirada en los asientos de atrás, pero él no estaba allí. No había venido.

...37...

Fabián no estaba.
Sophie miró por todos lados de la sala y no lo vio. Estaban Juan José y Ángela, que le sonrió al verla; lo mismo que Eloísa, que estaba sentada al lado de su marido. Ya no estaba embarazada, ¡¡había tenido a su bebé!! También Ana y Carlos, Judith, Fernando y Paula, y al lado de esta última, su tía Martha, que le sonrió con alegría y lágrimas en los ojos al verla.
Y Andrea, su prima Andrea estaba allí.
Cuando la vio, Andrea le sonrió, pero no fue una sonrisa de aliento y esperanza como la de todos los demás, era como si encontrara algo muy gracioso en su cara.
La de ella, notó Sophie, parecía llevar tres o cuatro capas de maquillaje más de las acostumbradas. Se la veía pálida, y había perdido un poco de peso de manera poco estética. Parecía enferma.

La audiencia empezó. Sophie fue llamada al estrado e hizo de nuevo su declaración. El fiscal fue puntilloso otra vez, pero Sophie se mantuvo firme en sus respuestas; ya que era la verdad, no tenía hacia dónde desviarse.
Espinoza hizo incisión en el hecho de que Yuliana Molina prácticamente había desaparecido, y que no se encontraba evidencia de su registro como empleada de la casa Alvarado. Al parecer, nadie la había contratado, nadie daba referencias de ella, y en toda la casa no se había encontrado una sola huella suya, siendo que había laborado allí varios días, lo cual era muy sospechoso.
También se mostró el video de seguridad donde se hacía obvio que Alfonso Díaz y Sophie discutían a la salida de Jakob, y que a pesar de que no se veía claro, un experto en expresión corporal podía evidenciar que en ningún momento hubo contacto entre los dos. Espinoza aprovechó la ocasión para mostrar que Alfonso tenía antecedentes que misteriosamente habían desaparecido, y que su relación con Sophie no era tan buena como él había asegurado en la audiencia pasada, por el contrario, pues en el pasado Sophie había impuesto una demanda contra él por estafa y abuso de confianza. Y que también había vuelto a desaparecer de la ciudad.
Agustín fue llamado al estrado. Cuando lo interrogó el fiscal, parecía muy seguro de sí, dando respuestas que hundían a Sophie una tras otra, mencionando palabras tales como avaricia, maldad, codicia.

Sin embargo, todo cambió cuando fue el turno de Espinoza para interrogar. Con maestría, sin que el fiscal pudiera objetar, encaminó la cuestión a su propia ambición, maldad y codicia.

—¿No es cierto que, si la señora Rebeca Alvarado muriera en este momento, y que la señorita Sophie fuera presa, es usted el que heredaría al completo los bienes de la familia?

—No veo por qué eso...

—¿Es cierto o no? —insistió Espinoza. Agustín guardó silencio, y la jueza tuvo que pedirle que contestara.

—Sí. Yo heredaría todo.

—Qué conveniente, entonces, que la señorita Alvarado no hubiese podido volver a su familia en los pasados doce años, y que, cuando al fin vuelve, se encuentre acusada de intentar matar a su abuela, la que tiene el poder absoluto sobre el dinero—. El fiscal hizo una objeción, pero Espinoza se explicó: —Todo ha sido una treta de Agustín Alvarado para borrar a Sophie del cuadro. Si ella no está, o se halla jurídicamente impedida, él heredará todo, lo cual ha sido su interés desde hace doce años, cuando, con dinero, sobornó a Ismael Domínguez, tío de la acusada, para que ella, siendo aún una niña, no supiera quién era a ciencia cierta la familia de su padre, y le enseñaran que no debía buscarlos, pues la odiaban; cuando, con una orden, fueron asesinados Fernando y Marcela Alvarado en Londres, haciendo que pareciera un accidente, tal y como indica la demanda que mi clienta le ha impuesto a su tío.

Agustín empezó a gritar que era inocente, acusando a Sophie de calumnia y perjurio.

Hubo un revuelo en la sala, y la jueza pidió orden y silencio.

Sophie se movió en su silla tratando de mirar otra vez a todos, y notó varias cosas, que sus amigos sonreían con satisfacción, que Fernando parecía abatido, y que Andrea ya no sonreía, sino que estaba más pálida que antes.

Luego de indicar que Agustín realmente se había esforzado en manipular las evidencias y a los testigos en contra de Sophie, se presentaron las pruebas médicas de que, si Sophie había terminado intoxicada por el veneno, había sido porque ella también lo había bebido, no inhalado como se había presumido antes, lo cual demostraba su ignorancia sobre el contenido del té, y cómo ella fue una víctima también.

Además, la falta de pruebas que dijeran que había sido Alfonso Díaz quien comprara el cianuro para entregárselo a ella, y su ausencia en esta audiencia a pesar de que se le había notificado que sería necesario, era una muestra más de que todo estaba siendo manipulado.

Sophie escuchó, sintiendo como si fuera un bálsamo sobre una herida abierta, cómo una a una las pruebas de su inocencia salían a relucir por fin. Se notaba el trabajo de todos.

Luego de una pausa en la que el Juez salió de la sala, Sophie se cubrió el rostro con sus manos sintiéndolas frías y sudadas. Ya todas las cartas estaban sobre la mesa, ya todo estaba dicho.

—¿Qué va a pasar ahora?
—La jueza dictará sentencia.
—Si dice que soy culpable...
—No dirá tal cosa. Eres inocente. Ten confianza.
Mal y bien, recordó Sophie. Vida y muerte.

Se repitió aquellas palabras. Las sentía como un sortilegio tranquilizador sobre su ánimo. Quería contarle a Fabián que había tenido un sueño estando en esa celda, quería decirle que, aunque no le había dicho lo de su prima, lo amaba y lo extrañaba, quería volver a verlo, hablar con él, abrazarlo, sentirlo... ya era demasiado tiempo sin él.

—¿Por qué no vino Fabián?
—Bueno, él... —el abogado no terminó su respuesta, simplemente apretó los labios y meneó su cabeza negando—. Se le hizo imposible venir.

—No lo creo.
—No sé qué decirte, entonces.

Él no había querido venir, se respondió a sí misma. Como ella le había dicho que no era necesario que estuviera aquí, él había tomado esas palabras al pie de la letra.

Estaba disgustado con ella, lo cual era injusto. ¿Qué estaba pasando con él? Sabía que la amaba, sabía que había hecho todo esto para sacarla de la cárcel, pero, ¿por qué esa actitud? ¿Por qué su ausencia?

—Inocente —dijo la jueza, y Sophie levantó la mirada cuando escuchó el alboroto de todos. Se había ensimismado tanto en sus pensamientos que no había escuchado nada del dictamen.

—¿Qué? —le preguntó al abogado, y él, con una sonrisa, le aclaró.

—Eres libre. Felicitaciones.

A ella llegaron sus amigos para abrazarla. Martha lloraba a moco tendido por ella, le pedía perdón por no haber podido ir a verla, pero ella no estaba resentida por eso. Nadie había podido.

Rodeada de gente como estaba, Sophie no pudo ver cómo Andrea, desde cierta distancia y disimuladamente, le reprochaba a Agustín este fracaso, pero Ana sí lo vio. En cuanto Agustín se alejó, y sin pérdida de tiempo, se le acercó.

—Eres la zorra prima de Sophie —le dijo. Andrea la miró sumamente sorprendida. Jamás esperó que alguien la abordara de esta manera, y menos ella, la esposa de su jefe.

—¿Di… disculpa?

—Taimada, solapada y rastrera. ¿Cómo es que tú y Sophie son familia? No creas que te saldrás con la tuya. Yo sé muy bien que la vida te devuelve multiplicado lo que has sembrado. Tú has sembrado ratas y buitres, ¿qué recogerás? —Al escucharla, Andrea lanzó un chillido, e incluso dio un paso atrás.

Ana, un poco sorprendida por su reacción, la miró de arriba abajo negando en desaprobación. Dio la media vuelta y volvió con su amiga, para decirle lo feliz que estaba por esta victoria, y cómo de ahora en adelante ciertas personas se lo pensarían dos veces antes de meterse de nuevo con ella.

—¿Qué le dijiste? —le preguntó Carlos a su mujer, viendo que Andrea había palidecido hasta parecer descompuesta, y prácticamente había salido corriendo de la sala.

—Sólo lo que pienso de ella.

—Ten cuidado, Ana. Esa mujer es peligrosa.

—¿La despedirás? —Él suspiró.

—Digamos que… ella renunciará sola.

—No tienes cómo echarla, ¿verdad?

—No.

—Ya se irá —vaticinó Ana, y se encaminó a Sophie para pedirle que volviera con ella a su casa. Sophie volvió a abrazarla.

—Has sido mi ángel, mi hada madrina —le dijo con los ojos humedecidos—. ¡Te debo tanto, Ana!

—Ya hablamos de eso, no seas tontita —le contestó ella también conmovida, y se dieron un fuerte abrazo que duró casi una eternidad.

—Me lo imaginé —le dio Agustín a Fernando con encono—, tú, de parte de ellos. Eres un traidor, el peor hijo del mundo—. Fernando tragó saliva.

—No puedo estar de parte de la injusticia, aunque seas mi padre.

—¿Es que te crees el más justo, o qué? ¿Quién eres tú para ponerte en contra mía? Me lo vas a pagar, Fernando. Maldita sea, te haré pagar esto.

—Ya lo estoy pagando, papá—. Su voz sonó muy apagada, casi como un susurro, pero Agustín logró escucharlo, y sólo lo miró con desprecio. Fernando no agregó nada más, su padre empuñaba su mano como si quisiera pegarle, y él sólo dio la media vuelta y se fue. No le dijo nada a Sophie, ni a nadie, sólo salió de la sala en silencio.

—¿Dónde... dónde está Fabián? —le preguntó Sophie a Ana cuando ya iban en el auto. Iba en medio de Martha y Paula, que no paraban de hablar expresando lo contentas que estaban por el resultado del juicio, y demás pormenores. Al escuchar su pregunta, todos al interior del auto guardaron silencio.

—No... ¿no hablaste con él? —preguntó Ana girándose para mirarla en los asientos de atrás. Sophie sintió la mirada de Carlos a través del retrovisor.

—Hace cuatro días que no hablo ni sé nada de él.

—Pero él nos dijo que había hablado contigo y te había explicado.

—Explicado qué.

—Por qué no estaría aquí hoy.

—Te mintió —dijo Sophie con voz trémula y ojos humedecidos, sintiendo que se ahogaba—. Él no me dijo nada. Lo juro.

—Es muy extraño —susurró Ana frunciendo el ceño y volviendo a mirar al frente—. Fabián nunca me ha mentido.

—Comprendo que le creas a él porque lo conoces desde hace más tiempo, pero te aseguro que no me contó nada.

—No, no es que le crea...

—Fabián está fuera del país —dijo Paula, alzando un poco la voz. Era como si no soportara que los mayores empezaran a irse por las ramas sin dar la respuesta que Sophie quería escuchar. Sophie la miró sorprendida por la respuesta.

—¿Fuera del país?

—Se fue anoche.

—¿A dónde?

—A Italia. Supongo que ya llegó. El viaje de aquí allá es súper largo—. Sophie miró a Ana de manera interrogante, y ella sólo asintió corroborando las palabras de su hermana.

—Le dije que no estaba de acuerdo con que viajara tan de repente —le contó Ana—, que tú lo necesitabas. Pero me contestó que tú lo entenderías —Sophie bajó la mirada haciéndose mil preguntas. En un instante, a su mente llegaron mil razones, explicaciones, suposiciones. Ninguna de ellas esperanzadoras. Fabián estaba molesto con ella, no quería saber nada de ella porque le había hecho un reclamo, la estaba castigando, estaba terminando la relación, el tiempo que habían estado separados había enfriado la relación, ya no la amaba, había conocido a otra...

No, no, no, se reprendió a sí misma, pues cada razón era más lúgubre y horrible que la anterior. Espera, él debe darte una razón.

—Ana... ¿trajiste mi teléfono?

—No, nena —le contestó ella—. Cuando te fuiste con la policía, lo dejaste en tu habitación, y allí sigue. Disculpa.

—No hay problema. Carlos...

—¿Directo a casa? —le preguntó él con una sonrisa, pero ella meneó la cabeza negando.

—Quiero primero ir a ver a mi abuela.

—Claro —y de inmediato tomó el rumbo hacia la clínica donde se hallaba Rebeca.

Dora vio a Agustín llegar furioso, lo que de inmediato le dio la respuesta acerca del resultado del juicio. Lo siguió en silencio, aunque sabía que en los siguientes minutos sólo lo escucharía renegar y quejarse.

—¡Maldita, estúpida, hija de perra! —vociferaba Agustín con cada escalón que subía a su habitación. Cuando Dora lo vio ir directo hacia el guardarropa y sacar una maleta, se preocupó.

—¿Qué vas a hacer?

—¿No lo ves?

—Pero... ¿justo ahora? ¿No piensas... apelar, o algo?

—No puedo apelar. El veredicto fue contundente, y esa zorra puso una demanda contra mí ahora. ¿Te imaginas? ¡Los pájaros tirándole a las escopetas!

—Ganó ella, entonces.

—¿Qué tienes en el cerebro? —gritó Agustín mirándola furioso.

—Tenía la esperanza de que sólo hubiesen pospuesto las cosas...

—Inocente, la declararon inocente, cuando todos sabemos perfectamente que ella fue la que envenenó a mamá—. Dora guardó silencio, y Agustín la miró interrogante—. ¿Tú lo dudas?

—Bueno... en un principio lo pensé también, pero... Sophie no ganaría nada si la envenenaba, y además... ella también resultó intoxicada.

—Resultó intoxicada por manipular el veneno.

—Yo recuerdo esa noche. Ella estaba hablando con Fabián por teléfono cuando subí a mi habitación, y ni siquiera diez minutos después, estaba gritando por ayuda. ¿En qué momento...? —Dora no se esperó el bofetón que le dio Agustín. Cayó sentada en la cama, con la mejilla terriblemente roja, y dando un chillido.

—¡¡¡Esa zorra es culpable porque yo digo que lo es!!! ¿También tú te vas a poner en mi contra? ¡Dímelo ya! ¡De parte de quién estás!

—¿Qué sucede aquí? —preguntó Fernando entrando a la habitación de sus padres. Había llegado casi detrás de Agustín, y al oír los gritos, subió directo a la habitación. Al ver a su madre con la mano en la mejilla y en la cama, se imaginó de inmediato qué era lo que había sucedido.

Sintiendo cómo el fuego líquido de la furia recorría sus venas hasta llegar a su cabeza, se puso entre su madre y Agustín apretando sus dientes.

—Dime que no te atreviste a ponerle la mano encima.

—¡No, Fernando! —exclamó Dora intentando levantarse, pero fue incapaz de evitar que Agustín otra vez levantara la mano, esta vez contra su hijo.

—¡Yo le pego cuando se me dé mi puta gana! ¡Para eso soy su marido, y tu padre, y toda la puta casa es mía, es mía!

—¡No te hubieses metido! —le lloró Dora a Fernando, que, en vez de lamentarse por el golpe, estaba clamando por sangre, mirando a Agustín con las manos empuñadas.

—¡Te mereces lo que te está pasando! —gritó Fernando—. Te mereces la demanda de Sophie, que tus aliados te hayan dejado solo, que hayas perdido este juicio.

—Claro, tú lo celebras, porque siempre estuviste de parte de ella.

—Te dije que estaba de parte de la verdad, y tú atacaste con mentiras. Instigaste todo para acusar a Sophie sólo para quedarte con su parte de la herencia. Y ya ves que no pudiste. ¡¡NO PUDISTE!! Y si ahora la abuela despierta y te quita tu parte, ¡te lo habrás merecido!

—Si yo me quedo sin nada, tú también, estúpido.

—¡No me importa! ¡Para mí mejor!

—No digas estupideces.

—¡Mejor, mejor, mejor para mí!

—¡Ya cállense los dos! —gritó Dora, y los dos hombres que vociferaban la miraron asombrados. Dora nunca alzaba la voz—. Te dije que no servía de nada —dijo otra vez con su voz suave—. No habría servido de nada que Sophie envenenara a su abuela, y a ti no te servirá de nada que la acuses, sea culpable o inocente.

—¿Qué vas a saber tú nada? ¡Tienes pájaros en ese cráneo! —Fernando sí le prestó atención, y la miró interrogante.

—¡Qué es lo que sabes tú, mamá? —Dora cerró sus ojos,

sobándose la mejilla, que la tenía enrojecida.

—En ausencia de tu abuela, yo... esculqué un poco entre sus cosas—. Abrió los ojos y miró a su hijo un poco avergonzada por lo que estaba declarando, pero él no la miraba acusador, así que eso le dio pie para seguir—. Encontré su último testamento. Ella ya repartió su herencia.

—Eso es mentira —acusó Agustín—. ¡Yo lo sabría!

—¡Ya ella repartió su herencia! —volvió a hablar Dora con voz fuerte y firme—. Llevé el documento con un experto, investigó, ¡y ya Sophie es la dueña de la mitad de todo su dinero! —Eso dejó lívidos tanto a Agustín como a Fernando.

—¿Ya repartió su herencia? —preguntó Fernando como si jamás se hubiese esperado algo así.

—¿Y de quién es la otra mitad? —preguntó Agustín, que la miraba como si no quisiera creerle. Dora tomó aire y volvió a hablar.

—De Fernando. Ella le dejó todo a sus nietos, tú y yo estamos por fuera, así que dependeremos de nuestro hijo para.... —No pudo terminar su frase, pues Agustín soltó una risa loca y desesperada.

—Eso es mentira, eso no puede ser.

—Te digo que es la verdad.

—¿Y por qué no nos dijo nada? —preguntó Fernando, y luego, como para sí—: por qué no me dijo nada.

—Tal vez Sophie ya lo sabe —siguió Dora, haciéndose oír por encima de las carcajadas de su marido. Ella lo miraba de reojo, como temiendo que enloqueciera de verdad luego de semejante noticia.

—No puede ser, la muy maldita me la hizo —dijo Agustín entre risas—. Y a mis espaldas. ¡No confió en mí!

—Claro que no confió en ti —le recriminó Fernando—. Nunca confió en ti. La abuela no es tonta, sabe muy bien lo que hace.

—¿Qué sabes tú nada?

—Ya ves, sé más de ella que tú. Y en cuanto despierte, se dará cuenta de lo que has intentado hacerle a su amada nieta y te lo hará pagar—. Agustín sonrió negando, y volvió al ropero a terminar de sacar la maleta.

—¿Saben qué? Dijo poniendo la maleta sobre la cama y abriéndola—. Renuncio. ¡Renuncio! ¡Estoy harto! Harto de ustedes dos, de esta casa, de la empresa y de mamá.

—No podrás salir del país.

—¿Quieres apostar?

—Tienes una demanda vigente, no podrás...

—¡Sal de mi habitación! —le gritó Agustín a su hijo empujándolo

a la salida.
—¿Qué haces, te volviste loco?
—Vete, vete. Tú también, estúpida buena para nada. ¡Largo de aquí! —los sacó a los dos de la habitación, y Fernando se quedó mirando la puerta que le cerró en las mismas narices. Al escuchar el sollozo de su madre, caminó a ella para abrazarla.
—Siento todo esto, mamá. Mi familia sólo te ha traído dolores de cabeza.
—No es tu culpa, hijo —dijo Dora entre lágrimas—. Y tú no eres un dolor de cabeza—. Fernando le sonrió. La abrazó besándole los cabellos y suspiró. Su padre quería huir, pero él sabía que no podría, pero no más lo dejaría intentarlo.

Sophie entró a la habitación donde tenían a su abuela. A paso lento, se acercó hasta su camilla, y observó su rostro dormido, su piel con tan poco color, sus ojos cerrados, y las manchas oscuras bajo sus ojos. Sin poderlo evitar, una lágrima bajó por su mejilla. Hasta ahora había podido venir a verla. Todos estos días encerrada no había hecho sino pensar en ella.
—Abue, ¿estás bien? —le preguntó. Se acercó por un lado de la camilla y le tomó la mano—. ¿Sí te están tratando bien las enfermeras? —se inclinó para besarle el dorso de la mano y suspiró—. A mí no me han tratado muy bien en donde estuve, pero estoy bien. Estuve presa, ¿sabes? Más de dos semanas en una celda... me acusaban de tenerte aquí, pero te juro que no fui yo, no fui yo. Jamás... Oh, Dios. ¿Me creerás cuando despiertes? ¿Qué pasará cuando te despiertes?
Se sentó en el borde de la cama y sorbió un poco sus mocos antes de hablar.
—Luego de que fuiste ingresada a la clínica, también me internaron a mí, porque como probé ese estúpido té, también me intoxiqué, pero lo mío fue muy leve, en cambio tú... No hice sino estar preocupada por ti, porque estabas entre la vida y la muerte, y cuando me dijeron que entraste en coma, Dios, fue tan horrible. Despierta, ¿quieres? Ya deja de dormir, no es hora de dormir. Despierta, ¿sí? ¡Tenemos cosas que hacer! Ya sé que Agustín es tu hijo, pero hay tantas cosas de él que no sabes, y Fabián... —Se detuvo y tragó saliva. Pronunciar su nombre en voz alta le dolía—. Fabián no está, llevo cuatro días sin verlo. Me acaban de decir que se fue a Italia, y yo no sé qué pensar, abuela. ¿Es su manera de terminarme? Yo que pensaba celebrar con él este triunfo. No

importaba si estábamos disgustados, eso era una tontería. Pero a lo mejor no fue una tontería para él. ¿Me terminó? Oh, Dios, y yo que voy a hacer ahora, ¿ah? —volvió a secarse las lágrimas—. Tú sabes que lo quiero, que no quiero estar sin él, que no puedo estar sin él. Pero, ¿por qué se fue, y qué voy a hacer ahora si él no está? ¿Qué hago con mis planes? Qué hago con este sentimiento, ¿ah? —Se echó a llorar; sin poder evitarlo, se echó a llorar. Se recostó sobre el pecho de su abuela y lloró allí. Por largos minutos estuvo allí llorando, hasta que, pasado el rato, notó que alguien tenía su mano sobre su espalda y la consolaba.

—Ya, ya. No seas llorona—. Al oír la voz, Sophie se enderezó. Con el rostro devastado por las lágrimas pudo comprobar que quien le hablaba era la misma Rebeca Alvarado, con sus enormes ojos oscuros abiertos, y vivaces, que no habían perdido su inteligencia a pesar de las vicisitudes por las que acababa de pasar.

—A… Abuela… estás despierta.

—Desde hace una semana —le sonrió Rebeca.

—¿Qué?

—Siento no habértelo dicho.

—Oh, Dios. Oh, Dios… Pero, pero…

—Calma, calma. No te vaya a dar un infarto a ti.

—Estuviste ahí callada escuchándome chillar como una nena…

—Ni te imaginas de las cosas que uno se entera cuando se hace el dormido.

—Eres terrible, ¡abuela! —Rebeca se echó a reír, pero le entró una tos, y tuvo que controlarse—. ¿Estás bien? ¿Volverás a casa? —Rebeca suspiró.

—Sí, estoy bien, pero, aunque este no es un hotel, Manuel pudo mover sus contactos para quedarme aquí unos pocos días más. De todos modos, tengo con qué pagar cada día que permanezca aquí.

—Dios mío… Dios mío, tú despierta… —Sophie se secó las lágrimas, sintiendo el corazón bombear muy fuerte dentro de su pecho.

—Supe lo que te pasó, pero ya estabas encerrada, perdóname.

—No, no…

—No sabía en quién confiar. De tus amigos sólo vino Fabián a verme, y Judith… y luego Fernando.

—Ellos sabían que tú…

—Judith y Fernando sí. A los demás sólo los escuché decir lo mucho que se preocupaban por ti—. Rebeca extendió su mano y tocó un pequeño aparato con un botón rojo. Casi al instante, una enfermera hizo presencia—. Llama a Aguirre, por favor.

—Sí, señora —le contestó la enfermera, y Sophie la miró sin podérselo creer aún. Ella estaba despierta, dando órdenes y siendo obedecida como siempre.

—Ya es hora de salir de aquí —le dijo Rebeca con una sonrisa.

Sophie, sin poder creérselo aún, simplemente volvió a recostarse a su pecho a llorar otra vez, en esta ocasión, de puro alivio.

...38...

Ana y los demás vieron con muchísima sorpresa cómo Rebeca era dada de alta. En un momento para ellos la anciana había estado al borde de la muerte, y luego, simplemente estaba despierta y hablando como si nada.

Sophie sonreía llevando su silla de ruedas, aunque en su expresión había aún un dejo de tristeza. Poder salir, estar afuera de esa celda luego de nueve horribles días encerrada; poder ver a su abuela bien y despierta luego de tanta angustia por su salud, ciertamente eran grandes alivios para su alma, pero cada vez que pensaba en Fabián, su corazón se apretaba por el temor de haberlo perdido, de haber cometido un error irreparable con él.

—¿Vas a volver a casa? —le preguntó Sophie a Rebeca, empujando su silla hacia el parqueadero de la clínica, donde las esperaba Carlos, quien haría de chofer hoy.

—Claro, ¿a dónde más?

—Pero... Bueno... lo que te pasó es porque alguien quiso...

—Alguien quiso matarme, sí. Soy consciente de eso. Pero no me voy a esconder... y no te preocupes, esas personas no estarán allí para cuando llegue—. Sophie guardó silencio, detuvo la silla y la miró a los ojos.

—Abue...

—Ha sido duro para mí aceptarlo, Sophie —dijo Rebeca con la mirada baja, y la expresión fue tan extraña en ella que Sophie frunció el ceño—. Es difícil, terrible, darte cuenta de que tu propio hijo... quiere deshacerse de ti.

—Ay, Abue... Cómo quisiera...

—Pero tengo que hacer que pague no sólo por lo que me hizo a mí. Esto es lo mínimo, incluso me siento capaz de perdonárselo... pero lo que le hizo a tus padres, y luego lo que te hizo a ti, a mi nieta... —Sophie cerró sus ojos, y como sus lágrimas estaban a la orden del día, bajaron fácilmente. Como si presintiera que su abuela odiaría su debilidad, se las secó de inmediato.

—Lo de mis papás todavía no se ha comprobado—. Rebeca tragó saliva.

—Qué cándida sigues siendo. Hija, recuerdo muy bien que fue cuando le dije que contactara a su hermano para hablar con él porque había cambiado de idea con respecto a su herencia que ellos sufrieron ese accidente. No lo vi sino después... demasiadas coincidencias que en su momento sólo pensé era un castigo del cielo para mí, por mi soberbia… pero cuando juntas todas las piezas, cobra sentido, y es tan claro… Tengo un hijo asesino… y ve tú a saber cuántos problemas más tiene, porque eso no es sino la punta del iceberg siempre. Crie a un loco. Le di poder a un psicópata… mi propio hijo—. Sophie tomó sus manos y se las besó.

—La vida te va a compensar ahora… con muchos años de vida, salud y bienestar.

—Este incidente con el cianuro acortó mis años de vida, Sophie…

—No, estoy segura de que no. Tendrás vida y bien—. Rebeca sólo se echó a reír sin contradecir a su nieta. La verdad era que el doctor Aguirre le había dicho que su corazón había sufrido bastante, y que debería andarse con cuidado si no quería sufrir un paro cardíaco que le cegara la vida.

Llegaron a la mansión Alvarado, y Fernando salió de la casa para abrazar a su abuela. Dora se mostró sumamente sorprendida al ver a abuela y nieta entrar en la casa, pero contrario a lo que ambas esperaron, Dora las abrazó con sentimiento; parecía que de verdad se alegraba de tenerlas a ambas allí.

—¿No me tienes resentimiento? —le preguntó Rebeca a Dora, y ésta la miró confundida.

—¿Yo? ¿Contra ti? —Dora tragó saliva—. ¿Por qué tendría resentimiento contra ti?

—Por no dejarte nada en mi testamento.

—Ah… eso… Quiero decir… —Rebeca se echó a reír.

—Dejé el documento en un lugar donde lo pudieras encontrar. Tenía la esperanza de que se lo mostraras a Agustín, pero al parecer te lo guardaste para ti… porque es imposible que no sintieras curiosidad de buscar entre mis cosas teniendo tanto tiempo para eso.

—¿Lo planeaste?

—Desde que mi nieta regresó, Dora—. Dora quedó en silencio preguntándose si acaso las cosas hubieran cambiado un poco si a ella se le hubiera dado por buscar entre las cosas de Rebeca antes de su envenenamiento. ¿Agustín habría cejado en su obsesión de inculpar a Sophie? ¿Qué habría pasado? Pero las cosas se habían desarrollado de esta manera, y no había vuelta atrás.

Segundos después, otro auto se detuvo frente a la casa, y de él bajaron Juan José, Ángela y Judith. Dora hizo de anfitriona y los condujo a todos a la sala principal y les ofreció bebidas.

—¿Dónde está Agustín? —preguntó Rebeca mirando a Fernando. Él sólo apretó sus labios y meneó su cabeza negando.

—Huyó.

—Lo dejaste huir, más bien—. Fernando no dijo nada—. Tú y Sophie son idénticos, por Dios. Buenos como el pan; les pueden estar dando en la torre misma que siguen siendo buenos. Son iguales a su abuelo Erasmo, eso me exasperaba de él. ¿Llamaste a la policía?

—Fernando apretó sus labios antes de contestar.

—No, señora—. Rebeca no le dijo nada, sólo miró a su nieto con una mirada comprensiva. Luego, miró a Carlos.

—¿Me harías el favor, Carlos?

—Claro que sí —y al instante, él tomó su teléfono dando aviso a las autoridades del comportamiento de Agustín, y alertando también a las autoridades aeroportuarias.

—¿Huyó? —le preguntó Sophie a Fernando, mientras Carlos seguía hablando por el teléfono. Fernando asintió.

—Metió unas pocas cosas en una maleta y se fue. Hace poco más de una hora salió de aquí.

—Es una muestra de su culpabilidad —señaló Judith.

—Saber que nos dejaste todo a Sophie y a mí fue la gota que colmó el vaso, supongo —señaló Fernando.

—Ah, entonces sí se los dijiste —dijo Rebeca mirando a Dora, que siguió en silencio.

—¿Nos dejaste todo...? —preguntó Sophie, pero no completó su oración. Rebeca simplemente se alzó de hombros.

—Los heredé en vida. Es algo que debí hacer con mis hijos, pero lo hecho, hecho está—. En el momento, Carlos regresó de hacer su llamada y Rebeca lo miró interrogante.

—No podrá ir muy lejos —indicó Carlos—. Hasta que no vaya a juicio, debe permanecer en la ciudad, y las autoridades lo saben. Si llegara a no presentarse a la audiencia que hay para él, le irá peor.

—Gracias, Carlos —susurró Rebeca. Ninguno de los Alvarado parecía muy emocionado con la noticia. Su esposa, su hija y su madre, a pesar de que sabían que Agustín se había buscado todo lo que le estaba ocurriendo, lamentaban mucho que las cosas hubiesen tenido que llegar a este extremo.

Minutos después, Rebeca mostró signos de cansancio y Sophie se ofreció a llevarla a su habitación a descansar un poco. También ella tuvo que masajearse un par de veces los hombros y el cuello; había sido un día sumamente largo.

Luego de ayudar a Rebeca a recostarse, y hablar de la conveniencia de contratar a una enfermera para ella, Ana le pidió hablar a solas, y Sophie la condujo a su propia habitación, que era más amplia que la que había ocupado en la casa de Ana. Sin pérdida de tiempo, ella puso en sus manos su teléfono.

—Lo mandé a traer de la casa —le dijo Ana—. Es urgente que te comuniques con Fabián.

—¿Tienes... su número en Italia?

—Él prometió llamarme y dármelo en cuanto lo tuviera; aún no lo ha hecho. Pero escríbele, déjale una nota de voz o lo que sea. Yo le he dejado varias, pero no las ha leído. Seguro que a ti no te ignora—.

Sophie se sentó pesadamente en el borde de su cama.

—Yo creo que a mí tampoco me prestará mucha atención —dijo.

Ana la miró ceñuda.

—¿Por qué ese pesimismo?

—No es pesimismo, Ana. creo que... No lo sé, pero creo que Fabián y yo terminamos—. Ana intentó reír, pero la risa no le salió, y sólo siguió mirándola con su ceño fruncido.

—¿Cómo puedes decir eso? ¡Fabián te adora! —Antes de contestar, Sophie se sentó en el borde de su cama, echando su cabello hacia atrás suspirando.

—Y yo lo adoro a él, pero... tuvimos una discusión cuando yo estaba en esa celda, y por idiota... le dije que no volviera, que no tenía que estar en el juicio... y ya ves, no estuvo.

—¿Qué pasó? —preguntó Ana sentándose a su lado.

—Me enteré de que había salido con Andrea... mi prima.

—Ah... eso—. Sophie la miró mordiendo sus labios—. ¿Pero cómo así... él nunca te lo contó?

—No. Nunca. Y me enteré gracias a la misma Andrea. Ya te imaginarás... me mostró fotografías de los dos en diferentes lugares... y ustedes estaban allí—. Ana la miró confundida.

—Pero si sólo se vieron dos veces —sonrió Ana negando con expresión confundida—. La conoció en un bar la noche que Carlos me propuso matrimonio. Todos la conocimos esa noche. Excepto Carlos, porque la zorra había pensado tender alguna red para atraparlo, pero el tiro le salió por la culata; y al perder a Carlos, le echó el ojo a Fabián.

—¿Qué? —preguntó Sophie.

—Yo la odié desde el instante en que la vi, y le advertí a Fabián, pero ya sabes cómo son de idiotas, y aun así salió una vez con ella. Me contó que había sido nefasto, que la cena apenas si duró una hora, pidió la cuenta antes de que acabaran y todo, se dieron la mano y él se fue solo a su apartamento. Ni siquiera la llevó hasta su casa...

—¿Así fue?

—Eso fue lo que me contó, y yo le creo, porque de verdad que nunca más supimos de ella... hasta que nos enteramos de que era tu prima.

—Yo... los vi a ustedes en esas fotografías, eran varias.

—Varias fotos fueron tomadas en el bar. Todos, con sus teléfonos, se tomaron fotos... Diablos, ¡¡No sería ella la que envió las fotografías anteriores con las otras mujeres!! —Sophie sonrió, porque la misma línea de pensamientos había tenido ella y había llegado también a esa conclusión.

—Sí, eso pensé. Ya todo se lo conté al abogado y abrieron una investigación contra ella, pero lo que a mí me enojó fue que él no me lo contara. ¿Por qué no me lo contó? ¿Sabes todo lo que uno es capaz de pensar cuando descubre que tu novio te ocultó una cosa de esas?

—Parece que te inventaste toda una película —Sophie se masajeó las sienes al escucharla.

—¡Fue terrible! Cuando me enteré, sólo pude pensar que había sido tan importante que no quiso decirme... ¡Tal vez había habido una historia!

—Nada de eso —negó Ana arrugando su nariz—. Fue una escena, y ni siquiera llenó una página. Yo creo que, por el contrario, no te lo contó porque era demasiado insignificante.

—Mira, Ana... no me importa el hecho de que haya salido con ella, aunque déjame decirte que me asombró un poco; lo que me enfadó fue que no me lo dijera. O sea, no era una desconocida como las otras locas con las que lo vi, era mi prima, ¡una prima que encima... es mala! ¿Por qué no decírmelo? ¿Por qué ocultarlo?

—Bueno, tienes un punto... Él debió decirte; por ser tu prima, y sobre todo esa zorra... para evitar futuros embrollos, él debió dejar eso claro. Pero ya sabes que los hombres piensan de otro modo. Y Fabián tiene un concepto de familia bastante diferente al que podemos tener tú o yo. Para él sus primos son desconocidos, tal vez asumió que lo mismo era para ti, que no te importaría.

—Aún me es difícil comprenderlo, y lo cierto es... que le dije unas cuantas cosas feas... Y presiento que lo interpretó como que le estaba terminando.

—No, no. Hasta el último momento, él habló de ti como su novia. Hizo todo esto por ti.

—¡Pero no está aquí!

—¡Pero estuvo hasta anoche mismo! Casi no durmió ni comió preocupado por ti. Movió cielo y tierra, óyeme; sobornó hasta al mismo diablo con tal de que salieras libre.

—¿Y de qué me sirve la libertad si no está él? —Exclamó Sophie, y Ana la miró en silencio. Sophie se secó las lágrimas—. Preferiría la celda, si sé que está conmigo, que estar afuera y perderlo, ¿me entiendes?

—Sí. Perfectamente.

—En un momento presentí que lo perdería todo, y oré, oré pidiendo que soportaría lo que viniera, menos perderlo a él.

—No creo que lo hayas perdido. Sólo debes hablar con él—. Ana extendió su mano hacia las de Sophie, entre las que tenía el teléfono—. Búscalo, aclara las cosas. Sé clara, y esas palabras que me dijiste a mí, díselas a él—. Ana se puso en pie y salió de la habitación dejándola sola.

Sophie miró el teléfono con cierto temor, y luego de conectarlo a la corriente, presionó el botón de inicio. En la pantalla aparecieron innumerables notificaciones de correos y actividad de las redes sociales. Abrió su WhatsApp y buscó el chat de Fabián. Había sólo un mensaje nuevo, un video.

Con dedos temblorosos, lo abrió. Allí estaba él, Fabián, en el aeropuerto. Un poco despeinado y con cara de haber dormido poco, pues bajo sus ojos había unos surcos oscuros. Él mismo sostenía el teléfono, así que había movimiento en el video.

Sophie acercó sus dedos a su rostro deseando con toda el alma tenerlo de verdad en frente para poder tocarlo, olerlo, sentirlo. Pero sólo era la pantalla de un teléfono celular.

—Hola, Sophie —le dijo el Fabián del video, y Sophie lo vio pasarse las manos por el cabello castaño rojizo, se le veía nervioso e inquieto—. Mira... siento tener que hacer las cosas de esta manera... siento no poder estar en la audiencia, pero... Tengo cosas que hacer en Italia. No recibiré llamadas ni correos durante un tiempo—. La luz de los ventanales del aeropuerto se filtraba perfectamente haciendo ver sus ojos verdes aún más claros, y a Sophie se le arrugó un poco el alma de dolor—. Pero no será mucho... No puedo decirte de qué trata todo, sólo... te pido que... me entiendas—. Él miraba al suelo, no a la cámara, mientras decía aquello, y Sophie frunció el ceño. ¿Qué debía entender ella? ¡Él no estaba explicando nada! —Si decides que no... que no me puedes perdonar, ni esperar... lo entenderé...

—¿Qué? —preguntó Sophie.

—Es... complicado.

—¿Complicado? ¿Qué es complicado? Por Dios, ¿tienes un arma en la cabeza que te impide explicarme claramente las cosas?

—Adiós, Sophie—. El video terminó abruptamente, como si ni él mismo soportara más el seguir hablando. Sophie volvió a iniciarlo, y una y otra vez lo escuchó balbucear y hablar de nada. No estaba diciendo nada. ¿Qué había de los dos? ¿Cuándo podrían conversar para arreglar sus cosas? ¿Le estaba terminando o ella podía interpretarlo de la manera que quisiera? ¿Por qué se había ido? ¿Por qué justo anoche, antes del juicio?

Ana acababa de decirle que él la adoraba, que había hecho de todo por sacarla de la cárcel, pero si así era, ¿por qué no estaba aquí? ¡Estaba al otro lado del mundo, por Dios!

Qué debía pensar, por Dios, ¿qué significaba todo esto?

Entró al baño y se miró al espejo con la respiración agitada.

Algo andaba mal, algo andaba muy mal, pero no era capaz de ver dónde, cómo, o qué. Tenía que enfriar su cabeza, pensó, así que se lavó la cara con agua helada. Él la quería, la quería, lo que había era amor; al menos, ella tenía esa confianza. Él le había propuesto matrimonio aun cuando no sabía si saldría libre. Había sido su primera y única novia, si se fiaba de su palabra, y lo hacía.

Sin poder aguantarlo más, se echó a llorar.

Sophie Alvarado estaba acostumbrada a perder. Su experiencia en la vida sólo le había enseñado a aceptar la pérdida. Perder a sus padres, su casa y toda su estabilidad, su seguridad, su dinero, su autoestima. Perdió todo otra vez con Alfonso, y perdió todo otra vez ahora.

¿Estaba perdiendo también a Fabián?

Se inclinó contra el lavamanos y lloró. Se sentía perdida, sin un norte. No sabía qué pensar, mucho menos qué hacer. Necesitaba explicaciones, pero se había acostumbrado también a que nadie se las daba. Su abuela no quería verla, y ella ni siquiera podía preguntar por qué. Había quedado en la calle, sin marido, desempleada y endeudada, tal como había dicho la burlona voz de su prima una vez, y cuando Alfonso, el culpable de su miseria había reaparecido en una videollamada, tampoco había dado explicaciones.

Estuvo en la cárcel nueve días, y aunque esta vez había salido prácticamente ilesa, ahora perdía a Fabián, lo único que en verdad le importaba, lo único sin lo cual sentía, no podría seguir.

Así que lloró. Frustración, miedo y tristeza se mezclaron y lloró. Se sentó en el suelo y siguió llorando.

Antes de Fabián, ella nunca se había enamorado. Nunca había sentido algo tan fuerte, algo que la inundaba y a veces la arrasaba. Era fuerte, grande, destructivo, casi. Todo eso era el amor que sentía por él. Le dolía algo dentro cuando pensaba que podía perderlo, y aguijonazos de angustia la atacaban sólo de imaginar que tenía que enfrentarse a la vida sin él.

Pero, ¿era lo mismo para él? No podía preguntarle. Estaba tan lejos, por Dios.

Otra cosa a la que Sophie estaba acostumbrada, era a pensar como alguien pobre. No tengo dinero, es muy lejos, no me alcanza. Primero debo pensar en las necesidades básicas… Esos zapatos están divinos, pero con el mismo dinero, comería un mes.

Se levantó del suelo del baño y caminó a su cama sintiéndose tan derrotada. La victoria obtenida en la sala de la corte había sido completamente opacada por la sensación de pérdida de ahora. Estaba llorando casi como cuando le dieron la noticia de que el auto de sus padres había perdido los frenos y se había salido del carril de una autopista y los dos habían fallecido al instante.

Tenía familia, tenía amigos, tenía dinero, pero se sentía tan pobre, solitaria y perdida, que no podía pensar en nada más.

Cerró sus ojos, y poco a poco se quedó dormida.

Ana miró a Carlos mientras hablaba con un agente de la policía que había venido a interrogar a Dora y a Fernando acerca del posible paradero de Agustín. Su huida sólo estaba agravando su situación, y ahora también se hacía necesario contratar a personal de vigilancia para la mansión y sus alrededores. Ni Rebeca ni Sophie podían estar a salvo mientras Agustín estuviera libre por allí. Tal vez hubiese que ponerle un escolta a Sophie, que sería la que tuviera que desplazarse de un lado a otro.

Pero no eran estos temas los que preocupaban a Ana; había bajado de la habitación de Sophie hacía veinte minutos y ella seguía allá arriba. Tenía plena confianza en que las cosas con Fabián se arreglarían, pero era el proceso lo que la asustaba. Algo muy malo podía ocurrir aún.

Carlos despidió al hombre de la policía y se acercó a ella. Tomó su brazo y le besó la frente.

—Vas a tener que confiar en que ellos harán su trabajo y las protegerán. No puedes quedarte aquí a vigilarlas tú misma—. Ella lo miró de reojo—. No me mires así —le sonrió él—. Casi puedo leer tus pensamientos.

—Engreído —él pasó su mano por la mejilla de su esposa. Ya había tenido que acostumbrarse a que ella tal vez se preocupara en exceso, pero siempre era con razón.

—Esta misma noche llegará el personal de vigilancia. Fernando también estará aquí con ellas; nada les pasará—. Ana dirigió su mirada al segundo piso, donde se hallaban las habitaciones.

—Esperemos que no —susurró.

Sophie volvió a lanzar una moneda a la fuente, la fuente del ángel. Al darse cuenta de que estaba otra vez allí, dio unos pasos atrás y miró en derredor, pero no hubo fuego, ni voces, ni nada. Se quedó allí esperando que algo sucediera, pero nada, no ocurrió nada. Suspiró. Tal vez estas cosas sólo ocurrían una vez en la vida.

—¿Eres pobre? —le preguntó la voz de una mujer. Sophie se giró a mirar, y encontró a una niña de algunos dieciséis años, de cabello largo y castaño, y ojos oscuros, que lucía un uniforme de colegio, y la miraba curiosa. Sophie miró alrededor.

—¿Yo? ¿Pobre? —la joven asintió esperando respuesta. Sophie pensó en la respuesta. Hoy se había enterado de que la abuela la había heredado en vida. Ahora mismo, poseía cientos de millones—. No, no lo soy —contestó.

—¿Eres huérfana? —volvió a preguntar la joven, y esta vez Sophie pensó en sus padres. En su concepto, alguien huérfano era no sólo alguien que había perdido a sus padres, sino que tampoco tenía a nadie más que cuidara de ella. Ella no era huérfana; tenía a su abuela, a sus amigos, y hasta al mismo Fernando.

—No. Tampoco soy huérfana.

—¿Y por qué luces tan desamparada?

—Porque… tal vez perdí a alguien que amo.

—¿Lo amas?

—Con todo mi ser.

—¿Y vas a permitir que eso suceda? ¿Perderlo?

—¿Acaso puedo…?

—¿Evitarlo? No lo sé. ¿Se puede evitar? Tus otras pérdidas no las pudiste evitar. ¿Esta tampoco? —Sophie la miró ceñuda. ¿Por qué ella sabía tanto de su vida?

—¿Quién eres tú? —la joven se echó atrás el cabello y apretó sus labios en una sonrisa. Aquel gesto le fue tan familiar, que el corazón de Sophie casi se saltó un latido.

—No eres pobre, ni huérfana —dijo otra voz, y esta vez Sophie sí que gritó. Allí estaba su madre, Marcela, tan hermosa y joven como el día de su accidente. Miró a ambas mujeres en un momento de solemne revelación. Eran las dos madres, y estaban aquí consolándola y ayudándola en un momento de su vida que era crucial—. No pierdas nada más —siguió Marcela con su voz suave—. Esta vez, sé fuerte y da la pelea.

—¡Mamá! —exclamó Sophie mirándola con sus ojos inundados de lágrimas deseando abrazarla, pero sin atreverse—. Has venido...

—No. Tú has venido a nosotras.

—Se pelea por las cosas que valen la pena —dijo la joven, la que, sabía, era la madre de Fabián. Ella le sonreía con su actitud de niña que sabe demasiado de la vida—. Y si no lo haces, serás llamada para siempre cobarde, como tal vez me llaman a mí.

—No...

—¿Te quedarás llorando en un rincón... o irás a plantarle cara al enemigo?

—¿Seguirás con tus pensamientos de huérfana y de pobre?

—¿Cuándo empezarás a ser realmente Sophie Alvarado?

Sophie abrió los ojos con aquella pregunta flotando aún en sus oídos. Se levantó rápidamente y miró en su teléfono que sólo había dormido quince minutos, pero ahora estaba tan llena de energía que sentía que no la podía contener. En menos de dos días había soñado dos veces cosas muy extrañas, pero ahora entendía. Eran mensajes, mensajes que le advertían lo que debía hacer.

¿Cuándo empezaría a ser Sophie Alvarado?

A pesar de que había llevado ese nombre toda la vida, hasta ahora comprendía que debía impregnarle actitud. Toda su vida había sido un dejarse llevar por los acontecimientos; las riendas de su vida siempre las había tenido otro, incluyendo a Fabián, y ahora que él no estaba, por eso se sentía tan perdida.

Ah, Fabián, pensó. Lo amaba, pero no iba a permitir que le siguiera haciendo esto. Desconocía sus razones, y por lo mismo, era que debía plantarse y pintar una raya, un límite.

Tomó el teléfono, que seguía conectado, pulsó el botón para realizar un video y miró con firmeza a la cámara, aunque sus ojos enrojecidos por el llanto de antes arruinaban un poco el efecto.

—¿Qué significa todo eso que dijiste en ese video? —preguntó—. ¿Qué estás haciendo en Italia? ¿Qué te impidió estar a mi lado en un momento en que tú y yo nos merecíamos estar juntos y unidos? ¿Me estás terminando y no tienes los pantalones para decírmelo a la cara? Me amas o no, Fabián Magliani. Tú y yo nunca nos hemos dicho las cosas a medias, es todo o nada entre los dos, e hicimos la promesa de siempre hablar claro y hasta ahora... —ella volvió a llorar—. Maldición, Fabián, hasta ahora has fallados dos veces a esa promesa. ¿Qué quieres que haga con ese video que me mandas, ah? ¡No entiendo nada! ¡Estoy muriendo de angustia!, ¡una mujer puede morir de pura incertidumbre y será tu culpa, tu culpa! No quiero la libertad si no estás tú. ¿De qué me sirve que muevas cielo y tierra por mí, si luego no vas a estar allí? Me enamoré de ti, ¡y fue tu culpa! Me hechizaste con tus estúpidos ojos verdes, ¿y ahora te vas? ¡¡Qué quieres que haga con todo este amor!! —cortó bruscamente el video y volvió a tirarse a la cama, pero esta vez no se quedó llorando, sólo respiró profundo varias veces y consiguió calmar su temblorosa voz.

Volvió al baño, esta vez se dio una ducha de pies a cabeza, no importaba si los de abajo se preguntaban qué la demoraba tanto. Buscó en los cajones de la encimera su maquillaje y se aplicó un poco volviendo a parecer calmada y dueña de sí.

Eres Sophie Alvarado, se repetía. Si necesitas aprender actitud, seguro que con tu abuela tienes una excelente maestra.

Mientras bajaba las escaleras, escuchó a los presentes hablar casi en susurros. El tema eran Fabián y ella; Rebeca no estaba, sólo Carlos, Ana, Dora y Fernando.

—Me voy a Italia —dijo ella de repente entrando a la sala, tomando por sorpresa a todos los que estaban allí. Al escucharla, Ana se puso en pie y la miró un poco admirada. Su amiga se veía diferente, decidida, renovada por alguna razón mística y desconocida. Parecía alguien que había venido del mismo infierno con mucha sabiduría a sus espaldas.

—¿A... buscar a Fabián?

—Y a traerlo de la oreja, si es necesario —Ana sonrió.

—¿Cuándo irás? ¿Ya miraste vuelos? —preguntó Fernando.

—No. Acabo de tomar la decisión.

—Si los compras de un día para otro, saldrán bastante caros —dijo Dora, y Sophie sonrió al fin, pero no era una sonrisa divertida, sino más bien, retadora.

—¿Y eso qué importancia tiene? Soy una rica heredera, ¿no? —Ana sonrió tremendamente orgullosa de su amiga.

—Sí, eres una rica heredera, y tus amigos son dueños de un avión privado—. No tuvo tiempo de mirar la expresión de sorpresa de Sophie, pues de inmediato se giró y con sus ojos más cándidos y engatusadores le preguntó a Carlos:

—¿Podemos ir a Italia? —él suspiró, pero no dijo ni sí ni no, sólo miró a Sophie con un nuevo respeto. Ciertamente, alguien como

Fabián necesitaba a alguien como esta Sophie que se plantaba aquí.
—Puede ser —dijo al fin—. Muero por ver lo que sucederá.

...39...

Sophie entró a la habitación de Rebeca y la encontró despierta. Se acercó a ella y se sentó a su lado en la cama. Rebeca la miró con ojos entrecerrados notando algo distinto en ella.

—¿Pasa algo, hija? ¿Te sientes bien?

—Sí. Estoy bien. Quería comentarte algo... —Rebeca guardó silencio esperando que continuara. Sophie respiró profundo—. Quiero viajar a Italia—. Rebeca elevó ambas cejas.

—¿Y eso?

—A buscar a Fabián.

—Fabián... ¿Pasa algo con él? —Sophie la miró con ojos entrecerrados. Hasta ahora se daba cuenta de que la abuela no había preguntado ni una vez por él, y debía hacérsele extraño que no estuviera con ellas en estos momentos.

—Estuviste una semana haciéndote la dormida. ¿Qué estuviste haciendo exactamente?

—Yo hice la pregunta primero. ¿Pasa algo con Fabián?

—Abuela...

—¿De verdad vas a ir por él? En mis tiempos, una chica se hacía desear, era el hombre el que debía ir a ella.

—Abuela, este hombre ya vino por mí, ya lo dio todo por mí... y ahora pienso que mientras estuve encerrada, pasaron más cosas de las que soy capaz de imaginar y tú sabes algo, pero no me lo dirás.

—Sí que tienes una imaginación viva —masculló la abuela.

—Regresaré en un par de horas. Voy a salir.

—¿Sola?

—No, ya llegó el personal que Carlos contrató para nuestra custodia. Tengo escolta ahora—. Rebeca ladeó la cabeza mirándola fijamente.

—¿Quién eres tú? —Sophie se echó a reír.

—Soy tu nieta.

—Me encanta esa respuesta.

—Cena sin mí, por favor, y toma tus medicinas.

—Sí, señora —Sophie volvió a sonreír y salió de la habitación, y luego, de la casa. Minutos después, se subía al auto y le daba la dirección de Juan José y Ángela.

Martha, de pie ante el recibidor del edificio donde vivía su hija Andrea, tuvo que escuchar de labios del conserje que Andrea no la recibiría. Estaba en su apartamento, pero no le permitía subir.

—Soy su madre —le dijo Martha al hombre—. Estoy preocupada por ella...

—Señora, sin la autorización de la inquilina, no la puedo dejar subir.

—Entonces... ¿hice el viaje hasta aquí para nada? —el conserje sólo se encogió de hombros, y con los hombros caídos, salió del edificio. Tomó su teléfono y llamó a Adriana para decirle que no había podido ver a su hermana.

En su apartamento, Andrea se miraba al espejo con detenimiento. No podía dejar que nadie la viera. Ni siquiera su madre. Dios, estaba tan horrible. ¿Qué le estaba pasando a su piel? En su reflejo, podía ver las pequeñas protuberancias que crecían por su cara, su cuello e incluso su pecho. Tenía un pequeño bulto bajo la oreja derecha, otro en la sien, otro en la mejilla, tapando el hermoso hoyuelo del que siempre había estado tan orgullosa. Todo el maquillaje del mundo no era capaz de ocultarlo. Estaba horrible, los círculos oscuros debajo de sus ojos eran cada vez más y más grandes. Se estaba convirtiendo en un monstruo, no podía dejar que nadie la viera así.

Con el pecho agitado, volvió a tomar la base del maquillaje y volvió a aplicarse otra capa, pero allí estaban los bultos, era como si debajo de su piel hubiese pequeñas criaturas tratando de salir, buscando una abertura. Tal vez eran ratas, cucarachas, o quién sabe qué otro tipo de bicho.

Ratas y buitres saliendo de su cuerpo...

Soltó el maquillaje y se apretó el vientre. No había comido ni dormido bien desde que tuviera esa pesadilla. Y cada vez era peor.

—¡Hola, Sophie! —exclamó Ángela un poco extrañada de verla en el umbral de su puerta. Sophie le sonrió dándole un beso en la mejilla; Ángela la invitó a entrar y ella se quitó el abrigo que traía puesto mirando a Carolina, que le sonreía en un saludo.

—¿Está tu esposo?

—Sí, claro. Sigue y ya le aviso que lo necesitas—. Sophie se entretuvo saludando a los niños; Alex también se había asomado a ver quién era el visitante, pero era más fácil atrapar un rayo en una botella que pillar a Alex en el mismo sitio por más de cinco minutos, así que Sophie siguió hasta la sala principal, donde había unos cuantos juguetes en el suelo.

Juan José llegó unos minutos después, y la miró con una sonrisa un tanto reservada. Sophie suspiró y se puso de pie.

—Hola, Juan José. Perdona que irrumpa en tu casa sin aviso—. Él se encogió de hombros.

—El que viene aquí sin avisar, sabe a lo que se atiene —sonrió Juan José señalando el desorden de los niños.

—No pasa nada. Quiero hacerte una pregunta solamente. Tú eres el mejor amigo de Fabián, y su socio... quiero que me expliques por qué se fue a Italia ayer—. Juan José hizo una mueca. Ya había sabido que era esto lo que ella le preguntaría. Miró a Ángela, que también lo miraba con sus enormes ojos grises esperando escuchar también la respuesta.

—Él y yo ya no somos socios, Sophie—. Ella lo miró confundida.

—¿Ya no? ¿discutieron?

—Claro que no. Sólo disolvimos amistosamente la sociedad. Fabián... volvió con su abuelo—. Sophie sonrió aún más confundida, pero con la mente trabajando a mil.

—¿Tiene algo que ver... mi libertad en todo esto?

—Sophie, son cosas de Fabián. No estoy autorizado para...

—¿Qué puede pasarte si me lo cuentas? Dímelo, por favor. Sé que él hizo hasta lo imposible para que yo fuera libre, ¿hasta dónde llegó para conseguirlo? —Juan José hizo una mueca, pero sintió el toque de Ángela.

—Cuéntale lo que sepas —le pidió ella.

—Es mi amigo. Me matará donde sepa que le conté...

—Y yo soy su novia —interrumpió Sophie—, y aunque llevas más tiempo de conocerlo a él, también soy tu amiga.

—Sophie...

—Y estoy muriéndome por no saber qué fue lo que lo separó de mí —insistió Sophie, valiéndose de cualquier estrategia para conseguir su respuesta—. No podré vivir, dormir o comer hasta no saber qué sucedió. Viajaré a Italia, pero necesito saber qué pasó mientras yo estaba en esa celda. Y la persona que debe saberlo todo eres tú, seguramente—. Ángela miró a Sophie con una sonrisa aprobando sus palabras, miró a su marido con una ceja elevada espiando sus reacciones, pero Juan José había dejado caer los hombros, dándose por vencido.

Le señaló de nuevo el sofá donde antes había estado sentada, y Sophie lo hizo.

—Fabián hizo un trato con su abuelo —empezó Juan José tomando asiento también junto a Ángela.

—Un trato —especuló Sophie—. Mi libertad a cambio de algo—. Juan José asintió lentamente—. A cambio de qué.

—Bernardino le pidió volver a su casa y a sus empresas. Según tengo entendido, lo nombrará su sucesor. Fabián es bastante joven para asumir tal cargo, pero seguro que la intención de Bernardino es entrenarlo para cuando él ya no esté. No confía en ninguno de sus nietos adoptivos, ni en su propio hijo; Fabián es el más idóneo a sus ojos y se ha aprovechado de... esta situación... para tenerlo donde quería.

—Y por esa razón, viajó a Italia.

—Sí. Supongo que sí.

—¿Supones?

—Me enteré de su viaje el mismo día. No me dio detalles.

—¿Bernardino le pidió algo más?

—No lo sé, Sophie.

—¿Le pidió acaso que me dejara? —Juan José guardó silencio mirándola fijamente.

—Él... no te aprueba mucho.

—¿Ni porque soy Sophie Alvarado, la heredera de la mitad de la fortuna Alvarado?

—Estuviste casada, y luego acusada de intento de asesinato.

—¡Soy inocente! ¡Y no estuve casada! ¡No realmente!

—Eso al viejo no le importa.

—No creo que Fabián haya dejado que su abuelo lo obligara a terminarme. Debe haber algo más.

—¿Te terminó? —preguntó Ángela con voz suave, y Sophie tuvo que respirar profundo.

—Claro que no. Tendría que decírmelo a la cara y con los zapatos de correr puestos para que yo no lo alcance luego —Juan José se echó a reír.

—No sé si el abuelo le pidió eso. Lo cierto es que si así fue y Fabián se negó... seguro que tuvo que dar otra vez algo a cambio.

—Sí, eso tiene sentido —dijo Sophie como para sí—. Tal vez está allá por algo muy egoísta que ese anciano le pidió... Pero no me lo dice, no me lo explica... ¡y no soy adivina!

—Pero si vas a Italia, allá podrás preguntarle —comentó Ángela, y Sophie asintió con energía.

—¿En qué ciudad de Italia podrá estar? —preguntó Sophie.

—Verona. De allí son los Magliani originales.

—De casualidad... no tienes...

—¿Su dirección? —Juan José meneó la cabeza—. De niños, Fabián hablaba de la villa de la familia Magliani, un viñedo, con su bodega de vinos y todo—. De inmediato, Sophie sacó su iPhone y escribió algo.

—Nunca fuiste —comprendió Sophie mirándolo. Juan José sonrió.

—El abuelo de Fabián no era de invitar a los amigos de su nieto para pasar las vacaciones. Eso lo hacía Paloma, la mamá de Mateo. Si me preguntaras por las casas que los Aguilar tienen en el exterior, mi respuesta sería más precisa.

—No entiendo por qué si ese señor toda la vida lo trató mal, de repente Fabián es lo más valioso para él.

—La gente se equivoca, Sophie —dijo Juan José con voz grave—. La gente cambia de opinión, y a veces, hasta de carácter—. Ella no tuvo más que aceptar que aquello era verdad, y en silencio, recordó que eso le había sucedido a su abuela, y a ella misma.

Minutos después, se despidió de la pareja y de los niños. Aunque la invitaron a quedarse a cenar, ella declinó la invitación. Volvió a subir al auto conducido por el chofer que le habían asignado, y ahora le dio la dirección de su tía Martha, a la que tenía muchas ganas de ver y contarle tantas cosas.

Esa noche, volvió a la casa Alvarado para estar con su abuela y cuidar de ella. Ya tenían todo listo para el viaje mañana a primera hora, Ana y Carlos irían con ella, pero no podía evitar sentirse nerviosa por lo que se fuera a encontrar.

Sentada en la sala principal, miró su teléfono sintiendo un apretón en el estómago. En el video que había enviado, había aparecido la notificación de que él lo había recibido y reproducido, pero no había obtenido una respuesta. Le envió otro mensaje, esta vez por escrito, diciéndole que lo extrañaba, que lo amaba, que por favor no la ignorara, y también había sido visto e ignorado.

Apretó el teléfono contra su frente. Este era el momento ideal para que surgiera la antigua Sophie y se pusiera a llorar de pura desesperación. Pero no lloró ni se desesperó. Sólo pulsó el botón del audio y envió un último mensaje.

—Señor Magliani, quiero que sepa una cosa: Estoy enamorada de Fabián, amo a su nieto. Usted no es lo suficientemente fuerte ni astuto como para separarme de él; de alguna manera, yo siempre estaré allí, porque no sólo lo amo yo, él me ama a mí. Si no está de acuerdo con eso, mi sentido pésame, pero puede usted muy gentilmente irse a donde sabemos. Con mucho respeto, Sophie Alvarado. Ah, se me olvidaba decirle —añadió al final—, su nieto me propuso matrimonio, y pienso hacer que cumpla con su palabra.

Tu Deseo

Envió el mensaje y respiró profundo recostándose a la pared de la ventana sobre cuyo alféizar se hallaba sentada. Ahora, se dijo, que fuera lo que Dios quisiera.

Vio entrar a Fernando a la sala con una sonrisa de oreja a oreja y lo detuvo.

—¿Pasa algo? —le preguntó, y Fernando amplió aún más su sonrisa.

—Yo también viajaré —dijo—. A Australia —contestó ante la mirada interrogante de Sophie.

—¿Silvia? —él asintió agitando su cabeza como un niño chiquito.

—Pasaré una semana con ella. Al fin, al fin una señal.

—Te felicito.

—Gracias. Tú no pierdas la fe. Te irá bien en Italia.

—Y a ti también, espero.

—Ah, no te preocupes, me encargaré de eso.

—Espera. ¿No tienes clases?

—Es Semana Santa, prima. Allá también. Y voy a ir porque me muero por verla. ¡Al fin! ¡¡Al fin!! —Fernando se fue dando saltos, y Sophie no pudo sino sonreír. Esperaba de corazón que le fuera muy bien.

Cuando Sophie sacó su maleta de la casa Alvarado con rumbo al aeropuerto, se dio cuenta de que Rebeca había hecho también la suya.

—¿Puedes viajar? —le preguntó sorprendida.

—Y si no puedo, lo haré de todos modos —contestó—. No pienso dejarte ir sola—. Como Sophie la siguió mirando preocupada, Rebeca suspiró—. El doctor lo aprobó, no me mires así.

—Pensé que iría sólo con Ana y Carlos.

—Y conmigo, hija. Si vas a enfrentar a los Magliani, necesitarás de tu abuela, yo que te lo digo.

—Vale —sonrió Sophie.

Judith los llevó hasta el aeropuerto, y luego de una corta espera, al fin tomaron su avión. El viaje sería de diecisiete horas. Harían una escala en Madrid, y luego tomarían el vuelo a Verona.

Ya sentada en el avión, Sophie cerró sus ojos. Podían ocurrir muchas cosas ahora; buenas, malas, pero no se permitiría a sí misma perder la fe o el impulso.

Carlota y Marcela, en su sueño, le habían pedido que fuera y actuara como una Alvarado, cosa que no había hecho, porque no sabía lo que eso significaba, ni que tenía el poder para hacerlo.

Agustín llegó al edificio de Andrea vestido con una chaqueta con capucha negra y mirando al conserje con recelo. Éste le dijo, simplemente, que Andrea no estaba.

Sí estaba, sabía Agustín. La maldita sólo se estaba negando. Tomó su teléfono y la llamó. Al cuarto intento, ella contestó al fin.

—¡Qué quieres! —exclamó Andrea, la muy zorra.
—Cuando tenía dinero, eras tú la que llamaba hasta diez veces en el día. Qué puta más interesada eres.
—¿A eso me llamas?
—Baja. Necesito hablar contigo.
—No es bueno que nos vean hablando.
—No nos verán. Baja, si sabes lo que te conviene—. En su apartamento, Andrea sintió miedo por la amenaza en su voz. Corrió a mirarse al espejo, pero las bolas raras de su cara seguían allí, más grande, más asquerosas.

Tomó una pañoleta de su armario y se cubrió con ella la cabeza y parte del rostro. Era de noche, pero igual se puso unos lentes de sol.

Una vez abajo, el conserje le dijo que el hombre la esperaba afuera. Andrea salió algo aprensiva, a paso lento y mirando en derredor. A la distancia, un auto encendió y apagó sus luces, y ella caminó hacia él.

La puerta del copiloto se abrió, y ella entró. Afuera estaba haciendo mucho frío, pero el auto no tenía calefacción.

—Has bajado mucho de estrato —se burló Andrea, y Agustín sólo la miró con desprecio.
—Siempre supe que eras una arribista interesada, debí imaginar que también eras desleal e ingrata.
—No permito que me insultes. Precisamente tú, que envenenaste a tu madre.
—Calla, estúpida.
—¿Cómo pudiste equivocarte tanto?
—¿Te quieres morir tú también?
—Si algo me pasa, todos sabrán que fuiste tú. En el lobby del edificio hay cámaras—. Agustín la miró apretando sus dientes. Andrea lo miró con una sonrisa de satisfacción por haberlo dejado en silencio.
—¿Y para qué me quieres?
—Necesito…
—¿Dinero? ¿En serio?
—Saqué muy poco de casa cuando salí, y… —asombrado,

Agustín vio cómo ella abría la puerta y salía—. ¿A dónde vas? —gritó él, pero ella no lo escuchó, y al ver que tenía intención de volver a su edificio, salió también—. ¡Espera! —la llamó.

—No tengo por qué darte dinero —le contestó ella girándose—. Eres tú quien me debe a mí. Dios santo, deberíamos los dos estar celebrando en una tina de champaña rodeados de sirvientes en un hotel de Dubái, o algo así. No aquí, ¡no así! Pero no eres más que un perdedor, me alié con un perdedor, ¡no voy a pagar por eso! — Agustín se acercó a ella y le tomó con fuerza el brazo haciendo que volviera al auto, pero no consiguió que Andrea entrara, y sólo la aprisionó contra la puerta cerrada.

—¡Me debes! Estuve alimentando a tu familia por años. ¡Me debes mucho!

—No te debo nada, iluso. Lo hiciste con un propósito bien egoísta, no por caridad.

—La policía se dará cuenta de que estuviste conmigo en la planeación de cada cosa. ¡Lo del veneno fue cosa tuya! Lo de hacer que Sophie volviera y recibirla con alegría, ¡todo eso fue tu plan!

—¡Y mi plan era maravilloso! Pero tu mala ejecución nos tiene aquí, donde estamos. Arréglatelas como puedas, a mí no me metas en tus problemas. Ya tengo bastante con los míos.

—¿Qué problema puedes tener tú, si estás siguiendo tu vida como si nada?

—¿Qué pasa aquí? —preguntó una voz, y al escucharla, Agustín se separó de Andrea, pues había terminado casi encima de ella por la preocupación de que los escucharan hablar.

Andrea se giró a mirar, y sorprendida, vio que se trataba de Alfonso.

—¿Qué haces aquí? —le preguntó.

—Vine a verte.

—A... ¿a mí? ¿Qué quieres tú? —Alfonso no contestó, sólo se quedó mirando al hombre alto, rubio y bien parecido con el que había estado hablando Andrea.

—¿Quién es usted?

—No soy nadie, idiota —le escupió Agustín. Alfonso apretó sus puños, pero Andrea evitó que se le acercara siquiera. Agustín, al ver que nada conseguiría, volvió a internarse en su auto y se fue.

—¿Es tu novio?

—Qué va a ser mi novio ese perdedor.

—Te estaba abrazando.

—¡No me estaba abrazando! —exclamó Andrea con

desesperación. Alfonso la miró fijamente.
—Te sientes bien?
—Estoy perfecta.
—Por qué estabas hablando con un hombre aquí afuera?
—No es tu problema, Alfonso. Ya déjame en paz —ella caminó hacia el edificio, pero él la siguió hasta el interior.
—Tienes algo con ese hombre? —le volvió a preguntar—. Te gusta? —Andrea lo miró de arriba abajo.
—Por qué eres tan celoso.
—Me parecía que estabas en una actitud muy confianzuda con él—. Ella, sin desear explicarle, ni aclararle nada, sólo blanqueó sus ojos. Ya sabía que Alfonso era extremadamente celoso, pues antes le había hecho shows por hombres a los que ella supuestamente se había quedado mirando.

Recordó ahora que, en una ocasión, se había encontrado con Fabián en un bar. No había podido ir a saludarlo, claro, porque había ido muy mal acompañada, y no podía permitir que él se diera cuenta que andaba con un sujeto como Alfonso, pero no había podido dejar de mirarlo con deseo.

—Ese sí es un hombre de verdad —había dicho, sólo para mortificar a Alfonso, y el muy imbécil había seguido a Fabián hasta los baños para ir a pelearse con él. Le había pegado en su precioso rostro, pero el maldito había quedado peor, adolorido por casi una semana.

—¿Te gusta porque es más alto? —preguntó Alfonso, y Andrea salió del ascensor para dirigirse a su apartamento. Diablos, ¿qué había hecho ella en su vida pasada para merecer esto?

—Deja de ser tan tarado, ¿quieres?

—Y es rubio. Con pelo abundante, como el otro de la otra vez. Te gustan los hombres de ese tipo, los que no tienen nada en el cerebro.

—Para ti, la belleza de un hombre va ligada a la estupidez. Te digo que los feos también pueden ser estúpidos, y tú eres un claro ejemplo de eso—. Alfonso levantó su mano, y de un puñetazo, dejó a Andrea inconsciente en el suelo. La miró allí, con la pañoleta que se había puesto en la cabeza y las gafas oscuras, privada en el suelo, y su corazón empezó a bombear como loco, latiendo acelerado en su pecho y sintiéndolo en su misma garganta. Cerró la puerta del apartamento, que había quedado abierta, y la alzó en sus brazos para llevarla a la cama.

La desnudó por completo, apretando con sus manos de dedos

cortos sus senos y su entrepierna. El cuerpo de ella se estaba enfriando por la baja temperatura de la habitación, pero no le importó. Con la misma pañoleta que había llevado antes, le ató las manos a la cama, se desnudó a sí mismo, y la penetró con fuerza.

—Ahora no te quejas, ¿ah, zorra? —susurró con ira—. Esto te gusta, puta. Te gusta que te viole. Dime, ¿se lo diste al rubio? Se lo diste. Puta, puta. Te odio.

Andrea despertó, y al verse atada, y siendo vilmente abusada, pegó un grito.

No pudo gritar, tenía algo en la boca que se lo impedía, la mano sucia de él.

—Tú eres mía —le dijo Alfonso, y ella movió su cabeza negando. Como siguiera agitando su cabeza agitándola, él volvió a golpearla. Andrea estuvo a punto de perder el conocimiento otra vez, pero él la obligo a volver sacudiéndola.

Dolía, dolía. Que alguien la ayudara.

Andrea miró a la puerta como si esperara a que alguien entrara por ella.

Y efectivamente, así fue. Fabián entró hecho una furia y le sacó de encima a Alfonso. Le dio puñetazos en la cara tan violentamente, que su rostro quedó hecha una pulpa sanguinolenta en el suelo. Ella, llorando de agradecimiento, lo abrazó. Era tan bello, y tan bueno, y ella estaba empezando a sentirse excitada al tener su piel tan cerca. Le quitó la camisa y empezó a besarlo, y unos minutos más tarde, él le hacía el amor.

Era tan hermoso, tan dulce, tan placentero.

—Oh, sí, Fabián —susurró—. Te amo tanto. Mi príncipe. Te amo tanto...

Alfonso miró a Andrea sorprendido.

¿Qué le pasaba a esta maldita?

—¿A quién llamas? —ella sonrió.

—A ti, mi amor.

—¿Quién soy yo?

—Fabián. Fabián Magliani. Mi príncipe—. Él la abofeteó.

—¡Soy yo, maldita! —gritó—. ¡No me confundas con otro mientras estoy dentro de ti! —ella volvió a sonreír, como si en vez de golpearla, él la hubiera acariciado con suma ternura.

—Eres tan hermoso, tan hermoso—. Alfonso volvió a pegarle, pero no hizo efecto en ella, que siguió llamándolo Fabián.

Empezó a penetrar en ella con más violencia, molesto, furioso. Ella estaba excitada, húmeda, pero seguía llamándolo Fabián. Alfonso sintió sus ojos húmedos, y antes de darse cuenta de lo que estaba haciendo, empezó a apretar la garganta de Andrea.

—Maldita —dijo casi entre lágrimas—. Maldita, por qué. ¿Por qué no me amas? —Aceleró sus embates dentro de ella y dejó salir un grito de agonía, llegando a su culminación. Cuando volvió en sí, se dio cuenta de que los ojos de Andrea miraban a ninguna parte, que no respiraba, y que su cuerpo empezaba a enfriarse rápidamente.

Siguió llorando, y entre lágrimas, giró su cuerpo para besarle su espalda, sus brazos, toda ella.

—Yo te adoraba —le dijo—. Yo lo daba todo por ti—. Ella no se movió, ni dijo nada. Alfonso siguió besando sus labios, sus mejillas, y se dio cuenta de que en las sienes de ella había una lágrima—. Lo siento —dijo—. Lo siento tanto. No quería. Pero es que te amo demasiado, demasiado. Y tú no me amas a mí. Ninguna, ninguna me ama a mí. Lo siento tanto.

Rato después, Alfonso volvió a vestirse y salió del apartamento. Se subió a su moto, y mientras se ponía el casco, se repitió en la mente el nombre de Fabián Magliani. Esperaba que fuera un simple super modelo, porque si era un mortal más, conocería la contundencia de sus puños.

...40...

—Dora, necesito dinero —le dijo Agustín a su esposa por teléfono.
Ella tenía el corazón muy acelerado. Esta mañana había recibido un sobre en su casa, y en él había una tarjeta de teléfono con una nota escrita con la letra de su esposo donde le pedía que le pusiera este nuevo chip a su teléfono y esperara su llamada. Él debía saber que los teléfonos de la casa estaban intervenidos, incluso el suyo y el de su hijo, y por eso había hecho esto. Había encontrado la manera de hacerle llegar un mensaje.

En un primer momento había estado feliz de que él se comunicara con ella, pues era su esposa; se suponía que debía avisarle, por lo menos, que estaba bien.

Aunque le había pegado, él ahora se comunicaba con ella.
Pero había sido para pedirle dinero, solamente.
—No... no puedo darte mucho —le contestó, sintiendo la punzada de la decepción—. Si retiro una gran cantidad...
—Sospecharán, comprendo. Pero lo que sea, lo que puedas. Estoy urgido de dinero. Mis tarjetas están bloqueadas, y no saqué mucho efectivo conmigo.
—Agustín... deberías volver—. Él no la escuchó. Por el contrario, le dio la dirección del lugar donde debían encontrarse para hacer la entrega, y de inmediato, cortó la llamada.

Dora apretó sus labios sintiendo angustia; miró a su alrededor, pero no había nadie en la casa, ni siquiera Fernando, que se había ido de vacaciones tan contento, como si en su casa no estuviera ocurriendo una tragedia. Sophie y Rebeca en Italia, y ella sola en esta enorme casa, con un marido fugitivo que sólo la buscaba para pedirle dinero.

Tragó saliva y guardó el papel donde había apuntado la dirección que le había dado Agustín.

Bernardino Magliani estaba sentado en un cómodo sillón de cuero tal vez un poco desgastado mirando a su nieto posar de pie frente a un espejo de tres paneles con los brazos ligeramente separados de su cuerpo, mientras un sastre hacía líneas sobre la tela de un futuro traje que estaba cortado en piezas sobre su cuerpo. Hilvanaba, tomaba medidas, probaba, y Fabián permanecía en silencio.

Su nieto era bastante silencioso, pero él no recordaba que de niño lo hubiera sido. Las imágenes que tenía de él en su mente antes de sus cinco años era corriendo y gritando, o llorando a moco tendido, con las rodillas hechas un desastre, y nunca su cabello rojizo estuvo en su lugar, por más que Juana se esmerara en peinarlo cada vez que tenía oportunidad.

Luego, de adolescente, había estado más bien ausente. Se la pasaba de arriba abajo con sus amigotes, Juan José Soler y Mateo Aguilar. Recordaba alguna vez haber discutido con él por ser el tonto del trío; la mirada despierta y pícara de Juan José, y la actitud relajada y despreocupada de Mateo, era muy desigual en comparación a la de Fabián, que parecía siempre de gratitud, como si se sintiera bendecido por tener amigos como ellos, cuando en su concepto era al revés, los otros dos eran los bendecidos por tenerlo a él como amigo. En esa época, Fabián sufría exceso de peso, y a veces sentía que eso afectaba un poco su autoconfianza, y que era esa la razón por la que se había buscado a esos dos gallitos como amigos.

Pero en esa ocasión Fabián los había defendido a capa y espada y lo había acusado a él de ser egoísta.

—¡Son mis amigos! —había exclamado el adolescente— Y seré amigo de ellos hasta que me muera si me da la gana. Tú no te metas, ¡no tienes derecho! —había sido la primera vez que Fabián le levantara la voz y lo mandara a no meterse en sus asuntos, y había sido por esos dos.

Lo admitía, se había sentido bastante celoso, pero él tenía razón; no tenía ningún derecho a reprocharle nada.

Luego, en la universidad, el chico había dado el estirón. La grasa había desaparecido y en su lugar había abdominales marcados, una característica que las niñas de su edad habían encontrado sumamente atrayente.

No habría logrado llevar la cuenta de sus novias. Habían sido muchas. Pero nunca, ninguna de ellas, fue llevada a casa por ninguna razón, ni siquiera para aprovechar la ausencia de los viejos y darse un rápido revolcón, nada. Unas más guapas que otras, con curvas artificiales y naturales, extranjeras o nativas, fueron y vinieron entre ellos. Esas señoritas parecían no tener problema en írselos turnando, tanto, que había sabido que una misma había sido novia de los tres.

—Si uno de esos idiotas coge una enfermedad, la cogerán los tres —había refunfuñado él al enterarse de las andanzas de su nieto. Pero, ¿qué podía reprochar él? Así había sido él mismo antes de conocer a Juana, pensó en ese entonces con una sonrisa.

Pero algo muy extraño había sucedido luego. Juan José se había ido a un pueblo de los llanos orientales y allí algo había pasado en el trío. Un milagro había ocurrido, y los tres, casi al tiempo, habían sentado cabeza, se habían dedicado a los estudios o metido de lleno en sus empresas.

Y había llegado la edad en que Fabián tuviera que cobrar su fideicomiso.

No había sido mucho, más o menos el cuarto de millón de dólares, pero Bernardino aceptaba que había sentido miedo. No de que lo despilfarrara, no. Había tenido miedo de que tuviera éxito, y se alejara para siempre, así que había puesto trabas para que lo cobrara.

Había sido peor, el chico no sólo se había salido con la suya y había cobrado, sino que se había disgustado para siempre con él, montado un negocio con Soler, y tenido un éxito rotundo. Intentando retenerlo, sólo había conseguido alejarlo más, y le costó reparar su error.

Era consciente de que aun ahora, no lo tenía de vuelta en verdad. Estaba aquí a regañadientes, cumpliendo con un deber para toda la vida, dando su felicidad en sacrificio por la libertad de alguien, por la vida de alguien. Algo de lo que él se había aprovechado para obtener un beneficio.

Y lo había hecho por pura mezquindad, o lo que él a veces llamaba "la malparidez de la vejez". Juana estaba en total desacuerdo, y desde entonces, ni lo miraba. Pero era algo que tenía que hacer, lamentablemente. Sophie Alvarado no merecía ser la esposa de su nieto. No era la adecuada, no era, ni remotamente, la consorte ideal de un hombre que pronto sería tan importante en influyente.

No bastaba la sangre, no bastaba el apellido. Una mujer debía tener algo más, y a su modo de ver, Sophie carecía de ello.

Y su nieto lo estaba odiando tal vez más de lo que jamás lo odió. Él sólo esperaba que algún día comprendiera su punto de vista, que algún día le diera la razón. Todos estos días aquí con él habían sido algo extraños; trabajaban bien juntos, Fabián aprendía y aplicaba rápido, y estaba conociendo a mucha gente que pronto se convertirían en aliados. No podía menos que sentirse orgulloso de su nieto, aunque, estando a solas, apenas si le dirigía la palabra o la mirada. Pero hasta eso admiraba él de su nieto.

Bernardino sonrió. Gerónimo, su único hijo varón, no había heredado este carácter, ni mucho menos esta chispa. Desgraciadamente, era más bien un tipo anodino que constantemente era pasado por alto aun por sus mismos empleados. No Fabián. A él le bastaba una mirada para que sus órdenes disfrazadas de sugerencias se cumplieran, y no necesitaba coaccionar ni amenazar para ser obedecido.

—Hemos terminado —dijo el sastre, y Fabián suspiró.

Tomó de vuelta su americana y mientras se ajustaba su ropa frente al espejo. Por el rabillo del ojo vio que su abuelo recibía una llamada y se alejaba para contestar, así que sintió curiosidad y, sin que se sintieran sus pasos, le fue detrás para escuchar.

—Comprendo —decía el anciano por teléfono—. Sí, claramente, esto ahora es una complicación, no me lo esperaba... —¿complicaciones?, se preguntó Fabián frunciendo el ceño. ¿De trabajo, acaso? —No puedo creer que aún me tomen por sorpresa —se quejó Bernardino con voz cansada—. Por supuesto, hay que tomar cartas en el asunto. No podemos dejarles las cosas tan sencillas. Espera mi aviso, por lo pronto, sigue el plan. Nadie debe enterarse, sabes a lo que me refiero —Fabián pestañeó ya un poco preocupado. Casi parecía que su abuelo estuviera haciendo algo ilegal, o terriblemente malo. ¿Contra quién? —No hay problema en cuanto a eso, yo me encargo. Tenemos poco tiempo entonces, mira que no haya errores. Encárgate tú para que las cosas salgan bien—. Fabián volvió frente al espejo preguntándose qué podía estar pasando. Sonaba como una amenaza, pero no era capaz de identificar si la amenaza era del viejo hacia alguien, o de alguien hacia él.

Se metió las manos a los bolsillos y tragó saliva. Cuando el pensamiento de una persona cuyo nombre empezaba con S se asomó a su mente, lo espantó de inmediato. No podía darse ciertos lujos, pensar en ella era flaquear, y debía ser fuerte.

Los días con ella parecían cada vez más lejanos. La felicidad, el sentimiento de plenitud. Ya casi había dejado de preguntarse por sus salidas, por sus opciones. Bernardino lo tenía atrapado en una enorme trampa que la vida había diseñado para él y de la que el anciano muy astutamente se había valido.

—No la verás, no la llamarás, no te comunicarás con ella de ningún modo —le había exigido él a cambio de la libertad de Sophie, el día que le propuso venirse a Italia con él—. En el momento en que cometas un error, me olvidaré de mi parte del trato también. Podrás pensar que una vez ella esté en libertad yo ya no tendré nada que hacer en su contra; te pido que no seas ingenuo. Ni siquiera alcanzas a imaginarte lo que soy capaz de hacer con tal de conseguir lo que quiero, y en este momento, quiero a mi nieto de vuelta—. Fabián había cerrado sus ojos con desesperación, pero con voz firme, le dijo.

—Si me dejas estar con ella, me tendrás para toda la vida, para

Tu Deseo

siempre. No será obligado, sino de voluntad propia, ¡y lo haré feliz! Es mejor para ti así.

—No, no lo creo.

—De esta manera tendrás a tu nieto, sí, pero lleno de resentimiento y odio hacia ti.

—No me importa.

— ¡No lo soportaré! —había gritado él—. ¡No lo resistiré! Ni estando a miles de kilómetros podré olvidarla.

—No te estoy pidiendo que la olvides —dijo Bernardino, y Fabián elevó su mirada a él con una pizca de esperanza asomando a sus ojos—. Sólo te estoy pidiendo que vivas sin ella.

—¿Por cuánto tiempo?

—Por tiempo indefinido.

—¡Eso podría ser toda la vida! —Bernardino había sonreído, suspirado y dicho:

—Sí, para ti, será toda una vida. No flaquees, hijo, y obtendrás todo lo que deseas.

—Sólo la deseo a ella —había murmurado Fabián, pero al parecer, el abuelo no lo había escuchado.

—Debemos volver a la villa —le dijo Bernardino volviendo a la sala e interrumpiendo sus pensamientos.

—¿Problemas? —Bernardino lo miró como si lo estudiara, y Fabián mantuvo su expresión estoica.

—Según se mire. Problemas, oportunidades. Un hombre de negocios debe saber distinguirlas—. Fabián sólo hizo una mueca; últimamente, su abuelo se había aficionado a hablar en clave acerca de casi todo, y a él realmente le daba pereza ponerse a descifrar sus dichos.

Sophie llegó a la ciudad de Verona y de inmediato sintió la diferencia, y no sólo en la temperatura. Estaba un poco fresco, tal vez porque a este lado del mundo reinaba la primavera, pero la luz, los colores, y, sobre todo, los aromas, para nada se comparaban con los de la fría Bogotá.

Y en algún lugar de esta ciudad, de más de doscientos cincuenta mil habitantes, estaba Fabián.

—¿Y dónde empezamos a buscar? —preguntó Rebeca mirando a su nieta luego de haberse registrado en el hotel y enviado las maletas a la habitación. Sophie revisó unas notas que tenía en su teléfono.

—Juan José me dijo que los Magliani tienen una villa aquí.

—Los Magliani tienen su propia marca de vinos —recordó

419

Rebeca—. Sólo tendremos que preguntar un poco hasta llegar a ellos. No son sitios demasiado escondidos.

—Eso suena muy fácil —dijo Sophie con algo de sospecha.

—Pero, primero —siguió Rebeca, caminando hacia el ascensor—, quiero descansar un poco. Magliani no se va a ir a ningún lado mientras yo alzo los pies.

—Yo también necesito sentarme en algo que no se mueva —se quejó Ana recostándose en el pecho de su marido, y éste la miró con una sonrisa.

—Pero yo me muevo, cariño —ella lo miró de reojo.

—No tengo intención de sentarme sobre ti—. Sonriendo con picardía, él le tomó el brazo y los cuatro se internaron en el elevador del edificio del hotel.

Sophie miró a otro lado mientras la pareja se hacía bromas. Suspiró, ya habían pasado casi cuatro días desde que había salido de esa celda, y era casi el mismo tiempo que Fabián llevaba aquí. Constantemente miraba su teléfono revisando si acaso había recibido un mensaje de parte suya, pero no era así.

Cada día que pasaba sin poder verlo era horrible. Lo echaba tanto de menos, que prácticamente era consciente de las heridas en su alma por no tenerlo a su lado. Si él hubiese sido claro en sus razones, si le hubiese dado una explicación, no estaría sintiendo ahora tanta angustia, y era por eso que estaba aquí, venía a rescatarlo del secuestro de su abuelo, porque así lo sentía; Bernardino tenía capturado a su nieto, el anciano había creído que trayéndolo al otro lado del mundo lo había alejado de ella, pero se había equivocado.

Sonrió al pensar que siempre había sido ella la que necesitara ser rescatada, siempre había sido él el caballero con brillante armadura que la salvaba una y otra vez.

Bueno, ahora era ella la que se ajustaba la cota de malla y empuñaba la espada dispuesta a dar y hacer lo que fuera necesario por traerlo de regreso.

Dora llegó al club donde, desde hacía ya varias vidas, tenía su círculo de amigos.

Entró a una de los edificios donde estaba su salón favorito, donde solía reunirse con sus amigas, y se dio cuenta de que se sentía apagada, decaída, muerta en vida.

Miró hacia una mesa, y encontró allí a Arelis, su vieja amiga, que revisaba algo en su teléfono ignorando todo lo demás. A unos pocos pasos, se hallaba Judith, que también hablaba por teléfono dando vueltas como si estuviera discutiendo con alguien, y ella aquí, preguntándose si seguía siendo visible a ojos de los humanos normales.

Pestañeó ahuyentando las lágrimas. Arelis la vio a la distancia y le agitó la mano convidándola a unirse a la mesa, así que Dora cuadró sus hombros, se irguió, respiró profundo y caminó a paso largo hasta ella, como si hiciera unos momentos su vida no se hubiese derrumbado por completo.

—Hola, Arelis —dijo dándole un beso en cada mejilla, y luego se sentó a su lado.

—Hola, amiga —Dora encontró su tono un tanto extraño, y la miró con una sonrisa interrogante—. Sigues siendo mi amiga, a pesar de todo —siguió Arelis—. A pesar de la cantidad de escándalos en tu familia, yo no te retiraré el saludo.

—¿Y por qué habrías de hacerlo? Yo no he hecho nada malo.

—Pero tu marido sí. Y es terrible, triste, y trágico.

—Todavía no se ha comprobado...

—Querida, ¡ya todos lo saben! —exclamó Arelis poniendo las palmas de sus manos hacia arriba como si quisiera mostrar la obviedad de la situación—. Todos aquí son testigos del afán que tenía tu marido para que Rebeca muriera al fin. ¡Pero esa anciana es inmortal!

—¿Por qué haces ese tipo de comentarios? ¿No se supone que eres mi amiga?

—Te estoy diciendo que lo soy. Mira, hasta te invité a mi mesa.

—No es justo, Arelis. Tu familia también ha sufrido escándalos y yo nunca te los he sacado en cara.

—Y qué, ¿vas a hacerlo ahora?

—¿Están discutiendo? —preguntó Judith sentándose en el otro asiento. Miró a una y a otra, y pudo comprobar de un solo vistazo, que Dora estaba al borde de un estallido emocional, así que, rápidamente, puso una mano sobre el brazo de Arelis hablándole con los ojos.

"Déjala en paz", le dijo, y Arelis tomó su bolso y se levantó de la mesa.

—Tengo una cita en el salón de belleza en unos minutos —dijo, tocándose el pelo—. Fue un placer verlas—. Y sin añadir nada más, se fue.

Judith miró a Dora, que estaba temblando, tenía la mirada baja, las manos empuñadas, y los ojos húmedos.

—Ven —le pidió—, caminemos.

—No quiero hablar, Judith.
—Pero parece que es lo que necesitas. Estás pasando un mal momento y...
—Acabo de ver a Agustín —dijo Dora de repente, y Judith abrió grandes sus ojos, echó un vistazo alrededor, y comprobando que este no era el mejor sitio, prácticamente la obligó a ponerse en pie y la llevó al exterior.

Una vez fuera, lejos de los oídos y las miradas de posibles curiosos, la tomó de los brazos poniéndola de frente.

—Cuándo te viste con él.
—Hace un par de horas.
—¿Te llamó? —Dora asintió, y Judith vio un par de gruesas gotas de lágrimas caer de sus ojos—. ¿Qué quería?
—Dinero —lloró Dora—. Me pidió dinero.
—¿Y se lo diste?
—¡Sí, se lo di! —exclamó ella, y Judith tomó aire. No debía reprenderla, no era el camino más adecuado ahora.
—¿Y volverás a hacerlo? —Dora se cubrió el rostro con ambas manos echando a llorar, y Judith se quedó en silencio. Su amiga estaba sufriendo, pero presentía que esto iba más allá de lo que podía imaginar—. ¿Qué pasa, Dora? —le preguntó, pero Dora no fue capaz de contestar, sólo siguió llorando.

La abrazó, la consoló un poco y esperó a que se calmara, pero Dora no se calmó, sino que, pasado el llanto, cogió su finísimo bolso de cuero y empezó a golpearlo como si, en vez, deseara estar golpeando a Agustín. Se acercó a un árbol y azotó el bolso contra el tronco, una y otra vez. Judith la vio quitarse sus finos zapatos y arrojarlos también. Luego, al fin, se quedó quieta, despeinada y descalza en la grama.

—Me engañó —dijo Dora—. Toda la vida me engañó. ¡Maldito hijo de satanás! Me engañó—. Judith se mordió los labios antes de preguntar.

—¿Tiene a otra mujer? —Dora se echó a reír con amargura.
—Ojalá fuera otra mujer —confundida, Judith ladeó su cabeza esperando su respuesta—. Hoy me vi con él —se explicó Dora—. Me dijo que necesitaba dinero. Soy estúpida, es inevitable, ¡y lo amaba! ¡Yo lo amaba! No pude resistirme a su ruego y fui a retiré una cantidad para él. Nos vimos para entregársela. Y nada, ni gracias, ni un beso, ni me preguntó como la he pasado estos días, y tampoco contestó a mis preguntas preocupadas. Quería abrazarlo, pedirle que volviera, porque si estamos juntos, todo se arreglará. Tenía esa fe.

—¿Tenías? —Dora se secó las lágrimas con su antebrazo y cerró sus ojos.

—Tal vez vuelva a pedirte dinero —había dicho Agustín esa mañana guardando el paquete en el bolsillo interior de su abrigo, y ella, sonsa, lo había mirado con una sonrisa esperando su "gracias". Pero no había venido—. Te volveré a llamar —dijo simplemente.

—Espera —lo llamó ella sintiendo que el hueco en su alma se agrandaba con cada minuto que pasaba a su lado, pero, sin poder evitarlo, ella sólo buscaba eso—. Hablemos.

—De qué.

—De todo. De algo, de lo que sea. Te he echado de menos. Somos esposos. No me has preguntado por nada...

—No tengo nada qué preguntarte.

—¡Pero yo sí tengo muchas cosas que preguntarte a ti!

—No seas estúpida, no te contestaré—. El hueco, al fin, había tocado los bordes más sensibles de su alma adolorida, y Dora lo miró sintiendo un ligero temblor en sus labios al hablar.

—¿Tan mala esposa he sido? —le preguntó, poniendo, una vez más, su maltrecho corazón a su alcance, para que él sólo lo lastimara otra vez.

—¿Te vas a poner con esas ridiculeces justo ahora? ¿Por qué no te cansas de fastidiarme? En este momento lo que menos necesito son reproches y lloriqueos. Estoy pasando el peor momento de mi vida, ¿y tú me vienes con preguntas sentimentalistas? ¿Por qué no piensas un poco en mí?

—Toda mi vida he pensado en ti —dijo ella con voz grave, interrumpiendo por una vez en su vida su perorata de reproches—. Te he puesto primero en mi vida siempre, antes que a mí misma. Te permití hacer conmigo lo que quisiste, te di todo. Te di mi amor, te di mi juventud, te di mi vida entera. ¡Mi vida entera!

—Ay, por favor...

—Fui la esposa perfecta, abnegada, silenciosa y comedida que se me pidió que fuera. Te apoyé en todo, secundé tus decisiones, fueran buenas o malas. Siempre, siempre, estuve de tu lado; me olvidé de mí misma por ti.

—¿Y es mi culpa, acaso? —de los ojos de Dora había rodado una lágrima, porque la respuesta era mucho más dolorosa que la pregunta misma.

—No. Es mi culpa.

—Entonces, ¿por qué me reprochas?

—Porque hasta ahora me doy cuenta de que no vales la pena, que eres el peor hijo, padre y marido del mundo, y no puedo sino considerarme a mí misma la estúpida más grande por pensar que te amaba. ¡No te amo! Te odio! Quiero el divorcio—. Agustín, por un microsegundo, había mostrado asombro, pero luego soltó la carcajada. Su risa ofensiva le mostró a Dora que eso era, exactamente, lo que quería, divorciarse, dejarlo, empezar de nuevo no importaba dónde, cómo. No importaba, porque ahora que la palabra divorcio había salido de su boca, cobraba sentido, se volvía una puerta, un escape al fin.

—No te divorciarás —se burló Agustín—. Odias los escándalos—. Dora sonrió de medio lado, un gesto que su hijo había heredado de ella, lo único, porque el condenado había salido idéntico a los Alvarado físicamente.

—Ya lo verás —le dijo, y dio la media vuelta.

—Eres estúpida —le gritó Agustín, haciendo que se detuviera—. Ni siquiera sabrás encontrar un abogado. Y si es que te atreves, yo simplemente me opondré... y luego te haré pagar tu osadía cuando regrese a casa—. Dora estuvo a punto de recordarle que ella misma había estudiado leyes, y que, por supuesto que conocía a varios abogados que la ayudarían, pero su última declaración la dejó en silencio. Agustín pensaba volver. ¿De qué manera? — ¿Lo ves? — siguió Agustín, malinterpretando su silencio—. Estúpida y cobarde. No eres capaz de enfrentarte a mí—. Creyendo que había ganado en esta discusión, él se giró y se encaminó a un auto. Dora se quedó allí viéndolo, y cuando al fin reaccionó, Agustín estaba maniobrando para salir de la calle donde se había estacionado.

Corrió hacia su propio auto decidida a seguirlo.

Pero seguirlo había sellado para siempre su destino.

—No tiene a otra —le dijo ahora a Judith—. Mi marido... tiene a otro —se echó a reír, histérica—. Agustín vive con un hombre.

—Espera, espera... Tal vez sea un amigo.

—¡Se besaron! —le gritó Dora—. ¡El maldito es gay! Se besó con un hombre y yo lo vi. ¡Lo seguí! Lo seguí en el auto. Pensé que debía saber dónde se localizaba, quise saberlo y lo seguí... para darme cuenta de que toda mi vida, toda mi maldita vida... fui el objeto de burla de ese hombre. Lo odio, lo odio, ¡LO ODIO! Me hizo un hijo, ¡pero detestó cada momento, porque prefiere a los hombres! ¡Nuestros encuentros eran cada mes! ¡Cada mes! Y en cada ocasión era más y más insulso, parecía que lo odiara, ¡y era porque en verdad sí lo odiaba! ¡Y luego, ni siquiera cada mes, viajaba cada vez más, o estaba indispuesto, o cansado por exceso de trabajo, y yo era la estúpida esposa abnegada que lo comprendía y esperaba por él, porque lo amaba! ¡Yo... he perdido mi vida entera con esa basura! ¡Lo odio con todo mi ser! —ella volvió a llorar, aunque esta vez, de rabia, ira y frustración. Volvió a azotar su bolso, a gritar, a maldecir. Y Judith no pudo más que guardar silencio.

Y ella que había pensado haber vivido una tragedia. Esto sí que era terrible.

Cuando Dora se hubo calmado al fin, incapaz de seguir llorando, y ya había repasado de ida y venida todo su repertorio de palabras malsonantes, se sentó a su lado en la hierba, en silencio. Dora respiró profundo y tragó saliva.

—Le daré a la policía su ubicación —dijo, y Judith asintió aprobadora—. Y diré... algunas cosas que sé de él.

—Qué cosas.

—Pequeños negocios sucios que hizo a lo largo de su vida. Pequeños desfalcos a la misma Rebeca. Cuentas que tiene en otros países, y que seguro irá a cobrar. Obviamente, el dinero que me pidió es para conseguir un pasaporte falso y conseguir lo que quiere —miró a Judith a los ojos con los suyos enrojecidos por el llanto—. Amenazó con volver a la casa, pero no se lo voy a permitir —dijo con voz firme—. No permitiré que nos siga haciendo daño, ni a mí, ni a mi hijo. Oh, Dios, ¡Fernando! —exclamó—. Cuando se entere...

—Fernando no tiene que enterarse.

—Pero lo sabrá. Es demasiado inteligente y de algún modo lo descubrirá.

—No lo descubrirá. Si tú no se lo dices, si el mismo Agustín no se lo confiesa, tu hijo jamás lo sabrá.

—¿Por qué estás tan segura? —Judith sonrió.

—Porque soy experta guardando secretos. Ven —le dijo poniéndose en pie y tendiéndole la mano a su amiga—. Hay que hablar con Espinoza. Te voy a dejar en sus manos para que él te direccione en todo lo que hay que hacer ahora.

—¿Y tú? ¿No vas a estar conmigo?

—No, lamentablemente. Tengo cosas que hacer.

—¿Qué cosas? —Judith volvió a sonreír, esta vez, de manera enigmática.

—Es un viaje. Voy a salir del país.

—Últimamente, todos están saliendo del país.

—Oh, es que muchas cosas están pasando. Pero no te preocupes, y por favor, demuéstrale a Agustín que eres mucho más de lo que él quiso ver, y hazle pagar por todo lo que te hizo.

—Lo intentaré.

—Dora... —el tono de Judith era de reproche, y Dora tuvo que sonreír.

—Lo haré —se corrigió—. Le haré pagar.

—Por fin cayó ese maldito —dijo Judith con cierto regocijo—. Uno menos. Ahora, debemos encargarnos de un par de ratas más.

...41...

Martha cortó la llamada de su sobrina con una sonrisa. ¡¡Sophie estaba en Italia!! ¡Qué maravilloso! Pero no le sorprendía, ella siempre había sabido que esa niña estaba hecha para grandes cosas, para viajar por todo el mundo y conocer, para ser alguien más que una huérfana pobre. Ahora, al fin estaba disfrutando de tantas cosas, cuando antes, juntas, habían pasado necesidad. Suspiró y apagó el teléfono que Sophie le había regalado y lo puso sobre la mesa de la sala del hermoso apartamento que también le había regalado, y caminó hacia la cocina con todos los aparatos, platos y ollas que también Sophie le había regalado. Nunca la había ayudado esperando nada a cambio. Nunca lo hizo con otro objetivo más que el de ayudar a una niña que no tenía papás y que era buena y comedida, pero bendito fuera Dios, las cosas buenas que uno hacía se le devolvían. Además de este hermoso lugar con todos los muebles y cuidados, ella recibía una mensualidad que en toda su vida jamás imaginó ganar. Le alcanzaba para llevar una vida cómoda sin tener que trabajar, aunque ella, de todos modos, lo hacía; detestaba no hacer nada.

Su teléfono volvió a timbrar, y esta vez era de un número desconocido.

La noticia la dejó fría en su lugar. Su hija, su hija Andrea. Había sido hallada muerta en su apartamento. Y lo peor, ni siquiera la estaban llamando para que reconociera su cadáver en medicina legal, sino para hacer pruebas, pues, cuando la habían hallado, su cuerpo ya estaba en descomposición.

Con manos temblorosas, y a punto de estallar en llanto, llamó a Adriana, su hija menor, y entre gritos y lágrimas le contó la horrible nueva. Adriana habló con su esposo, y prometieron ir por ella para hacer el papeleo necesario y empezar con las averiguaciones necesarias para descubrir qué era lo que había ocurrido en los últimos minutos de vida de Andrea.

Martha estaba devastada. La vida de su hermosa hija había terminado de la peor manera. No podía dejar de llorar, de preguntarse qué había pasado, por qué a ella, si, según lo que tenía entendido, la vida de su hija estaba muy bien. Estaba trabajando, era exitosa, era hermosa. No tenía un novio, ni prospecto, pero podía elegir a quien quisiese porque era una mujer interesante.

Su hija, su niña. Siempre había sabido que era de carácter difícil, pero en su concepto, no era mala.

—Está aquí —le dijo Carlos a Sophie señalándole el edificio tras ellos. Sophie levantó la mirada hacia la construcción, que, como casi todo en Verona, era antigua, y respiró profundo sintiendo el corazón acelerado.
—¿Estás seguro?
—Confirmado. Mi contacto me asegura que en estos momentos está en una reunión de trabajo en este edificio.
—Reunión de trabajo. Fabián está trabajando acá.
—Eso parece. Según me dicen, no se desprende de su abuelo…
—O tal vez ese anciano no se desprende de él —refunfuñó Rebeca mirando el edificio con ojos entrecerrados—. Pero niña, vas a entrar o no—. Sophie sonrió.
—Claro que voy a entrar. Pero lo voy a hacer sola.
—Claro que no. Debemos ir contigo.
—Iré sola —insistió Sophie mirando a su abuela con firmeza—. Es algo que necesito. Por favor—. Rebeca dejó salir el aire.
—Como quieras. Te espero aquí.
—Tal vez no deberían. Seguro que… después iremos a otro lugar. Tenemos mucho que hablar—. Ana le sonrió.
—Seguro que sí. Dejémoslos hablar, Rebeca. Son jóvenes y enamorados.
—Como si tú fueras muy vieja —volvió a refunfuñar la anciana— Está bien —dijo al fin—. Pero te estaré llamando. Si algo no sale como lo pensaste, nos llamas de inmediato. Yo vendré y cogeré a bastonazos a ese par de idiotas si se atreven tan solo a mirarte mal.
—Nada de eso pasará —Sophie volvió a mirar al edificio mientras su abuela seguía profiriendo amenazas contra los Magliani. Tomó aire y dio el primer paso.

Fabián se quedó de piedra al verla. Estaba de pie en el recibidor del edificio, con un sencillo vestido de lino que apenas le llegaba a las rodillas y sin mangas. El cabello le había crecido varios centímetros desde que la conociera, y ahora lo llevaba recto a la altura de los omóplatos, y sentía que brillaba, que era como una alucinación. Sus ojos, su mente, su cuerpo, todo le estaba jugando una mala broma.

Caminó unos pasos acercándose, y supo que ella reconoció su presencia desde antes de hacer contacto visual. Esto siempre sucedía; él no podía esconderse, pues, de alguna manera, ella era consciente de su presencia.

Sophie se giró y lo miró con una cándida sonrisa. ¡Estaba tan guapo! Con su cabello peinado a medio lado, sus verdes ojos mirándola llenos de sorpresa, y luciendo lo que a todas luces era un carísimo traje hecho a medida.

Se quedó allí sonriéndole con los labios apretados, y cuando vio que él no se acercaba para abrazarla, lo hizo ella. Sin embargo, él solo dio un paso atrás.

Sophie borró su sonrisa. Fabián miró a un lado y a otro, y con el ceño fruncido, le preguntó.

—¿Qué haces aquí? —Sophie entreabrió su boca mirándolo. De todas las palabras del idioma español, jamás esperó estas.

—Vine... a buscarte. Te fuiste sin despedirte, ni dar una explicación clara y... Te extraño —le sonrió—. Te amo.

—No deberías estar aquí. ¡Regresa a Colombia! —él volvió a mirar en derredor, pero hacia los techos—. ¡Mierda! —masculló, y tomándola de un brazo, la llevó a otro lugar más privado—. Debes volver a Colombia, Sophie. ¡Hoy mismo!

—¿Qué está pasando, Fabián?

—No está pasando nada. No debiste venir.

—¿Por qué no? ¡Dime qué pasa! Por qué me hablas así! ¿Por qué ni siquiera te alegras de verme?

—Te pedí que...

—Que te entendiera, sí, pero ¿qué quieres que entienda si no me explicas nada? Mi novio de repente desaparece, y todo parece una treta armada por otros para intentar separarnos. Sé que no le caigo bien a tu abuelo, sé que es él el que te tiene aquí atrapado. ¡Y por eso vine! ¡Si he de enfrentarme al mismo diablo por ti lo haré, Fabián! —él se pasó ambas manos por el cabello como si estuviera desesperado. No por ella, esperaba Sophie—. Amor, te he echado mucho de menos —dijo Sophie extendiendo a él su mano, queriendo tocarlo—. Y sé que tú me has echado de menos a mí.

—¿Y qué esperas que haga? ¿De verdad pensabas que con venir aquí se solucionaría todo?

—¿No me vas a explicar qué está pasando?

—Sólo sé que cometiste un error terrible al venir aquí.

—¿Cómo puede ser un error?

—Ana te sugirió la idea, ¿no es así? Seguro que también tu abuela te metió ideas en la cabeza.

—No fueron Ana ni mi abuela. Yo misma tomé la decisión y vine, porque pensé... pensé que me necesitabas. Estoy aquí luchando por nuestra relación, porque merece que luche por ella.

—No hay tal relación. Tú me terminaste —Sophie quedó de piedra allí en su lugar, mirándolo con los ojos grandes abiertos y la respiración se le agitó.

—¿Qué?

—¿Lo recuerdas? Tú me terminaste.

— ¡No! ¡No lo hice!

—No soportas que haya tenido otras novias. Cuando te mostraron fotografías de mí con otras mujeres, lo odiaste.

—¡Eso no es así! ¡Lo sabes!

—¿Y por qué fue que discutimos la última vez que hablamos?

—¡Porque me ocultaste cosas!

—Que había salido con tu prima Andrea.

—Y aún pienso que fue un error de tu parte, pero ya lo pasé por alto, ya no me importa. ¡Estoy desesperada por ti, te quiero!

—Estoy haciendo cosas importantes aquí —dijo él con sus ojos secos y su voz neutra, y Sophie sacudió su cabeza negando. Miró en derredor. Este, aunque tenía el rostro, el aroma y la voz de Fabián, no era Fabián, no era su Fabián—. No puedo atenderte ahora, no puedo estar contigo.

—¿Por qué me haces esto? ¿Me estás castigando?

—No todo se trata de ti, Sophie.

—Está bien, perdón... Pero... ¿necesitas que te espere un tiempo? ¿Cuánto tiempo? —él dejó su mirada fija en un punto, y Sophie se giró para ver qué miraba él, pero estaban solos en el salón. Parecía un salón de fiestas, y las sillas estaban recogidas sobre las mesas. Sólo estaban los dos, y las horribles respuestas de Fabián.

—No me esperes —dijo él cerrando sus ojos.

—¿Qué? —volvió a preguntar ella, cada vez más asombrada.

—Tal vez yo... nunca vuelva —. Sophie guardó silencio. Su corazón se estaba despedazando en este momento, lo podía sentir.

Tragó saliva y asintió dando un paso atrás. Sus ojos se habían humedecido, porque el dolor era tan agudo que no estaba resistiendo como tal vez debía.

—¿Ya no me amas?

—Hay cosas más importantes que el amor.

—¿Ya no me amas? —insistió ella, y Fabián sonrió de medio lado, como si la pregunta fuera muy ingenua.

—Vuelve a Colombia, Sophie.

—Sí. Tengo que hacerlo. A menos que me quede aquí como ilegal, no tengo otra opción. Pero yo esperaba volver contigo, o al menos, con una respuesta, una explicación.

—Lo siento—. Sophie se encogió de hombros.
Hubo un largo silencio, que ella no pudo interpretar de otra forma, sino como que él estaba esperando que se fuera.
—Yo sí te amo —dijo de repente—. Pero es sabido que las mujeres superamos las rupturas. No he conocido a ninguna que haya muerto de amor. ¿Quieres que te olvide, Fabián? —él apretó los dientes. No contestó, sólo ladeó un poco la cabeza—. Está bien. ¿Quieres también que me enamore de otro? —un músculo latió en la mejilla de Fabián—. Me casaré y tendré los hijos de otro hombre. ¿Estará eso bien para ti?
—Yo… no tengo nada que decir al respecto —ella soltó una risita despectiva, asombrando aún más a Fabián.
—Todo este tiempo pensé que tú eras más valiente que yo. Que eras un hombre admirable y que tenías tus pantalones bien puestos. Un hombre en todo el sentido de la palabra; y de repente, cuando más confiada estoy, empiezas a comportarte como lo hacen la mayoría de canallas que están allá afuera: secretos, mentiras, acciones carentes de lógica o explicación.
—No tienes derecho a…
—Ay, cállate, que en este momento me siento muy decepcionada de ti—. Él la miró sorprendido—. Bravo por ti, porque hiciste que me enamorara, pero pobre de ti, porque me estás echando de tu lado. Yo vine a luchar por ti, vine a…. a rescatarte de tu abuelo, pero no puedo rescatarte de ti mismo. Y si no me amas, no tengo nada que hacer aquí, ¿verdad? —él no dijo nada, y Sophie sintió su respiración entrecortada. Se iba a echar a llorar aquí, delante de él, que permanecía quieto y en silencio sin decir nada que ella pudiera tomar como un sí o un no.

¿Qué más debía decirle? ¿Qué más debía preguntarle?

Evasivas, todas sus respuestas habían sido evasivas.

—De todos modos… gracias por haber hecho todo lo posible para que yo saliera de la cárcel —le dijo—. Eso no podré pagártelo jamás. Todo lo que sacrificaste para conseguirlo… gracias también por eso. Seguro que tenías la esperanza de que pudiéramos seguir con nuestros planes… con lo que me propusiste… —Sophie se secó una lágrima—. Pero parece que otras cosas surgieron en medio, más… importantes.

—Sophie…

—¿Qué, amor? —preguntó ella, saltando internamente. Tal vez él al fin estaba reconsiderando su idea de enviarla lejos.

—De nada. No tienes que agradecerme nada—. Diablos, diablos,

diablos, se dijo Sophie. Él estaba firme en su decisión.

—¿Puedo… darte un beso de despedida?

—No —contestó él de inmediato, y ella acusó el golpe.

—¿Ni siquiera un beso en la mejilla? —él retuvo el aire, pero meneó la cabeza negando—. Está bien—. Contestó dándose por vencida al fin—. Me iré de Italia en cuatro días. Estaré en el hotel Palazzo Victoria. Tienes esos días para cambiar de idea.

—No cambiaré de idea—. Ella le sonrió dulcemente.

—Sí, querido. Como tú digas —respiró profundo y se giró para irse al fin—. Adiós, entonces—. Él no contestó, sólo tragó seco y ella se fue yendo a paso lento, como si tuviera la esperanza de ser llamada de vuelta en cualquier momento.

Pero no la llamó, y llegó hasta la puerta con el alma arrastrada y el corazón hecho pedazos.

Él le había terminado. Había intentado que razonaran, que le diera explicaciones. Lo había sonsacado, casi insultado, y luego lo había tentado. Ninguna estrategia había funcionado. Una relación que estaba perfecta, de repente se acababa, y ella seguía sin saber por qué.

Se secó sus lágrimas y salió a la calle, dando varios pasos, dándose cuenta de que no tenía cómo irse de nuevo al hotel.

Extendió su mano, pero ningún taxi se detuvo, y de repente ya no tuvo ganas de irse, ni de quedarse, ni nada, así que sólo siguió caminando por las antiguas calles de Verona, mirando la gente y los autos ir y venir, el movimiento de los turistas contentos por estar allí, mientras que su cielo se volvía más y más gris.

¿Qué iba a hacer ahora? ¿Debía insistir? ¿Debía esperar?

Es que ella, simplemente, no conseguía imaginar cómo iba a seguir su vida sin él. Su tiempo a su lado no la había preparado para esto, todo había sido tan hermoso desde el principio que se había acostumbrado a lo bello.

Desde la noche en que lo conoció. Ni siquiera el saber que ella se había casado con otro hombre lo había detenido. Había sido el príncipe que toda mujer soñara. ¿Qué había pasado entonces?

Se detuvo de repente. Sí, algo había pasado. Ella había tenido la sensación de que él, en un momento, había estado a punto de ceder, pero se había vuelto a detener. Algo lo estaba perturbando. Estaba siendo víctima de una amenaza.

Y tenía que ser de parte de su abuelo, porque, ¿quién más?

¿Y con qué lo estaba amenazando? No podía ser con algo a su integridad, a Fabián no le habría importado.

Con ella, algo con ella. Era el único modo en que Fabián cedería.

Qué viejo tan hijo de su madre, Dios la tuviera en la gloria. Pero la iba a escuchar.
Se giró para volver al edificio. Todavía le quedaban un par de cosas por decir.

Fabián estaba agachado en el piso respirando profundo y repetidamente. Era como si todo el aire hubiese escapado de sus pulmones de repente, como si hubiese estado a punto de ahogarse, a punto de morirse.

Unos pasos se escucharon en el piso de la sala de fiestas del edificio, y Fabián pudo ver la punta de los zapatos caros de su abuelo. No se enderezó ni se levantó para mirarlo, en este momento, lo estaba odiando hasta la muerte.

—No te quedes allí —le dijo Bernardino—. Eres un hombre, levántate—. Fabián no contestó. Si se levantaba, iría tras Sophie, la abrazaría, la besaría y le pediría perdón... y la pondría en peligro.

¿Qué podía hacer?

—Escuché tu conversación. Gracias por mantenerte en tu lugar.

—Calla, abuelo. Por favor... Si sigues hablando, te juro que no me importará nada.

—¿Estás amenazándome? —Fabián se levantó de repente y lo miró desde su altura. Sólo le llevaba unos pocos centímetros al viejo, pero no le importó. Quiso decir algo, pero las palabras quedaron encarceladas detrás de sus dientes. No, no iba a delatarse justo ahora.

Bernardino miró a su nieto. Él estaba tenso como la cuerda de un arco, tenía las manos empuñadas y los dientes apretados. En sus verdes ojos había fuego, ira, y comprendió que debía andarse con cuidado y no provocarlo más. No podía llevarlo al extremo, hoy menos que nunca. Respiró profundo y se alejó de él dando un par de pasos. Frunció el ceño cuando vio que Fabián salía también de la sala, pero no fue hacia la calle a buscar a su novia, no, sino que se internó aún más en el edificio, casi como si se escondiera. Bernardino se quedó allí con las manos en sus bolsillos mirándolo desaparecer tras el elevador.

A estos jóvenes de hoy en día les faltaba valor, en sus tiempos...

No pudo completar su pensamiento, porque justo en ese momento apareció Sophie Alvarado con casi la misma expresión que Fabián en su mirada.

Sí, por favor, pensó. Dame pelea. A ti no te importará que soy un venerable anciano, y que tengo tu futuro en mis manos. Vamos, dame el gusto.

—Vaya, qué sorpresa tan... inesperada —dijo con una sonrisa sediciosa—. Tú aquí, en Italia. ¿Has venido por mi nieto, de casualidad?

—Usted sabe perfectamente a qué vine —contestó Sophie—. Escuchó todo lo que le dije a Fabián hace unos minutos. Tenía la leve sospecha de que estaba escondido en algún lugar, y ya veo que no me equivoqué. La gente rastrera suele obrar así, y yo tuve experiencia con ese tipo de personas para estudiar su comportamiento, así que sé identificarlos cuando los veo.

—Me estás llamando rastrero.

—Y egoísta, y odioso.

—Mira...

—No, no. Mire usted. Ya le dije que no me separará de su nieto. Lo tiene amenazado con algo, lo sé, y tiene que ver conmigo. ¿Cree que le será tan fácil hacerme daño? ¿Cree que sigo siendo la simple chica hija de nadie sin una sola persona en el mundo que cuide de ella? No, no, no... en este momento, me estoy apoderando de mi nombre y de mi posición. Amigos tengo, contactos e influencia. Ellos darían la vuelta al mundo por ayudarme, del mismo modo que yo por ellos... —él no dijo nada, sólo elevó sus cejas mirándola de arriba abajo—. Si alguna vez amó a alguien, debería tener claro que nada de estas pendejadas que se está inventando nos separará. Ahora, o en un año, o en cinco, o en diez, Fabián volverá a mí. ¿Y sabe qué va a pasar? Nos iremos lejos; lejos de usted y sus tretas, y usted habrá perdido a su heredero, a su sucesor, a su nieto y a sus bisnietos. ¡Nada nos detendrá!

—Él acaba de rechazarte.

—¡No me rechazó! ¡Me protegió de usted! ¡No se mienta a sí mismo! No se crea la mentira de que, porque está en silencio, no está gritando por dentro. Que, porque está siendo sereno, en su interior no está deseando romper con violencia cada cosa que toca. ¿Y sabe por qué sé lo que él está sintiendo? ¡Porque es exactamente lo mismo que estoy sintiendo yo! Y ahora mismo yo lo estoy odiando a usted, ¡porque lo está destruyendo! Cree que lo está salvando de una mujer inadecuada, ¡pero lo está rompiendo por dentro! ¿No le duele verlo así?

—Te estás dando demasiada importancia a ti misma.

—¡Está haciendo todo esto por mí! —casi gritó Sophie sintiendo sus mejillas calientes—. ¡Vendió su alma al diablo por mí! Llegará el momento en que no podrá más, y no le importarán sus amenazas. Y si permite que ese momento llegue, le juro por lo más sagrado que no moveré un solo dedo para convencerlo de que se reconcilien porque usted es su abuelo, que se haga cargo de su herencia, porque no hay nadie más que lo haga. Lo apoyaré si decide odiarlo hasta la muerte; sabe perfectamente que una mujer es capaz de eso. No se engañe conmigo, parezco tonta a veces, pero no me temblará la mano para hacerle a usted tragarse todo su arrepentimiento, porque le juro que se arrepentirá; por los años o días de vida que le quede, se arrepentirá—. Sophie no dijo nada más, sólo dio la vuelta con energía y salió al fin del edificio.

Alrededor, varias personas se habían quedado un poco sorprendidas por la discusión que se había llevado a cabo allí a la entrada del edificio. Afortunadamente, pocas, o ninguna de estas personas entendía el español, pero era obvio que esta chica le había cantado a él las veinte y lo había dejado callado.

Bernardino miró a todos de manera desagradable, y cada uno buscó otra vez qué hacer, y cuando ya nadie le estaba prestando atención, miró hacia la salida, por donde Sophie se había ido y suspiró.

Luego, más de un minuto después, sonrió.

—Creo que habrá que acelerar las cosas —dijo luego de haber marcado un número en su teléfono—. Ya no podemos esperar más.

—¿Estás seguro? —le preguntó una voz al otro lado—. Faltan algunos preparativos.

—No creo que eso le importe a nadie. No puedo permitir que ese par haga lo que les dé la gana, joder. La situación está a punto de salírseme de las manos.

—Mañana, ¿entonces?

—A más tardar.

Fabián se echó agua fría en la cara, aunque el agua fría de aquí no era tan terrible, que era justo lo que necesitaba ahora.

Miró su reloj. Eran las nueve de la noche.

La villa de su abuelo estaba algo retirada de la ciudad; si quería salir, tendría que hacerlo en auto, pero dudaba que le fuera tan fácil. Bernardino no le había dicho que no podía salir, pero seguro que buscaría la manera de impedirlo si lo intentaba justo ahora que ambos sabían que Sophie estaba aquí.

Se estaba muriendo, no soportaba más. Necesitaba hablar con ella, hablarle sin miedos, con la verdad. Sus palabras le habían dolido; al compararlo con los canallas de afuera, él se había sentido el peor, pero no podía reprochárselo, pues eso, justamente, era lo que estaba siendo, un canalla.

Y ya no le importaban las amenazas del viejo. Tomaría a Sophie y se irían a un recóndito pueblo del país más remoto del mundo si se hacía necesario, pero ya no estaría más tiempo separado de ella.

Abrió la puerta con cuidado, listo para salir, perfumado y con las llaves de un auto en su bolsillo. Sophie le había dado cuatro días para hablar con ella, pero él no podía esperar todo ese tiempo. Tenía que hacerlo ya.

Pero al abrir la puerta, al primero que vio fue a Bernardino, con una botella de vino en la mano y dos copas.

—A... abuelo.

—¿Piensas ir a algún lado?

—No... sólo... al bar, necesito un trago.

—Ajá —murmuró Bernardino, y le mostró la botella—. Yo traje un poco, afortunadamente —sin que lo invitaran, Bernardino atravesó el umbral de la puerta y entró a la habitación de su nieto. Fabián dejó salir el aire mirando al pasillo con melancolía.

En cuanto saliera el viejo, se prometió, y cerró la puerta.

—Entiendo que estás pasando un duro momento —dijo Bernardino sirviendo las copas de vino dándole a él la espalda. Fabián lo miró con dureza, y no hizo ningún comentario—. Dime una cosa —siguió el anciano—. ¿Por qué la amas? —Fabián lo miró confundido.

—¿En serio me estás preguntando eso?

—No sabías que era una Alvarado cuando la conociste, ¿no es así?

—Ah, ya entiendo. A mí nunca me ha importado la posición social de la gente, abuelo.

—Eso lo sé. Estuviste saliendo con la esposa de Carlos Soler antes de que ellos dos se casaran. Si hubiesen resultado las cosas entre los dos, y si yo lo hubiese permitido, serías el papá adoptivo de esos muchachos—. Fabián sonrió con desdén. Por supuesto, su abuelo estaba enterado de cada cosa que él había hecho en su vida.

—Si lo hubieses permitido —repitió en tono despectivo—. Tampoco habrías aprobado a Ana—. Bernardino sonrió y le pasó la copa.

—No. Esa chica me gusta. Me gusta su carácter, que tiene pantalones.

— ¿Cómo lo sabes? —Bernardino se encogió de hombros y le dio un trago a su copa.

—Mmm—, se saboreó—. El mejor chardonnay de nuestra mejor

cosecha—. Fabián blanqueó sus ojos ante la evasiva del anciano y volvió a mirar su reloj—. Dime una cosa, hijo —Bernardino le dio otro trago a su vino, saboreándose otra vez—. ¿No hay otra mujer a la que quieras?
 —Abuelo...
 —Contéstame con sinceridad. Tal vez lo entienda al fin. ¿Qué tiene Sophie que ninguna otra mujer en el mundo? La has elegido a ella, y yo quiero saber por qué—. Fabián suspiró, miró el vino y le dio un trago largo. Sonrió. El vino realmente era bueno, y si lo tomaba cuando a la vez pensaba en Sophie, sabía mejor.
 —Porque en medio de un vacío, en medio de una infinita oscuridad, ella fue mi luz. Mi vida era existir antes de Sophie, y al conocerla, quise hacer planes, quise pensar en el mañana. Con ella aprendí humildad y conocí la pureza; ella es bondad aun con aquellos que no lo merecen. Sophie es la mejor expresión de la poesía, porque es capaz de encontrar belleza aun en medio de las tragedias. Es capaz de sonreír aun cuando por dentro está en pedazos. Ella parece frágil, pero es la mujer más fuerte que jamás conocí; ella parece desorientada, pero nunca vi a nadie tan centrado en la vida. Me complementa, pone en orden mis pedazos y me da forma; es con esa maravillosa persona con quien quiero dormir cada noche, a quien quiero ver luego de un largo día... —Fabián frunció el ceño. De repente, su lengua estaba pesada y patosa—. ¿Qué... qué pasa? —Vio la mano borrosa de Bernardino tocar su hombro y apretárselo con gentileza.
 —¿Cuál es tu mayor deseo, hijo? —le preguntó. Fabián intentó enfocar su mirada, pero no lo consiguió. El anciano lo había drogado, debía estar en el vino.
 Oh, Dios. No. Sophie, no podría ir a ver a Sophie.
 —¿Qué es lo que más deseas? —Fabián cerró sus ojos, lleno de angustia.
 —A Sophie —contestó él—. Sophie es mi único deseo.
 Bernardino miró a su nieto caer cuan largo era en el piso. Retiró el cabello y le besó la frente.
 —Todo irá bien —le dijo—. Te lo juro por tu madre, todo irá bien.

...42...

Agustín Alvarado fue capturado por la policía cuando intentaba abordar un avión usando un pasaporte falso. Espinoza, que era quien se había encargado de este menester, había sugerido la idea de esperar a que tuviera el documento en sus manos para imputarle un cargo más, y que no tuviera escapatoria en el momento de acusarlo.

Los cargos estaban haciendo concurso, pues unos eran más graves que otros, y dado que no había pruebas aún concluyentes de su participación en la muerte de Fernando y Marcela Alvarado, sí las había en el caso de Rebeca. Sin embargo, dados los agravantes, su intento de escapar y la poca colaboración que estaba mostrando con la justicia, se le podían dar varios años de prisión. Mientras tanto, Espinoza se dedicaría a la investigación de la muerte de los padres de Sophie con la promesa de no descansar hasta tener claro lo que había sucedido con ellos.

Dora no volvió a llorar por él, o por sí misma. Aunque le dolió tener que avisarle a su hijo por teléfono lo que estaba pasando aquí, y casi entre sollozos le tuvo que admitir que había sido ella misma quien lo denunciara; las palabras de él habían borrado de un plumazo su pesar.

—Yo habría hecho lo mismo, mamá —le dijo Fernando por teléfono—. Lamentablemente, no tenía conmigo ninguna prueba. No te amo menos por meter a papá a la cárcel, por el contrario, estoy empezando a admirarte mucho. Toda la vida tuve una imagen errada de ti; ahora veo que en verdad eres valiente. Mereces vivir feliz donde y como lo elijas. Mereces, al fin, ser libre.

Tras oír eso había llorado otra vez, pero ahora, de alivio, de orgullo. Su hijo era bueno, y eso le daba una paz increíble.

Cuando le preguntó cómo le estaba yendo en Australia, él sólo había reído pidiéndole que no se preocupara por él, porque estaba perfecto. Estaba allí por la hermana de Ana, eso era obvio, y él creía que ella no sabía nada, tal vez por temor a que ella rechazara a la chica por aquello de sus orígenes y el antiguo escándalo de que habían sido objeto al descubrirse quién era su madre. Pero, en estos momentos, Dora se sentía más allá de todo eso. Todas las pesadas cadenas que desde joven le habían obligado a llevar se habían caído una a una. Y Agustín había sido la más pesada de esas cadenas.

Rebeca recibió la noticia en Italia. Estaba cenando con Carlos y

Ana en el hermoso restaurante del hotel donde estaban, esperando la llamada de Sophie donde les decía que todo estaba bien con Magliani, pero en cambio, había recibido ésta. Rebeca siguió comiendo en silencio, aunque ya su comida se sentía insípida. Su hijo en la cárcel. Oh, le dolía de verdad. Casi podía decir que había perdido a sus dos hijos.

Sintió el toque de Carlos en su hombro que la reconfortaba, y ella le sonrió.

—Tengo un par de nietos por los que valdrá la pena vivir los años que me quedan —dijo—, agradezco que te preocupes, pero estoy bien. Hubiese deseado con toda el alma que las cosas fueran diferentes entre mis dos hijos. Me he preguntado todos estos días... ¿qué hice tan mal? ¿En qué momento Agustín cambió tanto? ¿Fue mi culpa como madre? De jóvenes, ellos se amaban; eran amigos y hermanos. Erasmo nunca hizo distinciones. Yo, al contrario, era más severa con Fernando que con Agustín; le exigía más, y casi lo hago infeliz... Agustín, al ser el menor, todo lo tuvo más fácil...

—Tal vez no se trata de lo que sembraste en él, sino de su naturaleza misma —contestó Ana con voz suave—, y allí no podías intervenir, no podías hacer nada—. Rebeca asintió ante esa verdad. Respiró profundo y terminó su comida, pero minutos después, arguyó estar cansada, y la pareja la acompañó hasta la habitación comprendiendo que quería estar sola.

Luego de dejar a la anciana acostada, Carlos y Ana decidieron salir a pasear por la ciudad. Hasta ahora habían estado más bien ocupados dando con el paradero de Fabián, y esta noche por fin podían darse un disfrute. Sin embargo, Ana vio a Sophie sentada en la barra del bar del hotel, y tuvieron que cambiar de planes. Asumiendo que, si ella estaba aquí, sola, y bebiendo una copa era porque las cosas habían salido muy mal, Ana caminó hacia ella en silencio y se sentó a su lado.

—Hola —le sonrió Sophie mirándola con una sonrisa cándida, como si este no hubiese sido un día horrible.

—¿Qué pasó? —le preguntó Ana de sopetón, y Sophie suspiró.

—Fabián no vino conmigo, ya ves, y, como estoy despechada, quise embriagarme—. El hombre de la barra le llenó de nuevo la copa a Sophie, y ésta le dio un trago largo. Ana la detuvo antes de que llegara al fondo.

—¿Te has embriagado antes? —Sophie meneó la cabeza negando.

—Nunca. El vino es muy caro, y no me alcanzaba para esos vicios —como Ana la miró con preocupación, Sophie sonrió—. No me volveré alcohólica, tranquila. Es sólo que esta noche no quiero pensar en nada, y dicen que el vino ayuda a olvidar.

—Olvidas por una noche —dijo la voz de Carlos tras ella—. Y eso, si tienes suerte.

—¡Ustedes dos iban a salir! —exclamó Sophie al verlos juntos. Ella estaba divina con su vestido negro, y él llevaba un traje de lino color claro adecuado para el clima y la noche; era obvio que tenían un plan y ella se los estaba arruinando.

—No te preocupes. Vinimos aquí por ti, de todos modos.

—Vayan, vayan. Yo les prometo que no daré problemas. ¡Ya hasta le dije a los empleados que me ayudaran cuando no pudiera tenerme en pie y todo!

—¿Qué te dijo Fabián? —preguntó Ana ignorando su sugerencia. Sophie borró de inmediato su sonrisa.

—Me terminó —le contestó—. Pero déjamelo estar —añadió entrecerrando sus ojos y haciendo ademanes con sus manos—, déjamelo quieto, porque cuando vuelva a mí, le haré pagar toditicas sus embarradas—. Carlos y Ana se miraron; Sophie ya estaba ebria—. Por supuesto, lo perdonaré, pero luego me vengaré. Le haré tragarse esas palabras tan feas que me dijo hoy.

—¿Te dijo por qué terminaban?

—No. Sólo dijo cosas como que el amor no es suficiente, que yo era celosa, y más tonterías sin sentido. ¡Y luego me encontré con el abuelo! ¡A ese le dije de lo que se va a morir! —Ana frunció el ceño. Iba a preguntar algo más, pero Sophie volvió a hablar—. ¿Cuánto me falta para olvidar a Fabián? —preguntó— ¿Alguien me puede decir?

—Mucho —le informó Carlos—. Cuando pierdas la conciencia lo habrás conseguido.

— ¿Cuántas copas faltan para eso?

—Un par más.

—¿Y dejará de dolerme? —Carlos no le contestó, sólo miró a Ana entendiendo perfectamente a Sophie. Luego de unos minutos de silencio, ambos comprobaron que se había dormido sobre la barra.

—Hay que llevarla a su habitación —sugirió Ana—. y hay que hablar con Fabián.

—No creo que eso vaya a ser tan sencillo.

—¡Ella vino aquí por él y él la rechazó! Algo debe estar pasando, no creo que Fabián se haya vuelto estúpido de la noche a la mañana.

—¿Crees que conseguirás mejores respuestas que la misma Sophie? Si ni ella pudo doblegar su voluntad, mucho menos nosotros, amor—. Ana se cruzó de brazos sin querer aceptar esa verdad—. ¿Sophie? —la llamó Carlos, y ella entreabrió sus ojos—. ¿Ya olvidaste a Fabián?

—¿Fabián? ¿Who is Fabián? —y mirándose las manos con ojos bizcos—: ¿Who am I?

—La respuesta correcta —sonrió Carlos, y junto a Ana la ayudó a ponerse en pie.

Entre los dos la llevaron al ascensor y luego a su habitación. Sophie hablaba incoherencias en al menos tres idiomas, y Rebeca no se mostró nada asombrada cuando la pareja le dijo que Fabián había rechazado a Sophie. Sólo había meneado su cabeza.

—Eso sólo me dice que mañana será un gran día —dijo con ojos entrecerrados, y Ana comprendió que la anciana esperaría a la mañana para ir a hablar ella misma con Bernardino. Hasta ahora, había dejado que las cosas se hicieran al ritmo de Sophie, pero la conocía; ella no se quedaría de brazos cruzados mientras le hacían daño a su nieta adorada.

—Que tengas una buena noche, Rebeca —se despidió Ana, dejando a Sophie a su cuidado. Rebeca los despidió con un movimiento de su mano, y se quedó allí, sentada en el borde de la cama de su nieta, mirándola dormir y quejarse.

—Ya sufriste mucho en tu corta vida, hija —dijo con voz susurrante—. Te prometo que, de aquí en adelante, todo será dicha para ti.

Ana y Carlos pudieron salir del hotel al fin, pero al parecer, la noche loca que querían para los dos estaba destinada a no ser, pues a la entrada encontraron al mismo Bernardino Magliani, que bajaba del asiento de atrás de un lujoso auto y los miraba fijamente.

Carlos rodeó los hombros de su esposa con su brazo, por si a ella se le daba por ir a decirle sus verdades. Y tal vez no se había equivocado, pues ella estaba tensa, y lo miró con reproche por detenerla.

—Qué bueno que los encuentro —dijo Bernardino acercándose a ellos a paso lento y con una sonrisa que a Ana se le antojó desagradable—, porque necesito hablar con los dos.

—Y yo también tengo muchas ganas de decirle a usted un par de cosas —dijo Ana con ceño, ignorando el apretón de Carlos en su hombro.

—Nos disponíamos a salir —intervino él—, disfrutar la noche y la ciudad, señor Magliani.

—Vengan conmigo, no arruinaré demasiado su velada.

—Ya está arruinada —sentenció Ana—. Con lo que le hizo a mi amiga...

—¿Sophie está bien? —eso detuvo a Ana. Extrañamente, la pregunta por el bienestar de Sophie parecía sincera.

—No gracias a usted.

—Tampoco mi nieto está bien. Tuve que sedarlo para que no corriera aquí.

—¿Fabián quería venir? —exclamó Ana— ¿Y por qué lo detuvo?

—Porque quiero a mi nieto de vuelta, lo quiero conmigo al cien por ciento.

—¿No ha pensado que eso es imposible? ¿No se imaginó que él algún día se enamoraría y querría formar su propia familia, así como usted formó la suya?

—No me has entendido —sonrió Bernardino—. Lo quiero al cien por ciento como mi nieto. Como mi nieto —repitió—. Él es lo único que tengo.

—No lo entiendo —dijo Ana dando un paso atrás—. ¿Acaso qué...?

—Él nos explicará mientras nos invita a un buen vino —la interrumpió Carlos mirando a Bernardino con sus cejas alzadas. Bernardino les señaló la puerta del auto del que él mismo había salido.

—Por favor, vengan conmigo.

—De antemano le digo que, si algo nos sucede, hay cámaras por todo el hotel —Bernardino rio ahora por las palabras de Ana.

—Lo recordaré —dijo.

Amaneció. La habitación daba vueltas, y alguien llamaba a Fabián para que se despertara.

Sentía como si le hubieran metido la cabeza en una bolsa transparente de agua y desde allí oía y veía que lo llevaban de un lado a otro, lo metían a una bañera de agua caliente, y luego lo vestían. Lo vistieron con un smoking de tres piezas.

—¿Qué... qué está pasando? —preguntó él sumamente confundido, y la voz de una mujer contestó:

—Es su boda, señorito—. Fabián sacudió su cabeza como si tratara de aclararla, pero eso sólo empeoró las cosas. La mujer había hablado en italiano, y aunque dominaba el idioma, seguro que había oído mal.

Ahora recordó que su abuelo le había hablado de la boda de un amigo que estaba próxima, y para eso había mandado hacer varios trajes. No recordaba que era hoy. Le dolía la cabeza. Era incapaz de enfocar su mirada demasiado tiempo en algo. Estaba aturdido, como si anoche hubiese tenido la mamá de las borracheras, pero ahora mismo no recordaba haberse puesto a beber, ni si tenía una razón para eso. Sintiendo que si se movía demasiado vomitaría, se dejó vestir por el personal de la casa.

Sophie despertó gracias a la luz dorada que entraba por la ventana. La cabeza le dolía terriblemente, la luz le martilleaba los ojos como puntillas despiadadas sobre sus desnudas pupilas.

—Buenos días —saludó la voz de Ana, y Sophie se sentó lentamente. ¿Qué había pasado? ¿Por qué le dolía tanto, tanto la cabeza?

—Me siento horrible —dijo en un susurro. Ana tuvo la osadía de reírse, pero su risa fue en su cabeza como el ruido que hace el cristal al ser rallado. Se cubrió los oídos.

—Bebe esto —le dijo Ana poniéndole un vaso con una bebida verde y espesa de dudoso aroma—. Te quitará el guayabo en menos de nada.

—Guayabo —repitió Sophie.

—Resaca, cruda, mona… —Sophie recibió el vaso, y cuando lo puso en sus labios, dudó en tomarlo. Sin embargo, Ana la instó a que lo bebiera casi al fondo.

Sophie sintió que vomitaría en este instante, pero terminó el vaso y se lo pasó casi vacío a Ana, para volver a recostarse en la cama.

—¿Qué quieres hacer hoy? —le preguntó Ana—. Nuestro viaje de vuelta a Colombia está previsto para dentro de tres días, y Verona es la ciudad de Romeo y Julieta. Hay muchos sitios que visitar—. Sophie guardó silencio. Temía ser grosera si le contestaba que nada de eso le interesaba, que lo que quería era quedarse aquí, por si llegaba Fabián.

Los ojos se le humedecieron al recordarlo, y los cerró respirando hondamente. No iba a llorar, y quedarse aquí sería muy mártir de su parte.

—Sí. Debería salir. Quiero… quiero pasear… y comprarme ropa —Ana sonrió ampliamente.

—Hay muchas tiendas exclusivas. Jakob no tiene nada que hacer frente a las marcas que encontrarás aquí—. Sophie sonrió apenas, pero luego hizo una mueca.

—¿Y si Fabián viene a buscarme?

—Te esperará a que regreses de tus compras. O podemos dejar dicho en la recepción en qué zona de la ciudad estaremos... y, además, trajiste tu teléfono, y él aún te puede contactar, o a mí, a través de las redes.

—Sí. Tienes razón.

—Vamos, levanta ese ánimo. Ya verás cómo, luego de distraerte un poco, verás la vida con optimismo—. Sophie asintió y al fin salió de la cama, sintiéndose mucho mejor tal vez por la bebida verde de Ana.

—¿Dónde está mi abuela? —Ana hizo una mueca.

—Salió temprano.

—Ay, madre. ¿Y si fue a insultar a Bernardino Magliani?

—Pues él se lo habrá merecido—. Sophie miró a Ana un poco preocupada. Su abuela no podía tener disgustos, ni sobresaltos. ¿Y si ese viejo la hacía enfadar? Con lo difícil que era sacarle la chispa a su abuela...

Tomó el teléfono y la llamó de inmediato, pero Rebeca se mostró tranquila, simplemente le dijo que estaba tomando un desayuno con una vieja amiga residente aquí y se le había ido el tiempo.

—¿Por qué no me pediste que te acompañara? —le reprochó Sophie.

—Tú estabas durmiendo luego de esa borrachera de anoche. No quise molestarte—. Sophie, sonrojada, no volvió a reprocharle más nada, así que simplemente se decidió a caminar por ahí con Ana.

—¿Y Carlos? —le preguntó, ella sólo se encogió de hombros.

—Me dijo que me tomara la mañana contigo—. Sophie suspiró. No volvería a emborracharse, jamás. No sólo se sentía horrible físicamente, sino que, alrededor, todos empezaban a tratarla como si necesitara atención especial, y no le gustaba.

Luego de darse una ducha que le aclaró un poco más las ideas, salió al fin a gastar un poco de dinero, según dijo Ana. La idea la hubiese entusiasmado mucho más en otro momento, pero ahora tenía su pensamiento perdido en unos ojos verdes que no querían mirarla, y un teléfono que no sonaba.

Fabián salió del auto en el que lo habían traído desde la villa sintiendo náuseas. Tuvo que doblarse y apoyar sus manos en sus rodillas para que el aire entrara al fin a sus pulmones, y lo que fuera que quería salir de su estómago se quedara ahí.

—Ya estás aquí —dijo la voz de su abuelo. Fabián elevó su mirada a él.

—Tú, viejo miserable —le contestó con voz amenazadora—. En cuanto me sienta bien...
—Qué. ¿Escaparás, así como lo intentaste anoche?
—Déjame ir —le pidió—. Déjame ir, o cada día, cada noche de mi vida intentaré huir tal como anoche—. Bernardino hizo una mueca.
—Seguro. Por ahora, entra a la iglesia—. Fabián miró hacia donde su abuelo le señalaba. Estaba frente a una parroquia construida en piedra quizá en el año de la peste negra, o siglos antes, tal vez. Vieja, imponente, y...
—¿Es la boda de algún amigo tuyo, o venimos a confesar nuestros pecados? —Bernardino se echó a reír.
—Es la boda de alguien cercano—. Fabián se miró a sí mismo, dándose cuenta que estaba vestido para la ocasión con un smoking negro, uno de los trajes que había mandado a hacer los últimos días.

Entraron a la iglesia, fría y vacía, y juntos se sentaron en una de las bancas traseras. Fabián miró en derredor los vitrales de colores con las imágenes que hacían referencia a figuras espirituales. No pensó en nada más que en su deseo de tomarse un café negro, fuerte y amargo para quitarse de encima este embotamiento que sentía gracias a la droga que le puso su abuelo en el vino. Lo miró de reojo mientras él se hacía la señal de la cruz mirando hacia el altar.

—¿Seguro que es aquí? —preguntó Fabián, dándose cuenta de que la iglesia estaba desprovista de decoración.
—Sí, seguro.
—¿No deberían estar aquí ya los invitados, o, por lo menos, el novio? —Bernardino sonrió de medio lado.
—El novio eres tú—. Fabián giró su cabeza lentamente, como si fuese un muñeco de cuerda, para mirar a su abuelo. Cerró sus ojos y sacudió muy levemente su cabeza esperando haber escuchado mal.
—¿Qué?
—Hoy te casarás con una mujer de mi elección. Preciosa, de excelente familia, y genética más que aceptable. Además, es mucho más adecuada para ti que cualquier novia que hayas tenido antes—. Al oír aquello, Fabián sintió que de repente todo el embotamiento de su cabeza se iba.

Respiró hondo varias veces, mirando fijamente a su abuelo, y abrió las manos que, sin darse cuenta, había empuñado.
—Viendo que te gustan rubias —siguió Bernardino—, ésta también lo es... —el anciano siguió describiéndole a su supuesta novia, y Fabián no pudo más que sonreír agitando su cabeza.

445

—Te volviste loco —dijo al fin.

—Te quiero, hijo —dijo Bernardino, lo que prácticamente dejó en shock a Fabián—. Sólo quiero lo mejor para ti.

—Seguro —Fabián se puso en pie y salió al pasillo central de la iglesia.

—¿A dónde vas?

—A la mierda —dijo—. No voy a ser tu títere—. Bernardino no contestó a eso, y Fabián avanzó hacia la salida, pero entonces allí vio a dos mujeres que entraban cargadas de bolsas de compras. Una de ellas era Sophie.

Ella, al verlo, abrió grandes sus ojos por la sorpresa. De todo se había esperado, menos verlo a él aquí. Estaba vestido con un elegante smoking, y la miraba como si fuese un fantasma.

—¿Qué haces... aquí? —preguntó Sophie mirándolo de arriba abajo. Fabián miró atrás, buscando a su abuelo, y suponiendo que tenía poco tiempo, se dio prisa para llegar a ella y tomarle la mano.

—Tenemos que irnos de aquí —le dijo.

—¿Qué está pasando? —le preguntó, pero él no contestó, sólo caminaba con ella hacia la salida de la iglesia—. ¡Qué pasa! —preguntó Sophie otra vez, y él la miró al fin. Apretó sus dientes y volvió a abrazarla.

—Se volvió loco —fue lo que le contestó Fabián—. Mi abuelo se volvió loco, quiere... Pero no, no se lo voy a permitir. Tenemos que irnos de aquí—. Ella no dijo nada más, sólo lo siguió sin mirar atrás.

—Dije que te casarías con alguien que yo aprobara —tronó la voz de Bernardino, y en ese momento, Sophie y Fabián, tomados de la mano, lo miraron con una auténtica mirada de desprecio.

—Intenta arrancarlo de mi lado —dijo ella entre dientes—, y pasarás lo que te queda de vida averiguando dónde estamos—. Bernardino la miró ceñudo, y cuando abrió su boca para decir algo más, se escucharon tres golpes claros y fuertes que resonaron en la vacía iglesia.

—¡¡Estamos en la iglesia, joder!! —dijo la fuerte voz de Rebeca, que había golpeado el suelo con su bastón, y nadie pensó en que esa petición era contradictoria al decir palabrotas—. ¡Un poco de respeto! Tú, anciano, deja a los chicos en paz ya. Has probado tu punto, obtuviste tus respuestas. ¡Por Dios, deja ya el teatro! —Fabián frunció el ceño mirando a Rebeca. ¿"El teatro"? La sonrisa de Ana le llamó la atención, ella parecía muy divertida.

Rodeó la cintura de Sophie como si temiera que se la arrebatasen en cualquier momento. Pero las miradas de todos lo estaban confundiendo.

—¿Qué está pasando? —preguntó Sophie—. Alguien me quiere explicar de una buena vez qué es todo esto? —miró a Rebeca con un poco de severidad, y esta meneó la cabeza.

—Hay una razón de peso para todo esto.

—Eso espero, o les juro que...

—Estaban pasando cosas muy delicadas en Colombia. Y además, Bernardino no te aprobaba.

—Eso ya lo sé.

—Y he tenido que demostrarle que eres más que perfecta para ser la esposa de cualquiera, o de ninguno, si no te da la gana de casarte.

—No... no entiendo. ¿Qué...?

—Estoy harto de esto —la interrumpió Fabián—. Estoy harto de los dos, de que intenten manipularnos. Vámonos, Sophie.

—Por favor, déjanos explicarte —le pidió Rebeca, y Fabián miró de reojo a su abuelo, que permanecía en silencio—. Sólo permite que ese anciano, terco como una mula, te dé sus razones—. Fabián miró a Sophie, pero ella parecía querer escuchar esas razones, y sólo por eso, asintió.

—Bien. Tienen cinco minutos—. Les dijo, y Rebeca asintió buscando donde sentarse.

Fabián y Sophie se giraron hacia Bernardino, que hizo una mueca como si hubiese sido hallado en falta.

...43...

—¿Qué es lo que pasó en verdad? ¿A qué teatro se refieren? Abuela, ¿Tuviste algo que ver con esto? —preguntó Sophie mirando a su abuela con el ceño fruncido.

Sophie y Fabián seguían tomados de las manos, tan juntos que parecían dispuestos a cosérselas con tal de no ser separados otra vez. Ante la pregunta de su nieta, Rebeca sólo se alzó de hombros.

—¿Crees que este viejo instigó todo él solo? —Sophie entrecerró sus ojos, y Rebeca suspiró.

Entre los dos ancianos, les contaron todo lo que habían tenido que hacer las últimas semanas. Cómo, desde que Rebeca despertara de su coma, se habían puesto de acuerdo en todo. Rebeca contó que había sido Judith la primera en enterarse de que estaba despierta, y quien le contó todo lo que estaba ocurriendo con su nieta; juntas, habían ideado un plan: el estado de salud de Rebeca sería mantenido en silencio, así Agustín se confiaría, y dejarían un flanco desprotegido, el flanco que ellas atacarían.

De modo que Rebeca buscó a Bernardino, quien, sabía, sería un importantísimo aliado, y le había pedido que la ayudara. Éste aceptó con ciertas condiciones. Sophie no lo convencía del todo; y a pesar de que su nieto parecía muy enamorado, si ella no era la adecuada, él podía algún día conocer a otra; ninguna de las dos mujeres se mostró de acuerdo en esto, pero era su condición para ayudar, y las dos tuvieron que aceptar.

También, cuando Rebeca pudo fiarse de Fernando, cuando comprobó que le era totalmente leal a ella y a Sophie, lo reclutó, y fue él quien captó la ayuda de Ismael. Habían tenido que darle dinero para que colaborara, pero su testimonio había terminado de hundir a Agustín.

Luego, Bernardino esperó la petición de ayuda de Fabián y movió sus hilos, y Rebeca, desde el hospital, movió los suyos: contactó con su gente de confianza que aún trabajaba bajo sus órdenes en sus empresas, a pesar de tener a Agustín como líder, y que aún le eran leales. Fueron ellos los que se infiltraron entre el personal de Agustín y descubrieron gran parte de las pruebas que se necesitaban contra él en el caso de su envenenamiento, y que al final, los habían alertado de un posible plan en contra de Fabián, quien era el que estaba haciendo mayor fuerza contra él, y había sido catalogado como el principal enemigo.

Al oírlo, Sophie tragó saliva y sintió cómo se le encogía el estómago del miedo, y lo que hizo fue apretar aún más su mano en la suya. Él había estado en peligro de muerte, y ninguno de los dos estuvo enterado.

—Agustín planeaba deshacerse de Fabián —dijo Rebeca—. Mi hijo ya había perdido todos los escrúpulos... No le importaba quitar de en medio a una persona más con tal de conseguir lo que quería.

—Como comprenderás —le explicó Bernardino ahora a Fabián— no era algo que podía permitir, y tan sólo por la sospecha, te saqué del país—. Fabián apretó sus dientes mirando a su abuelo, recordando la urgencia de él para realizar el viaje a Italia. Se habían venido en un jet privado, ya que no habían podido contar con vuelos comerciales tan pronto, y en ese momento, él sólo había pensado que se trataba de su afán de separarlo de Sophie—. Es claro que me aproveché de la ocasión para probar el temple de tu novia. Hasta el momento, yo sólo veía en ella a un ratoncillo aterrorizado, que se escondía tras el poder de sus amigos para que la apoyaran o salvaran. No podía, por ningún motivo, ser alguien que luego contaría con tanto poder. No podía ser una Magliani.

—¿Y ahora no le parezco un ratoncillo aterrorizado? —preguntó Sophie, como si le hubiese ofendido la comparación. Bernardino sonrió.

—No. Si eres capaz de enfrentarte a mí, es que no eres cobarde.

—Teníamos que llegar a esta situación para que dieras tu brazo a torcer —masculló Fabián. Bernardino hizo una mueca.

—No siento que haya dado mi brazo a torcer. Ella me ha demostrado tener carácter. Estoy haciendo esto con gusto.

—Me lo hubiese dicho antes —soltó Sophie con rencor—, y yo le habría dicho sus verdades la primera vez que Fabián me llevó a su casa. Pero la gente siempre confunde la buena educación y el respeto con la cobardía. ¿Con qué gente está acostumbrado a tratar, señor Magliani? —increíblemente, el anciano no se molestó por sus palabras, sólo siguió sonriendo.

—Ahora me recuerdas un poco a Juana.

—Es un viejo idiota —dijo Rebeca con desparpajo—. Le dije que mi nieta lo dejaría callado. Me alegra tanto que sea así.

—Si tan segura estabas de mí, ¿porque no me dijiste nada de esto? Has permitido que nos hagan daño, y ahora dices que estás orgullosa de mí. Perdóname si no te creo mucho ahora—. Rebeca la miró en silencio, y todos en la iglesia contuvieron la respiración, pero Rebeca sólo bajó la mirada.

—Lo siento —dijo, y Bernardino y Fabián miraron a ambas mujeres asombrados. Seguro que muy pocas personas en el mundo había escuchado ese par de palabras salir de la boca de esta mujer—. Tuve que dejar que Bernardino te probara.

—¿También a ti te parecía un ratoncillo asustado?

—Nadie que haya enfrentado el hambre, la pobreza, la desprotección y la soledad tal como tú, y que no sólo lo haya aguantado, sino que además haya salido adelante, debería ser llamado así. Pero mi seguridad en ti no bastaba. Soy tu abuela y te veo a través de unos ojos muy favorecedores.

—Ya no seremos más un obstáculo —prometió Bernardino, y en el momento, varias personas entraron por la puerta de la iglesia. Sophie y Fabián vieron asombrados a Juan José y Ángela, con su bebé en brazos. A Eloísa y Mateo, también con un bebé recién nacido, a Carlos, Judith y a Paula.

—¿Qué hacen aquí? —preguntó Fabián. Ellos le sonreían, las mujeres se acercaron a Sophie para abrazarla y darle un beso en la mejilla y ella aprovechó la ocasión para conocer a Juan Diego y hacerle mimos a la preciosa Eliana. Fue Juan José el que contestó con su naturalidad de siempre.

—A mí me dijeron que sería el padrino.

—¿De qué hablan?

—Hemos decidido que se casarán hoy —contestó Bernardino—. Tenemos todo preparado. Has dicho que la quieres, que no deseas a ninguna otra mujer en el mundo. Apruebo a Sophie y esta es mi demostración.

Como una última invitada, llegó Juana, y ni siquiera en ese momento Fabián soltó la mano de Sophie, sino que fue con ella hasta su abuela y la abrazó fuertemente.

Juana lo miró y revisó de pies a cabeza con una sonrisa, preguntando por su bienestar y salud, dándole un beso a Sophie. Ésta última miró en derredor a sus amigos. Sólo faltaría su tía Martha y Fernando y ya todos estarían reunidos.

—¿Aceptarás? —le preguntó Juana con una cálida sonrisa—. ¿Te casarás aquí y ahora?

—No tengo… vestido —contestó ella en tono dubitativo. Fabián se alejó un poco con Sophie para hablarle en privado.

—¿Quieres esto? —le preguntó—. Yo mantengo mi palabra; me casaré contigo aquí o en cualquier lugar del mundo, pero…

—No podemos permitir que ellos tomen las decisiones más importantes de nuestras vidas —lo atajó Sophie muy seria—. Si los dejamos hacer esto, los tendremos en nuestra habitación dándote instrucciones para hacerme un hijo—. Fabián se echó a reír. Ella tenía toda la razón.

Había que sentar un precedente, y si aceptaban esto, no sería muy bueno ni saludable para su futuro, por más que lo hicieran con buena intención.

Fabián miró a sus amigos y a las esposas de éstos. Ana lo miraba con una pregunta en sus ojos. Ellos estaban vestidos para la ocasión, y sólo era que ellos dijeran sí, para tomar sus lugares en la iglesia...

—Necesito un café —dijo Fabián de repente, y dio unos pasos atrás con Sophie aún de la mano—. Lo sentimos... Vi una cafetería cerca.

—Yo estoy cansada, quiero sentarme un poco.

—Pero... ¡todo está listo! —protestó Bernardino—. Vendrá un obispo a casarlos, sólo es que Sophie se ponga su vestido y...

—¿Te atreviste a elegir mi vestido?

—Nos casaremos —prometió Fabián—, pero cuando y como queramos. Sophie elegirá su vestido y la iglesia, si quiere hacerlo por la iglesia.

—Por supuesto que será por la iglesia.

—Lo decidirá ella —repitió Fabián con voz más firme.

—Pero tus amigos están aquí —insistió Bernardino, señalándolos como si fueran su último recurso. Fabián los miró; Juan José seguía sonriendo, y Mateo rodeaba los hombros de su esposa con su habitual expresión tranquila.

—Haz lo que te dé la gana —le dijo Mateo—. Vive en unión libre si te place. Nadie tiene derecho a mandar sobre ti en ese aspecto.

—Yo me casé dos veces y con la misma mujer —añadió Juan José encogiéndose de hombros—. Tú, haz como te plazca. ¿Quiénes somos nosotros para reprocharte?

—Yo te agradezco —sonrió Eloísa—. Me han traído a Italia y gratis.

—Escuché que aquí tienen las mejores tiendas de ropa — comentó Ángela, y Eloísa asintió.

—Más tarde vamos de compras.

—Ya yo fui —dijo Ana acercándose a su marido—. Amor —le dijo mirándolo a los ojos— ¿Me llevas a Venecia?

—Al cielo, si quieres, mi vida.

—Entonces... —le dijo Fabián a Sophie mirándola con expectativa, y ella, sonriendo, se empinó y besó sus labios.

—Vámonos de aquí.

—¡Hey! —protestó Bernardino, llamándolos—. ¿Creen que traer

a toda esta gente desde Colombia en tiempo récord es barato? —Ni Fabián ni Sophie le prestaron atención, sólo dieron la vuelta y salieron de la iglesia.

—Te lo advertí —suspiró Juana acercándose a su marido—. Te dije que no era buena idea.

—Pero les estoy poniendo el futuro en bandeja de plata.

—Ellos no quieren tu futuro —contestó Rebeca caminando también a la salida, buscando la compañía de Judith, que había observado la escena con una sonrisa.

—¿No piensas decirle nada a tu nieta?

—No —contestó Rebeca—. Ella ya está grandecita para decidir por sí misma qué quiere. Te aconsejo que no interfieras más en sus vidas.

Fabián y Sophie subieron a un taxi riendo aún. Sentían como que escapaban del colegio para ir a darse besos en el bosque, o algo parecido. Una vez en el asiento trasero, él le tomó el rostro y le dio un beso profundo, uno que hacía rato no se daban, un beso que decía "te extrañé", y "te amo".

—Qué horrible es estar sin ti —le dijo—. Jodido, muy jodido —riendo por su escaso romanticismo, Sophie le indicó al taxista para que los llevara a su hotel. Él la miró con expectativa. ¡Hacía tantas semanas que no estaban juntos!

—Pienso recoger mis cosas y luego, irnos a donde nos apetezca.

—Yo tendré que sobrevivir sin cosas —sonrió él—. No pienso volver a la villa. El abuelo es capaz de secuestrarnos para casarnos a la fuerza—. Ella rio por la manera en que las cosas habían cambiado.

Se detuvieron para comprar un desayuno rápido para Fabián, quien no había comido nada desde el día anterior, y siguieron su camino. Llegaron a un pequeño hotel de las afueras de la ciudad. Nada de lujos, ni de estrellas. Se presentaron como los señores Magliani, y casi corrieron a la habitación a desnudarse, a reencontrarse, a amarse.

No fue algo delicado y lento como tal vez ella había fantaseado en sus noches de soledad, no; al contrario, fue algo urgido y desesperado, con mordiscos y botones que salieron volando, y cuando al fin él estuvo dentro de ella, soltaron al tiempo un suspiro de dicha y excitación. Y ese instante también fue rápido, porque de inmediato él empezó a moverse dentro de ella.

—No me vuelvas a dejar —le reprochaba ella entre besos, uno que otro arañazo y mordiscos—. Por ninguna razón.

Tu Deseo

Él dijo algo que podía interpretarse como que no lo haría, pero su mente estaba ya en otra dimensión. No se había dado cuenta cuánta tensión había acumulado, y por fin explotó dentro de ella, dentro de su mujer, llevándola lo más rápido posible a un enorme y delicioso orgasmo.

Cuando se hubieron quedado quietos, ella no pudo menos que echarse a reír. No estaba desnuda del todo, ni él, así que se movió para terminar la labor. A Sophie le encantaba ver el cuerpo desnudo de Fabián, tan grande, tan hermoso. Mientras él permanecía boca arriba, Sophie se encargó de retirar de su cuerpo cada prenda hasta tenerlo completamente desnudo ante sus avariciosos ojos.

—Estás un poco delgado —le dijo, y él suspiró.

—También tú.

—La comida de la cárcel no es cinco estrellas, ya sabes —Fabián tragó saliva ante sus palabras.

—Hubiese querido estar allí para ti. Lo siento tanto, Sophie.

—¿Qué te dijo el abuelo para convencerte? —él hizo una mueca.

—No fue tanto lo que dijo. Yo lo vi sacarte de la cárcel con sólo hacer una llamada. Si yo no le hacía caso, nada le impediría retrasar el juicio, y entonces tú habrías tenido que ser trasladada a un patio con otras presas, y allí... tú habrías podido ser atacada.

—Pero todo eso sólo eran...

—Suposiciones, tal vez —completó él—, pero tratándose de Agustín, había que aplicar la ley que dice que todo lo que pueda pasar, pasará. No quise arriesgarte. El abuelo al principio me dijo que sería sólo por dos semanas, y que debía prometerle que no te llamaría. Hasta me quitó el teléfono. Pero luego fue que me aclaró que no pensaba permitir que volviera contigo. Confieso que temí por ti y obedecí... lo siento.

—No te estoy acusando por eso —dijo ella inclinando su cabeza y besando uno de los pezones de Fabián—. Tal vez, yo habría hecho lo mismo por ti.

—Pero me ardió hasta lo profundo del alma —siguió él con sus ojos cerrados—. Cada día fue espantoso... No sé si lo volvería a hacer; si viendo en peligro tu vida, vuelva a protegerte de esa manera... Ruego porque no sea así, porque no te imaginas el infierno que viví.

—Si fue la mitad de malo del que viví yo... Sin saber los porqués, una mujer es capaz de invocar mil malos pensamientos por segundo. Hasta llegué a pensar que habías conocido a otra.

—Qué tontería es esa —la reprendió él ceñudo. Sophie se echó a

453

reír—. He aprendido mi lección —siguió Fabián incorporándose en la cama y mirándola con ojos otra vez llenos de deseo, demorando sus ojos en la curva de sus senos y la blancura de su piel—. Sin ti, la vida es un suplicio—. Le dio un beso en los labios, y poco a poco, volvió a ponerla de espaldas sobre el colchón, besó la piel de su cuello y fue bajando con delicadeza—. Las noches, una tortura —siguió con voz más baja y cálida—. Las mañanas, físico dolor —ella se echó a reír.

—Sí, puedo imaginármelo—. Fabián volvió a ubicarse sobre ella, y Sophie abrió sus muslos para recibirlo más que dispuesta.

Él se ocupó de quitarle también la última prenda hasta que la tuvo completamente desnuda y la besó, acarició y apretó con suavidad y ternura. La primera urgencia ya había pasado; el reencuentro, el ansia, la pasión descontrolada. Ahora volvía la contemplación y el deseo, la admiración del uno por el otro, la belleza del amor.

—Lo hicieron —se quejó Bernardino en la sala de su villa. Los amigos de Fabián, que él había traído para que celebraran la boda de su nieto, se habían ido todos a diferentes lugares de la ciudad o del país para disfrutar, y él estaba aquí, solo, con una cena preparada para los supuestos invitados. Y Juana lo seguía mirando con un "te lo dije" muy regocijado en sus ojos—. Ese par de desconsiderados...

—Lo hiciste sin su consentimiento. Fabián tiene tu carácter, así que ponte en su lugar. ¿Te habría gustado que tu padre fuera el que decidiera cómo y cuándo te casarías conmigo?

—¡Claro que no!, ¡pero habría obedecido!

—No te mientas a ti mismo —contestó ella echándole malos ojos. De inmediato, él se sentó a su lado.

—¿Sigues molesta conmigo por esto? —ella suspiró, y al cabo de unos segundos donde él no dejó de mirarla con angustia, volvió a sonreír.

—Ya tuviste tu pago. Espero esto haya sido más que suficiente para que, de aquí en adelante, dejes a los chicos hacer las cosas a su manera—. Bernardino asintió muy obediente, y Juana se echó a reír. Su esposo suspiró y apoyó su cabeza en su hombro.

—Ojalá la deje embarazada esta noche —dijo, y Juana no pudo menos que soltar un resoplido muy poco femenino.

Dora se detuvo en el pasillo de la comisaría donde Agustín estaba retenido. No olía bien aquí, pero procuró con todas sus fuerzas aguantarse las ganas de arrugar la nariz. Encontró a su marido sentado en su catre, con los pies subidos a la horrible colchoneta y mirando al techo. Al darse cuenta de quién era, caminó hasta la reja.

—Qué bien que estás aquí —dijo—. Sabía que vendrías —Dora no dijo nada, sólo tragó saliva observando a su esposo, que tenía la barba crecida y el cabello engrasado y despeinado. Su ropa estaba arrugada, y él mismo necesitaba agua y jabón—. Quiero que busques a Edinson Rodríguez y le entregues cuatro mil dólares. Es un amigo que...

—¿Quieres que le entregue dinero a tu amante? —preguntó Dora sin podérselo creer. Él, como siempre, sólo se alegraba de verla porque la veía como un monedero, otra vez.

Al escucharla, Agustín se quedó en silencio. Dora respiró profundo, aunque eso sólo renovó su asco por el lugar, por Agustín, y por todo en general.

— ¿De qué hablas? —preguntó él.

—Lo sé todo. Todo este tiempo... odiaste estar conmigo porque en realidad, eres homosexual. Ese tal Edinson es tu amante, compartes con él desde hace casi diez años. Lo mantienes, le das todo.

—¿Cómo...?

—Investigando —contestó ella a su pregunta no formulada—. Lo que no logro entender es... ¿por qué? Vivimos en un mundo que cada vez juzga menos a los de tu orientación sexual. Si hubieses sido sincero...

—Si hubiese sido sincero —la interrumpió él, mostrándose, por una vez, como verdaderamente era—, mi madre me habría quitado hasta el apellido. ¿Crees que nunca lo pensé?

— ¿Y te pareció menos malo elegir a una mujer para hacerle la vida un infierno tal como lo hiciste conmigo?

—¡Mi idea era escapar de casa! —gritó Agustín—, irme del país, no dar cuenta de mi vida. ¡Pero no! ¡no pude y fue culpa de Fernando! Mamá lo desheredó y toda la responsabilidad cayó sobre mí, y, por ende, tenía que casarme, tener familia, ¡ser un modelo de hombre! Y luego, cuando ya lo había sacrificado todo, cuando ya había perdido toda oportunidad, mamá se arrepintió. ¿Te parece que podía soportar algo así? ¿Te parece que debía pasarlo por alto?

—Oh, Dios mío, ¡entonces es verdad! —exclamó Dora dando un paso atrás y cubriéndose los labios—. Tú asesinaste a tu hermano.

—¡Tuve que hacerlo! Yo lo había perdido todo por su culpa; no creí que debiera pasar por lo mismo dos veces.

—¡Te hubieras divorciado de mí, no importando la edad de

Fernando! Ninguno de los dos habría sido tan desdichado, ¡pero elegiste el camino más largo, el más miserable, el más egoísta! — Agustín la miró apretando sus dientes, tal vez un poco sorprendido porque su mujer lo estaba gritando, y, también, porque lo que ella estaba diciendo era cierto—. Debiste, más bien, estar feliz porque tu hermano volvería, te olvidarías de todas tus miserias, volverías a tu vida como la deseaste antes. Yo habría llorado un poco, pero lo habría superado. Y si hubieses confiado en mí, hasta te habría perdonado, ¡pero todo lo hiciste al revés, todo lo hiciste mal, y yo desperdicié mi vida, y tú desperdiciarás lo que queda de la tuya!

—Y ahora pagará —dijo Espinoza saliendo de las sombras con una grabadora de voz en su mano. Agustín lo miró con ojos grandes de miedo y asombro.

—¿Grabaste… lo que dije? Eso no podrá ser usado en la corte.

—¿De verdad lo crees? ¿Acaso los jueces no se pueden comprar?

—Maldito desgraciado.

—Recogerás lo que sembraste —dijo Dora, aunque sus ojos estaban humedecidos—. Tu madre ya lo sabe todo…

—¿Mamá?

—Está muy viva y muy sana; ahora mismo, está en Italia celebrando la boda entre Sophie y Fabián, que están muy bien—. Agustín empuñó los barrotes de hierro con fuerza como si deseara reventarlos con su propia fuerza.

—Dado que el cargo por lo que hiciste contra tu madre no te da los suficientes años de cárcel que quisiéramos, hemos tenido que grabar tu voz diciendo que asesinaste a tu propio hermano. No esperábamos una confesión de este calibre, pero mira tú; tú solo nos la diste.

—Malditos… —masculló Agustín.

—Con esto —siguió Espinoza—, tendrás, cuando menos, cincuenta años de prisión.

—¡Malditos! —gritó Agustín con toda su garganta.

—También, estamos investigando la muerte de Andrea Domínguez, con quien tenías nexos, y a quien fuiste a visitar la noche de su muerte.

—¿Qué? ¡No! ¡No tengo nada que ver con eso! Si esa perra está muerta, es porque se lo buscó solita, juro que no tengo nada que ver.

—Bueno, como ya has podido comprobar —dijo Dora con voz firme—, todo sale a la luz, y no hay secreto que pueda guardarse eternamente. Yo sólo vine aquí a anunciarte que me divorciaré de ti; ya impuse la demanda y, firmes o no, la ley está de mi lado. Por favor,

ni te molestes en negarte.
—Sólo provocarás un escándalo más. La familia ya ha tenido suficientes.
—Hipócrita —soltó Dora entre dientes—. No te atrevas a decir que te preocupa el bienestar de la familia. Y el escándalo no nos importa; lo estamos tomando como la quimioterapia que se necesitaba para erradicar el cáncer que nos estaba acabando: tú—. Dora dio la media vuelta, tropezando un poco con la sonrisa de Espinoza, que le ofreció el hueco de su brazo para servirle de apoyo mientras salían. Agustín sólo logró guardar silencio por un par de segundos, en los que, tal vez, le calaron las palabras de Dora. No era agradable, de todos modos, oír que eras un cáncer para los que te rodeaban. Pero pasados esos instantes, siguió vociferando que se vengaría, y que ella pagaría por traicionarlo.

La semana santa terminó, y ya todos los que se habían ido del país, con excepción de Sophie y Fabián, estaban de vuelta. Incluso Fernando.
Paula lo vio bajarse de un taxi con una pequeña maleta y casi corrió a él para preguntarle cómo le había ido y qué había de su hermana, pero la mirada de él fue cortante, y luego de decir sólo "bien", la dejó allí sola, a la entrada de la casa de su abuela.
Sin rendirse, Paula fue detrás.
—¿Qué pasó? —le preguntó. Había venido a esta casa por un encargo de Judith, y no se sentía muy familiarizada con los espacios, pero lo siguió hasta el segundo piso. Fernando se giró, y su actitud casi la asustó.
—Nada que te incumba —le dijo—. No eres nadie para que tenga que contarte nada. Si tanto te interesa, llama a tu hermanita y pregúntale. Tampoco creo que te lo cuente, y si lo hace, no me interesa, así que, déjame en paz—. Él volvió a girarse y entró en una habitación cerrando de golpe la puerta. Paula se quedó en el pasillo en silencio y sorprendida, pero siguió insistiendo.
—Mi hermana a veces es algo tonta —dijo a través de la puerta—, pero no es mala. Si te hizo daño… —de la habitación empezó a salir música de alto volumen, lo que era en sí un claro mensaje—. ¡Fernando! —volvió a llamar ella, pero no obtuvo respuesta.
De inmediato, tomó su teléfono y llamó a Silvia.
—¿Qué le hiciste a Fernando? —le preguntó en cuanto su hermana contestó. Silvia guardó silencio por unos instantes, tras los cuales, dijo:

—¿Por qué lo dices?
—Dios, Sil... qué le hiciste. Ese hombre llegó aquí furioso, molesto... destruido.
—Destruido... Estás exagerando. No pasó nada tan grave como para que esté... "destruido".
—¿No me contarás?
—No debe estar molesto ni furioso. Vino por algo y lo obtuvo, así que, por el contrario, debería estar contento.
—Oh, Dios mío. Te acostaste con él.
—Paula, te estás metiendo en mi privacidad.
—Pero él está enamorado de ti.
—Eso es una estupidez, ese idiota no es capaz de enamorarse de nadie.
—¿Pero tú qué sabes?
—¡Lo sé! Y no te pongas de abogada del diablo. Eres mi hermana. Reclamo tu apoyo de este lado.
—No lo sé. Fernando me dejó preocupada.
—Deberías estar preocupada por mí. Perdí muchísimo tiempo por la visita de ese idiota. Ahora estoy alcanzada en compromisos de la universidad, así que te dejo; tengo mucho trabajo acumulado—. Silvia cortó la llamada, y Paula se quedó allí, en medio del pasillo, mirando su teléfono, y luego a la puerta de Fernando.

Ese par de tontos se habían complicado la vida sin necesidad ni obligación. Había que ver lo estúpidos que éramos a veces los seres humanos.

Y luego pensó que su hermana había llamado dos veces idiota a Fernando en menos de un minuto.

...44...

Sophie y Fabián regresaron a Colombia dos semanas después. Habían vivido una especie de luna de miel adelantadas, y a pesar de que Sophie oficialmente vivía con su abuela en la casa Alvarado, pasaba casi todas las noches en el apartamento de su novio. Un buen día, simplemente decidieron hacerlo oficial, y anunciaron la fecha de la boda.

Para entonces, ya Ana sabía de su embarazo; según los cálculos, ese bebé había sido hecho en Italia, y Paula y Sebastián saltaron de felicidad. También Silvia, aunque de ella sólo se pudo escuchar el grito de emoción a través del teléfono.

Sophie había vuelto a su antiguo trabajo en Jakob, llegando a dirigir uno de sus principales desfiles en los que se lanzó la línea de calzado de la misma marca. Los resultados superaron las expectativas de Carlos, quien la nombró inmediatamente jefa de esa división. Rebeca no parecía contenta de que Sophie usara su talento para el trabajo de otra persona, así que Carlos se apresuró en ofrecerle un nuevo contrato. La marca sería de Sophie, pero se vendería en exclusiva en las tiendas de Jakob durante los primeros años. Sophie aceptó. De todos modos, no se veía a sí misma como una jefa sumergida en papeleos y contrataciones, sino en un estudio diseñando zapatos.

De este modo Sophie empezó su carrera como diseñadora de calzado. Su carrera universitaria terminaría este año y aún no sabía si se iría a Europa a especializarse; de todos modos, sentía que ahora estaba viviendo mucho más de lo que alguna vez alcanzó a soñar o planear, así que dejaría que la vida se asentara y siguiera su curso. Tal vez luego de casarse con Fabián los dos decidieran pasar en el viejo continente una temporada y allí ella estudiaría. ¿Quién sabe?

Carlos siguió al mando de Jakob. Había pensado que en algún momento Ana lo relevaría, pero ahora estaba embarazada y habría sido muy inestable para la empresa cambiar una y otra vez de líder, así que se hizo cargo en espera de que regresara Silvia para tomar su lugar.

Tal como se lo había aconsejado Fabián, Fernando se fue a vivir solo a un lujoso apartamento de soltero, dedicándose de lleno a su carrera, lo que no le quitaba tiempo de tener sus novias, con las que se podría haber hecho todo un desfile.

—Eso sólo confirma mi teoría —le dijo Silvia a Paula, cuando ella le contó de las andanzas de Fernando por teléfono—; él es incapaz de amar a nadie. Te lo dije.

Para Sophie fue difícil enterarse de la muerte de su prima, sobre todo, por la manera en que ésta ocurrió. Ninguna mujer en el mundo merecía morir así, por muy mala y avariciosa que ésta hubiese sido. Otra mujer que era todo un misterio, era Yuliana, la empleada del servicio que desapareció poco después del envenenamiento de Rebeca. Agustín seguía afirmando que no tenía nada que ver con el asunto, y se negaba a confesar, o colaborar con sus posibles colaboradores, así que, por falta de pruebas y vencimiento de términos, fue liberada de más investigaciones.

La policía estableció que Agustín Alvarado no tuvo nada que ver con la muerte de Andrea Domínguez, cargo del que quedó exonerado, y gracias a las cámaras de seguridad, lograron descubrir que la última persona en verla con vida fue Alfonso Díaz, de quien no se tenía noticia desde la misma noche del asesinato. Los forenses encargados del caso descubrieron que Andrea murió debido a una asfixia por estrangulamiento; y eso no era todo, ella había sufrido acceso carnal violento. En su cuerpo encontraron restos de ADN que ayudaría a encontrar al victimario.

Algunos detalles algo inquietantes de la vida de Andrea empezaron a salir a la luz. La policía había indagado en su vida, cuentas y viajes, y así todos se enteraron de que había sido amante de Alfonso; de que, cuando éste había estafado a Sophie robándole su fideicomiso, se había ido con él en un viaje de dos semanas para gastar ese dinero.

También se dieron cuenta de que Andrea tenía deudas importantes, todas en tiendas de cosmética y clínicas de belleza. Al parecer, estaba obsesionada con su apariencia, sobre todo, en los últimos días de su vida, yendo al médico quejándose de extrañas manchas que le habían salido en la piel, o bultos, o cualquier otra cosa. El médico le había aconsejado ver a un psiquiatra, pues en todos los casos la paciente había estado en perfecto estado. No había factura ni evidencia de una visita al psiquiatra, lo que indicaba que había hecho caso omiso de la sugerencia.

En su computador personal habían encontrado también información interesante. Fotografías y videos de Fabián Magliani con otras mujeres. Notas de prensa en las que aparecía, o simples fotos caseras. Y un archivo encriptado que contenía prácticamente un detallado plan para envenenar a Rebeca, encerrar a Sophie en la cárcel y las cosas que pensaba hacer una vez obtuviera la parte del dinero que Agustín le daría. Todo estaba tan bien planeado que parecía increíble que las cosas les hubiesen salido mal.

Martha y Adriana enterraron a Andrea en medio del dolor de pensar que había sido una vida truncada en plena juventud, pero aun en medio de su dolor, Martha no aceptó de vuelta a Ismael cuando éste se lo pidió. Era consciente de que la buscaba por la comodidad que ella gozaba gracias a la ayuda de Sophie. Su decisión no flaqueó siquiera cuando él le confesó que estaba enfermo. Aunque no dijo cuál era su enfermedad, le aseguró que moriría. Adriana pudo comprobar que era cierto, así que decidió actuar como puente entre sus padres y asegurarse de que él obtendría la ayuda que necesitaba.

Por otro lado, Rebeca le preguntó en una ocasión a Fernando, su nieto, si había ido alguna vez a ver a su padre en prisión, a lo que él, sonriendo, le contestó.

—Sí, pero sólo fue para recibir sus insultos. Él sigue sosteniendo que es inocente, aun cuando tenemos su confesión—. Rebeca suspiró en silencio, y Fernando se le acercó más—. Y tú, ¿Irás a verlo? —Rebeca cerró sus ojos.

—Quisiera hacerlo. Tengo muchísimas preguntas y reclamos que hacerle, pero... no sé si soporte ver a mi hijo tan transformado.

—No está transformado —fue la enigmática respuesta de Fernando—. Siempre fue así, sólo que ahora ya no tiene la máscara que llevaba ante ti.

La boda de Fabián y Sophie se llevó a cabo en junio y fue más bien sencilla. Los invitados sólo fueron los amigos y la familia, y ya con eso fue bastante. La bendición de un sacerdote, una cena, el primer baile de los esposos, y un brindis cuyo discurso estuvo a cargo de Juan José. Bernardino, Juana y Rebeca, vieron, junto a Judith, a sus nietos unir sus vidas.

—Ella debió esperar un poco —dijo Rebeca durante la fiesta cruzándose de brazos y suspirando—. Se conocieron en diciembre; ¡sólo lleva unos pocos meses de conocerlo!

—Mi nieto es perfecto. Así pasen veinte años, Sophie no le encontrará ningún defecto —refutó Juana, y Bernardino se echó a reír por la cara que hizo Rebeca.

Judith sólo sonrió y se recostó al espaldar de su asiento bebiendo un sorbo de su champaña. Admiró por un momento a los novios bailar su primer vals. Sophie estaba preciosa con su sencillo vestido blanco, para nada parecido al que Bernardino le eligiera en Italia, con su cabello un poco más largo y un corte diferente recogido en un hermoso peinado. Miraba sonriendo a Fabián, y conversaban. Seguro que toda mujer había soñado alguna vez con un momento así; tal vez no en una boda concretamente, pero sí sumergida en una pequeña burbuja de felicidad, ignorando todo lo demás... a todos los demás.

Suspiró y sus ojos rodaron hacia Ana, más específicamente, su vientre. Ella sólo llevaba unas pocas semanas de gestación, pero ya adoraba con toda el alma a ese bebé. Fuera niño o niña, ella ya lo adoraba del mismo modo en que adoraba a Carolina, Alex o Eliana. Pasaría una vejez llena de nietos, pensó, y eso la hacía feliz.

Juan José y su esposa conversaban sentados en una de las mesas. Él parecía casi encima de ella, y debía estarle contando algún oscuro secreto, pues ella lo miraba centrando en él toda su atención. Nunca hubiese imaginado que su hijo se enamoraría tan fuertemente, tanto, que el embeleso le durara aún años después de estar con ella, pero así era.

Se escuchó una risa y pudo ver cómo Mateo prácticamente arrastraba a Eloísa a la pista, pero una vez en ella, se pegaron el uno al otro como si en vez de un suave y discreto vals, fuera alguna danza sensual. Ella reía echando su cabeza atrás mientras Mateo decía, prometía o amenazaba con algo.

Fernando ya se había ido. Lo había visto beber unas cuantas copas de champaña, bailado con un par de invitadas y luego había desaparecido. Ocupaciones, había dicho, pero parecía como si, más bien, se aburriera mucho aquí. Nadie se lo había reprochado, sólo le habían agradecido el haber asistido.

Todo estaba bien, suspiró Judith, todo podía acabar aquí... o tal vez, volver a empezar.

—Hijo —dijo Bernardino llamando aparte a su nieto cuando ya se despedían de todos para marcharse a su viaje de luna de miel, el segundo.

Fabián quitó la mirada de encima de Sophie para al fin mirar a su abuelo, que lo había llevado a un lado del salón más silencioso. El anciano se veía algo cansado, y no era para menos, tenía casi setenta años, y tal vez ya estaba ansiando retirarse, vivir lo que le quedaba de vejez junto a su esposa y los bisnietos que él le pudiera dar.

Respiró profundo pensando en que, aunque la mayor parte de su vida se habían llevado muy mal, él había sido el único padre que tuviese.

—Quiero felicitarte —le dijo Bernardino sin sonreír—. Y quiero desearte muchas bendiciones, para ti y tu esposa. De verdad, estoy muy feliz de verte realizado—. Fabián sonrió un poco confundido.

—Hay muchas cosas de ti que aún no entiendo, abuelo —dijo—. Durante toda mi vida pensé que me odiabas.

—Sí, conseguí que lo pensaras, aunque no era esa mi intención. Pero quiero que sepas, aunque sea ya un poco tarde, que tal vez al principio fui un imbécil y creí que le habías robado la vida a mi hija, que eras una especie de mancha a mi inmaculada reputación, que no eras lo que hubiese deseado en un nieto.

—Sí que fuiste imbécil.

—Pero luego te amé —continuó Bernardino, y Fabián lo miró serio y en silencio—. Porque eras... Porque eras un reflejo de mí mismo a tu edad: perdido en el mundo, solo, buscando refugio, y, sin embargo, fuerte, decidido, y un poco testarudo también. Pasé la mitad de tu vida investigando quién era tu padre, quién pudo hacerle eso a mi hija... y me olvidé de conocerte a ti, de vivir tu infancia. Aún no sé quién es ese bastardo, pero...

—Eso no importa, abuelo —lo atajó Fabián poniéndole una mano en el brazo, y Bernardino tomó nota de que era la primera vez que Fabián hacía contacto con él por su propia cuenta—. Y tal vez tienes razón y tus palabras llegan un poco tarde... pero gracias. Tal vez las necesité mucho más cuando era ese adolescente perdido y solo, pero ahora también vienen bien—. Sonrió por las palabras de su nieto, que le quitaban un enorme peso de encima.

—Admiro tu nobleza —Fabián se echó a reír.

—No, no es nobleza; simplemente aprendí que hay mejores cosas en las que invertir tu energía que el resentimiento. Odiarte sería un desgaste, y no quiero hacer infeliz a mi abuela.

—Es decir, ¿que me perdonas porque te da pereza odiarme y porque no quieres entristecer a Juana?

—Algo así —Bernardino lo miró por unos segundos muy serio y en silencio, pero luego no pudo evitar echarse a reír. Sin poder evitarlo, lo acercó para abrazarlo, y luego, por fin, lo dejó ir. Se metió las manos al bolsillo pensando en que tal vez este chico había sido simplemente un regalo del cielo para que él aprendiera un montón de lecciones en la vida.

—¿Qué te decía? —le preguntó Sophie a Fabián cuando éste volvió a su lado y pudieron por fin salir. Fabián suspiró e hizo una mueca.

—Prácticamente, se estaba disculpando por todo.
—Por todo —repitió Sophie, y Fabián asintió.
—Fue un padre horrible... pero a pesar de que siempre pensé que me odiaba, ahora que estoy grandecito sé que simplemente él no sabía qué hacer conmigo.
—Así que lo has perdonado.
—Ah, cariño. No vale la pena tener abiertas ciertas heridas — Sophie sonrió y le rodeó el cuello con sus brazos.
—Eres tan bueno y tan bello—. Fabián arrugó su nariz. No le gustaba mucho que le dijeran "bueno", sin embargo, ella estaba muy cerca, así que no desaprovechó la ocasión para besarla.

La pareja de recién casados se instaló en una casa no muy grande, pero sí muy acogedora. Fabián siguió trabajando junto su abuelo y Juan José siguió adelante con su empresa él solo. Los bienes que correspondían a Sophie como una Alvarado se habían fusionado con las de la familia Magliani, aunque Rebeca se había asegurado de que siguieran todas a nombre de Sophie, para que luego pasaran a sus nietos. Fabián no había tenido problema con esto, y comprendía bastante bien a la anciana, aunque la preocupación careciera de fundamento.

Él no pensaba separarse de Sophie. Nunca. Ni después de muerto.

La muerte era un factor que rondaba a cualquier ser humano, pero él había hecho pacto para que, aún después de muerto, pudiera seguir a su lado. O al menos eso pensaba.

Amaba a Sophie con locura, y estar casado con ella era delicioso. Conocía parejas que luego de haber dado el sí perdían la chispa en su mirada, pero también las conocía que, por el contrario, esa chispa aumentaba hasta hacer casi un incendio, y era el caso de sus amigos y el suyo. Cada noche con Sophie, así fuera sólo acurrucados en un sofá viendo una película, era de ensueño.

Ah, y el sexo era simplemente indescriptible. Jamás tenía suficiente de ella, y era una actividad que practicaban con bastante frecuencia. Habían inaugurado casi todas las superficies de su recién estrenada casa, y la ayuda de limpieza que habían contratado sólo venía unas pocas horas a la semana para poder tener la privacidad que quería con ella. Si quería hacerle el amor en pleno mediodía en la cocina, simplemente lo hacía. No había nada más sublime.

Y ella parecía encantada, bendita fuera, y cada vez, ella tomaba mayor experiencia, lo que lo volvía todo un círculo de placer:

Tu Deseo

mientras más lo hacían, mejor se volvía, y si mejor se volvía, más lo querían hacer.

Por eso no le extrañó para nada cuando ella le anunció que posiblemente estaba embarazada.

Lo confirmó pocos días después de que Ana diera a luz a Lorena. Ella se hizo las pruebas y dio positivo. Seis semanas, pero habían estado tan ocupados que no habían caído en cuenta de que ella debía menstruar, así que ya había un Magliani en ese vientre.

Mateo, Juan José y Carlos lo felicitaron palmeando sus espaldas y llevándolo luego a tomarse unas cervezas. Las chicas habían celebrado con ella en casa de Ana y la habían llenado de consejos para la gestación y el parto. Sophie parecía un poco asustada al principio, pero al escuchar cómo cada una había vivido esas etapas y sobrevivido, se fue tranquilizando.

—No te olvides de que la fiesta será el otro domingo en mi casa —le dijo Ángela cuando ya se despedía, y Sophie asintió con una sonrisa. Ángela había planeado celebrar el cumpleaños número tres de Alex, ya que había considerado que los anteriores el niño no los disfrutaría por estar muy pequeño.

—Fabián y yo ya les tenemos el regalo—. Ángela la miró haciendo un delicado ceño.

—Con uno para Alex es suficiente.

—Ah, pero dada la naturaleza del regalo, creo que todos en la familia lo van a disfrutar—. Angela sonrió.

—Sólo, no se excedan, por favor. Conozco a Fabián, y es un consentidor —Sophie se echó a reír.

Ángela salió de la habitación junto a Eloísa, que se despidió de ella con un beso en la mejilla, y Sophie quedó a solas con Ana, que la miraba un poco intensamente.

—¿Pasa algo? —Ana suspiró.

—Sólo estoy un poco preocupada. Siento que... —Sophie se acercó a ella y le tomó la mano.

—¿Te sientes mal? ¿Quieres que llame a un doctor? —Ana se echó a reír.

—No, no estoy preocupada por mí.

—¿Entonces? —preguntándose si era apropiado contarle o no se le fueron valiosos segundos, luego de los cuales, Carlos entró a la habitación diciendo que ya Fabián estaba abajo esperando a su esposa. Sophie se despidió de Ana y se fue, y ella siguió mirándola.

—Ten cuidado —fue lo que le dijo, y Sophie simplemente le agradeció.

—¿Estás bien? —le preguntó Carlos a Ana sentándose a su lado en la cama. Ana miró la puerta tragando saliva.
—Yo estoy bien. Pero Sophie...
—¿Le pasa algo? —Ana cerró sus ojos y suspiró.
—Tal vez no sea nada. Ella está con Fabián. Todo está bien—. Carlos la miró sin comprender, y al escuchar el llanto de su hija, fue hasta su cuna para tomarla en brazos. La niña había nacido con la piel morena de su madre y los ojos azules; aunque todos decían que estos podían cambiar, él sabía que no, y estaba embelesado con su hija, así que, antes de pasársela a Ana para que la amamantara, la mimó un rato.

—Qué hermosa estás —le dijo Fabián a Sophie cuando esta bajó por las escaleras de la casa Soler a encontrarse con su marido. Cuando la tuvo al alcance de su brazo, la atrajo para besarla.
—¿Bebiste? —le preguntó ella, y Fabián sonrió.
—No mucho. Voy a conducir, y llevo una preciosa carga—. Sophie alzó sus cejas suspirando.

No había nadie más atento que Fabián. Y aunque apenas ayer se habían enterado de su estado, ya estaba actuando bastante sobreprotector. Juntarse con Rebeca no lo ayudaba, pues la abuela incluso le había dicho que no volviera a conducir, y que contratara a un chofer para eso.

Era una exageración, claro, pero no importaba. Y anoche a Fabián se le había olvidado que ella no podía hacer muchos esfuerzos, y habían hecho el amor casi como animales. Muy conveniente de su parte, pensó con una sonrisa.

Entró al auto de su marido, uno más moderno y cómodo, pensando en que la vida junto a Fabián era absolutamente diferente a la experiencia que antes había vivido. Ella no era la sirvienta de nadie aquí; Fabián no exigía que se ocupara de sus cosas o sus necesidades. Acostumbrado a vivir solo, él mismo tenía cuidado de su ropa, y compartían los quehaceres de manera bastante equitativa. Si bien era cierto, y él a veces se hacía el tonto para algunas cosas, no era algo tan grave que no pudiera soportar.

Al día siguiente ella salió primero hacia su trabajo. Tenía un desayuno importante y había dejado a Fabián durmiendo todavía. Él entraría dos horas más tarde, así que tenía más tiempo. Ella no, iba un poco tarde y a prisa. Pero justo esa mañana su auto empezó a fallar. Apenas si lo alcanzó a sacar del garaje cuando simplemente se apagó y no volvió a encender.

Así que debía llamar un taxi, o despertar a Fabián para que la llevara. Y el tráfico seguro estaría pesado... qué mala suerte, pensó.

Escuchó unos pasos a su espalda y se giró para mirar. Tal vez un vecino se había dado cuenta de su apuro y venía a ayudarla, pero no era un vecino, era Alfonso Díaz.

Sophie lo miró sorprendida y dejó caer la mano que sostenía el teléfono. Había empezado a marcar un número, pero al verlo, simplemente olvidó todo, e inexplicablemente, el miedo empezó a invadirla.

Él había asesinado a su prima, a la mujer que supuestamente había amado, pues si se había aliado con ella para tantas cosas malas que habían hecho juntos, era porque ese sentimiento que había nacido en la adolescencia, aún perduraba en él. Y si había sido capaz de matar a una, era capaz de hacer lo mismo con otra.

—¿Qué haces aquí? —esa pregunta no salió de labios de Sophie, sino de Alfonso, que la miraba a ella y a la casa muy extrañado. Sophie frunció su ceño muy confundida.

—Aquí vivo. Esta es mi casa —Alfonso elevó una mano a su cabeza para rascarse.

—No. ¿Por qué vivirías tú aquí? —Sophie dio un paso atrás tragando saliva.

—Porque sí. ¿Qué razón se necesita?

—Entonces, tal vez confundí la dirección —dijo mirando un papel, y luego a ella otra vez—. Aunque es una casualidad bastante extraña —sonrió—. Estás muy bonita, Sophie.

—¿Qué andas buscando?

—Tienes dinero ahora, ¿no? —preguntó Alfonso acercándose otro paso—. Se te nota por encima.

—Vete. La policía te busca.

—Qué va. Nunca darán conmigo. Soy muy bueno esquivándolos. ¡Vaya! ¡Te casaste! —dijo al ver la alianza en su dedo—. ¿Esta vez sí es de verdad? —rio, y Sophie apretó sus dientes.

—Claro que es de verdad, imbécil.

—No me grites, no seas así conmigo. ¿Por qué siempre eres tan agresiva?

—Vete de mi casa, Alfonso, o llamaré a la policía.

—No seas tan mala. Vine buscando a Fabián Magliani, me dijeron que esta era su dirección.

—¿Fabián Magliani?

—¿Lo conoces? —preguntó Alfonso mirándola con interés, y

Sophie se tocó el anillo sin querer responder. Pero a pesar de lo que todos decían, Alfonso no era estúpido, y pudo comprender muchas cosas con solo ese gesto—. ¿Te casaste con él? —Sophie no contestó, sólo dio otro paso atrás—. ¿También tú? No lo puedo creer. ¿Por qué todos se obsesionan con ese perro?

—Tú, menos que nadie, puedes hablar mal de Fabián —espetó Sophie apretando sus dientes—. No tendrías nada que decir.

—Estás deslumbrada también con él. Por qué. ¿Porque es más alto? ¿Rubio? ¡Te recuerdo que fuiste primero mi esposa!

—No fui nada tuyo. ¡Jamás fui nada tuyo! Y aunque no fuera ni rubio, ni alto, ni nada, Fabián siempre será mucho más hombre que tú, un hombre de verdad, no la pobre imitación que tú... —No terminó la frase, pues el golpe de Alfonso vino fuerte y certero sobre su ojo izquierdo. Eso la hizo golpearse contra la parte trasera del auto, lo que le rompió el labio, y en el segundo en que trataba de recuperar el equilibrio y el dominio sobre su cuerpo, Alfonso se puso sobre ella y empezó a apretar su garganta apretándola tan fuertemente que no podía respirar.

Empezó a luchar con todas sus fuerzas. Le arañó el rostro, le sacó sangre, rompió el botón de su camisa, y en su mente sólo podía pensar en Fabián, en su bebé, en Andrea tendida en una cama, desnuda y con la tráquea rota. Esto era lo que ella había vivido, esto era lo que había experimentado antes de morir.

No podía morir aquí. No. Su bebé la necesitaba...

Y de repente, todo acabó. Lo siguiente que vio, fue a Fabián encima de Alfonso golpeándolo a puño limpio sobre el rostro. A Sophie le pareció escuchar el crujido de algún hueso romperse, la carne desgarrarse, y la violencia de Fabian al machacarlo casi la asustó. Logró levantarse, y con una mano en la garganta, caminó hacia él, que gritaba y rugía encarnizado sobre lo que antes había sido el rostro de Alfonso.

—Ya por favor, ¡lo vas a matar! —gritó Sophie tomándolo por el cuello de su bata de baño y haciendo fuerza para alejarlo, pero no funcionaba; Fabián estaba ido en su furia, y los golpes seguían lloviendo sobre Alfonso—. Amor, amor, por favor, ¡POR FAVOR! —gritó otra vez, y su voz al fin se coló en la niebla de odio y muerte que cegaba a Fabián.

Ella aprovechó la pequeña vacilación para alejarlo. Lo abrazó con fuerza rodeándolo por la cintura, y le tomó el rostro para que la mirara. Fue un error; cuando él vio el moratón que se iba formando en el ojo y su labio partido, volvió a rugir.

—No lo hagas —le rogó ella usando toda su fuerza para contenerlo—. Por favor, te quiero libre y en casa, te quiero a mi lado, no encerrado y dando explicaciones de por qué mataste a esta rata. Por favor... —Fabián resoplaba como un caballo que viene de la más dura carrera, pero al fin cerró sus ojos y la abrazó. Sophie lloró de alivio. Este era su Fabián de vuelta.

—Te hizo daño —susurró él—. ¡Lo quiero matar! ¡Lo quiero matar!

—Lo sé, lo sé —trató de calmarlo ella—. Pero estoy bien, estoy bien. Oh... —susurró ella, y Fabián, muerto de físico miedo, la vio agacharse en el suelo y ponerse la mano en el vientre.

—Mierda. No. Nuestro bebé.

—Llévame al médico —le pidió ella con los ojos llorosos, y Fabián la alzó en sus brazos para llevarla de vuelta al interior de la casa—. ¡No, llévame al médico! —insistió ella, pero Fabián la llevó hasta la habitación y allí se encerró con ella. Sophie lo vio ponerse ropa a toda carrera al tiempo que hablaba por teléfono con Juan José pidiéndole el favor de que se hiciera cargo de la rata que estaba tendida en su jardín. Sophie comprendió que no la había dejado en la sala temiendo que el otro despertara y la siguiera para volver a hacerle daño, pero eso no era posible, Alfonso tardaría semanas en recuperar la conciencia, si es que lo conseguía.

Él volvió a alzarla, y esta vez la llevó a su propio auto, y a toda carrera, la llevó hasta la clínica más cercana.

Una vez allí, Sophie fue tratada de inmediato por urgencias. En el examen encontraron un pequeño sangrado, pero no había cambios cervicales, así que todo se reducía a una amenaza de aborto. Luego, una ecografía mostró que el bebé seguía vivo, lo que hizo que Sophie llorara de alivio.

Fabián la abrazó suavemente, temiendo apretarla demasiado en su emoción, y allí, los dos, se consolaron y alegraron de que ese nuevo ser, del que apenas tenían conocimiento de su existencia hacía unos pocos días, siguiera con ellos. Sin embargo, ella debía estar bajo cuidado al menos cuarenta y ocho horas para descartar cualquier eventualidad.

Ángela llegó junto a Juan José para cuidar de Sophie e informar sobre lo sucedido con Alfonso Díaz respectivamente. Sophie debía permanecer unas pocas horas más bajo observación, según las indicaciones médicas, y Fabián tenía una acusación que poner ante las autoridades.

—Gracias a Dios, todo fue bien —dijo Ángela abrazándola—. Tú y tu bebé están a salvo—. Sophie miró a Fabián en el otro extremo del pasillo hablar con Juan José. También le habían tenido que tratar las heridas que se había hecho en los nudillos, y los tenía vendados, e imaginó que Juan José le estaba informando lo sucedido con Alfonso. Cerró sus ojos cuando el miedo volvió. Debía calmarse, esto no era bueno para el bebé.

—Sí. Estamos bien —dijo en un susurro—. Estaremos bien.

Alfonso Díaz fue encerrado por la policía y condenado por la muerte de Andrea Domínguez y la agresión e intento de asesinato a Sophie. Habiendo usado la misma técnica con ambas mujeres, una acusación agravaba a la otra, así que no tuvo escapatoria.

Juan José y Mateo, que lograron ver el resultado de la paliza de Fabián en la cara del pobre diablo, se asombraron ante tal violencia. Ciertamente, este era el mismo idiota de aquel bar, y en esa ocasión, Fabián no le había devuelto ninguno de sus golpes, pero como había tocado a su ser más preciado, el pacífico hombre que era consciente de su fuerza y peso, había perdido la civilidad y se había transformado en una bestia.

Esta era una nueva faceta que no imaginaron conocer. Fabián era pacífico, sí, pero era mejor no tocar sus tesoros.

Cuarenta y ocho horas después del incidente, Sophie volvió al médico, recibiendo la noticia de que todo marchaba bien con su bebé, pero que debía seguir teniendo cuidado. Se le prohibían los esfuerzos, hacer ejercicio, duchas vaginales, subir en motocicleta ni tener sexo hasta terminado el primer trimestre.

Y así fueron pasando poco a poco los días.

Cuando Ana la vio, lloró. Se disculpaba por no haberla podido ayudar, por no haberlo evitado, y Sophie simplemente le dijo que no había nada que ella pudiera hacer. También los abuelos se asustaron bastante, y entonces se empeñaron con mayor fuerza para que a Alfonso lo aplastara todo el peso de la ley. No había escapatoria para él, y así, el último de los enemigos de Sophie fue apartado de ella para siempre.

Llegó el cumpleaños de Alex. Sophie y Fabián llegaron abrazándose por la cintura, y ella iba sonriendo. Sus moratones no habían desaparecido del todo, pero ella lo disimulaba bien con maquillaje. Hacía dos semanas que había ocurrido aquello, dos semanas sin sexo entre los dos, más que porque el médico lo había prescrito, porque Fabián tenía miedo. ¡Y ella lo extrañaba tanto! Pero él era radical, no dejaba que ni lo tocara. Era cruel.

Venían hablando del tema en el auto. Él se negaba a dar su brazo a torcer, aunque ella le estaba haciendo propuestas bastante indecentes y calientes. Con susurros y besos, intentaba convencerlo, pero él se mantenía firme. Con ella nunca era capaz de controlarse, temía hacerle daño al bebé.

Abrió la puerta trasera del auto y sacó la enorme caja de su regalo, que se movía y gemía. Juan José les abrió la puerta y los invitó a seguir.

La fiesta ya había empezado, había algarabía de niños y música en la sala y el jardín. Encontraron a Alex mirando con anhelo la torta de colores, y a Ángela alejándolo y animándolo para que fuera a los juegos instalados en el patio.

—¿Qué es eso? —le preguntó señalando la caja, y Fabián la destapó. Era un pug, un hermoso cachorrito hijo de la que alguna vez fue la mascota de Sophie. Ella había recuperado a su perra hacía unas semanas, y ésta había venido preñada. Este era uno de sus hijitos.

Carolina, al ver al perro, casi llora de la emoción, y junto a Eliana lo sacaron de la caja mimándolo y apretándolo.

—Tengan cuidado, pueden hacerle daño —les advirtió Ángela. Alex fue el más feliz. Al verlo, empezó a bailar y a gritar emocionado. Decidió que se llamaría Bicho, y Bicho se quedó.

—Algún día te devolveré el favor —le aseguró Juan José mirando a Fabián de reojo. Éste sólo se echó a reír.

—Ya tengo un perro en casa. ¿Qué podrías hacer?

—Sumarle un gato a tu colección, y luego un hámster —Fabián volvió a reír, y tomó a su mujer de la mano para llevarla a los muebles.

Minutos después llegaron Mateo y Eloísa con su bebé y sus regalos. Judith ayudaba en la atención de los pequeños invitados, Carolina desapareció por un rato, Sebastián ayudaba a los niños a subir al inflable, Mateo alzaba a Alex y le hacía cosquillas mientras vigilaba a su hijo que jugaba en el suelo, y una emocionada Eliana perseguía a Bicho por toda la casa, que buscaba refugio de sus regordetas y pegajosas manos.

—Muy bien —suspiró Sophie mirando a Fabián por el rabillo del ojo y dando unos pasos para alejarse de él—. Entonces, tendré que buscar placer por otro lado—. Gritó cuando él atrapó su mano y la volvió a atraer a su cuerpo. Riendo, le rodeó los hombros con sus brazos y recibió los besos que él regaba por su cuello y su cara.

—No me amenaces con eso.
—Comer es un placer, ¿a qué cosa te refieres tú?
—No juegues conmigo.
—Estás bien, ¿Ana? —dijo la voz de Carlos sosteniendo a su esposa por los hombros. Fabián y Sophie se giraron para mirarlos. Ana parecía un poco pálida, y Eloísa de inmediato se le acercó para ayudarla—. Tal vez fue demasiado pronto que vinieras –dijo Carlos-, sólo hace veinte días pariste una niña...
—¿Qué? —preguntó Ana, palideciendo un poco, y echó un vistazo alrededor. Esta era la realización de su sueño, y ella todavía no se acostumbraba a vivir estas experiencias.

Miró a Ángela, a Mateo, que le hacía cosquillas a Alex al tiempo que cuidaba de su hijo que ya gateaba, a Ángela preguntar por Carolina, a la pequeña Eliana perseguir un perrito, y el grito de una mujer que reía llamó su atención, era Sophie jugueteando con Fabián.

—¿Se cumplió tal cual? —le preguntó Eloísa al saber lo que le estaba sucediendo, y ella se tomó un par de segundos para considerar la respuesta.

En su sueño, ella había visto a Sophie pálida como si estuviera muerta, y golpeada. Ahora pudo comprender que el sueño sí se había cumplido, aunque no de la manera que ella había pensado. Sí la había visto muy mal de salud cuando la encontró por fin, y los golpes también habían ocurrido; de hecho, ella se estaba recuperando. Pero todo estaba bien. El bebé que Mateo cuidaba era su hijo y el de Eloísa, y Sophie estaba bien y a salvo con su esposo.

—No. No del todo —le contestó a Eloísa que la miraba esperando una respuesta—. Gracias a Dios.

—¿Ves? Hay que esperar —le dijo Fabián a Sophie señalando a Ana, que era guiada por Carlos hasta un sofá para que se sentara. Sophie estiró sus labios en un puchero.

—Pero yo pensaba sólo lamerte un poquito —le susurró al oído, y Fabián tuvo que cerrar sus ojos mientras las imágenes se formaban en su mente—. Lamerte, morderte, chuparte... Eso no le hará daño al bebé—. Los ojos de Fabián se encendieron al fin, con un fuego que ella conocía y que le encantaba.

—Podías haber esperado a la noche para decir eso, ¿sabes? —Sophie elevó ambas manos celebrando su victoria, y caminó a prisa hacia el jardín riendo, y él venía detrás.

Entre las flores de Ángela había orquídeas, rosas y margaritas, Sophie siempre había admirado su jardín, pues en medio de tantas ocupaciones, ella encontraba tiempo para dedicarle, y allí, entre esas flores coloridas, Sophie vio extrañada un diente de león. Esta simple flor, que era considerada maleza para los jardineros, brillaba en solitario, así que se inclinó y la arrancó.

Antes de poder analizarlo, se encontró a sí misma soplando sus pétalos, y éstas volaron perdiéndose entre los niños que celebraban, su música y sus risas. Sintió la mano de Fabián rodearle su aún estrecha cintura y besarle el cuello mientras decía:

—¿Pediste algún deseo? —Sophie sonrió analizando esa pregunta.

Recordó cuando, un helado día de diciembre, lanzó una moneda en una fuente. Recordó su deseo; había sido más un reclamo, una protesta, un conjuro que luego se cernió implacable contra aquellos que una vez le habían hecho daño. Luego, había sido en un sueño que aún recordaba por lo extraño que había sido. Mal y bien, recordó, vida y muerte, y se asombró del poder de aquellas palabras, pues, en ambas ocasiones, el destino había echado a andar de inmediato en cumplimiento de su deseo.

Y el más hermoso de todos ellos, no lo había pedido, pero aquí estaba. Fabián.

—No —contestó girándose a él sonriendo aún, comprendiendo que había sido más que bendecida en aquella ocasión—. Esta vez, no pedí ningún deseo.

—¿Por qué?

—Porque lo tengo todo. Te tengo a ti, y a mi bebé. Amigos y familia. Soy feliz y no me hace falta nada. ¿Qué podría desear?

Él sonrió y besó sus labios con ternura que se fue volviendo pasión, hasta que consideraron que no era sano para los niños presenciar esta escena y lo dejaron allí.

Se tomaron de la mano y volvieron al interior de la casa pensando en que muy pocas personas en el mundo eran capaces de conseguir este estado, un estado en que ya no necesitaban nada más y sólo quedaba disfrutar, la plena felicidad.

...Fin...

Otros libros de la autora

Ámame tú
Yo no te olvidaré
Rosas para Emilia
Tu silencio (Saga Tu silencio No. 1)
Tus secretos (Saga Tu silencio No. 2)
Mi placer (Saga Tu silencio No. 3)
Tu deseo (Saga Tu silencio No. 4)
Dulce renuncia (Saga Dulce No. 1)
Dulce destino (Saga Dulce No. 2)
Dulce verdad (Saga Dulce No. 3)
Un príncipe en construcción (Saga Príncipes No. 1)
Un ogro en rehabilitación (Saga Príncipes No. 2)
Un rey sin redención. (Saga Príncipes No. 3)
Locura de amor (Saga Locura No. 1)
Secreto de amor (Saga Locura No. 2)
Anhelo de amor (Saga Locura No. 3)

BIOGRAFÍA DE LA AUTORA

Virginia Camacho nació en Colombia, en la ciudad turística de Cartagena de Indias en el año 1982.

Desde adolescente escribió historias de amor, leyéndoselas en voz alta a sus familiares y amigas, hasta que alguien la convenció de que lo hiciera de manera más pública y profesional.

Estudió Literatura en la Universidad del Valle, y actualmente es maestra en la asignatura de Lenguaje; vive en Bucaramanga, Colombia, y además de leer y viajar por el país en busca de ideas e inspiración, escribe sin cansancio con la idea de sacar a la luz pública todas las historias que tiene en su haber.

Made in United States
Orlando, FL
02 July 2024